U0035489

回憶與思索

姜弘文存拾遺

姜弘　著

推薦序

吳洪森

一

姜弘老先生於今年6月20日病逝了。消息傳來，我心頭一震，頓感悲涼而遺憾。

前年夏天，正值武漢暴雨淹城後天初晴，李文熹先生頂著酷暑，引領我去拜望心儀已久的姜弘先生。

初知姜弘先生，是李文熹先生將姜弘先生無法在大陸發表的多篇電子文稿傳給我，說姜弘先生青光眼嚴重，無法使用電腦，請我代為在註冊真名網上發表。於是我將這些文稿按照內容，分別發表在真名網的歷史論壇與思想論壇。

出生於1932年的姜弘先生，就此成為真名網最年長的網友，他的大作給年輕人帶來了很多啟迪和思考。

可惜好景不常，2010年7月2日我生日這天，真名網被徹底關閉。

之後轉戰博客與微博，每日編選《今日微博選登》，通過郵箱發送。四年後，我的博客和微博也被封殺，《今日微博選登》編不成了，於是再度轉移陣地到微信。如今，我已經是第四個微信了。

我的努力，多次得到姜弘先生請李文熹先生轉述的鼓勵與肯定，有兩次，姜弘先生還將拙作列印多份分發給身邊的朋友。

很多年前，我從恩師王元化先生那裡感受到了前輩不遺餘力獎掖後人的溫暖，2008年恩師西歸之後，我再度從姜弘先生身上感受到了民國文化人的寶貴傳統。

拜讀了他的大作《回歸五四——苦難的歷程》之後，令我對姜先生的生平和思想有了更完整的瞭解。這本大作是李文熹先生惠寄給我的。姜弘先生在文章裡所透現出來的對真理對真相的執著追求，對國家前途和知識份子苦

難的深切關懷和反思,深深感染了我。

患難不已的中國知識份子裡面,確實有少數這樣的人物,他們歷盡苦難之後,依然是那樣堅定不移地心繫天下。

我因此生發出去拜望姜弘先生的心願。

諸事繁忙,直到2016年夏,才有機會赴武漢。

我們是下午到達姜弘先生家,他已經早作準備歡迎我們,連晚餐都安排好了外賣,以便不打斷聊天。那天作家胡發雲先生也特意趕來聚談,他和姜弘先生交往已經幾十年了。

我想起某人曾經說過,生於淪陷而成人後能有獨立思想自由精神的人裡面,很多人是由於命運的機緣巧合和民國知識份子有了接觸,是受到了他們的影響的結果。

面容清癯的姜弘先生儒雅而健談,頭腦之清晰,思想之敏銳,完全不像年過八十的老人。

晚上九點,怕先生過分勞累不得不起身告辭。走出門外,望著滿天星斗,心想下次還來。

誰曾想,這第一次拜望,竟成了最後一次!

日前,李文熹先生發來姜弘先生遺作四十九篇,說即將在臺灣出版,囑我寫序。無論從能力從資歷還是從名望,我哪有資格為姜弘先生遺著作序?然而念及先生的知遇之恩,念及傳承老前輩思想的責任,我還是欣然答應了。

二

姜弘先生的遺作以及之前在臺灣出版的《回歸五四──苦難的歷程》,大多寫於上個世紀九十年代之後。回顧與反思,是姜先生作品的主要基調。這一基調的形成,毫無疑義與六四有關。

震驚世界的六四慘案發生之後,大陸一片肅殺之氣。絕大多數人再也不過問政治,甚至自甘墮落,沉淪下去。最受六四慘案打擊的是原先對改革抱有希望,期待中共通過自身改革,脫胎換骨,把中國引上民主法治道路的知識份子。這些人中,有的人從青年時代就是純真而熱血的理想主義者,他們是歷次政治運動的倖存者,但面對血淋淋的殘酷現實,理想的幻滅給他們所

帶來的精神和心靈的痛苦，可想而知。

儘管如此，少數人心懷天下的稟性難移，他們在悲憤中苦苦思索，中國何以會走到這一步？導致暴政的根源何在？未來的中國道路該怎麼走？希望在哪裡？這就是姜弘先生在文章中說的：我們從哪裡來？我們該往哪裡去？

這就是大陸九十年代，南有王元化，北有李慎之，引領大陸文化界學術界展開反思的由來，姜弘先生無疑是其中積極的一員。

他們都不約而同地將反思的起點定位於五四運動，因為五四是中國政治明顯左轉的標誌性事件。

五四一直作為共產黨的革命傳統和精神遺產用於給青年洗腦。這五四究竟是怎麼一回事？它如果是左毒的起點的話，帶來的究竟是怎樣的毒？如果它還有繼承的價值的話，這價值是什麼？

對五四的反思，從八十年代初期改革開放之後就開始了，那是文革的慘痛教訓引起的對左傾來源的追溯，而六四慘案則加劇了對五四的激烈思考，顯得更有現實需要的急迫感。

我完全贊同姜弘先生將五四運動的起點從1915年的《新青年》創刊算起，將五四運動劃分為新文化運動與青年愛國主義運動兩個部分。

新文化運動的側重點，也是該運動最大的成就，是引進了西方個人主義和自由主義，追求個人解放個人自由，這是新文化運動最大的亮點。可惜，這場個人主義和自由主義的新文化運動，才短短四年到1919年五四這天，就逆轉為民族主義和愛國主義運動了，重新退回到了兩千年來集體主義的老路上去了。正是基於這點，王元化先生和姜弘先生都高度肯定新文化運動中個人主義與自由主義的價值，而否定1919年五四青年的愛國運動。

從姜弘先生的文章，完全可以得出這樣的結論：五四這一天所發生的所謂愛國運動，是新文化運動的葬禮，是傳統集體主義的復辟。

何以發生了這樣的大逆轉？這個問題並沒有得到徹底的解決，沿著他們的思考繼續探索下去，則成了我們後輩的任務。

通常意義上，我們把民主與專制看作完全對立的兩極，專制捍衛者一定竭力反對民主。可是，縱覽鴉片戰爭之後的中國思想史資料，我們可以發現這樣一個很奇怪的現象，不僅出國考察過的知識份子對西方民主大加讚揚，甚至朝廷官員也讚揚議會制度給社會帶來了良治。個人自由卻很少有人注意和涉及，直到二十世紀初，清朝垮臺前夕，才慢慢流傳進來，但立即遭到謾

罵抵抗。中國傳統文化直接的就把個人主義自由主義理解為自私和不孝。這說明，在民主與專制的對抗背後，更加艱難和深層的是個人主義與集體主義的對抗。

第一次世界大戰令原先嚮往西方民主制度的不少知識份子對民主制度產生了懷疑和動搖，他們尋找新出路的時候，飛蛾撲火，不察蘇聯輿論宣傳之欺騙，把共產主義新酒裝進了中國集體主義老瓶。加上蘇聯需要通過輸出革命來捍衛政權，加上孫中山之流維權為大的政治野心，兩者一拍即合，中國從此走上了通往新專制主義暴政的奴役之路。

姜弘先生引用周有光的話說：「要從世界的眼光來看中國。」這一觀點我非常贊同，九十年代的反思，有所欠缺的，就是只從中國知識界自身的意識形態演變來看問題，而沒能放到世界局勢變化中來看。

三

明白了新文化運動的價值與意義，也就明白了以實際文學創作成就，彰顯新文化運動價值的魯迅，與國民黨矛盾衝突的焦點所在：這是剛剛覺醒的個人主義自由主義與重新回歸專制主義政府之間的根本衝突。在魯迅看來，走上一黨專制的國民黨，把中國重又拉回到專制社會的黑暗中。清末引進的個人主義和自由主義，本意是針對中國傳統的宗法禮教社會，試圖把青年的身心從舊禮教舊家庭裡解放出來，這個任務還遠遠沒有完成。在蘇聯幫助下獲得北伐勝利，取代了北洋政府的新國民政府，比北洋政府還不如，掌握了軍政大權的國民黨開始退往專制主義道路。

這樣，魯迅就處於兩面作戰又勢單力薄的情況。在反國民黨方面，魯迅與共產黨是同路人，共產黨的週邊組織左翼作家聯盟拉他入夥、推他為首的時候，他的心態是矛盾的。這個時候他對蘇聯的真實情況已經有所瞭解。他對共黨方面派來遊說他的馮雪峰說：革命勝利之後，你們會不會罰我去掃大街？

魯迅沒想到，這個革命黨的領袖執政之後於1957年在上海回答羅稷南問：如果魯迅還活著會怎樣？答曰：他要麼識大體不再寫，要麼坐在牢裡繼續寫。

魯迅一方面覺得藉助團結的力量、組織的力量共同反對國民黨，更為有

效。另一方面，個人自由、創作自由如何又能夠保持住而不被革命組織所吞沒？兩難處境加上疑惑，使得魯迅與左翼作家聯盟的關係，正如姜弘先生所指出的：「始終是若即若離」。魯迅對革命組織試圖吞沒個人自由和創作自由十分警惕，不惜公開撰文罵左聯領導人是：「革命工頭」、「奴隸總管」，四條漢子中為首的周揚被魯迅罵得顏面掃地，在上海待不下去，只好去了延安。

所以，魯迅晚年實際上一人對三敵：社會傳統勢力、反動的國民政府、革命的同路人。魯迅先生不妥協不退讓的根本目的就是為了捍衛個人自由、思想獨立、精神解放。

說到底，魯迅延續的就是新文化運動所開拓的個人主義與集體主義的鬥爭。

而最被魯迅認可的弟子胡風，在組織上與共產黨卻靠得更近，也更為左傾。他不僅學生時期特意從北大趕回家鄉參加農會運動，大義滅親殺了大地主——他的堂叔父，從而成為國民政府的通緝犯，他逃亡日本期間還加入了共產黨，後來因為沒有找到證人，才不得已成為黨外人士。胡風在理想上組織上完全認可共產黨，在文藝思想上卻主張個人自由創作自由。黨組織正是看到了胡風「小資產階級的狂熱，無組織無紀律傾向」，才以證據不足為由，拒他於門外。而胡風本人居然沒有意識到加入共黨與個人自由、創作自由之間存在巨大的矛盾。他的政治洞察力，比魯迅差遠了。

導致胡風沒有認識到這兩者之間存在根本矛盾衝突的原因有兩點：一是共產黨的真面目還沒有完全暴露，尤其在國統區，共產黨利用報紙等輿論工具，把自己打扮成走民主道路的黨。別說胡風被騙，連馬歇爾為首的美國國務院都整個的被騙了。

二是，在國統區的共產黨首領周恩來，其主要任務就是統戰加收買，因此扮演著十分開明的角色，很多知識份子因此上當。

周恩來在國統區忙於統戰和收買的時候，延安的毛澤東不擇手段的忙於樹立個人的絕對權威，忙於奠基一個政黨一個領袖的專制獨裁。毛澤東不僅在組織上要確立自己的絕對領袖地位，在意識形態上也要定於一尊。毛要達到這一步，必須把知識份子的獨立思想打掉，必須以他的思想為絕對真理，這就是《在延安文藝座談會上的講話》的由來。

毛以整風為手段，以《講話》為洗腦工具，軟硬兼施將延安知識份子馴

服之後，又把《講話》印發到國統區的地下黨，以此來檢測白區地下黨裡的文化人對他的擁戴情況。

那些真誠相信共產主義，真心為共產主義理想奮鬥的共產黨人，他們嚮往的是人人平等的社會，他們當然不會把毛當作神來崇拜，他們覺得《講話》不妥之處，當然會坦誠的發表自己的意見。這些意見被收集起來回饋到延安。

毛坐上了皇帝的位子之後，就通過清查胡風反革命小集團等多次政治運動，將這些理想主義者一個一個一批一批地收拾了，甚至從肉體上消滅了。這些人中，有胡風、顧准、孫冶方、王元化以及姜弘等等一長串名單，僅僅胡風反革命小集團罹難者就有2100餘人。

這就是共產黨內的知識份子為何會劃分為延安派和地下派，以及地下派為何在共黨執政後都被剿滅的原因。

回顧這段歷史，個人與集體的矛盾衝突到底該如何解決？有沒有可靠的解決之道呢？1903年嚴復將穆勒1859年出版的《論自由》，用文言文翻譯成《群己權界論》，可謂抓住了要害與根本。

如今，我們更加明白了，主權來自於我們部分人權的讓渡，明白了有些人權叫基本人權，如言論自由、結社自由、信仰自由等是不可讓渡的，無論哪個政黨哪個國家哪個政府，侵犯剝奪了人的基本人權，就是邪惡，就該被推翻。

新文化運動所開拓的個人主義自由主義，必將在中國大地結成碩果。

寫於2018年10月13日到17日

目次

CONTENTS

三十年回首話胡風

——兼論百年啟蒙的悲劇根源

　　在新的一年到來之際，我想起了三十年前的1978年，正是在那一年，我開始重讀胡風的全部著作，重新研究他的思想理論，目的是要論證一直受到批判的「胡風文藝思想」的正面意義和價值，從思想文化方面為胡風「翻案」——翻轉這一被顛倒了的「學案」。從那以後，胡風思想就成了我的教學和寫作的重要內容。三十年過去了，「胡風冤案」、「胡風事件」都早已成為歷史並逐漸被人遺忘。但是作為思想史、文學史上的一個重要「學案」，卻並未過時，也不會過時，因為那是一面鏡子，不僅能從中照見歷史，也能從中照見今天的許多東西；更何況，其中的真假是非並沒有真正弄清楚。三十年來，我自己在對待這些問題的認識上，也有發展變化，都需要也應該進行回顧和反思。

　　恰在此時，胡風的女公子張曉風夫婦應邀到武漢，出席湖北省博物館主辦的「荊楚英傑後人聚會」，會後來看我。談話間提到當年我訪問胡風的往事，曉風說老人很信任我，接連五次長談並主動將未曾示人的重要文稿給我看，也是一種機緣。由此，更激起了我反思、總結一切的決心。更巧的是，《書屋》編輯劉文華先生提出了「三十年回首話胡風」這個題目，猶如給出了第一個音符，有了動機，整個旋律開始在我心頭湧動，於是就有了下面這些文字——

一

　　1978年，那是二十世紀中國的偉大歷史轉折，可以說，今天的一切進步和成就都與之有關。沒有1978年的轉折，近年來高談的「振興」、「崛起」、「強國」、「盛世」等等，全都無從談起。1978年有許多重要的事情，其中最重要又與本文有關的，有以下幾件：右派改正；真理標準問題的討論；否定「文藝黑線專政論」；推倒「兩個凡是」，這都可以歸入「思想

解放」這個大題目之中。上世紀八十年代興起的「新啟蒙」，就正是從這兒來的。

正是在這種情勢之下，我設法搜尋來了胡風的八本論文集，重新閱讀，認真思考，為不久就會開展的論辯作準備，當時我料定了必然會有這一天，而且確信為時不會太久。我的這一想法和行動，得到了兩位長者的大力支持和幫助，這就是詩人曾卓和左聯老作家吳奚如。曾卓是「胡風反革命集團骨幹分子」；吳奚如是胡風左聯時期的摯友，他們都是幾十年文壇紛爭的親歷者，深知胡風事件的內情。當時我們都確信：胡風無罪，和劉少奇一樣，終將洗去身上的「莫須有」罪名，而且歷史將承認他的思想理論的價值。

認真重讀胡風的著作時，我正在教現代文學史，在閱讀有關史料論著的同時，寫了七八萬字筆記，並在筆記本的扉頁上寫下了一段小引，前面有兩句引語：「實踐是檢驗真理的唯一標準」、「在真理面前人人平等」，這是當時的流行口號。下面接著寫道：

> 胡風的文藝思想是反現實主義、反馬克思主義的嗎？這個問題一直存留在我的心裡，二十多年來一直沒有解決。近兩年在「撥亂反正」的過程中，文藝上的一些理論問題也逐步得到了澄清，「黑八論」已經不黑了，馮雪峰、邵荃麟、秦兆陽等同志也都得到了平反昭雪。可是，不知道為什麼，人們好像忘記了一樁重要的歷史公案——這些得到平反的理論家和他們的理論觀點，當年受到批判時都有一條重要罪狀：與胡風思想一脈相承，繼承了胡風的衣缽，販賣胡風的黑貨。如今，這些理論觀點都得到了平反，作為與之一脈相承、衣缽授受的胡風思想，究竟應該怎麼看？——對此，人們早已在私下裡議論了，卻沒有人出來正面回答這個不能不回答的問題……

1979年7月，吳奚如收到胡風寄自成都的第一封信，知道他已獲自由並成為四川省政協委員。我讀了這封信，發現胡風不但思想觀點未變，而且「主觀戰鬥精神」的昂揚不減當年。接著，全國第四次文代大會召開，吳奚如以「特邀代表」身份出席，在會上提出請胡風出席這次會議的要求，並把問題直接捅到了胡耀邦那裡。周揚在向胡耀邦作了彙報和解釋以後，回來告訴吳奚如和聶紺弩，說文代會後儘快召開專門會議解決胡風問題；他還承認

胡風在文藝理論方面比自己強,在當時的中國無人可比。這表明,胡風問題的解決已經確定無疑了。於是,吳奚如把他五月間寫的悼念胡風的文章作了修改(那時有傳聞說胡風已死),由我交曾卓轉給《芳草》雜誌的負責人武克仁、劉烈誠,這就是1980年第1期《芳草》上發表的《我所認識的胡風》一文。這是第一篇公開為胡風說話的文章,很快在海內外傳開,吳奚如也因此被人譽為「義士」。在此之前,1979年12月《長江文藝》發表了我的《現實主義還是教條主義》一文,為秦兆陽辯護並點名批評林默涵,追溯左傾教條主義的歷史根源。文章發表前,主編刪去了與胡風思想直接相關的五百多字。吳奚如把這期刊物寄給了胡風,胡風看出了文章的意圖,覆信肯定了我的觀點和研究方向。我和胡風的交往由此開始,我和其他胡風思想研究者(如徐文玉、王福湘等)的交往也由此開始。

在這整個過程中,我們——包括吳奚如、曾卓以及徐文玉、王福湘等,都是從思想理論的角度研究胡風問題的。「反革命」是「莫須有」;「宗派主義」是對「流派」的惡意曲解,用不著在這些地方花費精力。三十年來,我自己對胡風問題的認識也有一個發展深化的過程,大體說來,可以分為三個階段:上世紀八十年代主要是「辯誣」,並未超越主流意識形態的框架;九十年代有所超越,著力於梳理、辨析胡風思想與極左思潮的歷史糾葛和原則區別;進入新世紀以來,在直面現實並反思歷史的同時,先後受到顧准、王元化、王學泰和汪澍白等先生的相關著作的啟發,轉而從近現代中國社會轉型和文化衝突的角度去思考,逐漸有了一些新的認識。

二

三十年後再回首,不能不承認,還是胡風本人的看法最清楚明白,也最準確、最深刻。1982年我訪問他的時候,五次長談,有問必答,而且主動給了我幾個重要提示。後來我在文章裡提到過這些提示,卻沒有把它們聯繫起來進一步思考。進入新世紀以後,我才逐漸悟出其中的深意,注意到它們之間的聯繫,從而對胡風的一生及其思想的意義——歷史意義和現實意義,有了進一步的新的認識。

這幾個重要提示是:一、他明確告訴我:問題主要是思想理論上的原則分歧,不應該糾纏在人事關係和個人恩怨上,當然更不是什麼政治歷史問

題。二、他特別提醒我，說他的理論觀點集中反映在《論民族形式問題》和
《論現實主義的路》這兩本書裡，研究他的思想理論，應該以這兩本書為依
據。三、我最後一次和他談話時，他要梅志拿出一份手稿給我看，說一共有
三份，一份送到了胡耀邦那裡，一份在李何林處，這是僅存的底本，要我讀
後立即送還，切不可丟失。這是一份關於「兩個口號」論爭歷史真相的說明
材料，題為「歷史是最好的見證人」，全文有十五六萬字。我連夜讀完，第
二天一早就送回去了。

　　他的這三本論著，關係到二十世紀中期的三次歷史轉折，轉折中發生的
三場思想文化大論爭。這就是1936年的「兩個口號」論爭；1940年的「民族
形式問題」論爭；1945～1948年的關於現實主義問題的論爭。以往只把這些
看成是文藝界的問題，統稱為「文藝論爭」，而沒有從思想史、文化史的角
度去考察其深層的意義和歷史淵源。事實上，這幾次論爭的真正分歧都源於
不同的思想文化傳統，而且是互相承接，緊密相連的。從這裡著眼進行歷史
考察，不僅能清楚地看到胡風的悲劇的根源，更能找到百年來中國啟蒙運動
發生蛻變以致逆轉的悲劇根源。

　　現在就從「兩個口號」論爭說起。發生在1936年的那場口號之爭，是
多次論爭中參與人數最多、歷時最久的一次，後來的反胡風、反右派、「文
革」以及「撥亂反正」都曾涉及這場論爭；反反覆覆，一直眾說紛紜，至今
還是一筆糊塗賬。以往的文學史都是依照黨史的規格編寫的，按政治標準進
行區分和評價。「兩個口號」也就一直在「左、右」的路線是非中被評說。
倒是外國人寫的中國歷史著作，對此有比較切近事實的說法，說這次論爭是
「個人與組織的衝突」，也就是魯迅和胡風堅持己見，維護個人的寫作自
由，與組織意圖之間產生的矛盾。這雖然接近事實，卻過於簡單表面，沒有
觸及論爭的實質。

　　讀了胡風的《歷史是最好的見證人》，再一次重讀魯迅答徐懋庸的長
信，一切都清晰起來，不僅可以看到口號背後的真正思想分歧，而且可以看
出這種思想分歧的實質和歷史根源。胡風主要談了兩個方面的歷史事實：一
是周揚們是怎樣對待魯迅的；二是魯迅和他本人的觀點和態度。他用大量事
實證明，周揚、夏衍、郭沫若、任白戈等人之對待魯迅，不是尊重不尊重的
問題，而是敵視、攻擊、謾罵。與周揚們的這種態度相反，當時的中共中央
領導人──張聞天和周恩來對魯迅是信任、尊重和支持的，馮雪峰就是按照

他們的指示處理口號問題的。——在胡風看來,「兩個口號」之爭的焦點就是怎樣對待魯迅的問題,魯迅是新文化運動和文學革命的代表和象徵,因而這也就是怎樣對待五四傳統的問題。在胡風心目中,魯迅、五四、共產主義是緊密相連、相通的。因此,他堅信自己的正確,是和魯迅和黨中央站在一起,站在歷史的正確一方;而左聯領導人周揚等,則是站在錯誤的一方。

這裡需要簡單提一下魯迅與左聯的關係。魯迅的加入左聯,既不像左派所說,是「思想轉變」的結果,也不像有的人說的是「投降」、「上當」。事實很清楚,是國民黨的屠刀和共產黨的統戰雙方合力的結果;還有世界資本主義危機和蘇聯建設成就這一大的歷史背景的影響。但是,魯迅並沒有放棄個人的獨立人格,依然用批判的目光審視一切,包括他加入的這個新的群體。一開始,他對馮乃超起草的那個極左綱領就持保留態度,接著在左聯成立大會的演講中批評左的傾向,以後又不斷發表批左的文章。在致章廷謙的信裡,魯迅把他對左聯的看法表述得很清楚:說十年來在文學事業上不斷幫助青年們而不斷失敗、受欺,因為「但願有英俊出於中國之心終於未死,所以此次又應青年之請……加入了左翼作家聯盟,於會場中一覽了薈萃於上海的革命作家,然而以我看,皆茄花色,於是不佞勢又不得不有做梯子之險,但還怕他們未必能爬梯子也,哀哉!」

後來的事實驗證了魯迅的預見,從1930年到1936年,在整個左聯時期,魯迅與那些來自創造社、太陽社的革命作家的關係並不融洽,從貌合神離到徹底決裂。這中間,他那「盟主」的身份也只在一部份人中得到承認。左翼十年是從論爭開始又在論爭中結束的,「革命文學」論爭帶來了左聯的成立,「兩個口號」論爭伴隨著左聯解散。而且,兩次論爭都是圍剿魯迅,而兩次制止論爭為魯迅解圍的,都是中共中央領導人。特別應該注意的是,這兩次高層領導的直接干預都是支持魯迅反左。——這裡還應該補充一點,中間還有一次,1932年與「第三種人」發生論爭時,張聞天發表重要文章《文藝戰線上的關門主義》,也是糾左的。由此可見,整個左翼文藝運動是在中共高層領導不斷糾左的過程中發展壯大的。這一點也不奇怪,當時的中共領導人是李立三、周恩來、張聞天,以及潘漢年等,他們都是直接參加過五四新文化運動的真正的新型知識份子,張聞天和周恩來還有過文藝創作實踐因而真懂新文藝,所以才會那樣珍視五四傳統,那樣尊重魯迅。試想,如果當年不是他們出來糾左,由著郭沫若、周揚們去指揮,能有三十年代上海左翼

文藝運動的那些成就嗎？

胡風提供了一段有力又有趣的歷史見證：當時，郭沫若正在日本東京，是周揚派任白戈趕到東京，向他傳達組織的有關精神，郭沫若立即表示擁護「國防文學」，願意做「黨的喇叭」，為「國防文學」吶喊。——前一次提出著名的「留聲機」論，說革命作家應該做革命的、階級的「留聲機」；這一次則甘願充當「黨的喇叭」，其思想立場和精神狀態前後一貫，並無變化。顯然，魯迅與郭沫若的這兩次吶喊大不相同，「精神界戰士」是自己發出自己的聲音，「留聲機」和「喇叭」則是由別人操縱發出別人的聲音。可見，論爭的真正分歧，分歧的根本，還是在人，人的獨立人格和自由思想；在文學上，就是要不要回到「文以載道」的老路上去。「留聲機」論、「黨喇叭」說，以及後來的「為政治服務」方針，都不過是新的「文以載道」，載「革命」、「階級」、「抗日」之道，代革命的聖賢立言。張聞天和周恩來當然懂得這一切，自然會站在魯迅一邊；後來郭沫若周揚也不得不轉向，表面上認錯。

其實，魯迅的萬言長信並不難懂，他所主張、所堅持的，就是五四思想革命和文學革命的啟蒙主義原則精神。主要是兩個方面：一不贊成把「國防文學」當作文學口號；二不能容忍左聯內部那種專制作風和行幫習氣。他認為，把「國防文學」當作文學口號，會影響創作自由，妨礙作家在作品中揭露現實社會的黑暗，因而取消新文學的啟蒙作用。至於左聯內部那種專制作風和行幫習氣，更是與五四精神完全相反的傳統舊貨色——「拉大旗作為虎皮，包著自己去嚇唬別人，小不如意，就以勢（！）定人罪名，而且重得可怕的橫暴者」——「元帥」、「指導家」、「奴隸總管」等等，就都是民主革命和新文化運動所要掃蕩的對象。

就在這次論爭還在進行的當時，魯迅寫了一則雜感：

> 用筆和舌，將淪為異族的奴隸之苦告訴大家，自然是不錯的，但要十分小心，不可使大家都得著這樣的結論：那麼，到底還不如我們似的做自己人的奴隸好。
>
> （《半夏小集》）

不做奴隸！——這是魯迅的心聲，是他離開這個世界之前的又一聲吶

喊，與開始的那聲「救救孩子」遙相呼應。他要求國人不做異族的奴隸，也不做自己人的奴隸。可以把這看成是魯迅留給國人的政治文化遺囑。

胡風接受並一再闡發這一遺囑。魯迅逝世一周年時，他在《關於魯迅精神的二三基點》一文的末尾，寫下了這樣一段話：

> 魯迅一生是為了祖國底解放，祖國人民底自由平等而戰鬥了過來的。但他無時無刻不在「解放」這個目標旁邊同時放著叫做「進步」的目標。在他，沒有為進步的努力，解放是不能夠達到的。在神聖的民族戰爭期的今天，魯迅的信念是明白地證實了，他所攻擊的黑暗和愚昧是怎樣地浪費了民族力量，怎樣地阻礙抗戰怒潮底更廣大發展。

在以後的幾年裡，他多次重複這段話，意思很明白：「解放」——擊退外來的侵略勢力，「進步」——消除內部的黑暗愚昧，這不就是「救亡」與「啟蒙」嗎？可見，魯迅和胡風所重視所堅持的，正是五四的啟蒙主義傳統；「兩個口號」之爭的根本分歧，就在這裡。從那時開始，中國思想史、文化史上的種種衝突，都與此緊密相關。從那時開始，胡風就堅定不移地跟著魯迅，為堅持五四啟蒙主義傳統而戰鬥。魯迅逝世以後，他接過這面啟蒙主義大旗繼續前進，一直到進了牢房。——不是說，魯迅如果還活著，依舊那樣寫文章說難聽話，那就讓他進牢房裡去寫。魯迅不在了，胡風代他進了牢房，因為胡風一直在為啟蒙而吶喊，從重慶到北京，包括《三十萬言書》，他的所有著作幾乎都是在呼喚啟蒙，要求「進步」——消除黑暗愚昧。不妨翻看一下寫於五十多年前的《三十萬言書》中的「作為參考的建議」，那不就是一些超前的「文藝體制改革」的設想嗎？

幾十年過去了，胡風在牢裡反思歷史，尋找十年浩劫的思想歷史根源，他說：根源在文藝上，就是魯迅道路與反魯迅道路的鬥爭，也就是堅持五四啟蒙方向與反五四啟蒙方向的鬥爭。可見，他比我們都早地意識到了「回歸五四」的歷史啟示。從這裡著眼，難道不應該讓他在中國現代思想史上佔一席之地嗎？

三

　　「兩個口號」論爭是中國現代思想史、文化史上的重要轉折，那以前，是在上海，確實是魯迅、胡風、中共高層領導，一起在糾左中推進左翼文藝運動，基本上堅持了五四啟蒙主義方向。那以後，隨著形勢的發展，情況有了變化：胡風等人隨著周恩來到了重慶，和文化上的自由派、保守派共處於山城，那是個多元的複雜的文化環境。周揚和徐懋庸到了延安，那裡沒有自由派和保守派，更沒有極右的國民黨御用文人，有的全是左翼，左翼中的兩派──原來的雪峰派（魯迅派）與周揚派。這樣，山溝裡的延安與山城重慶，就形成了一種「雙峰對峙，二水分流」的思想文化格局，兩方面的最大區別，就是怎樣看待「解放」與「進步」也就是「救亡」與「啟蒙」的關係。

　　當年，胡風跟著周恩來，繼續先前被中央肯定的魯迅方向，以啟蒙促進救亡。1938年武漢撤退時，政治部三廳安排胡風去新四軍中任宣傳部長，或到延安魯藝當教授。胡風拒絕了這兩個不錯的去處，卻執意要去重慶，繼續辦那個既無後臺又無資金，正處於困難之中的《七月》雜誌，因為他想為五四新文學保留一個可以延續發展的陣地。他的這一選擇只得到了一個人的支持，就是吳奚如。吳奚如身後就是周恩來，當時吳奚如是周恩來的政治秘書。去年出版的《胡風家書》裡對此有具體的記述。──從那以後，胡風一直受到周恩來的關注和支持，包括經濟上的支援（辦《七月》、《希望》所需經費）。那一時期，在大後方的很大一部分進步文化人，和胡風一樣，在周恩來的領導和影響下，一直堅持五四啟蒙傳統。國民黨中宣部企圖用「國家至上」、「民族至上」壓倒啟蒙，實際上卻辦不到。

　　延安的情況就大不相同了，許多文化人到了延安，其中就有蕭軍、丁玲、羅烽、艾青，還有王實味。許多知識青年也是受五四精神和魯迅的影響，去延安尋找民主自由的。整風以後情況就變了。從王實味的受難，丁玲、蕭軍、羅烽、艾青等的受批判，就可以清楚地看到，那正是「救亡壓倒啟蒙」、「革命壓倒啟蒙」。──從周揚身上可以看得更清楚：周揚是在上海受了批評，於失意中去延安的，到延安後不久，就受到了毛澤東的安撫和重用。在延安期間，周揚完成了從「國防文學」到「工農兵方向」的過

渡，也就是把蘇聯的「社會主義現實主義」理論中國化，幫助構建「工農兵方向」。具體做法就是用馬恩列斯和高爾基、魯迅的語錄解釋《在延安文藝座談會上的講話》。這個理論體系的核心是「結合」，即知識份子與工農相結合，也就是知識份子的身份和地位的轉換：從啟蒙主體的精神界戰士，變成被改造的對象。這當然也反映出對以農民為主體的人民大眾的看法和態度──工農的靈魂比知識份子的靈魂乾淨。於是，從梁啟超的「新民說」到魯迅改造國民性的思想，當然都要被否定，至少是被淡化、擱置。──這實際上就是郭沫若的「留聲機」論和「黨喇叭」說的新版本。

在1939～1940年間，文化界又發生了一場大論爭──關於「民族形式」問題的論爭，所涉及的範圍和參加的人數，都接近上次「兩個口號」之爭，其在歷史上的地位也更重要，所以李澤厚把它列為現代思想史的重要關節。這次論爭的焦點，是怎樣看待五四傳統的問題。胡風的《論民族形式問題》，就是對這次論爭的評述。論爭是毛澤東關於「馬克思主義中國化」和重視「民族形式」的號召引起的──這裡順便提一句，那個極端推崇「民間形式」而大貶五四傳統的向林冰，就是後來在「文革」中被抬出來參與「批孔」的趙紀彬。──這中間，只有胡風的觀點和態度最鮮明也最堅決，不但對民族傳統、民間形式持批判態度，而且在保衛五四傳統的同時，肯定其資產階級屬性，說「以市民為盟主的中國人民大眾底五四文學革命運動，正是市民社會突起了以後的、累積了幾百年的、世界進步文藝傳統底一個新拓的支流」，而且在談到「民間形式」的落後性時，他還談到了農民的落後性，說「農民的覺醒，如果不接受民主主義的領導，就不會走上民族解放的大路，自己解放的大路；因為農民意識本身，是看不清歷史也看不清自己的。」在這裡，他還用了「農民主義」、「民粹主義死屍」這樣的字句。

四十二年後的1982年，在談到民粹主義問題時，胡風感慨地說：當時只是憑感覺，感覺到了問題的存在，決沒有想到後來竟會發展到如此嚴重程度，所以當時只是提出問題，從文藝上提出問題。──從對農民的看法，談到他學習馬克思主義的經歷。他說他對農民的看法來自馬克思恩格斯，也來自魯迅。他從魯迅那裡懂得了怎樣學習馬克思主義，有兩點：一是要讀原著，免得受騙；二是要深知中國的實際，免得掏空。魯迅對農民的看法和馬克思恩格斯一致，更是切合中國實際。他認為他當年在《論民族形式問題》一書中提出的那些看法，既符合馬克思主義也符合魯迅的教導。後來的歷史

事實充分證明他的看法的正確。他說關鍵是「大眾化」的性質和方向問題，當年口號之爭中提出「大眾文學」，意義和目的都在堅持新文學的啟蒙主義精神，不想後來的「大眾化」愈來愈偏離了這一方向，變成了「新幫閒」、「新國粹派」。

他所說的「新幫閒」，顯然指那種一味強調「喜聞樂見」的新方向、新理論；「新國粹派」則指那些迷戀民間舊形式和吹捧傳統的人。

可見，「民族形式」問題論爭的關鍵，依然是對待五四和對待魯迅的不同看法和態度。胡風代表的是大後方進步文藝界的相當一部份人，以當時的說法可稱為「地下派」；周揚當時已經是解放區的「文藝總管」，當然是「延安派」的代表。這兩派確實有著不同的「五四觀」和「魯迅觀」。在胡風這一邊，看法並不統一，但在一個中心問題上認識是一致的，那就是確認五四新文化運動和文學革命運動的啟蒙主義性質，承認這場運動是西方人文主義思潮影響下的、以人的解放為中心的啟蒙運動。馬克思主義也好，現實主義、浪漫主義也好，全都屬於這股潮流、這種性質。周揚所代表的是上世紀下半期的流行觀點，是按照後來的新民主主義革命理論回過頭去解釋五四的，要點有二：一是時代的劃分；二是性質的確定。把五四劃定在1919年5月以後，把這場運動的性質確定為反帝反封建的文化革命，而且是受了俄國十月革命的影響，屬於世界無產階級革命的一部份，是無產階級領導的。──這裡無須細說，也是兩點：一、這樣一刀切去了1915到1918這幾年，陳獨秀的「科學與人權」；胡適的「文學改良」和「易卜生主義」；魯迅的「救救孩子」和醫治國民性弱點，以及周作人的「思想革命」和「人的文學」等等，就全都沒有了著落。二、正是這些話題和思想，在當時代表著五四新文化運動的思想主流，後來則成為五四傳統、五四精神的源泉，哺育著一代又一代青年。這裡面確實找不到十月革命的影響，也沒有「馬列主義」，因為那都還沒有產生。馬克思主義和社會主義倒是有的，但那也屬於西方人文主義思潮這一大的譜系，而與列寧去世後史達林提出「列寧主義」這一名目後才有的「馬列主義」大不相同。──僅從這兩點，就可以看出兩種「五四觀」的區別及其真假是非。

說到對魯迅的看法和態度，就覺得既可悲又可笑。前面已經說到一些，半個多世紀以來，在思想文化領域，這是每次論爭都要涉及的兵家必爭之地，早就形成了兩種截然不同的「魯迅觀」。兩派都打魯迅的旗號，都尊魯

迅為導師，都以魯迅的文字為攻守的武器，而真正的看法和態度，則是大相徑庭乃至剛好相反。以往半個多世紀乃至今日的中國問題，中國的苦難，大都可以從這裡得到解釋或找到求解的途徑。——在這裡，讓我先說幾件理論以外的歷史細節，按時間順序：1949年在北京，有人向郭沫若提及「如果魯迅還活著……」這個老話題，郭不假思索地回答：「那就根據他的表現，安排適當的工作。」後來，1957年在上海，就有了許多人都知道的另一個回答：「要麼識大體，不說話；要麼進了監獄，還要寫」。再後來，到了1966年，我所在的城市的一所學校成立了一個「批魯迅」戰鬥隊，要批判魯迅的作品，批他醜化、誣衊、攻擊勞動人民的罪行；不過，還沒開始就明白過來，轉向了。——還有一個歷史細節，也是1949年在北京，在一次有江青在場的會議上，談到文藝工作的方向，胡風提出，文藝工作只能以魯迅的方向為方向……。對照我們經歷過的歷史，對照胡風的那份《歷史是最好的見證人》，很清楚，那幾十年的思想鬥爭和文化衝突，確實集中體現在魯迅身上。

在上世紀下半期最權威的魯迅論裡，在那高度評價中就包含著同樣的意思：說「魯迅筆法」過時了，說魯迅寫了農民的落後愚昧，是他不瞭解農民的革命性等等，同樣是不願聽批評，不接受魯迅那種富於批判意識的自省精神。在五四愛國運動的高潮中，魯迅呼喚：「不知自省而只知責人的民族，禍哉、禍哉！」後來當日本侵略勢力步步逼進的時候，他又說：「中國倘不徹底地改革，運命總還是日本長久，這是我所相信的。」這種深刻的自省來自對祖國對人民的深摯的愛。當年覆蓋在他身上的「民族魂」，指的就是這種精神。魯迅所說的「自省」、「改革」，主要在精神、文化方面。而國粹主義、民粹主義，正是這種自省和改革的最大障礙。胡風提到魯迅所說的「新幫閒」、「新國粹派」，指的正是這種勢力；所謂「新」，是指「人民」、「革命」這些新包裝。後來，在魯迅本人都被說成是「人民大眾的牛」——把「俯首甘為孺子牛」中的「孺子」解釋為「人民大眾」，於是瞿秋白眼中的「諍友」，就變成了忠順聽話的「牛」了，哪還有批判、啟蒙可言？所以後來連魯迅提出的「新幫閒」、「新國粹派」這些名目也被人忘記了

「民族形式」問題論爭之所以重要，是因為觸及到了二十世紀中國文化衝突格局的變化——由中西、古今之爭，轉向了土洋之爭；就是民間小傳統

與五四傳統之爭，也就是延安派與地下派之爭（當時的一種說法，「地下派」指周恩來領導的大後方和後來的國統區的文化人）。上面提到的「雙峰對峙、二水分流」的格局，到1949年就結束了，此後由合流而產生的新的衝突，一波三折，從1950年到1958年又到1966年，掀起了三次以「土」為主的文藝運動高潮。一開始，從農村來的民歌、年畫、秧歌劇，以新鮮的泥土氣息和激越的革命旋律，一下子吸引了城市的讀者和觀眾，第一個回合，延安派占了上風。隨著學習蘇聯的新形勢，原來城市的新的東西很快就恢復並取代了鄉村來的民間文藝。1957年反右，就包括反這種五四精神的回潮。1958年的大躍進，同時出現了精神上文化上的大躍進，那才是真的「民粹主義的屍又發出香氣了」。──劉、關、張、趙、馬、黃；武松、李逵、魯智深；穆桂英、花木蘭以及王母娘娘、孫悟空，全都出來了，民間的佔領了整個文藝陣地，一時間，全都成了當年魯迅說的「新幫閒」、「新國粹」。極左的內容配以極古極土的形式，這就是二十世紀中期出現的第一波遊民文化高峰。隨著餓殍遍野，這場民間文藝鬧劇也收場了。接著是短時期的「調整」，由周恩來、陳毅出面，重提「藝術民主與藝術規律」，也就是「民主與科學」，形勢很快扭轉。但接著就是大反覆──文化大革命爆發，這是第二次遊民文化高潮。《東方紅》取代了《國際歌》，樣版戲佔領了整個文藝陣地乃至全部文化領域；形式是民族──民間的，內容是最最革命的──以權力為中心所衍生的復仇、暴力、權謀、血統論等等；完全沒有一點五四氣味，也沒有了儒道釋，只有這種來自歷史深處和社會邊緣的小傳統遊民文化。──當年聞一多曾指出：「在大部份中國人的靈魂裡，鬥爭著一個儒家，一個道家，一個土匪……」這「土匪」指的就是遊民意識、遊民文化；《水滸》就是這一家的「聖經」，魯迅就把《水滸》的流行，看成是社會落後停滯的標誌。──1952年新版《水滸》出版，《人民日報》發表短評祝賀，馮雪峰寫長文介紹，聶紺弩帶領調查團赴安徽調查施耐庵生平事蹟……。在這熱鬧非凡之際，又是胡風，一人獨違眾議，大唱反腔，說《水滸》是非人文學，頌揚封建專制，鼓吹兩項中國最黑暗最野蠻的醜惡事物：吃人肉和賤視婦女。當然，他還是站在五四啟蒙主義和「人的文學」的立場上看問題發議論的。

在這股民粹主義思潮剛崛起和進一步發展的關口，胡風就及時發現了問題，發出了警告，接著又加以阻擾，而別人卻沒有，這是因為他一直沒有忘

記魯迅的話：「沒有為進步的努力，解放是不能達到的。」幾十年一直清醒地堅持維護五四啟蒙主義傳統，不怕誤解，不怕圍攻，不斷地發出吶喊。——說他是魯迅傳人，應該從這裡去解釋。從這裡著眼，難道不應該讓他在中國現代思想史上佔一席之地嗎？

四

　　《論現實主義的路》，是在八年以後，在又一次論爭後期寫出來的，是對論爭對手的答辯，也是對十年來的文學運動的總結。1940～1948年間，中國發生了極大變化：抗戰勝利了，內戰打響了又接近尾聲了。這中間，思想文化界有兩件大事：延安文藝整風和重慶文藝論爭。前者標誌著毛澤東文藝方針的形成和權威地位的確立；後者標誌著胡風文藝思想的趨於成熟。重慶論爭爆發於1945年，在此以前，胡風文藝思想的發展已經引起了延安方面的注意。胡風提出：文藝家必須提高自己的人格力量和戰鬥要求，社會也應該認識和尊重這種人格和要求。他認為，這種主觀精神、人格力量在創作活動中與客觀對象之間的相互作用與融合，就是藝術創作中的現實主義。對創作過程中主客觀之間的複雜關係的深入具體的探討，是胡風文藝思想中最具有獨創性也最有價值的部份。但是，這種用生疏的詞語所闡述的精微理路，很難為一般缺乏藝術實踐經驗的人所理解；更因為直接與以周揚為代表的延安派觀點相左，很快就受到了指責。論爭就是圍繞著胡風的這一現實主義理論展開的，所以史稱「關於現實主義問題的論爭」。胡喬木與舒蕪談話時，點出了分歧的關鍵和實質所在：「延安在批判主觀主義，你們卻在鼓吹主觀精神，毛澤東同志把小資產階級的革命性與無產階級的革命性嚴格區別開來，你們卻把兩種革命性混淆起來。」後來，喬冠華等在香港發起對胡風的批判就是由此出發，集中批「主觀唯心主義」和「資產階級個人主義」。胡風的《論現實主義的路》，就是回答那幾年的批判並進一步闡述自己的現實主義理論觀點的。

　　《論現實主義的路》是胡風著作中最有理論深度又最有論辯性的，表現出了遠比他的對手們高的馬克思主義理論水準和藝術鑒賞力。首先是他抓住了根本，根本就是人，他明確指出了他與喬冠華們在對人的理解和態度上的根本分歧。文學創作是一種人為了人而描寫、人給人看的、只有人才有的活

動，因此，首先必須弄清楚，這裡的「人」與「活動」究竟指的是什麼。喬冠華們是從社會政治角度出發，說的是政治上的人、階級的人，是「敵、我、友」，是「人民」、「群眾」、「工農兵」、「小資產階級知識份子」等等。他們對這些抽象的人、概念的人所下的評語，如乾淨、善良、優美、堅強、健康，或醜惡、卑鄙、自私、骯髒等等，也全都是從概念出發的、籠統的。這樣的指導思想和批評原則，當然只能催生出無數公式化概念化的次品和贗品。胡風的看法則大不相同，他所說的人，就是馬克思在《德意志意識形態》裡所界定的現實的人、具體的人，這是有思想有感情，有著不同的性格、氣質、心理特徵和精神狀態的有血有肉的活生生的人，這樣的人全都生活在複雜萬狀又變動不居的社會網羅之中，相互間有著各種各樣的複雜關係。其中當然有階級關係、階級性，不過如魯迅所說，是「都帶」階級性而非「只有」階級性。胡風是從文學創作的角度探討人的問題，所以他沒有首先從階級上去區分，他的提法是：「對於作為創作者的人和創作對象的人的理解」。

1982年他向我談到這個問題的時候，曾說起他學習馬克思主義的心得，說他主要得益於《德意志意識形態》和《費爾巴哈論綱》，其次是《神聖家族》；文藝和美學方面，主要是致哈克納斯等的那幾封信。還說，《論現實主義的路》裡的引文，是他自己從日文譯出的。由此可知，他的「歷史唯物主義」是真經，他的「主觀精神」一點也不「唯心」。

按照他的理解，文學的任務是描寫「活的人，活人的心理狀態，活人的精神鬥爭」，而作家和他的對象都是感性存在，實踐的人，所以創作過程不可能是單向反映，而只能是一種雙向互動過程。作家向對象突進、深入，和對象一起進入現實和歷史的深處；在這同時，對象也深入到了作家的心裡，激起他的全部精神積累和感情記憶，從中吸取能夠吸取的一切，生發能夠生發的一切。這既是體現對象的攝取過程，也是克服對象的批判過程；在這一過程中，作家和他的人物一同成長。──這不就是別林斯基所說的那種孕育新生命似的創作過程嗎？新生命所吸取的一切都來自母體，在那裡，客觀外界的物質營養都已經融入了母親的機體和生命，能機械地去區分主客觀、物質與精神嗎？在這裡，最重要的當然是作家的主體性，不但是對外界，也包括對自己，做自己的主人，把自己轉化為客體，審視自我，如托爾斯泰所說，作家應該去研究「只有在我們自身的意識中才能觀察到的內心生活活動

最隱秘的規律」，而不能止於從外部去觀察人、研究人，「誰不以自身為對象研究人，誰就永遠不會獲得關於人的深邃的知識」。魯迅稱陀思妥耶夫斯基既是犯人又是法官，也是同一道理。這當然不僅僅是知識能力問題，更重要的是人格、意志、情感、胸懷的問題，這是對作家自我的極高要求。胡風那麼重視主觀精神、人格力量，原因就在這裡。

正是這種現實主義精神，使得胡風能夠在歷史轉折關頭保持清醒，沒有附和當時正在興起的貌似激進而實為倒退的民粹主義思潮，這集中反映在他對知識份子和農民以及他們之間的關係的看法上。正是在這個涉及到中國社會發展方向的關鍵問題上，突顯出胡風與他的對手們之間的根本思想分歧。——據巴金回憶，他曾問胡風為甚麼受批判，胡風的回答是「因為我替知識份子多說了幾句話」。那是他正在寫《論現實主義的路》的時候。有關知識份子和農民的地位和作用的論述，是這本書裡最值得注意的地方。應該特別指出的是，在那個時候，即1948年秋天，胡風就已經把知識份子看成是勞動人民的一部份，並進行了全面分析。

他那兩個一再受批判的提法：「人民的生活要求裡面潛伏著精神奴役的創傷」、「封建主義活在人民身上」，是對《論民族形式問題》裡的有關看法的發展，實際上是豐富而又深刻的科學論斷。如前所述，既體現了五四啟蒙主義精神，也與馬克思、恩格斯的看法一致，更與魯迅的思想有直接關係。他這樣談論知識份子與農民及其關係，是希望中國有良知的作家能本著五四啟蒙精神，擺脫「歌頌」、「暴露」教條繩索的束縛，如實地寫出人民的生存狀況和精神狀態，促使他們覺醒，從精神奴役下突圍出來，從「自在」進到「自為」，獲得個性解放，獲得自由，真正成為自己的主人。——這不還是那個「解放」與「進步」的關係問題嗎？

這次論爭發生在1945年抗戰勝利前夕，勝利在望，不少人已經在夢中描摹和平建設的未來。已經熬過了十年內戰又八年抗戰，稍有良知和良心的人都不會想到再去打仗。就在這時，在重慶的胡風，和同在那裡的周恩來身邊的「才子集團」——喬冠華、陳家康、胡繩等，共同商量發起一輪新的啟蒙運動，以接續受戰爭影響的五四以來的啟蒙運動。就在這前後，延安方面派何其芳、劉白羽到重慶宣講「工農兵方向」，雙方撞車，於是有了這場論爭。結果，「才子集團」連同周恩來都受到了嚴厲批評。可見，延安派、地下派早就存在，而且有隔膜。抗戰勝利的巨大變動使得論爭暫時擱置，到了

1948年又一個勝利在望之際，才發起批判。在香港的喬冠華「反戈一擊」批判胡風派的同時，還批判了沈從文、朱光潛、蕭乾等；與此同時，北方的哈爾濱批判蕭軍——這是怎樣的陣勢啊！可胡風的《論現實主義的路》就是在這個時候對喬冠華們的回答、反擊。多麼不識時務，簡直就是堂吉訶德！可他面對的並不是風車，而是既有最新花葉又有幾千年歷史根鬚的強大的「意德沃洛基」。

五

　　從1936年到1940年到1948年，一個思想上的堂吉訶德的戰鬥之路，這就是我心目中的胡風：一個中國的堂吉訶德，一個苦鬥了一生的啟蒙鬥士；一生都在從事啟蒙工作，無論是寫作，是編雜誌，還是教書，全都是在啟蒙，在為啟蒙辯護。他的坎坷，他的悲劇，也全都由此而生。這不是他一個人的悲劇，通過他這面鏡子，可以照見百年來中國啟蒙運動的悲劇及其根源。

　　這悲劇來自知識份子可悲的地位與處境，更來自中國政治文化的墮落——遊民意識浸透了政治，知識份子就時時處於「秀才遇見兵、有理說不清」的苦況。以往那些批判、那些運動，不都是如此嗎？胡風在談到他倒霉的原因時，一次又一次地肯定是因為替知識份子說話。——直到今天，我們這個社會已經習慣了貶損知識份子，而且是自己貶損自己，我們自己靈魂裡就有遊民意識。在以往那些年裡，我們都把那些侮辱知識份子的醜話當作了馬克思主義，真是荒唐。近來頗受人注意的普列哈諾夫就說過：「知識份子作為社會中最有學識的階層的使命，是把教育、人道和先進的思想帶到群眾之中去。知識份子是民族的榮譽、良心和頭腦。」

　　近年來一直有人在呼喚「文藝復興」，實際上是在呼喚啟蒙——補「個性解放」之課，提高國人的素質。百年來前人不斷在發出這樣的聲音：戊戌時王照要康有為先辦教育；辛亥前嚴復勸孫中山先辦教育；五四時期陳獨秀也說要先獻身於教育。不幸的是，不是不聽，就是堅持不住，都熱衷於政治。政治被軍閥痞子玩弄於股掌之上，這才有了前前後後說不完的悲劇。也許，政治真的是靈魂，是綱，不抓不行。但也要看是什麼政治。1946年沈從文在談到副刊的衰落時，也談到政治的作用，他建議重新界定政治，用「愛與合作」來重新解釋「政治」二字。——今天的「以人為本」、「和諧社

會」好像有此意思，但願如此。

這是我照胡風這面鏡子時所想到的，當然，胡風有他的不足和缺失，當年魯迅就說過。事實上，他的理論和為人都有不足，理論上有不少那個時代的明顯偏向，有自相矛盾的地方；文藝批評中也有偏激不當之處。這裡所說的，主要是他的基本精神和人品，這些東西正是我們許多人所缺乏的。知識份子不一定都去啟蒙，但應該保持知識份子的基本品格。胡風不能和魯迅相比，但作為傳人，應該說是合格的。最重要的，就是他一生為啟蒙，為立人，而不是為權為利為名為位。——如果他要爭地位，1938年就當部長去了，何須等到1949年？說到這裡，我想起了郁達夫，當年魯迅逝世時，他沉痛地說：「沒有偉大的人物出現的民族，是世界上最可憐的生物之群；有了偉大的人物，而不知擁護、愛戴、崇拜的國家，是沒有希望的奴隸之邦。」——話說得也許有些過激，用語不當，對照上面所引普列哈諾夫的話，那用意是明白的。我在這裡引用這些話，絕不是把胡風與魯迅相提並論為偉大人物，而是希望能以健康的心理、謙遜的態度去看待有品格有成就的前人，從精神上學識上多得到一些教益。

當人們沉浸在「新幫閒」和「新國粹」的輝煌與笑聲中的時候，我願意回顧歷史，從中尋找於今天有用的鏡子。

2008年2月於深圳南山

認識另一個胡風
──讀《胡風家書》

當我寫下這個題目的時候，腦子裡同時在想：何止是一個胡風，這本書還可以讓我們認識另外許多人，像雪峰、蕭軍、聶紺弩，乃至胡喬木、周恩來和毛澤東；甚至，一部中國現代文學史、思想史，也可以從這裡找到重要的歷史線索和思想軌跡。

當然，首先還是胡風本人。在上世紀後半期，胡風是個家喻戶曉的反革命頭目；後來平反了，人們才知道他不但不是反革命，倒是一個堅定的革命者，傑出的文藝批評家。風雲變幻數十年，伴隨胡風一生的，是殘酷的鬥爭，無情的批判──他自己的批評文字也一向以嚴酷著稱。這一切，似乎都很難與「情」字連在一起──我說的是那種飽含著愛和真誠的人與人之間的感情──愛情、親情、友情。大概很少人知道，胡風竟然是一個如此多情的人，對妻子、對子女、對朋友，有著那樣真摯、濃烈、細膩的感情。一個寧折不彎的強項人物，一向以嚴厲著稱的批評家，心裡竟然有那麼多的柔情，似乎有點難以想像。其實，這應該是意料之中的，胡風本來就是個性情中人。

他的這種多情，源於他的世界觀和人生追求，因而有著深刻的理性內容。這就是五四精神，文學革命的精神，那種「闢人荒」的人文主義思想──對人的生命和人的價值的珍視，對人的尊嚴和自由的尊重。後來他在讚揚曹雪芹和《紅樓夢》的時候，曾用了「唯人主義」這一概念，胡風一生所追求所堅守的，不正是這種「唯人主義」嗎？這本書裡就滲透著這種對人的關懷、熱愛和尊重。這是一種愛人如己的普世情懷，一種平等博愛的精神。五四初期的文學作品裡大都有這種精神，正是在這裡，顯示出胡風是一個真正的五四型的知識份子，終其一生也沒有改變，而這，也正是他致禍的根源。

從這本書裡，可以看出胡風一步步走向災難的軌跡，起點在1938年的武漢，當時擺在他面前有三條路：一是到浙江新四軍中當部長；二是到延安；

三是隨撤退洪流西行，到重慶繼續辦《七月》。前面兩條路都是組織安排好的，後一條路是沒有著落的艱難之路，胡風選的是後一條路。——這裡有兩個問題值得注意：一是胡風為什麼要選擇這條沒有著落的艱難之路？二是當時的中共領導人對此持什麼態度？胡風在信裡說得很明白，辦《七月》雜誌既得不到有關方面的支持，又難以籌措資金，唯一的安慰是讀者的熱情回應，他從這裡看到了新文學發展的前景，認為《七月》是新文藝運動的命脈，所以要執意辦下去。——這不同樣是「情」嗎？正因為對文學事業一往情深，才使得胡風在人生道路上一次又一次地選擇了「畏途」！

1949年以後特別是1953年下半年，胡風又一次面臨道路選擇的問題。這一次也是三條路：一是承認錯誤，聽從安排；二是擱置理論是非，先工作再說；三是先解決理論是非再談工作問題。和十幾年前一樣，他又選擇了第三條艱難的路——不，應該說是一條根本走不通的死路。把1952年的那些信與後來的三十萬言書，特別是其中的「作為參考的建議」對著看，就能看出胡風是何等的不識時務、異想天開——他竟然指望中央採納他的主張，改變那種正在形成的計劃文化大一統局面；而提出堅持魯迅方向，繼承五四傳統，維持三、四十年代文壇那種民間多元的格局！

對於胡風這兩次道路選擇，中共中央領導人的態度是不相同的。1938年胡風要繼續辦《七月》，支持他的只有周恩來的秘書吳奚如。吳奚如老人曾經告訴我，武漢時期周總理很器重胡風，一直關心支持他。事實上，整個抗戰期間，周恩來一直在幫助和支持胡風。後來的情況就大不相同了，胡風在1949—1953年的信裡，不斷地提到周恩來，希望能見到他而終未見到。信裡所表現的對周的感情，從信賴、期望到懷疑、失望和不滿的變化，包含有複雜的歷史內容，這就是胡風與中共高層的關係的變化。

這應該從1936年說起。當時張聞天和周恩來派雪峰到上海見魯迅，支持魯迅和胡風，到1955年胡風入獄，前後共二十年。這二十年又可分為前後期，各十年：1936—1945為前期，胡風和許多左翼文化人一樣，在周恩來的領導和支持下工作，走過了八年抗戰中那條既救亡又啟蒙的艱難道路。「七月派」，中國現代文學史上這道耀眼的彩虹的出現，就與周恩來的支持有關。後一個十年，1945—1955年，胡風走上了在啟蒙與改造的衝突中落入深淵的悲劇之路。

恰恰是在這兩個十年之間，1945年的元月，周恩來找胡風作了最後一

次談話，告訴他：理論問題只有毛主席才是正確的，要他改變對黨的態度。當時胡風並沒有領會這番話的含義，而只感受到周對他的信任與關懷。幾年後，胡喬木和周揚都和他談到過類似的話題，勸他不要「抽象的看黨」，要「和整個黨交朋友」。胡風似乎沒有真正聽懂這些忠告，他沒有意識到1945年周恩來那次找他談話，實際上是告別談話，要他以後「聽毛主席的話」；胡喬木和周揚的話也是同一個意思。所謂「具體的看黨」、「整個的黨」，指的都是毛澤東，也就是盧梭所說的那個代表「公意」的「立法者」。沒有經過延安整風的胡風，是難以有這種覺悟的。顯然，他也不知道，為了當年他和喬冠華、胡繩他們在重慶搞啟蒙活動，周恩來在延安受到了嚴厲批評；同樣，喬冠華對他「反戈一擊」，也不僅僅是個人的思想品德問題。在這些地方，胡風確實糊塗，政治上很幼稚。

1952年末發自北京的那幾封信，非常重要，從中既可以發現重要的歷史線索，又可以看到胡風的真實的心跡。批判他的會議結束了，他告訴梅志，問題鎖定在《論民族形式問題》和《論現實主義的路》兩本書上，也就是說，從1940年到1948年，他一貫反對毛澤東的文化思想和文藝路線。胡風當然知道問題的嚴重性，但他沒有叫屈，在信裡首先表示決不歪曲真理，不做殺害真理的劊子手──這使人聯想起馬克思的話：「真理佔有我，而不是我佔有真理。」──所以，他心情平靜地回顧自己以往二十年走過的道路，表示不後悔，準備為真理、為事業，接受要來的一切。

胡風為什麼死也不肯承認他的理論是錯誤的呢？他所堅持的到底是什麼？讀讀上面提到的兩本書就明白了：堅持五四精神，反對封建主義潮流的復辟。這集中表現在兩個問題上：文藝與政治的關係；知識份子與農民的關係。他把文藝從屬於政治看成是向「文以載道」的倒退；他認為五四精神體現在知識份子身上，封建主義活在人民大眾身上，所以「大眾化」應該是「化大眾」。到了1952年，他對於馮雪峰、聶紺弩吹捧《三國演義》和《水滸傳》，表示非常反感，認為這都是背離了五四傳統和魯迅方向，是向舊文化投降，認為馮、聶二人是明知故犯，迎合上意，枉道以從勢，為利害而置是非於不顧。

文化大革命為這一切做了結論，正是《三國》《水滸》精神──暴力＋權謀、專制與奴性──掌握了億萬群眾，才爆發了那場史無前例的大動亂。胡風晚年曾明確指出，文化大革命的根源就在黨內、在文藝上。在致吳奚如

的信裡，他深情懷念周恩來，顯然，他終於明白了當年周恩來為什麼會那樣
對他。——這就是一個真正五四型知識份子的情懷。

2007年6月25日於武昌東湖

從「魯迅主義」到「胡風思想」

——為首次胡風文藝思想學術討論會作並紀念「五四」七十週年

　　是偶然也是必然，首屆胡風文藝思想學術討論會恰恰在這個時候召開——「戊戌」九十週年剛剛過去，「五四」七十週年已經到來，還有法國大革命二百週年、中華人民共和國成立四十週年。

　　這一切都和胡風文藝思想的根源乃至胡風本人的命運有著密切關係。作為中國傑出的理論家和批評家，胡風是中國現代史和現代文學史所無法回避的重要人物，而胡風自己也從來就是從中國歷史的發展過程中考察和論證文藝問題的。因此，對胡風和胡風文藝思想進行再認識和再評價，就不能不同時對有關歷史和歷史傳統進行再認識和再評價。

　　縱觀新時期十年來的文藝論爭，一些有爭議的重要問題，從藝術與政治的關係到主客觀的關係，從「現代派」到「文化尋根」，特別是「主體性」問題和對待傳統的問題，幾乎都是胡風當年所反覆論證並為之付出過慘重代價的「老問題」。所以，在改革開放的歷史大潮深入發展的今天召開這樣的會議，對胡風文藝思想進行真正實事求是的研討，這不僅具有深遠的歷史意義，而且有著迫切的現實意義。

一

　　半個多世紀以來的中國文藝論戰，在很大程度上一直都是圍繞著怎樣認識和對待五四傳統這一中心問題進行的。胡風一向極其珍視五四傳統，極其尊重魯迅精神，把這二者看成是統一的中國新文學的戰鬥傳統，並以繼承、發揚和保衛這一傳統為己任。因此，聯繫中國的社會歷史進程和現實狀況，以馬克思主義歷史觀和藝術觀對這一傳統進行總結和論證，就成了胡風的理論批評的中心內容。在以往的幾十年裡，他的反對者對他進行批判時，也同樣標榜五四傳統、魯迅精神和馬克思主義，以這種傳統的捍衛者自居。對

此，胡風曾不無幽默地稱之為「雙包案」。事實上，這的確是中國現代文學史和思想史上的一樁「大案」、「要案」。

這是兩種不同的思想理論體系。雖然都聲稱信奉同樣的主義，卻有著不同的歷史觀、藝術觀和方法論。一方面，是胡風一貫堅持的、他所理解所論證的五四傳統和魯迅精神，他稱之為「魯迅的道路」或「社會主義現實主義傳統」。在當年那種不正常的情勢下，他曾不得不作了一些讓步，但後來，還是像布魯諾一樣，並沒有放棄自己的基本觀點。這就是多年來說的「胡風文藝思想」，他的基本理論形態曾被稱為「資產階級的」、「唯心主義的」。另一方面，與之對立的是歷次論爭和運動中以最權威的面目出現的批判者的觀點，這是一種貌似複雜完備而又名目繁多，實際上卻從來都是很簡單的理論，先後曾被稱為「唯物辯證法的創作方法」、「社會主義現實主義」、「兩結合」、「無產階級革命文藝路線」等等。

這兩種理論體系的根本分歧和尖銳對立，突出地反映在對五四文學革命和新文學的性質的不同的看法上。從三十年代到五十年代，最後到八十年代，胡風不斷地反覆論證五四文學革命和中國新文學與西方進步文藝思潮的血緣關係，開始時的資產階級人文主義屬性，與中國封建主義舊文學的本質區別。歷來的批判者都把這一觀點作為「胡風文藝思想」的要害而嚴加批判，並以《論民族形式問題》一書中的下面這段話為靶子：

> 以市民為盟主的中國人民大眾五四文學革命運動，正是市民社會突起了以後的、幾百年的、世界進步文藝傳統底一個新拓的支流。」
> （《胡風評論集》中卷234頁，以下引胡風文只注明卷、頁）

儘管下文接著就說明了「那不是籠統的西方文藝」，並具體指出了這進步傳統的諸構成因素，但有兩點是明白無誤的：承認是來自西方的「支流」；是資產階級性質的。而這兩點，恰正是他的批判者所最不能接受而要痛加批判的。

與上文相呼應，胡風早在紀念魯迅逝世一週年時就說過：「魯迅生於封建勢力支配一切的中國社會，但卻抓住了市民社會發生期到沒落期所達到的正確的思想結論，堅決地用這來爭取祖國底進步和解放，這是他的第一個偉大的地方。」（中卷，第9頁）——儘管這裡的「沒落期」當然包括有馬克

思主義和無產階級革命思想，但同樣明白無誤的是，他所要強調的也是與反封建緊密聯繫著的上面提到的那兩點：來自西方和資產階級民主主義性質，這同樣是那些批判者所不能接受而要痛加批駁的。——從這裡，並以此為依據，就判定了胡風「拜倒於資產階級文藝之前」的階級立場錯誤和反愛國主義的「民族主義」的罪名。須知，遵照那種最革命也最權威的理論，在中國革命的兩個階段即新民主主義階段和社會主義階段，文化戰線上都存在著無產階級和資產階級兩個階級、兩條道路、兩條路線的矛盾和鬥爭，而且是爭奪領導權的問題。於是強調反封建並主張引進西方進步文藝傳統的胡風，自然就成了有篡黨奪權之疑因而被討伐的「資產階級代表人物」。與他的上述觀點相聯繫的有關如何對待傳統的問題，也就成為在文化思想上區分敵我的關鍵性問題。

這的確是一個關鍵性問題，有如兵家必爭之地，歷次文藝論爭和批判運動無不依此為重點，特別是在五十年代。透過對這一問題的回答，我們確實看到了兩條「路線」：當胡風因堅持自己的理論觀點而被一步步推向深淵的同時，批判者也在一步步地完成向「文化大革命」的過渡。這裡有個三級跳的發展過程，很能說明問題：1952年對王瑤的《中國新文學史稿》的批評；1955年的「反胡風」；1957年的「反右派」，都把總結文藝上的兩個階級、兩條路線的鬥爭作為中心任務。對《中國新文學史稿》的批評，目的是「初步劃清無產階級文藝與資產階級、小資產階級文藝的界限」（這正是剛剛結束的「文藝整風」的目的和任務），並由此重新為五四傳統定性，為現代文學研究統一口徑。接著，批判胡風的兩篇權威論文——林默涵的《胡風的反馬克思主義的文藝思想》和何其芳的《現實主義的路，還是反現實主義的路》，都以「民族形式」問題殿後，作為批判的重點，批的就是上述「分支論」和「市民說」。（同樣，在胡風的《三十萬言書》的理論部分，也是關於「民族形式」問題的答辯所佔篇幅最長。）到了反右後期，發表了周揚的《文藝戰線上的一場大辯論》，對胡風以及雪峰等進行了算總帳式的批判。正如座談會發言所指出的，這篇代表了當時最高權威的指導思想的重要文獻，「對長期以來我國左翼文藝運動中的分歧和爭論，提供了一個澄清和總結的基礎」（林默涵），「是把左翼文藝運動以來的兩個階級、兩條路線（資產階級與無產階級的思想）的鬥爭，作了明確的、令人信服的概括」（陳荒煤）。於是，從那以後，中國現代文學史的編寫和現代文學研究真的

做到了「輿論一律」，對五四新文學的性質和五四傳統的提法，也當然都與胡風劃清了界限。（後來才知道，周揚的這篇文章是毛澤東多次修改過的。）

這裡有兩點值得特別注意，一是在1955年以後，幾乎所有的文藝批判最後都通向了胡風，文藝上的不同意見、不一律的輿論，全都與胡風有牽連，不是「胡風黑貨」就是「胡風衣缽」，至少也是「受胡風的影響」，連曾經嚴厲批判過胡風的人也不例外。由此可見，「胡風思想」已經不僅僅屬於胡風個人，而成為一種既有迫切的歷史要求和現實依據又有廣泛影響的中國現代文藝思潮。第二，在對這種理論思潮進行批判時，批判者所使用的武器並不都是新的，而是對以往批判五四傳統的「無產階級革命文學」和「工農兵方向」的片面繼承和發展——一手接過三十年代進口的「拉普」和「無產階級文化派」的洋槍，一手接過四十年代土制的「民粹主義」的梭鏢，從兩方面對胡風（以及雪峰和其他許多人）進行批判，從而為以後那種土洋結合（樣板戲式的民族形式＋極左內容）的「無產階級革命文藝路線」的出臺作好了準備。由此可見，這種主宰中國文壇數十年之久的批判的武器，也不僅僅屬於周揚、林默涵、何其芳等個人，這是一種有著特殊政治背景和深刻的社會經濟根源的歷史現象。

在這裡，圍繞著五四傳統所進行的論爭，包含有不同的理論層次，首先是對五四新文學的性質的不同看法，其次是由此產生的對中國現代文學和文藝思潮總體把握上的分歧——魯迅是「橫站著」作戰的，胡風也是面對兩種傾向進行兩條戰線的鬥爭的；而批判者只承認兩個階級、兩條路線的鬥爭，即「不是無產階級文藝就是資產階級文藝」，而且是你死我活的鬥爭——「興無滅資」。再次，是這種分歧的關鍵——我們究竟應該繼承什麼傳統，是「文以載道」的專制主義傳統？還是反這種古老傳統的「戊戌」——「五四」新文化運動的傳統？最後，從這裡正可以找到胡風之所以一再受到嚴酷批判的深層原因——這就是那個一直困擾著中國現代文學史和思想史（乃至近代史、現代史）研究的重要而又敏感的問題：究竟應該怎樣看待人類在資本主義發展階段所創造的文化及其載體——知識份子。

這才是真正的關鍵所在！胡風的各種罪名大都與此相關。而幾十年來在批判胡風（以及其他人）的鬥爭中，作為尚方寶劍使用的那種理論根據，那種非歷史主義的歷史觀和非藝術的藝術觀，也正是從這兒開始失足的。這裡

是真正的馬克思主義與無產階級文化派、民主主義與民粹主義之間的分水嶺，也是通向失誤和災難的關口。

二

前不久發現的《魯迅同斯諾談話整理稿》，進一步有力地證實了胡風和魯迅的思想觀點的一致。胡風在四十年代提出的對五四傳統和「革命文學」運動的看法，和魯迅這次談話的精神非常接近，有些論述簡直可以當作對魯迅的的談話的解釋和闡發。

在這次談話中，魯迅對中國新文學的性質、特徵和發展方向等問題提出了許多獨到的精闢見解。其中以下幾點特別值得注意：第一，中國新文學從一開始就具有左翼傾向，沒有、也不可能有一個資產階級發展階段。第二，從封建主義到無產階級的文化觀念的大飛躍，中國文化這種跳躍式的發展既是絕無僅有的，又有明顯的缺陷——正因為如此，「現代中國文學的基礎才到了如此差的地步」。第三，因此，必須實行「拿來主義」——「把當今世界上具有最大價值的東西統統拿過來。」

顯然，魯迅的看法和那種「不是無產階級文藝就是資產階級文藝」的理論是完全不同的。把這個談話和魯迅關於「無產階級革命文學」的那些經常被人片面引述的文章加以對照，就可以看得很清楚，魯迅是既確認中國沒有真正的資產階級作家，不可能有一個資產階級的文學發展階段，同時又非常重視西方資產階級的文學傳統和文學遺產；既確認中國最優秀的作家都是左翼作家，唯一有可能發展的文化是左翼文化，同時又不指望立即會有真正的無產階級作家和無產階級文學，更不相信那些演戲似的指著自己的鼻子說「唯我是無產階級」的文學家。——在這裡，最關鍵的是「左翼」這一概念到底何所指？一方面，用確定的語氣指出：「最優秀的作家，幾乎毫無例外地都是左翼作家」，同時又明白無誤地把郁達夫、沈從文、老舍、曹禺都歸入了最優秀的作家行列，也就是左翼作家之列。這種與幾十年來的各種現代文學史截然不同的看法和提法，當然會引起人們的驚詫和懷疑。然而，正是這些令人感到生疏和驚詫的看法，早已經在胡風那裡得到了明確的解釋和闡述。

在《文學上的五四》、《民族戰爭與新文學傳統》和《論民族形式問

題》這些寫於四十年代初期的重要論著中，胡風提出了他對五四新文學傳統的系統看法。首先，他明確指出，作為五四新文化思潮來源的「世界進步文藝傳統」，「不是籠統的西歐文藝，而是：在民主要求的基礎上，和封建傳統反抗的各種傾向的現實主義（以及浪漫主義）文藝，在民族解放的觀點上，爭取獨立解放的弱小民族文藝；在肯定勞動人民的觀點上，想掙脫工錢奴隸命運的、自然生長的新興文藝」；其次，他反覆說明，從五四到抗戰時期，中國的社會現實雖然有了巨大變化，但基本的社會性質和革命任務並沒有改變，並沒有從個性解放（反封建）和民族解放（反帝）這兩個戰鬥目標中突變出去。因此，產生於這一歷史時期的中國現代文學及其傳統，只能是一種既沒有超越資產階級人本主義精神，又不同於一般西歐資產階級的新的革命文藝，革命文藝傳統。——這裡的「新」，指的就是無產階級革命思想，而這，也正是上面魯迅所說的「左翼」和「左翼傾向」。

這也就是歷來爭論最多也最激烈的關於中國新文學的階級屬性和領導權的問題。胡風和魯迅一樣，不是簡單而絕對地把「無產階級」、「資產階級」這些概念當成「正冊」、「另冊」之類的不同政治身份的標誌，而是以它們本來的科學涵義作為一種歷史範疇來使用的。因此，在談到有關問題時，特別注意中國社會和中國文學的歷史發展和這種發展的現實具體性。胡風在《論民族形式問題》裡，一開頭就提出了這種具有明確的歷史階段性的總體看法：五四文學革命運動是資產階級民主主義性質的，後來的「革命文學」運動是文學革命運動的「進展」而不是「否定」；經過1928年開始的「革命文學」運動，「五四新文藝就由市民階級把它的領導權交給它的繼承者了」。對此，寫於第二年的《民族戰爭與新文藝傳統》一文，有更細緻也更深刻的分析：在五四革命文學運動中，資產階級人本主義精神在反封建的要求上匯合了勞動人民的願望，把勞動人民當成了同盟者而肯定了他們的力量。然而，這種「形式上的同盟者的力量，實際上卻真正是領導者的力量。」這就是說，在半封建半殖民地的中國，無產階級作為資產階級在民主革命中的同盟軍，是要支持、推動、逼迫資產階級把反封建的主角扮演到底，因為資產階級的怯懦、妥協，無產階級才接過了革命的領導權。說「形式上的同盟者」是從民主革命的性質和任務著眼的。在這裡，資產階級與無產階級之間既有矛盾和鬥爭的一面，又有同盟者和繼承關係。反映著這樣的社會現實的中國現代文學，它的思想上的階級屬性當然也不例外。所以，五

四文學革命運動與後來的「革命文學」運動之間的關係是一種「進展」，而不是後者否定前者，誰革誰的命的問題。胡風的這種看法與魯迅一致，與以前和以後的那種簡單而絕對的強調無產階級領導權和社會主義性質的「左」的理論大相徑庭。在魯迅和胡風這裡，現代中國的文學運動和現代中國的社會革命運動一樣，基本問題不是「興無滅資」，而是反帝反封建：一邊是封建主義、帝國主義文化，一邊是徹底反帝反封建的左翼文化。從這裡，就不難明白魯迅為什麼把郁達夫、沈從文等都劃入左翼一邊而不承認林語堂是資產階級作家。——這當然不是偶然的巧合，就在魯迅和斯諾談話的一年多以前，胡風已經在他的那兩篇著名的力作——《林語堂論》和《張天翼論》中，通過縝密的分析得出了同樣的結論。

這裡有一個多年來一直含混不清，今天需要澄清也不難澄清的問題，魯迅對「無產階級文學」到底是什麼看法，持什麼態度？事實本來是很清楚的：魯迅對「無產階級文學」的看法和托洛斯基的觀點很接近。魯迅曾多次談到過托洛斯基，而且流露出明顯的讚賞。托洛斯基是從文化藝術的特殊性和現代社會的發展變化與無產階級的歷史使命的廣闊背景上論證「無產階級文學」的不可能存在，魯迅則是實事求是地確認在當時的中國不可能有真正的無產階級作家和無產階級文學。從1923到1936年，在魯迅的文章和書信裡，「無產階級文學」一直是批評的對象，就是在左聯成立的大會上發表的那篇著名的講話也不例外。如果說有例外，那就是1931年左聯五烈士被害後寫的那兩篇文章：《中國無產階級革命文學和前驅的血》、《黑暗中國的文藝界的現狀》。歷來頌揚「革命文學」的論著都摘引這兩篇文章的開頭兩段話，因為只有在這裡，魯迅才以完全肯定的態度和語氣談到「無產階級文學」、「無產階級的革命文藝」，似乎這是魯迅贊成「無產階級革命文學」的鐵證。其實，這裡有兩個重要條件被忽略了或掩蓋了：第一是這兩篇文章的特殊的背景和目的對象，第二是文章中所使用的同一概念的不同涵義。很清楚，這篇文章不是一般的文藝論文，是魯迅以極大的悲憤向法西斯暴政發出的強烈的抗議，這裡只有人民革命與軍閥暴政的鬥爭，而不存在什麼無產階級文藝與資產階級文藝的衝突。正是這種政治上的敵我界限，使魯迅起而保衛了「無產階級文學」，那怕它在文學藝術上站不住腳。他在另外的場合，對此不斷進行批評糾正，如《三閑集》中的其他許多文章。就是在這兩篇文章裡，魯迅也沒有不加說明地按字面意思使用這個概念。在前一篇裡，

他明確指出了這種「無產階級革命文學」是「知識的青年們首先發出的戰叫」，在後一篇裡，「無產階級革命文藝運動」這一提法接著就為「左翼文藝」所代替。由此可見，魯迅在肯定意義上所使用的「無產階級文學」、「革命文學」，實際上就是「左翼文學」，以個性解放（反封建）和民族解放（反帝）為目標的具有廣泛統一戰線性質的左翼文藝運動。由此，魯迅和斯諾談話中的許多看法就都容易理解了。

三

　　統觀1928年到1936年魯迅的有關著作和書信，事情本來是清楚的：魯迅對當時的「左」的無產階級革命文學的主張和作法，一直是執懷疑和批評態度的。左聯成立以後，魯迅與左傾機械論和宗派主義的鬥爭也一直沒有停止過。從一開始對馮乃超起草的左聯綱領持保留態度，到成立大會上的反「左」講話，到1935年勸阻蕭軍加入左聯，到最後的「兩個口號」之爭，這都是人所共知的。當時雪峰和胡風先後同魯迅一起進行了這種艱難的兩條戰線的鬥爭，馮雪峰是直接受命於當時的中共中央（張聞天）的。可是，左傾教條主義後來並沒有真正被克服，而是改變了策略，從否定「五四」、攻擊魯迅一變而為肯定「五四」、揚頌魯迅——搶過「五四」旗幟，重塑魯迅形象。所以，分歧和論爭並未結束，反而更艱難也更激烈了。胡風所面對的，是堅持當年「革命文學」和「國防文學」的「左」的觀點而又打著「五四」和魯迅的旗號的批判者。這就是他所說的「雙包案」——真假五四和真假魯迅。

　　其實，魯迅早就指出了，「革命文學」宣導者的錯誤，主要是「他們對於中國社會，未曾加以細密的分析，便將在蘇維埃政權之下才能運用的方法，來機械的運用了」。今天看來，問題還不止於此，不只是「照搬」，更在於搬進來的多是「拉普」和「無產階級文化派」的錯誤理論。這種理論的要害是排斥「同路人」，拒絕人類的文化遺產，主張無產階級重新創造獨立的「階級的文化」，也就是盲目地「興無滅資」。——他們規定正在進行反帝反封建鬥爭的的中國大地上只能開出無產階級的社會主義文藝之花。對於五四新文學，以前鄙薄它、否定它，是因為它姓「資」而不姓「無」；後來又肯定它、接受它，是因為重新發現了它具有無產階級的領導和社會主

義因素。對於魯迅，以前攻擊他，是因為他沒有「突變」過去獲得無產階級意識；後來推崇他，是因為他「轉變」成為共產主義者了。很清楚，這是按照「拉普」和「無產階級文化派」的觀點，把中國現代文學的歷史統統納入「革命文學」的「左」的框架之中，完成了對「五四」和魯迅傳統的改造。如前所述，這種改造是在批評王瑤的《新文學史稿》、反胡風和反右派的過程中逐步完成的，其總結就是《文藝戰線上的一場大辯論》。

這種以「革命文學」傳統為中心、為正統的現代文學史觀，是既不符合歷史事實又違背馬克思主義理論的，儘管早有不同意見，一直有不同意見，卻沒有辦法阻止它的成為流行的唯一正確的模式。究其原因，與《新民主主義論》直接有關。所有的在這個問題上批判胡風的文章，幾乎沒有不引用《新民主主義論》裡的那幾段語錄的，就是胡風本人，遇到與之相違的地方，答辯時也不得不多花筆墨多繞圈子。

《新民主主義論》原來的題目是《新民主主義的政治與新民主主義的文化》，是1940年元月毛澤東在陝甘寧邊區文代會上的講話。那次會議的主報告，是中共總書記張聞天的《抗戰以來中華民族的新文化運動與今後任務》。整風以後，張聞天的報告就湮沒無聞了，毛的講話改題為《新民主主義論》，被當做政治論著而成為經典。人們只注意其中宣導政治民主和經濟多元的主張，而忽略了占三分之一篇幅的關於文化革命的主題。把《新民主主義論》的文化思想與張聞天的那個主報告加一對照，就可以清楚的看出它們的根本區別：張的啟蒙主義，毛的民粹主義。這一區別明顯地反映在三個方面：一是歷史──張聞天確認抗戰時期的新文化運動，是戊戌維新和五四啟蒙的繼承與發展；毛澤東徹底否定1919年五月四日以前的文化運動，說五四運動是「十月革命一聲炮響」，是「列寧的號召」引發的。二是主體和對象──張承認知識份子和青年學生是文化運動的主體和對象；毛則認為沒有工農群眾的參加是五四新文化運動的一大缺點，而抗戰時期的文化運動當然是工農兵為主。三是性質──張聞天給「新民主主義文化」所下的定義是：民族的、民主的、科學的、大眾的，關於「民主的」有詳細的說明，顯然與當年陳獨秀的「民主與科學」有關聯；毛澤東只提三條：民族的、科學的、大眾的，而且限定「科學」就是「辯證唯物主義與歷史唯物主義」，「大眾的就是民主的」。──大眾當然主要指農民，他說的很清楚：當時的抗日戰爭就是農民戰爭，中國的新民主主義革命就是農民革命。顯然，這裡的「新

民主主義文化革命」就是思想文化上的農村包圍城市，佔領並改造城市。由此可見，從1942年的「文藝座談會」到1966年的「文藝座談會」，這中間，從批判王實味到批判《武訓傳》到批判胡適、批判胡風，再到反右派，直到最後的文化大革命，全都是這一戰略思想指導下的戰略部署。而這一戰略，就藏在《新民主主義論》裡。

這就是多年來人們所一致痛斥的「極左思潮」，其要害就是「興無滅資」，盲目地否定人類在資本主義歷史階段所創造的文化及其載體知識份子，說作為「新學」、「西學」的「資產階級代表所需要的自然科學和資產階級的社會政治學說」，因為打不過帝國主義和封建主義的反動同盟，所以就「偃旗息鼓，宣告退卻，失去了靈魂，而只剩下它的外殼了」。由此，明白宣布資產階級民主主義文化「已經腐化，已經無力了，它的失敗是必然的」；同時，又宣布共產主義的文化思想是「完全嶄新」的。——這不就是列寧所一再嘲笑批評的那種「無產階級文化派」的觀點嗎？正是這些民粹主義極左思想，成為後來的正統文藝理論和文學史的指導原則和最高圭臬。當然也成為歷次批判運動的最有力的武器。

多年來人們已經熟悉的「反文化圍剿」的極左的魯迅，就是從這裡被塑造出來的。翻檢一下歷史文獻，就會看得很清楚：魯迅當年是「橫站著」同時面對兩方面來的攻擊的。《三閒集·序言》曾提到，他想把攻擊他的文章收集起來編成一本《圍剿集》，其中不僅有新月派人的，更有創造社、太陽社的左派們的。在魯迅的文章裡，幾乎都是兩面還擊，同時提到陳西瀅、梁實秋和錢杏邨、成仿吾。在那裡「立此存照」的，是梁實秋和錢杏邨並坐一起，一個右執「新月」，一個左執「太陽」的「勞資媲美」圖。當年攻擊魯迅的，主要是左派，所謂「右派」也不是國民黨，國民黨方面根本無力「圍剿」魯迅。無中生有的製造出一個「國民黨的反革命文化圍剿」，不僅掩蓋了魯迅與「左」的傾向的原則分歧，而且把他們拉到了一起，使他成了極左派的「主將」、「旗手」。

魯迅早在1928年「革命文學」論爭剛剛開始時就說過：所怕的只是那些「左」的革命文學家「居然獲得大眾」（當權），那時「他們大約更要飛躍又飛躍」（向左又向左），「連我也會昇到貴族或皇帝階級裡，至少也總充軍到北極圈內去了，譯著的書都禁止，自然不待言。」（《「醉眼」中的朦朧》）——不想這幽默竟成讖語，那以後的中國文壇和知識界的歷史，不就

真的如此嗎？那以後繼承魯迅傳統與這種「左」的傾向進行堅決而持久的鬥爭的，首推胡風──他把這裡所說的真假魯迅與真假五四，戲稱為「雙包案」，「狸貓換太子」。

四

　　文藝上的左傾教條主義與民粹主義的結合，使得論爭更加複雜也更加困難。胡風正是在這樣的論爭中闡釋和保衛五四和魯迅的啟蒙主義傳統的。

　　胡風在論述魯迅精神的時候，提出了一個非常重要的問題：在魯迅那裡，「解放」與「進步」是統一而不可分的。這就是近年來人們一直在議論的「救亡」與「啟蒙」的關係問題。李澤厚說是「啟蒙與救亡的雙重變奏」，「救亡壓倒啟蒙」。歷史上確曾出現過以「救亡」的名義擠壓和排斥啟蒙而導致的停滯和倒退。正是魯迅和胡風，早就看到了這種危機並一再發出警告。他們堅持二者統一不可分的觀點和態度，恰似一根鮮紅的中軸線，與那些可以避免的曲折失誤形成鮮明的對照。1937年，在紀念魯迅逝世一週年時，胡風首次提出了這個問題，說：

> 魯迅一生是為了祖國的解放、人民的自由平等而戰鬥過來的。但無時無刻不在「解放」這個目標旁邊同時放著叫做「進步」的這個目標。在他，沒有為進步的努力，解放是不能達到的。在神聖的民族戰爭的今天，魯迅的信念是明白的證實了：他所攻擊的黑暗和愚昧是怎樣地浪費了民族的力量。（中卷第11頁）

　　以後，在魯迅逝世紀念的時候，包括1949年和1950年，胡風多次重複這段話、這個觀點。1939年寫的《斷章》一文，對「解放」與「進步」的關係做了進一步的說明：「解放是為了進步，不要進步的人終於會背叛解放。汪精衛及其群醜證明了後者，但不願做奴隸的全中國人民的戰鬥，一定要使前者成為創造新中國的真理。」（同上，91頁）顯然，胡風這裡所說的是人民的最終解放：「新中國」之所以為「新」的關鍵，在於獲得解放的全體人民能從黑暗愚昧中走出來而成為真正的獲得了自由的真正的人。這也就是馬克思所說的那種消滅了一切奴役制的「人的解放」，「人類解放」。

　　1941年，魯迅逝世五週年時，胡風明確地把「解放」、「進步」同啟蒙運動直接聯繫起來，並指出魯迅與教條主義者對待現實的不同態度——「在落後的東方，特別是這落後的中國，啟蒙的思想鬥爭總是在一種「趕路」的過程上，剛剛負起先鋒的任務，同時也就引出了進一步的新的道路，但一個偉大的現實主義的思想戰士，得即於現實也針對現實，不能只是急於坐著概念的飛機去搶奪思想錦標的頭獎」（同上，165頁）。為了說明魯迅的這種「即於現實也針對現實」的啟蒙思想家的精神特點，胡風回顧了1907年開始呼喚「精神界之戰士」以來，魯迅在每個歷史轉折關頭的不同一般的態度——當人們看到革命形勢蓬勃發展而預期勝利時，魯迅卻總是發出警告，揭出隱患和危機。在這裡，胡風特別摘引了《出了象牙之塔‧後記》中那幾句至今更加令人觸目驚心的話：

　　　　中國倘不徹底地改革，運命總還是日本長久，這是我相信的。

　　魯迅和胡風都是在救亡（抗日）運動中說這些話的，可見他們對啟蒙、改革的重視。魯迅早有遠慮，說如果只宣傳淪為異族奴隸之苦而忘記或掩蓋自身的極需改造和改革，那就有可能使人「安於做自己人的奴隸」。到了抗日高潮中，胡風說得更加直截了當：

　　　　中國的民族戰爭不能只是用武器把鬼子趕走了事，而是需要一面抵抗頑敵，一面改造自己，必須通過這個改造才能取得最後的勝利。（同上，51頁）

　　——承認「救亡壓倒啟蒙」的合理，無異於承認「安於做自己人的奴隸」的不可避免，而這，正是魯迅和胡風一直擔心因而不斷警告的。

　　「民族形式」問題論爭的深層原因，正是從這裡來的；胡風的觀點和態度，正是從這一歷史發展的廣闊視野出發的。正因為這樣，他才把五四傳統，把「對於新文藝傳統的估計以至文藝方向的理解」作為論證的中心。在接觸「民族形式」問題之前，讓我們先引一段胡風自稱「故意地沒有提到」的一段話——就在上面所引的魯迅談到日本的命運更長久那句話下面，緊接著就談到了對五四運動的評價問題。魯迅說：

說到中國的改革，第一著自然是掃蕩廢物，以造成一個使新生命得能
誕生的機運。五四運動，本也是這機運的開端罷，可惜來摧折它的很
不少。那事後的批評，本國人大抵不冷不熱地，或者胡亂地說一通，
外國人當初倒頗以為有意義，然而也有攻擊的，據云是不顧及國民性
和歷史，所以無價值。這和中國多數的胡說大致相同，因為他們自身
都不是改革者。（全集10，242頁）

　　──怎樣評價和對待五四傳統，又一次成為文藝論爭的焦點。三十年代
的「革命文學」宣導者和四十年代的「民族形式」宣導者，都是從服務於政
治、著眼於宣傳的角度對待文學和五四新文學的。正因為如此，才能自然地
完成從「無產階級革命文學」到「國防文學」又到「工農兵文藝」的發展
──開始是從屬於當時那種脫離中國現實的「普羅」政治，接著從屬於抗戰
開始時的「聯合戰線」政策，後來又從屬於以農村為主的根據地的抗日政治
宣傳工作。差別非常明顯，魯迅和胡風是從另一個層次上認識和對待文學和
五四傳統的──不是當前的政治宣傳任務，而是以思想啟蒙為中心的新文化
運動所追求的「人的解放」，「國民性」的改造。當時，在文學上繼承和發
揚五四傳統，就是要從啟蒙的角度通向救亡運動，也就是從文學的特殊本
質、特殊功能和特殊規律出發，去更好地解決與政治的關係問題。這裡的關
鍵在重不重視啟蒙，承不承認文藝本身的特殊性。
　　歷史的確有許多相似之處，三十年代的左傾機械論受到批評後一度收斂
而後來又重新抬頭並成為正統，四十年代否定五四傳統的民粹派觀點也有類
似的情形。這兩種傾向的「復興」都有深層的原因，前者上面已談到，與
《新民主主義論》有關；後者也是如此，同時，更與《中國共產黨在民族戰
爭中的地位》及《在延安文藝座談會上的講話》有關。這種關係在以後的歷
史發展中，顯示出雙重的悲劇色彩。1933年，中共六屆六中全會的上述檔
提出了馬克思主義的中國化和民族形式問題，其中，「新鮮活潑的、為中國
老百姓所喜聞樂見的中國作風和中國氣魄」這幾句話，被當成政治宣傳工作
中大眾化、通俗化的要求而廣為流傳。事實上，這些問題的提出與黨內路線
鬥爭有關，這次會議的中心是批判王明等。在上面那幾句話的前面還有「洋
八股必須廢止，空洞抽象的調頭必須少唱，教條主義必須休息」這樣一些有
特指的話。可見，這裡的「教條主義」當然不是指一般幹部，更不是指工農

出身的黨員，也與全國廣大地區的知識界關係不大。因為在當時的中國（包括根據地和大後方）不是馬克思主義太多，而是太少了；教條很少，何來主義？所以，把這些針對黨內高層矛盾而發的言辭當成普遍方針用之於全國，又是從字面的含義去理解、套用的，那就造成了極大的誤解和混亂。

正是有見於此，胡風才在論爭的中途站出來發言，把這個問題放在新文學的歷史發展和全國抗戰現實的大座標上進行正面的闡述。按照六中全會的精神──反對投降主義，堅持統一戰線中的獨立自主──在文學方面就應該是對新文學的啟蒙主義批判精神和現實主義傳統的加強，推動新文學運動的進一步發展。所以，胡風反覆強調：「民族形式，它本質上是五四的現實主義傳統在新的形勢下面主動地爭取發展的道路。」可是，當時的多數人都把檔中的「民族形式」這一概念理解為淺層的文藝體裁、樣式了，於是，整個問題的論爭也多半糾纏在「大眾化」、「通俗化」上。並出現了向舊傳統回歸的倒退傾向。

事實上，早在1937年人們還沒有普遍關注這個問題的時候，胡風已經有了基本看法，指出文學大眾化以及民族形式問題包括兩個方面：怎樣使作品的內容適合大眾的生活欲求，怎樣使表現這種內容的形式能夠為大眾所接受。並且進一步指出，這不單是形式寫法的通俗化問題，而是作家與生活的關係、文藝與現實的關係問題。那時他就提出了在形式上要注意吸取民間文藝形式──民歌、說書、民間故事甚至舊劇的優點。可見，他並不輕視和排斥民間文藝形式，問題是為了什麼目的、從什麼層次上觸及這個問題。

五

產生於四十年代一頭一尾的《論民族形式問題》和《論現實主義的路》，是胡風最重要的著作，最能代表他的思想和理論；胡風自己也這樣認為。

這兩本專著都是針對當時的全國文藝運動形勢的，前者是對一次全國性大討論的全面評析，後者是對自己多年來所受批判的有力回答。無論是主動的評析還是不得不作出的答辯，這兩本書都緊緊圍繞著一個共同的中心，這就是：闡發和保衛以魯迅為代表的中國新文學的現實主義傳統。這一點可以

從它們的副標題上看出來：一個是「對於若干反現實主義傾向的批判提要並以紀念魯迅先生逝世四週年」，另一個是「對於主觀公式主義和客觀主義的、粗略的再批判並以紀念魯迅先生逝世十二週年」。──在以往的半個世紀中，中國文藝界和理論界對這兩本書的態度有不少的變化，先是作為一家之言而有褒有貶，繼之是全盤否定，聲討批判，近年來，又謹慎地「一分為二」，不得不有所肯定。不過，這種種不同中有一點卻又大致相同，回避了、淡化了繼承和保衛魯迅傳統這一中心內容，對客觀上確實存在的「雙包案」視而不見。不是說「一種傾向掩蓋另一種傾向」嗎？胡風就是在這種被掩蓋的傾向帶著它的強大的歷史墮性悄然登場時最先發出警告的；不是說提倡「反潮流精神」嗎？胡風就是一直迎著重新抬頭的歷史傳統回流而堅決抵制戰鬥，直至被這一潮流所淹沒。這就是歷史文化上的民粹主義思潮，文學藝術上的「文以載道」的傳統。

實踐是檢驗真理的唯一標準。半個世紀迂迴曲折的社會歷史和大起大落的文藝形勢已經對各種理論作出了檢驗。胡風當年在談到五四的革命理論時曾經說過：「對於一代文藝思潮，不能僅僅從理論表現上去看，更重要的要從實際創作過程上去理解；或者說，理論表現只有在創作過程上取得了實際意義以後才能夠成為一代文藝思潮的活的性格。」（同上232頁）──前不久上海有人提出「重寫文學史」的構想，為什麼很快就得到普遍的回應？因為在人們的心目中，這個重寫的過程早已開始了：許多作品，特別是現代文學史上的那些曾經享有很高聲譽的作品，大都被冷落了；一些曾經被判為「毒草」的作品卻成為重新綻放的「鮮花」。「重寫文學史」正是這一個不可逆轉的歷史趨勢在理論形態上的反應。對照這一正在發生的活的文化現象，以胡風為代表的現代中國現實主義文藝思潮的活的性格才能清楚的顯現出來。

關於「民族形式問題」的討論，涉及現實主義理論和傳統的三個層次的問題，如胡風在他那本書的副標題中所標明的。他也正是企圖把糾纏於表面形式寫法的爭論，引入深層次的理論分析，把當時的實踐要求與歷史傳統相聯繫，辨明政治宣傳與藝術創造的區別，民粹主義與馬克思主義的對立。他明確地把所謂「中國作風與中國氣派」解釋為來自現實生活的中國人「表現感情的方式、表現思維的方式、認識生活的方式」，而駁斥了那種把「民族形式」看成是先驗的、凝固的東西的誤解。從這裡，進一步論證了帶

著五四傳統進入生活實踐和藝術實踐的作家與背負著歷史傳統的人民大眾之間的關係。在這裡，內容與形式的關係不能不同時體現為主觀與客觀的關係——「形式，是內容的本質的要素；組織形式的力量是從認識現實的方法上來的。對於形式的特質的把握，正是突入內容的一條通道。」（同上，210頁）這就是胡風所一貫堅持、不斷論證的那種藝術創造的「相生相剋」的「搏鬥」過程，這就涉及到作為創作主體的作家和作為創作對象的人民（二者都是現實的、具體的個人）之間的關係問題。於是，就從藝術創造的特殊規律問題，延伸到另一個更為重要的問題——怎樣認識作家身上所帶著的五四傳統與人民大眾身上所背負的歷史傳統，這是兩種不同的歷史文化傳統；區分並正確對待這兩種傳統，是堅持還是篡改五四精神的關鍵所在。胡風在《對於五四革命文藝傳統的理解》、《對於民間文藝的一個理解》、《大眾的「欣賞力」從哪裡來？向哪裡去？》這幾節裡，從不同角度作了實事求是的具體分析。這些分析表明，胡風極其珍視五四傳統，雖然他並不諱言新文學的弱點；同樣，胡風也非常重視和熱愛勞動人民，但這種重視和熱愛，是和對人民身上的歷史負擔的正視同在的。胡風是農民的兒子，但他清醒地看出了當時正在冒頭的民粹主義傾向，針鋒相對地發出了警告：

> 好一個文化上、文藝上的農民主義，民粹主義的死屍又在我們的文藝問題上發散著香氣了。農民的覺醒，如果不接受民主主義的領導，就不會走上民族解放的大路，自己解放的大路；因為，農民意識本身，是看不清楚歷史也看不清楚自己的。所以，在農民的文藝欣賞力上，不能忘記穿進一條非農民的紅線，以農民為物件的文藝，只要是文藝，也不能脫離現實主義的創作方法，由把握內容到創造形式的方法的支配。」（同上。254頁）

而且，在區別文藝與掃盲和普及教育的不同任務時，他進一步指出：「文藝，只要是文藝，不能對於大眾的落後意識毫無進攻作用」（同上255頁）。這些今天看來是常識性的科學認識，在當時和後來卻成了大逆不道的罪證。

這裡有一個重要的立場和方法論的分歧。近代中國處於急遽的變革之中，這種變革不僅體現在社會物質結構方面，同樣體現在人們的精神領域。

一切啟蒙先驅者都更重視後者，重視「立人」的工作，如前面談到的在「解放」與「進步」、救亡與啟蒙的關係問題上。不幸的是，後來的流行理論在高舉「唯物」旗號的同時走向了「目中無人」，在強調「階級鬥爭」時切斷了人類的歷史文化的發展；而人民，在這種理論中成了一種抽象的概念。這裡不妨借用《財主的兒女們》一書中的一段話來加以說明：「那個叫做『人民的力量』的東西，這個時代，在中國，實際的存在上是一種東西，它是活著的東西；在理論上，在抽象的啟示裡又是一種東西，它比實際存在著的要簡單、死板、容易；它是一種偶像。」——於是，一切正視人民的實際存在，涉及人民中的愚昧落後狀況的創作和理論，統統被斥為反動，至少是思想不正確，態度不端正。民粹主義就是這樣滋生、蔓延開來的。反對烏托邦的馬克思恩格斯，反對民粹派的普列漢諾夫和列寧，以及嚴厲批評義和團的中國啟蒙思想家陳獨秀和魯迅，都從來沒有陷入過這種對「人民」的這種拜物教的境地。而胡風，他的批評民間文藝的局限和其中包含的封建毒素，正是繼承了這種真正的五四啟蒙主義傳統。

胡風對這次「民族形式問題」論爭所作的中心答案，就是堅持和發揚五四啟蒙主義新文學的現實主義傳統。具體說來，就是一方面在方法上進一步學習並接受世界近現代進步文藝的經驗，一方面在對象上更深更廣地從急驟發展著的民族現實吸取營養，由此達到以民族形式反映以民主主義為內容的時代任務的完成。在這裡，現實主義既是認識現實的方法和導線，又是藝術創造的規律和途徑——既是歷史的又是美學的，既是世界的，又是民族的。

儘管有人同意胡風的觀點，也有人不贊成他的意見和態度，當時並沒有激起多大的風浪，連直接對手向林冰也沒有出來答辯和反對。可是，後來隨著歷史的發展，胡風所憂慮並一再防範、警告的那種向舊傳統回歸的思想傾向，竟愈益發展起來，而且是愈來愈以一種不可侵犯的絕對革命、正確的面貌出現的。這與當時的客觀環境和主觀條件有關。李澤厚有一段話說得很好：「中國革命實質上是一場以農民為主力的革命戰爭……具有長久傳統的農民小生產者的某些意識形態和心理結構，不但擠走了原有那一點可憐的民主啟蒙觀念，而且這種農民意識和傳統的文化心理結構還自覺不自覺地滲進了剛學來的馬克思主義思想中。特別是現實鬥爭任務要求馬克思主義中國化，和在各方面，（包括文化和藝術領域）強調民族形式的形勢之下。」（《中國現代思想史論》，35頁）——事實正是這樣，在這個歷史階段，繼

承傳統、尊重歷史、中國化、民族化的呼聲很高，同時又對知識份子和知識份子的「洋教條」一再呵斥，這就形成了一種與五四啟蒙運動正相反的思想走向。這有三個方面的原因：一是民族革命戰爭客觀形勢的影響和黨內鬥爭的需要，二是以農民為主體的革命隊伍和根據地的農村環境的需要，三是上面提到的農民意識和傳統文化的反映。

《在延安文藝座談會上的講話》就是在這種情況下產生的。這個檔在當時和後來都起過巨大作用。這種作用主要反映在兩個方面：一是有力地推動了抗日政治宣傳工作，二是引導和促使文藝家深入生活與工農結合。但是，這個檔也存在有明顯的問題──走向了文化上的民粹主義和文藝上的「載道」傳統。前者主要是對農民和知識份子在社會現實中的地位和作用的非科學論斷──抬高農民而貶斥知識份子，以及由此而來的輕視和貶低人類知識文化的傾向。否定知識份子在精神創造和思想文化領域的主體地位和主導作用，把文藝看成是一種從屬於一定政治路線的、表現某種思想觀念的外部形式與手段，從而否定文藝本體的主體性和特殊性。這二者又是緊密相關的。這都帶有明顯的民粹主義傾向──反智與排外，因為重視知識份子和文藝的主體性和特殊作用的新觀念，是從西方引進的。《講話》的這種由實踐需要所造成的理論偏失，對後來的中國文化和社會產生了巨大而嚴重的後果。

正是在這種情況下，作為左翼文藝骨幹的胡風，表現出了他的理性良知和獨立人格。既要維護革命領袖的權威，又不能在理論原則上讓步，於是，他在這些問題上極力設法解釋、補充、修正──在正面闡述經典原則的同時，從自己的專業立場出發，從藝術的特殊角度對有關問題提出一系列既符合總的革命原則，又盡可能揭示藝術自身特殊本質和規律的具體看法。這就是他在《論民族形式問題》以後的一系列論著（特別是《論現實主義的路》）中所作的。在這兩本專著裡，他著重談了以下三方面的問題，強調作為藝術創作方法的現實主義，以補正那種從屬於政治的非藝術的藝術觀對藝術的特殊性的忽視；強調主觀戰鬥精神，鼓舞和鞭策知識份子作家，以抵制那種對知識份子的輕視和排斥；提出「精神奴役創傷」的問題，強調啟蒙任務，以糾正那種對農民（以及知識份子）的不科學的論斷為中心的非歷史的歷史觀。在這些方面，顯示出胡風的哲學思想、歷史觀和藝術觀的科學水準和獨具的特色，顯示出他對中國現代社會和現代文化的深刻理解。他是以獨立的人格，科學的精神和革命的激情從事理論批評工作的，因此，他所關注

的是生活實踐和藝術實踐以及其理論表現的真假是非，而沒有去注意個人政治上的利害得失。胡風的悲劇也正是從這裡來的。為此，他經歷了連續的挫折和巨大的不幸，也由此而顯示了一個現代中國知識份子的可貴的獨立品格，而無愧於「真正的魯迅傳人」這一稱號。

六

就在1937年紀念魯迅逝世一週年之際，胡風說過這樣一段話：

> 思想運動裡面不知道有過多少的悲喜劇，有些人根本不懂中國社會，只是把風車當巨人地大鬧一陣，結果是自己和幻影一同消亡；有些人想深入中國社會，理解中國社會，但過不一會就投入了舊社會的懷抱，所謂「取木乃伊的人自己也變成了木乃伊」；只有魯迅才是深知舊社會的一切而又和舊社會打硬仗一直打到死。」

——這好像是胡風學習魯迅，繼承和發揚魯迅精神的誓言，那以後的歷史事實已經作證，他正是這樣戰鬥過來的。這裡所說的脫離中國社會和變成木乃伊這兩種傾向，可以理解為上面所論述的三十年代的「無產階級文化派」傾向和四十年代的「民粹派」傾向。從五十年代到六十年代，這二者合流並迅速發展，幫助排演了「文化大革命」那場大戲，這是胡風所始料不及的。

過去我們是「以俄為師」的，而反對民粹派和反對「無產階級文化派」的鬥爭都是俄蘇文化史和思想史上的大戰役，不知道為什麼在我們這裡竟毫無反響，過去這似乎是個謎。現在明白了，原來我們的流行理論中的許多觀點，特別是被當成尚方寶劍揮舞的那種「唯政治」也就是「唯階級鬥爭」也就是「唯暴力」的「唯物史觀」，本身就屬於那種理論體系。把農民理想化，把農民起義當成歷史的主流和最後動因，必然否定資產階級文化並排斥知識份子，這就是要害。列寧和普列漢諾夫當年與這種理論進行鬥爭時，曾十分明確地肯定並讚揚資產階級啟蒙思想家的「歐洲理想」，同時也毫不含糊地指出，從小農的角度對資產階級進行非歷史地批判，只能有助於「亞洲式的東西」和停止倒退。胡風幾十年中確實說了資產階級思想家和藝術家許

多好話，特別是堅定不移地維護五四傳統，那是以真正的馬克思主義觀點，從真正的無產階級革命立場出發提出的科學論斷。由此可見，胡風和他的批判者之間的分歧，早已經超出了文學藝術的範圍，而主要是集中在中華民族新文化的發展方向問題，同時也是真假馬克思主義之間的分歧和對立。

作為魯迅的傳人，胡風正是在這方面繼承魯迅精神一直戰鬥過來的。雪峰曾把魯迅的文學思想稱為「魯迅主義」，魯迅主義當然不僅僅是文藝理論。幾十年來對「胡風思想」的批判，哲學的和政治的遠多於純文學的，這可以從反面證實上面的看法。

「胡風思想」也是在被「圍剿」中逐步形成的，其中既有藝術觀，也有歷史觀和哲學思想。他的哲學思想集中反映在人的主觀精神、對主客觀關係的重視上。「主觀精神」、「戰鬥要求」、「人格力量」這些獨特概念所代表的人的實踐態度，是他的哲學思想的中心環節，這也是他從1929年直接閱讀《神聖家族》、《德意志意識形態》等經典原著時開始形成的實踐唯物主義哲學思想，因而不同於那種來源於史達林小冊子的流行哲學模式。他的歷史觀和魯迅很相近，通過對農民和知識份子的地位、作用和命運以及他們之間的關係來考察、研究中國近現代社會歷史的發展，顯示出一種真正的歷史唯物主義的科學品格。他的藝術觀是吸取了西方近代美學、馬克思主義美學和以魯迅為代表的中國新文學的經驗，在活的藝術實踐（創作過程）中具體考察藝術與生活、主觀與客觀、表現與再現、感性與理性、內容與形式等等的辯證關係及其特點的主客觀統一的實踐藝術觀。這三個方面同時具有前面所說的那種「解放」與「進步」即救亡與啟蒙相統一的特點。魯迅沒有打過什麼「主義」的旗號，卻明白宣稱自己的創作主張是「啟蒙主義」。由此可見，「胡風思想」正是五四新文學傳統、魯迅現實主義傳統的繼承和發展。

這個傳統在中國已有百多年的歷史。這中間，有過一個世界性的「紅色三十年代」，它的影響和後果在歐美已經基本煙消雲散，在蘇聯和東歐，還正在演變中。中國很特殊，既亦步亦趨地「學蘇聯」，又大批「修正主義」，直至出現那種用古典主義的「民族形式」反映極左思想（封建血統論、英雄史觀、現代迷信）的樣板文藝。在這種情況下，在極其複雜困難，極其不利的條件下，卻結出了「胡風文藝思想」之果，實在是不容易。

在紀念「五四」七十週年的時候來研究五四傳統和胡風文藝思想，不能不承認這樣的事實，五四時期提出的問題，所取得的成就，有許多是今天還

遠未達到的。胡風思想中的許多內容，特別是他追求真理、堅持真理的品格，在今天更為可貴。──「民主與科學」，在這裡也就是人的發現、人的覺醒，藝術的發現和藝術的覺醒──也就是把人當人看待，把藝術當藝術看待。胡風為之奮鬥了整整半個世紀並為之付出了慘重代價的，正是這些樸素而又十分重要的真理。

這裡要特別補充說明的是，胡風的探索和戰鬥並不是孤立的。前有魯迅，後有大批革命者和進步文化人，包括一些當年不得不批判他的人。更重要的是，中共領導人中也有真正尊重五四──魯迅傳統而反對「左」的傾向的。1932年張聞天在上海發表的文章，1936年劉少奇在上海發表的文章，1940年張聞天關於抗戰時期中國新文化運動的長篇報告，1941年陳毅關於文化工作和知識份子問題的重要講話等，都是明證。認真研究這些久被埋沒的重要歷史文獻，將改變現代文學史研究的格局，推動五四傳統和胡風研究的進一步發展。

早在1957年，章伯鈞就說過，胡風、儲安平都是歷史人物，幾百年後自有定評。這話正在被驗證，而定評也似乎無需幾百年，這次的胡風文藝思想學術討論會，將是這個過程中的一個重要轉折。

1989年4月於武昌東湖

＊附記：1989年5月，在湖北武漢召開了全國首屆胡風文藝思想學術討論會。與胡風事件有關的人士和文藝界及大專學校的學者專家一百多人參加了這次大會，會議由湖北大學主辦。這篇文章是提交大會的論文，並作了大會發言。

五訪胡風

　　1982年8月16日到1983年1月12日，在這近半年的時間裡，我曾五次拜訪胡風老人，就中國現代文學和文藝理論的一些重要問題向他求教。這裡記下的，就是那五次談話的部分內容的要點和我的補充說明。

　　和胡風的談話一直是沿著兩條互相交錯的線索進行的：一條是研究現狀；一條是回顧歷史。當時胡風老人的身體不好，不能多說話，所以交談主要是我提出問題和基本看法，他表示同意或提出修正。大概是多年不斷反思的結果，他對於幾十年前所寫的那些論文都記得十分清楚，常常提示篇目和原文以幫助回答我的問題。

　　一個首要的問題是：經過這麼久、這麼大的歷史變動之後，對於以往不斷受到批判的所謂「胡風文藝思想」的基本觀點，今天可有什麼改變或新的看法？——對於這樣一個從總體上重新評判歷史的問題，胡風的回答非常明確，毫不含糊：

　　　　不是有沒有改變的問題，而是更清楚、更堅定了。當然有些問題當時認識得還不夠清楚，論證不大充分。但從總體上說，沒有什麼改變。

　　　　是啊，從「反胡風」、「反右」、「大躍進」到「史無前例」，和中國社會現實的歷史發展同步的中國新文學的坎坷命運，已經用無可辯駁的事實證明了左傾教條主義的徹底破產，同時也就昭示著必須重新看待被它視為異端和當作對立面的胡風文藝思想的歷史地位和價值。

　　——在這樣從總體上肯定「胡風文藝思想」的前提下，我試著把它的內容歸結為以下四個問題或方面：文藝的本質、文學創作方法、創作物件（怎樣認識當時的中國社會和中國人民）、創作主體（怎樣看待小資產階級知識

份子出身的的現代中國作家）。胡風對此沒有提出異議，只是提醒我：此外還有一些問題同樣很重要，如民族形式問題，怎樣看待魯迅和魯迅傳統的問題等，這一切可以說都是現實主義問題。──實際上，我和胡風的五次談話就是圍繞這些問題進行的。

關於文藝的本質和源泉的問題。這個問題是從「胡風文藝思想」與《在延安文藝座談會上的講話》的關係談起的。我談到，過去那樣用《講話》否定「胡風文藝思想」，今天又有人用「胡風文藝思想」去否定《講話》，這兩種作法都是不對的，不應該把二者完全對立起來，因為在一些重要問題上它們是一致的或接近的，比如文藝與生活的關係、文藝與革命的關係這兩個大問題。具體談到「文藝與生活」這個關鍵問題，胡風告訴我，他有一個小冊子是主要談這個問題的。我知道他指的是《文藝與生活》那本書，全書共五章，前三章的標題分別為：「文藝是從生活產生出來的」、「文藝是反映生活的」、「文藝站在比生活更高的地方」。這本書是1936年7月寫的，這些提法和後來的《講話》完全一致。那麼，為什麼會判定胡風反對毛澤東的「源於生活又高於生活」呢？我以為除了非理性的宗派主義以外，作為理論把柄的主要是「主觀精神」和「自我擴張」這些提法。特別是把「自我擴張」說成是「藝術創作的源泉」，好像直接與《講話》相抵牾。胡風說，那個「自我擴張」談的是創作過程，而創作過程中不能沒有作家的主觀作用，而在談到這種主觀作用時並沒有離開客觀基礎。把文藝與生活的關係的命題從藝術實踐中抽出來，離開作家的主觀感受和精神活動去大談生活的重要，實際上是把這個美學問題還原為哲學問題了，這就從文學的道路上滑開了，實際上成了文學和文學創作的取消論。──說到這裡，我想起了他曾用過的「不生產的資本」這一提法，就說，這種脫離創作主體和藝術實踐的「源泉論」，對於文藝創作來說，豈不同樣是「不生產的資本嗎？不就是毛澤東自己所說的用馬克思主義哲學取代文藝創作中的現實主義嗎？」胡風點頭表示同意。

說到「主觀精神」這一概念所引起的誤解和曲解，我援引恩格斯和列寧的話，說當年的批判是胡亂搬用哲學最高問題的大概念，實際上是對馬克思主義哲學常識的否定。胡風說，用不著找恩格斯，他的文章本身已經作了解釋，《文藝筆談》裡有一篇《為初執筆者創作談》，裡面就批評了只重主觀和只重客觀這兩種傾向，說明了主客觀的辯證關係。──對這段話，我很佩

服也很熟悉，原文是：「作家在創作過程中和他的人物一起苦惱、悲傷、快樂、鬥爭，固然是作家把他的精神活動緊張到了最高度的主觀的自由的工作，但這個主觀這個自由卻有客觀的基礎，客觀的目的，它本身就是「客觀」的成份之一，是決定怎樣對待「客觀」的主體。這樣的主觀愈強，這樣的「自由」愈大，作品的藝術價值就愈高，和和尚主義所宣傳的「主觀」也就愈加風馬牛不相及了。同時，由這樣的「主觀」把握到的「客觀」，當然有推動生活的偉力，那不是客觀主義者的「客觀」所能想像的。」——我複述了這段話的大意，說出了我的理解：這裡所說的作家的「精神活動」，就是馬克思所說的作為「人類的特性」的「自由自覺活動」，而且說得很清楚，是來自客觀，為了客觀又見之於客觀的，怎麼能說是唯心主義呢？胡風同意這些看法，並補充說，實際上他是非常重視生活的，不斷強調要擁抱生活，和現實生活搏鬥；他所說的「情緒的飽滿」，是作為對於現實生活的反映的情緒的飽滿，他所說的「主觀精神作用的燃燒」，是作為對於現實生活的反應的主觀精神作用的燃燒，不然的話，現實主義就不成其為現實主義了。

我提到《文藝筆談》的序言，裡面有一段定義式的話，說文藝創作是為了追求人生和服務人生，對此，今天應該怎樣看？胡風回答說：這個出發點和落腳點是不能變的。——那段話的原文是這樣的：

> 文藝創作為的是追求人生，在現實人生的大海裡發現所憎所愛，由這創造出能夠照明人類前途的藝術的天地，……沒有了人生就沒有文藝，離開了服務人生，文藝就沒有存在的價值。

很清楚，胡風一直把文學藝術看成是人類認識現實、追求人生、掌握世界的特殊的實踐途徑和在這個途徑上探索的足跡。在這裡，藝術與人生、藝術實踐與生活實踐，以及主觀與客觀、表現與再現、感性與理性等等，都是互相依存、彼此轉化、統一而不可分的。對於胡風理論中這種表述得十分清楚的藝術上的辯證法視而不見，才會時而指責他過「左」，時而又批判他太右，從而把真假馬克思主義、真假現實主義換了位置。——對於我的這些看法，胡風聽著並關切地問：現在怎麼樣？我說還在討論，既活躍又混亂；結束了教條主義的一統天下，總是大好事。胡風聽了點頭微笑。

關於文學的創作方法，我們集中談了現實主義的內涵問題。我認為以往的各種現實主義概念，如「社會主義現實主義」、「革命現實主義」、「批判現實主義」等，都不太準確，乾脆不要附加語，現實主義就是現實主義。胡風認為這樣不妥，還應該用「社會主義現實主義」這一概念，說過去那種給現實主義定成分、劃階級，並把社會主義現實主義與過去的現實主義一刀兩段的做法當然是荒唐可笑的，但也不能不看到現實主義的歷史發展。我說，蘇聯的社會主義現實主義定義中有「拉普」的尾巴，傳到中國以後變得更加庸俗僵硬，使用這個概念容易產生誤解，難於和「左」的傾向劃清界限。胡風的看法是，中國新文學的社會主義現實主義與蘇聯的有聯繫又有區別，從字面上照搬蘇聯的定義條文再加以片面的解釋引申，那是假現實主義真教條主義。他所說的這種社會主義現實主義，是從中國的歷史發展和現實鬥爭的要求出發，接受馬克思主義的指導，吸收蘇聯的有益經驗（以高爾基為代表），集中體現在魯迅身上的那種寶貴傳統。這可以用高爾基和魯迅的創作和理論來說明。

說到作為創作方法的現實主義的本質，胡風仍堅持他的一貫看法：現實主義是唯物主義認識論（也是方法論）在藝術認識（也是藝術方法）上的特殊方式。我談到，有的年輕人曾批評我這樣說是用哲學代替藝術。胡風說，「特殊方式」就肯定了不是哲學，但不能完全脫離哲學。由此談到《現實主義在今天》一文中那段一再受到批判的關於現實主義的話，我說難怪何其芳要腰斬原文並使一些人相信他的分析批判，那段話也確實需要用心讀才能讀懂。我是在認真讀了《意見書》中的有關論證之後才讀懂的。實際上，這段話就是「主觀精神與客觀真理相結合或融合」的另一種更具體的說法，這裡的「獻身的意志」、「仁愛的胸懷」、「真知灼見」都由前面說明了，都是有客觀的歷史內容的，既不抽象更不唯心。——胡風表示同意。談到近幾年關於現實主義問題的論爭情況，我說目前有兩種流行的看法：一種是把現實主義等同於「左」的教條，宣布它已經僵化、過時；另一種是把作為創作方法的現實主義降低為具體的表現方法和風格類型，說它只是多種方法中的一種。這都是歷史造成的誤解，是對「左」傾教條主義的懲罰。——胡風很關心文藝現狀，對我的這些看法很注意，問我為什麼說是「懲罰」。我進一步作了解釋：用何其芳的兩篇曾經是很有權威的文章作例證，一篇是1946年的《關於現實主義》；一篇是1953年的《現實主義的路，還是反現實主義的

路》。前一篇把馬克思、恩格斯的現實主義理論的「精神實質」歸結為「政治標準第一」和「階級分析的方法」，與此同時，把馬恩關於真實性、傾向性和典型問題的重要現實主義觀點統統說成是關於藝術表現方法的「個別結論」，而且是「可以改變的」；說毛澤東對馬恩的藝術理論的最大發展和貢獻是提出了「藝術群眾化的新方向」和「作家的人生觀問題」，而毛澤東關於現實主義和典型問題的論述反而被完全忘記了。總之，在那篇文章裡，「為什麼人和如何為」以及知識份子作家的思想改造問題，才是現實主義理論的「中心問題」和「最高規律」（那時還沒有稱「最高指示」）。後一篇文章就是用這樣的理論來批判「胡風文藝思想」的，而最核心的，就是捍衛那種「最高規律」。後來，這種理論流行了幾十年，成了中國的現實主義正宗，給整個文藝事業帶來的後果是嚴重的，可悲的。

胡風認真地聽我說完以後，感慨地總括了一句：這一切本來是清楚的。──我接著他的話說：是的，可竟然為了這些本來清楚的問題糾纏了幾十年，付出了那麼大的代價，今天回頭一看，真是苦笑不得。何其芳後來也有變化，不再堅持那種理論了。胡風又說了一句：這一切並不單純是理論問題。──我當然明白他所說的理論以外的東西指的是什麼。

談到「形象思維」問題，我說這個藝術創造中的重要問題在中國是他最先提出的，解放後雖有過兩次討論──1956年和1977年，真正深入到藝術創作過程內部進行分析的人並不多。胡風說他很早就注意這個問題了，那時他也不大明確，到後來才把形象思維作為藝術創作的根本規律和現實主義放在一起進行研究。──胡風最早談到這個問題是在1935年，在《為初執筆者創作談》一文中；後來，是1940年的《今天，我們的中心問題是什麼》一文。我提到，在1940年的這篇文章中有一個小標題──「首先，要從邏輯公式的平面上跨過」，後來成了反對學習馬列主義、取消共產主義世界觀指導的罪證。「文革」前鄭季翹乾脆把「形象思維」的命題說成是取消反映論、反對《實踐論》的，1977年的討論只是以毛澤東給陳毅的信為根據，重新肯定這個概念而並未深入探討。毛澤東只是肯定了作詩需要形象思維，而且把它與傳統的「賦比興」扯在一起，實際上把形象思維看成是一種表現方法、修辭手段，依然沒有跨過一般邏輯公式的平面，沒有進入藝術創造這種特殊的精神活動的內部。胡風說，他不瞭解以後的討論情況，但他一直認為，形象思維是關係到文藝的特殊本質和規律的重要問題，深入討論這個問題，有助於

從根本上扭轉創作上的公式化概念化和理論批評上的教條主義傾向。

關於創作對象和創作主體。這兩個問題本身就是緊密相關的，因此我們也是把它們放在一起談的。我認為，這是「胡風文藝思想」與以往流行的正統文藝理論爭辯的重點，是超乎文藝的重大思想理論分歧的焦點。

首先談到「精神奴役的創傷」，我提出「傷痕文學」與之比較，說文化大革命雖稱「浩劫」，畢竟不過十年，尚且有「傷痕」，有「內傷」，肯定了「傷痕文學」；長達兩千年的封建統治反而不承認有「創傷」，實在沒有道理。由此，我向胡風提出，他的「精神奴役的創傷」這一提法是不是與列寧的談《怎麼辦》有關，因為列寧在這篇文章裡談到過工人群眾受資產階級的「思想奴役」。胡風回答說，記不清了，他的看法主要來自對歷史和現實的實際感受，當然包含有魯迅的經驗和馬列主義理論的啟發。──我當時就意識到我的提問不大妥當，因為胡風一向反對尋章摘句地對待馬克思主義。不過我還是追問了一句：是從哪些馬克思主義著作中得到啟發的？他回答說，主要是《德意志意識形態》，還有《神聖家族》，那裡面的唯物主義思想。我談了我對《現實主義的路》中的有關歷史唯物主義論述的理解，認為「封建主義活在人民身上」那段論述正是對多次提到的「人民底負擔、覺醒、潛力、願望……」的具體解釋，是從錯綜複雜的歷史發展中辯證地看待中國農民的科學論斷，不同於那種又有優點又有缺點的貌似辯證實為折衷的浮淺看法，更不同於那種把農民抽象化、理想化的反歷史唯物主義觀點。

胡風提到那句名言：「嚴重的問題在於教育農民」，以農民為主體的中國人民反帝反封建鬥爭的歷史內容是以反封建為基礎的，反封建既是改變客觀物質關係，同時也要進行意識鬥爭，包括醫治精神奴役的創傷。──我說，這種看法當然是對的，但多年來的理論思想卻正相反。多年來，我們一直把太平天國、義和團當成革命的先驅、前輩而讚揚不已，同時對戊戌政變和辛亥革命卻一再批判，比之於列寧的不是以布加喬夫而是以十二月黨人和革命民主主義者為先驅和先輩，這中間不是大有問題可以研究嗎？胡風要我談談具體看法。我進一步談了我的想法：列寧一再嚴厲地批判民粹主義，談到中國革命時還提到過孫中山的民主主義和民粹主義，這一切似乎並沒有引起中國人的注意。中國革命是「以俄為師」的，而中國的封建主義和小生產農民的存在更甚於俄國，可是不知道為什麼，中國的革命理論卻獨獨沒有觸及民粹主義問題。結合剛才提到的那種不斷頌揚農民起義而一再鄙薄啟蒙運

動和資產階級民主革命的客觀事實，我覺得，在那種唯成份的「階級鬥爭」理論中包含有嚴重的民粹主義傾向。早在1940年《論民族形式問題》中就提到過「農民主義」、「民粹主義的死屍」，當時是不是已經明確意識到了這一切呢？胡風回答說：是這個問題，不過沒有現在這樣明確；當時是就文藝問題談的，也只能就文藝問題談。

說到知識份子問題，我認為《論現實主義的路》裡的有關論述和《中國革命與中國共產黨》裡的論述是一致的，連有些提法都很相近。問題是後來主要以《講話》的序言為準把那幾句談個人感受的比喻當成了科學論斷，而且越到後來越把它推向極端；於是，知識份子的「骯髒」和體力勞動者的「乾淨」，都成了先天的、絕對的。「思想改造」既然是「從一個階級到另一個階級」，在當時的中國，當然就是從小資產階級的知識份子到小資產階級的農民。這實際上就是把以農民為主體的人民抽象化、理想化了，同時也把知識份子抽象化並把他們推向了剝削階級一邊。這就造成了對知識份子的輕視、歧視，使他們不能很好發揮作用，從而使「精神奴役的創傷」得以保留和發展，這可能是造成歷史進程遲緩並出現曲折反覆的重要原因之一。──胡風認為這些看法很有道理，這個問題與哲學、歷史、文學都有密切關係，應該用馬克思主義觀點去進行深入的研究。

胡風還著重指出，知識份子問題和農民問題一樣，都是現代中國歷史發展中的重大問題。從歷史的角度和從文學的角度怎樣認識和對待這些問題，可以從魯迅的作品，魯迅的一生，他的生活實踐和藝術實踐中取得經驗，在這方面，魯迅是我們的最好榜樣。

關於「民族形式」問題，是從當前文藝界出現的「現代派」熱談起的。胡風認為，正確的對待借鑒西方和繼承傳統的關係，是一個至關重要的問題，可以說，這是幾十年來文藝思想鬥爭中的一個關鍵性問題。──我問：借鑒西方與「全盤西化」、繼承傳統與國粹主義，這中間的界線本來是可以劃清楚的，可有時候又很容易產生誤解；《論民族形式問題》之所以一直被誤解、被曲解，是不是與繼承傳統問題論述得不夠充分有關？胡風回答說，有這方面的原因，不過那是當時的情況決定的，當時面對的是否定「五四」新文學傳統的復古主義傾向，不能不把批判的重點放在這方面。他還告訴我：《論民族形式問題》一書的基本觀點他至今沒有改變，這本書實際上是從民族形式這個角度論證現實主義問題，論證「五四」新文學傳統的，不

應該把它僅僅局限在「民族形式」這個具體問題上。──從這裡我談到這本書的現實意義，說「文化大革命」是以往的復古主義的惡性發展，十年間只剩下了樣板戲、舊體詩、語錄歌、忠字舞，現在的「現代派」熱，正是對這種民族復古主義的一種矯枉過正式的懲罰。胡風說，應該多給年輕人講講魯迅，看魯迅是怎樣對待這個問題的。

關於魯迅，胡風幾次談到有關思想發展和分期的問題。對於多年來流行的「轉變」說，他非常反感，說這是為了某種目的而不惜歪曲歷史，歪曲魯迅形象。──我知道，這裡說的「某種目的」，就是以魯迅的「轉變」證明自己的一貫正確。他告訴我，他寫了一篇關於《寫在〈墳〉的後面》的論文，給了《人民文學》，裡面談到了魯迅的思想發展，批駁了「轉變」說。

談到雪峰，胡風說那是個好人，一個非常好的同志，並承認，在理論思想上他們是非常一致的。同時，他又很為雪峰惋惜，說他遷就某些人，想以理論上的讓步調整關係，達到團結的目的。結果上了當，自己在一些理論問題上放棄了原則，也沒有達到團結的目的，更沒有逃脫惡運。所以，雪峰後期的理論觀點中有明顯的矛盾和混亂。

最後一個問題，也是最重要的問題，是怎樣看待「胡風文藝思想」與毛澤東的《講話》的關係。從1945年的重慶論爭到1955年的反胡風運動，這十年間提出的胡風的千條罪、萬條罪，歸總一條，就是反對《講話》；那些數不清的批判文章所講的中心一環，就是保衛《講話》。那麼，今天怎樣看待這個問題呢？胡風回答說，他是尊重毛澤東的，既尊重他在中國革命中的業績，也尊重他對文藝工作提出的指示和意見，但是，作為一個馬克思主義理論家、文藝批評家，他不能止於複述這些指示，他要在接受這些指示的同時提出自己的感受和理解，這中間就有了差別，再加上種種其他情況，問題就變得非常複雜了。──我談我的看法：聯繫1936年、1945年、1955年這三次大論爭，聯繫一直到文化大革命的中國現代文學史、文藝思潮史來看這個問題，我覺得關鍵在怎樣對待《講話》。第一，《講話》本身在理論上，確有一些局限性，如胡喬木所說；第二、《講話》畢竟是在特定的時間空間條件下產生的，不可能沒有這方面的局限性；第三、宣講者、保衛者和執行者口中、筆下、實踐中所出現的一些問題，並不全符合《講話》的本意。真理是具體的，在被不斷誇大的過程中，就會越來越離開了它本身。從雖有普遍意義而畢竟是指導解放區文藝運動的指導方針，變成超越時空的文藝方針，到

「無產階級專政下繼續革命」的理論，這段歷史是不能忽視的。「胡風文藝思想」正是在這個過程中被視為異端的。只有破除了這種並不是「文革」中才有的「凡是」觀點和態度，才能澄清那些複雜問題，才能實事求是地認識《講話》與「胡風文藝思想」，以及它們之間的關係。

胡風同意我的這些看法，並鼓勵我繼續這方面的研究工作，而且一定要嚴格地運用馬克思主義，嚴格地堅持實事求是。

1987年6月改定

梅志，一個傑出的中國女性

　　梅志去世了，在反胡風運動五十週年的前夕，她平靜地離開了這個世界，離開了這個給予她太多不公正和苦難，而她又為之付出了太多的愛和辛勞的世界。

　　許多年了，每當我想到梅志，就會聯想到遙遠的西伯利亞，一百多年前埋葬在那冰天雪地裡的「俄羅斯婦女」——十二月黨人的妻子們，那些為真理和愛情而堅毅勇敢地自覺承受苦難的偉大女性，她們的動人事蹟，她們的精神品格和道德情操。——中國也有這樣的婦女嗎？當然有，梅志就是她們當中的代表。

　　在胡風成為「反革命」以後的幾十年裡，梅志所承受的苦難是常人所難以承受的。一開始，她也被監禁了六年之久，在牢獄裡，她日夜惦念著已成為欽犯而不知去向的丈夫，還有留在家裡無人照看的年邁母親和幼小的兒女。直到老人停屍太平間，無人過問，才放她出來料理這一切。沒有同情和幫助，只有躲避和冷眼，她默默地承受著這一切；一個四十幾歲的女人，用她那柔弱的雙肩挑著這沉重的命運重擔，獨自從濁霧和泥濘中走了過來。

　　在以後的許多年裡，她又以「伴囚」、「陪監」的特殊身分，經受著特殊的磨難，肉體的和精神的雙重折磨，沒有判刑卻同犯人一樣失去了人身自由，從事著懲罰性的體力勞動。特別是，她每天必須面對的，是一個扭曲的、荒誕的時空環境：一方面是被妖魔化了的胡風的真誠和執拗，另一方面則是被神聖化了的謊言和暴力。她確信胡風的真實，卻不能確定那種神聖化的謊言的虛假。至於為什麼會有這種一邊在吼叫「假的就是假的，偽裝應當剝去」而同時卻在編造謊言的怪事，她只能說不知道。

　　在這長達二十四年的歲月裡，梅志就一直處在這種極不合理的受屈辱的境地，遭受著種種磨難和刺激。應該特別提到的是，這中間胡風數度患病，而且還有精神分裂症甚至曾企圖自殺。這一切，該是多大的刺激、多大的壓力，需要多麼堅強的性格，多麼健康的心智才能承受得起啊！然而，梅志是

一個典型的江南知識婦女，溫柔，嫻靜，有教養。可是，在這種種打擊和災
難來臨之際，她又是那樣平靜、沉著，不亢不卑，顯示出一種柔弱、嫻靜中
的剛強和勇敢。這是一種心理素質，精神力量，也就是胡風所說的「主觀精
神」、「人格力量」。正因為有這樣的內在心理結構，心理素質，她才能抗
得住那種種精神刺激，沒有崩潰，沒有逃避，沒有屈服，更沒有出賣，而是
如魯迅所說，「踏著鐵蒺藜」一步步地走了過來，活著走了過來。而且，活
下來的還是原來的梅志，這就是她自己所說的那種「活下來就是勝利」。

這一切看起來多麼不幸，多麼殘酷，多麼令人憤慨，然而在梅志那裡，
在她的筆下，卻顯得那樣平靜，那樣坦然。在她寫下的那些回憶往事的文字
裡，有分明的是非愛憎，卻沒有怨恨，沒有復仇的意願，更沒有《白毛女》
《紅燈記》裡那種「我有仇，我有冤，我要報仇」式的呼喊。在梅志那平靜
的語調裡，有憎惡，有不滿，有嘲諷，也有憂傷和遺憾；但這一切都出於對
人，對人的命運、人的價值、人的尊嚴和自由的珍惜，出於對人的愛——這
也就是胡風所說的「仁愛的胸懷」，魯迅所說的「文藝總根於愛」。

當年批判胡風的時候，說他和他的朋友們（當然包括梅志）「仇恨一切
人」；近年來又有人說魯迅的心理和文風「陰暗」，充滿「仇恨」、「猜
忌」等等。真不知道這些人讀了幾篇魯迅和胡風的著作，是怎樣讀的，竟然
從中讀不出熱情和愛，那燃燒的熱情和深摯的愛；那麼，就讀讀梅志的作品
吧，也許，可以從這裡增進對魯迅和胡風的理解。

梅志是在胡風的幫助下吸取魯迅的精神乳汁的，魯迅和胡風是她的兩個
精神支柱。她和胡風不僅僅是一般意義上的夫妻，他們之間還有一層「精神
界的戰士」之間的戰友關係。他們都是左聯成員，而左聯成員未必都認同魯
迅，他們都是自覺的魯迅傳人。這層戰友、同志關係，使得他們之間的愛情
具有更豐富更深刻的內容，在社會理想、人文價值和感情態度諸方面，有更
多的共同的和相通的地方。人們往往只把梅志看成是胡風夫人，讓胡風的高
大身影擋住了視線，沒有注意到梅志的獨立人格，她在胡風心裡的地位，她
在胡風戰鬥和受難的一生中所起的作用。事實上，梅志和胡風是兩個獨立人
格，他們之間那種既各自獨立又互相依存而不可分的關係，才真的是「你中
有我，我中有你」。這裡沒有什麼「夫唱婦隨」，「從一而終」，有的是志
同道合，心靈相契。所以梅志的苦難雖因胡風而起，實際上卻主要是她的主
動選擇，自覺承擔，是出於一個知識份子的理性良知和道義責任，因此，她

最後才能夠那樣真的無怨無悔。

　　這一切胡風是非常清楚的，早在1952年，在他即將受到整肅之際，在一個寒冷的夜裡，在等待梅志回家的時候，他寫了一首詩《我等著你》，其中有這樣一段：

　　　　在天昏地暗的日子
　　　　我們在這條路上走過
　　　　在受難者中間
　　　　我們的心正在滴血
　　　　滴在荊棘上
　　　　滴在塵沙上
　　　　當我的血快要滴乾了
　　　　我吸進了你的血溫
　　　　我吸進了你的呼吸
　　　　我又長出了趕路的力氣

　　──這簡直是讖語，預言了十幾年後那慘痛的一幕：當胡風被判無期徒刑，絕望中又身患重病，決意結束自己的生命之際，是梅志，用自己體內的血溫融化他那已經冰涼的心；是梅志，用她那溫柔的氣息給了胡風活下去的力量。其實，不僅僅是此刻，從一開始，在那種「國人皆曰可殺」的「輿論一律」的巨大壓力下，正是梅志，用她那清澈的目光，溫柔的話語，無微不至的關懷照顧，給了這個陷於絕對孤立無援的強硬漢子以人間僅有的同情和支持──不，應該說是共同承擔，一起受難。──就是這樣，在四分之一個世紀裡，他們相濡以沫地走過了那段曲折艱險的人生道路。胡風能夠活過來，虧了梅志；而沒有了後來三十年的苦難，胡風的人格，他身上所體現的那種可貴的精神資源，就顯現不出來了。從這個意義上著眼，可以說，沒有梅志，就沒有胡風。

　　我是1982年認識梅志的，在那以前，我從胡風給我的覆信上見過她那娟秀的字跡，開始領略到她那樸素親切的語言風格。因為當時胡風的腦病復發，不能詳細覆我的信，只簡單寫了幾句話，後面由梅志代為說明並致歉意。後來，從1982年8月到1983年2月，在我居留北京的半年時間裡，曾五次

前往木樨地訪問胡風，每次梅志都在座。她給我的最深的印象，首先是她的
氣質，她的儀態風度。當時她已年近古稀，卻並無老態，依然保有往日那
種知識婦女的風采，顯得那樣優雅樸素，言談舉止從容自然，令人感到可敬
可親；既不像一般的老太婆，更不同於那種「馬列老太太」。在這幾次談話
中，由於胡風的鄂東鄉音和聲音有時沙啞，常常需要梅志從中進行解釋和補
充。這就給了我第二個深刻印象，那就是她對與胡風有關的一切全都知道得
很清楚也記得很清楚，而且事事一絲不苟。可見，胡風的事也就是她的事，
胡風的問題也就是她的問題。當年施暴者把她打成「份子」，讓她受磨難，
應該說並非毫無道理。那麼，今天在談論胡風的人格、精神、思想成就和
價值的時候，也不應該忘記梅志，他們確實是一而二，二而一，共同承擔，
一起受難的。讀讀胡風的著作，特別是梅志的那些有關胡風的實錄，就都明
白了。

　　從1933年到1985年，從上海到武漢到重慶到北京，從胡風早期的文學批
評文章，到中間的「三十萬言書」，到四川監獄裡的申訴，到最後那篇重要
著作《胡風評論集後記》，胡風的幾乎全部著作都包含有梅志的心力和勞
力。這裡，我可以舉一個實例：1983年元月，我第五次和胡風談話將要結束
時，胡風示意梅志，要她把一份材料拿給我看，說是共有三份，一份送到
耀邦同志那裡去了，一份在李何林先生處，這是存底，切不可丟失，看了
就拿回來。我誠惶誠恐地接下這份重要歷史材料，回到住處連夜趕著讀完，
第二天就送回了。這份材料是記述1936年那次「兩個口號」論爭具體歷史事
實的，有許多確鑿的具體細節，對郭沫若、周揚、任白戈等人的揭發毫不留
情。其中還有周揚用粗話辱罵魯迅以及任白戈和郭沫若等對待魯迅的態度等
事實。我讀了很感意外，想不到這些表面上都很尊敬魯迅的前輩大師，私下
裡竟是如此不堪。當時我對這些人還有些敬意，所以離開時在走道裡向梅志
建議，公開發表時刪去或改寫這些內容。當時梅志誠懇地向我解釋，說胡風
為此受了多年磨難，提起來就激動，有情緒。不過我們（她和兒女們）會慎
重處理的。並說這份材料是提供給中央參考的，不會發表，即使要發表，也
一定要修改。後來這份材料一直未見公佈。——由此可見，梅志始終是胡風
著作的寫作和出版的直接參與者。

　　這裡有兩個二十五年：從1955年開始反胡風，到1979年他們獲得自由返
回北京，是梅志和胡風一起蒙冤受難的二十五年。從1979年到今年（2004）

梅志去世，是她為胡風的事業奔走操勞的二十五年；當然，在後來的這些年裡，擔子越來越重的落在了曉風的肩上。什麼是胡風的事業？就是他的人格、精神、思想和理論。胡風問題不僅僅是政治法律上的冤案，同時更是一個重要的歷史事件，思想史、文學史的重大事件。政治法律上的冤案，一般到平反為止，了結案情。反胡風這樣的歷史事件就不同了，不僅涉及面極廣，而且是一個永久話題，因為它關乎這個民族、這個社會的歷史發展、價值取向和精神資源。從陳獨秀到王實味，從林昭到張志新，不都是這樣的歷史事件嗎？所涉及的難道僅僅是他們本人及其親屬嗎？所以梅志那些年的奔波辛勞，是在盡一個知識份子、一個精神界戰士應盡的職責。──虧得正逢中國歷史上的又一個春天，胡耀邦無私無畏地平反冤假錯案，梅志的努力才有了結果，有了那三個平反檔。

二十多年來，我和梅志有過多次接觸，每次我到北京或她來武漢，總要見上一面。她的那種樸素、謙遜而又自主自尊的風格，體現在各個方面。每次來武漢，總是不聲不響，不驚動有關方面，自費住一般賓館，和熟識的舊友新朋會面。1988年春天，在她下榻的賓館裡，我見到了何定華先生。他是胡風留學日本時期的同窗，後來當過武漢大學副校長、省委領導幹部，「文革」中曾被打成「李達三家村」成員。這次隻身來看梅志，看來像個中學老教師，談到出版《胡風全集》的事，他也不懂當今場面上的種種關係門徑。當時我就頗有感觸：真的是「物以類聚，人以群分」，不愧是胡風的老朋友。

這些年來，梅志一直埋頭於胡風著作和有關史料的整理和寫作，對於這個方面的研究活動和參與者，不管是知名學者專家，還是普通學人或讀者，她都是熱情接待，全力協助。可是，1989年在武昌湖北大學召開的全國首屆胡風思想學術討論會，她卻沒有來出席，是她自己決定不來參加大會的。她認為，對胡風其人其思想的認識和評價，肯定會有不同意見，有不同意見就應該暢所欲言，不能只說好話，一邊倒，那是不正常也不真實的。有她在座，有的人可能礙於情面而不便直言，那就會影響會議的成就。所以她不參加這次會議，讓曉風和曉山來了。曉風、曉山，他們自始至終參加了這次會議卻一直是不露山、不顯水，默默地聽取各種意見，和熟識的前輩和同輩交往。不認識他們的人，很可能把他們當成了大會工作人員。這就是他們的家風──樸素、謙遜、自主、自尊。常言所說的「有其父必有其子」，在這裡

應加上「有其母必有其子（女）」。多年來，梅志是這個家的主心骨，她的影響甚於胡風，在子女身上留下了深深的印記。曉山酷似乃父，眉宇間、談笑中雖不乏英武剛烈之氣，似仍以樸素、謙遜為主。曉風則尤似其母，更多一些柔和、恭順。在梅志的操持薰陶下。這個家保持了以往那種知識份子家庭的特色，顯得簡樸而富人文氣息，寧靜而不乏生氣；既有傳統道德，更富五四精神，獨獨沒有那種革命化的浮躁暴烈之氣。

從這裡，又想到了他們家的舊書櫃，那裡面的舊書刊。那都是1955年以前的，在公安部門封存了二十五年後才送回的。梅志和胡風以及他們這個家，好像也是被封存了、冷凍了二十多年後又重新出現的。沒有了中間的「社會主義改造」、「反右」、「大躍進」和「文化大革命」，所以也像那個大書櫃，裡面還保留了許多好東西。多年來，人們常常懷念「五十年代」，說那時如何美好。但是人們粗心了，稍加思考就不難明白：五十年代前期的那些美好東西，並不是當時立即產生的，是以往傳統的延續，是社會歷史的貫性，是大戰亂之後的喘息時刻，是舊的專制腐敗已去，新的專制腐敗尚未顯露的歷史上的早春季節。那些美好的東西是什麼？歸總一句，是人性，人性解放、個性解放，是傳統文化和五四新文化掙脫了國民黨的「黨化」之後的短暫閃光。上面說的梅志在她們家裡培植的家風，就是這種文化的體現。在經歷了那樣的社會大變動之後，能奇跡般地保有這樣一個未被摧毀又未被改造的原樣知識份子家庭，實在太不容易了，這當然是梅志之功。

最後一次見到梅志，是前年，2002年10月在上海。當時復旦大學和蘇州大學中文系為紀念胡風百年誕辰，聯合召開了全國第二次胡風研究學術討論會。十三年前在武漢召開的首屆會議，梅志回避了，沒有出席。這次她來了，而且興致很高，自始至終參加了會議的各項活動。當時還健在的「胡風份子」差不多都來了，有十幾位八旬以上的老人，其中數梅志年輩最高，那年她八十八歲。當有人戲稱她為「老佛爺」時，她連連擺手，說「可不能這樣稱呼！」顯然，她的思維敏捷，想到了賈母、慈禧和聶元梓。

會議快要結束了，人們在大廳裡攝影留念，不少人找梅志合影。當時在場的有牛漢、朱健、彭燕郊和我，還有我的妻子張焱和另外幾位女性。牛漢半開玩笑地說，「梅志越老越漂亮了。」不想這句話引起了議論並得到普遍認同。我的妻子張焱就表示，她第一眼見到梅志時就感覺到了，那是一種內在的美，是整個人的氣質和風度，樸素典雅而又平易近人。——我也注意到

了，她和梅志真的是一見如故，「相逢何必曾相識」，有過同樣的命運，走過同樣的道路，用不著多餘的話語去溝通，心靈自然有感應。會議期間，這些受難者的妻子（還有兒女）對梅志特別熱情、特別景仰，也是很自然的。

前面提到，從梅志我想到了遙遠的西伯利亞的「俄羅斯女人」，說我們也有這樣的「中國女人」，只是她們的命運更悲慘，活得更艱難。在俄國，有普希金、涅克拉索夫這樣的大詩人，充滿敬意地熱情歌頌這些為真理、正義和愛情而獻身的偉大女性，說「您遭受苦難的故事／將被活著的人們永遠記在心間」。那麼，在我們這裡呢？不錯，有過一本《受難者的妻子們》，是上海作家路莘寫的，記述梅志和其他胡風份子的妻子們的故事。在此之前，魯彥周的《天雲山傳奇》裡有一個馮晴嵐，曾激起許多人的同情，不少鬚眉漢子為之淚流滿面，泣不成聲。但那多半是當事人，觸及了自己的傷痛。多數人的反應，則大都像當年陪著祥林嫂流淚的女人們，不過是戲劇的看客，並不曾真正體會苦難的深重及其意義和價值。

梅志的去世，引起我回過頭去重溫了往日的一切，那不應該忘記的一切。梅志和許許多多這樣的中國女性，她們所走過的苦難道路，在歷史上也是罕見的。在當時，真理和正義、祖國和人民，好像都拋棄了她們，使她們處於絕對孤立無援的境地。而她們自己卻一直在為丈夫的安危、老人的健康、兒女的生存和前途而操勞而憂心，唯獨沒有顧及到自己。她們是挑著沉重的生活重擔和精神重擔，挑著貧困和屈辱、憂愁和恐懼，艱難地走過那段崎嶇道路的。後來，「撥亂反正」了，「落實政策」了，她們也一樣興奮、激動，感激、歌頌，卻又忘記了自己，忘記了自己為此而經受的苦難，作出的犧牲。社會和人們也好像忘記了她們，好像她們原本就不曾存在。

在懷念梅志的時候，我想起了許許多多這樣的中國女性，從心底湧起感激和敬意，還有深深的不平。若問他們的苦難和犧牲有何意義與價值，那就看看梅志吧，梅志是她們當中的傑出代表。梅志和她的著作就是一面鏡子，可以照出真善美與假惡醜。──應該讓更多的人知道梅志，認識梅志。

二○○四年十一月二十二日於武昌東湖
載《湘聲》及《新文學史料》

關於「回歸五四」問題致舒蕪
——附：舒蕪的覆信

管老：

　　本來不想湊熱鬧，以為人們會在爭論中把問題深入下去，進一步展開關於思想史方面的研究討論的，不想至今依然糾纏在1955年事件的責任問題上，我才忍不住想要發言。我好像是比較早關注《論主觀》並建議您出版舊作的，這個時候也應該說說我的看法和想法。何況，當年我也被捲入了那場風暴，也經歷過思想改造，有過近似的從追求五四、魯迅傳統到馬克思主義的思想要求和曲折經歷，同樣終於明白了必然也只能回歸五四。

　　我近來集中重讀了您的《回歸五四》，同時重讀了雪峰的《論民主革命的文藝運動》，胡風的《論現實主義的路》，並對照了《大眾文藝叢刊》上的批判文章，聯繫毛澤東的思想發展，弄清楚他同這一切的關係。在此基礎上，我擬定了一個題目：《回歸五四——苦難的歷程》，反用小托爾斯泰《苦難的歷程》之涵義，集中論述三十年代以來的「回歸傳統」——「回歸五四」的思想背景，具體解讀您的《後序》。想集中談下面三個問題：

　　一、關於《論主觀》的歷史公案。分三層：怎樣看《論主觀》一文；怎樣看1945-48年的那場論爭；那次論爭與以前及以後的歷次論爭的關係。說明《論主觀》的寫作和發表，就是在歷史大轉折關頭向五四回歸的一次努力，一方面是魯迅傳統的堅持，一方面是另一傳統的回歸（革命文學、國防文學、工農兵文學形成的新的「載道」傳統）。這中間的核心問題就是工具意識、工具論問題：一方面是「科學與民主」（把文學當文學，把人當人），一方面是「為政治服務」的工具和這種工具製造者。這也就是「救亡」與「啟蒙」的關係問題。

　　二、關於您的轉變，也分三層：首先是大形勢，從抗戰勝利到全國解放的客觀形勢的影響，加上自身的處境和身份的關係，使您接受了主流意識，認同了思想改造；二是你把史達林、毛澤東的思想理論當

成了馬克思主義的經典，在自覺追求馬克思主義的同時，卻不自覺地向舊傳統回歸；三是這種轉化與您的教育背景有關——早年所受儒學薰染及道學家的影響與斯、毛的東西裡應外合，促成了這種轉變。這樣的轉變具有極大的普遍性，是歷史的惰性、傳統的力量使歷史走錯了房間，知識份子陷入了迷霧。這是世界性的歷史必然，儘管馬克思、魯迅都預見到、警告過了，還是發生了這樣的世界性的悲劇。

三、怎樣看《後序》，也分三層：一是總的看法，這段公案是思想史上的一個事件，是學案的一節，而不是什麼冤案。因此，《後序》是對自身思想的反思，是思想反思而不是道德懺悔。蘇聯已有不少這種反思式的回憶錄，蕭斯塔科維奇的《見證》，西蒙諾夫的《我這代人的見證》，以及愛倫堡的《人、歲月、生活》等等。《後序》記錄的是思想史的軌跡和知識份子的精神歷程。二是解讀「回歸」的深意——重提啟蒙、立人、個性解放、改造國民性的問題。接連發生的「反右」、「大躍進」、「文革」災難，全都與此相關，現代化的能否真正實現，關鍵在人的現代化。半個世紀的歷史事實已證明了這一點。三是再為知識份子定位，知識份子的反思問題。

事實上，回歸五四的行程早已開始，這是一條曲折坎坷的道路。當年王實味就是為此而獲罪的，抗戰勝利前夕那次未能展開的啟蒙運動就是向五四的回歸，1956—57年的「鳴放」也是五四精神的迴光返照；這中間，有多少人罹難乃至犧牲，這真是一個苦難的歷程。而歷史卻又一再證明了非回歸五四不可，沒有啟蒙、立人、個性解放，沒有人的現代化，別的現代化都不可能實現。這魯迅早已說過了，不改革國民性，「無論是專制，是共和，是什麼什麼，招牌雖換，貨色照舊，全不行的。」而這中間的關鍵問題，是如何看待農民與知識份子以及他們之間的關係問題。在這裡，毛與魯是尖銳對立的，分別代表了兩種傳統。（關於毛、魯兩種傳統，我在《姚雪垠與毛澤東》一文中已明確提出，見七月號《黃河》）——回歸五四也就是回到魯迅那裡，就是知識份子的再覺醒和自我定位。

這是最初想到的，和曾卓談了，他鼓勵我寫。寫時要引證您的一些來信，涉及到彭燕郊和曾卓時，是否還是稱「友人」？這不是為你個人說話，是和你一起回顧、反思這段歷史，重新面對這個「與中華民族求生存的鬥爭

有關的大問題」。我這些想法對不對，有無誤解，都望能指出。專此即頌
　　近安

姜弘

二千年七月二日

附：舒蕪的覆信

姜弘兄：

　　昨由電話中知道大作已近完成，謝謝您為此付出這麼多精力，不是為了您替我「說話」，而是為了您搞清楚了中國思想史上一大問題。這在您之前，還沒有人提出過。李澤厚首先提出「救亡壓倒啟蒙」，是他的功績。但是，壓倒之後怎樣呢？他似未詳論。至少我的印象裡，從此就「倒」了。前讀關於姚雪垠的大作，那麼清楚地描繪出一條不斷回歸又不斷壓倒的軌跡，使我恍然大悟，原來自己經歷的是這麼一回事，這才真是「感覺到的還不能理解，只有理解了的才能更深刻地感覺」。您說，我能不佩服嗎？但是，那還是以姚雪垠為「個案」，而這篇則直接以區區為「個案」，使我更能親切體會，「朝聞道，夕死可矣」，您說我能不感謝嗎？至於關於我個人的評論，一切是非褒貶，我都不贊一詞，自己都從中吸取教益，這是已經奉告過的了。

　　知道您即將去深圳避寒，祝您健康愉快！
　　專此布達，順頌
　　文祺

舒蕪　上

二千年十一月二十四日

附記：

　　這是我在寫《回歸五四──苦難的歷程》一文時和舒蕪的通信。舒蕪原名方管，故稱「管老」。
　　關於舒蕪在胡風事件中的作用與責任問題，多年來一直眾說紛紜，爭論不休，今日依然。因這一事件而受難、受牽連著，多數人責怪舒蕪，甚至把

事件起因歸罪於舒蕪。但曾卓、彭燕郊和我的看法與態度接近，贊同聶紺弩的說法，認為不能只怪猶大而放過總督，而且應從歷史傳統和思想文化的深處，去探尋那次事件的相關問題。當時，我和曾卓、彭燕郊交換過意見，所以信中提到他們的名字。——由於多數朋友感情上接受不了我們的看法，我的那篇文章回避了舒蕪「個案」，準備另文專敘。

文學革命100週年

四題隨想

　　說起1917年那場文學革命，我就想起了那幾位先驅者：陳獨秀、魯迅、周作人、錢玄同、劉半農、胡適，他們當時發表的言論，那幾篇代表那場運動的歷史文獻。以上的名單，是按年齡順序排列的。當年陳獨秀38歲、魯迅36歲、周作人32歲、錢玄同30歲、劉半農26歲、胡適25歲。這是一個處在最佳年齡段的團隊，他們都是學貫古今中外的真知識份子，全都受過嚴格的儒家傳統教育，也都出洋留過學。所以才能在那樣的時代，掀起一場精神界的革命。一百年過去了，他們都已成為古人，重新認識和評價他們當年的是非功過，就不能不考慮這一百年來的時代風雲。

　　於是我想起胡適的話來。胡適在提倡「整理國故」的時候，談到過如何對待古人及其著作的態度和方法問題，大意是說，一要還古人的本來面目，二要用今天的新觀點，加以評判；不還其本來面目，會冤枉古人；不用新觀點加以評判，會誤導後人。如今在紀念文學革命一百週年的時候，似乎也應該這樣對待上面提到的六位先驅者。

兩位旗手的革命倡議

　　胡適的《文學改良芻議》和陳獨秀的《文學革命論》，是這場運動的開場鑼鼓，也是主旋律。胡文平緩，陳文激越，都是時代的最強音。因為後來二人的經歷和身份的關係，一些文學史，對這兩篇文章淡化處理，略略提到，甚至妄加評說。

　　百年後，重讀全文，我的第一感覺，就是它們並不陳舊，也沒有過時，儘管都是文言文，因為所談的問題，提出的主張，語調、情感，都是活的，

能在讀者心裡激起感應。是他們太了不起、太有遠見、還是歷史太緩慢、太迂迴，讓我們面對一百年前的古人，還感到如此親切、感佩。前不久去世的周有光老人，曾主張「從世界看中國」，一百年前的這兩篇文章，就正是從世界文明進程的角度看中國，探尋中國歷史發展緩慢、社會停滯、國民愚昧麻木的原因。他們都把目光投向文學。在這方面他們都是真內行。特別是對中國古代文學的認識，不同於流俗，他們的看法，就是在今天，也遠超越一般文學史套路。因為他們提倡文學革命，意在啟蒙，所以胡適抓住了「語言」，陳獨秀呼喚「革命」。這是那場運動的初衷和關鍵之所在。

胡適抓住了「語言」這一關鍵，為文學革命，也為思想啟蒙，找到了突破口。漢代揚雄早就說過「言為心聲」，馬克思也說「語言是思想的直接現實」。文學是語言藝術，宣導文學革命，當然應該充分重視語言問題。從這裡入手，把人們從古老的文言枷鎖中解放出來。顯然，這樣的文體變革，也是思想解放。可見，文學革命，通向思想啟蒙，思想啟蒙，需要文學革命。陳胡二人的相遇相知，是歷史的必然。1915年秋天，當胡適在美國為文學革命而苦苦思索的時候，陳獨秀正在上海為創辦《青年雜誌》而奔忙。

陳獨秀接到胡適這篇以簡代文的《謅議》的時候，《青年雜誌》已更名《新青年》，移至北京出版。發表的文章，仍然是文言。大概是胡適的文章觸動了陳獨秀，讓他想到，以白話代文言，大有助於思想啟蒙，——他早年為政治革命辦過白話報，如今開展新文化運動，當然，更應該運用白話這一現代語言工具，於是就滿懷激情的寫出了《文學革命論》。這篇文章很有點改革的意味。一百年前，他就這樣放眼看世界又從世界看中國，從而發出革命的呼喚，並且對「革命」一詞的涵義，作了嚴格的界定。文章一開始，就指出，在歐洲「革命」就是革故更新，也就是改革。在中國，「革命」就是「鼎革」，也就是奪權、推倒重來、改朝換代。歐洲的革命，即改革，是全面的，不僅指政治，而且包括宗教、信仰、倫理、道德、文學藝術等。中國的改朝換代，只是改姓易幟，秦始皇以降的二千餘年間，連政權性質都沒有改變，都是皇權專制主義、家天下，社會生活特別是意識形態一仍其舊。辛亥革命，改變了這種專制政體，建立了民主共和制。接著又有「二次革命」和反對袁世凱稱帝的運動，這就是陳獨秀所說的「三次政治革命」。因為僅僅是政治上的變革，而沒有觸及精神領域——「盤居吾人精神界根深蒂固之

倫理道德文學藝術諸端，莫不黑幕層張，垢汙深積。」這是陳獨秀寫這篇文章支持胡適發動文學革命的主要原因。

這令我想起魯迅的話來。1935年，魯迅在《我怎樣寫起小說來》一文裡，談到他的文學主張，曾說他「仍抱著十多年前的啟蒙主義」。可見，當年陳獨秀在呼喚文學革命的時候，熱情催促魯迅寫小說，也正是為了啟蒙。他在《文學革命論》裡，反對傳統舊文學，集中揭露其阿諛奉承的奴性和虛偽誇張的文風。他特別反對《文以載道》的舊說，批評韓愈的「師古」「載道」。由此，我又想起了魯迅在《論睜了眼看》裡所說的「瞞和騙」。——其實，這一切，都在力圖改革國民劣根性。陳獨秀在這篇文章裡所說的「苟偷庸懦之國民」，不就是魯迅筆下的那些人物嗎？

一百年過去了，現在人們都在關心經濟發展、科技進步，文學已經邊緣化了，不知還有多少人記得文學革命和這兩位旗手的這兩篇文章。人類歷史上有過宗教異化、勞動異化，如今好像正在科技異化。在這個時候，我想起了先驅者的這兩篇文章，越發覺得他們的難能可貴。因為他們提出的問題，依然存在。他們的主張也並不過時。不過，有一個問題，不能不在這裡提一下：他們都盛讚元、明、清的戲曲小說，卻忽略了其中有大量別樣的「謬種」、「妖孽」——以《水滸》為代表的遊民文化毒素，而且把《紅樓夢》與《水滸》相提並論，這不僅是他們的「千慮一失」，應該說是中國思想史、文化史上的一個不小的盲點。

文學革命與文藝復興

一百年過去了。現在要問的是當時為什麼要發起這場文學革命，目的何在，以往的文學史和教科書，大都著眼於「革命」而忽略了「文學」。

這裡，我還是要從魯迅說起。多年來，魯迅一直是一個有爭議的人物。所爭之處，都在思想、人品，而沒有真正從文學上對他進行評判。魯迅去世不久，陳獨秀曾明確指出，魯迅是一個有文學天才的人。當年他請魯迅加入《新青年》，當然是為了文學革命。魯迅的第一篇小說《狂人日記》也是顯示文學革命實績的第一篇現代白話小說。魯迅自己在《吶喊自序》裡說的很明白：大約是在1917年夏秋之交，錢玄同來向他約稿，魯迅說到了他當時的心情，也就是那段關於打破「鐵屋子」的名言——假如一間鐵屋子，是絕無

窗戶而萬難破毀的，裡面有許多熟睡的人們，不久都要悶死了……。

這裡的「鐵屋子」，是一種象徵，不是指外在的社會、時代、政權等等，而是指人們頭腦裡的精神枷鎖，思想牢籠，也就是意識形態，──皇權專制主義，思想觀念，倫理習俗。這裡的「昏睡」，當然也是象徵，指的是二千年皇權專制主義、精神奴役所造成的人們的愚昧、麻木，也就是如今常說的腦殘。可見，文學革命的初衷，魯迅參與這場運動的第一聲吶喊，都是面向自己──中國人自身的。是自省、自剖，以啟蒙取代欺蒙，喚醒一代青年，使他們成為中國第一代具有獨立人格的現代公民。

郁達夫在《中國新文學大系散文卷下》的導論裡，有一段話，說的很好。他說，秦漢以降，兩千餘年間的中國人，一直生活在專制制度及其意識形態的硬殼中，這種硬殼，有三大厚厚的精神支柱：尊君、衛道、孝親，人們的思想、言行，都必須遵從。中國古代文學的主流，都是遵從這三項原則的，否則就會受到禁絕和迫害。新文化運動，就是從動搖並推倒尊君、衛道、孝親，這三大精神支柱開始的。他說：「五四」運動的成功，第一，要算個人的發見。從前的人，是為君而存在，為道而存在的，為父母而存在的，現在的人，才曉得為自我而存在了。──以這樣的一種覺醒的思想為中心，更以打破了桎梏之後的文字為體用，現代的散文，就滋長起來了。現代的散文之最大特徵，是每一個作家的每一篇散文裡，所表現的個性，比從前的任何散文都來得強。

這裡的「五四運動」，顯然是指1915年開始的新文化運動，因為從那時開始，《新青年》就接連發表文章，反對「帝制」、反對「孔教」，反對「孝道」，批判貞操觀念，提倡婚姻自主戀愛自由。正是這種思想啟蒙和文化批判，幫助年輕人掙脫尊君、衛道、孝親的精神枷鎖，不少人把他們這一精神解放過程中的痛苦和歡樂寫了出來。這就是最早出現的以家庭、婚姻、愛情題材為主的第一批新文學作品。

對照魯迅所說的《鐵屋子》，與郁達夫所說的「硬殼」就會明白，文學革命的目的和成功，就在這裡：發現「個人」，確認「自我」，也就是個性解放，這是問題的關鍵所在。開始的時候，魯迅擔心，能否喚醒被古久先生在陳年舊賬簿裡的仁義道德所迷醉的人們，因而發出「救救孩子」的吶喊。十幾年後，郁達夫確認「硬殼」已被打破，支撐硬殼的「尊君、衛道、孝親」的精神支柱已被推倒，「個人」已被發現，「個性」已在文學中顯現

——顯然，郁達夫過分樂觀了。新文學發展的第一個十年，是比較順利的，後來越來越不妙了，甚至又回到了「宗經載道」的老路。百年坎坷，不必細述，這裡只說一點，新文化運動和文學革命，所面對的是中國人精神、靈魂、心理方面的兩千年痼疾，當然難度大，且多反覆，重要的是不能諱疾忌醫，必須切實地自省、自剖。下面梁漱溟的這段話，就是對郁達夫的話的補充和引申：

> 中國文化最大之偏失，就在個人永不被發現這一點上。一個人簡直沒有站在自己立場說話機會，多少感情要求被壓抑，被抹殺。五四運動以來，所以遭受「吃人禮教」等詛咒者，是非一端，而其實要不外此，戴東原責宋儒理學：「人死於法，猶有憐之者；死於理其誰憐之？」其言絕痛。而譚複生（嗣同）所以聲言要沖決種種網羅者，亦是針對這一類的理念而發。不知者以為中國桎梏於封建，其實封建不過依恃于武力與迷信，植根甚淺，何足以久存？久據中國而不可去者，是倫理理念。理念雖後天形成，而在人類理性中遠有其根，終不可拔——只可修正。自由是一種理念，產生於西洋歷史，曾被認為自明之理，儼若神聖而不可犯。倫理是另一種理念，產生於中國歷史，其若為自明與神聖亦同。中國正為先有這種理念起來，所以那種理念便起不來……。

這段話的要點有二：一是中國人的個性被壓抑、被泯滅，不是政治制度所致，是文化的偏失。二是中西文化的不同，主要在於西人尚自由，中國人重倫理。前面提到的魯迅筆下的「鐵屋子」，郁達夫所說的「硬殼」和這裡的「理」「網羅」「倫理」，指的都是中國古代文化傳統的基本原則，這裡還提到「反封建」一詞，加以批判。很值得注意。多年來，「封建」、「反封建」成了中國人的口頭禪。把一些不相干的東西，都往這方面塞。事實本來是清楚的，秦始皇以後，中國就再也沒有「封建」了。有的只是專制。專制制度與扼殺個人自由的文化是配套的。許多年以來，人們用「封建主義」，換掉了「專制主義」，給「個人」「自由」安裝了尾巴，使之成為個人主義、自由主義。於是，這一切，都成了一鍋粥，夾生飯。——對照先驅者的原始文本，這一切是不難明白的，他們正是對照中西文化差異，才有所

醒悟，從而痛下決心，宣導革命──革自己「中國文化」的命。

　　不過，西方也不是從頭到尾都崇尚自由，他們也有黑暗的中世紀，專制、黑暗、迷信、不幸，史書上多有記載。比我們幸運的是，他們先於我們五百年，就有了一次文藝復興。當我們面對文藝復興時期的文學和藝術作品的時候，好像時空距離俱已消失，覺得那樣親切，那是因為個人、自由、人性是相通的。關於西方文藝復興的論著，最權威也是我最認可的，是布克哈特的《義大利文藝復興時期的文化》，其中有一段文字，我曾經多次引用，全文如下：

　　　在中世紀，人類意識的兩方面──內心自省和外界觀察都一樣一直是
　　在一層共同的紗幕之下，處於睡眠或半醒狀態。這層紗幕是由信仰、
　　幻想和幼稚的偏見組成的，透過它向外看，世界和歷史都罩上了一層
　　奇怪的色彩。人類只是作為一個種族、民族、黨派、家族或社團的一
　　員──只是透過某些一般的範疇而意識到自己，在義大利，這層紗幕
　　最先煙消雲散，對於國家和這個世界上的一切事務做客觀的處理和考
　　慮成為可能的了。同時，主觀方面也相應地強調了表現它自己；人成
　　了精神的個體，並且也這樣認識自己。

　　說得太好了，簡直是對上面幾位先驅者的話所作的深入詮釋，這裡的「紗幕」，不就是上面提到的「鐵屋子」、「硬殼」、「網羅」嗎？而上面提到的「仁義道德」、「尊君衛道孝親」、「以理殺人」等，就是這裡所說的「信仰幻想和幼稚的偏見」。特別值得注意的，是開頭提到的，「被紗幕遮蓋而處於睡眠和半醒狀態的「人類意識的兩個方面──內心自省和外界觀察」，最後所說的，紗幕消散後，人成了精神的個體，並且也這樣認識自己」，指的都是「個人」，個人的被蒙蔽和新發現。

　　這裡的關鍵是個人的覺醒，其內心自省和外界觀察，脫離蒙昧狀態。五百年前的義大利文藝復興是如此，後來的中國文化運動，包括《文學革命》，依複如此。所以當時就有人把後者，稱為《中國的文藝復興》。

《狂人日記》與《人的文學》

　　當時，最能代表文學革命的這種啟蒙主義「立人」精神的是周氏兄弟。1918年，接連發表在「新青年」上的《狂人日記》和《人的文學》，是中國新文學開創時期，在創作和理論上的代表作。不幸的是，後來它們一個被誤讀，一個被遺忘，都未能發揮應有的作用。百年回眸，應該還其本來面目。

　　先說《狂人日記》，這是新文學的開山之作，是第一篇中國現代白話短篇小說──這裡的第一，包括三個方面：一是中國現代白話文（包括新式標點符號），而非古代話本和戲曲說白，二是現代短篇小說（從西方引進的，而非中國古代傳奇故事和筆記小說）。三是立意在啟蒙。立人（個性解放），而非古代文人的述懷立志。這三個第一，就是新文學的新的特徵。新語言、新形式、新內容。但切切不可忽略的是，這裡說的是文學，文學是語言藝術，藝術的功能在表達感情。馬克思說，「語言是思想的直接現實」，那麼，文學語言主要是感情的直接現實。藝術家運用文學語言和文學形式，創造出藝術境界。讀者，經由這種語言形式進入藝術境界。由感動，而有所領悟，進而深入思考。這是一種審美活動，精神創造和再創造的過程。然而，這一審美過程被簡單的認識過程所取代，沒有了「藝術想像」，這一中心環節，創造中的概念化，文藝批評中的誤讀和曲解，這會成為常態。《狂人日記》就遭遇到了這種誤讀和曲解，而且是來自左右兩方面的誤讀和曲解。胡風和林毓生，可能是這方面的代表。

　　胡風有一篇《以〈狂人日記〉為起點》，是講新文學傳統的，可惜通篇只講「思想革命」，而不及文學創作。評價極高，說的全是反帝反封建的思想鬥爭意義，鬥爭，革命，仇恨，這樣的分析，評判，把這篇主要是對內、對自己人的啟蒙主義力作，當作了對外對敵的反封建的革命檄文，這是我們許多人都犯過的誤讀魯迅的過錯，這是把魯迅向左邊推。與此相反，林毓生的，《中國意識的危機》則是從右邊，從維護儒家道統的立場出發，從學術研究的角度，在小說裡尋找魯迅的歷史觀、文化觀。胡風推崇《狂人日記》，林毓生指責《狂人日記》他們同樣是同非文學的誤讀中，走向謬誤的。魯迅自己說的很明白，這篇小說的寫作得益於果戈里的同名小說的影響

和早年學過醫學知識。別林斯基說，果戈里的《狂人日記》有一種「被深刻的悲哀之感所壓倒的喜劇性」。魯迅說，他的這篇小說，更為憂憤深廣——「憂憤不就是哀其不幸，怒其不爭嗎？須得注意的是，這裡的「不爭」，是「不爭氣」，而非「不鬥爭」。「悲哀之感」也好，憂憤也好，都出自一種悲憫情懷，也就是人道主義的「愛」。早年所學醫學知識，則幫助他把這種情懷，通過狂人的形象表現出來。狂人所見「從來如此」的生活常態，和他對這種生活所引起的反常的心裡感應——懷疑、反感、抗議、規勸、呼喚，如同一部二重奏。這裡的日常生活常態，那種「從來如此的上下尊卑、長幼、男女種種倫理道德習俗，不就是前面提到的郁達夫、梁漱溟和布克哈特所說的「硬殼」、「網羅」和「紗幕」裡的信仰、迷信和幼稚的偏見嗎？狂人的話語，從「今天晚上很好的月光」，到「救救孩子」，通篇都飽含感情，有懷疑、反感、抗議，更有勸導、警告，最後發出救救孩子的呼喚。——也就是吶喊。

《吶喊》是魯迅的第一本小說集，《狂人日記》是其中的第一篇。魯迅說過，他寫了這，就一發而不可收，接連寫出了多篇小說，可以說，這篇寓意深刻而又風格特異的《狂人日記》，是魯迅文學創作的序曲。接著而來的魯迅的全部文學作品，全都是這種飽含悲憫情懷的吶喊。魯迅在《吶喊自敘》說的很清楚，他在日本留學時期，本來是學醫的，因為受了「幻燈事件」的刺激，確認改變中國人的精神，遠比改善中國人的身體重要，因而棄醫從文，投身文學運動，於是就有了他的文學思想的根本元素：「為人生」和「創作總根於愛」。可以說，這正是中國新文學的根本。

周作人的《人的文學》是一篇論文，是文學革命主力人生派的宣言，實際上也代表了這場運動的共同主張，因而在上世紀二、三十年代，有很大的影響。後來，周作人在日偽統治下的北平任偽職，大節有虧，人們不免「因人廢言」，不再提這篇文章，不過憑心而論，這確實是一篇好文章。言簡意賅，經久彌新。堪與魯迅的《狂人日記》比肩，同為中國新文學的開山之作，其要義，均在啟蒙、立人。

這篇文章，談了三個問題，人性、人道及其與文學的關係。他肯定了靈肉一致的人性，否定非人性的獸性和神性，他把他所主張的人道主義稱作《個人主義的人間本位主義》。說的是人與人之間的關係，個人與他人《眾人》的關係。他主張「利己而又利他，利他即是利己的生活」。因為個人愛

人類，就只為人類中有了我，與我相關的緣故。」接著他引用了墨子的話：
「愛人不外己，己在所愛之中」，還引了耶穌說的「愛鄰如己」。把文學、
人道、愛聯繫在一起，構成了他的人道主義文學觀，他主張以人道主義的態
度，對待人生和文學。這裡的關鍵是作家的態度。

姜弘口述

張焱筆錄

現實主義，在今天和昨天
──試論馮雪峰的文藝思想

面對著1981年出版的三卷本《馮雪峰論文集》，我想起了列寧論《馬克思・恩格斯通信集》中的一句話：「如果我們想用一個詞來表明全部通信集的焦點即其中所發表所討論的一切思想集結的中心點，那麼這個詞就是辯證法。」──把這裡的「辯證法」換成「現實主義」，不是正可以用來說明雪峰同志的論文集嗎？

把這部論文集放在眾多的有關現實主義的理論著作之中，我們會很容易地發現它的如下特點：不是從原則出發，不是從概念到概念，也不是照抄外國的理論條文，而是從中國的社會革命實踐和文藝創作實踐出發並反轉來服務於這種實踐，並為此而有分析地借鑒吸取外國近現代和中國古代的有益經驗，從而形成了我們自己的──中國的、現代的、革命的現實主義理論。

在今天，在雪峰同志逝世十週年之際，對照現實重讀他的理論著作，我們將從中清楚地看到幾十年來歷史發展的辯證法──歷史，是怎樣在兜著圈子前進；而前進，確實「彷彿是向舊的東西的回復」。

這樣，必將有助於我們更清醒地辨析當前出現的某些令人迷惑的複雜文藝現象。

從今天出發

從今天出發，聯繫近年來的有關文藝論爭來看雪峰的現實主義理論，不僅可以使我們清楚地認識這種理論的歷史價值和現實意義，而且有助於澄清當前文藝理論中確實存在的某些混亂。

在這裡，首先要確定一下「現實主義」這一概念的意義，它的內涵和層次，因為近年來人們對它的理解越來越多歧義而越模糊起來。早在四十年前，雪峰就提出過現實主義「怎麼看」的問題──「我們有否也將它看作凝固了的東西？在我看來，我們還沒有誰對現實主義也採取教條主義式的態

度。……我們一刻也不能忘記的，是它的發展不能離開現實的發展。」接著，他明確指出，這裡所說的是作為文藝態度和創作方法的現實主義，是藝術反映現實的客觀法則、規律。它不僅反映著客觀現實的發展及其規律，而且它本身也在這同時不斷地得到修正、擴充和發展，而不會變成凝固的東西。然而不幸的是，就在當時和以後的幾十年中，在我們這裡成為流行觀點的「現實主義」，卻恰恰是一種越來越教條主義式地對待的凝固的東西。這就是說，在半個多世紀的歷史行程中，像在哲學和社會政治領域中有真假馬克思主義一樣，在文學藝術中也有真假馬克思主義的存在和鬥爭；而它們之間的根本分歧，就是雪峰所說的：是否執著于發展著的現實而自身也不斷發展著。

這種根本分歧和由此帶來的一系列問題，在近幾年的文學發展過程中反映得更加集中也更加顯著。

說到這幾年文學藝術的發展及其成就，人們多半是充分肯定的。可是，說到這些成就的性質和由來，那看法就大相徑庭了：一些人認為這是中國新文學現實主義傳統的恢復和發展，另一些人則認為是突破現實主義「舊框框」的結果，也有人認為是革命現實主義和革命浪漫主義「兩結合」的勝利；就是那些不承認這幾年的創作成就的人，他們手裡也有一把「現實主義」尺規。由此可見，分歧和混亂確實是存在的，而關鍵之所在，就是對現實主義的理解。幾年來文藝創作和文藝評論中出現的一些有爭議的問題，實際上都牽涉到藝術與生活、文藝與政治、主觀與客觀、內容與形式，以及作者與人民之間的關係問題，而這些，如雪峰所說，「只有現實主義能夠解決和說明」。

事實上，在上述有關問題的爭論中，不少人都直接或間接地表露了自己對現實主義的看法。我發現，這些看法大體上可以分為四種：一種是現實主義等同於「左」傾機會主義。二是正向反，堅持半個多世紀特別是近三十年來的那種流行的觀點。三是貌似折中而實際上接近第一種觀點。主張「創作方法多樣化」。第四種觀點是從更高更根本的層次和角度著眼的，認為現實主義是藝術反映現實的基本規律，是在人類藝術的掌握世界的漫長過程中逐漸形成並不斷豐富不斷發展的根本方法，是世世代代作家藝術家通過艱辛跋涉所走出並將永遠走下去的一條廣闊的道路。因此，它是歷史地發展著的，而不是偶然出現於某個歷史階段的暫時現象，也不是亙古不變的信條或

尺規。

實際上，只有這第四種看法說的是真正的現實主義──藝術哲學這一層次上的「創作方法」。這就是我們要討論的現實主義──藝術哲學這一層次上的「創作方法」。這就是我們要集中討論的雪峰一生所不斷探討的那種藝術實踐的根本態度和根本方法。上述第三種觀點是一種新說法提出的舊觀點，也就是西方文藝史上早已流行過的各種流派更替公式對現實主義的看法，實際上是改了裝的「過時」論。所以，在討論第四種觀點時，需要認真研究的是第一、二兩種觀點，因為從比較分析它們的異同之中，可以找到多年來我國文藝界有關現實主義問題論爭的癥結之所在。

持第一種觀點的人懷疑、否定現實主義，持第二種的人好像在保現實主義，他們的態度雖然完全相反，而對於「現實主義」這一概念的理解卻基本上一致，而且在客觀上又互為依據，猶如一枚硬幣的正反兩面，花紋不同而價值相當。第一種觀點是誤把現實主義等同於教條主義，第二種觀點實際上正是以教條主義充作現實主義；所以，在他們的論爭中，真正的現實主義實際上倒成了他們共同的靶子。這中間，持第一種觀點和態度的多半是中青年，而且他們往往在「歸謬」於現實主義的同時又「集美」於西方「現代派」。因為，在他們的心目中，現實主義與公式化概念化、標語口號、圖解政策、歌功頌德等等聯繫在一起的，其特點就是灰色平庸，就是虛假、表面、冷漠、刻版，只強調摩擬外部事象，忽視乃至排斥自由地抒發主觀感受；也就是說內容有限制，形式有規定，唯獨缺乏創造性。這一整套「現實主義論」當然是由誤解造成的。不幸的是，這種誤解並非出於別人的粗疏淺薄或有意歪曲，而是有著深刻的歷史原因和現實根據，因而才變成了一種流行觀點的。而且更不幸的是，這種誤解中還包含有下面這一連串的誤解：誤以為這種「現實主義」真的就是中國新文學的歷史傳統，誤以為它的哲學基礎真的是馬克思主義，誤以為那些沒有被授予「現實主義」或「社會主義現實主義」榮譽稱號的優秀作品真的是非現實主義的，誤以為托爾斯泰和陀思妥耶夫斯基、契柯夫和魯迅等真的是超越了現實主義而成為「現代派」的先驅或鼻祖；最後，誤以為中國近年來文藝創作上所取得的顯著成就是突破現實主義和靠攏西方現代派的結果。

回顧一下這幾年走過的道路就不難看出，上述種種誤解實際上是作為對「左」傾教條主義的懲罰而出現的一種歷史現象，誰是誤解，卻並非然。隨

著偉大的歷史轉折，從《班主任》和《傷痕》開始，一大批從歷史深處和現實的變革激流中湧現出來的優秀作品在廣大讀者中引起了強烈反響，受到了熱烈歡迎。與此同時，幾乎每一篇這樣的作品都同時受到過嚴厲的指責，先是指責它們不應該「暴露」而應該「歌頌」，接著又指責它們沒有寫「本質」，指責它們沒有很好地從屬於政治，自覺地充當「武器」和工具，等等。這種指責所使用的概念、公式和論據，確實都是來自「傳統」。除了反右和「文化大革命」因有中央明文規定而沒有再被當作「傳統」以外，三十年代以來文藝上的左的觀點幾乎都在這幾年出現過。事實上，這幾年和以往的許多年一樣，那些左的東西總是以「五四」的、「左聯」的、延安的「革命現實主義傳統」的面目出現的，因而是不容置疑的。於是，就在這「不容置疑」的同時，不能不讓人產生這樣的想法：如果這就是現實主義、現實主義傳統，那寧可不要這種「現實主義」，不要這種「傳統」。正是在這種情況下，有人喊出了「讓現實主義見鬼去吧」。

　　——這一切與雪峰的現實主義理論又有什麼關係呢？一是說明多年來被尊奉而這幾年遭非議的那種流行的「現實主義」，與雪峰（以及魯迅、瞿秋白等）所主張所堅持的現實主義大不相同，而且簡直是風馬牛不相及；二是證明了陳早春同志前不久所說的一種看法——這幾年人們常說的：如果堅持他的某些觀點，「歷史也許會少走些彎路」。

　　前不久有人說過，多年來流行的那種「現實主義」實際上並不現實主義，而是一種古典主義，一種類似法國當年古典主義的東西，這種看法很有道理。稱之為古典主義，是因為它一重理性，二有公式。這種理論的內涵實際上只有三條：一曰仿自然（源於生活），二是崇尚理性（世界先導並決定），三是如實描繪（按生活本來的面目」）。——既然承認自然、生活為本，而又要以「世界觀」為先導和最高權威，豈不是自相矛盾？與此同時，還把藝術和方法論這一層次上的藝術與現實的關係的規定，降低為擬、抄襲生活現象的外部形式的標誌。這樣，所謂的「現實主義」就成了凝固的教條式的東西了。歷史早已證明，這種理論必然導致創作上的公式化概念化傾向和評論中的簡單粗暴作風，當然要引起人們的懷疑和厭棄。實際上，這是一種藝術上的理性主義和二元論，也就是雪峰一再分析批判那種反現實主義傾向，那種「公式主義和主觀主義」，那種「革命宿命論＋客觀主義」。

這正是多年來文藝上的「左」的傾向的理論基礎和認識論根源之所在；而雪峰同志，早在半個世紀以前已經發現並與之鬥爭了。

沿著歷史的軌跡

中國新文學運動和文藝思想發展的軌跡也是一個圓圈，一串圓圈。雪峰所主張所堅持的革命現實主義，就是在這一串圓圈中形成和發展過來的。

認真考察一下這幾年的文藝狀況，我們還會發現，不光是所出現的各種觀點，連論爭的過程和發展階段都彷彿是歷史的重演_──在1978年到1983年這五年間，集中、壓縮地再現了1928年到1976年這近五十年的文藝論爭。論爭中觸及到的問題，如前所述，都是一些屬於或涉及現實主義的根本問題。論爭的過程，也大體上是從文藝與現實、與政治關係問題進到文藝（作者）與人民、主觀與客觀的問題（包括反映現實與表現自我、「歐化」與民族形式等）。從這裡，我們看到了歷史發展的圓圈、螺旋，正可以從歷史的回顧和比較分析中重新總結經驗教訓，繼承理論遺產。勿庸諱言，在文藝領域內並不是任何時候都能夠和所有人都願意真正實事求是地總結經驗教訓的，以致於本來應該是螺旋式向前發展的歷史，在有些問題上有時竟變成了圓圈，在原地推磨，打轉轉。

1928年以來的多次文藝論戰是中國新文學運動和文藝思潮發展中的一個重要環節。對於這幾次大論戰的認識和評價，過去曾有過多次反覆；反覆雖多，卻大都停留在「路線是非」和人事糾葛上，一時誇大、上綱為路線鬥爭甚至敵我矛盾；一時又就事論事地評議個人的觀點和相互關係。只有少數理論家和文學史家能從新文學發展的歷史高度和美學思想的根本分歧上著眼，用歷史和邏輯一致的方法深入全面地的總結。雪峰就是這樣的理論家，而且是直接參加過上述幾乎所有論爭的重要當事人。

今天回過頭去重新看這段歷史，我們發現，在紛紜複雜而又急驟變化著的社會現實面前，在不同於西方而又幾乎集中了西方的從文藝復興以來多次社會變革和意識形態變革的歷史任務面前，雪峰一直和魯迅走在一起，一同走在現實主義大道上。甚至到魯迅逝世以後和1957年以後，雪峰的理論觀點有發展，有變化，也有失誤和局限，卻從來沒有大的反覆，更沒有轉向翻筋斗。他對那幾次大的論爭的總結和評論，是實事求是的，符合馬克思主義

的。今天重新來看、來重新評價他的這些曾被批判的理論著作，人們不能不感慨地說出陳早春同志所引述的那句話：「在中國現代文學史上，雪峰對某些問題的判斷是經得起時間的考驗的。」

1928年關於「革命文學」的論爭，是中國新文學運動發展史上的第一次真正的理論上的大論爭，像一篇大文章的緒論部分似的，幾乎觸及到了以後半個多世紀多次文藝論爭中的所有問題。那麼，三十年代以來多次文藝論爭中的重大理論分歧究竟集中在什麼問題上呢？過去往往把它歸結到「文藝與政治」的關係上，如1958年的「大辯論」對文學史所作的結論。其實，那種說法中的「政治」本身就與中國的現實和革命性質不大一致。實際上，這種分歧集中在「文藝與現實的關係」上，即：怎樣認識中國的社會現實和革命的性質，怎樣理解文藝與這樣的現實的關係。——如果承認雪峰1928年在《革命與資產階級》一文中所說的「魯迅看見革命比一般的知識份子早一二年」這話不錯，那麼也應該承認，雪峰的正確認識和評價魯迅也比一般人早一二年。魯迅的「看見革命」體現在他的作品對現實的反映之中，體現在他那同中國革命實踐聯結在一起的藝術實踐中。這種執著現實、與革命實踐相一致的精神和態度，正就是雪峰所說的現實主義精神和態度——「我們執著現實主義，就因為我們執著現實的緣故；而這個現實也不是一般的抽象的現實，是我們這個時代的這個戰鬥著的歷史的現實」。在這個問題上，雪峰和魯迅一樣，密切注意著中國大地實實在在進行著的人民大眾反帝反封建的民主革命鬥爭，並且像瞿秋白用魯迅的話所概括的那樣，要求文藝家「取下假面，真誠地，深入地，大膽地看取人生並且寫出他的血和肉來」。——魯迅的這種「最熱烈最嚴正的對於人生的態度」與那種「《空城計》式的誇張」，是有著根本區別的；而這，就正是貫穿中國新文學發展過程的現實主義與「左」的反現實主義傾向的根本分歧所在。——由此可見，是否真正執著於現實，這是真假馬克思主義的根本分界線。那些「革命文學」宣導者把凝固的教條當作政治，又把這種抽象的凝固的政治代替眼前的現實，這種機械庸俗的思想方法和理論傾向，是半個多世紀以來中國文藝上的左傾教條主義的一大病根。多年來人們對於當時提出革命口號的歷史功績給與了充分肯定，但對於這一病根卻重視不夠；而現實主義之蛻變為古典主義，就是從這裡開始的。

如果說，在1928年的「革命文學」論爭中，雪峰和魯迅一起，既反對

梁實秋們否認文藝的現實性、階級性的謬論，又批評了革命文學內部那種「左」的脫離現實傾向和對上述關係的機械理解，從而堅持了真正的現實主義原則，那麼同樣，在1932年的「文藝論爭」中，雪峰和魯迅一道，既反對蘇汶等的「為藝術而藝術」的錯誤觀點，確認文藝的階級性和階級鬥爭中的作用，同時也批評了那種「左」的機械的傾向，堅持辯證的觀點對待文藝與政治、主觀與客觀以及階級性、真實性、藝術性之間的複雜關係。

1936年的「兩個口號」之爭，進一步顯示了雪峰的思想性、原則性和他同魯迅的思想觀點的一致。有人把這次論爭看成是一次與文學關係不大的「糾紛」，劉少奇同志當時就批評了這種看法，表示完全贊同雪峰的意見。實際上，這次論爭是新文學運動和文藝思潮發展的歷史必然，是前幾次論爭在新的歷史條件下的繼續，因而是與現實主義問題緊密相關的。對此王任叔同志當時就作過很好的說明：「魯迅的現實主義決不同於高打著歷史的大旗高喊著革命或別的口號大踏步的那種突飛急進的革命者的現實主義，那些人是大半見林不見樹的，彷彿大旗一打出，敵人立刻嚇倒，一切鼠竊盜行的宵小之徒都不必介意了。於是翻轉過來，一叫出聯合戰線，也就「豬玀狗賊」都引為同志，連投機取巧者與暗探奸細都可以寬容。而魯迅先生的現實主義在此便有一個較量。這回引起的兩個口號之爭，其根本的癥結，我看是在這裡。——這卻又是魯迅先生以歷史現實主義，來教正那些見林不見樹的「空頭的」現實主義的傾向之又一面。」

這看法是實事求是，符合實際情況的。試想，在1928年和1932年前後讓文藝從屬那脫離現實的「左」的政治，在抗日統一戰線的政策提出以後就一個筋斗翻過來，「階級鬥爭」沒有了，「無產階級革命文學」也沒有了，「統一戰線」成了唯一而且最高的「政治」。這種脫離實踐，割斷歷史，只知道緊跟一時的政治口號和政治條文的機會主義傾向，在文藝上又怎能不成為「空頭的」假現實主義呢？

雪峰當時寫的《對於文學運動幾個問題的意見》，除了闡明有關客觀形勢與口號問題以外，還談到了現實主義創作方法與世界觀的關係問題。在談雪峰的看法以前，先要注意一下在這個老問題一直存在的一個怪現象：信仰馬列主義，熟讀《實踐論》，宣導現實主義，卻偏偏忘記了列寧的那句名言：生活實踐的觀點，應該是認識論的首先的和基本的觀點；信仰唯物主義，到了簡單、絕對地「唯物」地步，一見到「主觀」、「精神」、

「意志」、「人格」等字眼就立刻警覺起來，立刻投入「反對唯心主義的戰鬥」，同時卻又把屬於精神、意志範疇的「世界觀」置於先導和決定的地位，使之君臨於生活、實踐之上。——翻翻幾十年中不斷重複的那些批判文章，就到處可見這種矛盾混亂的不正常現象。可是把這種怪現象放在上述論爭的前因後果中去考察，就會一目了然，一點也不奇怪了。事實是，在我們中國開始提到世界觀在文藝創作中的決定作用，是在1928年那次論爭中，當時有一句人們熟知的「名言」，足以代表這種理論的實質和水準：「不怕他昨天還是資產階級，只要他今天受了無產階級精神的洗禮，那他所做的作品就是普羅列塔利亞的文藝。」這裡所說的受洗禮，就是指讀書以獲得「正確世界觀」，這是從蘇聯「拉普」那裡引進的冒牌馬克思主義文藝理論。後來蘇聯解散了「拉普」，理論上也進行了一些清理，而我們的理論家連那樣的清理也沒有；既要緊跟別人的理論，又要保持自己的理論的一貫正確的權威性，這就不能不成為一種更加折衷的換湯不換藥。何況，當時蘇聯文學界也並沒有徹底清除「拉普」的一套，就連新提出來的「社會主義現實主義創作方法」的定義，也保留了不止一條「拉普」的尾巴。讀讀當時國內僅有的幾篇介紹文章，就會發現那種在一本正經的批判「拉普」的同時所表露的對「唯物辯證法的創作方法」和「世界觀決定論」的特別鍾情。這就是歷史真相。

當然，在受過「拉普」某些影響方面，我們也不必為賢者諱，魯迅、瞿秋白和雪峰在開始的時候也未能例外。但更重要也更需要我們充分重視並認真加以分辨和總結的，是他們在當時就已經開始發現並抵制「拉普」的錯誤和不良影響了，這裡的世界觀問題就是有力的證明。雪峰當時明確指出，那種誇大「正確的世界觀」的作用的觀點是重複「拉普」的老調。而他自己對這一問題的看法和魯迅的看法是一致的：強調實踐，因為「世界觀是表現在作家對於現實的關係上的，所以只有在實踐上才表現出來」。正因為這樣，事實上根本不可能有那種「完整的，各部一致地，沒有內在矛盾的世界觀」。

歷史就是這樣走過來的，1930年「左聯」的成立中止了那次論爭，卻並沒有真正消除思想理論上的分歧；同樣，1936年「文協」成立，客觀形勢促成的局面也未能解決這次論爭中提出的理論問題，像「世界觀」問題。後來，這些問題又從別的地方引發出來，這就是1945年前後進行的那場關於現

實主義的論爭。雪峰的現實主義理論正是在這次論爭前後趨於更為深化和系統化的。在文章的開頭處提到雪峰的現實主義理論的顯著特點——與現實鬥爭及創作實際的緊密結合,在這裡有了進一步發展。

在1945年的論爭之前,在寫於1940年的《論典型的藝術創造》和《關於形象》等論文中,雪峰就提出了一些與流行觀點不同的現實主義藝術見解。首先他批評了那種把藝術的特殊性僅僅歸結為「形象化」,並把「形象化」理解為圖解手段的流行觀點。他認為,藝術是人類認識世界的歷史所形成的一種掌握世界的特殊方式;藝術創造的過程既是對客觀現實認識的過程,也是對實踐的把握過程,又是藝術作品的生產過程。在這裡,實踐者的實踐要求,戰鬥者的戰鬥精神,革命者的革命意志,和藝術家的藝術創作欲望,都是現實生活與實踐所引起的,是統一的,融合在一起的。這不是一種被動的反映過程,而是一種主客觀交互作用的辯證的創作過程——「將實踐的主觀服從認識的客觀,而且將認識的客觀移行於實踐的主觀,——這種統一的過程,才是藝術創造所必須爭取到的過程」。因此,這決不會是一種冷靜的製作過程,而必然是一個戰鬥過程,作家與生活、與人物、與他自己戰鬥的過程。雪峰論典型創造的本質特徵,就正是從這裡出發的。他指出,藝術所要求的現實的真實性必然體現在藝術形象的典型性之中,離開了典型性也就失去真實性。對客觀現實的整體性及其發展的歷史性的認識和把握決定著藝術創造的成敗,所以藝術創造必然同時是典型(包括典型的情感、情緒、場景、氛圍等)的創造。由此可見,典型的普遍性與特殊性,典型環境中的典型人物等,既是現實主義的也是歷史唯物主義的根本法則。

這裡有兩個問題值得特別注意。一是雪峰在論述藝術創作過程時,把現實主義、典型創造、藝術思維這三者統一起來了。這是同一過程的不同方面、不同層次,失去了任何一方都會同時失掉另外兩個方面,從而離開藝術創作的軌道。可見,他是把現實主義——以藝術與現實的關係為核心的藝術觀,典型創造——藝術創造必由途徑和方法,藝術思維——以情感和感性為特徵的思維方式這三者看成是一個東西,像馬克思和列寧把認識論、辯證法和邏輯看成是同一個東西一樣。另一個值得注意的問題是雪峰在這裡很明顯地突出地強調了「主觀」:一是作為創造主體的作家的主觀作用,二是這種主觀中的情感、意志因素。這在當時(乃至以後)的確有點驚世駭俗,卻並不像批判者所說,「墜入了唯心主義」。他說得很清楚:藝術創作「反映著

人與人之間的戰鬥的關係，根本地反映著「從客觀存在之物」變成為「我們之物」的過程，也顯示著要將歷史發展的自然過程，變成為「人們自覺活動」的意欲和努力。」如果因為這裡提到了和強調主觀、熱情、精神、意欲等等就是「墜入了唯心主義」，那就如同恩格斯說施達克的，「這只是證明：唯物主義這個名詞以及兩個派別的全部對立，這裡對他說已經失去了全部意義。」——有哲學常識而又不存偏見的人當能從雪峰的這些觀點聯想到馬克思恩格斯的有關論述，從批判者的邏輯聯想到列寧所說的「愚蠢的的唯物主義」。

雪峰就是以這種馬克思主義的和現實主義的藝術見解參與1945年的論爭的，《論藝術力及其他》、《論民主革命的文藝運動》和《題外的話》這幾篇重要論著，正是上述觀點的發展和運用。透過當時爭論的具體問題，我們看到分歧的真正焦點在三個「怎樣看待」上，即怎樣看待藝術創作，怎樣看待人民群眾，怎樣看待知識份子。而在這三個問題上，又突出的顯示出兩種根本對立的對待馬克思主義的態度：馬克思主義的科學態度與教條主義態度。很顯然，這所有分歧的核心和關鍵，依然在於是否執著於現實。現在來分別看看上述幾個分歧。在第一個問題上，針對當時大家公認的創作上的不良傾向，雪峰和胡風一樣，從創作實際出發集中批評了公式主義和客觀主義，著重強調現實主義，要求作家們——用現實的話說——增強革命意志和革命精神，積極投入現實鬥爭。這不就是魯迅要求作家和實際的社會鬥爭接觸，「做革命人」，「直面現實人生」的現實主義精神嗎？不就是延安整風和毛澤東講話的反教條主義精神嗎？與此相反，教條主義卻像當年的強調「受精神洗禮」、「獲得世界觀」那樣，在藝術實際之外抽象而生硬地指責「非政治傾向」、「個人主義」，而要求作家們——用後來的話說——突出政治！在第二個問題上，雪峰和胡風一樣，有著深深的愛，以嚴正的態度對待戰鬥在大地上的活生生的人、人民。而教條主義則相反，從「人民」、「群眾」、「階級」這樣一些抽象概念推演出——用後來的話說——「高大全」的模式，以代替在現實的血污和泥濘中掙扎和奮鬥的活生生的人、人民。第三個問題不需要多說，今天已經很清楚：把知識份子從人民中劃出去，勒令他們「向人民投降」，認為他們和人民不是「對等」的關係，也就是「順從者」和「坐天下」的關係。這實在是和馬克思主義開玩笑。

這已很清楚了，像黑格爾把拿破崙看成「馬上的絕對精神」一樣，這裡

的教條主義把革命理論當成「紙上的絕對精神」，認為世間的一切都是它「外化」出來的，竭力去護法、佈道，這就不能不在脫離現實的同時把理論也扭曲了。這種反現實主義的教條主義態度突出的反映在對待恩格斯和對待毛澤東的理論上。雪峰、胡風、王戎強調現實主義，十分重視恩格斯的有關論述。批判者正相反，把恩格斯有關現實主義著名論斷說成是「關於藝術方法問題的個別結論」，並且是「可以發展的，甚至改變的」。與此同時，又把「政治標準第一」和階級分析法說成是「他們」（指馬克思恩格斯！）的著作的精神實質！在這同時，對毛澤東的講話，竟然隻字不提其中關於藝術本質的和現實主義、典型問題的重要論述！

　　從上面約略提到的這次論爭的主要分歧，聯繫前幾次論爭的主要內容，已經可以把基本線索勾出來了。這就是，雪峰和胡風是堅持以魯迅為代表的中國新文學的現實主義傳統、現實主義理論的。如果說，這種現代中國的現實主義理論在三十年代集中體現在魯迅和瞿秋白的著作中，那麼，《雪峰論文集》和《胡風評論集》則比較集中地反映了這種傳統和理論在四十年代的發展。到了五六十年代，「現實主義──廣闊的道路」、「寫真實」、「現實主義深化」以及「文學是人學」、「幹與生活」等等，是這一傳統和理論在新的歷史條件下的發展。這確實是一脈相承的，是歷史地發展著的中國新文學的現實主義思潮。與這一主潮流相對立，在不同時期打著各種附加語的現實主義旗號起來批判、討伐上述現實主義傳統和理論的，是和政治上的「左」的傾向相適應的機械論教條主義。這也是一脈相承的，不過實在難以找到足以代表這種傾向的稍微像樣一點的理論體系：「主題先行」、「三突出」、「根本任務論」等等雖然被人當成笑話了，倒確實能集中突出的反映「左」傾機械論和教條主義的本質特徵。

　　沿著歷史的軌跡匆匆巡行之後，還需要對具體問題作些簡單的補充說明：第一，上述論爭都是在兩條戰線的鬥爭中進行的，而且是雙重的兩條戰線：從總體上說，是既反對封建的和資產階級的反動腐朽文藝，又反對新文學陣營內部的錯誤傾向；在新文學陣營內部，是既反對公式主義，又反對客觀主義。這是半個多世紀以來中國新文學現實主義在鬥爭發展的基本線索，把握住這條線索，才能正確理解雪峰和他的現實主義理論。第二對文學的社會意義和教育作用的特別重視，這是中國新文學的顯著特點，是現實主義傳統的重要內容，是文學的本質所決定，也是中國的社會歷史進程和人民的文

化水準造成的。雪峰對此強調和堅持與教條主義、左的傾向有原則區別。第三，對蘇聯的經驗與理論，是有吸取也有抵制的，特別是三十年代，在魯迅的指導下抵制了「拉普」的影響，雪峰在這方面是有貢獻的。第四，在歷次論爭中，「左」傾教條主義總是企圖貶低以至否定「五四的歷史功績和戰鬥傳統，而雪峰和魯迅一樣，一直堅決保衛「五四」傳統，發揚「五四」精神。

最後，關於黨的領導以及黨和上述現實主義主潮的關係問題，多年來曾出現過各種誤解，現在，許多歷史事實都已大白於天下，有關理論著作也已經重印發行，從這兩方面可以清楚地看到：正是黨支持並領導了這股以魯迅為代表的現實主義潮流，並使它成為中國新文學史上的唯一的文學主流。從瞿秋白、劉少奇、毛澤東的有關著作中可以得到證明，從在魯迅身邊戰鬥過來的許多文藝工作者的經歷中可以得到證明，更重要的是，作為一種思想理論，雪峰和其他人的著作都白紙黑字地擺在那裡，可供檢驗。

不能也不必回避的是，在三十年代和五十年代初期，雪峰都曾受到「左」的傾向的影響，並因而造成了自己理論中的某些矛盾和混亂。這樣該聯繫當時的社會歷史條件和他的具體處境來具體分析。事實上這些矛盾、混亂所帶來的不足，並沒有從根本上影響他的理論體系和成就。

圍繞一個基本概念

對「現實主義」這一概念的理解上所產生的分歧和混亂，是一個帶有世界性的現象。在這個問題上，雪峰也不可能不受到影響。因此，需要在更大範圍上作一些比較分析，以便更好地把握他所總結表達而應該為我們所繼承發揚的中國新文學的革命現實主義的根本性質。

現實主義的產生和我們對它的認識，都有一個歷史的發展過程。雪峰的現實主義觀點，是三十年代至五十年代的通行看法。照這種看法，在人類開始藝術地認識並反映客觀世界時，就開始有了現實主義；在世界文學史和藝術史上，凡是傳下來的傑作大都是現實主義的。根據這兩點，人們把現實主義叫做「大現實主義」或「廣義的現實主義」。正如人們所說的那樣，它的基本涵義與現實性、真實性緊密相關。但那不是一般地真實性，而是包含了生活的本質、規律及其全部複雜關係的現實整體性的生活真實和藝術真實的

統一，因而是與典型性相通並把它作為根本標誌的。以它的時間和空間的包容量而言，確實是夠「廣」的，而從強調典型性這一中心內涵來看，卻又是非常確定的，並不是如人們所說，與一般地真實、真實性的概念相等而失去了意義。所以雪峰特別指出：「尤其不可以從表面的特徵和以鄙陋的眼光去解釋現實主義。」

這裡不能不指出的是：我們可從《論民主革命的文藝運動》和《中國文學中從古典現實主義到社會主義現實主義的發展的一個論述》這兩篇長文看出上述觀點。同時，我們也可以看出兩篇文章的觀點的矛盾，這種矛盾集中反映在對現實主義的歷史發展的分析之中。這裡，先談談我對這個問題的看法──當然與雪峰的的上述文章有關，或者說，就是從他那裡得到啟發而概括引發出來的。──近年來常有人對「現實主義的國籍、產生年月和首創者進行考索」，其實這是西方資產階級文藝史家早就說過，蘇聯的俄艾裡斯布克等五十年代又提起過，而我們的理論家又再次撿起來的一個意義不大的舊話題。如恩格斯所說，「人們遠在知道什麼是辯證法以前，就已經辯證地思考了」；同樣，人們早在「現實主義」這一概念出現之前就已經開始現實主義地掌握世界了。因此，這就有一個不自覺地的階段，有人把它稱做「樸素的現實主義」，雪峰稱之為「古典的現實主義」，或者，可以把它看作現實主義的「古代史」階段。在這個漫長的歷史階段，現實主義是作為一種「精神」而不自覺地體現在實踐中的。後來經過迂回，進入了「近代史」階段，人們開始有意識的追求、探索藝術反映現實的規律，從而在許多方面有所突破，逐漸趨於成熟，達到了一個高峰，出現了一批大師，形成了流派。但是，在理論上並沒有掌握這種規律，沒有形成體系，而只是在許多方面接近了、猜到了這種只有在人的主觀實踐中才能構成的客觀性規律。後來馬克思主義的產生，才使現實主義躍到了「現代史」的階段。馬克思主義不僅批判地改造了以往的全部哲學，也徹底改造了以往的全部美學；不僅克服了哲學中的唯心主義和舊唯物主義的片面性，而且克服了美學中的片面性。特別是歷史唯物主義的發現和應用，從根本上指明了解決藝術與現實、主觀與客觀等各種矛盾的合理途徑，使藝術創作的奧秘成為可以把握並準確解釋的科學，從而使藝術創作成為一種真正自覺的自由創造活動。這樣我們就有了現實主義「基本規律」、現實主義「創作方法」。

雪峰正是這樣分析現實主義在中國的產生和發展的。由於中國的社會長

期停滯在「古代史（封建社會）階段，現實主義也是從「五四」開始，在民族民主要求和外來思想文化的影響下，才幾乎是同時地開始進入「近代史」和「現代史」階段的。說「五四」新文學和新文學的現實主義是「從先進國輸入進來的」，是「近代資本主義的文學的一個最後的遙遠的支流」，這看法並沒有錯。不是說中國革命是世界革命的一部份，是馬克思列寧主義在中國的勝利嗎？何況，雪峰解釋得全面又清楚：首先是中國社會革命實踐的要求，同時，這種外來影響一進來就開始了「民族化」的過程。雪峰在那個時候就明確指出了：「這「民族化」的過程，就是我們的新文藝的創造和生長的過程。」而這，不是我們今天所說的「走向世界文學」？的發展過程嗎——不幸的是，雪峰的這些觀點在四十年代沒有能進一步發展、推敲，接著就受到了批判。到了五十年代，又接受了國內外的流行觀點，於是就使《論民主革命的文藝運動》中的某些不大準確的提法，發展成那篇談中國文學中的現實主義的長文的明顯矛盾和混亂。這裡只簡單地提兩點：一是在新舊現實主義的解釋上接受了、適應了那種教條主義和宗派主義的觀點。怎麼能把馬克思和恩格斯以莎士比亞、巴爾札克為例所闡釋的現實主義理論稱之為「舊現實主義」，並把它送給資產階級呢？馬克思恩格斯的觀點是「舊的」、「資產階級的」，而史達林、高爾基說的才是「新的」、「社會主義的」、「無產階級的」，這是哪一家的馬克思主義？至於把舊現實主義說成是「批判的」、沒有理想的」、「唯心主義的」等等，更是不知所云。那種把浪漫主義和作為藝術規律的現實主義擺在同一個層次上，對它作了表面而模糊的限定之後，硬貼在現實主義身上的的作法，更是與藝術實踐、與馬克思主義不相干。 這些就是前面提到的半個多世紀以來帶有世界性的文藝理論上的混亂現象，雪峰在那樣的歷史條件下接受了這種觀點的影響，又有什麼奇怪呢？第二點是在批判地對待民族遺產問題上的倒退，即拔高和美化所謂的「平民文學」或「市場文學」，撇開它們從內容到形式所包含的封建性而極力讚揚它們的現實主義成就和人民性，誇大它們與「貴族文學」對立，並把它們放在與西方近代現實主義文學的對等地位上，說成是中國新文學的直接來源。這不僅與魯迅的觀點矛盾，而且不及陳獨秀和周作人，倒是和胡適的《白話文學史》接近了。這種不科學的「民族」的和「階級」的分析方法，當然與雪峰的一貫思想不一致。這也是歷史條件和社會環境造成的，不能把這些都算在雪峰所堅持的以魯迅為代表的革命現實主義的賬上。

　　由此可見，現實主義確實是一個歷史地發展著的概念，在「否定的否定」的道路上，幾經反覆，從樸素的「精神」發展到成熟的「流派」，再到根本的「規律」、「方法」，這中間是既有相通相同之處，又有明顯區別的。因此，在今天，既不能籠統地把它歸結為「寫實」，也不能把十九世紀特定形式風格當成不變的標準；也就是說，既不能把它理解得太寬泛，也不能把它看得很狹窄，這是一個既廣泛而又十分確定的概念。在必須通過典型化的途徑真實地反映現實這一屬於藝術規律的根本問題上，它是確定而又嚴格的；至於在典型化的道路上採取什麼形式手法，不但不加以限制，相反，一切有助於達到這一目的的手法技巧和形式風格都可以吸收容納。現實主義這種與生俱來的特性是在上述歷史發展的過程中逐步被發現的，並不是誰規定誰批准的。我們的秦兆陽同志早在「開放體系」提出以前就看到它是一條「廣闊的道路」了。因此，到了今天，依然按照不知所據的手冊、講義去理解現實主義這一概念，懷疑它有「模式」，有「排他性」，那實在沒有辦法，只能說是──誤解。

　　還有一個重要的誤解，需要補充說幾句，那就是文藝創作中的「主觀」問題。這是一個奇怪的問題。四十多年來，一方面不斷批判雪峰等一些理論家不該重視「主觀」，說那是墜入了唯心主義；另一方面卻又不斷地把另一種「主觀」往現實主義中硬塞。以蘇聯的「社會主義現實主義定義」為例，那裡面有兩條「拉普」的尾巴，一條是「結合」進去的「用社會主義精神從思想上改造和教育勞動人民」，一條是「結合」進去的「革命浪漫主義」。當年秦兆陽同志對此有過中肯的批評，這裡就不多說了。值得注意的是，定義的制定者好像認為現實主義本身是與精神、理想、熱情等等無關的，不把這些東西加進去，那就只剩下「現實」──「寫真」──摹擬、抄錄了。不過他們總還是把現實主義擺在主位，精神、任務、浪漫主義等等畢竟是加進去的。到了1958年的中國，現實主義就只剩下半壁江山了，那一半讓給了「革命浪漫主義」；可見，在我們這裡，現實主義有更大的「局限性」，需要更加突出理想、精神、熱情等等──這就是所謂的「兩結合」。從這裡我們可以看得更清楚：前一種誤解中造成的──使人誤以為現實主義真的規定了只能「照生活的本來面貌」這種模式；至於「排他性」指的是排斥主觀、精神和多樣化的技巧形式，也是這後一種扭曲了的現實主義和「兩結合」理論造成的。

　　於是，我們又遇到了開始時提到的那枚兩面花紋不同的硬幣。剛才剖析的這兩種誤解和曲解不就是這樣嗎？從這裡又反映出半個多世紀以來我們在理論上出現的兩個大圓圈：一種是從反對「為聖賢立言」轉向了「從屬於政治」，這就是「左」傾教條主義；一種是從反對「鴛鴦蝴蝶派」走向了以牟利為目的而迎合小市民趣味的「通俗文學」，這是既反對教條主義又遠離現實主義的結果。這兩種傾向，兩個極端，不能不引起人們的關注。雪峰如果在世，一定能執筆，一定能寫出滿懷戰鬥激情的論文和雜文的。

　　紀念雪峰，最重要也是最迫切的，是對他的現實主義理論的公正的評價，並在此基礎上學習、宣傳、繼承發揚。他在三十多年前說的這幾句話，簡直像是對今天說的：

　　「無論怎樣，重視現實主義，學習現實主義的方法，始終是一個根本問題，在現在還是一個非常實際的問題。」

　　至於說，在「方法論更新」、「文學觀念更新」的呼聲很高的今天，現實主義的命運究竟如何？讓我們聽聽法國人布阿傑弗爾是怎麼說的吧：

　　「不論我們怎樣詆毀現實主義，說它是合乎邏輯的也好，是社會主義的也好，或者是資本主義的也好，它畢竟肩負著未來。」

1986年元旦於武漢東湖

參考資料：

1. 《雪峰現實主義理論初探》，《中國》1985第2期
2. 轉引自《近二十年中國文藝思潮論》

（此文已收入馮雪峰思想學術討論會論文集，人民文學出版社出版）

從周揚說到王元化
──回顧三十年前的「新啟蒙」

在我的記憶裡，上世紀八十年代是一個啟蒙的時代。正像有人說的：「文藝是時代的晴雨計」，從那十年間文藝界的風風雨雨，可以清楚地看到當年的時代特徵。人們（特別是知識份子）剛剛從政治的鐵鎖鏈長期捆綁中解脫出來，還沒有被金錢物欲大潮所吞沒；文藝界恢復了生機，人們也對文藝十分關懷──從家家傳閱《傷痕》《班主任》，到全國議論《苦戀》《人啊人》。他們關心作品中的人物和他們的命運，是想到了自己，自己的命運。那是二十世紀中國又一次出現的「人的發現」、「人的覺醒」的時代；人們興高采烈，議論紛紛，真有點兒「百花齊放，百家爭鳴」的氣象。

那是一個既值得懷念又令人惋惜的時代……

從復出後的周揚說起

回顧那個年代，我不由得想到了周揚，他的復出和離去，正好和那個時代相始終，在那段時間裡，思想文化領域的許多重大問題都和他有關，其中最重要的，就是他那一前一後兩個大報告：1979年紀念五四六十週年時的《三次偉大的思想解放運動》，1983年紀念馬克思逝世一百週年時的《關於馬克思主義幾個理論問題的探討》。這是兩篇大文章，清晰地反映出周揚在那短短幾年中思想上的突破發展和達到的新高度。

十年「文革」，周揚有九年時間是在監牢裡度過的，是毛澤東的開恩，他才獲得釋放，當時他還不肯立即回家，堅持要在牢裡完成寫給毛澤東的檢討。年近古稀的周揚就是這樣，懷著痛恨江青又感激毛澤東的複雜感情，走出監牢，進入了撥亂反正的新時期。復出後的周揚一改當年「文藝沙皇」的作派氣勢，變得低調謙和，對於以往的錯誤勇於承擔責任，誠懇地向那些被他整過的人道歉。同時他也旗幟鮮明地反對僵化保守，提倡思想解放，而且敢於保護那些受到左的勢力打壓的作家和作品。這一切，受到文藝界人士的

普遍好評，當然也受到左派人物的嚴厲批評。另外，一些三十年代文壇老人對他持一種懷疑保留的態度，說1957年、1961年周揚都曾反左，主張百花齊放，百家爭鳴，可轉眼間就又左起來，安知他不再翻臉？

一開始，我基本上和老人們持同樣的看法和態度，因為我從他們那裡獲得教益，深受他們的影響。「文革」後期從牛棚出來以後，我閱讀了大量五四以來文學運動的原始文獻，同時還向有關親歷者請教，如左聯時期的吳奚如，延安時期的于黑丁、安危，戰時重慶的徐遲、曾卓等，後來又到北京專誠向胡風、丁玲、蕭軍、李何林、樓適夷等文壇前輩請教。那些原始文獻和前輩親歷者的講述，在我心目中構成了一組完整的中國現代文學運動發展史的軌跡，與多年來流行的中國現代文學史乃至中國現代史大相徑庭，由此出發，我當然不能接受周揚那個「三次思想解放運動」的提法，特別是在那之前他還多次提到「結合問題」即知識份子與工農相結合，改造世界觀的問題。經過了「反右」和「文革「，有良知的知識份子大都明白過來，那是設在五四民主與科學大道上的一個精神陷阱，知識份子正是從那裡失足跌入萬丈深淵的。如今，周揚還把延安整風與五四啟蒙相提並論，實在說不過去，我當然反感。

後來的事實逐漸改變了我的看法，我逐漸理解並且同情起周揚來。那幾年文藝界的形勢有點像1957年反右前那段時間，那樣熱鬧，那樣興奮。「突破」成了一個使用率很高的詞語，人們圍繞著各種各樣的「突破」，展開了激烈的爭論。當時爭論最激烈的理論問題是「歌德與缺德」和「工具論」的問題，前者就是「歌頌還是暴露」的問題，後者指「文藝是不是階級鬥爭的工具」，也就是文藝為政治服務的問題。爭議最大的作品是沙葉新的《假若我是真的》，王靖的《在社會檔案裡》，還有白樺的《苦戀》，戴厚英的《人啊人》。前兩個劇本都是揭露社會陰暗面，反對特權的，白樺的電影和戴厚英的小說則包含有人性論和人道主義的內容。這些突破都受到了嚴厲的指責，成為那一時期文藝論爭的焦點。周揚在這中間一直持開放溫和態度，主張自由討論，反對粗暴干涉，有意保護那些受到左派攻擊的作家和作品。

當年論爭所涉及的，主要是三大原則問題：除了上面提到的為政治服務和揭露社會陰暗面問題之外，再就是對普遍人性和人道主義的看法。——這都是文藝領域的「老大難」問題，因為這些左的思想早在1927年「革命文學」初起時，就已經從蘇俄引進來了，接著又從1942年的「文藝座談會」到

1966年的「文藝座談會」的一再向左，已經形成一種傳統。五十年來一直在論爭，1980年代初的這次論爭，可以說是最後的論爭，由於周揚的轉變，反戈一擊，大大有助於文藝界知識界的思想解放。

當年魯迅說自己是「從舊壘中來，情形看得較為分明，反戈一擊」容易擊中舊事物的要害。周揚「文革」前一直是文藝界領軍人物，他當然更加深知底裡，半個多世紀的進退起落和九年的牢獄之苦，促使他反思、自省，一旦醒悟，就抓住了根本，大膽地進行徹底的清理。如馬克思所說：「所謂徹底，就是抓住事物的根本，但人的根本就是人本身。……必須推翻那些使人成為受屈辱、被奴役和被蔑視的東西的一切關係。」（《馬克思恩格斯全集》第一卷460頁）──1983年3月間引起風波的周揚的那個報告：《關於馬克思主義幾個理論問題的探討》，就是這樣一篇撥亂反正的力作。這是一篇具有反思精神和自我批判色彩的學術論文，大不同於周揚以往常作的那種權威性大報告。文章涉及到認識論、方法論和價值觀等根本問題，其中特別引人注意的是有關人道主義和異化問題的部分；也正是這兩個問題，引起了胡喬木的嚴重關注和批評，說他背離馬克思主義，懷疑社會主義，造成「精神污染」，於是爆發了一場論爭。這是一樁「雙馬案」──真假馬克思主義之爭；在當時，曾引發一場「不是運動的運動」，批判周揚和持有同樣觀點的人。幸而被當時的中共中央制止了。

事隔多年，我還清楚地記得，就在那場「不是運動的運動「被扼止以後，緊接著還有一個帶喜劇色彩的尾聲──1984年12月，中國作家協會召開第四次會員代表大會，周揚因病請假，向大會發來賀電。賀電剛剛宣讀了一句，全場就響起了經久不息的掌聲。接著，到會的中青年作家和十一個省市的代表團，分別給周揚寫了慰問信，告訴他，「黨中央愛護、理解和信賴我們，多年渴望的藝術民主與創作自由的黃金時代終於來到了。」他們想用這樣的資訊安慰周揚，讓他「儘快恢復健康，早日走進我們中間來！」──在慰問信上簽名的可不全是中青年作家，許多老作家，包括原來對他持懷疑保留態度的，也都簽了名。如今，這些老人大都離去了，但歷史已經記下了他們投給晚年周揚的這一票。

二十多年過去了，「以人為本」、「和諧社會」已經成了國人的共識；在當前引起舉國上下普遍關注的維權、救災活動中，人道主義也已成為主旋律。撫今追昔，使我在對周揚的理解和同情之中更增添了幾分敬意，同時也

對胡喬木有了幾分惋惜和憐憫。

未完稿——編者

關於「胡風清算姚雪垠」的舊案

有朋友告訴我，《炎黃春秋》2003年第1期有一篇《胡風清算姚雪垠始末》，內容和我以前的說法大不一樣，建議我讀一讀。

1992年我寫過一篇短文：《一樁文壇舊案》，發表在香港《大公報》上，說的是當年路翎批評姚雪垠的舊事。不想十年後這件舊事又被提起，而且說得如此離譜，把一兩篇批評文章說成是胡風清算姚雪垠的運動，並把這說成是幾年後姚雪垠未能參加第一次全國文代大會的原因。這些奇怪的說法竟然登在一家頗有影響的大刊物上，引起人們的注意。作為和當事人直接談論過這兩件事的人，我應該進一步把我所知道的真實情況說清楚。

這裡有兩個問題：一是路翎為什麼批評姚雪垠；二是姚雪垠為什麼未能參加第一次全國文代大會。前者是文藝問題，後者則與政治有關。

第一個問題是姚雪垠主動向我提起的。1982年秋天，他和我談到出版舊作的計劃，說北大教授嚴家炎讀了各種版本的《春暖花開的時候》，認為寫得很好，應該重新出版，並告訴他香港曾多次重印，銷路也很不錯。由此，就談到了當年在重慶挨批評的舊事，說那時胡風很左，宗派主義嚴重，在文壇上很有勢力，他們在《希望》上發表文章，大罵《春暖花開的時候》是市儈主義、色情文學。其實，這些話他早已寫進回憶錄並公開發表了。接著，他向我透露回憶錄裡沒有寫的重要內容，即當年他挨批評的真正原因。他說：我告訴你一個祕密，也就是這件事的內幕：當時胡風他們要批茅盾，說茅盾的創作是客觀主義的，色情。周總理不同意，出面制止。他們沒有辦法就罵我出氣，因為茅盾和我的關係很好，充分肯定我的創作。這事牽涉到茅盾和總理，我不好說，揹了幾十年的黑鍋。你是研究現代文學的，以後寫文章的時候可以把我說的這些寫進去……當時我就有些懷疑，因為我不但讀過他的小說，而且知道茅盾也曾批評這部小說粗製濫造。所以就勸他慎重，出版前要認真修改。他也表示同意，說不但要修改，還要做些補充。

從姚家出來，我就近去看望胡風，談話間很自然地提到剛才姚雪垠所說

的祕密內幕。胡風一口否定，說根本沒有那回事，在文藝問題上周總理從不下命令發指示，總是以商量的口吻提建議。他曾建議胡風把客觀主義的提法改為旁觀主義，那是為了避免哲學上的誤解，與批評茅盾的事無關；他知道胡風所說的客觀主義包括茅盾，卻並未阻止對茅盾的批評。事實上有人指名道姓地批評茅盾，而批評者也是路翎。胡風說，那是文學思想上的原則分歧，他發表路翎的文章，是為了堅持文學上的魯迅道路，堅持五四新文學的現實主義傳統，抵制當時正在氾濫的客觀主義傾向；把路翎的作品和茅盾的作品對照著研究，就會明白什麼是現實主義、什麼是客觀主義。於是，臨行時我從他的書架上取下三本《希望》雜誌，借去讀上面那幾篇路翎的批評文章。

幾天以後，我到團結湖去看路翎，自然免不了要談到姚雪垠。當時路翎的思維還有些遲鈍，記憶力卻並不差，他還記得當年重慶的論爭，記得他寫文章批評過四個正走紅的作家茅盾、沙汀、姚雪垠、碧野。他的看法和胡風一樣，說那是文藝觀點上的分歧，他並不認識這幾個人，更沒有私人之間的交往，完全是從文學創作的角度出發，批評他們所代表的那種客觀主義傾向。他也承認，那時年輕（二十二歲）氣盛，文字上或有過份尖刻之處，但基本態度和基本觀點是正確的。那種客觀主義傾向是抗戰期間文學上的一股逆流，也就是所謂的抗戰＋戀愛標語口號＋低級趣味，姚雪垠的幾部小說都有這種傾向。

胡風和路翎都不諱言他們對茅盾的不滿，姚雪垠正是因茅盾大力推薦《差半車麥秸》而一舉成名的。這篇小說確實有著和茅盾的作品同樣的客觀主義傾向。路翎所批評的，正是他們那種冷靜、旁觀並帶有賞玩、賣弄意味的寫作態度。提到蕭軍的《八月的鄉村》，以其中的小紅臉這個人物與姚雪垠筆下的差半車麥秸作比較，說明客觀主義寫不出有生命的藝術形象。客觀主義與現實主義是兩種不同的寫作方式：一種是用腦，靠的是學識、才智和技巧；一種是用心，憑藉的是感情、意志、信念、人格乃至生命。茅盾、沙汀、姚雪垠和大批二三流作家及大量公式化概念化作品，大都屬於前者；魯迅、巴金、沈從文、蕭軍、路翎等屬於後者。在胡風和路翎看來，這次批評是為了保衛魯迅的現實主義傳統，遏止正在氾濫的客觀主義逆流。在一個相當長時期內，客觀主義取代了現實主義，成了中國當代文學的主潮。茅盾那本觀念先行並以社會分析見長的小說《子夜》，成了經典作品；那個集教條

主義之大成的小冊子《夜讀偶記》，也成了現實主義理論標本。這種狀況到上世紀末有了改變，開始對茅盾的創作、理論和歷史地位重新評價。時至今日，間閃露出欣賞褻玩的目光。路翎的批評言辭上雖有些過火，卻不能不承認他的觀點正確，目光敏銳。

這本來是一次正常的文藝批評，後來卻有了不同的說法。顯然，胡風的說法最為可信，他是按照事情的本來面目向我作解釋的。姚雪垠的內幕說查無實據，談不上什麼為茅盾揹黑鍋。可是，到了《炎黃春秋》上，路翎的兩篇批評和阿壟的一篇雜文，竟變成了胡風有意發動的清算、整肅姚雪垠的運動，而且導致了1949年姚雪垠未能參加第一次全國文代大會的後果。這真不知從何說起。好在當事人的作品和批評文章俱在，與他們有過直接交往並瞭解當時情況的人，也還有不少尚健在，可以出來澄清事實。

現在就來說第二個問題，即姚雪垠為什麼沒有參加第一次全國文代大會。這本來是一件與文藝無關，姚雪垠自己也不願提起的不愉快的往事。現在既然有人扯出這件事來胡亂解釋，那就應該說說清楚。簡單說來，就是上海解放前夕，姚雪垠捲進了一個中共地下市委接收上海的活動，後來這個地下市委被取締了，盛怒之下的陳毅要處置姚雪垠。是夏衍出面說情，才交由文藝界把他送回了河南。當時具體處理這件事的是章靳以，他在寫給河南省委的信裡提出了四點意見：一、姚回去不要開歡迎會，二、不要給予特殊待遇，三、不要讓他到處做報告，四、讓他到生活中、群眾中去好好改造思想。在這種情況下，上海和河南文藝界怎麼可能推舉他去出席文代大會呢？進入八十年代以後，姚雪垠多次提到當年在河南所受極左勢力的迫害，而且不點名地提到當時任河南省文聯副主席的李蕤。李蕤則不同意把當年的一刀切，包括姚雪垠從上海回來所受待遇，統統說成是極左。為此，二人在《新文學史料》上打起筆墨官司。《新文學史料》主編樓適夷老人，曾向我瞭解姚李二人交惡的情況。樓適夷當年曾與章靳以一起參與上海文藝界的領導工作，對姚雪垠的情況十分清楚，包括他從上海被送回河南的過程。當時，樓老還要我轉告姚李二人：不要扯舊賬了，那樣對兩人都不好，《史料》也不會再發這種文章。我轉達了，此後他們也都沒有再提這回事。姚雪垠曾在報紙上發表回憶錄序言，預約要不留情面地點名批評一些人，不過並未見實行。如今有人替他說話，卻扯出了他自己也不願再提的尷尬事，真可謂哪壺不開提哪壺。如果姚雪垠地下有知，也會大感意外的。

　　這裡，還應該補充幾句：當年發生在上海的那件事，牽涉到中共黨內組織問題，所以一般人（包括普通黨員）不便多談。不過這件事本身並不是祕密，後來在反右和文革中也都曾涉及，上世紀五十年代在上海、河南和中南文聯待過的老人，大都知道。1983年我從北京回武漢途經鄭州，見到當年的華中文聯負責人于黑丁，黑丁主動向我提及上述姚李在《新文學史料》上打筆仗的事，說1949年發生在上海的事，不能全由老姚個人負責；後來他在河南的處境不好，也不能怪李蕤，那都是歷史造成的。黑丁的看法是客觀的公平的。可誰也不曾想到，竟會有人把姚雪垠未能參加文代會的原因扯到胡風頭上。有一點文學史常識的人都知道，正是和姚雪垠關係很好的郭沫若、茅盾，是這次文代大會的主要角色，茅盾在大會上作報告，清算與姚雪垠關係不好的胡風。如果胡風真的清算過姚雪垠，這時能起什麼作用呢？

　　姚雪垠博學多才，一生勤奮，創作上也有成就，文學史上自有他的地位。不過，他的主要成就不是《差半車麥秸》和《李自成》，而是那本既不趨時又不媚上的佳作《長夜》；如同茅盾的主要成就不在《子夜》和《清明前後》而在《蝕》（《幻滅》《動搖》《追求》）一樣。說姚雪垠是文革作家，把他和四人幫扯在一起，那是不公平的。但也不能反過來這樣胡吹亂捧：說他的作品得到文壇巨擘郭沫若、茅盾等的全力推薦、國共兩黨評論家的齊聲叫好，他到大後方時受到文藝界的歡迎，國共兩黨的報刊都爭著發表他的文章，那時，有哪個讀者不知道姚雪垠這些話都說得太過，連常識都不顧了。姚雪垠確實和國共兩黨都有過瓜葛，至於兩黨的文藝家對他的態度和看法，一些回憶錄可以作證，遠不是全都歡迎、齊聲叫好。

　　還有，文章結尾處談到了胡風和姚雪垠的幸與不幸，說當年黨和政府給予胡風相當高的政治待遇，而姚雪垠只享有普通公民的權利。此刻的胡風是幸運的，姚雪垠是不幸的。然而幸運的人有幸運人的煩惱，不幸運的人有不幸人的追求，幸與不幸，天知道？結局昭然，何須問天？後來胡風因不識時務而罹禍，飽受牢獄之苦；姚雪垠卻因博通古今而得寵，又是文聯主席，又是政協委員。這中間有一點很重要，那就是對待農民起義的不同看法和態度。試想，如果胡風早早悔悟，像郭沫若那樣徹底否定自己的一切，狠

批精神奴役創傷論，並為農民起義大唱讚歌；姚雪垠按照魯迅的觀點，寫出作為改朝換代工具的農民起義阻礙歷史前進的負面作用，那又會怎樣？又是怎樣的幸與不幸呢？一邊是名利權勢，一邊是科學民主，不同的人有不同的選擇。今年恰逢甲申三百六十年，面對映有胡、姚二人影像的這面歷史大鏡子，有良知的知識份子該會有一些新的想法罷。

2004年元旦後三日於深圳

＊海印先生：這就是那篇被控告的文章的原文，黑體帶底線的部分，是被編輯砍去的。倒數第三段斜體部分，是替姚解釋、開脫的，可證明我並無惡意。你們刪去此段，是為了節省版面，更與誹謗無關。當然，無人提及我的原文，你們也不談此事，就談你們發表的那一千多字。

從「何其芳現象」、「趙樹理現象」說到魯迅的文學主張
——再論藝術規律問題致羅飛

　　讀了《粵海風》2015年第5期上李伯勇的《置身時代作家的思想向度和思想力》一文，我想起了曾卓說過的一句話：讀好文章常能引起人的寫作欲望。這篇文章就引起了我的許多回憶和思考。想到了多年前議論過的「何其芳現象」、趙樹理的悲劇和前年我們談過的藝術規律問題，忍不住要把這些「意識流式」的想法寫給你。

　　這些想法是從一個誤讀引起的：這篇文章裡有「前撥」、「後撥」作家之說，稱周立波、柳青、趙樹理為「前撥作家」，稱余華、賈平凹、劉震雲為「後撥作家」。一開始，我誤把「撥」字當成「撥亂反正」的縮寫，按照這一理解，周、柳、趙是「撥亂反正」以前的當代作家，余賈劉是「撥亂反正」以後的新時期作家。文藝上的「撥亂反正」的真正歷史轉折，是1979年的第四次全國文代大會，這一轉折在理論上的重要標誌，是不再提「為政治服務、為工農兵服務」，因而「深入生活一語也就失去了依據。因為「為政治服務」、「為工農兵服務」的關鍵是「結合」——知識份子與工農相結合，也就是改造思想。「深入生活」的命題也是從這裡來的。這兩撥作家對待「深入生活」的態度和創作成就的不同就都與此相關。後來發現，該文的「前撥後撥」並沒有這種意思、不過是說前一批後一批作家，也就是當代作家與新時期作家。然而，我的這一誤讀，可以說是「歪打正著」。由此想到了不同時期作家的創作道路和命運遭遇。

　　這應該從「何其芳現象說起」。「所謂何其芳現象」指的是，作家的思想進步了，理論水準提高了，創作卻下來了，不如以前了。人們把這種現象稱為「悖論」。我們（你、何滿子和我）都認為這是一個假悖論，因為何其芳在思想理論上的所謂提高、進步，實際是接受了教條主義而離開了文學創作的正路。這裡的關鍵就是他真誠接受了為「政治服務」、為「工農兵服務」的指令，深入生活，反映現實，卻再也寫不出《畫夢錄》那樣的真正的

文學作品了。說「現象」，說明它很普遍，幾乎涵蓋了所有當代作家。最明顯的就是巴老曹，他們原來都是創作上很有成就的現代作家，後來接受了新方向，也「深入生活」了，可是創作卻下來了──從《家》到《寒夜》，那時的巴金何嘗深入生活？從《駱駝祥子》到《四世同堂》，那時的老舍何嘗深入生活？曹禺的《雷雨》、《日出》、《原野》，就更不用說了。至於他們後來那些深入生活後所寫的《黃文元同志》、《紅大院》、《明朗的天》等等，當時油墨未乾就被人忘記了。如今還有幾個人知道它們？這中間老舍的情況尤為突出。他的幾部傑作全都與「深入生活、反映生活」論毫不相干：那篇淒絕美極的《月芽兒》，是寫妓女的，《四世同堂》寫到了淪陷時期的北京，《茶館》寫到了晚清、北洋和抗戰前後的北京，這一切老舍全都沒有親歷過，全都是他根據自己的已有經驗推測想像出來的，是他的精神創造活動的成果，而不是簡單的客觀生活的反映。

這裡要特別提到的是丁玲和茅盾，他們在創作上也屬於「何其芳現象」。說「特別」，是因為他們早在何其芳之前就進入了這種「現象」而且同樣「開端就是頂點」。丁玲以《沙菲女士日記》躍登文壇，茅盾靠《蝕》確立了他的小說家地位。而後來（1930年以後）他們就再也沒有寫出過那樣的作品了。丁玲的《太陽照在桑乾河上》，茅盾的《子夜》都是概念化的作品。前者寫的是土改運動全過程，後者寫的是現代中國社會性質的形象圖解。因為政治性強而獲得很高評價。無奈讀者對它們不感興趣，因為其中沒有有生命的活的藝術形象，缺乏藝術感染力，後來簡直就被人忘記了。──說到這裡，不能不提一下茅盾的〈《夜讀偶記》，在那篇大文章裡所總結所傳播的文學創作經驗、創作規律，是典型的「唯物辯證法」創作方法。是為害中國文壇半個世紀之久的導致公式化概念化氾濫的標準文藝理論。這也是造成「何其芳現象」的重要原因。──議論何其芳現象，並不是責怪何其芳，因為這是時代使然，形勢使然，否則怎麼會有那麼多人像他一樣，走上這條非文學的寫作道路呢？──周立波和柳青的寫土改運動、合作化運動，走的就是這條路。。當然是先學習文件報告，再深入生活，然後再進入創作過程，寫出作品。有人說這就是「三結合」：領導出思想，群眾出生活，作家出技巧。因為小資產階級知識份子作家的思想感情和生活經驗都要不得。必須從外部（領導和群眾那裡）移入。──按照一定思想，體驗相關生活，製作所需要的作品。否則，就有可能被指為以小資產階級知識份子思想歪曲

工農兵形象。總之，「何其芳現象」的要義或要害，就是「無我」——沒有作家本人的是非愛憎。

這就該說到趙樹理了，我基本上同意李伯勇的看法。「趙樹理現象」這一提法是我杜撰的，用以說明另一種與何其芳等大不相同的思想、創作狀況。趙樹理在當代作家中屬於另類。我早就說過，趙樹理一不是農民作家，二不屬於山藥蛋派。他雖出生於農民家庭，學歷比徐懋庸、沈從文還高。高小畢業，讀過中等師範，做過教師和編輯，應該是農民家庭出身的小資產階級知識份子。他從農村來，進城以後，仍不斷往來於城鄉之間，他的心從來沒有離開過農村。沒有忘記過農民。他一生為農民寫作，卻沒有塑造過高大的農民英雄形象。他寫的主要是小人物、「中間人物」。他不是在歌頌或暴露，而是真誠地表達他的愛憎是非，關切與希望，不滿與嘲諷，走的還是「為人生」的啟蒙主義正路。他寫作《小二黑結婚》的時候，並不知道延安在開文藝座談會。發現並重視這篇小說的，是彭德懷。彭老總也不是從「文藝方向」的角度看待這篇作品的，是從實際工作需要出發，認為它有助於移風易俗，推動社會改革——破除迷信、婚姻自主。這既屬於社會改革，也關乎思想啟蒙。趙樹理抒寫了人性、人情，而且重在「移風易俗」——這不就是「改造國民性、就是「啟蒙」嗎？——事實上，早在1930年代，趙樹理就在北京、太原的報紙上發表過討論「文藝大眾化」問題的文章。當時的「大眾化」指的是語言形式的通俗易懂，目的卻在「化大眾」，也就是啟蒙，與後來的「化為大眾」是完全不同的。趙樹理的作品，就在這兩種「化」之間，實際上是五四新文學傳統的延續。1946年周揚著文盛讚趙樹理，把他捧為方向、旗手，主要是因為他寫了農民。後來寫農民的作品大量湧現，從《新兒女英雄傳》到《創業史》又到《金光大道》，農民的英雄形象愈來愈高大完美。而趙樹理卻執拗地繼續寫他的「中間人物」、「小人物」，與合作化、大躍進的形勢不合拍。最後他那頂「方向、旗手」的桂冠被打碎，連他本人也被打翻在地而悲慘地離開人世，這一切，都是毫不奇怪的，必然的。表面看來，「方向」、「旗手」的身份與被迫害致死的結局是矛盾的，看出了「方向，旗手」桂冠下那顆含有悲憫的心，那執拗的個性，就會明白，這是啟蒙主義與民粹主義的衝突。趙樹理現象的悲劇根源就在這裡，——稱之為「現象」，是因為它也具有一定普遍性。當代文學中那些「寫真實」、「干預生活」、「寫中間人物」、「寫揭露社會陰暗面」的作家和作

品，大都屬於這一「現象」，其與何其芳現象的根本區別，就在於這些作家的創作中「有我」，作品中有他本人的是非愛憎。——可見，這兩種現象的根本區別，就在於「有我」與「無我」。

由此，我想到了別林斯基的論創作獨創性的一段話。別林斯基在盛讚果戈里的文學成就之後，寫下了這樣幾句話：「為什麼他是這樣的能手？因為他獨創！為什麼他會獨創？因為他是是詩人。……可是還有另外一種從作者個性出發的獨創性，這是作者用有色眼睛看世界的結果。果戈里君的這種獨創性，表現在那總是被深刻的悲哀之感所壓倒的喜劇性的興奮裡面。在這一點上，俄國的一句俗諺「始以祝福，終於哀悼」可以移贈給他的中篇小說作為題銘。」

這簡直就是在說魯迅，只需要把那兩句題銘改為「哀其不幸，怒其不爭」即可。事實上魯迅就說過他喜愛果戈里，說過自己的《狂人日記》就受了果戈里的同名小說的影響，而更為「憂憤深廣」。別林斯基有時把「詩與藝術」二詞當作同義語使用，這裡的「詩人」指深諳藝術奧秘的人，下文的「有色眼鏡」云云，指作家的悲憫情懷。實際上，他所說的創作獨創性，一是真懂創作奧秘的內行的才能，二是具有悲憫情懷的人道主義精神。

魯迅在許多地方觸及這兩個問題，可惜一直沒有引起人們的注意，因為他的看法，與多年來流行的理論相悖。

多年來人們習慣使用的那些稱謂，如現實主義、革命現實主義、社會主義現實主義等等，都是他逝世後別人強加給他的，他從未打過這些旗號。他肯定過現實主義，更熱情地肯定浪漫主義，還肯定廣義的象徵主義。他在介紹廚川白村的《苦悶的象徵》時，明確認同托爾斯泰的感情說和佛洛依德的看法。這一切全都與我們這裡流行的現實主義理論不相干。這裡我不想談「主義」，只想根據魯迅本人的夫子自道看看他對文藝和創作的基本看法。他在很多文章裡觸及到相關問題，比較集中談這兩個問題的是《論睜了眼看》和《我怎麼寫起小說來》，另外還有關於《苦悶的象徵》的序言與譯後記。這裡只談《我怎麼寫起小說來》。

自然，做起小說來，總不免自己有些主見的。例如，說到「為什麼」做小說罷，我仍抱著十多年前的「啟蒙主義」，以為必須是「為人生」，而且要改良這人生。……

所以我的取材，多採自病態社會的不幸的人們中，意思是在揭出病苦，

引起療救的注意。所以我力避行文的嘮叨，只要覺得夠將意思傳給別人了，就寧可什麼陪襯拖帶也沒有。中國舊戲上，沒有背景，新年賣給孩子看的花紙上，只有主要的幾個人，我深信對於我的目的，這方法是適宜的，所以我不去描寫風月，對話也決不說到一大篇。

我做完之後，總要看兩遍，自己覺得拗口的，就增刪幾個字，一定要它讀得順口；沒有相宜的白話，寧可引古語，希望總有人會懂，只有自己懂得或連自己也不懂的生造出來的字句，是不大用的……。所寫的事蹟，大抵有一點見過或聽到過的緣由，但決不全用這事實，只是採取一端，加以改造，或生發開去，到足以幾乎完全發表我的意思為止。人物的模特兒也一樣，沒有專用過一個人，往往嘴在浙江，臉在北京，衣服在山西，是一個拼湊起來的腳色。

這是一段從字面上看很容易讀懂的文字，可能很多人都讀過且自以為懂了。事實上真正讀懂的人並不多，因為它不符合教科書和文學史上的魯迅的思想。這篇文章寫於1933年3月，那正是新興的革命文學喧囂一時，魯迅從受批判到被統戰的上世紀「三十年代」，以往的教課書和文學史，都是按照革命文學的理論觀點解說魯迅的，上面的這段文字不是被忽略，就是被曲解，很少人做過合乎其本意的解說。其實，魯迅在這裡說得很明白，首先表明這是他「自己的主見」，而且承認他「仍抱著十多年前」——也就是1917年文學革命時期的啟蒙主義和「為人生」的文學主張。這句話顛覆了兩個流行已久的「定論」：一是魯迅後期思想「轉變」說。二是魯迅小說具有反帝反封建的革命思想。——事實上，從1906年，棄醫從文開始，到1936年逝世，魯迅一直堅持啟蒙主義和「為人生」的文學主張，從來沒有改變過。在這個時候重申這一點，是表明他雖然身在左聯，卻不同於革命文學家們的文學主張，不做「革命機器上的齒輪和螺絲釘」。這兩種文學主張有一個重要區別，那就是承不承認作家在創作中的主體性。革命文學理論有兩大理論原則：「服務政治」、「反映生活」，因而，作家在「為什麼寫」、「寫什麼」、和「怎樣寫」的問題上都失去了主體性，都沒有了自由。啟蒙主義和「為人生」的文學主張則大不相同，作家是創作的主體，這一切全由作家本人做主，這也就是前面所說的，「有我」與「無我」的問題。魯迅這篇文章的中心也正在這裡：__「我為什麼要寫小說」、「我怎樣寫小說，關鍵都在「我」。

　　胡風曾經這樣解釋上面魯迅的那幾句話：

　　「為人生」，一方面須得有「為」人生的心願，另一方面需得有對於被為的人生的深入的認識。所「采」者，所揭發者，須得是人生的真實，那「采」者「揭發」者本人就要有痛癢相關地感受得到「病態社會」底「病態」和「不幸的人們」底「不幸」的胸懷。這種主觀精神和客觀真理的結合或融合，就產生了新文藝底戰鬥的生命，……這種精神由於什麼呢？由於作家底獻身的意志，仁愛的胸懷，由於作家底對現實人生的真知灼見，不存一絲一毫自欺欺人的虛偽，我們把這叫做現實主義。

　　顯然，這是把魯迅的文學主張當做文學創作的普遍規律進行分析的。魯迅告訴人們：他的文學主張「是什麼」，胡風則進一步揭示了這一文學主張的精神實質──作家的人道主義精神和藝術的特殊規律。因為他特別強調意願、胸懷、精神等等，後來就被指我為宣揚「唯心主義」，且被斥為「歪曲魯迅」──其實，魯迅早就說過這種「唯心的看法：

　　「文藝是國民精神所發的火光，同時也是引導國民精神的前途的燈火。」──這不就是「主觀精神的燃燒」嗎？可見胡風的這一解釋是符合魯迅的本意的。然而這只說到了一個方面，即主觀精神，也就是人道主義情懷。而在說到這種精神怎樣燃燒，也就是──怎樣創作這一面時，就過於簡單、抽象──「主觀精神與客觀真理相結合」一語過於簡單且哲學趣味太濃，難以理解。其實魯迅自己已說到了「怎樣寫」的問題，而且說的很具體──事件、場景、對話、人物都涉及到了。不知胡風為什麼對這些隻字不提。

　　這裡我試著作些解釋。魯迅在談到這些問題的時候，一再提到「我的意思」。這裡的「意思」一語非常重要，也真的很有意思。這裡就先來說「意思」的意思。這是一個含義非常豐富的常用語，最簡單的解釋就是意義、含義。在很多時候，帶有感情色彩。在藝術鑒賞中，比如對一部電影或小說的評價，說它「有意思」或「沒意思」，就包含了兩個方面──一是作品本身的水準和價值，二是鑒賞者的眼光和口味。這是一種感情態度，也就是愛憎是非評價。魯迅之所以不說我的「思想」、「看法」、「意見」等等，而反覆使用「意思」，就因為這裡面包括有主客觀兩個方面。「意思」、「意味」、「意趣」、「意韻」、「意境」等，常見於藝術理論和批評，大都包含這種主客觀雙重含義。中國畫的「寫意」，就是這種意思。「意」就包括

有主客觀兩個方面。鄭板橋畫竹，所畫的既不是「廳中之竹，也不是窗上之竹《影》，而是他的胸中之竹。齊白石畫蝦，畫的不是缸中之蝦，而是他的心中之蝦。他說，太似媚俗，不似欺世。「妙在似與不似之間」，他說的似與不似，就是像不像真蝦。蘇東坡說的「論畫以形似，見於兒童鄰」，批評的就是那種只知道「客觀真實」的兒童之見，也就是俗見。這大概是產生大量「沒意思」的藝術贗品的重要原因。魯迅的「意思」和齊白石「妙」之不同於兒童之見，是因為有「我」而且「以我為主」——作家是文藝創作活動的主體，而創作活動是有其特殊規律的。這不就是別林斯基所說的果戈里獲得巨大成就的主要原因：真誠的人道主義情懷和深闇藝術規律的寫作才能。

其實，這是一切有成就的的藝術家所必備的條件。別林斯基說過，沒有燃燒的激情和巨大的同情心，是不可能成為傑出的藝術家的；違背藝術規律，是不可能不受到懲罰的。

可見，藝術規律是不分中西的。波特來爾就說過：回憶是藝術的標準，藝術是美的記憶，而準確的模仿破壞回憶」；這不就是強調主觀精神和感情因素嗎？魯卡契的《敘述與描寫》裡關於賽馬的不同寫法的議論就與此有關。義大利哲學家維柯早就說過；「哲學把心從感官裡抽出來，而詩的功能卻把整個心沉沒在感觀裡」。這道理好像有些玄妙，說穿了，也並不太難理解。試比較一下巴金與茅盾的創作經驗：巴金說的主要是他的人生遭際和感情記憶，茅盾說的則是他的思想認識和寫作計劃、安排。前者是在想像中的再生活，他和他筆下人物一同歡笑，一同歌哭。後者則是冷靜的研究分析，細緻的刻劃描寫。回憶往事，主要靠感性機能和感性活動，而且是在主客觀交融的境界中進行的；認識生活，反映生活——無論是感性認識還是理性認識，主客觀都是分離的，因而理智理性始終居於主導地位。所以在談到藝術家對待生活的態度和方式的時候，馬克思用的是「掌握」，魯迅用的是「看取」，胡風用的是「把捉」、「擁抱」，全都是「主客觀結合」、「物我為一」、「天人合一」的。文學藝術家創造「第二自然」，與哲學家、科學家對待客觀世界的態度和方式是大不相同的。——「何其芳現象」產生的原因，就在於混淆了不同的「掌握世界的方式」。

我在以往的文章裡提到過，何其芳是有才華而又很用功的人。1959年出版的《文學藝術的春天》一書裡，他就沒有收入1946年和1952年那兩篇關於現實主義的論文，而且後來在新詩發展方向問題的討論中，沒有跟著推崇民

歌體，足見他是有反思，在改變中，可惜他沒有活到1980年代，未能像周揚那樣深入反思，明白自己何以走錯了「房間」。——說到這裡，我想起了盧那察爾斯基的話來，他在批評那些教條主義理論家的時候，轉述了一則寓言，他說：「梅依林克有篇好童話，談到一條蜈蚣。你們知道，蜈蚣是相當複雜的生物，有四十條腿，但是它雖然複雜，它能很好地行使它的生活機能，有這麼一次，一隻不懷好意的癩蛤蟆問它，可不可以向你提個問題？「好吧。」——「當你往前伸出你的第一條腿子的時候，你還有那幾條腿子同時往前伸出？當你彎下第十四和第十九腿子的時候，你還有那幾條腿子同時往前伸出？當時你那第二十七條腿子的腳掌在做什麼？」蜈蚣專心思索這些問題，再也不會走路了。不要把創作過程弄得乾巴巴的。你想根據社會主義的良心用藝術手法記下某個過程，你想描寫鬥爭中的醜惡的或美妙的一幕，——如果你不知道怎樣用辯證唯物主義來幹這個，難道你就得放棄這項任務嗎？。」

今年是魯迅逝世80週年，「何其芳現象」，就發生在魯迅逝世幾年後。以上所說，當然含有緬懷魯迅——回歸魯迅的意思。

2016年5月於武昌汪家墩

藝術與哲學的歧途
——關於「告別現實主義」問題答羅飛兄

　　您提出的這個看似陳舊的話題，實際上還遠未過時，因為它涉及到一個很重要的問題，即中國當代文學創作水準難以提高的原因究竟何在？可能您還記得，上世紀三十年代中期，曾有過一場關於「為什麼中國沒有出現偉大作家和作品」的討論。後來這個問題轉化為關於現實主義問題的論爭、論戰。論戰雙方都聲稱自己的主張是真現實主義，斥責對方的主張是假現實主義，並把創作不景氣的罪責推給對方。胡風曾把這戲稱為「真假現實主義的雙包案」。從1930年代到1970年代末，一部中國現當代文學史，幾乎成了真假現實主義的鬥爭史。時至今日，這還是一筆未曾結算的糊塗賬，也早已無人聞問。然而，意想不到的是，現在有人一下子直接回到了八十年前，再次提出「中國為什麼沒有誕生世界級的大師和作品」的問題，而且把矛頭直接指向現實主義，明確提出：「我首先要糾正一個錯誤的觀念，那就是「文藝來源於生活」的說法」……。這是一個音樂學院本科生的呼喚，真是後生可畏。他的一些看法觸動了我，促使我清理、深化多年來我對現實主義問題的思考。恰在此時，您也提出了相關的考題，那我就在此簡要地交代一下我為什麼要「告別現實主義」，作為答卷奉上。。

　　我生得晚，沒有趕上前面的討論，卻捲入了後來的幾次論爭，而且一直自覺地站在胡風一邊，自信是在堅持既符合馬克思主義又繼承了魯迅傳統的真現實主義，為此曾一再受到批判。到了1980年代，我接連發表幾篇論現實主義並為胡風思想辯誣的文章。然而，也正是在這個時候，我開始產生了懷疑，懷疑我所堅持的這種現實主義理論是否真的是文藝創作的規律，是否真的符合馬克思主義、符合魯迅的文學主張。當年在「撥亂反正」的高潮中，曾提出過另一個口號：「正本清源」。但不知為什麼，很快就不再提了。口號不再提了，思想行程卻在進行，這就是「回歸」——回歸五四、回歸魯迅、回歸馬克思。在重讀馬克思和魯迅的過程中，我發現自己並沒有真正擺脫蘇式馬列教條的誤導。這裡有兩個「歧途」——文藝與政治的歧途、

藝術與哲學的歧途。這也就是塞入美學和文藝理論中的庸俗社會學和機械唯物論。胡風一生都在反對這兩種教條繩索。問題是，半個多世紀的真假現實主義之爭，大都是糾纏在這兩個「歧途」之中──，服務政治、反映現實，傾向性、真實性，都是胡風和周揚為代表的兩種現實主義共同信守的基本原則。然而，也正是在這裡，政治和哲學這兩堵牆擋住了進入藝術創造境界的道路。胡風的可貴之處，在於他實際上已經突破了蘇式馬列的教條，深入到了藝術創造過程之中，認真探索並揭示其發生和運作的奧秘，不幸的是，為了不戴「脫離政治」、「唯心主義」這兩頂帽子，他一直不肯卸去「社會主義」和「唯物主義」的盔甲，因而也常常受到「教條」和「左」的指責。

　　您提到的那篇《五訪胡風》，是1982年下半年我和胡風談論現實主義問題的記錄，裡面就有我對我們堅持了多年的現實主義理論觀念的懷疑，懷疑的主要就是上面所說的那兩種「歧途」、「兩堵牆」。您只提到了一個即「社會主義現實主義」這一概念，所涉及的主要是文藝與政治的關係問題；「革命」和「社會主義」這些附加語都是政治性的，屬於「文藝與政治的歧途」，這裡就不必再說什麼了。要說的是另一個問題即藝術創作與哲學的關係問題，也就是另一種「歧途」、另一堵「牆」。關於這個問題，在《五訪胡風》裡，是從「源泉論」說起的。有這樣一段話：「說到「主觀精神」和」自我擴張」這些提法。特別是把「自我擴張」說成是「藝術創作的源泉」，好像直接與《講話》相抵牾，否定了生活的重要性。其實不然，那個「自我擴張」說的是創作過程，而創作過程中不能沒有作家的主觀作用，而在談到這種主觀作用時並沒有離開客觀基礎。把文藝與生活的關係的命題從藝術實踐中抽出來，離開作家的主觀感受和精神活動去大談生活的重要，實際上是把這個美學問題還原為哲學問題了，這就從文學的道路上滑開了，實際上成了文學和文學創作的取消論。」當時我還用「不生產的資本」這一說法比喻未進入創作過程的生活，──然而，胡風此時卻仍堅持他的一貫看法：「現實主義是唯物主義認識論（也是方法論）在藝術認識（也是方法）上的特殊方式。」對此，我表示懷疑，說這不是用哲學取代藝術嗎？。胡風說「特殊方式」就是肯定了不是哲學，但不能完全脫離哲學。」──他這樣強調哲學（唯物主義反映論），可能是為了避免再戴「唯心主義」的帽子。這就造成了他的理論本身的矛盾，不過當時我還只是有些感覺，沒有深想。

　　您可能沒有注意到，那篇訪談錄裡還提到另一個問題，即胡風接受馬克

思主義和魯迅傳統的途徑。胡風說他是從日文版《德意志意識形態》和《神聖家族》學習馬克思主義哲學的，關於文藝的那五封信，是後來讀到的。至於魯迅的文學主張和戰鬥精神，是從魯迅的文學實踐和一生作為中總結出來的。在前後近半年的五次交談中，胡風反覆強調：要堅持馬克思主義，要引導年輕人多讀魯迅的著作。這不就是要「正本清源」嗎？——還馬克思和魯迅的本來面目，分清真假馬克思主義、真假魯迅傳統。然而不幸的是，胡風的理論中也有假馬、假魯，這當然都與蘇式馬列的影響有關，如把史達林的「社會主義現實主義」、「反帝反封建」之類的標籤貼在魯迅身上。事實上，《狂人日記》、《阿Q正傳》也好，《野草》、《故事新編》也好，全都與那些標籤不相干。

何滿子和耿庸二人討論現實主義問題的那本小冊子，我也收到了，讀了，但沒有說什麼，因為我正在「堅持」與「懷疑」中徘徊，整個1980年代我都處在這種矛盾狀態中。有兩篇引起風波的文章對我影響較大，值得在此一提。首先是周揚那篇關於人道主義和異化問題的大文章，我很重視這篇文章，因為我對周揚的看法有了改變。1978年前後，周揚在「笑談歷史功過」中一再強調「結合」的重要，到了1979年的四次文代會期間，他在和吳奚如、聶紺弩談話時承認胡風對文藝的理解很深刻，理論上比他強：後來（1982年）在一次小說評獎的發獎大會上，他激動地說出了心裡話——借用王蒙的回憶：「周揚同志說到當時某位作家的說法，說藝術家是講良心的，而政治家不然云云。周說，大概在某些作家當中，把他看作是政治家的，是『不講良心的』，而某些政治家又把他當作藝術家的保護傘，是『自由化』的。說到這裡，聽眾們大笑。然而周揚很激動，他半天說不出話來，由於我坐在前排，我看到他流出了眼淚。實實在在的眼淚，不是眼睛濕潤閃光之類。」——王蒙說的是真的，當時我也在場，不過我坐得比較遠且視力不好，沒有看見周揚的眼淚，卻被他的話打動了並對他有了理解、同情和敬意。他為自己的雙重身份所受之苦而落淚，不知是否想到了魯迅給他的那個稱謂：「奴隸總管」也就是替主人管奴隸的奴隸。這中間不就有「異化」成份嗎？——從念念不忘「結合」到悟出那就是「異化」，豈不是從「回延安」轉而回歸到馬克思主義的本源了嗎？由此可見，後來撰寫和發表的那篇《關於馬克思主義幾個理論問題的探討》一文，裡面確實有他自己的新的思想和切身感受。事實上，這篇文章所談的正是那幾年的熱門話題，那是借馬

克思的《1844年經濟學哲學手稿》而興起的哲學熱、美學熱。人道主義和異化問題更是熱衷之熱。正是在這股熱潮中，我集中讀了馬克思的哲學著作和他的多種傳記。現買現賣地開美學課、講《手稿》，從而認識了另一個馬克思，一個真正以人為本的哲學家、思想家。他終生追求的「解放全人類」，包括每一個人和一切人；他們的物質需求和精神需求，──生存和安全，自由和尊嚴。──周揚的文章和受到的批判，印證了我的看法：有兩種馬克思主義，19世紀歐洲的一種進步思潮，20世紀俄中兩國革命的指導思想，前者屬於思想文化，後者屬於革命政治。周揚在紀念馬克思逝世百週年時，談的主要是前者，從文化哲學角度談馬克思主義。不想這篇文章竟然引起一場風波，風波過後，1986年3月，我在北京出席紀念馮雪峰學術討論會期間，還有人提及周揚的這篇文章，不過人們很少談到理論是非，注意的是周揚的命運。當時的中青年多同情周揚，肯定他的反思。一些文壇前輩所注意的依然是歷史舊賬。李何林、蔣錫金兩位老人就認為周揚是「想賴賬」，是「大帽子底下開小差」──只談抽象理論，不接觸具體問題。當時我就說。周揚復出後一路道歉，懺悔，與那些「絕不懺悔」的人不同；這篇文章只談抽象理論，安知他不是有意這樣──先從根本理論入手進行反思，正本清源，在大原則問題上站穩腳跟。然後再進而清理具體問題。李何林老人認為我的看法也有道理。當時我所說的「根本理論」，在總的方面是指人性、人道及異化問題；具體到文藝領域，就是現實主義問題。周揚在文章裡否定了「現實主義與反現實主義鬥爭」的文藝史觀，提出恢復感性－知性－理性三分的認識論，這就從根本上動搖了那套蘇式文藝理論的立論基礎。不是說「綱舉目張」嗎？周揚提出那幾個問題，就是抓住了那場思想解放運動之「綱」──主要矛盾和本源所在。──然而，也許連他自己也沒有料到，這篇文章竟成了他當「保護傘」、搞「自由化」的鐵證，而遭到批判。

另一篇對我有影響的文章，是劉再復的《論文學的主體性》，當時我隱約地感到，他好像在回應周揚的那篇的文章，又在論證人道主義和異化問題。為此，我和好幾位朋友談及我的看法。有意思的是，這些人原來都是反左、反教條主義的，這次卻都轉而批判起劉再復來了。和劉再復同在文學研究所的侯敏澤就認為劉再復「陷入了主觀唯心主義」。姚雪垠也是持同樣看法而且態度更激烈。我坦率說出我的看法，認為劉再復把文學規律分為「外部」、「內部」的提法是不妥的，他推崇的那種用自然科學方法論研究文學

的作法也是不可取的。但他對左傾教條主義的批評確實擊中了要害，他提出的「多元化」和「主體性」是適時的，他對文學創作的「內部規律」（創作過程）的分析確有道理。姚雪垠堅持他的看法，批評我被劉再復的唯心主義迷惑了。談到劉所說的藝術創作中的「二律背反」現象，那種「作家愈是有才能，對他的人物就愈無能為力，作家愈是蹩腳，就愈能控制他的人物」的說法有道理，並指出此說來自別林斯基關於創作有無依存性的論證。姚雪垠顯然有些不高興，說別林斯基也可能是唯心的，我們要堅持辯證唯物主義。

1957年，「這是為什麼」？

　　反右派鬥爭是從《人民日報》的社論《這是為什麼？》開始的。從那以後，「這是為什麼」就一直盤桓在我的心頭，到四十二年後的今天。

　　從1957年被劃為右派的第一天起，到1979年被改正，二十二年間，我心裡一直不服，一直在等待平反昭雪的一天。可是，1979年的「改正」並沒有把「這是為什麼」從我心頭驅走，反而進一步促使我去思考這一問題。經過十年的觀察思考，我終於明白了：1957年那場鬥爭絕非一時的偶然失錯，而是不可避免的歷史必然；五十五萬餘人（官方數字）的罹難也不能簡單地全都歸之於「冤假錯案」，當然更不是什麼「娘打兒子」式的誤會。

　　說到我怎樣成為右派的，那要從1956年秋天說起。毛澤東把這一年的秋天說成是「多事之秋」，那是因為當時蘇共「二十大」揭露了史達林的罪行，反對個人迷信，接著又發生了匈、波事件，以及中共提出了新的精神和新的議題等等。對這些我和周圍的文藝界朋友並沒有壓力和憂慮。相反，我們感到形勢很好。先是年初周恩來關於知識份子問題的報告，接著是陸定一傳達毛澤東提出的「百花齊放，百家爭鳴」方針，隨後又是中共八大精神——從疾風暴雨式的階級鬥爭到大建設，以及反對個人迷信和官僚主義，強調民主與法制等等。文藝界的形勢同樣令人興奮，提出的中心議題和迫切任務是：繁榮創作，活躍理論批評，培養文學新人，反對教條主義和公式主義。就在這一年的春夏之交，作協武漢分會召開了第一次代表大會，中南六省兩市的作家齊聚一堂，會開得熱烈而又充實，大家對未來充滿希望和信心，誰也沒有想到會有什麼「風雲突變」。

　　1957年的春天就是在這種「百花齊放」和「百家爭鳴」的熱烈氣氛中到來的。作協武漢分會主席于黑丁從北京回來，向我們傳達了毛澤東的講話。聽得我們興奮激動，熱血沸騰，認為中國有這樣的偉大領袖，定能避免史達林、拉克西所造成的那種災難，理應為此而感到幸運和驕傲。

　　我就是懷著這樣的心情參加「鳴放」和整風的。當時我是《長江文藝》

評論組代理組長，既編刊物又寫文章，還要出席各種會議，終日興奮而又忙碌。刊物獲得好評，我的工作也得到肯定和支持。林默涵到武漢來，曾找我談話，問我對文藝現狀和現實主義問題的看法，鼓勵我多寫文章。上海《文匯報》的呂德潤來聘我為特約記者。《文藝報》副總編輯陳笑雨到武漢來，找我面談並準備調我到《文藝報》工作。同時準備調北京的還有葉櫓（莫紹裘）和韋啟麟。當時誰也沒有料到，這一切的一切，竟會變成了「反黨罪行」！

確實是「突然」——6月6日還在大鳴大放，中間只隔一天，到6月8日《這是為什麼？》的社論就出來了，接著就是疾風暴雨式的反右派鬥爭。作協武漢分會的反右派鬥爭是從我這裡開始的。大會、小會、個別談話一起來，把我編發的稿件、寫的文章和會上會下的言論，統統說成是反領導、反黨的。我被這一突然變化弄得暈頭轉向。7月5日，《長江日報》頭版頭條：「武漢文藝界反右派鬥爭第一炮——作協武漢分會批判右派分子姜弘」。當時我的精神已頻臨崩潰，怕我自殺，團支部開會要我正確對待，大膽揭發——主要是指李蕤和姚雪垠。黨支部委員找我談話，告訴我解放前李蕤、姚雪垠的一些事情，要我劃清界限，站到黨這一邊來。我一向敬重李蕤的人品，欽佩姚雪垠的學識，與他們是一種師友關係。平日交往，光明正大。所以對那些追問、提示，我都一一如實作答，既沒有隱瞞，也沒有誇大。不料，他們把我承認的那些事情羅織成一個李、姚、姜的「三人反黨聯盟」！

李蕤與姚雪垠互相間成見很深，根本不可能「聯」在一起，唯一的事實是，李蕤曾指示我去向姚雪垠約稿，但這是正常的工作關係，說不上什麼「聯盟」。我和李蕤的關係倒真的很密切，他借用古人的話誇讚我：「千人之諾諾，不如一士之諤諤」，這當然就成了吹捧、勾結的證據。說到反黨事實，一是說我們把持刊物，大放毒草；二是說李蕤支持我反對市委領導。李蕤是主持編務的副主編，我是評論組負責人，我們的日常工作都成了「密謀」、「策劃」，我們約來發表的文章都成了毒草，這在當時是無法也無須辯駁的。

關於反市委領導的事，與我的一段經歷有關。簡單地說：1952年文藝整風時，我曾批評過一個自以為精通文藝的地方長官，為此而在反胡風運動中挨了整。李蕤瞭解此事，同情並支持我寫文章，通過這件事批評教條主義和官僚主義。於是我就寫文章給《文藝報》，指名道姓的批評那位長官。與

此同時，我和李蕤都認為這長官的另外幾部作品也不成功，其中有的在北京演出時受到過老舍和張光年的批評，為什麼在武漢就批評不得？在整風中，我們把這些都提出來了，不想竟成了最嚴重的反黨罪行，與此事有牽連的劉若、盧丹以及江雲、吳丈蜀等也都劃為「右派」，並且受了最嚴重的處分。

當時全作協武漢分會共有48人，業務幹部不足40人，劃了10個「右派，占25％。《長江文藝》17人，右派7人，超過了40％，其中有些人的落網與李蕤和我有關，如李蕤的夫人宋秀玉和美術編輯張簡。李蕤的劃右，關鍵不在於黑丁。當時黑丁還向市委建議：對李蕤、姚雪垠這樣有影響的作家，是否慎重些，不急於給他們戴帽子。事實上，黑丁當時並不能完全左右作協武漢分會的運動，上面和下面的「左派」和市委派來的幾位女將起了很大作用，也正因為這樣，作協武漢分會才成了反右派鬥爭的重災區。

至於我個人的問題，還有寫文章支持秦兆陽並點名批評張光年，公開為胡風翻案，認為判胡風為反革命證據不足，說胡風反馬克思主義論據不足等等。可是，在給我看的結論中，這些都沒有寫進去。可見他們只注意維護有權勢的頂頭上司，而對其他方面特別是理論問題並不感興趣。

整個「反右」過程中，我的思想一直處於混亂矛盾狀態。但也有一個中心：這是為什麼？——為什麼原先千方百計地鼓動大鳴大放，現在又這樣討伐鳴放者？為什麼原先傳達的講話與後來公開發表的那樣不同？為什麼《人民日報》前後的社論那樣自相矛盾？為什麼一些人原先對我的文章和發言拍手叫好，而現在又揮拳咒罵？為什麼？到底是為什麼？

最後處理來得很突然，1958年5月10日，宣布處理決定，我最重：開除公職，送沙洋勞動教養，而且明早就走。一下子，我如同墜入了萬丈深淵，腦子裡一片空白。當晚一夜未成眠，千頭萬緒不知想些什麼。第二天一早，我開口第一句話就是「不講信義，出爾反爾，政治流氓！」這是從我的紛亂思緒中迸發出的心底的呼喊。我已經絕望，在和一批刑事犯一起乘船被押往沙洋的途中，夜晚我想跳進漢江了結這一切，可艙門緊閉又有員警。轉念一想，我才二十六歲，為了家人也為了弄清這一切，我要活著看結局！

那以後是三年勞教，兩年多打零工，十五年代課教師，以及「文革」中的批鬥、抄家、關押、戴高帽遊街、拖煤、掃廁所等等。生活上的窮困和肉體上的摧殘，並沒有把我打倒，因為精神上不匱乏，更有外界給予的溫暖和支持。我是懷著感激的心情想到這一點的，我要感謝那些關心過我、在精神

上給我以支持的人們，他們是老領導辛甫、余英、林立、巴南崗、黃居易、程雲、莎萊、韓柏村，還有華煜卿、吳奚如、張肇銘、龔嘯嵐幾位老人，四十中和武漢一師的領導和老師們。特別是這兩個學校的我的學生們，我要在這裡鄭重地向他們說一聲：謝謝！——是他們使我意識到我還有人的價值和人的尊嚴，是他們那坦誠的目光和親切的聲音溫暖了我的心，堅定了我更好地活下去的信念。

我發現，多數人並沒有把我們看成所謂的「不齒於人類的狗屎」。我所認識的「右派」全都不服氣，都想翻案。這說明，反右鬥爭不得人心；是「反右」的「勝利」帶來了「大躍進」和「文革」，這一點已經很清楚。

回過頭來往上推，也可以看得很清楚，反右鬥爭正是以往那些「左」的批判運動的延續和結果。這是一條大批判的系列：三十年代批魯迅，四十年代批王實味，五十年代批俞平伯、胡適、胡風到「反右」，這就是一連串的向左轉，最終走到了「文革」。真的是三個向左轉等於向右轉，回到了專制主義和蒙昧主義的老路。這個「左」的傳統，是反對五四傳統、反對魯迅精神的。

回顧這段歷史，自然會聯想到「五四」和魯迅。1956-1957年的「鳴放」是五四精神的迴光返照，是一次夭折了的思想解放運動。「五四」——「鳴放」——改革開放，這是新文化的傳統，現代化的傳統。應該理直氣壯地把「科學與民主」、「啟蒙」、「立人」、「個性解放」的旗幟與「現代化」的旗幟一起高高舉起。

1999年7月

被劃為「右派」42週年於武昌東湖

載《今日名流》1999年12月號

1957年，李蕤和我

　　一切都很清楚，好像就是昨天的事情。我沒有忘記，李蕤同志生前也沒有忘記，我們曾在一起追憶那段時光——

　　五十年代中期，特別是1956—1957年間，那是我們生命中最有活力、最富自由創造精神也最值得追憶的時期之一。李蕤同志的性格、人品、才能，他從魯迅那裡繼承來的青年導師的精神風貌，在這個時期都有充分的表現。也正是在這個時期，我和他的交往最深，從他那裡得到的關懷、愛護、鼓舞和教誨也最多。不幸的是，後來的歷史被扭曲了，一切都顛倒了，即使是到了四十年後的今天，也並沒有全部澄清。如今，李蕤同志已經離去，我也老了，我不能把這些清晰的記憶忘卻或帶走，為了逝者也為了生者，我應該說出當年的真實。

　　這要從1956年的秋天說起。有人把這一年秋天稱為」多事之秋」，那是因為蘇共二十大的召開，赫魯雪夫揭露了史達林的罪行，反對個人崇拜；接著，又有匈牙利事件和波蘭的工人運動等等。我和周圍的朋友們當然也注意到了這些，不過並沒有感到什麼壓力，也沒有什麼憂慮。相反地，我們感到這是一個美好的秋天，秋高氣爽，氣候怡人，正是學習創造的大好時節，因為在這前後有太多令人興奮喜悅的事情發生。先是年初周恩來總理的《關於知識份子問題》的報告，接著又是陸定一傳達毛澤東提出的「百花齊放，百家爭鳴」方針，然後又是中共第八次代表大會的召開，宣布「革命的暴風雨時期已經過去」，開始轉軌經濟建設。八大會議還表示同意並支持蘇共二十大的精神，反對個人崇拜和官僚主義，強調民主與法治。大的形勢如此，文藝界的形勢同樣令人鼓舞。先是《文藝報》譯載了蘇聯《共產黨人》雜誌的專論《關於文學藝術中的典型問題》，號召反對教條主義，反對庸俗社會學，這在中國文藝界引起強烈反響。中國作協召開理事會，提出了類似問題，並強調「培養新生力量」。作協和共青團中央還聯合召開了「青年文學創作會議」，發出鼓舞人心的號召：「前進，文學新軍！」——這一切，對

於一向關心青年的李蕤來說，都是令人振奮的喜訊。而且還有，這一年的春夏之交，作協武漢分會召開了第一次會員代表大會，原中南六省兩市（湖北、湖南、河南、江西、廣東、廣西和武漢、廣州）的作家聚集一堂，交流思想，研究創作，會議開得熱烈而又融洽。大家對未來充滿信心，誰也沒有想到會有什麼風雲突變。

那個時候，李蕤是中國作家協會武漢分會的副主席、《長江文藝》的副主編。主編是于黑丁，他既是作協主席，又是市委文教部副部長，沒有把主要精力放在編輯部。編輯部主任王淑耘體弱多病，常常請假。於是，刊物的主要領導工作就落到了副主編李蕤的肩上。他本來就分工管評論欄，而這時評論組長劉岱赴京學習，由我代理組長職務。這樣很自然地，我就在李蕤的直接領導下開展工作，因而接觸頻繁，關係密切。後來的「反黨聯盟」一說，就與此有關。

當時，李蕤在編輯部，在作協，在武漢地區文學界，特別是青年文學工作者中間，都享有很高的威望。我們敬重他，信賴他，願意多和他接近，不是因為他的地位和職務，而是因為他的思想作風，他的為人。當年的李蕤使人感到形象高大而又可敬可親，是由於他的平民氣質，他的樸素、誠摯。他堅持己見而從不以勢壓人，他尊重別人的意見而又不隨波逐流。有了分歧，他總是以平等的、誠懇的態度與人商討乃至爭辯；即或不能取得一致，也依然互相尊重。在我的記憶中，李蕤從沒有發過脾氣，沒有訓過人。他對年輕人親切耐心有如師長；平等坦率有如朋友，許多年輕文學工作者和他保持著這種師友之間的關係，大家覺得他對青年人的這種關懷愛護，是從魯迅那裡來的，有魯迅先生的遺風。

在編輯工作上，李蕤一向堅持「五四」傳統，所以能夠切實貫徹「百花齊放，百家爭鳴」的方針。秦兆陽的《現實主義──廣闊的道路》一文發表後，在文藝界引起強烈的反響，贊成和反對之聲一時並起，討論非常熱烈。我和周勃、葉櫓、鄭秀梓等許多年輕人都站在秦兆陽一邊，堅決反對教條主義。李蕤一向反對教條主義，這一次卻不贊成秦兆陽的觀點而同意張光年對秦兆陽的批評。他認為，教條主義應該反對，強調馬克思主義世界觀和社會主義精神也是必要的、正確的，「社會主義現實主義」的旗幟是不能丟的。用今天的話說，他的觀點是偏於正統的、保守的，或者說有些左。他一面寫文章闡述自己的觀點，同時鼓勵並支持我們也寫文章發表我們的看法，在

《長江文藝》上展開討論。當時，全國八大文藝期刊（《文藝報》《人民文學》及六大區的六個文藝月刊）共發表有關現實主義的討論文章三十多篇，《長江文藝》上就有五篇。在這個過程中，他一面在理論上同我們爭論，同時又支持並保護我們發表不同意見的權利。這種精神，這種作法，後來竟被指責為「虛偽」、「故意放毒」。

1957年春天毛澤東在最高國務會議和宣傳工作會議的兩次講話，把知識份子從乍暖還寒的「早春」，帶到了百花齊放的濃春季節。在這個過程中，李蕤表現得非常積極。他既不同於那些慣於搞運動的黨政官員和左派文人的心懷牴觸，也不同於一般黨外人士的懷疑躊躇。他平日就是一面表明自己是個尚不夠黨員標準的黨外人士，同時又時時處處以黨員標準要求自己，以「自己人」的身份自處，所以有人說他是個「黨外的布爾什維克」。聽了毛澤東兩次講話的傳達以後，他和我們一樣，真的為毛澤東的胸襟、氣魄、目光、智慧所傾倒，以有這樣的領袖而感到幸福自豪，因而對未來充滿希望和信心。那感覺就像他常說的「如坐春風」。

當時他對編輯部的工作管得很具體，從組稿、審稿、改稿到最後發排，他都和大家一起商量著做。他常到編輯部來，我們也常到他家裡去請示工作、研究問題和談個人思想生活上的情況。他和編輯部的多數人的關係都很融洽。這個時期，編輯部變得熱氣騰騰，沒有了上下班之分，晚間也常常燈火通明，總有人在寫作、改稿，或研究問題。大家好像沒有了其他的業餘生活，因為時時處處都在談論文藝問題，談論「雙百」方針，談論反教條主義、官僚主義的問題。編前會的內容和開法也變了，常常超越具體稿件的取捨而討論起重大學術問題和形勢問題。因為李蕤不僅很重視學術問題，而且很重視編輯人員素質的提高，所以編前會上常常涉及批評標準和思想方法方面的問題。他既堅持己見又尊重別人的作風，常常導致無休止的爭論，使得會議開得很長。對此雖有人抱怨，更多的人則興致勃勃。在那段時間裡，我們感到要研究的問題太多了，要吸取的東西太多了，要發表的意見太多了，時間不夠用而精力用不完。表面上看，那似乎是「五四」以後的又一個思想解放運動、又一個文藝復興的開端。當時人們的精神狀態是幸福喜悅、積極健康的，即使是對缺點錯誤的批評，即使是過頭話，也是從美好的願望出發的。如魯迅所說，「能殺才能生，能憎才能愛，能生能愛，才能文」，當時「鳴」「放」出來的東西，大都是積極的，善意的。——不幸的是，歷史

突然被逆轉，這一切都被塗改得面目全非，都成了「惡毒誣衊」、「猖狂進攻」！

正是李蕤直接領導的這段時間，《長江文藝》有了新的面貌，改變了以往那種「四平八穩」的老樣子，變得有生氣有個性了。李蕤是真心在貫徹「雙百」方針，要求我們認真領會毛澤東講話的精神，瞭解全國文藝形勢，同時又有自己的主張和態度，這樣刊物才能體現編者的意圖。在這一時期內，《長江文藝》有比較明確的傾向和比較集中的話題，他將此比喻為行船時「槳要向一個方向划」。後來，我在執行他的指示時，又借用胡風的話，說雜文的選題要集中，像「集束手榴彈」。當然後來這一切都成了「罪狀」，都成了李蕤「指使」我並和我一起「把持」刊物評論欄的罪證。不過事實畢竟是事實，今天回過頭去看1956-1957年間的《長江文藝》，白紙黑字俱在，一些在全國產生影響的作品，如公劉、未央、劉真的小說，海默的電影劇本，公劉、白樺、韋其麟的詩，徐懋庸、宋謀瑒和李蕤本人的雜文，還有上面提到的關於現實主義問題的論文，都是這個時期發表的。真正實事求是的史書和志書，將會對這一切作出公平的記載。

實際上，李蕤和我的被打成右派，根本原因並不是以上所說的刊物的方向和面貌問題，而是人事關係。說到人事關係，也不像當時有些人所說的那樣，是李蕤拉一批人，組成了另一個中心，以與當時的正主席、正主編于黑丁抗衡並妄圖取而代之。事實是，在反右鬥爭開始以前，李蕤和黑丁的關係並不那麼緊張。他們原是三十年代的老朋友，李蕤能到中南來擔任文藝領導工作，與黑丁的努力是分不開的。後來他們之間有分歧是事實，但那不是「權力之爭」「宗派鬥爭」，而是思想作風和理論觀點的不同，而且多半與二人的身份與性格有關。李蕤雖是副主席，副主編，但他從不以官員、領導自居，始終不脫書生本色。特別是，他與上層很少聯繫，對人對事有自己的主見，很少瞻前顧後，模棱兩可。而黑丁則不同，多年的黨內鬥爭和官場生活，造成了他性格中的矛盾，在許多問題上不能不考慮上峰意圖和領導威信，因而免不了言不由衷甚至違心行事。李蕤既不滿意這些，又理解他的難處，所以在整風中並沒有正面指責黑丁，有時在我們面前還幫他說話。對此我很不滿意，曾指責李蕤軟弱，顧慮太多。事實上，就是在整風、鳴放期間，李蕤與黑丁之間有分歧有矛盾，也依然是老朋友。我曾幾次參與他們二人的談話。有一次，在李蕤家裡閒談，說到北京、上海準備辦同人刊物的問

題，我意外地發現，他們二人好像互換了位置：李蕤顯得原則性很強，認為辦同人刊物不符合社會主義原則，不符合時代精神，是走回頭路。黑丁卻很開明，贊成辦同仁刊物，理由是，現在這樣的官辦刊物被當成了一種職業，而不是自己的事業，因而缺乏獻身精神、創造精神，所以很難辦好。這表現了黑丁身上的左聯老作家的自由精神和李蕤當時追求進步的「左」的一面。後來，《文藝報》發表了於晴的《文藝批評的歧路》一文，指名批評周揚，李蕤和我們幾個年輕人都很讚賞，黑丁卻不以為然，說作者是陳企霞培養出來的打手，今天打這邊，明天打那邊。李蕤則認為，不管誰培養的，也不管批評的是誰，關鍵要看他批評得對不對，有沒有道理。在這裡又分別表現出他們的另一面。可見，他們之間的關係決沒有到誓不兩立、你死我活的地步，——到了七十年代和八十年代，黑丁曾和我談到過當年的事，為反右所造成的傷害深感痛心，說當時決沒有想到會有這麼嚴重的後果。談到李蕤，他說他當時曾向市委提出，對李蕤、姚雪垠這樣有影響的作家，是否慎重一些，不要急於給他們戴右派帽子。韓柏村（當時的作協秘書長、黨組副書記）後來也和我談過，說確有此事。這可以從黑丁對我的態度上得到印證。1962年黑丁離開武漢赴廣州時，曾和我長談了一次，說當年我們的馬克思主義水準都不高，都有錯誤，要接受教訓，勉勵我繼續前進。並說，他已向韓柏村交代，等我摘掉右派帽子後，設法為我安排工作。到了1976年，黑丁已完全重新看待1957年那場運動了，他一再表示痛心、內疚。由此可見，黑丁的話是可信的。

那麼，李蕤為什麼被打成右派呢？看看那些批判材料就明白了——李蕤以及與他有牽連的我和江雲等武漢文藝界一批人，都犯了一個「嚴重錯誤」，就是「抽象的看黨」——當年周揚就是這樣批評胡風的。按他的說法，黨是具體人組成的，黨的領導當然落實在具體人身上，因而反對具體領導人就是反黨。李蕤就是觸犯了比黑丁更重要的武漢市領導人。

說到李蕤和我的關係，除工作中的上下級關係，我們之間一直保持著前面所說的那種師友之間的關係。我把他看作老師，所以敬重他，聽從他的教誨；看成是朋友，所以能平等相待。相互間也常有不同意見的爭論，在理論觀點上，當年我們就有分歧，後來，特別是到了七八十年代，我們的分歧就更大了。當年他對我有讚揚、鼓勵，也有不滿和批評。在工作上和個人思想作風上，他對我有過不少批評勸導，而這些，當年的批判者是不會提及的。

他們指責我們互相吹捧，因為我說李蕤愛護青年像當年的魯迅；李蕤說我有骨氣，還說「千夫之諾諾，不如一士之諤諤」。說到這裡，我認為應該把不同性質的問題區別開來：當年我在李蕤領導下和他所做的工作，我們的動機和所持觀點，今天看起來依然是無可指責的。但是，說到我個人當年的種種表現，特別是態度言辭方面，確實有許多應該受到批評指責的地方。這主要指對待黑丁的態度和言辭。我尊重黑丁，同樣以師長視之。但在批評他的時候確有尖刻不敬之處。為此李蕤批評過我，而我當時並沒有充分重視。我的偏激態度和過火言辭，既傷害過黑丁，也使李蕤受到牽累，至今想起來，不能不生愧疚之情。

然而，總起來說，1957年，李蕤和我，都曾經真誠地、滿懷希望地付出過心血和勞動，參與了那場剛剛開始就夭折了的思想解放、文藝復興運動，至今無愧無悔。

1999年元月9日於武漢東湖

一個青年文學編輯的遭遇

　　如果不是「百花齊放、百家爭鳴」方針的進一步貫徹，我的有些話還是不敢說的。

　　現在，到了「打開窗戶說亮話」的時候了。我想通過我的切身感受，來談談文學期刊編輯和青年理論工作者的苦悶。文學批評隊伍為什麼越打越少，越打越弱？原因可能很多，這裡，我只想從自己這幾年的曲折經歷中，揭示出眾多原因中的一個重要原因。

　　從1950年到現在，我一直作著文藝刊物的編輯工作，在工作中，也學著寫一些理論批評文章。編刊物，寫批評文章，總免不了要提出自己對文藝作品和文藝問題的看法，而這些看法，也不可能與領導者的意見毫無出入，絲絲入扣。於是，我，以及我周圍的一些同樣年輕的同志，就都成了「叛逆」，在以後的歷次運動中，我們都是不平靜的。幾年來，我們頭上戴滿了各式各樣的帽子，輕者是「驕傲自大，目空一切」，「標新立異」，重者是「反組織」、「反領導」，以至「反革命」。

　　為什麼呢？請看下面的事實：

　　1952年底，李季同志（那時他還在武漢工作）向我們傳達了喬木同志和林默涵同志的關於文藝工作的報告，我和周圍的幾個年輕同志，根據報告的精神，研究了我們兩年來的工作，檢查了我們思想上、工作上有悖於黨的文藝方針的地方。就在這個時候，我們向領導提出了一些意見，要求改進武漢市的文藝工作。我們的意見，主要是針對李爾重同志關於城市文藝工作的指示和報告中的一些具體論點。

　　李爾重同志要求「城市文藝為生產、為工人服務」，而「為生產服務」，就必須力求「結合生產」，「表現生產，支持生產」。怎樣「表現生產，支持生產」呢？就是要「把生產的人和工具搬上舞臺，把這個過程（按：指生產過程）表演一番」。藝術作品的好壞要看是否「從生產過程上，具體解決問題的」，而且，藝術品的優劣，還要看所表現的生產是否

高級，因為「高級的生產，需要高級的藝術思想與形式」。李爾重同志還提出，要建設「結合生產」、「為生產服務」的「人民文藝」，就必須提倡工人「自寫、自編、自導、自演」，而且越是演本廠的事，就越能結合生產。工人不但不能演《兄妹開荒》——因為那是「另一個世界的生活」，而且提出：「郵局就不要演工廠的事」。這不是對工廠宣傳鼓動工作的要求，而是對城市文藝工作的要求。這些理論，在實際工作中起了很大的支配作用（以上引文均見李爾重同志在第二次文代會和武漢市工人戲劇觀摩匯演大會上的報告和發言，載《武漢市工人文藝運動》、《工人戲劇觀摩匯演》兩書）。

當時，我們根據自己僅有的一點文藝常識，對這些指示提出了不同意見，並在文藝整風中，要求作為市文聯主席的李爾重同志糾正這些觀點。但是李爾重同志沒有和我們見面，別的領導者把我們訓了一通，說我們「太妄」。此後不久，武漢市舉行了第二次工人文藝會演，我們這些年輕人以評委身份參加了這一工作。會演中出現了一些好節目，但也出現了許多實踐上述李爾重同志的指示的節目：鍋爐、織布機等等都搬上了舞臺，在牆上掛著「通過文藝形式介紹生產竅門」的標語的劇場內，充滿了刺鼻的煙味和卡卡嚓嚓的機器聲。眾人看了說這種劇碼是「外行看不懂，內行不願看」。針對這種情況，我和另外幾個同志寫了文章，除肯定會演成績外，也批評了這種表演過程的傾向，並把這種傾向與領導思想聯繫起來。

從來沒有人正面和我們討論過這些問題，也從來沒有人直接批評我們的論點，而是送來了一批帽子：「反對黨的領導」啊，「小資產階級企圖篡奪黨的領導權」啊，等等。於是，我們不敢說話了，問題討論不下去了，寫好了的文章也再不能發表了。

事情過去了，漸漸地我也把它忘記了。1954年初我到了《長江文藝》編輯部，負責評論工作，兼看一些劇本。1955年初，李爾重同志的劇本《301部令》（即《揚子江邊》）送到了編輯部。《揚子江邊》在話劇會演中引起了爭論，老舍和張光年同志對它提出了批評。雖然這批評在武漢文藝界一些領導者中引起了「危險」的呼聲，但至少可以說明，這個劇本是可以批評的。但是，在話劇會演之前，劇本在《長江文藝》編輯部時，作為編輯，我就提出過自己的看法，我當時也無非說它「有圖解的嫌疑」，不料，這意見卻成了以後的「禍端」。去年，《長江文藝》要發表推薦《揚子江邊》的文章，我不同意，但懾於領導的「威力」，也不得不咬著牙在稿簽上寫了「同

意」二字。

1955年6月，李爾重同志寫了一篇短文：《關於業餘寫作答李汗同志》（見《長江文藝》1955年7月號），這文章是我處理的，自然要提出自己對它的看法。於是我就在稿簽上寫道：「把藝術創作過程生硬地劃為幾段，把藝術異於一般工作的地方歸結為「形象」和「詞彙」，這種提法有導致圖解的危險。」稿簽上的這些意見，原只是為了內部研究討論，再荒謬，也是允許的。可是，這意見也成了罪狀。

把這幾件事聯繫在一起，我就成了「一貫反對黨的領導」、「反對黨的文藝方針」，並且說，李爾重同志的理論和創作都是代表黨的，批評他，就是「反對毛主席的文藝方向，完全和張中曉一樣，對黨的領導，對毛主席有刻骨仇恨」。

這真是黑天冤枉！我只是說了那麼一點點對文藝問題的看法，而且是從自己對黨的文藝方針的膚淺理解出發的。這裡面既未涉及到李爾重同志本身，也未涉及他在其他方面的領導工作。但是，既然你碰了領導，碰了「權威」，就再沒有你說話的餘地了；因此，我和另外幾個年輕同志受到了「殘酷鬥爭，無情批判」。

這一切都過去了，反過頭來看看，真有點啼笑皆非。李爾重同志那套「理論」，白紙黑字擺在那裡，有目共睹，說它是「庸俗社會學」，也不確切，因為那裡面社會學就不多，不要給它扣什麼帽子。但至少可以看出，這種「文藝理論」同馬克思主義文藝科學和黨的文藝方針相差真有十萬八千里。可是，這種「理論」幾年來卻一直被視為「黨的文藝方針」，今天還有人在那裡解釋：解放初期需要那樣提問題，不能不顧歷史條件。我重讀了15年前發表的毛主席《在延安文藝座談會上的講話》和29年前問世的魯迅的《文藝與革命》，發覺李爾重同志的那套「理論」與它們都不相干。然而不幸的是，就因為我觸犯了這種「理論」，被打得幾年抬不起頭來！

我不是在這兒訴苦，我只是想通過我的這些遭遇，說明為什麼一些年輕的同志不敢、不願再搞理論批評了。我自己從事編輯工作六七年，也在不斷學習，希望對黨的文藝事業能有一點微小的貢獻。但是，「一朝被蛇咬，三年怕草繩」，現在我們都不敢輕易提出自己對問題的看法。我對社會主義現實主義還有一些看法，但在我那篇文章裡並沒有寫出來。有自己的見解，只好幾個人在私下裡談談而不見諸文字，就是寫，也只是寫些「查無實據」的

雜文。在編輯工作中，也謹慎萬分，有時在稿簽上只寫一些「還不錯」，「提出研究」之類的含混不清的意見，有時寫了比較具體的意見，事後也急急忙忙把稿簽撕毀，唯恐日後又變成罪狀。我們不甘於作那種終日「等因奉此」的木偶，所以很苦悶。

編輯工作，文藝批評工作，都是最富於創造性的思想工作，不通過自己的大腦，一味地哼哼哈哈，人云亦云，是永遠不會把工作做好的。遺憾的是，我們有些領導同志，就喜歡「聽話」的人，把「聽」當成「黨性強」、「組織紀律性強」。反之，如果你敢於提出那怕是正確的意見，但與領導的看法不同，那就是「反領導」，「反領導」就是「反黨」，而「反黨」，也就與「反革命」差不多了。在這種編輯方式的壓力之下，有些人就只得做聽話的應聲蟲。而「應聲蟲」作編輯，寫批評文章，又怎能有個性、有風格、有自己獨立的見解呢？能有的，只是一些四平八穩的教條，一些「今天天氣哈哈哈」之類的玩意兒。

黨的精神鼓舞我，讓我挺起了胸，抬起了頭，說了這些話。但說這些的目的並不是為了訴苦，而是想通過我的親身經歷，說明一些領導者的思想和作法，在阻礙著文藝批評的正常開展，影響著文藝刊物的「個性解放」。至少，這種情況在武漢市並未完全改變，批評者、編輯者的思想、性格還不能解放，文藝批評和刊物自然不可能變得生氣勃勃。

希望那些喜歡別人「聽話」的領導者，廣開言路，樂於聽取逆耳之言，只有如此，才能「解除文藝批評的百般顧慮」，才能使文藝刊物「個性解放」！

（載《文藝報》1957年6月30日第13期）

現實主義還是教條主義

──評一九五八年對何直、周勃的批判

歷史是無情的，真理是樸素的。

二十三年過去了，今天重讀何直（秦兆陽）同志的《現實主義──廣闊的道路》和周勃同志的《論現實主義及其在社會主義時代的發展》兩文，真是百感交集，別有一番滋味在心頭。

近一時期來，文藝思想空前活躍，形勢確實喜人。但是，在欣慰振奮之餘，不能不承認，我們的文藝工作還遠遠趕不上大轉變中的客觀形勢。而束縛作家思想的，佔據某些領導和批評家的頭腦的，還在影響著部分讀者觀眾的欣賞習慣的，一句話，阻礙文藝事業進一步繁榮的，主要還是二十多年前秦兆陽等同志提出的那些現象，那些問題。因此，舊事重提，重新看待對他們的那場批判運動，繼續討論他們提出的那些問題，有利於正本清源，總結教訓，掃除障礙，更好地前進。

二十多年過去了，痛定思痛，我們應該有勇氣、有誠意，開展真正的「百家爭鳴」。

一

《現實主義──廣闊的道路》一文發表後，反映是強烈的，許多同志紛紛寫文章，對一些問題進行同志式的討論。可是，後來風一變，棍子、帽子劈頭蓋腦而來，百家爭鳴變成了討伐運動。當時，就有這麼一些批判文章，道理不多，公式不少，不作具體分析，他們製造的那些個公式又都是很嚇人的，諸如：批評文藝理論上的教條主義＝反對馬列主義；指出文藝組織領導工作的問題＝反對黨的領導；批評「社會主義現實主義」定義＝否定社會主義文學；提倡寫真實＝揭露社會主義的陰暗面；承認和研究作家世界觀與創作方法的矛盾＝否定馬列主義世界觀的作用……。就是用這樣一些邏輯公式的繩索，把秦兆陽同志五花大綁，推出來示眾。有的文章一開始就宣布秦兆

陽同志的論文「是在反教條主義的幌子下，攻擊文學上的馬克思主義的根本原則」，「是一個系統的修正主義的文藝綱領」（林默涵：《現實主義還是修正主義》，見上海文藝出版社《社會主義現實主義論文集》第二集。以下所引批判文章原文均同此）。大學畢業後進入文藝界剛半年的周勃同志，在1956年12月號《長江文藝》上發表的《論現實主義及其在社會主義時代的發展》，也被判為「綱領性」文章，成了第二號靶子。學術問題成了政治問題，他們就都成了「修正主義分子。

二十多年的實踐證明，那種針對學術問題開展的討伐式的批判，實在是害多利少。這種「左」的做法既違背黨的方針，破壞黨的傳統，又擾亂了我們的隊伍，傷害了我們的同志，後果是嚴重地。在進一步批判林彪、「四人幫」極左路線時，有必要回顧一下二十多年前的那場鬥爭，實事求是地總結經驗教訓，以避免那樣的悲劇重演。

難道不是悲劇嗎？用自己手製的棍子傷害了自己的同志，這已經是悲劇了；更可悲的是，後來這些棍子又被「四人幫」一夥所利用並加以發展，橫掃文壇，打傷、打死了我們多少好同志──包括當年揮過棍子和挨過棍子的！到了今天，應該有勇氣、有誠意面對事實，接受教訓了。事實是這樣的清楚明白，譬如：被「四人幫」當做兇器、刑具使用的「黑八論」之類的東西，並不都是他們首創的，而大都是產生在「四人幫」出現以前的十年間，或更早一些時候。後來的「四人幫」出於其反動的政治目的，就乘著這股風，把七級大風變成十二級颱風，龍捲風，刮得個文壇冷落百花凋零一片淒涼！

請不要誤會，我決不是要把我們的同志和「四人幫」硬拉在一起。我是說，從思想上、理論上來看，我們隊伍中的「左」的傾向和四人幫那一套確有某些相似之處，確有一定的歷史聯繫和思想淵源。正因為這樣，至今還有人心有餘悸，不是怕「四人幫」，而是怕「黑八論」那類東西再飛舞起來打人。事實上也確實有人對它們頗有感情，捨不得丟掉。近兩年出現的某些作品稱之為「傷痕文學」、「暴露文學」、「批判現實主義」等名目，不是同樣有懾人的威力嗎？

列寧曾經指出「為瞭解社會科學問題──最可靠、最必須、最重要的就是不要忘記基本的歷史聯繫，考察每個問題都要看某種現象在歷史上怎樣產生，在發展中經過了那些階段並根據它的這種發展去考察這一事物現在是怎

樣的。」（《論國家》）

林彪、「四人幫」在文藝上的那套極左的東西，與十七年中存在的左傾教條主義有關，這已經十分清楚了。那麼，二十多年前對秦兆陽等同志的那場批判運動，難道就只有後果，沒有前因，是突然爆發的嗎？當然不是。我認為還應該向上追溯到五十年前；因為在我們的現代文學史上，就一直存在著現實主義與左傾教條主義的鬥爭。對秦兆陽等同志那場批判運動，正是這一鬥爭的一個重要發展階段。

二

秦兆陽等同志受到批判的突破口，就是歷史上多次糾纏的「兩個陳舊」的話題──寫真實，世界觀與創作方法的關係問題；其他一些罪名大都由此而來或與之有關。

事實上，秦兆陽、周勃同志都沒有提「寫真實」，只是強調生活真實、藝術真實，真實地反映生活等等。而批判者卻把一切強調真實的提法統統與「寫真實」劃了等號，於是秦兆陽、周勃同志就成了「寫真實」的宣揚者了。這個作為判罪根據的「寫真實」又錯在哪裡呢？一曰這是胡風說的；二曰「寫真實」就是寫「陰暗面」；三曰提倡「寫真實」就是取消文藝的階級性，否認世界觀的作用。

胡風是提倡過「「寫真實」。可是在胡風之前史達林就向作家提出了這一要求；而在更早以前，馬克思、恩格斯、列寧以及魯迅，在談到藝術創作和現實主義時，都把真實性問題放在重要的核心地位。這本來是常識，怎能抓住胡風說過這句話，便「以人廢言」，用這種不高明的株連法解決理論問題呢？其次，秦兆陽、周勃同志並沒有說寫「真實」就是寫「陰暗面」。當時是有人談到作家要關心人民疾苦，反對粉飾生活，卻並沒有把「真實」與「陰暗」劃上等號。把這兩個概念完全等同起來的，正是那些批判文章。我們有些同志善於不講道理地用「實質上」、「實際上」、「應讀作」、「即」或者乾脆用括弧，把不同甚至相反的概念混同、互換，用以構成人的罪狀。

秦兆陽同志在文章的第四節中熱情地歌頌我們的時代，我們的人民；為我們的文學沒有寫出我們時代的夏伯陽、郭如鶴、諸葛亮那樣的藝術典型而

慨歎，為我們沒有寫出真正的光明、真實的英雄形象而焦慮。可見，他說的「真實」，包裹了光明與黑暗，「傑出的英雄和出奇的壞蛋」。為什麼要歪曲原意，硬把「真實」與「陰暗」等同，而把「虛假」留給光明呢？讓我們冷靜地客觀地回頭看一看：在這三十年的征途上，我們留下了幾座真正的英雄造象？到底是《在橋樑工地上》等寫新與舊、光明與黑暗搏鬥的作品真實、有思想性，還是那種「高大全」的撒謊文學、造神文學真實、有思想性？哪一種作品能使人民驚醒起來，感奮起來，哪些作品被人民鄙棄或使人民愚昧下去，不是已經很清楚了嗎？

　　至於說真實的階級性問題，也像真理階級性問題一樣，一直被攪得混亂不堪。其實，問題本身並不那麼複雜：進步的、革命的、無產階級的藝術的階級性、思想性和真實性相一致並寓於真實性之中；而一切沒落的反動的階級無不害怕真實，他們的思想和藝術必然違背、歪曲真實，這本來是十分清楚的。可是，有的人偏要批判，並從「不同的人對同一事物會有不同看法」，推論出「各階級有各階級的真實」。這好像很合乎常識，而常識卻不一定都合乎科學。從科學的意義上講，這裡所說的「真實」是指對客觀事物及其本質的如實地、正確地反映，而不是指那些表面的、局部的、孤立的事實。否認真實的客觀內容和客觀標準，就如同否認真理的客觀內容和客觀標準一樣，會導致「公說公有理，婆說婆有理」的結論，——既然各階級有各階級的真實，那就是說，各階級都能如實地正確地反映現實，因而各階級的思想、世界觀都同樣具有客觀真理性。這樣一來，「階級性」倒是無所不在了，而所有一切階級的思想、世界觀也都可以平起平坐了。按照這種觀點，關於「天安門事件」的前後兩篇完全相反的報導起步都是真實的了？如果這樣，那麼請問：你的立場到哪裡去了？你怎麼能承認「四人幫」的虛假謊言為真實呢——當然不能這樣推論。這些同志的狹隘、過敏，是教條主義造成的。試比較一下：馬、恩、列、斯在談到「真實」、「真理」時，並沒有都加上「革命的」、「無產階級的這類定語，因為這是不言而喻的。相反，「四人幫」不是在什麼前面都加上「無產階級」、「社會主義」、「革命」、「紅色」一類的修飾語嗎？難道能說明他們階級立場堅定、黨性強嗎？心怯理虧，裝腔作勢罷了。

　　這應該是一種常識：在人類歷史上，只有無產階級、馬克思主義者才第一次公開地把階級立場與認識論聯繫起來，把黨性與認識論聯繫起來，把黨

性與認識的客觀、科學性統一起來。因為無產階級是最先進的階級，它的利益與整個社會發展規律是一致的，所以它不害怕真理；而且也只有它才能真正客觀地、如實地認識世界。而馬列主義本身就是客觀世界的本質和規律的反映，真實地反映了客觀現實，當然符合馬列主義；歪曲生活，離開真實，也就違背了馬列主義。

所以，對於馬列主義來說，認識的階級性和客觀性是一致的；對於現實主義藝術來說，作品的思想傾向和真實性是一致的。秦兆陽等同志正是從這兒提出問題，從社會主義的任務、無產階級作家的責任出發提出真實性的要求，這又錯在哪兒呢？由此可見，那種把「階級性」絕對化並使之與真實性對立起來的「左」的理論未必正確，而「寫真實」確實並沒有錯。

關於世界觀與創作方面的關係問題，許多同志早就有過詳盡精闢的論述，這裡我只重複一點：巴爾札克、托爾斯泰、曹雪芹等偉大作家之所以能真實地反映生活，是因為他們對待生活，對待藝術有著唯物主義和人道主義的思想，精神，態度，從而使他們走上了現實主義的道路。同時，他們也確有保皇主義，勿抗惡主義，封建主義等落後思想。這兩種思想傾向之間的矛盾（按照「世界觀是各種觀點的總和」的廣義說法），或者說是世界觀本身的矛盾（按照「世界觀主要指階級立場、政治觀點」的狹義說法）。反正，矛盾是無法否認的。事實上，大腦皮層的全部儲蓄都是渾然一色，鐵板一塊，從無發展變化的，只怕世界上還沒有這樣的人。

批判文章回避了這些，卻用一個三段論式進行推論：首先列出「資產階級文人和國內外新老修正主義者」的謬論，在宣布秦兆陽同志「實質上是否定世界觀對於創作方法的作用的」，接著把周勃、鄭秀梓同志以「追隨者」論處。於是，結論不說自明：他們都是修正主義份子。需要特別指出的是，第一，大前提中所舉「作家的世界觀愈反動，作品就愈好，就愈能反映客觀事實」的說法不知出自何處，至少國內未見有人這樣提，這個旁證來歷不明。第二，小前提在用「事實上」下斷語之前，先用「雖然在字面上不得不」九個字，輕輕地把秦兆陽同志肯定世界觀作用的正確觀點抹掉了。請看，秦兆陽同志等「反對馬列主義」「否定世界觀作用」的罪名就是這樣得出來的！

其實，真正的分歧在於；「世界觀是從哪兒來的，怎樣看待作家的藝術實踐（包括認識生活與反映生活）對世界觀的形成和發展的作用。

　　這又是一個常識性的問題。比如周勃同志說，作家「對生活的態度」會促使他「用現實生活的邏輯——巨大的生活形象中所體現的真理」去「戰勝」、「跨越」思想上的局限，「現實主義的真實性」有「巨大的抗毒作用」。這又有什麼可吃驚、可批判的呢？改造世界觀的願望，實踐的要求推動我們到生活中去；沸騰的生活，英雄的人民幫助我們改造了舊思想，——這不是普遍而又普遍的事實嗎？「生活、實踐的觀點，應該是認識論的首先和基本的觀點」（列寧），實踐是認識的源泉、認識的動力、認識的標準，離開了生活，取消了實踐，還談什麼「樹立無產階級世界觀」！這不是普通而又普通的馬列主義常識嗎？一些同志就是無視這最普遍的馬列主義常識，要求作家首先要有那個「具有決定意義」的世界觀。他們這種「首先」和「決定」與列寧的「首先」和「基本」的分歧，不正是唯心主義先驗論與唯物主義反映論的根本分歧麼？

　　他們所說的「馬列主義世界觀」就是書本上的理論，因為照他們的看法，生活中並沒有馬列主義和社會主義精神，作家的藝術實踐與改造思想無關。這樣，作家就只有一條路可走了：學習理論，圖解理論概念；到生活中去，不過是印證理論、收集材料而已。——理論批評工作中的教條主義，創作中的公式化概念化傾向就是從這兒來的。秦兆陽等同志正是為了反對這種教條主義傾向才強調生活、實踐的意義和作用的，怎麼能說他們反對馬列主義呢？難道重視學習馬列主義，就一定要把它當成靈丹妙藥、聖經教義嗎？為什麼要從一個極端出發，硬把人推入另一個極端，而不准大家走正確道路呢？

　　不幸的是，這種教條主義在林彪、「四人幫」控制下的十年間有了惡性的、畸型的發展，竟變成了宗教式的迷信。當時流行的那些「主題先行」「從路線出發」等等，難道與上述世界觀「先行」、「決定」論絲毫無關嗎？

　　「四人幫」的那一套「幫八股」已被人們唾棄，而這種由來已久的左傾教條主義依然存在，還有影響。所以有必要對照二十多年的教訓，追溯五十年前的歷史，認真研究一下秦兆陽同志的意見，提倡現實主義，反對教條主義。

三

那麼，什麼是現實主義呢？秦兆陽同志明確提出了他的基本看法：現實主義的「基本大前提」──

> 它（現實主義）以嚴格地忠於現實，藝術地真實地反映現實，並反轉來影響現實為自己的任務。它是指人們在文學藝術實踐中對於現實和對於藝術本身的根本的態度和方法。這所謂根本的態度和方法，不是指人們的世界觀（雖然它被世界觀所影響所制約），而是指：人們在文學藝術創作的整個活動中，是以無限廣擴的客觀現實為物件，為依據，為源泉，並以影響現實為目的；而它的反映現實，又不是對於現實作機械的翻版，而是追求生活的真實和藝術的真實。

如果我理解得不錯的話，這段話包含有兩層意思：首先從兩個方面概括說明現實主義的基本內容和特點，──從藝術與現實的關係上強調客觀真實，這是現實主義的基礎；從作家與現實、與藝術的關係上提出作家的態度問題，這是現實主義的靈魂。然後，進一步補充說明這種特點，並劃清兩種界限：既區別於那種「從主觀願望和政治概念出發，簡單地用藝術圖解政治」的公式化概念化傾向，又區別於那種「對現實作機械的翻版」的自然主義傾向。

在這裡，秦兆陽同志突破了、跨越了當時流行的那種抽象籠統的現實主義理論，不僅肯定藝術創作的客觀基礎，而且重視了人的主觀作用，提出了作家的態度問題。在藝術實踐過程中，正因為有了作家的主觀能動作用，才使得藝術能夠「忠於現實」、「反映現實」、「影響現實」；否則，失去了作為實踐主體的作家的主觀能動作用，也就沒有了藝術實踐，哪裡還有什麼現實主義！所以，現實主義就是作家的這種「以現實為對象，為依據，為源泉」，使藝術能夠「忠於現實」「反映現實」、「影響現實」的積極態度，這種態度就正是唯物主義態度（或精神）在藝術實踐中的獨特體現。不解決這個態度問題，「藝術忠於現實」這一原則就會落空而成為沒有用的抽象教條。所以，現實主義既不是屬於觀念形態的世界觀，也不是離開人的主觀的

純粹表現方法，而是藝術實踐中主觀與客觀的矛盾統一關係的反映。

主客觀的這種關係，決不是像瓶子裝酒那樣，裝進去，倒出來，兩不相干，都無變化。在藝術實踐中，客觀的生活內容進入作家的頭腦，使他受感動、受教育，從而改變了、豐富了他的主觀世界。同時，作家把他的思想、信念、意志、感情和性格特徵等等溶入他的對象，從而改變了生活的原形。這種客觀進入主觀，主觀進入客觀的辯證轉化過程，不是被動的、冷靜的、機械的，而是充滿了矛盾鬥爭，充滿了是與非、愛與憎、歡樂與痛苦。那麼，是什麼觸發了、推動這個運動過程呢？當然是客觀現實，人就是現實的產物；但在具體的實踐中，則不能沒有作家的那種積極干預生活，認真進行創作的現實主義態度或精神。沒有這種態度或精神，沒有追求生活真實與藝術真實的熱情和力量，就沒有現實主義。有了這種熱情積極的生活態度和創作態度，有了這種忠於現實主義、實事求是的唯物主義精神，作家才能走上「最合理的藝術途徑」──遵循典型化的原則把複雜紛紜的現實生活集中地鎔鑄在作品裡。也正是在這個過程中，作家加深了、提高了他對人民、對社會、對歷史的認識，促使他的世界觀發生變化；這就是現實主義的力量。

在哲學中，在現實生活中，實踐──認識──實踐的不斷反覆，在改造客觀世界的過程中也改造了主觀世界，物質變精神、精神變物質──這一切都反映了思維與存在的同一性。沒有了主客觀對立統一，互相轉化的同一性，認識世界和改造世界都將成為不可能。這種最普遍的運動規律為什麼獨獨不存在於藝術實踐之中呢？列寧指出：「不僅從物質到意識的轉化是辯證的，而且從感覺到思想的轉化等等也是辯證的。」（《哲學筆記》）為什麼硬要把主觀與客觀一刀切斷，硬是不承認它們的辯證關係呢？要麼，世界觀決定一切，也就是主觀決定一切；要麼，主觀只能被動地、機械地接受，然後原封不動地反映出來。可見，違背了現實主義，也就違背了唯物主義和辯證法。

秦兆陽同志的那個兩百多字的「大前提」，全面地、概括地闡釋了現實主義與藝術實踐中主觀與客觀的辯證關係，堅持了辯證唯物主義，與唯心主義、形而上學劃清了界線。

實際上，這個「大前提」也可以說就是秦兆陽同志的整個論文的大前提；後面對「社會主義現實主義」定義和其他教條主義的批評，就是從這裡出發的。批判者沒有正面接觸這個「大前提」，卻集中力量去「保衛」社會

主義現實主義，肯定它與過去的現實主義有「根本的」和「本質的」區別。把秦兆陽同志的「大前提」和蘇聯作家協會的章程拿來一比就會發現，從創作方法本身難以找到「根本的區別」。於是批判者就避而不談「大前提」，卻莫須有地指責秦兆陽同志「把現實主義創作方法看成是一種彷彿同作家的思想立場沒有關係的純粹的表現手法」，繼之說這就是「否定世界觀對創作方法的作用和意義」，說秦兆陽同志就是「從這個觀點出發」，「很自然地抹煞了社會主義現實主義和過去的現實主義的本質區別」。──原來，創作方法的區別就在於世界觀！

歪曲了對方的論點再加以批判之後，又進一步正面論證。一開始就強調這種「本質的區別」首先在於「思想基礎」的不同，以及由此而來的作品的「主題」、「題材」的不同，然後質問說：「這難道不是顯然的區別嗎？這種區別，是由於兩種不同的作家所處的時代不同社會環境和他們的思想立場的差異而造成的。誰要看不到或者不願看到這種區別，誰就要犯錯誤！」那麼，到底有哪些「區別」呢？批判者列舉了一大堆：時代啊，環境啊，思想立場啊，主題啊，描寫對象啊，還有歌頌與暴露啊，肯定與否定啊，能不能指明出路啊，等等。──這一切，秦兆陽同志都談了，怎麼說「看不到或不願看到」呢？奇怪的是，他們說了這麼多「顯著的」區別，獨獨沒有創作方法的區別！

然而，正是在這裡，暴露出了他們和秦兆陽同志的真正的分歧：秦兆陽談的是藝術創作方法，他們談的是世界觀；秦兆陽同志認真地探索著，找不到這種「創作方法本身的區別」，批判者卻胸有成竹地反駁：世界觀的區別，不就是創作方法的區別嗎？───切的一切，都在世界觀！

還是世界觀「先行」、「決定」論。

到這裡，我覺得已經很清楚了：二十多年前的那場批判運動，在思想上、理論上的根本分歧，就是文學上的現實主義與教條主義的分歧。

四

這種分歧由來已久，回顧一下中國現代文學史，讀讀那幾次大論戰的有關文章，我們就會發現：1928年的「革命文學」之爭與1958年的對現實主義的批判，不論在思想觀點上還是態度方法上，都有許多相似之處。

　　批秦兆陽同志的論文的出現，決不是一個孤立的、或偶然的現象，而是無產階級革命文學歷史發展的必然，是在新的歷史條件對魯迅的現實主義傳統的繼承和發揚。什麼是魯迅的現實主義？半個多世紀以來有過各種各樣的解釋，我認為還是瞿秋白同志的闡釋最為中肯扼要。現在，就讓我們來比較一下瞿秋白同志的闡釋和秦兆陽同志的「大前提」。

　　瞿秋白同志在《魯迅雜感序言》中用了一節專談魯迅的「最清醒的現實主義」。他沒有用世界觀去代創作方法，也沒有把表現方法與創作方法混同。首先，結合對中國社會的分析，轉述了魯迅的《論睜了眼看》的基本觀點，集中批判「瞞」和「騙」的文學──強調藝術忠於現實的基本原則；然後提出了「態度」問題：魯迅那種「最熱烈最嚴正的人生態度」。在闡述了現實主義的這種基本內容之後，瞿秋白同志同樣批評了兩種錯誤傾向：「空城計式的誇張」──公式化概念化傾向，「超然的旁觀的所謂「科學」態度──自然主義傾向。最後，引出了魯迅那段名言：──取下假面，真誠地，深入地，大膽地看取人生並且寫出他的血和肉來。」──魯迅的觀點、瞿秋白的闡述、秦兆陽的「大前提」，那基本觀點和精神都多麼相似！

　　這種相似、一致，並不是偶然的巧合。真理是樸素的，樸素，就是本色，事物的本來面目。魯迅、瞿秋白和秦兆陽同志用不同的字句表達同樣的觀點，而這種觀點恰正是藝術實踐中主觀與客觀辯證統一關係的正確反映。同樣並非然巧合，1956年，馮雪峰同志針對當時那種不敢接觸作家主觀態度的邊子現實主義理論，強調指出：現實主義與其說是創作方法，不如說是創作精神，即鬥爭的、為改造社會而奮鬥的態度。僅僅說創作要忠於現實，創造典型等等，是不夠的。」當時，這一觀點也受到了嚴厲批判。對照一下魯迅、瞿秋白的意見，探討一下創作實踐，有什麼可以批的呢？反對「瞞」和「騙」，反對虛假，提倡寫真實，這就是忠於客觀現實。可是，要寫出真實，就必須於「直面人生」，「正視現實」，就必須有「為人生」、「為改造社會」而戰鬥的態度、精神，有敢於生活的熱情和勇氣。寫真實，敢於生活，就是從這兒來的，也可以說，這正是現實主義的精髓。

　　這些二十多年備受批判的理論觀點，恰恰是無產階級革命文學的優良傳統，魯迅的現實主義傳統。而有些批判者的理論觀點，也恰恰是無產階級革命文學的優良傳統，魯迅的現實主義傳統。而有些批判者的理論觀點，也恰恰是五十年前出現過的「左」傾教條主義理論的繼續和發展。

　　當年，創造社和太陽社的一些同志，由於政治上受到「左」傾路線的影響，輕易的把同志和朋友指為敵人。他們的文藝理論也不是現實主義，而是「左」傾教條主義。在藝術與現實的關係上，他們脫離現實，主張從理想出發去歌頌光明，而且要「超逾時代」。他們也誇大世界觀的作用，而他們所說的「世界觀」，也是從書本上來的。在藝術與政治的關係上，他們片面強調政治宣傳作用而忽視文藝的特徵，助長標語口號式的作品。

　　對於那種脫離現實，超越時代的錯誤傾向，魯迅當時就嚴肅指出：「他們對中國社會，未曾加以細密的分析，便將蘇維埃政權之下才能運用的方法，機械地運用了。」（《上海文藝界一瞥》）事實正是這樣，那些同志正是在蘇聯的「拉普」（無產階級文化派）和日本的「納普」（無產者藝聯盟）的「左」理論影響下，提出那些貌似革命而實際上是機械論的錯誤觀點。對於那種只強調宣傳作用而忽視真實性、藝術性的偏向，魯迅曾尖銳的地指出：「這是踏了「文藝宣傳」的梯子而爬到唯心主義的城堡裡去了。」（《壁下譯從。小引》）

　　魯迅先生哪裡會想到，在他逝世二十年以後，又有人踏著各式各樣──例如，世界觀「先行」、「決定」論──的梯子爬到唯心主義的城堡裡去了。這也不是自然的相似，從政治傾向到對現實的認識，從哲學思想到文藝觀點，從理論到態度、方法，可以清楚地看到這種「左」傾教條主義一脈相承的關係。半個世紀以來，在革命文藝陣營內部，這種「左」傾向給我們的事業帶來了巨大損失，卻沒有得到認真地徹底地清算。同時，也可以清楚地看到：文藝上的這種「左」傾教條主義總是和政治上、路線上的「左」傾相伴而行，五十年前如此，二十多年前也是如此。由於這種教條主義直接與政治因素、行政力量相結合，對前秦兆陽等同志的那場批判運動就產生了更大的危害。姚文元這條惡棍不就是在這種越來越「左」的政治氣候中成長、發跡的嗎？他們一夥就是利用了我們機體上這種「左」的痼疾，並使之發生病變，把我們的文藝事業幾乎推入了絕境！難道我們還不下決心去診斷、治療這種痼疾，要讓它繼續危害我們的健康，甚至再讓敵人來利用它嗎？

　　「要明確地懂得理論，最好的道路是從本身的錯誤中，從親身經歷的痛苦中「學習。」（恩格斯：《致弗・凱利－威士涅威茨基夫人》）真理標準問題的討論擦亮了我們的眼睛，黨的十一大特別是三中全會的精神鼓舞了我們，我們決不會讓過去的悲劇重演。發揚民主，解放思想，真正開展百家

爭鳴，認真討論二十多年前提出的問題，我們的文藝工作必將出現一個新的
局面。

1979年7月9日於漢口花橋

（載《長江文藝》1979年11月）

天鵝之歌
──關於徐遲之死

　　詩人徐遲離開這個世界，離開我們已經一年多了。當年趙丹去世的時候，他說趙丹是「穿空而去，變成一個長被記憶之星，飛入雲漢中去了。」如今，他自己真的「穿空而去」，真的化為「長被記憶之星」，不斷地出現在紀念文章中。一年來，人們懷念徐遲，為他的突然離去感到痛惜，更為他那非同一般的走法感到震驚、詫異，進而見仁見智，議論紛紛。

　　我和詩人相識三十多年，交往不多卻能開誠相見，自信對他的人品性情有一定瞭解。面對有關他的死因的種種議論，特別是那種「黃昏戀失敗」、「玩電腦走火入魔」之類的褻瀆亡靈的說法，早就忍不住有話要說。及至讀了他的《江南小鎮續集》和未刊稿《祭趙丹》，我的看法得到印證，就不再保持沉默。

　　依我看，徐遲之死是他的思想性格發展的必然，是他的精神和理想與轉型中的社會現實之間的矛盾不斷發展的結果，是他的人格和精神的最後的閃光。

　　徐遲是一個真正的詩人，真正的藝術家。他對人極其真誠，對藝術極其執著，而在政治上又極其天真幼稚。到了晚年，他的目光和心胸更加開闊，他的心緒也更加起伏不定，為近年來藝術文化的蛻變，為國家民族的興衰，為人類的命運和宇宙的變化而憂喜交集。在他一生的精神歷程中，常有大起大落、大的轉折，多次出現精神危機，最後超越了這種危機，跨入了更高的境界。可以說，詩人之死，是死于一種文化的痛苦，一種精神的超越，是他以自己的生命奏出的一曲悲愴的天鵝之歌。

　　我的這一看法，來自和他交往中的直接感受。早先，我和他同住在文聯大院裡，只是見面認識，並無直接交往。後來，1967年夏天，另一位詩人白樺到大院裡來，把他的詩集《迎著鐵矛散發的傳單》送給徐遲、姚雪垠和我一人一本。當時我不在家。後來徐遲轉交詩集給我，就有了我們之間的第一次長談。他稱讚白樺的詩集是「全國文藝界第一份」。由此談到對當前形

勢的看法。當時，我們都犯了十年前同樣的錯誤，如魯迅所說，「隔膜的很」，誤把「反資產階級反動路線」當成了反對左傾暴政，誤把那種有預謀的「運動群眾」當成了發揚民主，也激動興奮擁護崇拜起來。因為我曾在1955年和1957年兩度落網，雖「隔膜」又多少有些疑慮。徐遲本來就天真而輕信，加上前幾次運動中尚稱平安，沒有切身經驗，所以就隔膜得很也積極得很，又是熟讀「老三篇」，攻讀馬列原著，又是自我檢查、自我批判。他還曾告訴我，學馬列不能不讀《資本論》，讀《資本論》最好從第八章讀起……

不過，他的這種熱情並沒有持續多久，江青、張春橋的嫡系「狂妄師」殺出來了！「狂妄師」是文藝界的一批無人性的暴徒，他們把知名作家集中關押起來，想方設法地折磨虐待他們，毒打、罰跪，在烈日下暴曬，真可謂無所不用其極。鬥爭徐遲的一幕最為慘烈：他們逼徐遲跪下認罪，徐遲不肯，掙紮著就是不跪。於是，七名身強力壯的暴徒抓住老人往地下按，一起用腳踩在他的腿上、臂上、腰上、頭上，執行「打翻在地再踏上一隻腳」的「最高指示」。再加上聲嘶力竭地嚎叫，那場面實在不忍目睹。暴徒們的兇殘，令人想起納粹黨徒和日本憲兵，而徐遲的傲岸不屈，除了以死相抗的老舍，不知文化界還有誰可與之相比。……後來一提及此事，他就會暴怒起來，視為奇恥大辱。

更讓詩人痛苦的，是那以後的長期牛棚生活。表面上大家都差不多，「交代」也好，「批鬥」也好，漸漸成了例行公事，跟著喊「擁護」、「打倒」也就是了。這一切，對於那些善於看風使舵一貫「緊跟」的做戲的虛無黨，和對於徐遲這樣真誠執著的藝術家，那性質和感受是完全兩樣的。說假話、做戲，是那些人的特殊本領和本能；而在徐遲這裡，卻造成了他內心的巨大痛苦，產生一種深深的屈辱感。後來，他說那就是「異化」。

這都是1979年，湖北省四次文代大會期間他對我說的。當時，「思想解放」和「撥亂反正」的口號使人們興奮起來，既滿懷希望又感慨萬端。於是，撫今追昔，把幾十年的命運和遭遇濃縮在一起，互相傾訴交流。徐遲談到他的思想歷程，說他一直天真地相信那些光輝言辭的真理性，「狂妄師」的虐待並沒有使他清醒。他的清醒，是林彪事件以後批判《五七一工程紀要》的時候——「哦，原來如此！」好像捅破了窗戶紙，他開始明白「文化大革命」到底是怎麼一回事，也開始對以往的許多事有了新的看法、新的眼

光。「文革」結束以後，他說他從異化中掙脫了，再不那麼天真，再不迷信了。其實，他當時依然很天真，那樣樂觀自信，熱情洋溢，好像中國的文藝復興正在到來，現代化也已在望；好像所有的人都和他一樣，真正醒悟了，不再走回頭路。那以後，他的這種樂觀和熱情保持了好幾年，寫出了一批好作品，在許多方面積極參與，大膽倡言，成為他一生中的第二個創作高峰。他沒有料到，他的這種熱情卻引來了一連串的不愉快，歷史進程遠比他希望和想像的曲折而又艱難。

在短短的兩三年間，他在幾個方面接連受到責難。理論是非，一言難盡。我這裡要說的是徐遲提出那些看法的初衷和事後的態度。他發表《文學源流表及跋》一文，是重提他在全國文代大會上的倡議：開展一個持續二十一年（1979-2000）的博覽群書讀書競賽，以改變多年禁錮所造成的愚昧無知狀態。不想文章一出來，立即遭到姚雪垠的嚴辭批評。從常識角度看，姚的批評也有道理，但不注意原文主旨而又言過其實，不能不令人產生反感。我提出這一看法，姚雪垠也承認他的態度和語氣有不當，要我轉告徐遲，說他以後將文章收入文集時會修改的。我如實轉告了，徐遲笑著說：「我瞭解老姚，他不過是藉機出風頭，顯出他很高明，並不是與我為難，我不和他計較。」談到報告文學的真實性問題，我認為他和黃鋼的看法都有道理，可以各行其是，不必爭論。徐遲告訴我，他無意與黃鋼在報告文學領域裡爭什麼，他關心的是科學和科學家，他寫了這樣的作品，人們讀了，也就夠了。至於文藝界怎樣評價，由他們說去。這中間，引起風波最大的，是那篇《現代化與現代派》。我也認為這篇文章確有很多問題，當面向他提出，直言不諱，連「荒唐」「混亂」這樣的字眼兒也沒有回避。在我表述意見的過程中，他一直面帶微笑地聽著，只在中間插了幾個「是嗎」而不作正面回答。後來談到了別人對他的《紅樓夢藝術論》的批評，他說不知道，他只說自己的看法而不管別人怎麼說、怎麼批評。我覺得這樣也不對，說紅學著作汗牛充棟，你全不管，結果鬧出一些常識以下的笑話。大概是「常識以下」四個字刺激了他，反問我「此話怎講？」我以有無脂硯齋其人為例作了解釋並且說：你看不起那些圖解政策的概念化作品，說是違反了創作規律；你在理論上一味馳騁想像而不顧學術規範，不是一樣的嗎？我勸他搞自己的創作，以後不要寫這類文章了。他想了一下說「我考慮考慮」。第二天他來找我，告訴我：「你的意見有道理，我以後不寫這類文章了。」最後還加了一句：

「直言不諱,真朋友!」

這些曾引起不愉快的文章,後來都收入了《愉快和不愉快的》散文集。他把這本書送給我的時候,說了一句「看一看,沒多大意思」——那是1987年,當時他的樂觀和熱情還沒有改變,認為這些小小不愉快無關宏旨,應該也可以寬容、化解。幾年來思想文化方面的形勢反覆多變,遠不像他原來想的那麼美好,不過也還沒有令人失望到無法容忍的程度。他依然在藝術和科學領域遨遊,還去了一趟美國。回來後開始用電腦寫作,撰寫長篇回憶錄。

這中間,他遭到了極大的不幸——和他五十年相依為命的夫人陳松被癌症奪去了生命,使他陷入極度的悲慟之中。不過,真摯多情的徐遲並沒有因此而終止他對社會現實與人類未來的關注,他強忍內心的傷痛,繼續他的精神遨遊,繼續他對藝術和科學問題的探索。但是,兩年後,八九年的那場風波使他目瞪口呆,從此,他再也不出席會議,謝絕會客,不接受採訪,乃至不讀報紙、不看電視、不聽廣播,也不下樓,把自己完全封閉起來了。

聽說他施行了這些「不」,我有些懷疑,就去看他。敲門以後久無人應,我正準備轉身,忽然聽見屋裡有音樂聲,貼近細聽,好像是莫札特的《安魂曲》。我不免有些緊張,就又用力敲門。門開了,徐遲默然站在門內,點頭讓我進去。坐定以後,我說了我的緊張心情,並問他是否真的有那幾個「不」。他說他在思考問題,不會出甚麼事,用不著擔心。說他不讀報不看電視也不接待記者,是不想聽也不願意說假話套話。幾十年的生命在假話套話中荒廢了,好不容易有了變化,又要轉回去,實在受不了。由此談到了巴金和胡風,他問我:巴金提倡說真話,他就不說假話嗎?他的《真話集》裡就沒有假話嗎?有的,有真話也有假話。又說,你是佩服胡風的,人們也都說胡風耿直敢言,他那「三十萬言書」裡就全都是真話,沒有假話?也有,要辯誣、要表忠心,就不可能不說假話。他說自己也說過假話,那些歌功頌德的套話就是假的。他還特別提出;以往由於迷信而以假當真地說了假話,那是愚昧,想起來讓人羞愧;如今明知是假話還要跟著去說,豈不是不以恥為恥?——顯然,他視此為莫大恥辱。

話題轉到文藝界,我剛說出「文藝界」三個字,他立即用手式打斷我的話,問「現在還有這一「界」麼?」我說「界」還在,「文」已不多。他接著說:「現在都成了什麼樣子,還有幾個真正的文化人?都成了官僚市儈聚集之地!」——在談到近年來文藝界的惡劣風習的同時,我們都想到了巴爾

札克的《幻滅》和羅曼・羅蘭《約翰・克里斯朵夫》裡的《節場》，說萬沒想到，資本主義社會一百多年前的文化頹風，竟然在今日中國重新刮起，而且還有不少人公然為之喝采。——後來，在一次有關文藝體制改革的會議上，談到文聯、作協怎樣改的時候，徐遲出語驚人，說：「這樣的機構還改什麼？撤銷算了！」

這次談話持續了近三小時，我擔心老人勞累，中間兩度起身告辭，都被他攔住，說：「再談談，再談談。」最後臨別時，他告訴我，下次來時有件東西給我看。幾天以後，他果然給我看了一件東西，原來是1946年1月2日重慶《新華日報》的影本，上面有胡風、徐遲、陳白塵、曾克四個人的文章。徐遲的《在泥沼中》最長，上面有他用鋼筆新劃的著重線。我掃了一眼，知道是有關《清明前後》那次文藝論爭的。他解釋說：1945年，何其芳、林默涵來重慶佈道，借讚揚《清明前後》推行那套極左的教條，把主題、題材放在首位，要求作家從「應該」出發去生活、去寫作。他忍不住寫文章參加論爭，主張讓作家寫他願意寫的熟悉的東西，而反對從「應該」出發，主題先行；並認為《清明前後》和《子夜》都有概念化傾向。他說：「就這樣，我得罪了茅盾。誰碰了《子夜》，茅盾是絕不寬恕的，他惱火胡風就和這有關，所以後來茅盾一直對我懷有成見。」我談到吳組緗、秦兆陽和王富仁、藍棣之等對《子夜》的評價，說明今天情況已經大不相同了。他聽了連連搖頭說：這不是一個人、一部作品的問題，那套「深入生活」的公式已經深入人心，幾乎成了文藝界的集體無意識，至今不是還有許多人在念這本經麼？不過，歷史是無情的，按照這一公式寫出來的作品是經不起時間的檢驗的；即使是《太陽照在桑乾河上》和《暴風驟雨》那樣的名作，也逃不脫受冷落的命運，等而下之的就更不用說了。當時，他正在寫回憶錄的這一段，所以向我重提這件往事，還談到當年的《中原》雜誌以及喬冠華、陳家康與胡風的關係。他所談的，和我從胡風那裡瞭解到的完全一致。我告訴他，我見到胡風、舒蕪、王戎時，都曾談到重慶的那次論爭，他們都堅持當時的看法，而且比當年更明確也更堅定，儘管在歷次運動中為此備受磨難。徐遲聽了點頭慨歎：「我想也是這樣。」

撰寫回憶錄《江南小鎮》，特別是它的續集，成為徐遲晚年的最重要的使命。在這既繁榮興旺又危機四伏的歷史大轉折關頭，他無意為自己樹碑立傳，更無心做那種「老有所樂」的消閒，他是從現實讀出了歷史，希圖用歷

史的經驗參與向未來的進軍。年過古稀，一介書生，除此而外又能有什麼作為呢？所以，他對此看得很重，寫得也很艱難。

在武漢和在深圳，他多次和我談到回憶錄的寫法問題。他說他力求如實地寫，說真話。問題是1949年以後的部份很難寫，前後看法變化太大。比如，1946年毛澤東在重慶接見他，為他寫「詩言志」三字，以及後來的歷次文代會和文藝運動，過去都是從正面看的，今天怎麼辦？總不能全都反過來吧？我說從《武訓傳》以來的批判全都錯了，不能照原來那樣寫，可以是雙聲部的：既有當時的真實感受，又有今天的反思即理性批判。他同意我的看法，又說這樣還是很難，難在文藝與政治的關係如何處理。我談到夏衍的《懶尋舊夢錄》，說夏衍是分別對待，在充分肯定自己的革命生涯的同時，徹底否定1928年以來自己所遵奉的文藝指導思想，說那都是「左傾教條主義」。徐遲聽了很感興趣，同時又懷疑：能這樣截然分開嗎？接著，我們回顧了自身的經歷，發現我們接觸革命的時期不同——他在三十年代末，我在四十年代末，而我們參加革命的動因卻十分相似，都是對民主自由的追求和對國民黨的憎惡。

由此，我們談到了海涅和他的《〈路苔齊亞〉法文本序言》。海涅之轉向共產主義，一是他相信「凡是人都有吃飯的權利」，二是他憎惡共產主義的敵人——德國民族黨。這和一百年後的我們很相像。不同的是，海涅當時就懷有憂慮和恐懼，擔心到了「無知的偶像破壞者們掌握了政權的時代」，除了體力勞動和物質財富之外的一切精神活動與精神產品，會統統遭到否定和毀壞。對於海涅的這種憂慮，過去都說成是他對共產主義的「誤解」。可是，後來的事實證明，是歷史走錯了房間，海涅的「誤解」成了預言。由此我們又談到了馬克思。徐遲說《1844年經濟學——哲學手稿》中就談到過這個問題，說這種「粗陋的共產主義」把物質佔有看成是生活和存在的唯一目的，從而否定人的個性和才能以及整個文化的和文明的世界，實際上是一種歷史的倒退。半個多世紀的歷史實踐已經證實了這一點，在落後的東方農業大國所提前實現的，只可能是這種「粗陋的，無思想的共產主義」。我們自以為懂得和信奉馬克思主義而畢竟是農民的後代，所以只有到了今天，世界歷史進入了又一個轉折關頭，才開始明白了一些。由此可見，文藝上的左傾教條主義，那種敵視知識份子，無視精神文化價值的粗鄙傳統，並不是孤立的偶然現象，其根源就在這種共產主義運動本身。

　　說到這裡，徐遲渭然長歎道：「後面這一部分確實很難寫。那些年的文藝工作和我們自己的所作所為究竟應該怎樣評價，都需要重新考慮。」……是的，在以往那些年裡，在宣揚個人迷信，鼓吹階級鬥爭，製造虛假繁榮諸方面，文藝究竟起過多大的作用？在造神、吹牛、批判、鬥爭的狂熱中，我們自己又幹了些什麼？精神狀態如何？這一切，終歸是要結算的，最好是我們自己來結算。一個有良知的知識份子，不會在自己的回憶錄裡回避這些。徐遲要在自己的回憶錄裡說真話，指的就是既符合歷史真實，又出於本心，所以很難。最後他還提到另外一個「難」，就是寫出來以後難以通過，這是說真話之所以難的重要原因。當時，他特別提到《馬克思恩格斯全集》，問我知不知道第一卷第一篇文章是什麼？我當然知道，是《評普魯士王國最近的書報檢查令》。他說，如果那些自稱堅持馬克思主義的人都讀過並真的讀懂了這篇文章，那就好辦了。

　　我最後一次見徐遲，是1995年秋天。在這之前我大病了一場，聽說他也病過。這次是在醫院門前相遇的，他明顯地老了，遲鈍了。我先向他表示理解（指他的第二次婚姻）：「總算了結啦。」他揮揮手說：「都過去了。」我也不願多談此事，轉而問他回憶錄進展如何。他連連搖頭說：「不行，有許多話不能說，幾乎寫不下去了。腦子不行了，手也不靈活，老了，不中用了。」說時神情黯然。我理解他的心情，我們這幾代知識份子有共同的艱難歷程和尷尬處境，到了老年，只有一個心願：進行真誠而徹底的反思，並把這一切記下來，留給後人參考。徐遲十分重視這一工作，這是他一生的人格精神和晚年生命價值的集中體現。當時我安慰他，勸他慢慢寫，不要著急。不想這一面竟是永訣，而他的回憶錄續集也終於未能按計劃完成。

　　這裡應該補充一點，就是那個被炒得沸沸揚揚的傳媒熱點：他的「黃昏戀」。此事我聽說得很早，為不想過問別人的私事而知之不多。那位女士進入徐遲家以後，我在那裡見過一面，當時她以女主人身份招待我，熱情殷勤，還算得體。記得那次我和徐遲談的是周揚的《文藝戰線上的一場大辯論》，我從秦兆陽和韋君宜處聽說過，毛澤東對這篇文章作過不少重要的刪改，為此而沒有收入《周揚文集》。我們從這件事談論周揚的思想和人品。那位女士似乎對此並不了了，不時地插進來問這說那，使我們的談話無法進行。最後徐遲只好垂目嗒然而坐，我也只好提前告辭。徐遲起身送我，似乎還有話要說，被她攔住，說「你身體不好，我來送。」徐遲也只好止步。她

從家裡一直送我到汽車站，一路上說他們的生活如何協調，她如何細心照顧徐老，要朋友們放心等等。後來有人問我印象如何，我也只好說「似乎不大合適」，主要是指精神氣質和文化層次方面。

這段婚姻糾葛當然對徐遲的身心健康有影響，但決不是他赴死的主要原因。徐遲是一個精神境界很高的人，一向重視精神追求而不講究物質享受；他也有夫妻之情、親子之愛，但遠不像他對藝術和科學那樣傾心而又入迷。說他政治上幼稚，是指一種特定涵義的「政治」，他不懂權術計謀，並不是說他思想簡單。事實上，他的思想不但和他的感情一樣豐富，而且複雜多變，充滿矛盾。早在1964年，在大學毛著的同時，他就認真研讀過赫魯雪夫主持編寫的蘇共黨史，十分讚賞愛倫堡的異端思想。如前所述，「文革」以來的一步步反思使他逐漸清醒，1989年的精神危機又把他帶入了更為深廣的思維空間，也使他更深地陷入了「世紀之交的焦慮」之中。他為中國經濟改革所取得的成就興奮不已，也為確實存在的問題和危機而憂心忡忡；他既為當今世界高科技的發展感到驚喜；又為這種發展可能帶來的更大危害十分擔心。他曾向我轉述過湯因比的話：「只是一味追求經濟發展而忽視精神文化的建設，人類將在自相殘殺和自我毀滅中死亡。」……這種憂心和焦慮，這種博識和遠見，當然不是玩電腦「玩」出來的。徐遲的電腦是用來寫作和編輯、儲存文稿的，他從不玩遊戲也沒有上網。那種玩電腦「走火入魔」之說，純屬無稽之談。

在最後的年月裡，隨著這種憂心和焦慮，隨著身體的衰老，生與死、有與無的思考也來到了他的心頭。1994年冬天在《羊城晚報》上發表的《幻滅與幻想》，用相對論解說真理與生命。1995年2月在給友人的信裡有這樣的話：「我不知將在何年何月何日，在何省何市何區終老。你預期我能作跨世紀之行，我很懷疑能有此可能否，而且我更擔心整個人類能否有此可能。」到了1995年的12月12日，也就是他去世的前一年的同一天，他還寫過一份遺囑——其實，早在十幾年前趙丹去世時，他就在祭文裡談過他的生死觀，說人類和地球同是要消滅的，他也將和趙丹一起去見魯迅。在這篇題為《天鵝之歌》的未刊稿裡，他呼喚「純真的藝術家」，稱讚趙丹提出的「文藝無為而治」的主張為「天鵝之歌」，說天鵝所唱的是一支不能唱、唱了也無用的歌。

後來，他也許意識到了，他的回憶錄的續集同樣是一支不能唱的歌，即

使寫得出來，也沒有用處。但他還是要唱這支歌，哪怕是用自己的生命去唱──文代會就要召開了，通知了他，他決定不出席會議。不出席會議並不等於他不思考文藝問題，不為這些問題而憂心焦慮。文化滑坡，精神日益萎縮，他實在看不下去了。12月12日的夜晚，也就是當地的文代會代表赴京開會的前夕，他內心一定很不平靜，一定是輾轉反側，思緒萬千。據說他又一次翻開了茨威格的回憶錄，也許正是這本書觸動了他，啟發了他，使他終於下決心選擇了另一條路，一條早就想過多次的路。

茨威格是他最喜愛的作家之一。1942年2月，這位傑出的作家同他的夫人一起自殺，遺書中有這樣的話：「……與我操同一種語言的世界對我來說業已沉淪，我的精神故鄉歐洲也已自我毀滅，……我的力量由於長年無家可歸，浪跡天涯，已經消耗殆盡了。所以，我認為還不如及時地不失尊嚴地結束我的生命為好。對我來說，腦力勞動是最純粹的快樂，個人自由是這個世界上最崇高的財富。我向我所有的朋友們致意，願他們經過這漫漫長夜還能看到旭日東昇，而我這個過於性急的人要先他們一步而去了！」

在最後的時刻，徐遲心靈深處所激蕩的可能也是這樣一些思緒。兩個藝術家的精神是相通的，他們都熱愛自己的祖國，都熱愛藝術，也都珍視精神自由和個人才能。在茨威格的啟示下，徐遲走了，突然地、匆匆地走了。他把憂慮帶走了，而把希望留給了我們，留給了後人……。

1998年2月於蛇口翠竹園

（載《隨筆》1998年第3期）

哭雷霆兼談他的詩

近年來常常聽到熟人去世的消息，同輩人一個接一個地相繼走了。開始的時候還感到震驚和悲傷，後來聽得多了，也就習慣了，平靜了。在這種時候，就很自然地聯想起魯迅先生的詩句：「故人雲散盡，我亦等輕塵」──是啊，都是古稀老人了，終歸要走向終點的，不過遲早而已。這是自然規律，無須震驚，也用不著傷痛。

然而這次聽到雷霆兄去世的消息，卻令我感到很意外，非常難過，而且久久不能釋然於懷。因為在他病重返鄉後的近一年時間裡，我竟然不知道他已經回來，沒有去看他，連最後的訣別也沒有。是他囑咐家人，不讓我知道他已經回到武漢，免得我過江去看他，因為他擔心我的眼睛不好，外出不便。像多年來在書信和電話裡反覆叮囑我要愛護眼睛一樣，到了這個時候，他所關切的還是我，我的眼睛！當我知道這一切的時候，忍不住熱淚奪眶，在心裡呼喊：「不應該啊，你不應該這樣啊！」──四十年的友情，十多年的思念，歷史、現實，學界、文壇，我們之間有多少話要說啊，可連這最後一句訣別的話都沒有說，你就匆匆走了──「此別成終古，從茲絕緒言」！

燈下翻檢舊信，找出了雷霆寫來的二十多封。重讀這些信，不由得又一次眼熱喉哽，心緒難平。在眾多給我寫信的朋友裡，他是唯一的一個稱我為「弟」的。這也是實情，他年長我五歲。雖然一些年長我許多的友人，也都按習慣稱「兄」，偶而有稱「老弟」的，但那是親切而又客氣。只有雷霆，來信總是直書「姜弘弟」，有時連上我妻子一起稱「姜弘、張焱二弟」。我的兩位胞兄早已不在人世，世間只有我的幾位胞姊在信裡呼我為「弟」。由此可知，我和雷霆之間的感情，已經超過了一般朋友之間的友情。

這種超乎一般友情的手足之誼，充分體現在他寫給我的書信裡。在這些寫於上世紀八九十年代的帶有明顯歷史印跡的信裡，他最關切而著重提及的有三件事：一是右派改正前後，他一再催促我寫申請，爭取回原單位工作，並以黑龍江那裡認真落實中央有關政策的事實為證，鼓勵我據理力爭。二是

反自由化和後來的政治風波中，他關心的是我的思想情緒和態度，因為我這人一向偏激執拗，所以他提醒我，在堅持真理的同時，要控制情緒，保持冷靜。三是他特別關心我的眼睛，怕我的眼病惡化，一再囑咐要愛護眼睛，及時治療——讀著這些兄長般的諄諄話語，我不能不追悔自責：由於多年來疏於問候，不瞭解他後來的情況，以致在他生命的最後階段也未能見上一面，給他以些許慰藉。如今，也只能深深的遺憾而永遠無可挽回了。

近四十年來，我和雷雯之間過往並不太多，而相知卻很深，這是因為我們兩人的命運和遭際太相似了：1949年以前參加中共的周邊組織新青聯，1949年以後成為最早的共青團員（那時叫「新民主主義青年團」），同樣從事文藝工作，又同樣在1955年的反胡風運動中開始遭難，被開除公職，開除團籍，送勞改農場勞動教養了四年多。活著回來了。為了繼續活下去，又都成了代課教師，輾轉於各中學的課堂上；在那裡，遇上了文化大革命，成為小將們的革命對象。好不容易，又一次闖過了煉獄，又活過來了，可萬沒想到，就在這個煉獄中的煉獄裡，他染上了最後致他死命的那種職業病。

「文革」以後，上世紀的八九十年代，我們所走過的人生道路和心路歷程，我們的奮鬥和覺醒，喜悅和憂憤，也都大體相仿。所以，即使一段時間音信全無，我們也可以猜想到對方在一些問題上的看法和態度，因為我們確實互相瞭解，互相信任。也許正因為如此，後來逐漸聯繫少了。直到前年秋天，他從他小弟那裡要到了我的電話號碼，撥通了我的電話。當時我聽到第一聲問訊，就立刻喊出了他的名字，他也為我立刻就聽出了老友的聲音而驚喜異常。那以後，我到南方去了幾個月，再以後，就是突然聽到噩耗了。

回想起來，往事歷歷。我同雷雯的第一次交談，談的是一個學生的寫作才能問題。那是1965年秋天，我們在同一個學校教語文，我教初三，他教初二。我們都是文學編輯出身，八九年的編輯生涯，在我們身上留下了深深的印記：一是語言文字上的潔癖，二是對有寫作才能的人的珍視和愛護。這是五四新文學運動的傳統，是魯迅、巴金、胡風的傳統，當年教我們做編輯的主要是三十年代上海亭子間來的老文化人，因而這種癖性和傳統也是我們罹難的原因之一。不過當時我們並沒有意識到這一點，而是把精力無保留地用在了學生身上，像當年培養初學寫作者那樣。　那次談話，是雷雯要我評定一個學生的作文。他在班上發現一個女生很有寫作才能，因而對她格外重視，批改作文時常給以高分，並在課堂上誇讚她課下寫的小詩。於是，

非議來了，說他「偏愛」，而且扯到這個學生的家庭背景上。這個學生的父親是個高級幹部，曾擔任過中共某一元老的秘書，是個知名的文化人。其實，雷雯並不知道這些，他只是看到這孩子文筆清麗，自然純真，沒有當時流行的革命氣、八股腔。須知，那是「文革」前夕「學習雷鋒」、「學習解放軍」的高潮中，孩子們已經被引導到誦經念咒的宗教邊緣，發言為文都要引語錄、呼口號。這個學生的作文完全沒有這些惡跡，自然真實，清純流暢，確實難得。當時雷雯還拿給我幾首她課下寫的小詩，純係少年口吻，稚嫩鮮活，確實很有靈氣。於是我說了我的看法，全力支持雷雯。由此我們開始有了交往。這是一種不關利害得失，無涉政治經濟的純粹志趣相投所建立起來的友誼。後來誰也不曾料到，這個很有點靈氣的女孩子，竟然幹出了一件大事──「大義滅親」，造自己父親的反。那是1966年秋天，從北京刮起的「紅色風暴」席捲江城，這個女孩子也穿上了綠軍裝，戴上了紅袖章，引領一幫紅衛兵，抄了自己的家，把父親的藏書堆在院子裡付之一炬，還逼迫父母跪在大火前請罪。雷雯知道以後，非常震驚也非常難過，說這簡直是沒有人性，是畜牲。這件事對他震動很大，使他深感憂慮，而且也是他此後不願再教書的原因之一。他認為，這種迫害自己親生父母的違情悖理的野蠻行徑，完全是社會造成的，是教育的結果。他說：讓孩子們今天學這個，明天學那個，就是不讓他們成為正常的、真實的自己。學雷鋒、學雷鋒，把買早點的錢上繳，換取「拾金不昧」的名聲；趁放學的時候人多，搶著攙扶老人過馬路；做好事不留名，又設法讓人知道；一方面照顧不相識的老人，轉過臉來批鬥自己的親生父母……這都是什麼呀！從小教他們弄虛作假，沽名釣譽，教出些兩面派、巧偽人，將來會成為什麼樣的世界啊！他認為教師是個神聖的職業，是民族精神和人性之所系，站在講壇上對孩子們吹牛撒謊，而且要信誓旦旦地以假當真，那太可怕也太可恥了。──後來，他真的不再當教師了。

　　「文革」初期，「橫掃一切牛鬼蛇神」，一陣「紅色恐怖」之後，我們幾個代課教師被趕出了學校。後來，經過「批判資產階級反動路線」，說那是「打擊一大片，保護一小撮」，錯了。於是校長親自登門，請我們回去。我回到了學校，雷雯沒有。他曾向我解釋說：他一不願再去哄騙孩子們，二不願再在知識份子圈子裡爾虞我詐，寧肯和樸實的工人一起出賣勞力。他的身體好，有本錢。就這樣，我們各奔東西。我繼續代課，他去當了冶煉工

人。當然，後來，我們誰也未能逃脫厄運，在接踵而來的階級鬥爭大捕獵中，我們又都成了革命對象，雖然都是「老問題」、「死老虎」。而他，更其不幸的是，除了政治壓力之外，還因為從事最苦最有害於健康的勞動，讓毒素侵入了肌體，導致了最後的不治之症。

對於這件事，原來我只是簡單地以為是他太「迂」了，走錯了一步，多吃了許多苦，而且造成了他最後的不幸，因而只是同情、惋惜，並沒有想得更多。後來，當我知道了他早年的另一件事，兩相對照並聯繫他平日的為人，我才一下子明白了，看到了老友的內心深處，進一步瞭解了他的精神品格；因而在深受感動的同時，不能不產生一種愧疚之情——近年來，我一直對他有些懷疑和誤解，在他的婚姻家庭生活方面。

二十多年來，雷雯一直居留東北，很少回家。按照近年來的世俗新風，老人新婚是尋常事，而且多半是好事。因此我和幾個朋友都推測乃至判定：雷雯一定是在哈爾濱有了新的家。詩人曾卓和管用和都問過我，我也在電話和信裡直接問過雷雯。他並未解釋，只簡單地回答：「沒有。」此後我們也就不再問了，這畢竟是個人的私事。我們的這種懷疑和猜測，當然都是善意的，而且包含著美好的祝願，願他晚年生活幸福。但誰也沒有想到，這實際上是對他的一種刺激，一種傷害，觸動了他心靈上的傷痕——婚姻家庭生活的遺憾。

那是特殊的社會歷史原因造成的特殊的婚姻關係。簡單的說，他出生在一個舊式家庭，是長子，早年遵父命締結了舊式婚約。當他參軍以後，準備解除這一並非自願的婚約的時候，社會歷史的巨變使對方家庭遭到極大不幸，處境極其困難。在這種情況下解除婚約，將使對方陷入絕境。恪守舊道德的老父親阻止了他，並用「誠信」、「惻隱」的古訓勸導他。一向孝敬父母的雷雯，不願忤逆父母，同時也覺得父親的話有道理，應該設身處地為對方著想，不能在危難之際如此絕情。於是他不再提解除婚約的事。不想，1955年把他打成「胡風分子」，以及此後接踵而來的一波未平一波又起的政治運動，把他和他全家都捲了進去。二十幾年過去了，待到風浪稍稍平息，雙方都已年過半百……

知道了這一切，我為老友的命運和精神深深感動，深深歎息：他的一生太苦了，太不幸了！然而，這苦痛和不幸之中自有其意義和價值。試想，幾十年間，在外面，出於社會責任感和正常的價值判斷，不肯去騙人、害人，

寧可拼著性命去做苦工也不願再去教書，儘管那更適合自己也更輕鬆而且待遇也高些。同樣，在家裡，為了不忤逆父母，不傷害別人，他迫使自己接受了並非自願也並不美滿的婚姻，儘管他為此承受了幾十年的感情折磨。——也許，按照今日的時尚，會有人說他不現實、不明智，說他在前一件事情上太「迂」、「太傻」；在後一件事情上又過於「軟弱」，過於「傳統」……

然而，我卻聯想到了遙遠的過去，想到了半個多世紀以前，魯迅在《為了忘卻的紀念》一文裡說柔石的一段話：「無論從舊道德，從新道德，只要是損己利人的，他就挑選上，自己揹起來。」——這裡所說的舊道德和新道德，不是泛指一般的道德規範，而是指一種做人的態度，一種人文價值取向，那就是對人、人的命運的關切，對人的生命、人的價值和人的尊嚴的重視，這實際上就是一種人道主義精神。雷雯命運中的苦痛和不幸，就大都與此有關。

重讀他的來信，聯想到以上種種，內心裡自然會有傷感和不平。可是，當我把他的詩拿來重讀的時候，就有了另一種感受，產生了另一些想法，從而也對老友有了更全面更深一步的理解。

雷雯是詩人，一生中除了那些不幸遭遇而外，全都是從事詩創造——自己讀詩、寫詩，做詩歌編輯，選詩，培養新人。在對詩的理解和態度上，他始終強調和堅持的是：真實人的真實感情。既不為傳統思想所束縛，又不隨時風眾勢所轉移，正如清人袁枚所說：「詩在骨不在格也。」

雷雯每出版一本詩集，就及時地寄給了我。我收到後覆信表示感謝，卻沒有談過對他的詩的看法。多年來我從不對新詩發表意見，因為我覺得新詩尚未形成，加上當時我所信奉的那種現實主義理論很難用之於詩，所以我從不評論詩。對雷雯的詩，我是收到一本讀一本，只有當時的零星感受，並未形成總體的看法。這次集中起來重讀，我才發現，我真的是辜負了老友的誠意。他每寄詩集來，總要我談談「印象和看法」，而我只是感謝他的贈書，並未對此加以回應。今天把這幾本詩集通讀一過，才看出了它們的特點和價值——感情奔放，議論深沉，形象新穎，語言明暢，筆調靈巧，不事雕飾。特別可貴的是，他努力追求自由、民主的思想和創新精神，深深打動了我。我早該這樣做的——認真讀，認真想，對他說出自己的印象和看法！

我覺得，雷雯的詩有這樣幾個特點：一是題材廣。他所寫的詩不算多，而觸及的題材範圍卻很寬廣，確實是大至宇宙，小到一蟲一石，以及古代人

物、歷史遺跡等等，幾乎無所不包。但是，他的詩裡沒有標語口號，也沒有豪言壯語，更沒有宣傳味道。他說過，並不是任什麼都可以入詩的，詩有自己的邊界，這邊界就是感情。沒有感情的句子排列，不管它多麼有意義，多麼美麗鏗鏘，也不是詩。這就是雷雯的詩的第二個特點：感情真。他的詩全都是他在唱自己心裡的歌，說自己心裡的話。他真誠地袒露自己，把自己的一切，不管是正確的還是有爭議的，都交給詩，在詩的領地虔誠地耕耘。就是那些看似詠物、詠史的，實際上也都是在抒情言志，借外物抒寫他當下的所感所思，借古人的杯酒澆自己的塊壘。他筆下所寫的那些東西，全都與他的心靈相通，都是有生命有感情的。寫到它們，並不是在客觀反映，而是在同它們交流、對話，和它們處在同一個場。這不僅僅是一般修辭上的比喻、象徵、擬人手法，更是一種物我為一、情景交融的藝術思維，一種審美境界。在這裡，詩人的自我，他的主觀精神起主導作用，因而他的性格氣質和命運遭際自然會在詩裡留下深深印記。雷雯的詩的另外兩個更重要的特點即由此而來，這就是：立意新、感慨深。

早年的戰亂災難，後來的坎坷憂憤，使得雷雯性格中多了一些憂患意識和懷疑精神。表現在詩的創作上，就是立意新和感慨深。他在觀照外物時所取的角度往往不同一般，因而詩的意象就顯得新而富哲理意味。從《玉皇頂無字碑》和《五大夫松》這兩首短詩，就可以看出這種特點。他沒有歌頌泰山山勢的巍峨，也沒有描繪那幾棵松樹外形的婀娜，而是從精神上去觀照它們，與它們交流。他覺得無字碑在誇耀自己「比泰山還高一節」，於是就告訴它：「知道麼／如果／把泰山突然移開／你會摔個粉碎」。

人和事物的偉大、崇高，都是有條件、相對的。無字碑如果不是立在泰山頂上，不過是一塊未經鐫刻的石料。它的受人注目，是時空條件造成的。詩人並沒有說理，而是直觀的感覺、感受、感觸，卻發人深思。同樣，對於五大夫松，先就寫出了他的不佳印象：「為什麼這樣矮／為什麼這樣瘦／沒有松的氣質／也沒有松的風度」？然後恍然悟出並發問：「啊／是不是／自從受了封／你就不敢抬頭／也不敢伸手」？受封，就是成了皇家的人——臣子，也就是奴僕和工具，沒有了獨立人格和自由意志，所以才那樣卑躬屈膝，俯首脅肩，一副奴才相，失去了松樹的氣質和風度。——這兩首詩都寫於上世紀八十年代前期的大轉折年代，人們剛剛從那種「無限忠誠」的宗教狂迷中走出來，多數人的頭腦並未真正清醒。在那個時候寫出這樣的詩，夠

前衛了；就是在今天，其啟蒙精神也並未過時。

雷雯的這種知識份子情懷，在另外一些小詩裡有更充分的表露。有一首題為《刃》的寫石頭的小詩，兩節七行：「流水／把鵝卵石／磨得溜光滾圓，當／砸碎鵝卵石的時候／它照樣／有鋒利的刃」。大潮大浪衝擊石頭，石頭也相互撞擊，棱角碰掉了，身軀磨圓了；可是石質未變，一旦受到更大的打擊，破碎了，就會顯出棱角，有了「刃」。這是寫石頭，更是寫人，是寫一個時代，一種理想，那種知識份子應該具有的雖歷經磨難而不變的精神品質——詩言志，雷雯的許多短詩都蘊涵著這種旨趣，像《心》、《火種》、《手杖》、《年輪》、《蒼蠅》、《回音壁》等等。

在另一些詩裡，反映出雷雯精神的另一個層面，就是那種仁愛的胸懷，悲憫的心腸。他到了曲阜顏回廟，由一口孤零零的古井感悟到先賢「那聖潔的靈魂」，寫下了「永遠記著別人的饑渴／才能有／最真實的生命」這樣的詩句（《陋巷井》）。在杜甫草堂，他記起了那首《又呈吳郎》，寫下了《尋棗樹》一詩，說「我想摘幾片棗葉／送給我的親人／我們永遠也不能忘記／杜甫在饑腸轆轆的時候／還在周濟別人的貧困」。

他的詩裡提到過好幾位大詩人，值得注意的是，提到這些前人，主要還不是因為詩、文學，而是另外的原因：一是因為他們熱愛自然，追求自由，像李白、蘇東坡；一是因為他們悲天憫人，心裡總記掛著別人的不幸，像杜甫、白居易、蒲松齡等。這兩方面，其實都是對人、人的生命的珍視和對人的命運的關懷，這也就是當年人們所最珍視而如今又被淡忘和漠視的人情、人性和人道主義精神。

正因為他懷有這種精神，這種感情，才寫出了《秦俑三首》和《遊驪山有感》及《弩》、《劍》這樣一些不同一般的佳作。說不同一般，是指這些詩的視角和感情傾向，與幾乎所有媒體都完全兩樣。近年來中國的考古發掘和宣傳，在有力地助長著人們的民族復古主義情緒，秦始皇陵的陪葬墓——兵馬俑的出現，更助長了那種阿Q式的「我們先前闊多了」的盲目自大心理。人們驚訝、讚歎、自豪，就是很少有深入的思考。雷雯沒有為這股復古崇祖情緒所影響，因為他從這些東西上看到了歷史，看到了人。歷史不就是過去的人的生命和命運的記錄嗎？他的思緒沒有被「民族」、「愛國」之類的概念所規範，而是自由地擁抱物件，滿懷同情地去感覺、去感受，於是就有了那三個活了的秦俑：一個倒在地上，好像在睡覺；一個挺身而立，卻

雙眉緊鎖；一個是失去雙腿雙腳的老兵。詩人從心裡走近他們，進入想像：
睡著的可能在做夢，夢見了母親的辛勞和妻子的哀傷；站著的大概在悔恨，
因為長期守衛在這裡而不能回家和親人團聚。詩人也同情那個殘廢的老兵，
卻不能接受那個使他致殘的原因——為滿足獨夫的欲念而大興土木，大動干
戈。那種用千百萬人的血淚屍骨築起的宮殿和紀念碑，再巍峨閎麗也不值得
讚美。

　　《弩》和《劍》這兩首小詩，同樣反映了詩人的這種人性、人道的審美
價值取向。他沒有注意那些古代兵器的冶煉技術和工藝水準，這本來不是詩
人的事；他是從另一角度表達自己的感情態度，指責它們「不分善惡／不辨
忠奸」，「把災難射向人間／而又忠貞地／保衛著阿房宮的輕歌曼舞」。

　　這中間，最值得注意的是《遊驪山有感》。這首詩既反映了雷雯個人的
精神特徵，又具有那個時代的特色，即啟蒙主義精神，而且構思獨特，寓意
深遠。在構思上，情與理、虛與實、歷史與現實，以及個人情懷與普遍理
性，都結合得非常自然；看似平淡無奇，實則巧妙而深刻。題目標明「有
感」，即觸景生情，從眼前人人得見的景物，引發出個人獨特的情思。那是
一連串帶著憂思和熱望的想像和聯想：嬴政躺在那裡——他睡著了，在等待
徐福取回不死的藥——如果他真的活到現在，兩千多年來不斷地焚書坑儒，
那就會使歷史退回到洪荒時代，世界上只剩下他和石頭、草木——幸虧他沒
有活兩千年，中國才有了張衡、李白、孫思邈、蘇東坡這些真正傑出的人物
——秦始皇一直睡在那裡，徐福永遠也採不回不死的藥。

　　詩人在嘲笑這個暴君的橫暴、貪婪和昏聵，像魯迅所說，他想一個人喝
盡一切空間和時間的美酒，既要統一天下，又要傳之千秋萬代，萬歲萬萬
歲，萬壽無疆。在這裡，詩人推出了四個歷史人物，與之對比，突出那種你
死我活的緊張關係。值得注意的是，既然否定焚書坑儒，為什麼不提董仲舒
和朱熹、程頤、王陽明，卻提出了比較生疏的張衡和孫思邈？為什麼不提杜
甫、韓愈而提李白、蘇軾？這些人不是和儒家的關係更直接更深嗎？稍加推
敲就不難看出，這裡有一種矛盾，一個標準，那就是人和非人的矛盾和界
線，嬴政所代表的是專制暴政，張衡、李白等代表的是人的幸福和自由。張
衡精天文，孫思邈精醫藥，都是中國古代少有的自然科學家，他們的事業有
益於一切人而與專制政治較少瓜葛。李白、蘇軾都是一生坎坷，一生追求自
由，在他們身上有較多的「個人」、「自由」的色彩。這裡的科學和自由雖

然並不就是後來的科學與民主，但它們之間卻是相通的，在珍視人關懷人這一點上。詩人在嘲笑專制暴君的同時，表明了他對這些人的敬重和推崇。顯然，在他的心目中，這些人才是中華民族的英雄人物、風流人物。

雷雯的這種感情態度，這種目光和思想深度，是既傳統（五四）又超前的。君不見，近年來一些人在鄙薄五四啟蒙精神的同時又在歌頌專制暴君，二月河的美化雍正可能有無知的成分，張藝謀的一再吹捧秦始皇，則顯然是倒退、墮落。中國人一向崇拜英雄，夢想強國，卻很少或根本沒有想到自己的權利和責任。這種「無我」即缺乏公民意識的英雄崇拜和強國夢想，實際上是一種奴性心理的反映——崇拜權力，懼怕暴力，甘願和安於做奴隸，這是一向受壓迫受欺凌的漫長歷史造成的。英雄人物和強國盛世當然不能一概否定，問題在肯定什麼樣的英雄，什麼樣的強國盛世。雷雯這種以人、人性為轉移的取捨，既否定了嬴政以降的諸多專制暴君，當然也否定了他們的業績，那些顯赫一時的盛朝強國。

早在一百多年前，馬克思就說過，專制制度的唯一原則就是輕視人，蔑視人，使人不成其為人。專制君主總是把人看得很下賤，眼看著人們為他辛勞為他受難而無動於衷。這樣的強國盛世是以人民的苦難為前提為代價的，這就是常說的「國富民窮」、「國強民弱」。這樣的強國盛世是不可能長久的，秦二世而亡，元朝才八十多年。在西方，古代的斯巴達和後來的第三帝國也都壽命不長，它們在人類歷史、人類文明史上都沒有留下什麼東西，連自己的歷史都是別人寫的。西方有人稱讚斯巴達的尚武精神，卻很少有人讚美納粹德國的強盛，因為他們分得清愛國主義與民族主義、國家主義的不同。我們親歷了那多年「從勝利走向更大勝利」的強國盛世，現在應該清醒了，不想還有人依然用專制暴君的眼光和標準看待歷史和現實。正是在這一點上，雷雯與張藝謀們大不相同，他這自由的靈魂，不為一切專制世俗的陳規陋習所羈，也正是在這裡，顯示出作為真正詩人的雷雯的精神品格。

最後，我還要提出兩首我最喜愛也最重視的佳作，來簡單說說我的看法，這就是《風雪黃昏後》和《趵突泉》。這兩首詩都比較長，三十行，從形式到內容都更完整更成熟，他的審美認識把我們帶到了一片純淨的藝術天地中，我個人認為能代表雷雯的創作成就。

《風雪黃昏後》是一曲懷念友人、歌唱友情的詠歎調。吟詠這首詩，能勾起人的感情記憶，記起以往那種寒夜中的溫暖，絕望中得到的慰藉。在以

往那些年月裡，講的是「階級情」，個人之間的友情是不健康不合法的。至於對落難者的同情和撫慰，則更是大逆不道，因而也就更為難得更為可貴。這首詩寫的就是這種境遇中的情誼：「又是／一場風雪黃昏後／我怎能忘懷／那一雙溫存的手」——這是真的自然環境，也是政治上精神上的處境，一開始音調就顯得深沉而悠長，帶有追憶、懷念的味道。中間換一種節奏，述說在寒夜中所得到的慰藉、規勸和鼓勵以及對這一切的眷戀。整首詩感情真摯，音調和諧，一唱三歎，跌宕起伏。特別是結句用了李白《贈汪倫》的典——「哪有那無窮的桃花潭水／來量出你的深度」，更顯得餘音嫋嫋，意味深長。這首詩確實如《詩序》所說，是「情動於中」而發出的「詠歌」和「嗟歎」。

《趵突泉》寫泉城濟南的自然景觀，抓住了特點，寫得真實生動。然而這又分明是在寫人，寫人的一種經歷，一種精神。詩的節奏略有些急促，顯得那樣堅決，那樣執著：「趵突泉的水／帶著遠方沉悶的雷聲／來得那樣急／走得那樣猛」「泉要走啊／——要走！／沒有翅膀／也要飛騰」。泉水不同於溪水，是從下往上走，不但要穿過層層石壁沙礫粘土樹根，還要戰勝地心吸力，那道路不但迂迴曲折，而且恐怖陰森。這中間，「如果有一絲兒猶豫／那泉的道路／就會化為一攤不能自拔的泥濘」。泉水是這樣，人又何嘗不是這樣？在以往那一波未平一波又起的運動、鬥爭中，人們所走過的道路同樣曲折艱險，恐怖陰森。一些人的道路也確實像一攤泥濘，說不清道不明。雷雯的一生和他的詩卻如一泓泉水，那樣清澈、明淨。所以，可以把《趵突泉》這首詩看成是詩人的自況。這首詩也確實反映了詩人的人生道路和精神風貌；作為詩，在藝術上也可以代表他的創作成就，因為這首詩更具有詩的藝術特徵，更豐富更完整。黑格爾把詩視為藝術發展的最高峰，說詩要求把觀念和感情，把造型藝術提供的外在形象和音樂所表現的內心生活很好的統一起來，《趵突泉》不就是這樣嗎？

至此，可以說我對老友的文學成就有了比較具體也比較全面的瞭解，從而對他的思想和人品也有了更深的認識。從這裡，我又想起一件往事：1982年我在北京時，曾和樓適夷老人談過雷雯的工作調動問題。樓老熱情的關心此事，認為他應該回故鄉工作。我向樓老介紹了湖北思想文化界的情況，說那裡左風甚盛，「凡是派」頗有勢力，雷雯回去很難有所作為。哈爾濱遠比湖北好，對雷雯的改正問題的處理和工作安排，都做得很好，令人心情舒

暢。而且東北文壇也更開放、活躍，留在那裡工作才是上策。樓老把我的話寫信告訴了雷雯，以後再也沒有提讓他回湖北的事。——真是天可憐見，這些人半生坎坷，到頭來並不是要索取報償，要當官享樂，而是要做事，就像他筆下的趵突泉水，「好像世界上／有它緊急要做的事情」；對於他們來說，最重要的還不是「老有所養，老有所樂」，而是「老有所思，老有所為」。

至此，我才更加明確地意識到，雷雯最後二十年的滯留他鄉，主要還不是前面提到的家庭婚姻方面的消極原因所致，而是東北這片熱土吸引了他，讓他在那裡紮下了根，在那裡實現了「老有所思，老有所為」的心願，在詩的創作、詩歌編輯和培養新人諸多方面都有成就。

這一切，包括我對他的詩的看法（也包括我所不滿意的如歌頌屈原、長城的那兩首），都應該和他直接交流的，這裡的許多好話都是我未曾向他表露過的，我們之間從不互相恭維。如今，我想向他傾訴也不可能了。在他因病還鄉到他去世之間的大半年時間裡，我們錯過了重聚的機會，一江之隔竟成永訣，真是無從悔恨也無從抱怨。我只有把這一切訴諸文字，寫下我的懷念，我的哀思和遺憾。

2003年10月

《雷雯詩文集》序

　　雷雯詩文集即將出版，書前需有一篇序文。最適合於寫這篇序文的應該是著名左翼作家樓適夷，因為他幾十年來一直關懷著雷雯，對他瞭解最深，樓老的夫人黃煒女士曾說雷雯是「我們家的真正朋友」，「可以無話不談」。可是，樓老已經去世，在雷雯七弟的要求下，由我來寫幾段文字，忝列卷首以為序。

　　這裡收集的是雷雯生前已經發表和尚未發表的全部作品，有新詩和舊體詩詞，有散文和文藝短論，還有一段回憶錄。雷雯原名李文俊，湖北黃岡人，生於1927年。因為家庭環境關係，他從小就喜愛文學，很早就和兄弟及親友中有同好者一起學寫舊體詩詞，中學階段轉而寫新詩並在報紙上發表，1947年進入武昌藝專學繪畫。1950年參軍後，在樓適夷領導下工作，並結識了七月派詩人牛漢。1952年雷雯出版了第一本詩集《牛車》。1954年底雷雯轉業到黑龍江人民出版社，不久，在1955年的反胡風運動中，他受到了牽連，以致坎坷流離二十餘年，直到1979年，才獲得平反並重返文壇。此後的二十年，就是一般所說的「知天命」到「古稀」的暮年階段，可是在雷雯這裡，卻成為重新燃燒的第二度青春。他把積蓄了二十多年的熱情才智，全部獻給了詩──詩歌編輯和詩歌創作。在這裡，「獻給」一詞可不是套話，而是實指。像二十多年前一樣，他把編輯和培養新人的工作放在首位，看作本職工作和首要任務。他自己寫詩，是出於情不可遏，出於對詩的熱愛和追求，而不是想借詩以揚名謀利。這本詩文集一共收新、舊體詩兩千五百餘首，其中未發表過的一千七百餘首，遠超過已發表的。一百多首舊體詩詞全都沒有發表過。這些詩全都工整地繕寫在本子上，他從未說過要發表或出版的話，就是在生命的最後階段，也沒有作任何交代。由此可見，對於雷雯來說，寫詩，重在寫──追求、探索、抒發、創造，而不在此外的其他目的，如馬克思所說，「詩一旦變為詩人的手段，詩人就不成其為詩人了。」──由此可見，雷雯正是胡風所說的那種「真正的詩人」。

　　雷雯與胡風毫無關係，他受牽連純係無妄之災，因為他和牛漢的相識完全是因為詩——編詩和寫詩。他不喜歡也不讀胡風那艱澀的理論，談不上什麼思想影響。然而我卻從他的身上和他的詩裡，看到了與胡風的主張相通的東西。當我提筆寫這篇序文的時候，立即想到了胡風的話：「有志於做詩人者必須得同時有志於做一個真正的人。無愧於是一個人的人，才有可能在人字上面加上「詩」這一形容性的字。一個真正的詩人，絕不可能有「輕佻地」走進詩的事情」。

　　雷雯正是這樣的人，這樣的詩人，無論是生活還是詩，他都沒有輕佻地對待過。他的一生是不幸的，多難的，從愛情婚姻上所受的挫折，到政治上事業上受到的摧殘，他都嚴肅地堅強地承受下來了，不怨天，不尤人，卻又嚴守自己一向的做人準則。對此，我曾在《哭雷雯兼談他的詩》一文裡，借用魯迅評價柔石的話來評價雷雯——「無論從舊道德，從新道德，只要是損己利人的，他就挑選上，自己揹起來。」

　　雷雯一生歷盡坎坷，然而，誣陷殘害也好，窮困艱辛也好，在他的心裡激起的不是仇恨和報復，而是在對苦難的深刻體驗中所產生的對生活、對人的更深沉的愛，一種真正的「無緣無故的愛」——無私的愛。他的全部詩文，特別是那些抒情短詩，就是這種愛的感情的自然流淌。

　　這種對人生、對大自然的愛，以及表達這種感情的方式，看來與印度詩人泰戈爾及中國新詩先驅者冰心有些關係。雷雯並不諱言這一點，他多次談到他喜愛這兩位詩人，接受了他們的影響。不過這影響主要是在思想感情方面，而不是語言形式上的刻意模仿。有那樣的人道主義精神，有那樣的仁愛的胸懷，才會在人生和藝術的實踐中抱著那樣的感情態度，一往情深地關注大自然和人間世，才會進入那種一草一木總關情的真正的審美境界。這在泰戈爾和冰心那裡，一般都歸之於「泛神論」。在雷雯這裡卻不同，而是另有所自——家學淵源，在家裡所受中國傳統文化和五四新文化的教育和影響。

　　雷雯的中小學階段是在家鄉——湖北黃岡度過的。他的家是一個舊式大家庭，與後來在臺灣成為著名學者的殷海光家是四代世交，有通家之好，他父親和殷海光的父親既是忘年至交也是經常唱和的詩友。雷雯的父親還請了一位精通詩律的前清秀才何佑鑄老先生（張之洞派往日本的首批留學生之一）做家塾先生，教雷雯兄弟們誦讀經史，做詩填詞。所以，雷雯的舊學根

底很紮實，舊體詩和詞都寫得好，是很自然的事。這裡收有他的舊體詩和詞一百餘首，全都沒有發表過，也全都是發自內心的「緣情」、「言志」之作。他接受五四新文學，是在少年時代，先是進家族中的長輩辦的新式學校中讀書，稍長，在殷海光的胞弟殷浩生的引領下，雷雯終於走進了新文學領地。殷浩生是個多才多藝的青年，能詩善畫還寫得一手好文章，在抗日軍隊中從事宣傳工作，雷雯在他的影響下開始寫新詩。抗日戰爭勝利後，雷雯的新詩逐漸成熟，開始在武漢的報紙上發表。殷浩生在1957年被劃為極右派，「文革」中自殺，雷雯有詩悼念這位新詩的蒙師、長輩和摯友。

雷雯一生很少寫散文，更少論文，但從他留下的這些僅存的文稿來看，真可謂有一篇是一篇，篇篇俱佳，特別是那幾篇文藝短論。其中有兩點很值得注意，一是他贊同李贄的「童心說」和公安三袁及隨園老人的「性靈說」；聯繫他的全部詩文，可以看出，他對魏晉以來的「言志派」浪漫主義精神情有獨鍾。二是他特別欽佩嵇康的人格，讚美他那敢於「非湯武而薄周孔」、「越名教而任自然」，敢於「師心使氣」以以為文的氣概。他讚美嵇康那種維護個人自由和尊嚴的勇氣，並把這解釋為可貴的、不損害別人的「自私」。——這不就是在肯定嚴格意義上的個人主義和個性解放嗎？以上這兩點：文學上的浪漫主義、思想上的個性解放，正是五四傳統的核心所在。

外在的惡劣環境和內在的精神資源——古代和現代的文化傳統，共同造就了雷雯其人其詩。其人其詩的最奇特之處，還在於他幾十年來一貫的清醒和清白：從上世紀六十年代到本世紀初，他沒有一篇趨時跟風之作，不是沒有留下，而是根本沒有寫過。他終生拒絕加入任何級別的作家協會。「文革」中他寧可去煉銅廠從事極繁重又危害健康的體力勞動，也不願留在學校宣揚那種紅色的名教禮法，——雷雯的煉銅與嵇康的鍛鐵，沒有精神上的聯繫嗎？還有，新時期文藝再度繁榮，他的工作和創作也取得了成就，然而，文壇也在急遽變化——從政治鬥爭的戰車上剛剛下來就滑向了市場經濟的名利場，但他淡泊自守，自覺邊緣化，遠離熙熙攘攘你爭我奪的文壇中心，在東北那塊黑土地上默默地耕耘，一直到在苦難歲月中所中的病毒劇烈暴發奪去了他的生命。

——從不輕佻地對待人生和藝術，一貫地保持清醒和清白，這就是我所認識的雷雯。寫下以上文字，是想讓後人知道，在政治和經濟也就是官場和

市場如此熱絡的年代，還有這樣一個從不「幫忙」也不「幫閒」，自處邊緣而把一切獻給詩的真正的詩人。

二〇〇五年「七七事變」六十八週年紀念日於武昌東湖

葉丁,最早的隕落者

如果不是有人提起,我是不會記起這些往事的,因為時間太久遠了,而且我和葉丁並不太熟。但是,這最早的一幕悲劇有一種特殊的悲涼感,所以一經提起,就令我難以釋懷,葉丁的影子和當年的種種,就一幕幕複現在了我的眼前。

這要從1953年說起,那是一個重要的歷史轉折關口:土改、鎮反、三反五反都過去了,朝鮮前線也停火了──戰爭結束了,社會穩定了,和平建設時期開始了。這一年有兩件大事:「總路線」和「選舉法」的公佈,前者是經濟建設的藍圖,後者是政權建設的道路。在這種和平建設的大背景下,文藝界也發生了很大變化。首先是組織機構的變化,從1953年下半年到1954年初,中央和各大區相繼成立了作家協會(以及音樂、美術、戲劇家協會),並且都出版了機關刊物。在領導思想和工作重心上也有了變化,《人民日報》和《文藝報》發表社論,號召「克服文藝創作的落後現象」,強調「繁榮創作」,重視「提高品質」,並且明確提出「反對公式化、概念化和粗製濫造」。總之,開始從一味強調「政治第一」、「普及第一」,轉向了重視藝術品質,注意提高了。

中南作家協會就是在這種情況下,於1953年秋天成立的。1954年初,葉丁從江西省文聯調來,我從武漢市文聯調來。他是作為中老年專業作家調來的,在同一時期調來的專業作家還有李蕤、姚雪垠、田濤等。我是作為編輯人員調來的,和我同時調來的還有幾個年輕人。在那樣的和平建設年代,在文藝開始走向繁榮的時期,能到這樣新建立的專業部門工作,應該是一件好事,是一種幸運。1954年是上世紀下半期裡最祥和的一年,人民代表大會召開了,憲法公佈了,各項事業都在發展。中間開展了一場批判俞平伯和胡適的運動,因為專業性較強,開展的範圍有限(文藝界和高校為主),批判也還比較文明理性,所以除了文藝界上層的人事變動和部分老學者老教授受到精神壓力之外,並沒有造成全社會的緊張和恐懼。那是個重視經濟建設和文

化建設的年代，階級鬥爭的氣味並不濃。

葉丁來中南作協之前，已經是江西省文聯的創作部長，到中南以後，擔任創作委員會的副主任。當時的文藝界並不那麼重視級別和職務，重視的是文學成就和文學資歷，因為那時強調的是「拿出貨色來」，一個作家，一個文學刊物，拿不出像樣的作品，是不會受到重視的。葉丁從省裡到大區都受到重視，主要就在於他有創作實力，既能寫小說散文，又能寫評論。從1954年秋天到1955年秋天，一年時間內他接連在《長江文藝》上發表了三篇作品和兩篇評論，他的名字平均兩個多月在刊物上出現一次，這在當時是不多見的。

當時文藝界很重視反映農村生活的作品，重視培養青年作家。中南作協和《長江文藝》也以這兩方面的成績突出而獲得好評；葉丁的受到重視，也恰恰是在這兩個方面。他的小說《秧》，就是作為反映農村生活的重點作品推出的，而且是發在頭條並配有多幅插圖。另一篇小說《春耕的時候》，也是重點作品，也有插圖。當時正處於農業合作化的初期，還沒有到「合作化高潮」，土地也還歸農民所有，農民的生產和生活還比較自由，他們正沉浸在「發家致富」的美夢之中。葉丁懷著真誠的同情和喜悅，寫出了他的感受和認識，他當然沒有也不可能預見到後來的種種變化。那篇以第一人稱寫的特寫《雨夜》，更充分地表現出一個知識份子對獲得了土地的農民的新的精神面貌的讚美。——五十多年過去了，一切都變了，且是翻天覆地的變化，但是，在重讀這些作品的時候，不管你認識上有多少變化，依然能感受到葉丁那種真誠與執著。

當時的《長江文藝》非常重視發現和扶持文學新人，對年輕的業餘作者的作品，要請有經驗的作家撰寫評介推薦文章。這樣的文章並不好寫，既要熱情肯定，又不能廉價吹捧，還要指出不足和努力方向。當時的一些老作家常常謙虛地婉言推脫，不願接受這項任務。葉丁也謙虛地表示自己水準不高，經驗不足，不適於寫這樣的文章。當我們說明編輯部的意圖和難處以後，他就痛快地答應了，而且很快就寫出了那篇《〈六個磁瓶〉讀後》。這大概是葉丁的最後一篇文章，因為這篇文章發表兩個多月以後，他就猝然離開了這個世界。他當然不會想到，他熱情扶持的這個初學寫作者，當時只有二十歲的鋼鐵工人李建剛，後來成了很有成就的專業作家，而且擔任過湖北省作家協會的常務副主席兼秘書長。我在執筆寫這篇文章的時候，和他談起

葉丁的往事，已經年過古稀的李建剛也不勝感慨唏噓。

四十多年以後，也就是上世紀九十年代中期，我曾和當年的中南作家協會主席于黑丁有過多次長談。黑丁老人晚年真誠反思，對以往的種種有清醒的認識，說到葉丁，他深感痛惜，說無論從哪方面來說——文學創作、政治表現還是人品作風，葉丁都是一個好人，正派人，很有潛力，正當壯年而那樣不明不白的離去，實在可惜，實在不幸。黑丁還告訴我，當年的反胡風和肅反運動，原來並沒有涉及葉丁，發表他批判胡風的文章，就表明他不是運動的對象。可是，一封檢舉信，而且是從上面轉來的，就改變了一切。他說「運動」就是這樣，上面有精神，作為執行者，他也沒有辦法。由此，黑丁談到反胡風運動中整我的情況，說那也是上面有材料下來，按上面的精神辦的。

事實也確實是這樣。1955年5月，反胡風運動開始的時候，我和葉丁一樣，都是站在革命一邊的同志，他那篇批判胡風的短文《蒙混過不了關》，就是經我的手編入六月號《長江文藝》的。可是，到了6月10日，《關於胡風反革命集團的第三批材料》發表了，原來的「反黨集團」變成了「反革命集團」，性質變了。就在這天上午，我被關了起來，要我交代和反革命分子曾卓、綠原的關係。

事隔五十多年，我依然記得當年那種緊張氣氛和恐懼心理。與以前的幾次運動不同，「反胡風」是一場文字獄，是以言治罪，發牢騷說怪話都有可能成為反革命。「肅反」是尋找暗藏的反革命，好像反革命就在身邊，人人可疑。機關、工廠、學校、街道都在開聲討會，報紙和電臺不斷重複《人民日報》那些殺氣騰騰的「按語」。整個社會都處於緊張狀態，一些知識份子比較集中的地方更是人人自危，非常緊張。我就是在這種情況下被關起來的。

一開始，宣布我是暗藏的胡風分子，受胡風反革命集團骨幹分子曾卓、綠原指使，一貫反對黨，在武漢文藝界進行反革命活動，反對黨對文藝的領導。把我單獨關在一間房子裡，要我交代罪行——主要是和曾卓、綠原的關係。關了我一個多月，宣布我為「受胡風思想影響分子」。

就在宣布對我的處理並再一次對我進行批判的大會上，一個肅反對象史玉樵被逮捕了——這就是所謂的「寬嚴大會」。史玉樵是和我同時調到中南作協的青年劇作家，當時宣布他是暗藏的反革命、反動黨團骨幹分子，並立

即戴上手銬押走了。——二十多年以後，獲得平反的史玉樵回到了湖北省文聯，這時他已是年過半百，鬚髮斑白的老人了。

當年發生這一切的時候，葉丁都在場，特別是公安人員突然出現在會場上，突然銬走史玉樵那一幕，肯定會對葉丁產生強烈的刺激。後來肅反幹部找他談話，要他交代問題。就在那次談話後不久的一天早上，清潔工人到他房裡打掃，發現蚊帳低垂，人已死去多時。經檢驗，確認是服了過量的安眠藥而自殺的。當時對這件事是悄悄處理的，沒有聲張。當時正在肅反運動中，人人自危，知道一點消息的人也不敢多問多談。葉丁到武漢才一年多，與人交往不深，加之後來運動不斷，令人震驚的事更多，他這個人和他的結局也就漸漸被人遺忘了。如今舊事重提，所有的當事人——當時的領導人和肅反幹部，全都去世了，中南作協的機構也經過了多次改組調整，隸屬關係也早已變了，只怕有關檔案也早就無從查找了。

儘管如此，這五十多年的歷史已經教會了人們去重新認識那個時代，重新評判那些悲劇。首先可以肯定的是，葉丁本人並沒有什麼問題，如果真有問題，當時就會立即公佈，並借此大作文章，算作肅反運動的成績。當時悄悄處理，而後終無下文，足見葉丁是無辜的。事實上，當時所檢舉、懷疑的幾件事，是說葉丁在加入民主同盟之前曾參加過國民黨，江西解放前夕曾出席過學校當局所召開的「應變會議」，還有就是他的岳父是他所在的那個學校裡國民黨組織的負責人。這些都是他那個年齡段的人們所常有的經歷和社會關係，既不能算作政治問題，更談不上什麼「罪行」。但是，在那個年代，在那樣的政治運動中，完全可以作各種推定——「有罪推定」。最簡單的就是判為「受命潛伏下來的特務」。顯然，上面提到的那次「寬嚴大會」，會上當場被抓走的青年劇作家史玉樵，他就是這樣被懷疑、被推定而逮捕的。顯然這一事例，刺激了葉丁，致使他在幾個月後選擇了另一條路。

葉丁本人沒有問題，原作家協會的領導和同事們也沒有要整葉丁，葉丁的自殺是那個無法無天的時代、那種無法無天的運動造成的。從三反五反、反胡風、肅反，到反右、文化大革命，都有知識份子以自己的性命相抗爭！這種歷史上罕見的眾多知識份子自殺的現象，是民族的悲哀，是民族的恥辱！這是一個長長的名單，其中單是作家就有周文、老舍、傅雷、李廣田、陳夢家、周瘦鵑、聞捷、楊朔、馮大海、劉綏松等。在這些隕落的文化、道德、智慧之星中，葉丁是緊隨周文之後的最早的隕落者。

　　前不久，周文的百歲誕辰紀念會剛剛開過，周文是1952年「三反」時自殺的，當時僅四十五歲。三年後自殺的葉丁更年輕，才四十二歲，更屬英年早逝。我還記得當年的葉丁那溫文爾雅的知識份子風貌，那謙遜又自信的言談。我認為，他的毅然決然離去，不是因為膽小，而是出於自尊──「士可殺而不可侮」！在紀念這些不幸的隕落者的時候，應該看到並珍視他們的尊嚴和勇氣。

2007年7月25日於武昌東湖

載江西《貴溪報》

陳少平和他的水彩畫

　　這裡我要說的是一位真正的著名畫家。說「真正的」，是因為近年來「著名」二字靠錢或權變成了商標。我要說的這位畫家，一無權二無錢，也沒有什麼硬關係，之所以著名，是因為他的水彩畫廣為人知，他就是陳少平。

　　說陳少平和他的水彩畫廣為人知，是因為他的畫不僅在湖北武漢地區多次展出，而且到過湖南、河南、安徽和上海、香港以及科威特、土耳其。1984年和1985年，他還遠涉重洋到了美國，先後在洛杉磯的帕薩迪娜亞太博物館、蒙特利市布魯梅耶紀念館和紐約的東方畫廊，舉辦了個人畫展。這裡應該說明的是，在洛杉磯的帕薩迪娜亞太博物館舉辦個人畫展，可不是件輕而易舉的事。據在美國的著名畫家丁紹光先生說：在亞太博物館舉辦個人畫展的中國人只有兩個，第一個是張大千，第二個就是陳少平。當時美國的新聞媒介，特別是華文報刊，如《世界日報》、《中報》、《國際週報》等，紛紛報導了這一令中國人特別注目的消息。幾年後，他的畫又應邀到了臺灣，在臺北市的龍門畫廊舉辦了「陳少平水彩畫展」。十幾年來，他的水彩畫不斷出現在各種報刊上，多家畫報作過介紹，上海的專業期刊《水彩》和北京的《水彩藝術》更是以顯著地位發表他的作品。即將出版的《中國現代美術全集》水彩卷就收有他的作品。這部書由北京人民美術出版社會同有關專業部門編輯出版，收入的是自1914—1994年間各個歷史階段的代表性作品，進入這種最權威的國家級重點出版工程，與那種花錢在「名人錄」或「辭典」之類的本本上買一塊地方，是完全不同的兩回事，所以我說陳少平的著名是「真正的」。

　　從1984年到1997年，陳少平曾多次出現在電視螢幕上，首次在美國，其次在武漢、合肥和鄭州。先知其名而後見其人，不免感到他有些寒酸，與他畫上的那種靈氣和神韻形成了強烈的反差。是生活的艱辛和歷史的風雲，在他的外貌上留下了窘迫的烙印，卻未能磨滅他那顆富於藝術創造的玲瓏剔透的心。

　　陳少平出生在一個破落的舊式家庭，貧病交加的童年，使他失去了受正規教育的機會，僅讀完了小學。然而，就是在這種情況下，他的繪畫才能也從生活的重壓下頑強地表現出來了，六歲就會模仿著畫郵票，十歲能準確地臨摹人物肖像，十六歲的時候已經能得心應手地畫人物、花卉和各種圖案。就在這個時候，抗日戰爭的烽火把他帶到了軍隊裡，隨軍轉戰大江南北。這期間，他一面在軍中從事繪畫和實用美術工作，一面飽覽祖國的壯麗山河，熟悉各民族的風物民情，大大豐富了自己內心的文化積累。上世紀五十年代初他來到了武漢，先後在中南人民藝術劇院和美術家協會工作，主要從事舞臺美術和其他裝飾設計工作，如武漢長江大橋欄杆的圖案、北京人民大會堂湖北廳和武漢蘇聯展覽館室內的裝飾，以及許多書刊的封面裝幀等，還出版過一本《中南少數民族圖案》。這期間，他還同時在湖北藝術學院任教。

　　我就是在這個時候認識陳少平的，當時我在《長江文藝》編輯部工作，他有時來為刊物設計刊頭，繪製封面，大概是因為藝術趣味相近，不久就成了好朋友。年輕時的陳少平也並不風流倜儻，而是和現在一樣樸實勤奮，還有些窘促。後來我才知道，早年參加抗擊日寇的經歷並沒有給他帶來光榮和任何好處，反倒成了歷史問題、歷史包袱。這在今天可以認為很不公平，但當時卻是理所當然。就因為這個原因，他一直未能受到重視，更談不上培養。不過他生性淡泊，從不計較個人得失。在上世紀五十年代前期和中期那段平靜的建設年代，他積極工作著也積極地從各方面吸取營養豐富自己。近年來人們常常提到「第三隻眼睛」，以示開放、多元。四十多年前的陳少平在藝術上就是用三隻眼睛在觀察吸取營養的；一隻眼睛在看古代中國繪畫；一隻眼睛看西方的繪畫和雕刻；還有一隻眼睛看民間藝術。正因為這樣，他才能設計出許多新穎別致的圖案，後來在水彩畫上所取得的成就也與此有關。

　　上面說我們的藝術趣味相近，主要表現在對中國寫意畫的筆墨神韻，對西方印象派的光色變化的欣賞和讚歎。那時候「樣板戲」還沒有出來，而實際上各種藝術似乎都有樣板，或者說都有標準，美術方面契斯佳可夫的素描和那種彩色照片式的油畫，其基本要素就是突出政治加酷似物件。不求形似的文人寫意畫和追求光色美感的印象派繪畫，當然都不符合這一標準。更何況，按當時的說法，前者是士大夫地主階級的，後者是西方資產階級的，喜愛這些東西，至少是不健康的傾向。不過說也奇怪，當時樂於接受這種不健康趣味的人大有人在。我清楚地記得，1957年在中南美專召開印象主義繪畫

研討會，會上許多人由衷地讚揚印象派大師們的藝術成就。後來當然算過這筆賬，進行過嚴厲的批判，只不知陳少平逃脫了沒有，他當時對印象派的讚揚是熱情而堅定的，而且一直延續到現在。到了文化大革命的年代，聽說陳少平被送到沙市，在棉紡織印染廠設計花布，以後就多年沒有見面。到了去年，我們再次見面的時候，他已年過古稀，我也年過花甲了。到這時我才發現，這二十年他沒有白過，不像傳說中那樣困頓，至少在精神上和藝術上，他是個真正的強者，不但沒有被磨難所壓倒，反而大大前進了，跨進了更高的新境界。在他那南湖花園的新居裡，我看了他近百幅近作，聽他談了他對藝術的種種看法，我發現，他確實與以往大不相同了。在精神上，他超越了世俗物欲的得失利害；在藝術上他超越了中外古今的門戶壁壘。他從後長街陋巷破屋搬進了花園城的現代新居。這房子不是單位給他的，也不是他自己買的，是他在臺灣的弟弟出錢為他買的。他的作品到美國去到臺灣去，也都是弟弟一手操辦的。而他自己，至今還沒有把離休關係轉回武漢，從沙市斷斷續續寄來的那點退休金，連基本生活費都不夠，更不要說養他的畫了。當我為這些而深深的遺憾、頗為不平的時候，他卻把手一揮：「管他呢，不說這些！」不過說起他的弟弟，他的興致頗高，以有這樣的弟弟而感到幸運，感到自豪。他說他的弟弟就像凡高的弟弟提奧一樣，竭盡全力幫助、支持自己的哥哥，讓他盡情地去進行藝術創造。他弟弟是臺灣的醫生，不像提奧那樣是開畫店的，既有錢又同藝術有關。不過他弟弟雖然錢不多，卻有文化修養，懂藝術，理解自己的哥哥，而且有愛國熱情，所以才能那樣竭盡全力，隔海相助。有這樣的弟弟，當然應該引以為榮，特別是在當今這種一切向錢看，從錢眼裡看藝術文化的世風之下。

在藝術上，他已經把以往的積累和探索融匯一起，昇華為他自己的獨特風格、獨立見解。他的這一切主要靠自學，可以說是自學成才。但這並不等於說他沒有師承。人類的精神文明創造都是歷史地形成和發展的。在這些領域裡，任何人都不可能沒有師承，完全脫離傳統。陳少平當然有師承，當然繼承了傳統，不過他不是拘守傳統，死跟一家，而是廣泛吸取，實行「拿來主義」：一手伸向古代；一手伸向西方；一手伸向民間。他從小就受到中國傳統文化的薰陶，除了酷愛繪畫以外，他也愛讀古詩，喜愛京戲，而且還能唱幾段。詩詞、書畫、京戲，都是最能體現中國藝術精神、中國傳統美學特徵的。這一切，早就埋在了陳少平的心底，流貫在他的血液和神經之中。在

繪畫方面，他喜愛文人寫意畫，特別喜愛的是石濤、八大山人這種有個性的大家。早在上世紀三、四十年代，他就接觸過西畫，而且對印象派情有獨鍾。到了五六十年代，他還念念不忘這些不合時宜的古人和洋人，不知從哪裡弄來一本印刷精美的印象派畫冊，拿給朋友們看。至於民間藝術，從抗戰軍旅途中的隨手採摘，到五六十年代的專業探尋，他更是積累豐富，深有研究。這樣古、洋、土兼收，豈不成了大雜燴、四不像？有這種可能，如今市場上不多的是假古董、洋涇浜嗎？不過陳少平不是。作為水彩畫家，他是以「我」為主，國畫也好，民間藝術也好，那些可以為我所用的東西，統統化入我的水彩中。陳少平的作品大都如此，一眼看去知道是水彩畫，進一步觀察品味，方可品出別的味道──中國畫的意境神韻，民間藝術的變形誇張。說他的畫是中國水彩畫，原因就在這裡。

水彩畫在西方是個年輕的畫種，其發展成熟期恰當印象主義興起之時。那是西方藝術史上大轉折時期，從古典走向現代，從再現代走向表現，從具象到抽象，一句話，從重客觀到重主觀。大轉折時期的種種美學觀點和畫理畫法，與中國的藝術傳統藝術精神有許多相近相通之處。因此，陳少平使西方年輕的水彩畫與古老的中國水墨寫意畫相結合，在理論上和實踐上都是有道理有成效的。面對陳少平的水彩畫，首先映入眼簾的，是一片絢麗的色彩，大塊原色的強烈效果，原色塊交錯重疊所造成的豐富色調；進而看出那隨意揮灑的筆觸，水與色浸滲出的意外效果，那種夢幻般的朦朧意象。從這裡，或顯或隱地感受到了，那是春雨、曉露、積雪、夕照，以及水鄉、街市、森林、小溪、帆影等等。那透明的水，閃爍的光，帶露的花，飄零的葉，這一切當中的空氣、空間感，都顯得那樣靈動而富有生命感。

藝術作品中的生命感，是藝術家的生命，他的情感、心靈、精神、人格的體現。在中國畫裡，就叫做「氣韻生動」，有「書卷氣」。陳少平很少去對景寫生，而是在沉思默想中撲捉眼前的意象，抒寫心中的詩情。他在藝術技巧上充分發揮了西方水彩畫的優長，講究光、色、水分的運用，同時又不失中國傳統藝術精神，能夠任情恣性，解衣般礴，心手相應地譜寫心中的樂曲，體現出人的精神風貌和人格力量。陳少平的畫富有詩意，有一種畫外意蘊耐人尋味，道理就在這裡。因此他的「夕照圖」、「少女」和「雪景系列」獲得國家級展覽的好評，而「印象」一畫在臺灣「藝術家」和上海人美35週年社慶畫冊發表，則奠定他在國內外的突出地位。

　　說到這裡，我發現所說的還是四十年前的陳少平：年紀老了，成就大了，有了名氣，這許多變化都未能改變他的性格和人格。從根本上說，他並沒有改變。這沒有變的就是他作為藝術家的稟性——對俗事生活淡泊，對藝術世界執著；淡泊到不拘小節，執著到迷醉忘我。這就是古今中外真正藝術家所共有的那種對待藝術的虔誠態度和獻身精神。沒有這根本上的不變，就不會有後來的這些變；真正藝術家的成就和名望，是不會輕易得到的。如今那些玩藝術、賣藝術的人，是不懂也不會懂得這個道理的。

載1997年湖北《炎黃春秋》季刊第四期

蹤跡問江城，慧業屬詩名
──我所知道的華煜卿和他的詩

　　一年一度的新春茶話會剛開完，就下起雪來。歸家的途中，望著車窗外那紛紛揚揚的大雪，和同行者歷數近年來相繼故去的熟人，不禁有些黯然。對我來說，幾年當中有一年的印象最深，傷痛也最深，那是1985年2月，吳奚如去世；3月，華煜卿去世；6月，胡風去世。前後兩位長者都是文藝界的，我已經有文章寄託哀思，獨獨對華煜卿老人，我至今未著一字；獨獨是他，有一些別人所不知道的，或至少是暫時還不曾見諸文字的事情，是我所知道的。因此，一直有一種深深的負債感在追隨著我。

　　望著眼前這漫天飛舞的雪花，我開始回想我和華煜卿老人的交往，我對他的認識。

一

　　原先，我對華煜卿的瞭解也和武漢的一般市民一樣，只知道他是工商聯的負責人，並因此而成為眾多的武漢市副市長、湖北省副省長中間的一個。後來一個偶然的機會，使我逐漸發現，這位老人竟是這樣的獨特，集諸多矛盾於一身而又那樣和諧統一：是統戰物件又是共產黨人；是個溫文謙和的民主人士，又是個稜角分明的知識份子；是廣為人知的工商界名人，又是鮮為人知的真正的詩人，這實在是令人驚異。

　　這要從1976年說起。人們大概不會忘記，當時濃縮在一年之內的那種大氣候的感情波濤──先是為周恩來的逝世而悲痛、而憂慮；接著是為天安門前的暴行而震驚、而憤怒；然後是為十月的勝利而高歌痛飲，再往後，是對這一切的追憶回味。就是在這種情況下，一天，我和市委書記辛甫談到了華煜卿和他的女兒華楚珩，因為當時我和小華同在一個學校裡教書。在談到悼念周恩來時的情景時，我以華氏父女為例，說明知識份子的悲痛和憂慮最深，並且強調華煜卿還是個資產階級、民主人士。辛甫聽了之後略略沉吟了

一下，一字一句地說：「華煜卿同志是個很好的同志，這些年來他也是真不容易！」他說得很有感情，而且在說到「同志」二字時咬字特別清楚，顯得那樣鄭重。我當時聽著就感到異樣。後來，他的兒子師力在送我出來的路上悄悄告訴我：華煜卿早就入黨了，只是身份沒有公開。我聽了為之愕然，因為解放三十多年來，華煜卿和他的親屬都一直被看成資產階級，而資產階級恰恰是被當成革命對象的，特別是在「文革」期間。我從來沒有想到過，在全國解放後的和平環境中，一個老共產黨員還要經受這樣的考驗。

後來我進一步發現，華煜卿在外邊是身居高位的政府官員，回到家裡卻是一個操守很嚴治家也很嚴的長者。那種「一人得道，舉家飛昇」同他和他的一家是毫不相干的。他共有子女七人，在不同的崗位上都是真正的「工作者」；有教師有醫生，也有一般幹部和工人。在以往的歲月裡，他們當中沒有一個人當官，沒有一個人入黨，也沒有一個被評為先進模範。不是他們的能力不強或表現不好，而是依照當年那種「階級路線」，說他們的出身成份不好。──這就是「資產階級代表人物」華煜卿和他一家的遭遇。只是到了八十年代，情況才有了改變。

這是一種奇特的變化，強烈的對比：1949年，共產黨在中國取得了勝利，威望極高，人們無不對之引領仰望，齊聲頌讚。這時候，已經身為共產黨員的華煜卿卻沒有亮出這種極其光耀的身份，反而以「資產階級」、「統戰對象」的身份出現。三十年過去了，在那一次比一次更激烈的「批資」風暴中，他們的日子過得並不輕鬆。也許會有人想當然的說，上級黨瞭解他，會保護他們的。然而實際情況並非如此，五七年以後已經人人自危了，到了「史無前例」年月，誰又能保護誰呢？在那些十分艱難又十分尷尬的年月裡，華煜卿面對著同樣不瞭解真實情況的兒女們的探詢眼神，總是嚴肅而誠懇地用一句話來回答：「相信我，我絕沒有做對不起國家、對不起人民、對不起歷史的事。」──換一個角度，用今天的那種現實的眼光來看，華煜卿不但愚不可及，而且大大有負於其子女：權勢、地位、財產，任什麼也沒有為他們掙得，卻使他們歸入了「資產階級後代」的行列。不過正因為如此，這位副省長家裡沒有紈袴子弟，更沒有「衙內」。如果說，這一切都還算不上是奉獻、犧牲，那麼，他的夫人趙錦女士，就是在「文革」中受到衝擊以後不幸去世的。這位副市長、副省長夫人生前既未到哪個學校當過書記、主任，也沒有在哪所機關當過處長、科長，而是以一個普通人的身份在政協圖

書室當了一名普通的管理員,就因為是華煜卿的妻子,才受了衝擊以致抑鬱而終。

到了八十年代,形勢大大不同於以往了,共產黨員的身份也不同於以往了。在這種困難的情況下,公開了他的共產黨員的身份,而他立即走向了思想解放的歷史大潮的前端。這裡又有一個巨大的反差:在「撥亂反正」的漩渦裡當一名負責任黨員領導幹部,那是既不輕鬆又無實利可圖的;而「改革開放」的浪潮,卻把另一些人推到了旋轉著的歷史舞臺的中心,他們把以往政治運動中慣用的「鬥」字換成了今天市場角逐中的「倒」字。可是曾經是有才幹、有魄力、有經驗的企業家的華煜卿,這時是既不經商又不出洋,卻主動地幹起「平反」、「改正」的工作來。和以往的許多年一樣,好像他根本不懂或不理睬「趨利避害」這一生存常態。

劉希尚,這個最早的臺灣架機歸來的起義有功人員,就是在華煜卿的積極干預下被落實政策,得到妥善安排的。這位原國民黨空軍軍官,不僅早在1950年就架機歸來,而且回來後還為新的空軍建設出過力。可是,在實行軍銜之前,他被調到地方當了一名普通的中學教員。三十多年來的教書生涯倒也沒有什麼,無非是物質匱乏、生計艱難,千千萬萬中國教師不都是這樣過的嗎?最傷神也最難堪的是政治上、精神上的壓力,那時的海外歸來者可不像今天。進入八十年代以後,這件事依然無人聞問,因為這似乎並不屬於冤假錯案。劉希尚不是既未坐牢又未戴帽子而一直還有碗飯吃嗎?──是和他一起工作的華楚珩最先感覺到了個中有蹊蹺,回家向老人談及此事。華煜卿聽了大為吃驚,說:「會有這樣的事?」──他對這件事既沒有什麼責任,更與當事人沒有任何瓜葛,他卻積極出面干預,促使這類無頭官司及時得到解決。劉希尚進入政協,調動了工作。

這類的事當然不止這一件。另一類是真正的冤假錯案,如武漢電池廠的一位總工程師,因為生產事故被錯判,在牢裡坐了十多年,曾多次提出申訴,說明自己的冤情。但在那個重判不難複審難的年月裡,申訴只能說明你的「不老實」。華煜卿知道這件事以後出面干預,使這個本不難解決而又一直難以解決的冤案得到平反。

華煜卿何以對這類事情如此關切和認真?我是通過自己的切身感受才有所領悟的。從「文革」前到1984年,華老多次和我談到五七年的問題,他安慰我,鼓勵我,卻不僅僅是出於對我個人的同情;他對反右運動的思考和分

析，是從文化大革命的慘痛教訓反證歷史，從中得出理性的判斷。當我提出「擴大化」這種說法不符合事實的時候，他一再強調要相信歷史，相信共產黨，五七年的問題一定會徹底弄清楚的。在這幾次談話中，他只在最初接觸到這個問題的時候，一般地表示了一下對我個人的同情和安慰；他的注意力集中在更重要的方面——帶著沉重的心情回顧三十多年的重大歷史事件，滿懷憂慮的關心著國家的命運和民族的未來。這中間他特別重視「八大」的精神，為這種精神未能貫徹而痛惜非常。他多次談到知識份子問題，認為知識份子是近代中國社會發展中十分關鍵的力量，不止一次地發出「再不能傷害知識份子了」的喟歎。

這位長期以統戰對象、民主人士身份出現的老人，實際上是一個真正名副其實的知識份子。

二

大概是1936年頃，二十幾歲的華煜卿寫過這樣一首詞——《太常引。自題小照》：

十年風雨話平生，何處著空明？蹤跡問江城，歎潮去潮來數更！

任教簸弄，任教磨折，我自慣多情。慧業屬詩名，寫千古人間恨聲。

這短短四十九個字不僅真實地反映了青年華煜卿的處境與心境、品格和抱負，而且簡直可以看成是關於他的一生的讖詞。事實上，除了貧寒的少年時代是在故鄉無錫度過的以外，從十六歲踏入社會開始學徒生涯起，到七十六歲病逝，整整六十年，華煜卿確實是「蹤跡在江城」，即使抗戰中遷往重慶，經營的也是武漢的申福新公司。這六十年的歷史真像是大江東去，浪濤滾滾，先是大革命、抗日戰爭、解放戰爭，後來又是一波未平一波又起的政治運動。只有新時期以來的這幾年，可算得是中國歷史上少有的天朗氣清的好時光，其餘的盡都是風雨如晦，驚濤駭浪。在這潮去潮來的不斷更迭中，華煜卿走著一條艱難曲折的道路，而沒有隨波逐流，更沒有來回翻筋斗。

1925年，不滿十六歲的華煜卿初中還沒有畢業，就不得不輟學隨哥哥外出謀生——到武漢申新紗廠當學徒。先就受了「五四」新思潮的影響，接著

是「五卅」和省港大罷工的刺激。於是，在大革命的浪潮中，年輕的華煜卿加入了「童子團」，參加了工人運動。大革命失敗後，他被廠方開除，這以後過了半年的失業後的痛苦生活。這一年他寫過一首七律《江城感懷》，中間的兩聯是：

　　草木一年春事歇，山河滿眼血痕鮮。
　　傷心伏櫪原非意，著意揚鞭豈讓先。

　　從這裡可以看出，十八歲的華煜卿是把個人的遭遇和國家民族的命運聯繫在一起，隨時準備躍馬揚鞭為之奮鬥的。後來在一紗廠和申新紡織廠當職員。到了1935年，申新廠出現了一個「工商派」，成員全都是公益工商中學出身的職員。廠方重用這批年輕的知識份子，依靠他們大力整頓，銳意改革，促進企業的發展。華煜卿是其中的骨幹，任統計員兼《朝氣》的主編。當時廠裡創辦這個不定期的綜合刊物，目的在提高職工素質，提高企業管理水準。華煜卿負責編務，經常在刊物上發表文章和詩詞。在上世紀三十年代，中國的資產階級已經知道要創造物質財富就必須注意人的精神，發展生產的同時要重視思想文化方面的工作。年輕的華煜卿吸取了資產階級為人類歷史所增添的這些寶貴經驗，走上了實業救國的道路。

　　從1938年到1949年，是華煜卿施展才能、建功立業的十年。先是1938年申福新工廠內遷重慶，在極其艱難的條件下維持和發展生產並為抗戰服務。抗戰勝利後，又從重慶遷回武漢，並從國民黨軍隊和「接受大員手中索回申福新的部分資產，保全了工廠。」這中間的種種艱險曲折，充分顯示了華煜卿的才能和魄力，這個窮學生出身的小職員就是在這個過程中一再被提升，成為中國復興工業重鎮的申福新公司的上層管理人員──副廠長、副經理，並成為武漢市工業界的頭面人物──市工會的常務理事兼秘書主任。

　　早年的經歷和抗戰以來現實的教育，使華煜卿從「實業救國」的立場向前跨了一大步，到了1949年，他接受了只有社會主義能夠救中國的信念，從而投入了迎接解放的鬥爭，並在這場鬥爭中祕密地加入了中國共產黨，開始了新的人生旅程。

　　在1949年迎接解放的歷史轉折關頭，華煜卿做了兩件大事，都是關係到武漢三鎮的命運的。一是阻止了國民黨政權臨撤退時的大破壞，保全了武

漢；二是減少了武漢解放時人才和資產的外流，保證了武漢工業生產的及時恢復。1947年春天，解放大軍平定了中原，開始揮師南下。這時華煜卿就在武漢工商界人士中極極開展統戰工作，勸他們不跟國民黨走而留在武漢應變，以保證武漢解放後的水電、燃料和重要物質的供應以及電訊的暢通。他組織了既濟、勝新、福新、申新四廠聯防，以保證這四個大廠的安全。特別是武漢解放前夕，國民黨軍隊在撤退前，準備炸毀城市的重要設施。華煜卿按照地下市委的指示，和市商會負責人一起向工商界籌集兩萬多銀元，以「酬勞費」名義送給國民黨軍警頭目，作為交換條件，從而保證了整個城市和全市人民的生命財產安全。接著，解放後不久，他又受上級委託到了香港，和在香港的武漢工商界人士聯繫，向他們介紹情況，解釋政策，動員他們回武漢經營工商業。在他的勸說和動員之下，一些在港的武漢工商界知名人士紛紛帶領管理人員返回武漢，對武漢地區國民經濟的迅速恢復起了很大作用。

這是不該忘記而偏偏早被忘記了的往事，因為長期以來我們只相信天下是槍桿子——」小米加步槍」打下來的。如果真是那樣，打下來的武漢將是一片瓦礫，一片哭聲，而不會有紅旗招展的高樓大廈，樓前簇擁的歡樂人群，更不會有經濟的迅速恢復，人民的安居樂業。

1957年以後，正當壯年的華煜卿竟當了二十多年政府官員。在這二十年中，由副市長，到副省長，還有各級政協、人大、黨代會的代表和委員的頭銜。但是，無論是寫他的傳記，還是讀他的傳記，都會面對這幾乎是空白的二十年而感到驚訝。當然他也參加了種種運動，有時還很積極，但實際上卻只能用「無所作為」來概括。然而，這種客觀上的「無所作為」未必不是他的幸運和光榮，未必不是他主觀上的「有所不為」的結果。

同樣令人驚訝的是，「文革」以後，已年屆古稀的華煜卿老人彷彿一下子年輕了，回到了三十年前，又開始有所作為了。在這幾年中，他不但直接干預「平反」、「改正」的工作，而且一直密切關注著現實的發展，思考著改革中的新形勢和新形勢下出現的新問題。

1981年3月，聽說他病了，我到醫院去看他。談話很快轉到當時的熱門話題——批《苦戀》的問題上。他先問白樺的近況，又問我對《苦戀》的看法。我告訴他，前不久還見過白樺，他一切很好。說到《苦戀》，我說問題在藝術上，有不夠真實的地方。至於政治傾向問題，我說歷史是無情的，必

將證明批判個人迷信不但無罪而且有功。華煜卿聽了笑起來,但立即嚴肅地告訴我:歷史是無情的,人可是有情。個人迷信危害極大,當然應該批判,可當年跟隨毛澤東南征北戰的老幹部感情上轉不過來,也是正常的,可以理解的,所以要有個過程。說到當時的形勢,他又笑著說:白樺不是沒有事嗎?你不是在為他辯護嗎?可見和過去大不一樣了,不會亂整人了。

一直到今天,我眼前常常閃現出這位可親可敬的老人的面影。我接近他、尊敬他,不是因為那種老人們大都有的寬厚和慈祥,而是那種真正平等和誠摯的態度,特別是他內心裡的那種是非愛憎,那種精神上的棱角。從這裡,我認出了一個老知識份子,一個經過漫長的歷史磨煉而心裡一直珍藏著「五四」精神的老一輩知識份子。

──這不就是那個不怕「簸弄」,歷經「磨折」,而要「寫千古人間恨聲」的華煜卿嗎?

三

最使我意想不到的,是這個一生沉浮於工商界的老人,竟然還是一個多情的詩人,而且他的詩中佳句聯珠,情思細、感慨深,纏綿而又沉鬱,讀時使人神清氣沉。

1979年夏秋之交,一天華楚珩說要我去看他父親的詩。我感到意外,未及細想就跟著去了。那是我第一次走進華老的房間,一大間房裡並沒有多少陳設,有的只是些色調深重的舊式家具,有一對沙發,也是深色木框的。一切顯得簡樸而凝重,與一般上層人物家裡的氣派風格大不一樣。

一進門我就說是來看詩的。華煜卿連說不忙,坐下談談。於是我們就談起詩來。他先問我對新詩和舊詩的看法,我說我重視新詩而愛讀舊詩。華老說他年輕的時候讀過不少新詩,而真正喜歡的還是古典詩詞。他又問我喜歡哪幾個詩人,於是我們一起列舉了所喜愛的古今詩人的名字,篩選之後共得六人;遠的是李商隱、李後主,中間有黃仲則、蘇曼殊,今人是魯迅和郁達夫。於是,我們從玉溪生談到兩當軒,從兩當軒談到雙照樓,說汪精衛人品不好,前期的詩確實不錯,後來又饒有興味地談起郁達夫和黃仲則二人的身世和詩的異同。背誦到「十有九人堪白眼,百無一用是書生」這一聯時,相與感慨不已。待到我想起要拜讀他的詩作時,天色已晚,他在送我下樓時連

聲應允：好，好，以後再說。

後來，我從華楚珩手裡接過那本《舊作偶拾》時，我懷著複雜的心情打開了這個小本子——1951年印製的民主建國會武漢分會紀念冊，上面是用娟秀的小字抄寫的詩詞共102首。記得華煜卿老人曾說過，他的詩詞共有六百多首，在「文革」中抄家時失散了，他正在尋找。如今，讀著這已經找回來的一百多首詩詞，不由得使我想到，印在詩集、詩刊上的文字未必都是詩，而像華老這樣的似乎與文藝無關的人筆下流出來的真情實感，反倒遠遠要勝過那些獲得專業專利的贗品。

這當然不是偶然的。前面引的《太常引‧自題小照》，下闋的末兩句不是「慧業屬詩名，寫千古人間恨聲」嗎？這裡的「慧業」是佛家語，用的是謝靈運的典，見《南史。謝靈運傳》。可見，華煜卿當年就認為自己有詩人的稟賦才能，並以此私心自許。難怪他曾經說過，「我年輕的時候也是很狂的。」不過，他說的「詩名」並不是僅僅指精於聲律詞藻，而是要「寫千古人間恨聲」——感時傷懷，書寫國家和個人的命運和個人身世的不幸。正是在這裡，他和李商隱、黃仲則、郁達夫他們有了相通之處。試讀下面這兩首詩：

> 惻惻君西去，依依上客舟。
> 關河千里別，衣食一生憂。
> 骨相寒於水，人情淡似秋。
> 臨舷無限意，不語看荒流。
> （送翰哥之成都）

> 十月寒風水落潭，長街小巷賣黃柑，
> 三巴天氣近江南。萬里書來傷文客，
> 百年戰歇老丁男，眼前衣食最難堪。
> （浣溪沙。抗戰中鄉訊久端，忽接漢哥信）

這是戰前和抗戰中寫的，寫出了當時那種國勢家境的窘困和世態人情的可慮，平易而又深深。特別是前一首的當中兩聯，那種徹骨沉痛的牢騷語，讀過黃仲則詩的人不會沒有感悟而不為之擊節讚賞的。如果說，這兩首和社

會現實還不太切近，思想內容還不夠豐富，那麼再讀下面的：

讀甲午之戰史實

太息當年事，泫然淚欲流。

山川縈故夢，弦管起新愁。

百戰人何在，遺篇話尚留。

不堪重卒讀，無語看金甌。

讀《劍南詩草》哀東北

詞賦劍南老更衰，傷心不見九州回。

長城塞上終何用，雙鬢鏡中已見灰。

世事滄桑餘短褐，江山擾攘出奇才。

登臨每向遼東望，城郭依稀涕泗來。

這樣撫今追昔而又誠摯的抒發愛國熱忱，不僅反映了華老在抗戰中的進步情懷，而且像「長城塞上終何用，雙鬢鏡中已見灰」這樣沉痛焦慮的警語，就是在今天也不是人人能道的。

事實上，這都還算不上華老詩中的珠玉，因為他真正擅長的是情語，是那種細語纏綿的寄情兒女之作。試看這幾首：

採桑子。無題（二首）

鬢雲半掩梨花影，人自娟娟，月也娟娟，一樣清輝一樣圓。

燈前訴盡離情話，別已堪憐，見又堪憐，知道重來是哪天！

琅箋細寫殷情意，怕說相思，卻又相思，懊惱情懷各自知。

芳菲滿眼春如許，煙柳如絲，心緒如絲，萬縷千條綰別離。

浣溪沙。無題

枕簟清涼一夢回，十娘心事費疑猜，幾度欲去又徘徊。

芳草綠迷深院宇，夕陽紅映舊樓臺，開簾喜見燕歸來。

　　這是用不著注解而只須細細體味的：那麼清新曉暢又那麼曲折蘊藉，那樣熱切專注又那樣低回婉轉，真有一種「剪不斷，理還亂」的意緒。在這本詩詞中，有許多首「無題」，大都是既有李商隱又有李後主的影響，並非有意模仿而確實真實自然的佳作。

　　這裡不能不特別提及那幾首與他的夫人趙錦女士有關的詞，因為其中反映了他們愛情生活的另一個側面——患難與共，而且表現了華煜卿在「文革」那種特殊情況下的悼念之情。錄兩首：

浣溪沙。不寐示錦
攜得妻子萬里行，客中家計費經營，米鹽瑣屑負平生。
去日悲歡燈下語，中宵恩怨枕前情，鴉啼門外正三更。

臨江仙。悼錦
望斷遼天哀失伴，宵來夢魂何方。彌天風雨助淒涼。
靈前花一束，醒後幾迴腸。素被香篝重領略，任教淚滴空房。
重泉碧落兩茫茫。只餘遺影在，未忍細端詳。

　　前者寫於抗戰時期的重慶，後者寫于「文革」中的武漢；前者是夫妻相與慰藉，後者是孤獨而慘傷的悼亡。有了前面那種患難中的相互理解、信任和尊重，才有最後這痛徹心扉的哀傷，這種與遼遠的舊夢和眼前的風雨形成強烈對比的孤獨與哀傷。

　　讀完這102首詩，我才明白華煜卿何以要用那樣的題詞——在總標題「舊作偶拾」下，引了李商隱的《無題》一詩的尾聯：「此情可待成追憶，只是當時已惘然。」

　　——對於往事，對於那美好的青春和愛情，既要追憶又難追憶，當時已經惘然悵然，而今天牽情惹續，欲罷不能。這是一種豐富、微妙而又複雜矛盾的心緒和心理。然而，在華煜卿老人這裡，其含義當更為廣闊，也更為深刻：不僅是感情上的追憶，更有理性上的反思。

　　華煜卿就是這樣走完他的人生道路的：有所為也有所不為，在最後的奮鬥中也沒有停止思考，這是那些值得我們特別敬重的前輩的共同特徵。知識份子而停止了思考、反思，則一切的「所」——所為、所用、所養、所樂等

等，就都失去了意義。

　　我所認識的華煜卿就是這樣一個人，一個有良知的真正的知識份子，一個有著豐富內心生活而又簡樸可親的老人。

──2007年6月於武昌東湖

＊附記：這是1988年的舊稿，華煜卿已去世，官場和工商界都已人走茶涼，文藝界更與他無緣，所以此文只摘要刊登於某經濟管理雜誌，詩詞部分全刪。近日翻檢舊稿時發現此文，讀來仍不免唏噓，所以不忍拋棄。特別是，這樣的「資產階級」，在中國該不是獨一無二的罷，留此文以做歷史佐證。

龔嘯嵐

龔嘯嵐（1915-1998），湖北房縣人，劇作家、導演、戲劇理論家。一生創作、改編了大量戲曲（京、漢、楚）劇本，參與過許多重要劇碼的導演工作；一生從事革命的戲劇活動，在抗日戰爭時期和新中國成立以後的歷次文藝運動中，都作出過重要貢獻。

1938年，中華全國文藝界抗敵協會在武漢成立，龔嘯嵐就直接在周恩來、郭沫若、田漢的領導下，從事抗日戲劇活動，和田漢、洪深一起創作了多部戲曲劇本如《江漢漁歌》、《抗金兵》、《岳飛》等，並參與了導演工作。從武漢到長沙、到重慶，他一直和田漢在一起從事抗日戲劇活動，做了大量創作、研究、宣傳、組織工作。

新中國成立以後，在「十七年」和「新時期」，龔嘯嵐也都有重要貢獻。1952年在武漢舉行的中南戲曲匯演和在北京舉行的全國戲曲匯演，是中國戲曲史上的盛會。龔嘯嵐參與了這次活動的全過程，在崔嵬、陳荒煤、巴南岡的領導下，他做了大量工作，一些優秀的得獎劇碼如漢劇《宇宙鋒》、楚劇《葛麻》等的改編、導演工作，都有他的智慧和心血。1962年，龔嘯嵐參加了在北京和廣州召開的話劇、歌劇和兒童劇創作會議，聽取了周恩來和陳毅的重要講話，回來後積極推動武漢地區文藝界的調整工作，參與地方戲（楚、漢劇）傳統劇碼的挖掘整理工作，如陳伯華的漢劇《二度梅》的整理改編和導演。

進入新時期以後，龔嘯嵐已年近古稀，但依然熱情積極地投入搶救戲曲遺產和探尋藝術新路的熱潮。在整理舊劇、創作新戲、探尋新路、培養新人各方面，他都付出了心血；如創作了大型歷史劇《金田起義》，參與紀念辛亥革命的大型電視劇的策劃，特別是支持並參與著名京劇《徐九斤升官記》的創作。

龔嘯嵐在武漢地區戲劇界享有盛名，得到同行們的尊敬和熱愛，因為他一向為人低調，謙和樸素而又樂於助人。回顧六十年來的武漢戲劇運動，處

處有龔曉嵐的足跡和心血，卻很少有他的署名。他不慕名利，不計得失，只因為從小熱愛戲劇藝術，所以為之付出了一生的心血，雖歷經磨難，始終無怨無悔。

應該記住這位一生奉獻給藝術而從不向藝術索取什麼的真正的戲劇藝術家。

書骨畫韻蘊詩魂

——談魯慕迅的中國畫

　　魯慕迅的畫、書、詩和畫論，都深深打有他的人的印記，真的是畫如其人、字如其人、詩如其人、文如其人。在歷代中國畫家中，詩書畫印樣樣俱佳者不乏其人，並由此形成了中國畫的綜合藝術特色。而魯慕迅的這一切所表現出來的共同風格，這種風格所體現的他這個人的精神風貌，卻是現代的，有時代印記，所以他的畫不僅是地道的中國畫，而且是屬於現代的中國畫。

　　在怎樣認識傳統和怎樣對待現代性這兩個方面，魯慕迅都已有深入的研究和獨到的見解。在他看來，中國畫的傳統當然包括筆墨技巧，但又不僅僅是筆墨技巧，更重要的是歷代中國畫家對於藝術的特殊本質和特殊規律的理解和把握，即藝術觀和方法論。這就是他從中國歷代繪畫和畫論中概括出來的「寫意傳統」，「寫意的創作觀」。至於現代性，無非是這種傳統在現代文化背景下的發展。對此，他不僅勤於從理論上深入探討，而且更勇於在創作上大膽實踐。這種創作實踐與理論思考互相生發的特點，恰又是中國畫的性質所決定的，這也是一種傳統。中國美術史的一些有獨創性的大畫家，多有精闢的畫論傳世，因為中國畫講求風骨、神韻、意境，創作和欣賞都不能僅止於感性直觀，還要藉助想像和對於中國畫的獨特語言符號的解讀。中國畫的寫意傳統主要是由文人畫完成的，所謂「書卷氣」，就包括有文化素質、審美理想和人的精神風貌。「讀萬卷書，行萬里路」，正是對畫家的才情、學識、閱歷和人品的全面要求。止於眼前的觀察和手上的功夫技巧，而忽視了文化學識和品德修養方面的積累和磨練，是不可能成為有獨創性的大家的。

　　魯慕迅在其畫論中所概括的中國畫的基本特徵和基本規律，也體現在他的創作實踐中，這就是，重筆墨情趣——筆墨的表現性，重氣韻生動——具有審美意味的生命律動，重意境創造——象外之象，並分別稱之為「書骨」、「樂韻」、「詩魂」。先談筆墨，如他畫的《勁草》，全用逆筆向上

噴射而出，與其說這是凌空怒擊的勁草，不如說是內心情感的噴發。聯繫題畫詩中的「但向石間看勁草，可憐雜卉臥西風」，其中的生命、情感和運動，能使觀者心靈感應而作深長之思。《秋氣》除蓮蓬敗葉和幾隻蜻蜓外，主要用幾組斜線組成，富於現代構成的意味。從構成這一有機整體的線條筆意變化中，使人體味到「葉殘花盡香魂渺，猶覺錚錚氣骨存」的神韻。《高秋圖》、《醉臥東籬》和《野菊花》三幅菊花，以不同的筆墨表現不同的情趣。《高秋圖》有崇高蕭穆之感，花與葉用大塊面對比色，勾線用狂草筆法，造成既莊嚴又活潑的效果。《醉臥東籬》構圖富於張力，勾線如磚刻，單純而凝重。《野菊花》色彩明快，線條輕盈，味淡而遠。這裡提到的幾幅畫，雖是就筆墨而言，實則氣韻也就在其中了。下面還可以特別舉出《春景》和《柿林曲》，前者是用大小不等的色塊和點線譜寫的春天的田園曲，後者是以粗重的墨線為主調的金秋的變奏曲。兩畫的構圖極富現代感，在傳統的中國畫的章法中顯然是找不到的，但其筆墨的味又不失傳統神髓。

從這些畫的用筆運墨上可以看出，魯慕迅在作畫前的沉思默想中已經心如潮湧，揮毫時更是一氣呵成。這可以與他在畫論中對書法的表現藝術特性和「一筆畫」的重視相印證。這些畫的筆墨所表現的節律，就正是畫家的內心節律的的外化。音樂是心情的藝術，表現內心生活又訴諸內心生活。講求「暢神」「快心」的中國畫，當然更具這種音樂性。由此可見，氣韻雖是自然節律通過主觀情感在藝術上表現，但關鍵不在於對外物描摹中的生動逼真、生活氣息之類，而在於畫家是否真的把自己的愛憎悲歡飽蘸筆端使之流淌於畫幅之中。這就是魯慕迅在畫論中所提到的而在他的畫中所隱隱傳出的「樂韻」。這就是真藝術之靈府所在，也是詩意、意境之所由出。

真誠與虛妄的變奏

——初讀《迷冬》致胡發雲

　　用了整整兩天時間，匆匆讀完了你的長篇小說《迷冬》。讀的過程中我又一次進入了真正的文學欣賞的審美境界，動了感情，一次次地老淚橫流，不得不停下來思索回味，在內心裡和你筆下的人物一同回到那個動盪的年代，重新咀嚼其中的酸甜苦辣，重新辨識那不斷顛倒旋轉的舞臺上的種種，它們的真假善惡美醜。

　　在這裡，我首先要告訴你的是，你的這部小說促使我進一步確認了一些我早就想到而未敢確認的想法，即我對「文革」的某些看法，特別是對那一代青年人的看法。我是和他們，和你筆下的這些孩子們一起度過那段不平凡的歲月的。——用「孩子們」這一稱謂，是因為我對他們存有深厚又複雜的感情，即使是對那些給我戴高帽子，責罵我「放毒」的學生，我也不怪怨他們，因為他們所使用的「批判的武器」，有的就是我教給他們的。從你提供的這面鏡子裡，我不僅看到了許多熟悉的面孔，更窺見了他們的心靈，同時也看到了我自己，喚起了我的情緒記憶，從而進一步咀嚼、體認那些至今還未過時的敏感問題。你筆下的這一代年輕人，如今都已年近或年過花甲，在他們的記憶裡，那個遙遠的年代應該是歡樂與痛苦、自豪與懺悔、經驗與教訓同在的。那種高調的「青春無悔」和低調的「不堪回首」，都是不真實也不恰當的。事實上，他們是被愚弄、被利用，又被拋棄的一代；對於大多數人來說，是迷惘的一代，被犧牲的一代，因而也是應該得到人們的理解和同情的。至於那一代人當中的兩類特殊人物，一類是靠血統政治倫理而飛黃騰達者，一類是在苦難中覺醒而自我奮鬥終於成材者。前者就不用說了，今日中國的種種問題大都與他們有關。後者當中的科學家我叫不出名字，我只知道人文學科中的經濟學家楊小凱，歷史學家高華。不幸的是，他們都已英年早逝，未能做出更大的成就。但就從他們已有的學術成果來看，顯然都與他們當年所經歷的苦難有關。——由此，我想到了你，你應該成為文學界的高華，承擔起在文學作品裡重現那場災難的重任。

　　這裡有一個問題，就是文化大革命能不能寫和怎樣寫的問題。我說的不是政治方面，是藝術表現方面。因為那一切太不正常，太離譜，官方檔稱之為「浩劫」、「災難」，在人們的印象裡也主要是暴力、混亂，打砸搶，無法無天。魯迅就說過，不是任什麼都可以成為藝術描寫的對象的，有人畫蒼蠅，畫毛毛蟲，卻沒有誰去畫大便。單是暴露黑暗，專門揭發邪惡、骯髒的東西，是難以成為藝術的。晚清那些專門描寫官場腐敗和社會墮落的作品之所以被稱為「譴責小說」，評價不高，問題就出在這裡。所以，我曾懷疑是否能如實地描寫「文革」那段生活，太不正常，太離譜的東西被如實地寫進作品，就可能成為漫畫，顯得荒誕、虛假。及至讀了你的《隱匿者》，我開始改變看法，覺得「文革」不但可以寫，而且應該寫。如今讀了《迷冬》，這一看法就更明確了。不過，應該改變一種久已成為習慣的說法和看法，即「寫」或「反映」哪段歷史、哪個時代、什麼事件的習慣說法。因為離開了人這一最主要的創作對象，歷史、時代、運動等等都是抽象的，不能成為審美對象。所以，能夠寫也應該寫的，不是「文革」這場運動，這個事件，這段歷史，而是那一特定時空條件下的人，他們的思想感情，他門的靈魂和命運，一句話，那場災難中的人，他們的感情、心理，他們的靈魂。

　　這牽涉到一個理論問題，一個流行了幾十年的謬論──把文藝的內容和功能判定為對客觀生活、社會歷史的認識和反映，卻忘記了或有意排除最重要的對象──人的感情、人的靈魂。正是這種機械唯物論和庸俗社會學的文藝觀，把文藝創作逼上了公式化概念化的歧路，同時也敗壞了、降低了人們的閱讀鑒賞水準。正如波特賴爾所說：「假如藝術家使公眾愚蠢，公眾反過來也使他愚蠢。他們是兩個相關的項，彼此以同等的力量相互影響。」──反過來也一樣，真正的藝術作品與正常的藝術鑒賞力也是互相影響的。你的《如焉》引發的爭議就起到過這種作用，《迷冬》的發表，也會有不同反應，起到同樣的作用。

　　你沒有正面寫「文革」這一政治運動、政治事件本身，寫了運動中的一群年輕人，還有他們的父母長輩，這兩代人的性格命運，他們的感情心理。我匆匆讀了一遍，就有二十幾個鮮活的生命留在了我的心裡，引起了我對他們的同情、關切和進一步的思考，思考造成這一切變化的原因──那一場文化大革命究竟是怎麼一回事。我發現，你這部小說裡沒有反面人物，準確地說，你的筆下沒有「歌頌與暴露」，人物難分正反面，而流淌在整部

作品裡的，是一股溫情脈脈的情感之泉。有歡樂與痛苦，喜悅與憤怒，追求與希望，卻沒有仇恨，更不要說那種「你死我活」的血腥火藥味了。即使對於那些滿口惡言穢語，手揮銅頭皮帶的「紅五類」，你好像也沒有把他們當作「反面人物」而進行「暴露」、「鞭撻」。寫他們的狂妄粗暴野蠻殘忍，也只是略加勾勒，點到為止，因為他們畢竟是未成年人，他們心裡的邪火，身上表現的惡行，都來自上面，他們的父輩。這些年輕人全都是1949年前後出生的，當時也不過十六歲上下，真的是「生在新中國，長在紅旗下」的一代。在同一個城市、同一個學校、甚至同一個班級讀書，本應親如手足，情同姐妹，何以頃刻之間變成了「紅與黑」對立雙方，而且是一方居於主導地位，討伐、羞辱、摧殘另一方。——「文革」的導火線和中間反覆顛倒的奧秘就在這裡，就在「血統論」這把陰陽扇上。這把煽起階級鬥爭的扇子的兩面，分別寫著「血統論」與「有成份不唯成份論」。先用這一面煽動紅五類起來造黑五類的反，再用另一面煽起黑五類起來保衛自己的生存權，然後再反轉來「清理階級隊伍」……。你寫了早期紅衛兵的惡劣形象，提到了他們那首野蠻腐朽的《鬼見仇》歌曲，卻筆下留情，點到為止，大概就因為你把他們也看成受害者，受了階級鬥爭邪說之害。

在這個問題上，老伴和我有分歧，她提出兩點不同看法：第一：「文革」初期的「紅色恐怖」寫得不夠，實際上就是對「文革」罪行的淡化、回避。第二，「文革」爆發以前的那種「山雨欲來風滿樓」的形勢，那一股股階級鬥爭的寒風——國際上帝修反「亡我之心不死」，國內階級敵人「人還在，心不死」，勞動人民有「吃二遍苦，受二茬罪」的危險，這類說教對年輕人的影響，是不應該忘記，不能忽略的。

對於第一點，前面我已經說過，這是暴露黑暗、醜惡的分寸問題。她顯然是從「寫」和「揭露」那場災難的角度著眼的。實際上你已經寫了，有節制地寫了幾個打人、逼死人的暴烈行動和場面，同時在主要人物的思想活動與命運的敘述中，都包含有受傷害凌辱的內容。讀者進入作品的藝術境界，與人物之間有了精神感應，感情交流，自然會感同身受地體認到那場災難的醜惡可怕。這是讀文學作品與讀新聞、歷史資料不同之處，所以問題不完全在作品本身。倒是她提到的第二點，我覺得很有道理。至今我還清楚地記得，「文革」爆發前那幾年，是在階級鬥爭之弦越繃越緊的緊張氣氛中度過的——「千萬不要忘記階級鬥爭」、「階級鬥爭要年年講、月月講，天天

講」。校園裡課堂上，不斷提到「突出政治」，強調「階級路線」，這都是在為即將到來的那場大風暴做準備。你的小說從「大串連」開始，對前面的這種精神上的熱身運動毫無鋪墊和暗示，是忘記了還是有意跳過去的？

我最欣賞的是第51節的那個「觸及靈魂的座談會「。我不知道這是寫實，有所本，還是你的想像虛構，反正是很有意思。那是一次很特別的「訴苦」，「憶苦思甜」，一次完全自發、自願又自由的「交心」活動。一些出身不好的同學大膽「亮私」，交代自己父輩的歷史問題，同時述說遭受「資產階級反動路線」迫害之苦。他們在「文革」初期被打成「黑五類」、「狗崽子」，受到歧視、凌辱、摧殘，有幾個人都曾經在江邊徘徊，想要投江自殺。是這個不講出身成份的宣傳隊給了他們希望並收留他們，使得他們有了活下去的勇氣，在這個不抓階級鬥爭而重友情的小團體裡從事文藝活動，並從中得到感情上的慰藉和精神寄託。所以，他們才如此熱愛、珍視這個集體。──這些發言都是真誠的、深情的。這中間，你插入了一個看似突兀而我以為大有深意的插曲，這就是那個往往出言引人發笑的錢道強，五代貧農出身而且當時依然最貧困的真正的勞動人民子弟，他坦誠地說出了自己的感受，說他一直過著貧困的生活，有時曾想過，如果能吃飽穿好，他寧願生在地主資本家家裡。還說：「聽了大家的發言，才知道你們生活得也很不容易，吃的是另一種苦。現在我們扯平了，以後要團結友愛，不要互相看不起。」──這段話使得在座的人都覺得可笑又覺得有理。讀到這裡，我卻想到了更多更深的東西：這不就是「階級調和」、「階級鬥爭熄滅」論嗎？換一個角度看，不就是消除「異化」的問題嗎？物質極度匱乏，精神嚴重扭曲，都會使人不成其為人；同樣，那些使別人不成其為人的人本身，也同樣不成其為人，失去了人性，也就是人的「異化」。在這裡，「紅五類」與「黑五類」就同樣處在人與非人，人性的喪失與回歸的矛盾衝突之中。你的《迷冬》之「迷」，「狂歡與煉獄」的寓意，大概都與此有關。一邊是「團結友愛」的健康成長和藝術訓練，一邊是「你死我活」的階級鬥爭、路線鬥爭。正是從這裡，我看到了「真誠與虛妄的變奏」。

小說是從一對初戀中的戀人在「文革」初期的分離與重逢開始的。以後的全部內容也都是以他們為中心，寫一群少男少女在那場「大風大浪」中的沉浮、悲喜與安危。你沒有寫他們之間的矛盾衝突，寫的是他們的性格命運，特別是心裡和感情──他們之間的友情，那種同齡人和同窗之間的無私

的友誼：男女生之間那種朦朧而隱蔽的愛情；他們與家人之間的親情，那種與生俱來的骨肉之情。無產階級文化大革命中叫喊得最響亮的是「階級情」，對黨對領袖的似海深情。顯然，這是兩種不同的感情，親情、愛情和真正的友情，都是「無緣無故的愛」，是不計較利害得失的。階級本來就是由物質利益、經濟地位的不同而形成的；所謂「階級情」，自然離不開利害得失，因而必然是有條件的，不會是「無緣無故」的。你寫了何其亮、宮小華在政治上和父親「劃清界線」，而內心裡的親情卻無法割斷。同時，你也寫了「保爹保媽派」的梁氏兄弟，他們原先對領袖充滿「階級感情」，「無限崇拜、無限熱愛」，可是一夜之間就變了，變為懷疑、怨恨。你是在不經意間觸碰到了這個人性、人情與階級性的關係問題，引起了我的聯想——上世紀中後期那些因「人性論」、「人情味」而遭批判的作品，多半未被真的「批倒批臭」，至今依然還活著。倒是那些專寫階級鬥爭、階級情的作品，卻大都被人忘記了。二者的區別不在於是否「反映生活」，而在於是否有真感情，發自人性本源的人類之愛，即「無緣無故的愛」。可見，魯迅所說的「創作總根於愛」，實為至理名言。你的小說從《如焉》到《隱匿者》，到這本《迷冬》，全都是寫情的。這個長篇更是自始至終貫穿著飽含感情的旋律。一開始是一對年輕戀人的朦朧而純真的愛情絮語，最後由鄉情引發的各種感情的大爆發——久別故鄉而長期被隔離在邊遠高原上的人們對故鄉和親人——包括親友、師生、鄰里等各種故舊的思念，那種包含著複雜歷史內容而又單純的人與人之間的深情，匯成一片哭聲，因為匆匆相見而又被迫立刻分離的難捨難分的悲情。正是在這裡，我抑制不住流下了更多的淚水。

這些寫情的內容，有許多涉及到了音樂。有人勸你刪減這些文字，我曾表示不同意，這裡就簡單說說我的看法。我並不真懂音樂，年輕時參與過多種器樂和聲樂活動，後來也一直關心音樂，實際上也只懂一些皮毛。但有一點是清楚的：在各種藝術門類中，音樂是最直接、最純粹、最充分地表達人的感情的。所有藝術都包含有音樂成份，連書畫雕刻都講「節奏」，何況文學。所以詩人柯勒律治說，「心靈裡沒有音樂，決不能成為一個真正的詩人。」你這部小說的寫情是與音樂的描寫緊密相連的。這實際上也就是上面提到的那個理論問題：文學藝術的本質和特殊功能究竟是什麼？在我們這裡成為真理和常識的「反映生活」論，是1926年開始從日本輾轉引進的蘇俄教

條，當時就受到魯迅的嘲諷批判，在上海站不住腳，後來傳到延安後才成為「真理」。不知道你注意到沒有，魯迅在介紹廚川白村的《苦悶的象徵》時，曾提到托爾斯泰的《藝術論》，肯定那個「定義」，即「藝術是人們傳達感情的手段」。事實上，魯迅的小說全都是抒情寫意的，非要說是「反映生活」，以致讓人讀不懂或感到枯燥無味。《紅樓夢》也一樣，作者說得很清楚：「字字看來皆是血」，「滿紙荒唐言，一把辛酸淚，都云作者癡，誰解其中味？」——癡情，血淚，所以王國維和魯迅都說是「悲劇」。什麼「封建社會」、「階級鬥爭」、「四大家族」、「幾條人命」云云，全是不懂裝懂的荒唐謬論。你走的是曹雪芹和魯迅的抒情言志的正路，也是古今中外真正藝術創作的正路。

這裡，還有兩個問題應該提一下，這就是關於「借他人酒杯，澆自己塊壘」的問題，對毛澤東詩詞的看法問題。

我不知道你讀過朱自清的《經典常談》沒有，寫於1942年的這本小書裡，有一段談《詩經》的創作與流傳情形的文字：「有了現成的歌兒，就可以借他人的酒杯，澆自己塊壘；隨時揀一支唱唱，也足可消愁解悶。」——這說的是文藝創作與藝術欣賞全都是為了抒情，與托爾斯泰的看法一致。不過他所指的是再創造或二度創造——唱別人創作的歌，抒自己的情，二者之間的差異。你一開始就寫到了這種現象，主人公多多在串連歸來的輪船上即興演奏手風琴，拉的是《流浪者之歌》，報節目時說的卻是《達吉克人民熱愛毛主席》。在那個只能歌頌領袖而絕不允許演奏「封資修」黑貨的年代，他的這一招竟然瞞過了眾人，獲得了熱烈掌聲。演奏者與聽眾的情緒是完全兩樣的。正是這個既「複雜」又單純，既「頹廢」又有追求的年輕人，為他那個中學生文藝宣傳隊命名時，選擇了「獨立寒秋」這來自毛澤東詩詞的四個字，既符合潮流又另有寓意。他對節目所做的藝術處理，全都是為了更好地「澆自己的塊壘」——表達他們自己的感情，他們自己的憧憬，與大局即上層路線鬥爭並無多大關聯。正是從這裡，凸顯出這些年輕人的「獨立」，他們的非紅非黑「灰五類」——主要是知識份子家庭出身，有文化傳承，所以「複雜」、「頹廢」，也正因為如此，他們才站在歷次運動中被整肅被壓制的造反派一邊，而且比較理性，溫和，在那個火熱的你死我活大風浪中，確實堪稱「獨立寒秋」，屬於「另類」。他們的真誠與虛妄，歡樂與苦悶，均源於此。

　　正是這個有點獨立精神的多多，竟敢「腹誹」被億萬人跪頌膜拜的毛澤東詩詞，挑出不少毛病。這讓我想到馬克思引用過的那句警語：「偉人們之所以顯得偉大，是因為你自己在跪著──站起來吧！」──其實，多年來不斷有人私下裡議論毛澤東的詩作，八十歲以上受過傳統文化薰陶的人，大多能看出毛作的毛病，估量出它們的斤兩──比之於我最欣賞的梁啟超、汪兆銘、魯迅、郁達夫四人的詩來，那些作品只能算「三流」。我曾和舒蕪、宋謀瑒談及毛作特色：有氣無情，氣魄、氣勢、氣象都很宏大；親情、愛情、友情，全都淡漠。寫到楊開慧，總該有點兒情了罷，卻還是「曾伏虎」「傾盆雨」那樣的「大氣」。這與他的整個人生有關，真的是「詩如其人」。然而，無情焉能成詩？至於格律毛病，他倒有自知之明，曾對陳毅談及。──我說這些，是為了證明，在紅太陽「最紅最紅」的時候，也依然有人敢於直立正視，並指出其中有黑點。你筆下的多多，就是當時確實存在的這種身上還保有真正五四新文化精神的又一代知識份子。

　　你好像在追求、探索一種新的小說風格：結構上不分章只分節，一節短的千餘字，長者近萬言。描寫少，敘述多，以散文筆調娓娓而談。談音樂令人感到音響滿耳，說西域景色讓人如身臨其境。──聽覺、視覺、意象，都有美感，這是在向「語言藝術」的文學的回歸。

　　因為是初讀，主要談好印象。當然有感到不足的地方，主要是兩代人的關係，幾個長輩的插曲好像是外加的。另外，老伴那個看法還是有道理的：「文革」災難寫得不夠，未經過那段歷史的年輕人會像我這樣受感動嗎？我是被勾起了自己的有關記憶，才老淚橫流的。──匆匆閱過，信手寫來，已經夠囉嗦了，就此打住。

2012年8月26日於武漢

文學是什麼？

──讀胡發雲的小說想到五四文學革命

　　由謝韜先生題寫書名、裝幀精美的胡發雲小說集《隱匿者》，到我手上已經一個多月了，我還沒有讀，老伴張焱先讀了。她也是個老編輯，不搞理論，作品讀得比我還多，常常向我推薦好作品，介紹有關創作狀況。這次又是她，說胡發雲的作品是「另類」，許多年沒有讀到這樣的作品了：似曾相識又覺得新鮮，讓人動情更讓人思索，讀後心裡不舒服卻還想再讀；會有人讀不懂或不喜歡這樣的作品……

　　於是，我放下正在寫的東西，先讀《隱匿者》。我的視力微弱，有幾篇是老伴讀給我聽的。讀著聽著，我就想到了這個似乎有點大而無當的題目。

　　──既然想到這裡，就從這裡說起罷。

一

　　讀小說，讀得我老淚橫流，久久不能釋懷，這確實是很久以來不曾有過的。正是從這裡，讓我想到了五四和文學革命。文學革命發生在1918年，距今已整整九十年。這中間，剛好三個三十年，分別以1918、1948、1978年開始，構成了一個文學上的「否定之否定」三段式。第一個三十年，一般通稱「現代文學」，從一開始，先驅者們就不曾否定中國古代「言志」、「緣情」的美學主張，而是把它融入了從西方引進的新思潮之中，形成了具有主觀抒情性和理性批判精神相結合的新文學的啟蒙主義新傳統。──我就是在這種文學居於主導地位時開始文學啟蒙的。巴金說過，他進行創作的時候，是和書中人物一同歌哭，一同歡笑，在內心裡重新經歷那種生活的。我讀作品的時候，也同樣是和書中的人物一同歌哭，一同歡笑，受到感染而有所思有所悟的。所以，是否有情，能否從感情上打動我，在我的心靈深處產生震顫，是我衡量、評價文學作品的重要標準。後來，這種看法受到批判，在理論上受過教條主義的影響，但在閱讀欣賞習慣上，卻從未改變過這種以

「情」為中心的價值取向。

第二個三十年即通常所說的「當代文學」階段，我之所以提前一年，從1948年算起，是因為那一年開始批判胡風的文藝理論和路翎的創作。胡風重視作家的主觀精神在創作中的作用，強調文學創作的「感性活動」特徵。路翎創作中那種主觀抒情色彩和理性批判精神，正是胡風理論和五四新文學啟蒙主義傳統的最後的閃光。否定了這一切，就轉入了第二個三十年——教條主義理論橫行，公式化概念化作品氾濫的「當代文學」即「十七年」＋「文革十年」階段。對於這一階段，後來陳荒煤曾有過沉痛的反思，說他們當年（指「十七年」）「做了一件極為愚蠢的事情，把人情、人性、人道主義、感情、靈魂、內心世界等等，一律予以唾棄……到了十年浩劫時期，文藝終於成了無情的文藝，無情的文藝終於毀滅了文藝，這真是無情的惡夢！」（《回憶與探索》）——不知道他意識到沒有，那種「無情的文藝」不僅毀滅了文藝，也造就了「無情的讀者」，使得整個社會的閱讀鑒賞能力普遍下降。不少人把薛寶釵視為擇妻的榜樣，而完全不理解林黛玉的精神氣質；說安娜是壞女人，說于連是深夜入室勾引少女的流氓等等。在那種「徹底唯物」的時代思潮的薰陶下，他們只知道「三大革命實踐」，而不知道人與人之間、人的內心世界還有更複雜更美好的東西。在那種「無情」的文藝理論指導下，他們已經習慣了那種「通過什麼反映什麼、說明什麼問題」的閱讀習慣，人物、故事、主題、傾向都清清楚楚；敵與我，正面與反面、光明與黑暗、歌頌與暴露，全都一分為二，黑白分明，卻不知道什麼是審美鑒賞。由此，我想起了波特賴爾的話：

> 假如藝術家使公眾愚蠢，公眾反過來也使他愚蠢。他們是兩個相關聯的項，彼此以同等的力量相互影響。（《1859年的沙龍》）

事實不正是這樣麼？積重難返，這種狀況至今也還沒有完全改變。

進入「新時期」即第三個三十年以後，文壇上新潮迭起，成就顯著，超過了剛剛過去的三十年。但總體藝術水準並不高，遠不能與第一個三十年相比。究其原因，主要是還沒有回歸到以「情」為中心的文學本土，還沒有擺脫以往那種文藝教條的束縛；我所說的是：取代了五四新文學啟蒙主義傳統、而在第二個三十年中居於主導地位的「反映生活」論。

前面提到，五四時期形成的那種既有外來新潮又有中國傳統的啟蒙主義文學觀，可以借用托爾斯泰的《藝術論》的觀點來加以說明，其要義就是「傳達感情」。這是兩種完全不同的關於藝術本質特徵的解說：「反映生活」，屬於主客觀二分式，主觀對客觀的認識；「傳達感情」不是認識，而是超越主客觀二分又統攝了主觀和客觀的物我為一、情景交融的審美境界。不懂或不承認藝術創作的這種本質特性，用唯物主義認識論（反映論）解說藝術創作過程，是造成「無情文藝」的重要原因之一。

到了世紀之交，文藝界真的進入了「世紀末」，急驟分化，各行其道：趨勢媚俗者回到了「幫忙」「幫閒」的老路，而且比先輩們走得更遠，更加肆無忌憚；真愛藝術而又憂深思遠者，自覺或不自覺地回歸到了啟蒙主義的正道。

是胡發雲，讓我辨識出正在重新顯現的這條正道。從他的聲音語調裡，開始有一種舊雨重逢之感。後來讀得多了，逐漸發現，他的小說難以歸納主題，人物難分正反面，讀完全篇卻難以斷定是歌頌還是暴露。他那略嫌低沉、溫和而深情的語調，久久迴響在耳際、在心頭，讓我想起了魯迅、郁達夫、巴金、沈從文……

二

讀了《隱匿者》，我立刻想到了《如焉》，想到了兩年前的那些議論：稱讚者和批評者都把注意力集中於作品所涉及的一些歷史事件和相關思想，只有少數人注意到了它的文學要素──感情和語言。批評者認為這部小說在人物塑造和結構佈局上都不夠標準，是有思想而缺乏文學性。如果用同一標準來衡量這本《隱匿者》，可能更不合規格：主題思想、人物形象、傾向性等等，似乎都不夠鮮明突出。其實，陳荒煤所痛悔的那種「無情文藝」，倒大都符合這種「鮮明突出」的規格，這類作品堪稱「汗牛充棟」，可現在還有多少人還記得它們，再去讀它們呢？

相比之下，胡發雲的作品確實屬於「另類」，是回歸「有情」之正道的真文學。讀他的作品時你會發現，他不是置身事外地用生活素材塑造形象以表現某種思想觀念或認識，他是在抒情、在傾訴，在表達他的感情，他對筆下人物的關切、同情、惋惜、體諒、遺憾……總的是一種善意，一種悲憫情

懷。從《老同學白漢生之死》和《駝子要當紅軍》這兩篇小說裡，可以清楚地看到這一特點。

這兩篇小說的情節和人物性格都比較複雜。白漢生原本是個老實平庸的人，初中同學聚會，竟然都忘記了班上還有過他這個人。是經濟改革大潮改變了他的命運——被人利用又代人受過，頂罪入獄，後來又因此而受到照應，利用價格雙軌制發了財，從此改變了他在眾人中的地位而受到注意和尊敬。為了回報這種尊敬，他盡其所能地滿足人們的需求，終因虧空破產而自殺；他寧肯以個人生命相抵，而不願牽累別人。作者在以第一人稱帶有同情和惋惜的口吻敘述這一切的同時，說到了前前後後人們對白漢生的讚揚和非議，像輕輕的歎息，慨歎人世的冷暖。

《駝子要當紅軍》的主人公趙耀的一生，卻是另一種景象，另一種調子。趙耀出生在邊遠的窮山村，早年喪父，孤兒寡母常常受到愚昧的鄉民的欺凌。十四歲那年，他憤而放火燒了自己的家，投奔了紅軍。以後幾十年，腥風血雨，九死一生；到老來功成名就，兒孫滿堂。在慶賀八十大壽的時候，他意識到自己以往引以為自豪的「三十功名塵與土，八千里路雲和月」，都已經在兒孫們的戲謔中被「解構」了；他心底留下的，是久遠的傷痛，一種深深的愧咎之情：深感對不起自己的母親、妻子和大女兒。當年放火造反時，不理解母親的苦況，也不顧及她的死活；結婚成家以後，他從沒有想到過妻子的獨立人格和事業，後來更以專制的方式包辦了大女兒的婚姻，造成了她的不幸……

這兩個人物的命運際遇很有些相似之處：第一，他們的生命軌跡都呈馬鞍形或拋物線形、都是從卑微走向顯赫，最後歸於涅槃。第二，他們的發跡既有偶然性，更是歷史的必然：都是糊里糊塗地進入了歷史的大峽谷，一個是在經濟大潮中發了財，變為富豪；一個是穿過戰爭烽火倖存下來，成了英雄，而這又都是他們始料所未及的。第三，他們的過錯——白漢生的經濟犯罪，趙耀的放火、吃人肉，都不能完全由他們個人負責，都有更複雜的歷史和文化的原因。最後，他們的結局，肉體的與精神上的涅槃，都讓人感到惋惜並產生同情。

也許，這正是促使作者寫這兩篇小說的內在動因：他是在追憶往事，懷念故人，唱歎人世冷暖，思索歷史真相，抒發他那具有人道主義精神的悲憫情懷。這中間，他好像特別看重這兩個人物身上保有的人性——誠實和善

良。白漢生對待家人和同學的那種誠摯，對待自己歷史汙點（有前科）的那種坦然，最後的以生命承擔一切，這都是極其難能可貴的。同樣，老紅軍趙耀的精神上的變化，也很值得注意，依他那樣的經歷和身份，能夠重新面對歷史，不去維護那種虛幻的輝煌，特別是能自責、有愧疚，最後沒有說要去「見馬克思」，要進高層革命公墓，而是準備魂歸故里，回到那個邊遠的窮山村，去尋找、去陪伴他那不知所終的不幸的寡母。——不管他們的經歷和身份多麼不同，應該承認，這兩個人物都是老實人、好人。是他們心裡的那種真情，他們身上保有的那種人性中最可寶貴的品格——善良和誠實，打動了作者也打動了讀者。

還有，這兩篇小說都是複調多重奏，在白漢生從發跡到破產以及他和老同學交往的過程中，穿插著他和陳雅紅二人的感情變奏曲，從青春期夢幻般的暗戀，到中年以後的清醒而憂鬱的婚外情、黃昏戀，好像順手勾勒幾筆，卻真實而脫俗，更顯得白漢生的老實、善良，令人為他感到惋惜，遺憾。同樣，在寫老紅軍趙耀從偏遠窮山村走向北京將軍府這條主線的同時，也有另一條線索穿插其間，這就是趙耀的親家，那個為抗日救國而投筆從戎，當了國軍少將而又留在大陸成為教授的知識份子。他們二人曾經是「友軍」、敵人，後來又有過同樣的經歷：1956年，熱血沸騰地準備為祖國建設獻身；1966年，成為牛鬼蛇神遭受磨難，最終在反思中互相理解，化解隔膜。一曲《駝子要當紅軍》的童聲合唱貫穿始終，使這一切當中帶有了祖孫、翁婿的親情暖意。

超越階級，從人性的高度來看白漢生所處社會的眾生相，從中發掘人性之善之美；超越黨派，從大歷史的視角回顧趙耀和他的親家所共同經歷的戰亂紛爭，重新領悟歷史的真假是非。——這是我從這兩篇作品中領悟到的主要意蘊。

三

我更欣賞也更看重的是《隱匿者》和《葛麻的1976—1978》，我覺得，這兩篇小說有些像「姊妹篇」，不僅所寫的題材都與「文革」有關，它們的總的意蘊都有明顯的啟蒙主義傾向。我讀《隱匿者》的時候，立刻想到了魯迅的《狂人日記》；讀《葛麻》的時候，也想到了《阿Q正傳》。

　　《狂人日記》本是一聲震撼人心的啟蒙吶喊，是清醒而沉痛的民族自省的獨白。那裡面沒有「階級鬥爭」，有的是人道主義和個人主義。所謂「吃人」，指的是精神上的毒害，「家族制度和禮教的弊害」對國人的束縛和麻醉，致使「不把人當人」成了中國社會生活的常態。小說結尾處那聲「救救孩子」的呼喚，就是希望下一代中國人能走出這種「不把人當人」的愚昧野蠻境地。不幸的是，以後的「階級鬥爭」取代了啟蒙，「反封建」更成為一句連提都不再提的空話，魯迅所極力反對的「家族制度和禮教」改頭換面以「革命」的名義大行其道。特別是在教育領域，從幼稚園到各級學校，出身成份愈來愈受到重視，由此而來的「紅黑貴賤」的差別愈來愈嚴重地啃噬著孩子們的心靈，在他們心裡播下了猜忌、敵視、仇恨的種子。進入上世紀六十年代，在校園裡、課堂上、孩子們的心裡，文明與野蠻、良知與偏見的衝突愈演愈烈，直到1966年那個血腥的「紅八月」，紅色貴胄們亮出了他們的底牌：「老子革命兒好漢，老子反動兒混蛋」——這種赤裸裸的種姓制血統論的瘋狂叫囂，不但與魯迅的「救救孩子」背道而馳，而且是把歷史拉回到了辛亥共和、戊戌維新以前，由這種蒙昧思想指導下的暴烈行為，只能說是一種醜惡的「返祖現象」。

　　《隱匿者》所寫的，就是一個當年的紅衛兵，後來對自己以往那種「不把人當人」的暴行的反思、自省，以及由此引起麻煩的故事。小說裡的一個人物提到：「中國有句老話，叫『知恥近乎勇』，可惜我們社會中這樣的勇者越來越少了！」——大概正是有鑑於此，胡發雲才寫了這篇小說。能以這樣的勇者為對象寫出小說，勸戒人們知恥，已經是難能可貴的了，更可貴的是，他揭示出了當年紅衛兵暴虐行為的個人和社會的深層原因。

　　小說主人公當年是個十六歲的初三學生，他為什麼要打他一向敬重的老校長呢？因為他前一天晚上突然得知，他的擔任省委宣傳部副部長的父親被揪出來了，這就是說，他很可能就要從「紅五類」落入「黑五類」，成為「狗崽子」了。他恐懼而又憎恨，強作鎮定地參加了審問老校長的造反行動。他極力保持自己「紅五類」的威嚴，極力表現自己的「紅」與「忠」，表現出強烈的革命義憤，把因父親倒臺而從心底昇起的憎恨轉移到眼前的鬥爭對象身上。不想表現過份，失去控制，動手打了老校長，導致了後來的悲劇。——這都是那個「有成份、不唯成份、重在表現」的陷阱，使得多少單純的青少年變成了「吃人」的暴徒！

　　胡發雲的深刻之處在於，他揭示出當年的施暴者同時也是受害者，而這一切，全都基於那種野蠻的叢林法則──「你死我活」、「不鬥行嗎？」──如今，勇於自省者是要堅決告別那種「吃人」的歷史及其野蠻的意識形態；拒絕自省的隱匿者阻撓別人自省，是唯恐失掉什麼。對照一下《狂人日記》，當能悟出更多東西來。

　　現在再來看《葛麻的1976-1978》（以下簡稱《葛麻》），這是我和老伴都特別欣賞的很有些特別的作品。說它特別，首先在於行文的流暢自然：全文近四萬字，不分章節也沒有空行，（這在他的全部作品中是獨一無二的），從頭到尾一氣呵成；讀來如聽人敘舊，似無章法節奏卻娓娓動聽，引人入勝。他是用一種略帶調侃而一往情深的語調述說的，所以能把作者和人物和讀者的心拉攏，感染讀者。不是有「意識流」「生活流」嗎？我說這是「情感流」，字裡行間流淌著作家的感情，這是古已有之的文學語言的特徵。

　　這篇小說的第二個特別之處，是它的輕故事而重細節：從介紹葛麻的來歷到正面寫他的「革命造反行動」，全是細節小事；沒有曲折完整的故事，也沒有懸念、高潮。「這一個」葛麻和他身上所包含所折射出來的既深且廣的歷史文化內涵，就來自這些細節小事。看了葛麻對待女性和孩子的那些細節描寫，我想起了馬克思和胡適都說過的一種看法：從對待婦女和兒童的態度，可以判斷人的文明素質如何。葛麻在女性面前的那種矜持、畏縮；他對孩子的那種無條件的愛，顯示出他的淳厚善良，讀時令人感動。這就是細節的力量。──把小說、戲劇確定為「以寫人敘事為主」而忽略了其「抒情」、「傳情」的本質特徵，從而重視編排情節、刻劃人物，卻忽視了細節和敘述語言──這是多年來的誤人謬見。從莎士比亞到托爾斯泰；從湯顯祖到曹雪芹，都不是這樣看、這樣做的。

　　第三個重要的特別之處，是他獨具慧眼，抓住了1976─1978這個歷史的空檔，而且看出並如實揭示了它的本質：這不是一般的孤立、停滯的時間段，而是如汽車行駛中的「空檔」──任由原來的慣性繼續滑行──那不就是「文革以後的文革」嗎？一點不錯，葛麻的造反和對葛麻的批鬥、關押，都是「文革」中演練多年的鬧劇：上層的路線鬥爭，中間的奪權鬥爭，基層葛麻們爭取基本生存權的鬥爭，同樣的旗幟口號，那內容和指向卻大不相同，有著嚴重的誤解和錯位，各式各樣的陰差陽錯不一而足。可以說，這個「空檔」實際上是前面幾幕大戲的尾聲，濃縮了全劇的精華。

最後，還有一個更重要的特別之處，那就是：作品裡貫穿著一種「文化流」——這名稱是我臨時杜撰的，指的是作品中人物的文化心理和精神氣質及其歷史文化淵源。小說裡多次提到，葛麻們的日常生活用語中，有許多話都來自戲曲電影和樣板戲，「語言是思想的直接現實」，可見他們的思想觀念與這種文化的關係之深。葛麻的一生，從棄兒、孤兒、流浪漢到進廠當工人，到「文革」中造反又被批鬥，到二十年後那番驚人的議論，這中間確實貫穿著一條文化之線。這是以一種啟蒙的目光看出並描繪出的真實的歷史文化現象。葛麻很像阿Q，除了臉盤以外；他是比阿Q優秀，但他的基本性格和命運遭遇，他的卑微、愚昧和不幸，特別是與這一切緊密相關的他的文化心理和精神氣質，卻都是和阿Q一脈相承的。是中共十一屆三中全會救了他，使他免去了「大團圓」的悲慘結局；但那最後的令人毛骨悚然的誓言：再要搞文化大革命，就要像當年打土豪分田地那樣，把他們往死裡搞！——這不就是阿Q沒有喊出口的「過二十年又是一條好漢」嗎？當年湖南正在打土豪分田地的時候，魯迅說，他寫下的阿Q似的革命，不僅是現在和以前的事，還很可能「竟是二三十年之後的事」。

信哉斯言！魯迅的話往往成為讖語、預言。這篇小說真是一面鏡子：怎樣的「無產階級」，怎樣的「文化」，又是怎樣的「革命」，全都一清二楚——這條文化之線，來自「三國」氣「水滸」氣。

四

我發現，胡發雲的筆下沒有那種原本就壞的反面人物，在他的全部作品字裡行間蘊含著的豐富感情中，也沒有仇恨。他寫了一些他不喜歡或不大喜歡的人物，如江曉麗、張小娜、楊主任、許科長，還有那個有點神祕的女企業家師總等等。他並沒有把他們當反面人物去揭露、鞭撻，而是寫出了他們之所以那樣活、那樣想的原因，讓讀者往深處去想。只有一個例外，就是那個突然現身出來揭發葛麻的青工，那個令書中人物也令讀者毛骨悚然的告密者，那個代表邪惡、陰謀、黑暗的幽靈，從他突然出現又突然隱去繼而升遷，其中包含有豐富的內容。

他也沒有寫那種「高大全」的人物，他無意於歌頌誰，讓人學習誰。他寫的多半是他同情和憐憫的人物，是那些有優長也有弱點，有成就也有過

失，受過挫折或正在艱難掙紮進取或已經失敗的人物。這是現實社會中的大多數，那種輝煌的成功者，畢竟是極少數。正是這些普通人的身上，保有人性中的極可貴的品格，就是前面一再談到的「誠實和善良」，這不就是一百年前魯迅和許壽裳所慨歎的「我們民族所最缺乏的誠和愛」嗎？另外，他還寫到另一種人，對現實有比較清醒認識的智者，也就是魯迅所說的「覺醒者」，像《如焉》裡的達摩，《隱匿者》裡的錢老師，《葛麻》裡的怪物劉，還有《死於合唱》裡的那位老姑媽。——這中間，還或隱或現地透露出一些人物身上由遺傳或薰染而來的精神氣質上的差異，一種文化傳承的痕跡。

從以上種種，似乎可以看出胡發雲的創作的總的主旨——不就是魯迅所說的「人性的解放」，「揭出病苦」「引起療救的注意」，以及「創作總根於愛」嗎？——可見，胡發雲在向「五四」回歸。

上面提到陳荒煤的那個反思，真可謂一語中的：揭示出兩個三十年的根本分歧與對立。他所說的「無情」是對人情、人性、人道主義，以及心靈、感情、內心世界這些精神層面的東西的否定，其中最主要的當然就是「人性」和「愛」。試想，沒有了這些，人還成其為人嗎？批判否定人的精神生活、精神需求，只肯定其物質生活即基本生存需求，豈不也是一種「不把人當人」嗎？可見，「無情」實為「非人」，「無情文藝」實際上就是「非人文藝」。——真的是「三十年河東，三十年河西」，陳荒煤的反思，周揚提出「異化」和「人道主義」問題，表明他們開始意識到了問題的癥結所在，準備來一個「否定的否定」，向「五四」回歸。可惜未能深入進行下去。

如今，我從胡發雲的作品中發現了五四新文學的啟蒙精神，最主要的就是那種流貫在字裡行間的人道主義悲憫情懷，那種超越了階級和黨派的是非愛憎。特別是，這些作品沒有「幫」的氣息，既不「幫忙」——趨勢，又不「幫閒」——媚俗，而是發自內心的詠歎、吶喊，是真的精神創造，真的文學。

以上文字被輸入電腦以後，我才注意到《隱匿者》前面的序言，讀了當然另有一些想法。不過，篇幅和時間都不允許我再囉嗦了，就摘引魯迅的話來做結尾，——我越來越感到魯迅離我們很近：

　　文藝是國民精神所發的火光，同時也是引導國民精神的前途的燈火。這是互為因果的，正如麻油從芝麻榨出，但以浸芝麻，就使它更

油。……中國人向來因為不敢正視人生，只好瞞和騙，由此也生出瞞和騙的文藝來，由這文藝，更令中國人更深地陷入瞞和騙的大澤中，甚而至於已經自己不覺得。世界日日改變，我們的作家取下假面，真誠地，深入地，大膽地看取人生並且寫出他的血和肉來的時候早到了；早就應該有一片嶄新的文場，早就應該有幾個兇猛的闖將！（《論睜了眼看》）

2008年歲末初稿
2009年2月改定於深圳

天國舊夢假亦真
——從李晴的《天國演義》說起

　　李晴的長篇歷史小說《天國演義》的出版，勾起了我對一些相關往事的回憶，想起了與之有關的人和事。

　　半個多世紀以來，「太平天國」這段歷史一直受到人們的特別關注，一是因為這段歷史本身的複雜和詭譎；二是因為人們自己的經歷和感受與之相關。在文藝界，一直有人想用文藝形式再現這一歷史悲劇，當時和李晴同時有了這一想法的就有兩位文壇前輩，馮雪峰和姚雪垠。後來風雲變幻，半個世紀匆匆而過。到頭來，只有李晴這個當年的「小青年」，雖歷經磨難，卻矢志不渝，堅持下來了；在年過古稀、將近耄耋之際，終於完成了早年的夙願，拿出了這一百二十萬字、沉甸甸的兩巨冊，堪稱獨闢蹊徑，別具一格的力作。

　　這是就小說而言。若說到歷史方面，就不能說「獨」了，而應該說「無獨有偶」，因為還有個潘旭瀾，和李晴走的是一條道路，得出的結論也大體一致。潘旭瀾的《太平雜說》近年來已經在海內外引起廣泛注意，李晴的《天國演義》將和《太平雜說》一起，成為這一領域的「雙璧」，供人鑑賞品評。

從五十三年前的舊事說起

　　準確的說，李晴寫作《天國演義》，其真正的起點應該是五十三年前的1956年。在那之前，他早就關注這段歷史，因為他不僅曾經是歷史系的學生，更因為他的家鄉就是當年太平軍活動的地方，他的高祖輩還有兩人參加太平軍後被殺的，因而他早就有意從歷史或文學的角度進入這一領域，但這都只是朦朧的願望和設想。明確的目標和具體計劃，卻是從1956年開始的。那一年的春天，在武漢，李晴和姚雪垠，同時提出了寫太平天國的計劃，而且都要寫電影劇本，那是在一次會議上正式提出的。那次會議是中國作家協

會武漢分會第一次會員代表大會。會議期間,同時開辦了一個電影文學創作講習班,是由電影局局長陳荒煤帶領名導演楊村彬、陳西禾等前來主持的。當時每天看幾部影片,有三四十年代國產片,日本、印度、義大利等國影片,還有美國的《魂斷藍橋》、《鴛夢重溫》和蘇聯的《第四十一》等等。這在當時可是極大膽的思想解放。陳荒煤會上會下動員大家寫電影劇本,支持祖國的電影事業,並允諾電影劇作稿酬從優。正是在這種情況下,李晴和姚雪垠都表示要在這方面一試身手,而且都提出要寫太平天國。那一年,李晴二十六歲,姚雪垠四十六歲。

為什麼要寫太平天國?他們二人都不是從政治出發,也不是為了高稿酬,而是有興趣。那段歷史本身的戲劇性、悲劇性強烈地吸引著他們,加上他們都有「歷史癖」——姚雪垠一向以精通歷史自詡;李晴則如上述,與歷史特別是那段歷史有緣。那正是上世紀後半期的「文學藝術的春天」——這是1959年何其芳用來形容以往十年成就的,實際上這樣的春天只在1956、1962年前後短暫的出現過。武漢作協召開的這次會議是在1956年4、5月間,那時中共八大和蘇共二十大均未召開,這暖融融的春意並非來自政治形勢的變化,而是來自從蘇聯吹來的以愛倫堡為代表的那股「解凍」之風。那正是「一邊倒」大學蘇聯的時候,跟在蘇聯文藝界後面亦步亦趨的中國文藝界,從1953年開始建立專門家的各種「協會」,到一再反對公式化概念化,在強調「藝術」和「提高」的路上,與原先的「政治第一」、「普及第一」的方向漸行漸遠。當時誰也沒有意識到,這一發展趨勢有什麼問題,會有什麼危險,而是興高采烈地跟著走。李晴和姚雪垠也是這樣,在1956年那個真正的春天裡,用自己最感興趣的題材去試寫電影劇本。

誰也不曾料到,一年後風雲突變,一個「反右鬥爭」,既改變了他們的創作計劃,也給他們帶來了絕不相同的命運。李晴和姚雪垠都成了右派份子,可他們都沒有服氣,在下放監督勞動期間,也真的是「人還在,心不死」,偷著繼續寫作。不過都不寫電影劇本了,改寫長篇小說。不同的是,李晴還是寫太平天國,姚雪垠則改變了計劃,先寫李自成。幾年過後,中國進入了又一個轉折關頭——「七千人大會」以後的調整時期,從這時開始,他們的命運有了變化,分別走向兩極。

1961—1962年間,那是又一個「文學藝術的春天」,雖然為時很短。隨著「七千人大會」以後在經濟方面的調整,文藝界接連召開「新僑會議」、

「大連會議」、「廣州會議」，制定「文藝十條」，進行文藝方面的調整。所謂「調整「，實際上就是總結教訓，就是糾左。當時身在武漢的姚雪垠，立即成為「調整」的受益者：他的小說創作由偷偷進行轉為公開並受到支持，再到同意出版並親自到北京去見茅盾、吳晗聽取意見，進行修改，到最後《李自成》的公開出版並受到歡迎，真的是一路順風，改變著命運。

李晴則剛好相反，非但沒有受益於這次「調整」，反而走上了更加曲折悲慘的道路。首先是他所處的環境無法與姚雪垠相比：武漢是原中南局所在地，幹部水準較高，省市宣傳部長都是知識份子出身，懂得文藝，珍惜人才，加上姚雪垠的知名度高，所以一開始就調整到他頭上了。李晴可沒有這麼幸運，當時他在「大躍進」躍在最前面的河南，在調整的時候自然落在了後面，經濟方面如此，就更不要說文藝方面了。李晴在默默地堅持他的寫作，沒有人關心，更沒有人支持。這中間的艱難且不說，出人意料的是，他竟然幹了一件太過冒失，或者說是「愚蠢」的事──寫文章駁斥戚本禹，為忠王李秀成辯護。

那時李晴在鄉下被監督勞動，白天幹活，夜間則坐在一隻籮筐上，默默地堅持太平天國長篇小說的寫作，完全忘記了飢餓、寒冷和靜寂的外在世界。這是「大躍進」後的1964年。一天，他從鄉郵政員那裡得到一張一年前的舊報紙，上面以全版篇幅刊登了一篇「忠王不忠」的皇皇巨文，作者戚本禹，不知何許人。他做夢也沒想到，正是這個戚本禹以及另外一些人的文章，正在悄悄點燃一根引線，這根引線點燃了兩年後的文化大革命那場大火。

李晴放下小說，開始寫「與戚本禹先生商榷」的論文。文章寫得溫文爾雅，卻對戚文逐條駁斥，寸土不讓。論文以他親屬的名義寄給一家大報。在潛伏了4年之後，與後來變成灰燼的小說原稿一起，被加上「反革命作品」的標籤，悄悄飛進了他的檔案袋。

後來我問李晴，明知有危險，為什麼還要寫那篇文章？他也說不出所以然來，只說出於義憤。當時李晴並不知道戚本禹是誰，更不知道戚文中的那些話是上諭。──就這樣，正當姚雪垠從吳晗那裡取經，研究怎樣高度評價農民起義的歷史作用的時候，李晴卻在埋頭寫太平天國的失敗，如實地寫洪秀全的昏庸無恥，也如實地寫李秀成的正直英勇，還公然向正在得寵的戚本禹挑戰──這不是在一步步走向萬丈深淵嗎？

文化大革命一開始，李晴和姚雪垠分別在鄭州和武漢以同樣的罪名被聲討、被批判，這罪名就是攻擊農民革命，誣衊農民英雄。而且，兩地的造反組織在對待他們的態度上都有分歧：一派要堅決打倒，一派主張批判而不打倒，實際上是同情、保護。鄭州的兩派為李晴的問題發生爭執並動了手，於是，要打倒他的一派就一口咬定，說他是「挑動武鬥的黑手」。加上幾年前他化名寫的那篇文章也被查出來了，於是，就有了三條罪狀：惡毒攻擊農民革命、炮打無產階級司令部（指戚本禹）、挑起武鬥。接著他被關進黑屋，私刑拷打，肋骨致殘。然後被綁赴軍管中的法院，最後，被定為現行反革命，判處有期徒刑六年，開始苦度那長達十年的牢獄生涯──包括服刑期和刑滿以後的「就業」時期（按當時的政策，勞改刑滿以後不得離去，必須在勞改單位「就業」）。 從勞改、「就業」、在單位當反面教員⋯⋯李晴付出了二十多年黃金歲月的高昂代價。

姚雪垠的情況就完全兩樣了，雖然也受到了同樣的聲討和批判，但那都是虛張聲勢，因為一開始就有傳聞，說毛主席有指示，要保姚雪垠，讓他寫《李自成》，還說《李自成》寫得不錯。後來證實確有此事，而且是毛主動提出的。當年（1966）毛暢游長江駐蹕東湖賓館，就是在那裡傳旨當時的湖北省委書記王任重，要他保護姚雪垠的。而就在那時，一湖之隔的武漢大學正在批鬥李達。武漢大學校長李達是著名哲學家，中共一大的代表，也是毛的老朋友。當時已經七十六歲的他被日夜揪鬥，奄奄一息之際向東湖對岸的老友求救，寫信呼喚「潤之救我！」但終於還是被折磨死了。相比之下，姚雪垠所獲恩寵確實非同一般；而主要原因，就在一部《李自成》──當年書一出版，他就專門給毛澤東和周恩來各寄了一部，這是我親眼目睹的。當時我還懷疑，說毛未必會讀他這部書。姚肯定地說：會的，他特別重視李自成。後來的事實證明，姚雪垠確有遠見。

如今，李晴的《天國演義》也出來了，兩書俱在，李晴與姚雪垠二人在對待歷史的看法和態度上有何異同，可以對照研究，自由評說。──還有，不能忘記潘旭瀾和他的那本《太平雜說》，潘旭瀾也是我的好朋友，下文也要談到他和他的那本「雜說」。

「以史為鑒」與「古為今用」

　　其實，李晴、姚雪垠、潘旭瀾，他們三人都是在做翻案文章，不過立腳點和目的不同，從這三部書就可以看出他們三人的不同精神風貌，真的是「文如其人」：李晴最傻；姚雪垠最聰明；潘旭瀾最瀟灑。何以言之？僅從三本書的效果就看得很清楚：在「反右」和「文革」兩次大風浪中，姚雪垠因禍得福全靠《李自成》；而這一切又全都是他有意為之，目標明確，箭箭中靶，真不能不令人佩服。李晴則剛好相反，從親族、鄉土和興趣出發，迷上了這場風聲鶴唳、電閃雷鳴的歷史大戲，想在這裡展示自己的文學才能，卻不知道這段歷史與自己身處其中的社會現實之間的複雜、微妙關係，遂因之而倍嘗艱辛，險些喪命，直至年屆八秩、身心俱疲之際，書才出版，真是好不容易！而且付出的代價也太大了。潘旭瀾則是另一番光景：先是和李晴一樣，青少年時期就留意天國風雲，後來也一直在讀有關史料。但這只是業餘愛好，在自己的文學研究專業之外，偶一為之，隨手寫了一些讀史箚記。不想無心插柳柳成蔭，而且這片小小綠蔭竟讓那麼多人流連忘返，因為那裡可以驅除塵囂，去魅醒腦。有人反對，要和他辯論，他已飄然而去；即使他還健在，也不會參與爭執的，是為瀟灑。

　　他們之間的這種不同，來自對待歷史的不同看法和態度，就是說，為什麼和怎樣做翻案文章？三書俱在，可以看得很清楚，那是兩種不同的態度和方法：一種是「以史為鑒」，一種是「古為今用」；李晴和潘旭瀾屬於前者，姚雪垠屬於後者。既然說是「翻案」，那就先要弄清楚這一「案」以往是怎樣判定的，是誰的主張，是否符合歷史真相？有人說，讚揚太平天國的是兩位偉人，先有孫中山，後有毛澤東，所以跟著唱頌歌者甚眾，翻案文章卻很難做。

　　我和李晴、潘旭瀾年齡只差一兩歲，所受教育大體相同：童年時代都讀過《曾文正公家書》，知道「洪楊之亂」、「髮匪」即「長毛」造反的說法，也知道孫中山稱讚洪秀全並以之自況的說法。這兩種正相反的說法，作為不同見解，同時存在於我們的大腦皮層裡，這在當時是極為正常的事。這就是說，一百五十多年前的這段歷史公案，本來是並未定案也無需定案的，只是到了1949年以後，才把一家之言定為一尊，太平軍變成了「太平

天國」，並定下了「起義」、「革命」、「反帝」、「愛國」以及「推動歷史前進」等一系列標準答案。我們這一代知識份子也大都順利地接受了這一切，使之儲存在大腦皮層的最上面。後來，隨著一個又一個運動，正在經歷的歷史與早已過去的歷史常有重合，那些被埋在意識深層的東西就漸漸浮現出來。於是，產生了懷疑，去重讀歷史；於是，去向馬克思恩格斯和魯迅請教，用自己的頭腦去重新思考；於是，這翻案文章就一步步地瓜熟蒂落，結成了一部《雜說》，一部《演義》。

李晴和潘旭瀾走的是同一條道路：重視事實，重視史料，因為真的歷史就存在於那些龐雜凌亂的史料之中。顯然，他們所走的正是當年胡適所宣導的那條路：「多研究問題，少談些主義」；先還古人和歷史以本來面目，再用今天的觀點去進行評判；他還特別提醒年輕人：不要讓別人牽著你的鼻子走！──李晴和潘旭瀾並不相識，卻走在同一條道路上，讓一百多年前的這場民族災難恢復其本來面目，作為殷鑒，奉獻給世人。

姚雪垠比李、潘二人更瞭解胡適，也更相信胡適的話。就在批判胡適的當時，他告訴我：毛主席說了，全面評價胡適的歷史功過，是下個世紀的事，可見胡適是否定不了的。可是，「反右」以後，他能及時調整自己的步伐，跟著政治走，立即棄洪天王而轉向了李闖王，把「流寇」捧為英雄。那根據，他曾坦誠地告訴我，就因為「毛主席特別重視李自成」。當時，他還列舉了三條根據：一是陝北士紳李鼎銘的侄兒寫了一部以李自成為主角的小說《永昌演義》，呈獻給毛，毛一直帶在身旁，進城後交給了周揚，說寫的不好，可以少印一些做參考。二是1944年毛致函郭沫若盛讚《甲申三百年祭》，並建議把它改成劇本搬上舞臺。三是毛和李自成都是從陝北起事，進北京時就聯想到過「闖王進京」的事。──姚雪垠因此而改變命運，這在那個年代是毫不奇怪的，當時我也沒有感到意外。

還有兩件與姚雪垠有關的事，也要在這裡提一下：一是他在北京去見吳晗；二是馮雪峰來看他，他們之間關於農民起義問題的談話。

1962年底，姚雪垠為《李自成》出版的事去了北京。在京期間，他去看望吳晗，談話間，吳晗談到毛澤東對他的《朱元璋傳》的批評。當年毛澤東肯定了這本書，同時提出了批評，建議吳晗修改。毛的意見集中在一點上：缺乏階級觀點，對於歷史人物和歷史事件缺乏階級分析，沒有從政治上考慮問題，這樣就貶低、醜化了朱元璋。毛認為，朱元璋的殘暴，他對知識份子

和功勳老臣的殘殺，都是出於奪取政權和鞏固政權的需要。承認農民起義才是歷史發展的真正動力這個大前提，就不能不承認他為奪取政權和鞏固政權所採取的種種措施的必要性與合理性。容或有過火失當之處，也要首先從政治原則上著眼去進行評判。──「文革」後我才明白這些話的深意。

第二年，準備寫太平天國歷史小說的馮雪峰，來和姚雪垠討論小說的寫法問題。後來姚告訴我，說雪峰對太平天國的看法有問題，太注重農民起義的消極面，還說「太平天國領導層裡沒有幾個好東西」，這和毛主席的看法不同，很麻煩。──我一向敬重雪峰，對他的話非常重視。他的這句話一下子使我清醒了許多，改變了我思考這一問題的角度。從此，我和姚雪垠就不斷地在討論這個問題，分歧越來越大。

記得1956年姚雪垠曾勸導李晴，要他放棄寫太平天國的計劃，說我知道你有才華，可你的功力不夠，駕馭不了這樣大的歷史題材，不如寫別的，發揮你的所長。至於天國這一題材，我早有計劃，要寫的。──如今，姚公已離去多年，知道此事的也大都年逾古稀，面對李晴這部《天國演義》，想到以上種種，真是不勝感慨！

感慨之餘，忽然想到魯迅先生的《文藝與政治的歧途》，半個多世紀的歷史已經證明，不僅文藝，哲學、歷史以及自然科學等等，都不能緊跟政治，否則，要不了多久，就都成了明日黃花！

「整舊如舊」還是「整舊如新」

多年前我曾勸過李晴，要他放棄「章回體」的寫法，因為我覺得章回體太陳舊，容易被誤認為是舊小說。我還告訴他，說姚雪垠寫《李自成》，一開始也是章回體，所擬的回目很精彩，詩味很濃，對仗工穩，連茅盾都很欣賞。後來他還是放棄了，就是怕人誤認為是舊小說。但李晴不聽勸，堅持用章回體。

如今書出來了，我拿到後隨手翻看，竟然於不知不覺間一口氣讀完了前三回；沒有感到陳舊，而是興味盎然，欲罷不能。這我就不能不考慮了：究竟是什麼東西吸引了我？

後來我才發現，正是這種章回體的結構形式和與之相適應的語言文字，和所表現的內容共同構成的一種特色，一種味道或韻味，把我帶到了一百多

年前的特定時空之中，感受到了那時、那裡的山川風物，世態人情，各色人等的言談舉止，音容笑貌。這是一種既遙遠又親切的鄉土風味，很別致，所以很吸引人。這一切都是通過語言文字表現的。這部小說的語言很有特色，用的是上世紀前半期那種夾雜有文言詞語的白話，有點文白夾雜。人物對話和心理活動的描寫，都很注意人物的身份和文化層次；敘述語言講究文采，注意聲調句式。讀的時候感到流暢自然。——順便說一句，漢語的表情——表達感情的功能，很大一部分在聲韻和句式上；不僅文言如此，白話亦然，試讀五四名家的詩文即可知道。還有，漢字本身就有審美特性，除「形聲」字訴諸聽覺外，「象形」、「會意」、「指事」等各類字都有視覺效果，通向審美意識。簡化漢字雖破壞了這一特點，但也只是部份字。中國古代文學從《昭明文選》起就很注重「視聽之娛」，所以一向講究聲韻句式和用字。五四以後，這一傳統依然存在，可以從魯迅、郁達夫、聞一多等真正的大家那裡得到證實。只是到了後來，只講「反映生活」而且一味地「普及」，弄得文學愈來愈不文，愈來愈粗陋了。李晴的書中不僅回目保留了對仗格式，每回前面都有歷代名家詩詞做引子，先造成一種意境，讓人入境，進入審美境界。

這是一部歷史小說。歷史與小說是有矛盾的。歷史是死去的人的舊事真事，藝術則要求創新，鼓勵想像。這舊與新、真與假的矛盾如何解決？讓死去的人活過來重新表演那些舊事的，是戲曲；讓過去的舊東西重新以其舊貌吸引人的，那是古董、古跡。這裡有個「整舊如舊」還是「整舊如新」的問題，古董古跡當然要整舊如舊，自不必說。戲曲則不同，既要「如舊」——重現歷史風貌，又要「如新」——鮮活，有生命。戲曲的整個程式，包括服裝道具和唱做念打，就是解決這一矛盾的法寶。古代詩文的格律，書畫的筆墨，也都是程式。這種程式可不是簡單的外部形式，而是一種可供主客觀相互轉化融合的媒介。庸才只會照搬程式，沒有自己的創造；藝術家則駕馭程式，使之為自己的創造意圖服務。——讀過《紅樓夢》小說的人，再去看改編成的戲曲和電影，就會發現，越劇比電影更接近原作；當然是指人物的精神風貌和感情表達。電影只是服飾、佈景等外部物質形式的逼真。這就是程式在歷史題材的創作中的妙用。

李晴之於章回體及其語言文字的使用，可說是比較成功的「整舊如舊」——真實生動地再現了那場天國舊夢。

最後還要說到馬克思

洪秀全的全部事業是從做夢始，又於睡夢中結束的。李晴詳細地寫出了這場夢的內容，它的來龍去脈：儒生講學，洋人佈道，歷史傷痛和眼前的苦難，在一個發高燒的病人大腦裡產生的幻覺，這是真實可信的。但是，這一切全都成了他造反起家，奪取權利，謀取私利的工具；他「洋為中用」地創立教派，又「古為今用」地照老譜造反，完成了一場民族的噩夢，造成了民族的災難，阻礙了歷史的前進。這一切都是真的，歷史上發生過的。多年來為這一切塗上的金色和紅色，卻是假的，是「古為今用」。

洪秀全的引進基督教，是「洋為中用」；後人的歌頌太平天國，是「古為今用」，實際上，這些「用」全都是「各取所需」，都是假的。就是到了今天，在繼續評說這段歷史的真假是非的時候，馬克思繼續成為這種「各取所需」的對象，抓住他的幾句話打語錄戰。這裡只想提醒一句：也要還馬克思以本來面目，從《1844年手稿》到《共產黨宣言》，他都在批判「粗陋的平均主義」、「粗陋的共產主義」——那種從最低水準出發的對於基本生存需求的爭奪，那種以嫉妒為動力的大規模的暴力活動。馬克思對太平天國的批評，與此完全一致，那裡的關鍵字語是「停滯的社會生活」、「改朝換代」。李晴寫的是1850年代的事，茅盾在《蝕》裡寫的是1927年的事，再想想1966年的種種；撫今追昔，放眼二千年中華歷史，不能不承認：馬克思的話沒有錯。

馬克思多次聲稱：「我不是馬克思主義者！」他還借用海涅的話說：「我播下的是龍種，收穫的卻是跳蚤！」——中國的「天國夢」，馬克思的共產主義，真真假假，是是非非，都要還它一個本來面目。我想，這應該是李晴寫這部書的主要目的。

2009年2月23日於深圳

綜貫百家洞流索源
——重讀錢基博先生的《現代中國文學史》

　　近來我重讀了錢基博先生的《現代中國文學史》，這本書勾起了我對一些往事的回憶，也促使我對一些文學上的老問題重新思考。今年恰是錢基博先生誕生一百二十週年和逝世五十週年，我就以這些回憶和思考，來紀念這位五十多年前曾教導過我的前輩。

一

　　我至今還記得很清楚，五十三年前，也就是1954年的秋天，我到華中師範學院去找錢基博先生，向他約稿。當時我在《長江文藝》編輯部評論組工作，錢先生在華中師範學院中文系任教。1949年以後的最初幾年，文藝界與大學很少聯繫。是1954年的批判《紅樓夢研究》、批判胡適的運動，改變了這種局面，批判的任務促使我們向老教授們求援。當時領導上交給我一個名單，記得上面有武漢大學的程千帆、畢奐午、劉永濟；華中師範學院的林之棠、許清波、錢基博等。於是，我就一一前往拜訪，向他們約稿，向他們求教。很快我就和他們熟識了，而且從一般的工作關係，變成了一種師友關係。他們認為我謙恭好學，就熱情接待並主動地對我施教。

　　那是上世紀中期的第一個知識份子的早春季節，1953年和1954年。當時有幾件大事很值得注意：過渡時期總路線、人民代表大會選舉法、中華人民共和國憲法相繼公佈，這標誌著中國進入了民主憲政的和平建設時期。當時，文化教育方面還比較平靜寬鬆，人們還沒有經歷過「反胡風」和「反右派」那樣的運動，相互間的交往也還比較正常。我和老先生們談論《紅樓夢》時，一些看法和態度往往與那場批判運動不一致。——這裡應該說明的是，當時我和幾位老先生一樣，對毛澤東是出自真心的敬重和欽佩，但談不上崇拜，更非迷信。我們知道這次批判是毛本人的旨意，知道關鍵在讓馬列主義佔領文化陣地。但是，《紅樓夢》的藝術魅力把人們征服了，許多人

根本不去理會李希凡的文章，好像又回到了「開談不講紅樓夢，枉讀四書與五經」的時代。事實上，這次批判《紅樓夢研究》的運動，對我來說就成了一次補課，補上「新紅學」的一課。我從舊書店買回了程甲本、程乙本和戚本的《紅樓夢》，還有《胡適文存》；俞平伯的《紅樓夢研究》和周汝昌的《紅樓夢新證》，我原來就有。把這些書對照著閱讀、思考，和周圍有同好的朋友交流，到大學裡找老教授請教，真的是其味無窮。

這裡只說和錢基博先生的交往。先就聽說那是個倔強的老人，是個有學問的「遺老」；及至見了面，我倒覺得他平易可親，只是有些觀點太陳舊而且執拗。對於當時那種把《紅樓夢》當成「政治歷史小說」的權威論斷，他不予理睬，卻向我介紹王國維的看法。當時我還沒有讀過王國維的《紅樓夢評論》本文，只聽說是唯心主義和悲觀主義的謬論。錢先生告訴我，那才是「真學問」。他說，人們之欣賞《紅樓夢》，有雅俗之分，一般俗人把《紅樓夢》當言情小說讀，根本不懂其中的人生要義，也不理會其中的文化內涵。他贊同王國維的看法，說《紅樓夢》是「哲學的、宇宙的、文學的」；與《水滸》、《金瓶梅》相較，說後二者是政治的、社會的、誨盜誨淫的。他說，《紅樓夢》裡的說理、論道、談禪，涉及儒、道、釋三家。他特別談到語言文字，說曹雪芹敘事用白話，不過不是一般的白話，是一種雜有文言詞語的富有詩意的白話，和其中的詩詞歌賦及謎語楹聯等等一起，顯示出中國語言文字的豐富性和表現力。──從這裡，他談到白話文與文言文的關係，對於五四以後的廢除文言、全用白話，他表示了懷疑和憂慮，擔心以後會影響中國文化的傳承和發展，降低全民族的精神文化水準。在這裡，他寄希望於新政權，希望以後能注意對傳統文化的保護和繼承。大概也正是出於這種心情，他才那樣熱情接待並諄諄教導我。

在談論這個問題的時候，他曾毫無顧忌地和兩個偉人唱反腔，給我留下了極深的印象。一個是魯迅，說魯迅的白話文寫得好，與他的舊學根底好、古書讀得多有關係。我說魯迅自己曾公開否認這一點，錢先生認為那是魯迅可能沒有意識到，或者是為鼓吹白話文而不願承認事實。他還談到，當年提倡白話文的那些人，都是在傳統文化的薰陶下成長起來的，自己受惠於傳統，反而要別人拒絕傳統，結果會誤了子孫，貽害無窮。──他也和毛澤東唱反腔，強調「提高」的重要性，認為對大眾來說是普及第一，對讀書人──知識份子包括大學生來說，就應該是「提高第一」，多讀經典，研究

學術。否則，只強調通俗、普及、大眾化，就會降低整個民族的精神文化水準。當時覺得他說的也有道理，卻並未多想。幾十年後才意識到，這涉及一個關係到民族命運的大問題。當時，老先生見我虛心聽他教導，就高興地送給我兩本書，一本是他的《現代中國文學史》，說已經過時了，還可以翻翻；一本是陳澧的《東塾讀書記》，因為談話間提到梁啟超的《中國近三百年學術史》和《清代學術概論》，他極力推薦這本書，說可以和梁著對著讀。

回來讀這兩本書，覺得《東塾讀書記》確實很好，而他的那本文學史確實太陳舊了，我大致翻了一下，就放在了一邊。——後來，這兩本書在「文革」中也和其他的書一起，被紅衛兵抄走了。

二

今春在深圳書城買書，無意間發現有新版錢著《現代中國文學史》，當時頗有「他鄉遇故知」之感。買回披卷重讀，不但興味盎然，而且很受啟發。五十多年前初讀此書時，曾視之為遺老的過時偏見，如今重讀，感覺卻完全兩樣。是當年幼稚眼拙，還是如今年邁智衰、糊塗了？對照書中所敘一些先驅者年輕時激進而晚年回歸傳統的事例，再看看周圍師友中也不乏類似情況，難道這是一種帶規律性的普遍現象？看來，近百年一直聚訟紛紛的中西文化之爭，也還需要進一步反思總結。

這本書的吸引我，讓我一讀就不忍釋手的，首先是它的文筆和情懷，然後才是有關理論觀點和珍貴史料。這是一本用純正的漂亮文言文寫成的大部頭著作，全書四十多萬字，敘事、析理、寫人、抒情融為一體；自始至終駢散相間，時有排偶，音調鏗鏘而又自然流暢；讀時目接耳應，通感在心，讓人在理解思考的同時獲得美感，受到激勵。如瓦格納所說，「旋律是音樂家用來和每一個心靈對話的獨特的語言。」中國的文言文，就正是這樣一種富有音樂感審美特性的語言，理想的文學語言。多年前不假思索地接受了「文言文已經死了」的流行觀念，後來有所懷疑卻並未多想，重讀這本書才使我對這個問題有了進一步的反思。

作為一本文學史專著，這本書在結構上有明顯的不足，但從部份和專章來看，不僅文辭精美，而且章法佈局也很講究。這不僅僅是篇章形式問題，而是與作者的是非愛憎緊密相關的。如寫章太炎的「放言高論而不善與人

同」，竟連用了六個「時論方……而炳麟不然，曰……」，以六大段文字詳敘其獨異之見。這樣既顯示了當時的社會思潮背景，更突現出章太炎的見識和人品，一個特立獨行的思想先驅的形象躍然紙上，這不正是「典型環境中的典型人物」嗎？最後還有如下的評語：「世儒之於炳麟，徒贊其經子詁訓之功，而罕會體國經遠之言；知賞其窈渺密栗之文，未有能體傷心刻骨之意。世莫知炳麟，而炳麟紛綸今古，益與世迕。」不僅如此，到全書完篇，在最後的跋文裡再次品評幾位大師──康、梁、嚴（復）、章（士釗）的同時，又一次特別提出；「獨章太炎（炳麟）革命之文雄，而自始於革命有過慮之譚，長圖大念，不自今日，然而論者徒矜其博文，罕體其深識。」──如此再三強調，足見他對章太炎的推崇。由此，我聯想起魯迅紀念章太炎的文章，同樣是肯定其革命的一面而著眼點不同，今日看來，似乎錢論更全面也更深刻。

這不僅是對章太炎個人的評價問題，還可以從這裡看到錢先生本人，他的內心情懷，他的所慮，他的深識。在這本書的序文和緒論裡，都談到了他的寫作意圖，並明確表示是以司馬遷和班固、范曄為楷模的。而且特別指出，說《史記》是太史公「發憤之所為作」，所以「其文則史，其情則騷也」。顯然，他的這本文學史也是一本具有文學特性的歷史著作，是「懷憂之所為作」，也是其文則史，其情則騷也。那麼，他的憂又是什麼呢？這令我想起五十多年前他的那兩個」反腔」──反對魯迅不讀或少讀古書的主張；反對毛澤東的「普及第一」文化方針。對照本書所敘種種，可以看得出來，是他目睹了辛亥前後數十年間中西文化衝突中的亂象，憂心於中華文化的斷裂、湮滅以及由此而來的亡國滅種後果，出於一個既是傳統讀書人又是新知識份子的良知和責任感，他才站出來坦誠而又直率地縱論古今，月且人物。

一開始，他就明確表示，要同時反對「騖外」與「執古」這兩種不良傾向。「騖外」指削足適履的照搬西方的一套，「執古」指固守舊制而泥古不化。這兩種傾向不但當時確實存在，而且一直綿延至今，於今為烈。但是錢先生並沒有做到不偏不倚，允執其中，而是明顯偏向古的、傳統的一方。「信而好古，只以明因；闡變方今，厥用乃神；順應為用，史道光焉」，這樣的治史原則，不說是「執古」，也可以說是「好古」。──離開從愚昧專制向科學民主的轉變、從農業文明到工業文明的發展這一歷史大背景，有關

中西文化論爭的是非功過就很難評判，錢著的主要問題，就正在這裡。五十多年前我初讀此書時的印象，把它歸之於保守、過時的遺老偏見，也並非全無根據，問題是今天對此應持什麼態度。

在重讀中，我發現至少有以下兩點值得注意：一是他所闡發所推重的那些傳統是否真的有價值，值得珍視和繼承發揚？二是他對新文化運動和文學革命的批評，是否真的有理有據，切中要害？平心而論，這兩點都應該得到肯定的回答。他的「好古」，是因為他「知古」，真正懂得傳統中那些值得珍視的東西。同樣，他對新文化運動，對梁啟超、胡適以及後來的「新文藝極左傾向」的批評，也大都比較實事求是，有的還是難得的遠見。特別是他的態度——多批評而非攻擊，有偏見而無惡意，更是難得。對於幾個主要批評對象，他都坦然以稿相示，其中只有梁啟超「晤談時若有不愉色然，輒亦無以自解也。」——這是一種什麼樣的學風、士風乃至世風！我們今天讀書論學，對於不同傾向和觀點進行批評時，還能夠這樣嗎？文質彬彬，溫良恭儉讓，何時才能回來！

三

最先引起我的注意的，是本書的前兩部份，即「緒論」與「編首」。緒論扼要闡述他的文學觀和文學史觀，也就是他對「文學是什麼？」和「文學史是什麼？」這兩個問題的看法。編首極扼要介紹現代以前的中國文學史脈絡，也就是古代和近代以前的中國文學史演變的軌跡。這裡所談的一些看法和事實，幾十年來一直被遺忘被掩蓋而近年來才被人們重新提起，不想早在八九十年前就已經有人提出並有了不少精闢見解。

先來看他的文學觀，他對「文學是什麼」的解說。在說明文學有「廣義」和「狹義」之分以後，他明確指出，狹義的文學是「專指『美的文學』而言」。「所謂美的文學，論內容，則情感豐富而不必合義理；論形式，則音韻鏗鏘，而或出於整比；可以被弦誦，可以被欣賞。」——短短幾句話，不但揭示出文學的本質特徵，而且注意到了中國文學的獨特之處。接著，他又從歷史發展的角度進一步分析文學的這一情感特質，說在古代，「文學者，述作之總稱，用以通眾心，互納群想，而表諸文章，併發智情」，「其中有偏於發智者，有偏於抒情者，……大抵智在啟悟，情主感興」。——這

裡所觸及到的除抒情和審美這種一般的藝術特質以外，特別值得注意的是
「非認識」和音樂性這兩點，非認識，這是一般人不大注意甚至不敢承認的
文藝的特殊性；音樂性，則是中國文學的獨有特性。

所謂「非認識」，實際上說的就是形象思維，即承不承認文藝創作不同
於一般的認識；認識過程、藝術思維不同於科學研究和日常生活中的思維方
式。這是爭論了半個多世紀的老問題、大問題，到上世紀八十年代才平息下
來，因為發現馬克思也承認，確有這種獨特的「藝術地掌握世界的方式」。
——錢先生早就注意及此並明確區分了文學與科學的不同特徵：

> 科學實驗自然，文學描寫自然。
>
> 科學家實驗自然之時，必離我于自然，即以我為實驗者之謂也。
>
> 文學家描寫自然之時，必融我于自然，即我與自然為一之謂也。

——這講的不就是哲學上的主客觀關係問題嗎？是主客觀二分？還是主
客觀不分——「天人合一」？這是近年來哲學界的熱門話題，是當代西方哲
學發展在我們這裡引起的反響，早有人就此探討中國哲學和美學中的有關問
題了。到了上世紀下半葉，有更多的人研究這一問題。臺灣的徐複觀先生的
《中國藝術精神》一書，就是把莊子和中國古代畫論與西方現代哲學相參
照，研究中國藝術審美意識特性的。後來，張世英先生更從中西哲學史的比
較中，探討中國哲學的審美傾向，並把這本書命名為《天人之際》。這一切
的中心，就正是錢先生早就提出的那個「我與自然為一之謂也」。

錢先生當然不會知道海德格爾和胡塞克，大概也不知道別林斯基，他是
從老祖宗那裡得到啟發而提出這一具有哲學意義的文學創作的根本問題的。
他從最早的「詩教」談起，肯定文學的源頭是「情」——「人秉七情以生，
應物吟志；情動於中，而形於言；言之不足，故嗟歎之；嗟歎之不足，故詠
歌之；詠歌之不足，不知手之舞之，足之蹈之……。」以此證明中國文學從
一開始就不是反映現實、摹寫自然的，而是抒發感情、表達情志的。在後來
的幾千年中，詩和戲（歌舞）成為中國藝術王國裡的大宗，甚至把中國稱為
「詩的國度」、「戲劇的國度」。詩是歌的記錄，而中國的文字正是一種具
有審美功能的象形文字，如人們熟知的「楊柳依依」「雨雪霏霏」等等。正
因為如此，中國哲學和美學中才有了「言」、「意」、「象」之間微妙關係

的論辯。——總之，中國人的思維方式，中國的語言文字，全都具有這種審美特性；英美現代派詩人讚賞中國古詩，法國印象派畫家經日本借鑒中國古代繪畫，斯丹尼和布萊希特推崇中國京劇藝術，其原因就在這裡。

中國的詩、畫、戲的共同特點，就在於都講「意境」或「境界」——情景交融，物我為一，主客觀的不分。——「境界說」是中國傳統美學的結晶，「典型論」是西方近代美學和文學批評的重要內容，二者本來是可以參照互補的，不幸後來卻成了取代之勢。而且，那個取代了「境界說」的「典型論」，也變成了簡單的哲學認識論常識；於是，「認識生活」、「反映生活」成了文藝創作的唯一途徑，不二法門。從此，文壇上贗品充斥，一片荒蕪。

錢先生此書寫於境界說正在流行而典型論尚未佔領陣地之時，他的衡文標準也基本上是傳統的，不過他也不拒絕新的西方思想，比如，他就注意到並承認丹納的「人種、環境、時代」三要素說。在談文學流變時，他還談到了「北方文學」與「南方文學」之分，說「燕趙多慷慨悲歌之士，江左擅綺麗纖靡之文」；「北人善言事之散文，而南人工抒情之韻語也」。這和他的「文學之作，來自民性」的看法是一致的。

四

對於文學史，錢先生有他自己的一套看法，關鍵是重視文學自身的流變。他說：「文學史者，則所以見歷代文學之動，而通其變，觀其會通者也。」也就是說，目的在於探討總結文學的演變發展及其規律和意義。他提出自己治文學史的「三要」——曰事、曰文、曰義。「事」指作家的創作活動及社會歷史背景；「文」指作家的作品；「義」指文學演變發展的規律及其意義。他所注意探尋的，是文學自身的歷史，文學自身的「動」和「變」及其「會通」，也就是文學發展變化的趨勢，其中各種體裁形式和不同流派風格的嬗變和傳承關係。

中國古代沒有文學史，關於文學的批評和研究，只有「文史」類的詩文評和「文苑傳」及各種總集文集裡的相關文字。錢先生在概略介紹這方面的歷史發展的同時，提出了自己的看法，他是借胡適的話往下說的。胡適在提倡白話文時，非常強調「一時代有一時代之文學」。這本來是清儒焦循的

話，不過焦循說的是「一代文學有一代之所勝」，如楚之有楚辭，漢之有漢賦，魏晉六朝之有五言詩，唐之有律詩，宋之有詞，元之有曲；並且重視它們之間的相互關係，即錢先生所說的「會通」——傳承和影響。於是，錢先生就做了進一步的發揮：「六朝駢儷沿東京之流，北朝渾樸啟古文之漸；唐之律詩遠因陳隋，宋之詩餘又溯唐季；唐之韓柳，宋之歐蘇，欲私淑孟莊荀韓以複先秦之舊也；元之姚虞，明之歸劉，清之方姚，又祖述韓柳歐蘇以追唐宋之遺也。」顯然，錢先生是繼承中國古代文藝批評的傳統，沿著原來的路徑，從文體和風格的演變和傳承方面著眼的。文體和風格的研究，是歷代文論和詩話的主要內容。可惜後來的許多文學史對此不大重視，王瑤原來的幾本中古文學論文集曾經涉及，卻沒有繼續進一步研究。

　　錢先生不僅重視文體和風格，而且是從一個非常重要的方面切入的，這就是音樂性，即韻律聲調。錢先生在界定「美的文學」時只提了兩條：內容是抒情，形式則是音韻鏗鏘，可以被弦誦，可見他對此的重視。前面提到，中國人的思維方式和漢語都有審美特性，漢語的審美特性的一個重要方面，就是它的聲韻和節奏豐富而多變化，與漢字的字形相結合，很適於表達感情。作為語言藝術的中國文學，它的藝術性當然與語言緊密相關。錢先生就是從《尚書》裡有關情與聲與歌與詩的關係，談到文學的產生與發展，以及文體和風格的變化。中間引《樂論》所說「有歌謠而後有聲詩，有聲詩而後有韻文，有韻文而後有其他諸體文」，強調聲韻在文體發展中的作用；同時還進一步指出，並非只有韻文才用韻，古代散文也很注意韻律。如《莊子》裡的「巧者勞而智者憂，無能者無所求；飽食而遨遊，泛若無繫舟。」這段話不但音調和諧，而且節奏有變化；類似的例子，在古代散文中比比皆是。錢先生又特別指出，這不是有意為之的，先秦的經、傳和諸子散文裡的這種例子，「斷非有意於用韻者也，而讀其所作，謂非用韻不可也。蓋衝口而出，自為宮商，此即所謂「聲音由人心生」者也」。此外，他還談到「虛字」，說「蓋文學之大用在表情，而虛字者，情之所由表也。文必虛字備而後神態出焉。」而虛字之表情作用，又在韻律節奏的協調上。他還特別指出：「韻文散文之殊，在音節而不以句之奇與偶也。」事實上，古代文字排列不分段，無標點；字數多寡，奇偶駢散，不關視覺而主要訴諸聽覺。書中引清人趙執信的話說：「漢魏六朝至唐初諸大家，各成韻調；談藝者多忽不講，與古法戾。」進而談到曾國藩，說此「亦猶曾湘鄉論文從聲音證入，以

救桐城懦緩之失也。」

古人如此重視聲韻，因為聲韻是構成文體風格的根本要素。作家的稟賦個性，文體的形式特徵，二者互相適應，融洽無間，才會有風格獨具的好作品。如姚鼐所說：「作詩者苟天才與其體不近不必強之。大抵其才馳驟而炫耀者，宜七言；深婉而淡遠者，宜五言……」。這說的不就是「才性」與「體性」的關係嗎？這是中國古代文學批評的傳統，離開了各家各派的不同韻調，中國古代文學的流變會通就無從談起。

這就牽涉到文學史如何分期的問題了。中國文學史的寫法，大都未能跳出社會政治史的大框架，按照朝代分期，其興衰從來就繫於王朝的興衰更迭，不過是呈相反趨勢：文學的繁榮和多元發展，倒多半是在王綱解紐的亂世，如魏晉六朝，如晚唐，如晚明，乃至五四前後的那段時期。問題在於，是否能同時重視文學自身的本質特徵並找出其獨特的演變發展軌跡？錢先生正是這樣做的，根據歷史上確曾存在的「才性」與「體性」之間的這些「動」「變」「會通」，他把從三代到辛亥的中國文學史，劃分為四個時期：夏商周為上古，漢魏到六朝為中古，唐宋為近古，明清為近代，並且點出了各個時期文學發展的不同特徵。而且，他還特別點出了文學史與學術史的區別：唐代儒學玄學上承漢魏六朝，所以只能放在隋之後；唐代文學卻是另一時期的開端。同樣，宋代新儒學是學術上的開端，而文學通稱「唐宋」，可見只是唐的續餘。

由此，我想到了聞一多先生在西南聯大時提出的一個文學史分期的構想：從三代到庚子，分為四大段，八個時期。與上述錢先生的分法相較，可以看出其中的異同：相同的是，他們都很重視文學自身的發展變化而不僅僅按朝代起訖分期；不同的是，聞先生從現代文體（詩、散文、小說、戲劇）的變化著眼，錢先生更重視傳統文體和各家各派之間的傳承流變。比如，聞先生把元代作為一個時期的開端，說是「故事興趣的醒悟」，而錢先生只把元代放在唐宋之後，因為曲只是「詩餘」之餘。反之，錢先生把魏晉與唐宋並舉，而且更重視前者，而聞先生從建安到庚子算一大段，中間又以天寶分期，這就看不出魏晉與唐宋之間的分界了。由此，可以聯想到五四新文學重要作家和流派與傳統之間的關係——周氏兄弟以及「語絲派」與魏晉文學的關係，聞一多、徐志摩以及「新月派」與唐宋文學的關係，這中間應該有不少有興味又有意義的問題值得去探討。——順便說一句，他們都沒有拒絕

傳統，而是在梳理現代格律詩與古代韻文的關係，現代散文與古代散文的傳承。

從這裡，我又想起中外文學史上都曾出現過的一種頗為相似的現象，即理論批評與創作實踐的矛盾衝突。美國的韋勒克在他的《近代文學批評史》裡談到，西方近代文學史上一直存在著理論與實踐的巨大鴻溝；創作在創新，而批評家所操的仍然是亞里斯多德和賀拉斯的那些古老武器。同樣，出版於1934年的方孝岳先生的《中國文學批評》一書，也談到中國文學史上的類似現象，他把這種理論批評和創作發展之間的矛盾現象，說成是理論批評「反顧古義」、「迴光返照」。表面看來，這好像是一種通例，並無多大差別；細加比較，就會發現其間有很重要區別：西方文學史和文藝思潮史裡那種「現實主義」「浪漫主義」之類的劃分，在中國並不存在，也是不適用的。因為哲學思想和審美意識不同。 西方批評家依據的是亞里斯多德、賀拉斯的理論；中國批評家尊奉的是儒家教義，這是兩種根本不同的思想理論。前者主張「摹仿自然」，後者主張「宗經載道」；前者與自然科學緊密相關，後者卻屬於政治道德，是皇權專制的意識形態。自然科學既可能有助於藝術創造，也可能妨礙藝術創造。而中國的情況就更為複雜，儒家思想中既有不利於文藝創造的東西，也有很有利於文藝創造的東西；特別是，莊子思想和釋家的禪悟，都非常有助於藝術創造。研究中國文學，撰寫中國文學史，都不能不注意這些方面。

錢先生的《現代中國文學史》和方先生的《中國文學批評》，都是真正中國的，文學的；都很注意「才性」和「體性」，即作家的主觀精神和作品的形式風格。而後來的那些流行著作，因為「騖外」而套用西方文藝思潮的模式，怕沾上「唯心主義」和「形式主義」而少談才性與體性。於是，文學史就成了社會歷史的形象圖解。

五

錢先生此書的開頭部分，的確有不少精闢見解，對古代文學史的概述真的是「綜貫百家，洞流索源」，勾勒出了幾千年中國文學流變會通的軌跡，也觸及到中國文學獨具的特色。中間的正文內容豐富，保存了不少珍貴史料。可惜過分拘于馬班傳統而忘記了自己提出的「三要」，以致「義」為

「事」所掩，未能揭示那一時期文學演變的形勢。好在有一個耐人尋味的結尾，這在我腦子裡形成了兩幅圖像：一個是橫向的，當時文壇和知識界那種多元並存的格局；一個是縱向的，那以後中國文化的衝突性質和走向的變化。

全書最後結尾處的那段文字，對當時（1917—1932）文壇形勢，作了提要鈎玄式的評述。一開始，他簡單提到魯迅和徐志摩（當作新文學的代表和象徵），接著指出，他們很快就被指為「頹廢」、「華靡」，因「文藝之右傾，而失熱血青年之望」。於是，郭沫若就成了這種熱血青年推重的「新文藝之新而又新者」的代表人物。對於這種被視為「第四階級的普羅文學」的性質和特徵，他進一步介紹說：「其精神則憤怒抗進，其文章則震動咆哮，以唯物主義樹骨幹，以階級鬥爭奠基石，急言極論，即此可證新文藝之極左傾向。」——讀著這段文字，我不能不感到震驚，早在七八十年前，錢先生所描述的這種文藝，包括他所使用的這個「極左傾向」的稱謂，竟然和後來我們親見親聞的「無產階級革命文藝」那麼相似，不同的只是規模、聲勢和地位都遠遠超過了當年。——在這中間，他特別提到林語堂和周作人——林語堂創辦《論語》、《人間世》，提倡「幽默文學」；周作人談論「新文學的源流」，向晚明、魏晉尋宗續譜。從這段概述裡，我發現有以下兩點值得注意：一是把徐志摩與魯迅並列而不提胡適；二是不提魯迅與左聯的關係。顯然，前者是因為錢先生不承認胡適的文學成就，這是一種真正的文學標準，當然有道理。後者是因為尊重事實，事實是魯迅從來就沒有和極左派真正一致過。此書成書時，魯迅正「橫站著」兩面受敵，而且攻擊主要來自左邊，他還沒有被奉為「旗手」、「聖人」。對此，後來的文學史的記載多有不實之處，魯迅被左化了，而以《學衡》為代表的文化保守主義一派，完全被忽略、被抹煞了。現在應該承認，當時的中國文壇和知識界，其基本形勢也是左、中、右——激進主義、自由主義、保守主義的三分格局。魯迅和他的朋友、學生巴金、黃源、胡風、蕭軍、蕭紅等，是左翼，屬於激進民主主義。胡適和「新月」諸人在中間，屬於自由主義。錢先生和《學衡》諸人則應該是右翼，屬於文化保守主義。此外，還有一些人在搖擺：林語堂、周作人搖擺於中、右，也就是自由主義與保守主義之間；《現代》周圍的一些自稱「第三種人」、「自由人」的，則搖擺於左、中，也就是激進主義與自由主義之間。不過，今天寬泛一些看，這些派別都有傳統負累，也都有些自

由主義傾向，程度不同地都重視人格獨立和思想自由。至於郭沫若為代表的「極左傾向」，一則是後來突然興起的，而且是革文學革命之命的；二則其本身並不是一個嚴格意義上的文學流派，而是政治勢力所代表的一種歷史文化潮流，加以當時還未成氣候，所以未加重視，只在最後提了一筆。

今日平心而論，那是一個不很自由也不能說很不自由的時代，各家各派都能平等而自由地講學、發表文章，各抒己見；胡適就和錢先生在同一學校授課，各派也都有自己的雜誌或副刊。那是一個沒有「百家爭鳴」之名而有其實的時代。錢先生批評文學革命和新文學，並不像那些國粹派遺老那樣全盤否定，堅決取締；而是批評其偏失，與之競賽。所以他才引用章士釗《說車軍》一文中的話，提出自己的希望和建議：「兩軍相抵，則奈何？曰惟車軍以濟之而已。車軍者，還也，車相避也。相避者，又非徒相避也，乃乍還以通其道，旋乃複進也。」──這不就是主張「齊放」、「爭鳴」嗎？後來十幾年間的情況也正是這樣，傳統並沒有被反掉，文言文依然有相當地位。單從教育領域說，中學課本中傳統文化的比重就遠超過今天，而且要用文言作文。北京大學入學考試用白話文，其他許多大學，如光華大學、武漢大學等，就必須用文言文。至於政府和社會各界的通用公文信函，也大都用文言或半文半白的語錄體。一直到上世紀下半期，這種情況才徹底改變，這是錢先生始料所未及的。

這種改變，與上面提到的「極左傾向」有直接關係，正是這種「新而又新」「左而又左」的歷史文化潮流，改變了戊戌以來中西文化衝突的格局和方向。錢先生的概括是準確的：「以唯物主義樹骨幹，以階級鬥爭奠基石」，不就是基本生存需求＋暴烈行動嗎？除此之外，一切精神需求，一切高級一些的文化，中也好，西也好，古也好，今也好，全都在掃蕩之列。這是一種民間本位的民粹主義，徹底的平均主義；既不同於盧梭、赫爾岑，也不同於孫中山、章太炎，因為他們都是從知識份子的角度，同情和尊重勞苦大眾，希望並幫助他們改變生存狀況，不但在物質上，而且在精神上得以提昇。這種民間本位的民粹主義卻相反，不但在物質上要「均貧富」，往下拉；而且在精神上也要「均貧富」，打倒並消滅精神貴族。實際上，這也就是馬克思所說的那種「粗陋的共產主義」，不過我們這裡的主要是土產，也是一種「國粹」，是一種古老的傳統，來自申韓之術和《三國》《水滸》系列。這種東西，在中國有廣泛而深遠的影響。

　　如今，在物質上、經濟上，我們已經知道了平均主義的荒謬和危害，也懂得了可以「讓一部分人先富起來」的道理。那麼，在精神文化上不承認差別，不允許人先富起來，其荒謬和危害不是更明顯嗎？而幾十年間出現的許多失誤和災難，其根源就在這裡。

　　於是我又想起了魯迅，整整一百年前──1907年，他就擔心這種情況的發生：

> 蓋所謂平社會者，大都夷峻而不漥卑，若信至程度大同，必在前此進步水準以下。況人群內，明哲非多，傖俗橫流，浩不可禦，風潮剝蝕，全體以淪於凡庸。（《文化偏至論》）

　　──真是遠見、預言。五十多年前，錢基博先生對我說的關於多讀經典和「提高第一」的意見，其用心也正在這裡，擔心我們民族全體淪於凡庸。面對一說到「傳統」就是舞龍、舞獅、鞭炮、鑼鼓和京戲，《三國》《水滸》也成了傳統文化經典；而文學幾乎與漢語漢字沒有了關係，這難道不就是凡庸嗎？不能不承認，在文化上、文學上，很難說這八九十年來有多少進步或提高。人們早就承認，現代文學（1917-1979）後三十年不如前三十年；從整體上看，新文學不是同樣今不如昔、遠不如古代文學嗎？這也是馬克思早就說過的，精神生產與物質生產是不平衡的；科學進步了，物質豐富了，精神文化未必一定進步。說到這裡，記起了傅雷的一席話：

> ……尤其是精神文明，總是普及易，提高難；而在普及的階段中往往降低原有的水準，連保持過去的高峰都難以辦到。再加老年、中年、青年三代脫節，缺乏接班人，國內外溝通交流幾乎停止，恐怕下一輩連什麼叫標準，前人達到過怎樣高峰，都不大能知道了；再要迎頭趕上也就更談不到了。這是前途的隱憂。

　　傅雷的這些話是1962年說的，對照上面魯迅的話，還有五十多年前錢先生和我的談話，以及他這本文學史的寫作意圖，我寫這篇文章的起因，就都含有這種「前途的隱憂」。這一切，至今都並未過時。

車軍：胡昆切，音渾。見《中華大字典》）

2007年10月10日於武昌東湖

＊此文發表在2007年第12期《書屋》

阿Q還沒有死

——和李建剛同志談《牌》和《打倒賈威》

建剛同志：

　　在上次的座談會上，有人談到你的小說《牌》和《打倒賈威》（載《長江文藝》1979年第二期及四、五期），也有人提到高曉聲的《李順大造屋》和《陳奐生上城》。回來的途中，我坐在車上閉目養神，恍惚間眼前出現了一個奇怪的景象：這幾篇小說裡的人物走到一起來了，劉永年書記坐在轎子裡，羅辦事員等大小幹部抬著他。前面有一杆大旗迎風搖擺，上書「興無滅資」四個大字；大概是沒有洗乾淨的緣故，後來壓在上面的另外四個大字——「全面專政」，還依稀可辨。雄糾糾地手執水火棍走在旗下的是賈威。另一邊，鍋爐工王福雙手高舉黃色萬民傘站在最前面，後面一溜兒躬身站著許多人，其中就有鍋爐工的老伴、楞頭青，還有李順大、陳奐生等，而且他們每個人（包括劉永年和賈威）的身後都晃動著阿Q的影子。

　　你也許會感到可笑，說我在胡思亂想，胡說八道。不，這是我幾年來常常想到的一個問題的「形象化」：官僚主義、特權思想、家長制、極左思潮等等，何以那樣猖獗而又難以剷除，僅僅是一些人的個人品質問題嗎？在文藝創作中，就只是揭露他們以引起對他們的憎惡就夠了嗎？事實上，有坐轎子的長官，就必須有抬轎子的衙役，和向著轎子躬身乃至跪拜的黎民百姓；不然，那轎子就坐不成，也威風不起來。由此我痛感到，人民群眾中那種祖傳的由感恩戴德而來的敬畏長官、承認特權的落後意識，應該引起我們的足夠注意了。我說的是，由於幾千年的封建專制特別是近百年半封建半殖民地社會所造成的、魯迅先生為之痛心疾首的「國民性」弱點——阿Q精神。

　　現在，大家不是都承認十年間所造成的「傷痕」嗎？為什麼就不承認幾千年所留下的「創傷」即胡風所說「精神奴役的創傷」呢？——把「人民」抽象化、神聖化，同時把知識份子從「人民」中踢出去，也抽象化、「牛鬼」化；讓勞動人民鄙視、仇恨知識份子，從而讓他們保留、發展自己身上的「創傷」。這套手法給我們的民族造成了多大損害啊，是清除這種假馬克

思主義的時候了。

　　說到這裡，我是既感到痛心又感到欣慰的。早在1926年，魯迅先生就說過：「此後倘再有改革，我相信還會有阿Q式的革命黨」。歷史已經證明了這一點，不過不是「白盔白甲」，而是「紅盔紅甲」——紅衛兵不就是這樣的角色嗎？當年阿Q所夢想的「我要什麼就是什麼，我喜歡誰就是誰」，也真的被有些人付諸實踐了。就是到了粉碎「四人幫」以後的今天，還有流氓在光天化日之下侮辱婦女，圍觀者達千人以上。你沒有從那些「看客」的掉下來的下巴和麻木的神情上看出阿Q的影子嗎？阿Q的時代好像已經過去，而阿Q的精神不死，阿Q的影子還在我們中間徘徊，難道這還不令人痛心嗎？

　　可欣慰的是，對此，人們漸漸覺察到了，三年多以來的文藝創作中，也出現了不少為改變人的精神、人的靈魂，「揭出痛苦，引起療救的注意」的好作品，這中間就有你和高曉聲的小說。

　　就說《牌》罷，我覺得，它的內容和意義決不僅僅是反映了一種現象、一種事實——勞模只是長官手上的一張牌，「用著它就是王牌，用不著屁也不是」。不，這篇小說的內容要比這深廣得多。為什麼本來應該是國家主人的王福卻從來沒有成為真正的主人，而本應該是社會公僕的劉永年卻變成了高高在上的主人？——這，就是小說的中心，它的深刻意義之所在。你沒有直接說出這個「為什麼」，而是通過人物形象，他們之間的關係，提出了問題並回答了問題——是傳統的封建意識，是現行的官僚體制改變了、歪曲了社會主義制度下應有的人與人的關係。

　　別人稱讚王福有「主人公精神」，是「工人階級的優秀代表」，然而在實際上和在他自己心靈深處，他從來也沒有真正成為主人，更不要說工人階級的優秀代表了。他善良、憨厚、勤勞、簡樸，他熱愛共產黨，熱愛社會主義祖國；而這種感情的基礎卻是「感恩戴德」，「知足安份」。實際上他並不瞭解共產黨，也不瞭解無產階級的科學社會主義。在解放初期，有這種「樸素感情」不但是自然的、合理的，而且是可貴的。但是如果竟把這種「樸素感情」冒充工人階級的科學思想和階級覺悟，用以教育全體人民，作為推動各項工作的動力，那就會產生嚴重的後果。王福的這種「憶苦思甜」就是我們常見的這種「教育」。

　　王福的開始「憶苦」，大概是在1957或1958年，因為在那以前還沒有

「四大」，工人不會貼大字報。那時，中共「八大」剛開過不久，黨中央號召發揚民主，健全法制，反對官僚主義，開展批評與自我批評，並要求人民幫助黨整風。在這種情況下，工人們能夠「批評廠領導不關心群眾生活」，不正是黨所要求的工人階級應有的主人公態度嗎？而王福遵照長官意志所進行的那種「憶苦思甜」，在客觀上又起了什麼作用呢？在控訴舊社會、歌頌新社會的同時，把「感恩」、「知足」、「安份」等落後的舊意識當作「無」來「興」，把工人們的主人公態度和民主精神當作「資」來滅了。於是，封建意識、家長作風得到了保護和滋長，本來就不很充分的民主精神受到了摧殘。

在這裡，我看到了我們多年來所走過的一段歧路：從「感恩」到「效忠」，從唱《東方紅》到跳《忠字舞》；從「不關心群眾生活」到「有權的幸福」，從家長制到封建法西斯主義！——在這個過程中，王福一直是任人擺佈的「牌」：開始，劉永年讓他「典型發言」，十年浩劫中左龜連也讓他「帶頭控訴走資派」，後來在「清查」中，劉永年又讓他「典型引路」。這是個什麼樣的「三朝元老」啊！別人都打他這張牌，藉以壓對方，而他自己卻茫茫然。我不知道，如果你進一步細緻刻畫他的內心活動，會不會像魯迅寫阿Q，讓他一再感到這一切都很「古怪」、「稀奇」。是的，王福是善良的，勤勞的，可又多麼可憐、多麼糊塗啊！

我不知道，你是不是有意這樣寫的：從王福身上，讓人看到愚昧、麻木的阿Q的影子；從賈威身上，讓人看到自私、貪婪的阿Q的靈魂。反正我看到了。

賈威不同於王福，他沒有多少「憶苦」的本錢，又不願意「完全徹底」，就只信奉「一抓就靈」。不管是出於感恩戴德樸素感情，還是小私有者的損人利己哲學，他踏入社會不久，就嘗到了階級鬥爭的「甜頭」。憑他的機敏，這是個「無本萬利」的買賣。於是，在以後的「年年講、月月講、天天講」中，他步步高昇，掌了權，享受到了「有權的幸福」，而且「打不倒」。為什麼說他也像阿Q呢？當他彎腰曲膝地給領導打電話時，我看到了阿Q那寬鬆的膝關節和抽緊筋骨、聳了肩膀的奴才相。當他兇殘、野蠻地整人時，我看出了阿Q那小私有者特有的攫取財物、濫用權力的貪變心理。不是嗎？當年阿Q要對王胡、小D等採取「革命行動」，想從別人的妻女中選娘娘和妃子，可惜都未能實現；唯一的行動是到靜修庵「掃四舊」，也只得

了幾個蘿蔔。原因是他沒有掌權。否則，除了上述「豐功偉績」，他還會下令廢除光、亮、燈、火等字，並把畫瓜子形的圓圈欽定為「學識」和「才能」的最高典範。如今，這一切差不多都被賈威實現了，所以，賈威是掌了權的、革命化的阿Q。

左龜連，這是個有點漫畫化的次要人物。可是我從他身上看到了王福和賈威的影子：除了接受科學社會主義思想教育，成為一個真正的先進工人這條路之外，他可能走這樣兩條路：如果他早出生若干年，有「憶苦」的資本，就很可能成為另一個王福；如果他早幾年在腦袋裡裝上「階級鬥爭」那根弦，而且一直繃緊，信奉「一抓就靈」那本經，而且天天講，那他早就發跡了，成了另一個賈威。要麼成為一張「牌」，要麼成為一根棍子，幫助長官安撫、曉諭百姓，或被主子用來恐嚇、鎮壓黔首。愚昧也好，兇殘也好，都是被人用來對付自己同類的工具。——這就是我從這幾個人物身上看到的深刻社會意義。

我覺得，你是在引導讀者探索思考，思考一條既普遍又非常重要的真理：農民，以及一切小私有者，只有用馬克思主義的唯物主義和科學社會主義來武裝自己的頭腦，，才能跟著無產階級一道推動歷史前進，才不致成為歷史發展的阻力。因為，小生產的經濟地位和狹隘眼界使他們無法想像社會化的大生產，不可能具有「解放全人類」的偉大胸懷。在他們看來，要擺脫貧困，只有一條路：發財或掌權，使自己成為剝削者、壓迫者，用剝奪別人的辦法來改變自己的處境，也就是所謂的「翻身」。否者，那就只能或哭泣、咒罵，寄希望於來生；或感恩、知足，求苟安於今世。在無產階級革命和建設中，如果不對這種小私有者的傳統觀念和習慣勢力進行教育改造，它們就會成為巨大的破壞力量。當然，你寫的是現代化大企業的工人。可是，由於我們的封建專制歷史悠久，工人階級誕生的晚，加上小資產階級汪洋大海般的存在；多年來又一直糊裡糊塗地「興無滅資」，容忍了封建主義，劃不清社會主義與封建主義的界限，以致小私有者的傳統觀念和習慣勢力嚴重地影響了工人階級隊伍，相當一部分工人實際上是站在機器旁邊的農民。

多年以來，人們天天掛在嘴上的「樸素階級感情」、「深厚無產階級感情」，到底是哪個階級的？對此我早有懷疑，近來逐漸明白了；而你的小說，使我看得更清楚了。在王福，那是印在這張「牌」上，用以美化愚昧、保守的紅色花紋；在賈威，那是塗在這根棍子上，用以掩蓋其兇殘、狡詐的

紅色油漆。把這些國粹當成「無」（產階級思想）來興，而把真正的馬克思主義和中共「八大」精神當成「資」去「滅」，那還能不亂套？從人物，使我看到了社會、歷史；而這些，難道還不算是「典型環境」嗎？我看應該算，這正是恩格斯所說的那種體現了一定歷史深度和時代特點的典型環境。

那麼，劉永年呢？這個有過一段光榮歷史，帶來過革命傳統而且曾經懺悔過的領導幹部，他怎麼會是那個樣呢？從他身上，我也看到了歷史、社會。有兩個地方，你簡略地勾畫了幾筆，卻準確地勾畫出了官僚特權等等得以產生和發展的另一個重要原因：我們的制度的不健全，和這種不健全的制度所產生的「關係學」。劉永年在鍋爐房懺悔時，檢討了自己以往只對上級負責，只注意團結依靠幹部而忘記了群眾的官僚主義作風；還意識到了，誰也沒有把是否關心群眾作為衡量幹部的標準。這檢討是中肯的，真誠的（儘管那惶恐、卑下的神態有點阿Q相），而後來為什麼又變了呢？檢討是在鍋爐房，一回到書記辦公室，地位變了，情況變了，相比之下還是上級和周圍的幹部重要。儘管他也珍視黨的傳統，想以身作則，把房子讓給王福，結果還是被羅辦事員說服了。因為羅辦事員精通「關係學」，說的是實情。於是這個有良心、想改悔的長官不得不適應環境，注意關係，只好暫不改悔了。──為什麼一些幹部在台下時很清醒，能對不正之風戟指怒斥，而一上臺就變了，「一闊臉就變」呢？為什麼群眾都憎惡羅辦事員這類拍馬溜鬚的奴才，而長官們偏又離不開他們呢？除了個人的私心、私利之外，一個更重要的原因：「關係學」和精通關係學的奴才，都是不健全的制度的產物。

事情就是這樣明擺著：有那種紅綢黃緞蒙著的轎子，有齊聲高喊「照辦」、「英明」等號子的轎夫，有揮舞水火棍的班頭，還有一旁俯首躬身的黎民百姓，怎麼會沒有官僚、特權呢？即使轎子裡坐的是真的「愛民如子」的「清官」，他和人民之間還只能是父子關係，「父母官」一詞不是還在使用嗎？──所以，拆毀那種經過改裝的祖傳的轎子，改變「官貴民賤」的傳統觀念，真正讓人民直起腰來，肩膀上長著自己的腦袋，能夠監督幹部，管理國家，才可望確保二十年的悲劇不再重演，才能健全社會主義制度，也才能真正實現四化。

從廣播裡聽了人民代表大會第三次會議的幾個重要報告和代表發言，我發現，那些關於克服官僚主義的幾個重要論述，竟和你的小說的內容大體相近。其實這也很正常：藝術能反映生活真實，馬克思主義能揭示客觀真理，

怎麼會不一致呢？從生活出發，通過形象思維，寫真實；堅持馬克思主義原則，從實際出發，通過邏輯思維，說實話，當然會殊途同歸。這就是史達林說的：「寫真實！讓作家在生活中學習罷，如果他能用高度的藝術形式反映出了生活真實，他就會達到馬克思主義。」你的小說不就是這樣嗎？你向生活學習，寫出了真實，符合馬克思主義，所以人民歡迎它們，黨重視它們，電臺也一再地播送它們。

儘管如此，也還不能說這兩篇小說就無可挑剔了。這裡，我想說一點「吹毛求疵」的意見，和你商量。

我覺得，這兩篇小說有一個共同的弱點：從感情上打動人的藝術感染力還不夠強。讀的時候，我感到了、認識到了它們的真實、深刻；同時卻又有點「隔岸觀火」，沒有能進入人物的活動領域，走到他們的身旁，窺見他們的靈魂，所以感到不那麼深切。是被什麼擋住了呢？我覺得是你的態度。——上次談《打倒賈威》時我曾說過它的語言有點「失之油滑」，現在感到這樣說不太恰切，因為問題還不在語言，而在態度。——你在敘述事情、描寫人物時所表現的那種客觀的、旁觀的態度，影響了作品的感人力量。

當然，在這兩個作品裡，你的是非愛憎是分明的，強烈的；從這方面說，你並不客觀。但是，問題在於，你沒有把自己的思想觀點和感情態度化入客觀的藝術形象之中，使自己的主觀感情與客觀生活融在一起。你急於讓讀者同意自己的看法，接受自己的觀點，就迫不及待地直接出面，從旁議評了。你和人物一同出場，而且一直站在旁邊，向讀者介紹他們的思想、性格、命運、遭遇等等。這樣人物自己活動（包括內心活動）的機會少了，你又插在人物和讀者中間，在一定程度上以自己的主觀評述代替了人物自身的思想行動，這就把讀者與人物之間的距離拉大了，影響了讀者的直接感受。——演員沒有很好進入角色，卻在臺上向觀眾介紹人物的善惡美醜；他的這種「置身戲外」的態度，就會影響觀眾的「入戲」被感動。——你的鮮明的態度反而給人以客觀、旁觀的印象，並因而減弱了作品的感人力量。

說到這裡，我又想到了阿Q。我不知道你有沒有這樣的感覺：在讀《阿Q正傳》的時候，我們好像走到了未莊，看到了阿Q，了解了他的內心世界，從而感情上產生了共鳴，鄙夷他、責怪他又不能不同情他、愛他；從而想到了我們周圍，我們自己。在這個過程中，魯迅並沒有直接出面，他站在阿Q身後。我們彷彿看到了他那帶有譏諷的含淚的目光。正是那目光中流露

出來的這種複雜而真摯的情感和其中所包含的殷切的期望，深深地打動了我們，牢牢地抓住了我們，使我們無法逃避地從人物身上看到了自己的影子，從而掩卷悚然，惴惴不安。

可見，這種表面上的冷靜、客觀，絕不是那種冷冰的旁觀的、觀照的態度。魯迅把他的燃燒著的感情融入了作品之中，化在人物身上；他的鮮明的態度，不在個別的字句上，而體現在他的生活實踐和創作實踐的過程中，反映在他認識並表現生活的角度、距離、速度、色調等等全部藝術手段上。

其實，這還是去年我們在一起談過多次的那個老問題：現實主義問題。瞿秋白把魯迅的現實主義歸結為「最熱烈最嚴正的對於人生的態度」——我覺得，那人生，當然包括藝術實踐、創作過程。而創作過程，首先就應該是一個再生活、再體驗、再感受的過程。在生活與創作的全過程中始終保持「熱烈」和「嚴正」，像魯迅寫阿Q那樣，就一定能避免那種客觀、旁觀的印象，大大增強作品的藝術感染力。

不知你同不同意這個看法：無論什麼技巧、手法、風格、流派，古的也好，今的也好，土的也好，洋的也好，都不能排斥，都可以吸收。但是如果離開了上述根本的現實主義精神和態度，單靠那些手法，就只能製造藝術贗品，而不可能創造出真正有生命的優秀藝術品。我認為，你的《牌》和《打倒賈威》之所以取得成就和產生不足，其原因也在這裡。你是以這種現實主義態度對待生活、對待創作的，所以才寫得真、挖得深，超過了那些一般地揭露官僚主義的作品；也正因為這種現實主義精神的不足，才出現了藝術感染力不強的弱點。

好了，寫得夠多了。有理解偏了、批評錯了的地方，你就不客氣地反駁。你可以看得出來，我這既不是捧場，也不是打棍子，而是同志式、朋友般地談心。總的來說，我的看法是：正像你的小說所展示的，一直到今天，阿Q還沒有死，而《阿Q正傳》的創作方法，魯迅的現實主義傳統沒有也不會過時。

願你寫出更多的好作品，以說明當前正在進行的這場空前偉大也空前艱巨的社會改革運動！

1980年9月22日於漢口花橋

走進魯迅的世界
——讀林賢治的《人間魯迅》

　　我們已經有了幾本魯迅傳，但可惜的是，它們大都有點像剪影——主要是從一個角度、一個側面，符合一種流行模式，而未能如實地全面反映出魯迅的本來面目。正因為這樣，我才特別欣賞推崇林賢治的《人間魯迅》，認為它是近年來魯迅研究中很值注意的新成果。

　　《人間魯迅》三部共77萬字，篇幅大，字數多，但這部書的價值更重要的是揭示了不少以前鮮為人知或知道而故意隱諱的重要事實，突破了流行多年的政治鬥爭史的框架，從歷史哲學的高度和思想文化史的廣闊背景上考察和描述一切；而且把社會、家庭、個人的種種矛盾糾葛以及文學運動、理論批評、創作活動諸方面作為一個有機的整體來把握。這樣，真正在人間生活過的魯迅的一生，連同他所處的時代社會以及他的親人、戰友、學生、敵人，全都活生生地出現在我們的眼前。這本書的結構和文筆也是獨特的，既有哲理辨析，又有詩意抒情，許多章節使人一讀再讀而興味不減。

　　魯迅的思想及其發展，這個疑難多而分歧大的問題，在這本書裡恰是寫得最見功力也最有特色的部份。有人說，研究魯迅不但要讀魯迅寫的書，而且要讀魯迅讀過的書。看來此書的作者正是這樣，他沒有止於複述由學醫到從文、從進化論到階級論這樣一些雖基本符合事實而又過於簡單的公式，而是把這些放回到中外歷史潮流中，考察各種思想的來龍去脈與相互關係，指出它們同魯迅精神上的感應契合處——特別重視人，徹底批判傳統思想文化。正是這種理性批判精神，使魯迅的愛國主義區別於他一向痛惡的「獸性愛國主義」和奴性「愛國主義」。在這裡，人，人的解放，人的自覺自主才是一切的關鍵；而「立人」和改造「國民性」的啟蒙思想，正是魯迅一生思想發展的中心貫穿線。至於怎樣從達爾文、海克爾到尼采、施蒂納又到馬克思，為什麼尼采和托爾斯泰個性主義和人道主義會一直伴隨他到生命的終點，這一切，書中都有扼要而清晰的說明。

　　魯迅的文藝思想是非常豐富又非常獨特的，由於多年來被強行納入一種

簡單而僵硬的模式之中，他的許多精闢見解都變得無法解釋或被有意無意地略去了。這部書沒有沿襲舊說，而是把魯迅在批評、創作、翻譯、編輯各方面的著作與活動貫通印證，既從總體上把握他的美學思想和文學觀，又分別介紹了他對許多具體問題的看法。在談到魯迅從傾心浪漫主義轉向近代現實主義並同時「拿來」西方現代主義時，不但注意了這些思潮的歷史狀況而且具體分析了這種發展變化的主客觀原因。在介紹魯迅接受馬克思主義的情況時，既考察了從「接觸」到「接受」的過程，也沒有回避其他思潮對魯迅同樣有影響的複雜情況。書中全面述及魯迅各個時期的文學觀點：從一開始的「不用之用」到「文藝與政治的歧途」，到論文藝與宣傳的辯證關係，到最後對「民族革命戰爭的大眾文學」的解釋。這樣我們看到了魯迅文藝思想發展的全過程，從中悟出了他的「為人生」的文學觀的真實內涵。在這裡，人是根本，人是中心，這種文學是以人為對象、為出發點和目的的，因而不但承認而且重視政治功利性，不過這種功利性是通過藝術的非公利性實現的。明乎此，才能把真正的魯迅的文藝思想從種種「左」的教條模式之中分離出來，還其本來面目。

作者把魯迅的上述思想簡括為「以人為中心的社會觀和文學觀」，這使我想起聶紺弩的《題魯迅全集》詩中的兩句：「有字皆從人著想，無時不與戰為緣」——事實如此而非偶合。魯迅是從拯救民族危亡開始他的一生搏戰的，人的解放始終是他關注的中心。從「立人」到「救救孩子」，一直到抗日救亡運動中的重病時刻，他最後還告誡人們：「用筆和舌，將淪為異族的奴隸之苦告訴大家，自然是不錯的，但要十分小心，不可使大家得出這樣的結論：「那麼，到底還不如我們似的做自己人的奴隸好」」——由此出發，在最後一篇文章的末尾重又發出「真的要「救救孩子」」的呼喊。正是這種對被奴役者、對後代的深深的愛和憂慮，激發而為對權勢者及其奴才的強烈的憎恨；「能殺才能生，能憎才愛，能生能愛才能文」——聶詩的「從人著想」又「與戰為緣」，《人間魯迅》二三部的題名為「愛與復仇」、「橫站的士兵」，就是對魯迅精神追魂攝魄式的把握。

魯迅的戰鬥，總的說來就是對吃人的歷史傳統和現在的屠殺者的抗爭、反叛和復仇。不深知歷史的傳統的吃人本質，不暸解他的對手的兇殘下劣，就難以真正理解魯迅。這部書彌補了這方面的不足，對幾次大論戰有全面的記述。他的敵人是政治迫害、行政處置、人身攻擊，無所不用其極；而

他，只是一個人、一支筆。特別是最後十年的酷烈鏖戰，既要面對國民黨的血腥鎮壓，又要對付戰友從背後投來的大批刀劍。反動政府稱他為「墮落文人」，左派戰友又指他為「雙重反革命」，而文字圍攻則主要來自戰友一方，這才是「圍剿」的真相。而這一切事實真相過去是不大為人所知的。

魯迅正是這樣「反圍剿」的：既反對外族侵略奴役，又反對國內的專制獨裁；既揭露控訴國民黨的暴政，也抵制批判自己陣營的錯誤傾向；一方面堅決地與外界的敵人鬥爭，同時也無情地進行自我解剖。如實地寫出了這種極其複雜的戰鬥歷程，才使我們更清楚地認識了魯迅，他的思想、藝術、人格。

這裡寫的是一個人的歷史，實際上折射出我們整個民族的歷史。如馬克思所說，「歷史不過是追求著自己的目的人的活動而已。」作者沒有套用流行模式和結論，而是面對歷史，把魯迅作為實踐、創造、戰鬥的主體，而且用自己的心靈去探索、感受、體驗這一切，極力從理性、情感、人格上去接近他的對象。正是作者與對象這種精神上的感應和交流，大大豐富了也深化了這部書的內容。

魯迅本身就是一個世界，博大深廣，包容無限。讀完《人間魯迅》，在感到原來熟悉的一切也變得新鮮的同時，並沒有滿足，反而產生了進一步去熟悉、理解魯迅的強烈欲望。由此足見此書的並非完美無缺，更沒有窮盡一切，它只是帶我們走進魯迅的世界，讓我們用自己的心靈去探索、感受、理解一切。──不是另塑造一個魯迅，而是努力走進魯迅的世界，這大概是《人間魯迅》的最大特色。

載1991年6月17日《廣州日報》

走自己的路

——評蘇群近年來的長篇創作

　　我一直很關心當前的創作，幾年來不斷地在讀、在想、在學習，只是很少正面發表意見；私下裡也有議論，只是沒有寫出來。原因也很簡單，這幾年出現的季候風似的一陣又一陣的「熱」，霓虹燈一樣變幻的「文壇流行色」，以及和這些相應的似新而實舊的理論，使我由惶惑而退縮而沉默了。不過我始終不相信，文學會真的變成時裝、小吃一類的時令貨。眼前的事實似乎已經在證明，想靠古老的或時髦的奇裝異服以「領風騷三五年」的，也許還「熱」不了五年，而不趕行情的真正的藝術，即使一時受點冷落，歷史是不會忘記它們的。正像有人早就說過的，讀者們有一天會對那些一味迎合他們的人背過臉去，而去迎接那些努力引導他們的人。

　　讀了蘇群的新作《圈套與花環》，聯想到他近年來創作的另三部長篇，又想到他從五十年代初開始的漫長的創作道路，於是，上面那些看法就更加明確地湧向心頭。因為蘇群正是這樣的作家：從來不趕行情，不擠熱門，而是朝著一定的目標，默默地走自己的路。——於是，我不由得又聯想到馬克思非常喜愛和一再引用過的那句名言：「走自己的路，讓人家去說罷」，並以此為題寫出我的一些看法。

　　從1978年到1986年，八年間蘇群拿出了四部長篇，一百萬字，外加一個六萬字的中篇。這些作品所要展現的生活遍及社會的各個方面，人物有工人、農民、軍人，更多的是幹部和知識份子；大部分是寫當代生活的，也有歷史題材。《大別山人》寫的是「四人幫」倒臺前夕的農村生活；《風雨編輯窗》寫的是一群普通的文化工作者，一些真正的無名英雄，他們的追求與惶惑、痛苦和歡樂；《孤島就要沉沒》寫的是歷史上（三十年代）一個有膽有識又想有所作為的知識份子的悲劇。現在擺在我們面前的這本《圈套與花環》，顯然比前幾部更為複雜豐富了：可以說寫的是兩個青年知識份子的不同人生態度和生活道路，也可以說寫的是當今社會上一些人的靈魂和人際關係的不同層面，更可以看成是寫改革的，改革所面對的歷史負擔和潛力，這

些凝聚在文化意識和心理結構之中的負擔與潛力的對峙、較量。從這幾部題材、人物和寫法各不相同的作品中，至少可以看到這樣兩個明顯的特點：一是這裡寫的幾乎全部是普通人的生活，既沒有大智大勇、大奸大惡的突出人物，也缺乏那種大起大落、大喜大悲的傳奇情節，更沒有那種魔術師手帕似的形式技巧，有的只是以樸素的筆墨寫普通人的生活。二是以寫知識份子為主，而且主要寫了二十世紀四十至五十年代成長起來的所謂近代中國「第五代知識份子」，他們的靈魂、品格與命運；其中有的人物是以往文學創作中所沒有或很少見的。

這是很值得注意的，這幾部作品完全沒有染上那些匆匆掠過文壇的「流行色」和「流行熱」。無論是前幾年開始的那種脫離現實、無視內容而一味玩弄技巧的語言文字上的雜技和魔術，還是後來出現而至今尚未過去的「性」衝擊波，都沒有在這些作品裡留下痕跡。面對這種文壇風習，蘇群當然也可以隨行就市，在自己的作品裡增加一些色彩和趣味，以迎合讀者。這部小說裡有不少地方寫到愛情，寫到兩性關係，而且有的還是不正常的。如果在這些地方以暴露醜惡、鞭撻惡人為由，把那些過程和細節抖露出來，並用一句流行的話──「那有什麼不可以呢？」──來辯解，倒也真的沒有什麼不可以；因為這非關政治，不涉法律，也不全是知識和水準問題。這是文化意識和心理結構的不同，是趣味和格調問題。蘇群對這些很清楚，在廣泛閱讀國內新作的同時，也很關心並認真閱讀外國不同流派的作品，而且還很喜愛其中的某些作家。他說，外國人怎麼寫，我們當然應該瞭解，也可以借鑒，但有兩條：一是不能忘記，我是生活在中國大地上寫中國人的生活給中國人看的中國作家，二是我只能盡我的所能寫我所熟悉的生活，而且總要給讀者一些積極的、向上的影響，也就是說，我只能走我所熟悉的現實主義這條路。──這種對生活對藝術的看法和態度，大概就是他能夠不為走向商品化、小市民化的種種流行的「色」和「熱」說動的主要原因。

蘇群創作上的這種不跟風、不看行情而執著顯示擁抱生活、忠於自己的真實感受的特點，並不是近年才有的，早在五十年代，他就為此付出過代價，這可以用他那篇挨過批判的短篇小說《丹桂的家鄉》來作證。這篇小說的內容很簡單：一個老實農民救活並收養了一個小女孩，幾年以後，當他注意到這個女孩長大了並想娶她為妻的時候，她已經把心給了一個年輕人，於是產生了一系列感情糾葛。這是一篇有著散文美的小說，讀著它，就像聽到

了山間的潺潺溪水，聞到了丹桂的飄香。那裡面既沒有這幾年常見的那種性的「騷動」或「衝動」，更沒有寫男人眼中的女人和女人嗅著的男人，有的只是淡淡的哀愁所包含的人情和人性美。然而這也不行，這就是「不健康」，就是「人性論」，於是挨了批判。這件事發生在1957—1958年間。今天再來讀這篇在當時不合時宜的小說，我覺得幽香猶在，並未過時。

這是不是在說蘇群「三十年一貫」地固守著客觀、簡單而止於「外部」的現實主義老路，置身於近年來的思想解放和文藝探索之外，而又在為這種「老路」唱讚歌呢？當然不是。把現實主義說成是僵硬的框框並與文藝上的探索、創新對立起來，這是由來已久的巨大歷史誤會造成的。許多年來人們所厭惡的那種「現實主義」本來就不是現實主義，而是教條主義、偽古典主義。而那些本來應該肯定的作品（包括《丹桂的家鄉》），就以為不符合這種「現實主義」的規定才受到批判的。這些應該澄清的歷史舊賬一時也說不清楚，這裡只說近幾年的事實。上面提到的蘇群一直很關心並認真研究中外新作的情況，說明他雖然「默默地」，卻也是滿懷激情地對待近年來文藝上出現的新形勢，而且在創作實踐中一步一步地走著自己的探索創新之路。

這可以從他的幾部長篇小說的結構的變化上看出來。結構牽涉到創作的立意和構思，而這一切都決定於創作主體──作家對生活的感受和態度，所以這決不僅僅是外部形式技巧問題，從這裡正可以看出作家創作思想的變化。前面的就不說了，從《風雨編輯窗》開始的這三部長篇小說的結構都不一樣，有著明顯的變化、發展的軌跡可尋。《風雨編輯窗》基本上仍是按照時間順序安排情節的，但已經突破了原來那種情節連貫、故事完整的慣例，隨著人物性格及其關係的發展變化，靈活地移動鏡頭，轉換場景。這樣，雖然表面上顯得有些鬆散，卻大大有利於擴展作品的容量，便於及時調整作者所需要的焦距，從而取得預期的效果。──到了1984年出版的《孤島就要沉沒》，那結構就大不相同了。這部小說寫的是舊事（1935年荊州大水災），用的卻是新手法：沒有從頭說起，按時序往後推演，也不是一般地倒敘，而是從中間寫起，一開始就有點像電影的片頭，在勾勒歷史背景的同時推出高潮。這種自由多變的結構方式，使得時間和空間的轉換靈活而又自然，既沒有以往那種「說故事」舊框框的緩慢呆板，也沒有近年來那種故意打亂時序、隨意跳躍拼接的新套子的做作與生澀。這樣能造成一種總體印象，透過三十年代荊江兩岸光怪陸離的社會生活和其中的各色各樣人物，讓讀者看到

——如當年魯迅借用愛倫堡的話所說，「一方面是莊嚴的工作，另一方面卻是荒淫無恥」。

可見，蘇群是以自己的方式在探索，在開拓自己的路。

1986年拿出來的《圈套與花環》，讓我們看到了蘇群的創作的進一步發展。

從表面上看，好像這部小說又回到了按照時序安排情節的老路。其實不然，這可以從小說的結尾上看出來，這部小說有一個不大一般的結尾。布萊希特的劇本有過類似的結尾，前兩年我們有的電影曾經模仿過，而小說這樣結尾的還很少見。蘇群是不是也從那裡受到過啟發，我不知道，我只覺得這樣更耐人尋味，更發人深省。——小說的結尾是幾個「未知數」，各種人物和他們的所作所為，都會留下一些未知數讓後人去評說；本身有價值的，後人自會給以公正的評價，沒有價值的，那就只能任其灰飛煙滅了。——看來，作者提供給我們思索並要我們探求的「未知數」，似乎並不是最後這幾個懸念。一部小說從頭到尾包含著許許多多的「已知」和「未知」，而且往往是已知之中隱藏著未知，未知之中透露了已知。如果前面所說的那些人物、情節、廠景、細節——那些「已知」和它們之間的關係所構成的方程式已全部或基本上解開了，了然於心了，那就不一定太多地去關心最後那幾個懸念了。也正是在這裡，可以看出作者那種與現實主義精神同在的歷史態度和悲憫心腸。不是嗎？按照一般原則和人們的願望，那個在改革浪潮中湧現出來的「新星」——市長宋堤，是完全可以也應該晉升副省長的。可是，作者並沒用「善有善報」來開這張支票，而是把這作為一個「未知數」留給了我們。同樣地，那個從官場上混過來的「老馬」——文化局長馮得章，活該他升不了廳長，也得不到遺產發不了財。然而，作者也沒有簡單地「惡有惡報」，讓讀者出這口氣，而是和對待那位「新星」的命運一樣，頗有新意地設下了又一個「未知數」。——誰知道呢，這匹仕途老馬說不定還能飛黃騰達一陣呢！有意思的是，就在這裡，作者還語重心長地對這個實際上很可憐的」老馬」說了幾句不無惋惜之情和勸勉之意的臨別贈言。你看，他筆下那麼嚴格而心地又是那麼寬厚。

可見，這一切不完全是形式技巧上的求新所決定的，而是作者遵循客觀生活邏輯和聽從內心感情要求所作出的選擇，正因為這樣，才有效地深化了前面的內容，深化了主題。

　　這部小說的主題和題材範圍與《風雨編輯窗》有些相近之處，都是以知識份子為主，從1948年起一直寫到八十年代。這確實是值得好好寫一寫的一段生活，從硝煙滾滾的黃河之濱，到驚濤拍岸的長江兩岸，三十多年的風風雨雨，千家萬戶的悲歡離合。特別是這一代知識份子，從英姿颯爽到兩鬢如霜，不少人真的曾經「在清水裡泡三次，在血水裡浴三次，在城水裡煮三次」，他們的歡樂和痛苦，功和過，地位和作用，到底應該怎樣估計？這中間的真假、善惡、是非、曲直、清濁、美醜等等，哪些有了已知的答案，哪些還是「未知數」，難道不需要認真地總結回顧而就這樣讓它們灰飛煙滅嗎？何況，這一切與當前的改革緊密相關，我們不主動地去進一步清理、反思，其中的有些東西就會像夢魘樣壓住我們，拖著我們使我們不能闊步前進。也許，蘇群正是有感於此，才寫了這部小說。

　　這部小說中有名有姓的人物有三十幾個，和《風雨編輯窗》相近。不同的是，這裡的人物的社會身份、職業經歷和他們生活的地域和環境都更為複雜，因而整個作品的色調和筆觸也顯得更豐富了。主人公是鄺春華和馮得章，開始時這是兩個青年學生，也是一對情侶。在以後的年月中，他們分道揚鑣了，走著不同的生活道路，成為不同生活圈子的核心人物。這是兩個普通知識份子，後來一個當了官，一個做出了真成績，也依然是普通人。作者沒有從政治風雲和改革浪潮中選取那些大起大落、色彩強烈的人物作主人公，卻從這兩個普通知識份子身上落筆，展現他們的生活道路，透視他們的靈魂，從而反映這一段歷史和這一代知識份子命運遭遇和精神風貌。寫的是普通人的平凡生活，卻不乏那種藝術創作所非常珍視的「偶然性」，是這部小說的又一特點。馮得章通過一個又一個伴隨著虛假和僥倖的偶然，在仕途上奔走著，似乎春風得意，很順利；在他周圍有一群人，形成一股生活流。鄺春華的生活道路上也有偶然，伴隨著這些偶然的卻是理解、信任、同情，是真誠的捨己精神，當然也有痛苦和不幸；她周圍也有各式各樣的人，同樣形成了一股生活之流。這兩組人物，兩股生活之流相互交錯地發展著，在讀者面前形成了鮮明的對照，造成了對比強烈的思想藝術效果。全書六章三十二節，就是這樣構成的，這是不同於前幾部小說的又一種結構方法，結構特點。

　　正是這種結構方式造成的鮮明對比，使我們更清楚地窺見了兩種知識份子的不同的靈魂。在人們籠統地喊著「青年，青年」的時候，魯迅尖銳地指

出，「青年又何能一概而論？」對於知識份子，無論過去還是現在，不是同樣不能一概而論嗎？這裡的酈春華和馮得章，就是活生生的例證。

讀著《圈套與花環》，在結識酈春華這個普通女教師的過程中，心裡不時閃過蘇群筆下的另外幾個人物：《風雨編輯窗》中的趙蘭和劉河，《孤島就要沉沒》中的趙黎明和李振英等等。這都是些小知識份子，是半個多世紀以來中國革命隊伍中人數最多的一種知識份子；毛澤東也說過，沒有這些知識份子，中國革命的勝利是不可能的。可是，在以往的歲月裡，在那些「清水、血水、城水」的煎熬中，他們要不斷地檢查參加革命動機不純，承認自己「靈魂不乾淨」，以至於最後被加上「放毒」、「教唆」的罪名而成了「專政對象」。如今這一切早已過去了，他們又成了工人階級的一部份。可是，又有人在用諷刺的口吻說他們「虔誠」，「正統」甚至「愚昧」。怎樣看待這一切呢？看來蘇群有他的感受和看法，不過他沒有摘引高深的哲理，而是如實地為這些人勾畫了一組生活相，其中的酈春華，就活生生地站在我們面前。她的知識並不太多，覺悟也不算高，但是她──「淺而清」，基本素質是純淨的。她不是讀了哪本革命著作而參加革命的，也不是看准了形勢而毅然從戎的，是真實的生活，嚴酷的現實，教會了她怎樣分辨清濁善惡，怎樣立身處世──是社會腐敗教會了她憎，她才更懂了需要愛、愛別人；是時代的黑暗促使她追求光明，憧憬未來。到後來，理論學習和思想教育固然起了作用，但更重要的是朝霞滿天的共和國的清晨的陽光和空氣，是真正在世界上站起來了的中國人的自豪和自尊──是這一切鑄就了她和她的同代人的靈魂。決不能忘記，酈春華和趙蘭、劉河們一樣，這一代中國知識份子同樣從小就把「內憂外患」和「國恥」深深地刻進了大腦，埋進了心裡。正是這種從暗夜走向黎明，從寒冬熬到春天的興奮和喜悅，使他們把從「五四」接受來的個性解放的要求溶解到了國家、民族、人民、集體乃至解放全人類的大題目之中。怎麼能把這種複雜的歷史必然簡單地歸之於傳統文化影響所造成的消極面呢？所以，後來當「兇年」教訓得一些人看穿一切並向虛無主義和利己主義靠攏時，酈春華卻「頑固」得很，堅持「老老實實」而痛惡「爾虞我詐」。在不同情況下，她都沒有忘掉《岳陽樓記》裡的那些名句，那種精神──「不以物喜，不以己悲」，「先天下之憂而憂，後天下之樂而樂」。古人的這幾句話，並不是所有的今人都能理解和做到的。不管你同不同意「積澱」說、「繼承」論，文化和道德畢竟不可能突然從天而降，也不

會直接從屬於生產方式和經濟政策的變化。從盲目的「聽話」、「效忠」一下子跳到淺薄的虛無主義和極端的利己主義，是鄺春華們所不取並為之惶惑而痛苦的。

——正是從這裡，我們才更清楚地理解了：她為什麼會同情那個梁玉娘，並且和這個已經不是婆婆的老人親密相處；她為什麼一下子就和那個校長霍大梅心靈感應，那麼信任她並接受了於自己不利的工作；她為什麼會愛上張大元，並和他組成了那樣奇特的家庭。還有，當人們熱衷於「權」而紛紛拉關係、向上爬時，她為什麼謝絕了黨委會的重任而甘願守在小學教師的的崗位上；——特別是她為什麼那樣堅決地與馮得章決裂並始終不原諒他，說他是個對母親、妻子、兒女、朋友，從來不講半點義務的「謙謙君子式的強盜」。讀了《圈套與花環》的人大概都會感受到，這是兩個絕對不能相容的人物，鄺春華身上的那些純樸的、美好的人的素質，馮得章身上是沒有的；反之，馮得章身上的那些東西，鄺春華不但一點也沒有，而且是深惡痛絕的。那麼，馮得章身上到底有些什麼東西呢？

應該說，這個人物形象的塑造，是這部小說的突出成就，可惜這裡已經沒有餘地多說他了，只能簡略地提一下：這個「熟悉的陌生人」在以往的文學作品中還很少見，在生活中卻並不少見。這是那種寄生於文學藝術、混跡於文壇藝苑的市儈、官僚。這種人外表上很有教養，你看，馮得章自始至終 溫文爾雅，彬彬有禮，從沒有因憤怒而瞪目，因羞愧而臉紅；在拐騙鄺春華時是如此，到最後厚著臉皮去認親時亦復如此。他一生工於心計，在人生這個大舞臺上熟練地扮演著自己的角色。在事業上，這是個不學無術的「倒爺」，善於從別人那裡聽來、要來、借來一星半點東西裝飾自己，不懂裝懂而又故作高深，把謙虛當成以守為攻的高招，即藏了拙又贏得了別人的好感，儼然是懂行的領導，紅色專家。實際上，他是「關係學」的行家，善於拉拉扯扯，而除了可以投靠的上峰和能夠利用的奴才之外，他並沒有真正的朋友和同志；他和任何人都保持一定距離，以便於隨機應變而立於不敗之地，由此揚名升官。這不就是那種市儈主義嗎？聰明、靈活、敏感，什麼理論和知識都可以利用而從不相信，因為利己主義是他的唯一的神；與別人來往止於交換而從無真心，面帶微笑而心裡並沒有愛——。無論過去和現在，文化圈子裡的紛爭與內耗大都與這種人有關。最後，作者還為他的迷戀仕途而沒有把聰明才智真正用在學問事業上深表惋惜。殊不知，1842年馬克思關

於地位、才能、品性的關係的論述，至今也並沒有在所有知識份子的價值觀中確立。馮得章這個形象大有現實意義。

這部小說中還有不少東西值得談，可惜沒有篇幅了。當然也有不滿足的地方，這可能與以下情況有關：這部小說是精通編輯業務的作者在業餘時間寫出來的，在文字和篇幅上的苛求，造成了簡潔有餘而充分細緻的描繪不足。──我想把這點不滿足當作希望和祝願向作者提出：繼續走你自己的路，在有充裕時間的條件下放開手去寫，繼續寫這一代知識份子，深入開掘他們的內心世界，細緻描繪他們的不同遭遇，並把這一切放在更廣闊的歷史背景上，用油畫的色彩和筆觸，寫出中國知識份子命運的史詩。

1987年9月武漢東湖

一個並未過時的陳舊話題

——關於近年來的「通俗文學潮流」及其理論

關於通俗文學或文學的通俗化問題，實在是一個陳舊的話題。在中國新文學的歷史發展過程中，人們曾不斷議論並為之進行過多次激烈的論爭。原則上，從文學與人民的關係這個角度來說，通俗與通俗性不但不是一種惡諡，而且往往被看成也應該是文學作品的一種好的品格；在特定的條件下，它還可以成為一種真正的桂冠。因此，通俗文學當然不應該受到歧視，通俗文學的繁榮發展當然也不應該引起憂慮，更不應該受到責難。

不過，我們看問題和下判斷都不能從一般的原則出發，更不能從模糊的概念出發，而必須從實際出發，從客觀上確實存在的事實出發。並且，也不能以個別例證為根據，而要從總體上，從歷史發展上去把握其本質特徵。否則，不但不能澄清問題，連稍微認真一點的討論都無法進行。近年來關於通俗文學問題的不同看法，就正陷在這種僵局之中。從所謂的「通俗文學」的興起到形成「潮流」，已經有好幾年時間了。在這股潮流出現的同時，就有人提出過批評意見，可是，幾年來儘管議論紛紛，且分歧很大，卻並沒有正面組織並展開過嚴肅認真的討論。我認為應該改變這一局面，首先，要在「面對現實，承認事實」的基礎上各抒己見，進行實事求是的探討和分析。

那麼，實際情況和事實是什麼呢？那就是，以各種「傳奇」為主力的「通俗文學潮流」，確實已經佔領了市場，衝擊了文壇，進入了相當一部份青年的文化、精神生活領域，正在起著不可小視的潛移默化作用。有人讚賞，說這是改革中的新事物；有人反感，認為這是歷史上的沉渣泛起。又因為這個「潮流」是在思想解放和反「左」的形式下出現和發展起來的，就有人把它說成是思想解放和反「左」的成果，並把不同的看法說成是「思想僵化」，是「左」。

在這裡，我願意直率地說說我的看法。有點文學常識的人都知道，我們的新文學從「五四」提倡「平民文學」，到後來的「為工農兵服務」，就一直走在通俗化、大眾化的道路上。但也不能忘記，這從來就不僅僅是個形式

問題，我們的新文學從來就是同我們的民族解放運動，特別是思想精神上的啟蒙運動緊密結合同步前進的。二十年代同鴛鴦蝴蝶派的鬥爭，三十年代對封建小市民文藝的批判，四十年代對軟性的、黃色的讀物的抵制，以及後來六十年代初期關於《火燒紅蓮寺》、《濟公傳》等連臺本戲的討論，這一切，總不能用「左」字一言以蔽之、統統一筆勾銷吧？所以，籠統地肯定通俗文學與籠統地否定通俗文學一樣，都是不科學的，缺乏說服力的。

具體地說到近幾年的「通俗文學」，我認為這個概念用在這裡是很不確切、很不合適的。因為都以「通俗」相標榜，最活躍的是各種「傳奇」，於是《紅樓夢》、《戰爭風雲》，以及中國的唐宋傳奇、西方的騎士文學乃至後來的浪漫主義等等，都被拉來連宗續譜了。稍加分析就不難看出，今天市場上暢銷的「通俗文學」與上述種種根本說不上有什麼關係。實際上，它們是中國舊文學的第三代遺孤，古代的話本是它們的遠祖，它的祖父母是晚清民初的公案小說和鴛鴦蝴蝶派言情小說，它們的父輩是三四十年代的武俠、偵探和社會言情小說。當然，它們身上也增添了一些新的色彩，有的加了一些洋花樣而變成了這方面的「洋涇浜」，有的舊思想比較隱晦了，而文筆技巧卻大不如乃祖乃父。

有人把老舍、趙樹理等引為同調，說他們是目前這股「潮流」的先行者。他們本人都已不能致辯，也不知道別人怎麼看，我是為他們抱屈的。讀讀作品就明白了，不管他們的作品所包含的是民主主義還是社會主義，愛國主義還是人道主義，如魯迅所說，他們是那種「為大眾設想的作家，竭力來作淺顯易解的作品，……以擠掉一些陳腐的勞什子」。怎麼能把他們與他們要擠掉的那些「陳腐的勞什子」扯在一起呢？今天同樣有這種「為大眾設想的作家」，在勤勤懇懇地做著「於大眾有益的工作」，雖然他們也採用通俗的形式，也在一些通俗文學刊物上發表作品，又怎能把他們與那些為市場製造「應時商品」的人相提並論呢？——以通俗的形式為大眾創作的文學作品，以文學的形式為市場製作的商品，雖然同樣以商品形式（書刊）進入流通，但那目的和本質卻是不相同的，這是很容易混淆而又必須加以區別的。

人們在談論當前的「通俗文學」的時候，往往只注意形式方面的通俗——習聞常見，淺顯易懂，而忽略了其中所包含的內容——陳腐落後的思想和庸俗低級的趣味。翻一翻市場上陳列的那些通俗刊物，包括一些文藝單位

和國家出版社編印的並非「小報」的期刊和叢刊，你就會發現，在「愛國主義」、「法制教育」、「倫理道德」以及「多樣化」、「可讀性」、「民族傳統」等等冠冕堂皇的幌子和時髦花哨的裝潢掩蓋之下，實際上內中所包含的卻是陳腐思想和小市民低級趣味——英雄崇拜、武術救國、因果報應、以及驚險荒誕、香豔肉感等等。如四十年前雪峰同志所說，「趁著暴露社會中腐爛生活和所謂「驕奢淫逸的場面的機會，也一併暴露了作者想乘此而實行其販賣色情或其他低劣的趣味的企圖」。對照一下三、四十年代充斥上海灘和大後方書肆的那些被進步文藝界視為「精神渣滓」的同類讀物，能說這不是「沉渣的泛起」嗎？

　　不知道為什麼，我們對這一切竟然如此寬容：或者，因為上面那些招牌和裝潢，對內容就不加深究了；或者，因為封面目錄上雖有「兇殺」、「豔屍」、「一夜風流」之類的字樣而實際內容並無大的出格處，所以也不加深究。殊不知，這些恰恰是有意為之的！這樣變換著手法，既招徠了顧客又搪塞了批評，正是經營此道的生意經。從這裡也可以看出，這類東西根本與文學藝術無關。近年來所表現出來的對這一切的寬容大度，實在也是「史無前例」的。因為，「五四」以來的進步文藝界、文化界從來沒有寬容過這種精神渣滓，也從來沒有把這類東西與新文學拉在一起。——我沒有用「純文學」這個概念，因為它太不確切。不過，既然不少人都以它與「通俗文學」相區別，連為「通俗文學」鼓吹、辯護的人也這樣，那就無異於承認了「通俗文學」的「不純」。那麼，這不純的成份到底是什麼呢？說得直率些，就是利和欲——為獲得經濟利益（錢！）而去滿足一些人的感官刺激需要。

　　現在的問題是，這樣一些「陳腐勞什子」為什麼會有那麼多的讀者？這可以說是某些人的一張「王牌」——有讀者就是群眾需要，群眾擁護，就是符合「為人民服務」的原則；誰不贊成誰就是沒有群眾觀點，就是脫離群眾——。這顯然是一種抽象思維，既脫離了特定的社會歷史環境，又不對讀者構成作具體分析。事實上，長期的「左」的傾向特別是「文化大革命」，對廣大群眾的文化精神生活和道德水準造成了嚴重影響，又怎能不影響他們的文藝欣賞習慣和鑒別能力呢？從而，又怎能籠統而絕對地以書刊發行量的多少作為立論的根據呢？

　　所以，這裡需要作具體分析。據我所知，當前的「通俗文學」的主要讀者大體上有這麼三部分人：一是解放前的武俠、言情小說的老讀者，他們雖

然覺得這些新產品已經大不如當年還珠樓主和張恨水的舊貨，畢竟還有舊友重逢之感，所以一邊搖頭一邊讀著。二是過去沒有接觸文學或只看過一些圖解政策的公式化概念化作品的中老年人，這部份人的情況複雜些，但有一點和前面的一樣：對「五四」以來的新文學很隔膜。第三部份人是最主要的──大批的年輕人。從前兩部份人那裡，我們看到了以往的」左」的文藝路線的失敗：沒有能真正提高人的欣賞能力，也沒有真正佔領陣地，反而敗壞了他們的味口，終於把他們驅趕到「通俗文學」那裡去了。那麼，大批新時代的年輕人又為什麼會熱衷於這種陳腐的東西呢？正像劉心武在《5.19鏡頭》中所尖銳指出的那樣，因為，他們是被「文化大革命徹底耽擱的一代，他們在大混亂中進入小學，在幾乎並不正經上文化課的教育革命中度過初中時期，然後──就在淺思維的水準上迎來了他們的青春。」於是他們就成了「香港通俗文化和東洋商業文化的最積極的吸收者」，（《人民文學》1985年7月號）──從這裡，不是應該很自然地得出「必須徹底否定文化大革命」的結論嗎？從這裡，不是可以清楚地看到年輕人熱衷於「通俗文學」的真正原因嗎？──在這裡，我忍不住要喊一聲：對於這已經被耽擱的一代，還有他們的弟弟、妹妹們，難道我們能忍心用這樣的東西再去耽擱他們嗎？在這一點上，我們能對他們說：「你們思想最解放，水準最高，最沒有框框，最……最……」嗎？

在「群眾需要」這張王牌的後面，還有兩個具體論點：一曰「通俗文學」運用民族形式，繼承了民族傳統，為廣大人民所喜聞樂見；二曰「通俗文學」重視「可讀性」，打破了以往的「左」的陳舊觀念，而且還據此斷言：這是新的時代潮流，發展方向。──雖然都是「舊話重提」，卻不能不略加分辨。

先說「民族形式」和「民族傳統」問題。前幾年西方現代派熱時被當成「簡陋」、「落後」的標誌的中國古代白話小說的一些外部形式特點，諸如故事性強，單線直敘，分章回、有頭有尾等等，不是必須「突破」的嗎？如今卻忽然因為「通俗文學」的關係又變成了必須繼承的寶貴民族傳統了。且不管他這樣跳來跳去，昨天那樣說，今天又這樣說，究竟是為了什麼；也不說這些外部形式特點既不能等同於「民族形式」，又並非全部為中國所獨有，這裡只著重地問一句：「五四」的新文學傳統哪裡去了？前幾年「反傳統」的時候就忘了「五四」，好像文藝上的「引進」和「開放」都始自今

日，前人對於西方現代藝術都一無所知；如今為了讚揚「通俗文學」，又好像從「五四」到延安，中國的現當代文學都與傳統無關，只有今天的章回體武俠、言情小說才開始接上了「傳統」。事實當然不是這樣的，隨便翻翻任何一本現代文學史，都不難發現，中國新文學正是在「開放」、「引進」中誕生的，而且從那時開始，就不斷地對「通俗化」、「大眾化」、「民族化」、「民族形式」、「舊形式利用」，以及「普及與提高」等問題進行嚴肅認真的討論，而且實際上也早有了積極成果，怎麼能既不顧歷史又不研究現狀，僅僅以市場行情為立論根據呢？

再來看第二個論點，關於文藝的功能問題。以往的「左」的傾向，只重視文藝的認識和教育作用，而忽視了審美和娛樂的作用，這確實是一種偏向。可是，如今卻來了個一百八十度大轉彎，「反其道而行之」，只強調所謂的「可讀性」──把趣味性、娛樂性放在首位，而且乾脆宣稱：藝術本來就是一種娛樂，讓人取樂的；肚子吃飽了要看「閒書」，這是理所當然的。這觀點可真夠「解放」的，然而，卻一點也不新。早在六十多年前，《文學研究會宣言》就曾明確提出：「將文藝作為高興時的遊戲或失意時的消遣的時候，現在已經過去了」。魯迅也說過：「我深惡先前的稱小說為『閒書』」。如果認為魯迅、沈雁冰和鄭振鐸的這些看法都「左」了，那麼可以去翻翻更早的梁啟超的《論小說與群治之關係》和王鍾麒的《論小說與改良社會之關係》。在西方，一些有識之士也從來反對把藝術的功能降低為單純的遊戲與消遣。托爾斯泰在他那本完成於1890年的《什麼是藝術？》中指出：「一個社會除非有某種目的和抱負，否則它的藝術就會無用地隨波逐流，僅僅被作為一種消遣，那就不可避免的會商品化。」當代美國文藝理論家韋勒克在他那本出版於1977年的《文藝理論》裡，也談到了這個問題，說「藝術不是一種『消磨時間』的方式，而是值得重視的事務」。他把「宣傳」界定為「在有意或無意中努力影響讀者，使之接受作家個人的人生態度」，從而確認：「所有的藝術家都是或應該是宣傳家，或者說：所有誠懇的、有責任感的藝術家都有充當宣傳家的道德義務。」──由此可見，那種為了替「通俗文學」辯護而以「娛樂性」和「消遣說」立論的所謂的「新的文學觀念」，實際上一丁點兒也不新。這種理論不但與馬克思主義風馬牛不相及，而且連嚴肅的資產階級文藝理論都不如，更是與「五四」以來的新文學傳統處於直接對立地位。那麼，這到底是一種什麼理論？它的來源究竟在

哪兒？如果真的實事求是而不轉彎抹角，那就只能說：在封建小市民文藝和殖民地商業文化那裡。

中國新文學已經有了六十多年的傳統，社會主義思想教育也進行了三十多年，如今卻突然冒出了這股帶有封建泥沙和殖民地腥臊氣息的思想文化潮流，說明了什麼呢？不過說明：這是對以往左的傾向特別是「文化大革命」的懲罰，是一種在大轉折中出現的複雜的也是暫時的社會歷史現象；既不能盲目地稱頌，也用不著大驚小怪。不過，需要思考的是，這種傾向何以發展得這麼快，影響如此之大，甚至超過了歷史上曾經出現過的那幾次，而且還有那麼多人為它喝彩，找理論根據。我認為，在眾多的原因之中，有一個不能忽視的重要方面，那就是：文藝改革中的重心偏離。

所謂重心偏離，指的是一些地方和單位存在的──「錢浮於文」的傾向。改革文藝而不顧藝術的本質和規律，不大力抓創作而一心抓「創收」（賺錢），作為精神生產部門卻丟掉了精神，一個勁兒地追求「經濟效益」，這就混淆了精神生產與物質生產的區別。把文藝當成「行業」，把文藝單位簡單地混同於企業單位，於是，寫作、編輯、出版、發行一條龍，一鍋煮，統統按經濟規律辦事，這豈不是把「以階級鬥爭為綱」換成了「以經濟效益為綱」？於是就發生了一個重要的變化：讀者成了作者和編者的「衣食父母」，逼得一些作家和編輯不能不去遷就、迎合、討好讀者。──翻翻近幾年的文藝刊物就可以看出，被稱為「通俗文學潮流」的這種社會文化現象是怎樣出現的。這裡也有個「三級跳」：第一步是小說熱，許多雜誌紛紛以「小說專號」招徠讀者，弄得其他樣式的作品無處存身；接著是推理小說試銷，有進口的也有仿製的；然後，在「改革」和「承包」的呼聲中，武俠、偵探、言情、黑幕等等隨著「傳奇」、「通俗文學」這樣的招牌一齊上市。

讀讀巴爾札克的《幻滅》和羅曼‧羅蘭的《約翰‧克里斯托夫》中的《節場》，再翻檢一下魯迅和雪峰的有關雜文，將會吃驚的發現，所謂「通俗文學潮流」所反映的藝術商品化和人的精神狀態及人與人之間關係的變化，實在是太不新鮮了。今天出現的這一切，根本談不上什麼發展、進步，而是不折不扣的倒退。

其實，在理論上，馬克思早就論證過生產勞動與非生產勞動的區別，精神生產與物質生產的區別，告訴人們，作家、編輯不同於印刷廠和書店老闆，演員和導演也不同於戲院的經理，而且明確指出：「詩一旦變成詩人的

手段，詩人就不成其為詩人了」；「把出版物貶為單純物質手段的作家應該遭受外部不自由——撿查——對他這種內部不自由的懲罰。」（全集第1卷87頁）。試想，兩眼盯著市場行情編刊物，一心想著稿費單寫作，那還談什麼「創作自由」，那又是什麼樣的「自我」呢？——其實，在實踐上前人早就做出了榜樣，當年的魯迅、茅盾、巴金、胡風，都是辦刊物的名家，巴金還辦過文化生活出版社。他們的刊物和出版社既提供了好作品又培養了人，並沒有一味迎合市場。

這實在不能不令人慨歎：歷史竟是這樣在兜圈子！——以往的那種「左」的傾向是走了「從屬於政治的」的歧路，實際上是兜了一個大圈子，回到了「為聖賢立言」的老路；如今的「通俗文學潮流」又流向了「從屬於經濟」的絕境，實際上也是兜了一個大圈子，回到了五四以前那種祖傳的「遊戲的消遣的文學觀」那兒去了。

——不顧藝術的規律，硬要它去承擔別的任務，這是「從屬政治」和「從屬經濟」這兩種傾向共同的實質和根源，而結果，都只能損壞藝術。這不是左右同源，而又殊途同歸嗎？所以這也就是回答了開頭提到的那種看法：把這幾年「通俗文學」的氾濫說成是思想解放和反「左」的成果（或惡果），是沒有道理、毫無根據的。

對於文藝上的「左」的傾向和當前的商品化庸俗化傾向可不能再搞什麼「寧要——，不要——」，而只能是都不要。多年來我們吃夠了「矯枉過正」的苦頭，不斷的從一個極端跳向另一個極端，用一種片面性反對另一種片面性，總是在遠離藝術規律的「過正」中討生活。現在需要的是正確進行兩條戰線的鬥爭，同時反對兩種不良傾向。

最後還要聲明一句：以上看法都是從文學和文藝理論的角度談的，涉及的是文藝思想和文藝理論方面的混亂現象；至於「通俗文學」及其「潮流」，作為一種社會文化現象究竟應該怎樣管理和引導，那是另一回事兒。至少我也不贊成像過去那樣簡單地全部取締。魯迅先生當年一邊創作《吶喊》，一邊為母親購買張恨水的《金粉世家》和《美人恩》，而並沒有把二者拉扯在一起，不是很可以給我們一個很好的啟示嗎？

1986年4月15日於武昌東湖

（載《江漢大學學報》1986年第2期）

重讀《夜讀偶記》

——對茅盾文學思想和創作的再評價

晚年有閒，在重讀茅盾的《夜讀偶記》的時候，勾起了我對有關問題的回憶與思考。——1956年秋天到1957年春天，中國文藝界曾經開展過一次關於現實主義問題的討論，參加的人很多，討論也很熱烈。可誰也沒有想到，這樣的一場討論竟然也成了「陽謀」的一部份，討論中所發表的不同意見，後來當然都成了「右派言論」、「右派胡說」。茅盾在1957年9月至1958年4月的反右高潮中所寫的長篇論文《夜讀偶記》，就是專門批駁這些「右派謬論」的。

當年文藝界批判右派的文章成千上萬，其中最重要也最有歷史價值的，當數周揚的《文藝戰線上的一場大辯論》和茅盾的《夜讀偶記》。周揚那篇《大辯論》經過毛澤東的三次修改，並經過政治局和宣傳部的共同研究，是代表中央從政治上對文藝界反右鬥爭所作的總結。茅盾的《偶記》則是以資深文藝界頭面人物——前輩作家和理論家的身份，從理論上對那場思想文化大圍剿所作的總結。茅盾寫此文很是費心著力，歷時半年，篇幅長達六萬七千多字，古今中外，廣徵博引，對多年來有關現實主義問題論爭中的關鍵問題明確表態，立場鮮明而又不瘟不火，與那些大批判文章不同，所以多年來一直被當作學術著作，頗有權威性，可以作為那種現實主義理論的代表性著作。我當年曾經參與那場現實主義問題的討論，當然也受了批判而未能答辯，今日重讀，感觸更多，以為這是一篇有價值的歷史證詞，從中可以看出當年知識份子在理論上和人格上是怎樣被扭曲和異化的。

一、先說說歷史背景

現實主義問題是二十世紀三十年代至七十年代文藝上的熱門話題，當然主要是在蘇聯、東歐和中國這樣一些社會主義國家的文藝界。在中國，幾十年間的多次文藝論爭大都與現實主義問題有關，論爭中雙方都打著「現實主

義」的旗號，而且都聲稱是在保衛現實主義。久而久之，「現實主義」反而變得面目不清，真假難辨了。胡風曾嘲諷地說，這是文藝理論上的「雙包案」——真假現實主義的公案。

這一公案應該從1928年的「革命文學」論爭說起，因為那是中國現代文學史上有關論爭的開端。——耐人尋味的是，就在這次論爭剛剛開始的時候，魯迅在上海暨南大學作過一次題為「文藝與政治的歧途」的演講，說「文藝與政治時時在衝突之中」，文藝家要促使人民覺醒，推動社會進步，而不會跟著政治家去歌功頌德，維持秩序；並以蘇聯的事實為例，說「即使共了產，文學家還是站不住腳。」這是他1934年重新校訂過的文字，當然不屬於「前期局限性」。——三十年以後，以周揚名義發表的那篇《大辯論》，就把以往歷次文藝論爭的根本分歧，統統歸結到文藝與政治的關係上。魯迅和周揚談的都是文藝與政治的關係，而看法剛好相反。

那以後的多次文藝論爭，確實都可以把根本分歧歸結到文藝與政治的關係上，如周揚所說；而且也確實都是文藝與政治的衝突，如魯迅所預見。這中間，應該特別注意1945-1948年的那場論爭，也就是後來的文學史稱為「關於現實主義和主觀問題的討論」的重慶論爭和香港批判。那既是前幾次論爭中兩種現實主義思想的再次交鋒，也是新制定的工農兵方向與五四新文學傳統的正面衝突。當時，雙方（以胡風與何其芳為代表）都把自己的觀點表述得十分清楚。分歧是明顯的： 胡風是以文藝家的身份從創作角度出發研究現實主義問題的，何其芳則是遵照政治家的指示按政治需要解釋現實主義的。前者重視藝術品質，後者強調政治作用； 在藝術品質與政治作用之間，胡風承認並追求二者的和諧統一，何其芳則重視二者的區別與矛盾並強調政治第一、政治是主宰。在這種文藝與政治的歧途中，何其芳代表的是1927年開始出現的那種既有蘇聯影響又有自家土傳統的為政治的左傾教條主義，胡風代表的是從1917年開始並一直延續下來的「為人生」的新文學傳統。

後來，胡風因堅持自己的理論觀點而獲罪，成了反革命。但既然文藝還存在，還要發展，胡風那些探討五四新文學傳統的理論觀點，即「胡風文藝思想」就不可能滅絕，這就有了1956-1957年那場規模更大的現實主義問題的討論。當時出現的那些不同意見，確實大都與胡風思想相通，也是以往論爭中出現過的。

我在幾個地方都提到，1956年秋到1957年春的「鳴放」，是中國當代思想史和文學史上的一次「五四」精神的迴光返照。不過這並不是突然間發生的，有一個醞釀發展的過程，實際上是從1953年開始的。那是第一次全國工作重心的轉移，從政治、軍事轉向經濟和文化建設。三年多的政權建設和經濟恢復工作成績斐然，人所共見，轉折是自然的順利的。文藝方面的情況就不同了，似乎是一種「逆轉」──最初三年貫徹新方向成績不佳，創作上公式化概念化的偽劣次品充斥，讀者不滿意，作家也苦惱。「實踐是檢驗真理的標準」的口號是後來提出的，而道理原本就在。面對文藝工作的這種不景氣狀況，從1952年末到1953年間，《人民日報》、《文藝報》的社論和周揚、胡喬木等人的報告講話中，都出現了一些新的提法、新的口號，如「為改變文藝的落後狀況而鬥爭」、「為創造更多的優秀文藝作品而奮鬥」，「反對公式化概念化」、「反對粗製濫造」、「反對無衝突論」等等。在事實面前，他們不能不承認創作落後，理論批評中確有庸俗社會學傾向和簡單粗暴作風，文藝領導工作中也確有違背藝術規律的行政方式和不恰當的干涉。

這樣，就開始有了轉折，儘管是被動的而且並沒有找到文藝落後的真正原因，依然在開舊藥方。但古今中外的佳作和大師們的創作經驗是無法壟斷的，真正熱愛藝術而又能夠獨立思考的，自然會從中吸取營養，提高藝術水準；加上轉折所帶來的一時寬鬆，文藝形勢逐步改觀，好作品逐漸多起來，人們的思想也逐漸活躍起來。儘管1954年和1955年接連發生了批判胡適和反胡風運動，而整個文藝形勢並沒有被根本扭轉，依然在一步步走向1956年那個「多事之秋」。

這中間有兩件事，應該特別提一下：一是文藝機構的變化，原全國文聯所屬的幾個「工作者協會」，1953年全部改為獨立的專門家協會，即「作家協會」、「戲劇家協會」、「美術家協會」、「音樂家協會」。二是1953年正式確定以「社會主義現實主義」為文藝創作和批評的最高原則，並在全國文藝界開展社會主義現實主義創作方法的學習和討論。這一切，顯然是在向正規化、專門化的方向轉，從土到洋，從俗到雅，從配合政治宣傳到專業藝術創作，越來越離開了原來那種「政治第一」、「普及第一」的軌道（後來這都成了「黑線專政」的罪狀）。

這種變化與蘇聯的影響有密切關係，那正是大學蘇聯的時候，像有人說

的，莫斯科打雷，北京就可能下雨。當時恰逢蘇聯國內形勢急驟變化，這種影響就更為明顯。從1953年史達林去世到1956年蘇共二十大譴責個人迷信，在政治形勢發生巨大變化的同時，蘇聯文藝界也進入了「解凍」時期——這是借用愛倫堡的小說《解凍》命名的思想解放運動。那是真正的「文藝戰線上的一場大辯論」。蘇聯作家們大膽揭露問題，認真探討理論，各抒己見，議論紛紛。1954年召開的全蘇第二次作家代表大會，成了大辯論的場所。這期間發表的主要論著，如愛倫堡的《談談作家的工作》，西蒙諾夫在作家代表大會上的報告和《談文學》，尼古拉耶娃的《論文學藝術的特徵》、艾裡斯布克的《現實主義和所謂反現實主義》，以及《共產黨人》雜誌的專論《關於文學藝術中的典型問題》等等，當時都譯介過來了，在中國文藝界、知識界引起了強烈的反響。

正是在這種情況下，在蘇聯和中國都在宣導社會主義民主和繁榮文藝的大氛圍裡，中國文藝界又一次展開了現實主義問題的討論。時間不長，不到一年，而收穫不小，出現了一批有獨到見解的高水準論著，如秦兆陽的《現實主義——廣闊的道路》、錢谷融的《論「文學是人學」》、陳湧的《關於文學藝術特徵的一些問題》、王淑明的《論人情和人性》、巴人的《論人情》，以及《文藝報》有關現實主義和典型問題討論專欄裡的一些文章。不過好景不常，後來風向一轉，在反右的疾風暴雨中，這些好文章全都成了大毒草，作者們 當然也都成了右派分子。

值得注意的是，這場幾乎是同時發生在中蘇兩大國的關於現實主義問題的討論，有許多相似之處，論爭都是圍繞著對蘇聯作家協會章程中的「社會主義現實主義」定義的不同看法展開的。這種不同看法又集中在兩個問題上：一個是怎樣認識文藝的特殊性和特殊規律，一個是怎樣看待作家藝術家的主體性即主觀精神。批評「定義」的人重視並強調文藝的特殊性和作家藝術家的主體性，那些保衛社會主義現實主義的人，則繼續堅持用意識形態的共性掩蓋並取代文學藝術的個性，用階級性和黨性排斥和消除作家藝術家的個性。——這不同樣是文藝與政治的歧途嗎？看來，這是個極具普遍意義的大問題，與一定的政治體制、意識形態和文化傳統有關。

茅盾的《偶記》就是對1957年那場現實主義問題討論所作的全面分析和總結，也是對那種先後被稱為「新現實主義、「革命現實主義」、「社會主義現實主義」、「兩結合」等等的流行理論的最詳細也最有代表性的解說。

全文共五節，兩節談西方文學史，兩節談中國文學史，一節從理論上進行論證。他對這些問題的看法，幾乎全都需要重新加以探討。

二、對一個公式的再探討

《偶記》開篇就講歐洲文藝思潮史，用當時流行的話說，不但「高屋建瓴」，而且「破」字當頭，先批那個流傳已久的西方文藝思潮發展程式，即「古典主義——浪漫主義——現實主義——新浪漫主義（現代派）」，說這是一個「陳舊的公式」，是用一件美麗的屍衣掩蓋了還魂的僵屍。還說，誰相信這個公式並認為現實主義已經過時，誰就是「因襲了資產階級學者的陳腐謬說，成為資產階級的俘虜而不自知」。

這裡需要先來澄清一下事實：當年參加現實主義問題討論的人，並沒有誰認為現實主義已經過時；即使有，也並未見諸文字和公開的言論。當時論爭的雙方倒是都聲稱應該堅持現實主義。真正受到懷疑和批評的，不是恩格斯一再談論過的那種現實主義，而是史達林和高爾基後來制定的「社會主義現實主義」。耐人尋味的是，當年對蘇聯作家協會章程中的社會主義現實主義定義提出批評的，首先是蘇聯作家，是蘇聯作家協會的書記西蒙諾夫，而且全蘇第二次作家代表大會還通過決議，對那個定義作了修改。可是在中國就大不一樣，如同蘇聯人可以譴責史達林的罪行而中國人則要繼續維護他的威信一樣，社會主義現實主義及其定義在中國也不能批評而只能「保衛」。茅盾的《偶記》寫了半年多，長達六萬多字，其中心就是保衛社會主義現實主義。所以當年在《文藝報》上連載時，有一個副標題：「關於社會主義現實主義及其他」，後來出版單行本和收入文集的時候，刪去了這個副題，而且文字上做了不少修改。至於為什麼，留待後面再說。

現在回過頭來談那個「公式」。從保衛社會主義現實主義的立場出發，當然要否定那個十九世紀形成於歐洲的「陳舊公式」，而保衛另一個公式，即二十世紀三十年代出現在蘇聯的新公式：文學史＝現實主義與反現實主義的鬥爭史。這兩種公式反映兩種不同的文學史觀：按照前一個公式，文學史是不同歷史時期的不同文學思潮和流派爭奇鬥豔起伏興替不斷發展的歷史；按照後一個公式，則從古到今的文學藝術全都分別屬於兩大敵對陣營，而且一直處於壁壘森嚴的兩軍對戰狀態。前者是縱向的歷史發展線索，後者是

橫向的對立鬥爭格局。茅盾的《偶記》就是在否定前者的同時，按照後者在談論西方文學史的。

　　「現實主義與反現實主義」這一公式的確立，與兩個大人物有關：一個是高爾基，一個是日丹諾夫。高爾基當然是一位大作家，但他的話也並非句句是真理，特別是後期（三十年代）。他的「兩個潮流」說，即文學上只有現實主義和浪漫主義兩大潮流的說法，就是這後一個公式的主要依據。表面看來，這一說法與歌德和席勒的「古典的與浪漫的」（素樸的和感傷的）兩大潮流的說法很相似，因而常被人混同。實際上這正是上述兩個公式所代表的兩種文學史觀、兩種文藝觀的根本區別所在。歌德和席勒所說的，是文學藝術這種精神創造活動中的兩大元素，兩種傾向，即理想與現實、主觀與客觀、情感與理智等，它們之間的關係，所達到的和諧統一狀況，構成了不同流派間的差別。高爾基是從哲學和社會學的角度看待這種關係的，所以把現實主義說成是主導的根本的原則和方法，而浪漫主義只是藝術表現方面的一種熱情、色彩、風格和手法，不涉及根本的原則和方法。這裡的「現實」一詞，指的是外在的客觀世界，而且主要是社會政治方面。正因為這樣，他指責以往的現實主義只有批判而沒有肯定什麼，沒有指明出路，所以稱之為「批判現實主義」。他把浪漫主義一分為二，並且給予社會學的命名，稱積極浪漫主義為「社會性的或集體主義的浪漫主義」，稱消極浪漫主義為「個人主義的浪漫主義」——這不是明擺著的庸俗社會學嗎？這種看法和說法如果出自別人之口，早就受到批評和嘲諷了，因為是高爾基說的，不但無人質疑，還被當做論據廣為傳播。可見，「個人迷信」不止是對史達林、毛澤東。高爾基後期的這種政治化傾向，在他寫作《母親》時就已經出現，當時對這部被譽為社會主義現實主義開山之作的小說的評價是有爭議的。沃羅夫斯基就說過：「將來當《母親》僅僅成為圖書目錄上的名字時，同樣由高爾基寫的那些關於流浪漢的小說仍將在人們中傳誦而不衰。」這是他1911年在列寧支持創辦的《思想》雜誌上發表的看法。後來高爾基名列「馬恩列斯毛高魯」之中，就很少有可能被人質疑了，他的上述看法也就成了文學史和文學理論的權威論據。

　　日丹諾夫的話與列寧有關，當然更有權威。他在蘇聯的地位和作用，有如中國的康生。他那些殺氣騰騰的報告和講話，在中國也被看成是馬列主義的准經典。他在亞歷山大洛夫的《西歐哲學史》座談會上的講話，就把人類

認識發展的歷史、思想史、哲學史，統統說成是唯物主義與唯心主義的鬥爭史。其實，恩格斯早就說過，唯物與唯心的區別和對立，只有在談論哲學基本問題的時候才有意義，否則，把什麼都扯到這上面來，那就會鬧笑話。把日丹諾夫關於哲學史就是鬥爭史的公式套用到文學史上，那就會鬧出更多的胡亂審判古人的笑話。茅盾的《偶記》是如此，當時受其影響而出現的幾部由在校大學生編寫的《中國文學史》更是如此。

《偶記》就正是這樣用哲學社會學的手術刀對西方文學史動手術的，一刀一刀地切除古典主義、消極浪漫主義和現代派諸家，把它們統統丟入「形式主義」垃圾桶。至於笛卡爾、布瓦羅、拉辛、伏爾泰以及他們的唯理主義理論和古典主義詩學，雖然不能不很有保留地給予肯定，也都劃入了唯心主義和資產階級的「另冊」之中。由此不能不讓人聯想起恩格斯和列寧的話來，恩格斯把文藝復興以來的這些人物稱為「巨人」，說這些「給現代資產階級統治打下基礎的人物，決不受資產階級的局限」；列寧也說過：「資產階級思想家在當時還沒有表現出任何自私觀念，相反的，無論西方或俄羅斯，他們都十分誠懇地相信會有普遍繁榮。」──不知道當年茅盾在積極投入那場你死我活的「興無滅資」運動的時候，想沒有想到過恩格斯和列寧的這些話。

我們大都相信過這種鬥爭哲學、鬥爭史觀，當年它們是以馬克思主義的面孔出現的，還經常攀扯上黑格爾。具有諷刺意味的是，正是黑格爾，早在他的《精神現象學》中就已經說得非常清楚，說不能把不同的哲學體系看成是互相排斥、完全對立的東西，不能只看到事物發展中諸環節的否定、排斥的一面，如花朵開放，花蕾消失，果實又取代了花朵。這些不同的、彼此排斥的環節實際上是相輔相成的，它們的流動性使它們同時成為有機統一體中的同樣必要的環節；而正是這種同樣的必要性，才構成了整體的生命。

哲學是這樣，文學就更加是這樣了。那個被說成是「陳舊公式」的西方文藝思潮發展程式，就正是這種既矛盾又統一的流動過程的反映。古典主義、浪漫主義、現實主義和現代派各家，就是西方文學史這棵大樹上的花蕾、花朵和果實，它們彼此不同，互相排斥，卻又互相銜接，有所承傳，聯繫在一起構成了統一體。它們都有片面性，在「理想」與「現實」二者中趨於一端，形成了從一端轉向另一端的發展趨勢──也是黑格爾說的，任何一種哲學原理的片面性通常都是和相反的片面性對立的，而正是這種對立的

片面性，在發展中形成一種鬆散的完整性。西方文學史上不同潮流或流派所走的，正是這樣一種「之」字形、螺旋形的道路。茅盾在《偶記》中把這一切全都否定了，說那種關於不同潮流之間的「反撥」、「否定」、「物極必反」等等說法，全都是西方資產階級學者的陳腐謬說。西方資產階級學者是怎樣說的，歌德和席勒、雨果和司湯達，還有泰納和勃蘭兌斯以及日本人本間久雄等等，他們所說的是不是全都荒謬不可信，這裡暫且不說，先來看看並非西方資產階級而是俄羅斯平民知識份子的赫爾岑和別林斯基是怎麼說的。

1842年，當法國的浪漫主義運動還在進行的時候，司湯達和巴爾札克也已在文壇嶄露頭角，他們都是在浪漫主義的旗幟下，從浪漫主義的行列中走來的。就在這個時候，來自東方的赫爾岑已經明確指出了文學發展的歷史趨勢：現實主義必將取代正在進行殊死鬥爭的古典主義和浪漫主義。他說「就新思想（指現實主義——引者）來說，已經可以明確：古典主義也好，浪漫主義也好，都不是它所特有的，都不是它的本質，它既不是前者，也並非後者，或者不如說，它又是前者，又是後者，然而可不是機械的混合，而是一種化學產品，各構成部份的特徵已經在其中消滅了，正像結果由於發揮了原因的作用，就把這些原因消滅了，如同三段論法把前提在本身中消滅一樣。誰沒有看見過這樣的孩子，他們彼此雖然並不相像但是他們和他們的父親或母親卻是唯妙唯肖的？這樣的孩子——就是新時代：其中有浪漫主義幻想的成份，也有古典主義的造型的成份；但是在它身上這些成份並非是獨立的，而是不可分割地溶化在它的機體中，溶化在它的外形中。」「浪漫主義和古典主義不得不在新的世界中找到它們的歸宿——它們還必然在其中找到不朽。死去的只是片面的，虛假的、暫時的因素；可是在它們兩者中也有真理——永恆的、普遍的真理：這種真理可不會死去，它被作為人類祖先的遺產繼承下來。」（《科學中的一知半解》）

赫爾岑與雨果等浪漫主義運動的中心人物有過交往，這是他對親眼所見的歷史所作的說明，說的正是不同文藝潮流之間的那種辯證發展道路。他所說的「真理」，那種古典主義和浪漫主義都曾經具有而又為現實主義所繼承的「永恆的真理」，指的就是人與自然、主觀與客觀、理想與現實之間的完美的和諧統一，那種以希臘羅馬古典藝術為楷模的藝術和美的最高境界。他所說的「片面性」，則是指理想與現實失去平衡的偏枯現象——偽古典主義

的僵化、復古，浪漫主義因矯枉過正而放縱感情、脫離現實的傾向。赫爾岑這種持平的看法是符合當時的實際情形的，巴爾札克也是這種態度：他把古典主義和浪漫主義分別稱為「形象派」和「觀念派」，而自稱「折衷主義者」，也就是取長避短之意，他們都沒有那種誓不兩立、徹底否定的鬥爭姿態。

別林斯基的說法更生動也更深刻。他把偽古典主義比作蠟質塑像，把浪漫主義比作酗酒女人或野蠻人；前者是僵死的、虛假的，後者是野蠻的、熱狂的。二者都是片面的，但比較而言又有不同──「哪邊有生活，哪邊就有優勢：熱狂的酗酒女人也好，野蠻人也好，他們身上比蠟質塑像身上總有更多的詩；但是，如果把法國浪漫主義作為對偽古典主義的反抗來看，會比把它當作真實的詩來看更富於意義。」──這裡的「詩」是廣義的，指藝術、藝術性。「真實」包括客觀真實和主觀真實（真誠）。他所說的「生活」，和五四新文學的「人生」一詞相近，而不同於後來所謂的「生活是源泉」、「深入生活」之類套話中的「生活」；前者指人的生活，生活著的人，人是主體；後者指所謂的「三大革命實踐」之類的社會運動，人在其中是失去主體性的工具、「齒輪和螺絲釘」。別林斯基的意思是說，浪漫主義藝術雖有偏於主觀情熱的片面性，未能達到真實的詩，也就是理想與現實和諧統一的完美境界，但它以此反抗偽古典主義的僵死的教條，則還是有意義的。由此可見，他的比喻和評價是從現實的有生命的人出發，以這樣的人為根本、為中心的。

文藝是人性的表現，文藝創作是人的精神創造活動，文藝思潮的興衰變化當然與人性的覺醒和人的主體性的發展有關。赫爾岑也正是從這裡談到古典主義和浪漫主義必將為現實主義所取代的：「每天每小時越來越清楚地證明，人類再也不需要這一種古典主義，也不需要這一種浪漫主義──他要的是人，現代的人，而看待其他的人好像看待化裝舞會中的賓客，因為他知道，當人們去用晚餐的時候就會卸去假面，於是在陌生古怪的面型之下就會發現一張熟悉親切的面容。儘管還有一些人，他們不想卸下假面具就不去用晚餐，可是再也沒有什麼孩子害怕跳假面舞的人了。」──這講的就是人，人性的解放。古典主義反對宗教禁欲主義和經院哲學，主張理性主義；而當這種人的理性變為束縛人的教條繩索的時候，浪漫主義起而反抗，張揚感情、主觀、個性、自由。這就是從人的發現、人的解放到個人的發現、個性

解放。赫爾岑所說的「現代的人」，就是這種既無神性又非王公大臣的有血肉有個性的普通人。浪漫主義就是這樣一場以個性解放為核心的思想解放運動，所以雨果稱之為「文學上的自由主義」。現實主義正是在這場轟轟烈烈的思想解放、個性解放運動中產生和發展起來的。用大文學史的眼光看，而不是跟著恩格斯依然站在當年現實主義者的立場去看，那就會發現，現實主義同樣是一種歷史現象，是文學發展螺旋形道路上的一個階段，一個環節，一個同樣有片面性的環節。後來的現代派各家的出現，同樣是歷史的必然，也同樣有片面性。

正是出於這樣的文學史觀，勃蘭兌斯在他的《十九世紀文學主流》裡指出：「文學史，就其最深刻的意義來說，是一種心理學，研究人的靈魂，是靈魂的歷史。」當然，這不是一般的心理學，是從審美的角度觀照人、人的心理、人的靈魂。「古典主義－浪漫主義－現實主義－現代派」這一文藝思潮發展序列，就是這種審美的心理學和心靈史的反映。與這種文學史觀不同，茅盾在《偶記》中所遵循所宣傳的，是一種以階級鬥爭為綱的文藝觀和歷史觀，在那裡，文學史就是階級鬥爭史的形象化，歷史上不同的文藝思潮和流派，代表著不同階級的階級利益和階級意識。「現實主義與反現實主義」的公式，正是這種鬥爭史觀的反映。一個是從文學本身的發展狀況出發，考察論述文學與現實的審美關係；一個是從政治需要出發，論證文藝與現實的政治關係，即作家及其創作的政治功利，而不顧及文藝自身的特殊本質和功能。

以上所說，全是常識性的問題，所引述的黑格爾、別林斯基、赫爾岑等人的論著，在當年都是常見書，提到的雨果、司湯達以及泰納、本間久雄等等的著作，在舊書店和學校圖書館裡也不難尋見，並不像茅盾所說，好像六十歲以下的人什麼都不知道。以茅盾的博學多識而又富有創作經驗，何以會發表這樣一些違背常識的看法呢？看來，只能是應了那句老話：偏見比無知離真理更遠。

三、關於中國文學史上的現實主義問題

《偶記》中關於中國文學史的一些說法，與歷史上的真實情況相去更遠，讀來更加令人吃驚。想不到當年文學革命的宣導者、新文學的大師級人

物，竟然會站到了文學革命和新文學的對立面，為舊文學的「載道」濫調辯護，對前人的文學自覺和藝術創新橫加指責──從1917到1957，四十年間完成了這樣的180度的大轉彎！

為了證明「現實主義與反現實主義」這個公式放之四海而皆準，《偶記》把三千年的中國文學史豎著一刀劈開，使之成為相互對立的兩條戰線、兩個陣營，一邊是人民的現實主義文學，一邊是統治階級的反現實主義即形式主義文學。這是一種民間本位主義，即民粹主義的文學史觀，按照這種觀點，文學藝術也是勞動人民創造的，人民的現實主義文學理應成為文學史的主流和主體。事實上，《偶記》裡所談的，除《詩經》以外，全都是士大夫文人的創作和主張，對於民間無名氏的作品只是簡單地列舉名目（如樂府、變文、平話等），空洞的讚頌幾句而已。這是沒有辦法的事，沒有文化的勞動者不可能成為文學史的主體，古今中外，概莫能外。在這裡，茅盾使用了一個變通的辦法，就是讓士大夫文人們接受人民的現實主義文學的「影響」，讓他們「皈依」這一邊。於是，本來是統治階級的士大夫文人，也被劃到了現實主義或准現實主義一邊。這「受影響」和「皈依」的標準，就是毛澤東提出的「為誰服務」，也就是站在什麼立場上。

《詩經》這本中國文學史上的第一部詩歌總集，就是這樣被一分為二的：「變風」、「變雅」被說成是人民的現實主義文學，其餘的「雅」和全部的「頌」，則被劃到了統治階級的反現實主義一邊。在以下的兩千多年中，只有《史記》、建安詩文、樂府民歌、唐代變文、宋以後的戲曲、小說，是人民的現實主義文學，其中的司馬遷和三曹父子等，還是「受影響」的「皈依」者。另一方面，全部的漢賦和魏晉六朝的辭賦詩文，特別是駢文、宮體詩、遊仙、隱逸詩，還有明代的「台閣體」，都劃到了統治階級的反現實主義一方，給徹底否定了。這中間，在文學史上久負盛名的先秦諸子、屈賦、唐宋詩詞和傳奇以及明清的一些大家名作，全都被略去不提，回避了。與此相對，「唐宋八大家」的古文運動和「前後七子」的復古運動，卻被特別提出來加以突出而集中的評說，被當成三千年中國文學史上現實主義與反現實主義鬥爭中的現實主義一方的代表。

總之，褒貶取捨非常清楚：否定魏晉六朝而稱頌唐宋八家和前後七子，而且前不見先秦諸子和屈原，後不及「公安」、「竟陵」和李贄、徐渭。一個學識淵博的現代文學大師，有這樣的眼光，這樣的態度，實在是匪夷

所思。

　　早在1917年，陳獨秀在他那篇文學革命的宣言書《文學革命論》裡，就已經對「桐城派」和「前後七子」發出了討伐令，說「今日吾國文學，悉承前代之弊，所謂「桐城派」者，八家文派之歸、方、劉、姚是也，此十八妖魔，尊古蔑今，咬文嚼字，稱霸文壇，反使蓋代文豪若馬東籬、施耐庵、曹雪芹諸人之姓名，幾不為國人所識」，因而提出應打倒這「十八妖魔」。

　　——這裡需要注釋一下：「歸、方、劉、姚」指歸有光、方苞、劉大魁、姚鼐。其中，歸有光是明代著名散文家，宗唐宋八家，屬「唐宋派」。其餘三人都是清代桐城人，是「桐城派」古文家中赫赫有名的主要代表人物。陳獨秀把他們——前後七子和歸，方，劉，姚連在一起稱「十八妖魔」，是很有道理的。第一，有了歸有光，使得唐宋八家與桐城派，也就是古文與八股之間的歷史聯繫更加清晰了。第二，把這種古文運動與前後七子的古詩運動連起來看，也更加突出了它們的共同性：宗經載道、復古倒退。

　　陳獨秀的這種看法與茅盾的看法剛好相反，茅盾所稱頌的，正是陳獨秀所反對的。分歧的關鍵在於，他們對韓愈和他所領導的那個古文運動有不同看法。在茅盾看來，韓愈為反對魏晉六朝的文風而發起的古文運動，就是一場反對形式主義的現實主義運動，因而說韓愈「文起八代之衰」是恰當的，韓愈當之無愧。陳獨秀則不同，認為這一評語並非確論，因為韓愈在文體改革方面雖有貢獻，但在根本問題上卻是錯誤的，即「師古」、「載道」，「唯以仿古欺人」。——兩相對照，當然是陳獨秀的看法更符合文學史的實際。不過也應該承認，茅盾的看法更有代表性，符合庸眾的俗見；正像《三國》、《水滸》蓋過了《紅樓夢》和《儒林外史》一樣，人們只知道《古文觀止》和「唐宋八大家」，已經很少人知道《昭明文選》和《六朝文絜》的價值了。為此，這裡還需要作一些解釋。

　　首先，應該說清楚的是，韓愈生前的作為和影響並不大，他死後二百多年，到了宋代，是歐陽修偶然發現一本破舊的《昌黎先生文集》，經他整理推薦，才引起人們的注意；當時既無「八家」之說，更無「運動」可言。到了明代，茅坤編選《唐宋八大家文鈔》，這才有了「唐宋八大家」之說。茅坤、唐順之還有前面提到的歸有光，都是明代的「唐宋派」古文家，由於他們的宣傳提倡，更由於這類文章有益於舉業——八股制藝，所以在讀書人中引起注意，廣為流傳。到了清代，經「桐城派」的方苞、劉大魁、姚鼐等人

的進一步宣導，加上康熙、乾隆這兩個重視思想文化統治的皇帝的直接參與，御制《古文淵鑒》、《唐宋文醇》等書，於是，四書五經──唐宋八大家──桐城派──八股文，形成了一種文章寫作系統，成為「學幹祿」的利器。讀書人想要進學做官，非此道莫屬，因而就影響更大，成為家弦戶誦的「文章正宗」。

事實本來是清楚的，從韓愈到姚鼐，這長達千年的古文流派、古文傳統，實際上是專為士子們科舉應考作指導的文章寫作專業，如同後來學校裡的作文、寫作課程，與作為語言藝術的文學、文學創作雖有關係，卻並不是一回事。古文家的寫作是為了「明理載道，經世致用」，與審美無關。韓愈自稱「所著皆約「六經」以成文」，方苞也說「非闡道翼教，非關人倫風化不苟作」。文風語言方面的要求是「惟其是」，「惟其當」、「本色」，也就是孔子早就說過的「辭達而已矣」，嚴禁六朝詩文小說中的駢儷語、佻巧語、板滯語入文。按照這樣的要求和標準，還有什麼文學、文學創作可言？可見，韓愈和他所發動的古文運動及其千年流裔，既非文學流派，也不是文學傳統，更扯不上什麼現實主義不現實主義。

也許，有人會說，唐宋八大家的詩文確有成就，不能一概抹殺，何況，文學與文章、學術在古代本來就未加區分，不能用今天的標準要求古人。事實上，關於文學與非文學的區別，在古代早就有人注意並提出來了。曹丕在《典論・論文》裡提出「詩賦宜麗」，「文以氣為主」，實際上就是開始注意到了文學形式的特點和作家的創作個性。蕭統的《昭明文選》是一本文學作品選集，而且明確提出了「入耳之娛」、「悅目之玩」的審美標準。那以後，《詩品》和眾多的《詩話》，主要都是從詩的藝術創造方面著眼的。──順便提一句，本來是實用性更強的書法，即寫字，也是從魏晉時期開始，和繪畫一起走上了抒寫性情的藝術創作之路。從魏晉到明清，大量的詩話、畫論、書論還有劇說，大都是從審美的角度探討藝術創作和藝術欣賞之奧秘的。中國的文學藝術精神和藝術傳統，應該從這裡去探尋總結，而不應該把它與儒家的「道統」混為一談。

這裡，不妨對照一下中國古代最後一位最偉大的作家曹雪芹的看法。曹雪芹不是文論家、批評家，可是在《紅樓夢》裡有許多關於藝術的精闢見解。這裡要說的是《紅樓夢》第二回裡的一個插曲：曹雪芹借賈雨村之口所發的一通議論──賈雨村談到天地間的「正」、「邪」二氣時，說秉「清明

靈秀」之正氣而生的為「大仁者」，如堯、舜、禹、湯、文、武、孔、孟諸聖哲；秉「殘忍乖僻」之邪氣而生的為「大惡者」，如桀、紂、嬴政、王莽、曹操、秦檜等。此外，天地間還有多餘的靈秀之氣，漫無所歸，流入世間而生成另一類人，這就是所謂的「情癡情種」、「逸人高士」、「奇優名娼」之屬。很清楚，前面的「大仁」、「大惡」基本上都是政壇人物，後面這種由在野的靈秀之氣所賦而生的，大都是文學家、藝術家，如陶潛、阮籍、嵇康、劉伶、顧愷之、陳後主、唐明皇、宋徽宗、劉庭芝、溫飛卿、米南宮、石曼卿、柳永、秦觀、倪雲林、唐伯虎、祝枝山、李龜年、卓文君、薛濤等等。這是一些詩人、畫家、音樂家或善於並耽於此道者。其中有三個皇帝，顯然，曹雪芹是把南朝的陳叔寶當作詩人、把唐朝的李隆基當作音樂家、把宋朝的趙佶當作書畫家，而沒有把他們歸入「大仁」或「大惡」的帝王行列。另外，同樣值得注意的是，在上面的政壇人物行列中，除孔孟之外，還有董仲舒、韓愈、周敦頤、程顥、程頤和朱熹，這些都是儒學家、道學家。可見，在曹雪芹心目中，政、道是一體的，這些儒學家道學家都是緊跟專制帝王的意識形態專家。

在這裡，韓愈的位置特別值得注意。這位被譽為「文起八代之衰」的大古文家，一向位於「唐宋八大家」之首，被「載道」派文人們奉為「文宗」。可是，曹雪芹並不把他看成是文人，而把他列入了政治家和道學家的行列，位置緊挨著「獨尊儒術」的董仲舒，後面緊跟著就是程朱理學家，前半截與韓愈在《原道》一文中所列的「道統」序列是一致的。而且，在這個名單裡，六朝的文人不少，唐宋八大家的其他七家一個也沒有。由此可見，曹雪芹對載道派的古文家是不感興趣的，他把這些依附於政治勢力的儒生文士，也就是賈寶玉所厭棄的「祿蠹」，與那些「情癡情種」的文學藝術家劃開來分別看待。顯然，這是兩個序列，兩種傳統，一個是與皇權專制政治緊密相連的儒家道統，一個是在野的獨立的文學藝術傳統。當時，曹雪芹沒有也不可能說得這樣明白，而且，小說中的「假語村言」也不宜說得那樣明白，周全。但總的看來，他對這種文學藝術傳統的根本特徵的把握是準確的，所謂「情癡情種」、「逸人高士」、「奇優名娼」等等，無非是情感豐富，自由散淡，特立獨行，而其核心，則在一個「情」字上。——他不知道，在西方，莎士比亞早就有類似的說法，在《仲夏夜之夢》裡，詩人是和情人、瘋子相提並論的，也是著眼於「情」。中國的文學藝術歷來重

「情」，古代早有「緣情」、「言志」之說，說的就是現實的有生命的人的感情、性情、情志。至於韓愈所代表的那種道統，所重視的是「道」，無論是「天道」、「王道」還是「霸道」，都是封建專制意識形態。可見，這是兩種根本不同的思想文化傳統。

《偶記》讚揚韓愈，並肯定「文起八代之衰」的說法，顯然是站到了道學家一邊，把韓愈所代表的古文家的「道統」當作文學傳統，所以才和韓愈一樣，指責魏晉六朝文學綺麗纖弱，形式主義。正是在這裡，顯示出茅盾與其他許多文學前輩之間的區別。比如，章太炎就曾不客氣地批評蘇軾的「文起八代之衰」之說的虛妄，說魏晉六朝文學的成就和地位，無論從哪方面講，都在唐宋八家之上。魯迅則更明確地把魏晉時期稱為「文學的自覺時代」，說當時的詩人藝術家「是為藝術而藝術的一派」，這話並無誇大，更非戲言。魏晉六朝的文學藝術確實璀璨奪目，地位重要，如宗白華所說：漢末魏晉六朝是一個政治上最混亂、社會上最痛苦的時代，然而卻是精神上極自由、極解放，最富於智慧、最濃於熱情的時代。因此也就是最富有藝術精神的時代。王羲之父子的字，顧愷之和陸探微的畫，戴逵和戴顒的雕刻，嵇康的《廣陵散》（樂曲），曹植、阮籍、陶淵明、謝靈運、鮑照、謝朓的詩，酈道元、楊玄之的寫景文，雲岡、龍門壯偉的造像，洛陽和南朝的閎麗的寺院，無不是光芒萬丈，前無古人，奠定了後代文學藝術的根基與趨向。而這個時代的各種藝術理論，如陸機的《文賦》、劉勰的《文心雕龍》、鍾嶸的《詩品》、謝赫的《古畫品錄》裡的「繪畫六法」，更為後來文學理論和繪畫理論的發展奠定了基礎」。

就是這樣一個功能表式的簡單介紹，已經夠令人驚歎欣羨了。讀一讀魯迅為後學晚輩選定的「文學入門書」中的那本《世說新語》，就更能看出那是個什麼樣的時代。──王綱解紐，思想解放，人性覺醒，文藝繁榮。「獨尊儒術」的大一統局面打破了，「輿論一律」的禁令失靈了，佛教哲學進來了，老莊思想復活了；於是，文人們議論紛紛，辯有無、說生死，清談玄理，臧否人物，飲酒賦詩，服藥行走……。上面提到的詩文、繪畫、書法、雕刻、音樂等各種藝術的繁榮發展，就是在這樣的歷史背景下出現的。在這一切當中，最突出最重要的是人，人的覺醒，對人的生命、人的個性、人的儀表，人的精神風貌的重視和描繪。慷慨激昂也好，感傷頹放也好，都反映了人的內心生活的激蕩不安。總之，那是一個重感情、重自由、重自然、重

創造的時代，悠久而獨特的中國藝術精神、中國藝術傳統，就是從那時開始形成並一直延續下來的。

當然，魏晉六朝文學確有靡麗纖弱之弊，但弊病是弊病，不等於全體和本質。潑洗澡水不能把孩子也一同潑掉，濃妝豔抹的纖弱女人總比高冠峨帶的蠟質偉丈夫真實，有生命。魏晉六朝文學的這種弊病，是文藝從政教工具的從屬地位走向自覺、獨立的過程中產生的片面性，因此，更應該充分重視它的另一面，文學藝術自身的創造、發展的一面。而不能像韓愈和茅盾那樣，抓住這一片面，就判定這八代四百年的文學為「衰」，為「不體面的」「形式主義」。形式主義固然不好，形式卻不能不要，文學藝術的審美特徵正是通過形式得以顯現並發揮其功能的。重內容輕形式──重道輕文、重義輕文、重質輕文等等，是古今教條主義者的通病，也是政治家、道學家遏制文藝、摧殘文藝的慣用手段。

魏晉六朝文學藝術的主流不是「衰」，而是「興」，即創造發展的一面，也就是上面所說的文學的自覺和藝術的自覺──把文學當作文學，把藝術當作藝術，不再把它們當成皇權和道統的工具與奴僕。這種文學的自覺和藝術的自覺，就突出反映在形式方面的發展變化上：詩的聲韻格律，畫的筆墨程式，由此所造成的詩的意境風骨，畫的氣韻意趣，中國藝術的這種獨特的審美特性，就是由此濫觴的。當時文人們的種種探索和創造，包括為後人所詬病的沈約的「四聲八病」，它們的積極作用和影響都很大，不僅影響到後世的詩文詞曲和繪畫書法乃至整個民族的審美意識，而且影響到漢語的發展。像平仄四聲、雙聲疊韻、對偶排比、成語典故等等，這些形式方面的文化遺產至今還活在華人的口中筆下。可以說，沒有八代文學和藝術之「興」，就不可能有唐詩宋詞的蔚為大觀，也不會有後來發展成熟的中國文人寫意畫這一世界美術奇葩。韓愈和茅盾都很推崇李白杜甫，而李杜二人都不曾鄙薄六朝詩文，都肯定唐代文學與六朝文學的傳承關係。李白的《宣州謝朓樓餞別校書叔雲》中有「蓬萊文章建安骨，中間小謝又清發」的詩句，肯定謝朓繼承了建安風骨，並借稱讚謝詩的「清發」來稱讚時人。杜甫的《戲為六絕句》，更是清楚地表達了他對魏晉以來詩文發展的看法。對早年以寫豔麗詩賦而聞名的庾信，對受過六朝詩風影響的唐初四傑（王勃、楊炯、盧照鄰、駱賓王），他都有持平的看法。特別是「不薄今人愛古人」、「轉益多師是汝師」的提法，都清楚地表明，他既看到了晉宋以來文學發展

中出現的一些弊端（片面性），更重視它們之間的繼承關係，顯然，這種看法和態度與韓愈、茅盾大不相同。

以上種種，都可以說明「文起八代之衰」的說法不符合文學史事實。在蘇軾的《潮州韓文公廟碑》一文裡，「文起八代之衰」後面還有下句：「道濟天下之溺」。這裡的「道」，就是韓愈《原道》一文中極力頌揚的那種皇權專制主義的「君君臣臣父父子子」的宗法倫理；對此，戊戌維新時期的嚴復曾撰專文《辟韓》進行批駁。「起衰」、「濟溺」之說出自蘇軾的筆下，不免有些嘲諷的意味，因為蘇軾本人在「道」上就很不純，他的詩文書畫都有很多自由和自我的成份，與魏晉六朝相通，頗不合「宗經載道」的原則，特別是有悖於韓愈「力排佛老，獨尊儒術」的主張。這當然是一種矛盾現象，似乎也可以說是「世界觀與創作的矛盾」。如果沒有這種矛盾，蘇軾真的按照韓愈的主張「約六經以成文」，他還能那樣自由瀟灑地吟詩作畫嗎？只怕今天我們也無緣得見他那些堪稱藝術精品的詩文書畫了。其實，這是一種普遍現象，當「載道」觀念還是主流意識和官方政策精神的時候，有成就的文學家藝術家身上大都有這種「文」與「道」的矛盾，包括韓愈本人在內的唐宋八大家以及歸有光、姚鼐等。茅盾盛讚白居易的諷喻詩，說「新樂府」差不多成了「現實主義」的代名詞。白居易自己就最重視他的諷喻詩，他那篇宣導詩文應該「為時」、「為事」而作的《與元九書》，曾經被推崇為古代的「現實主義宣言書」。當時，他就因人們讚賞他的抒情雜詩而慨歎「時之所重，僕之所輕」。無奈一千多年來，後人所傳頌歡賞的，還是《琵琶行》、《長恨歌》，並不是那些諷喻詩。從這裡，既看到了白居易身上的矛盾，也看到了歷史的選擇——時間是最偉大的批評家，有什麼辦法呢？用古老的「載道」眼光看，魏晉六朝文學和白居易、蘇東坡的某些詩文都應該屬於「衰」；反之，從文學藝術的角度出發，則應該承認它們都是「興」，是繁榮發展。正是從這個意義上，可以把魏晉六朝看成是中國歷史上的第一次「文藝復興」。

茅盾對明代文學的看法也很奇特：完全不提李贄、徐渭、湯顯祖和「公安」、「竟陵」，單單肯定「前後七子」，說他們那種復古傾向有進步意義，是唐宋古文運動之後的又一次現實主義運動。事實上，無論從思想史還是文學史的角度著眼，有明一代最重要也最有價值最值得稱道的，都是以李贄為代表的那股個性解放思潮及其在文學藝術上的表現。五四時期有人把

這種再次出現的文學自覺和藝術創新的潮流，看成是新文學的歷史先導，晚明小品風行一時。後來因為周作人、林語堂特別推崇晚明小品，提倡「幽默」、「閒適」，被指為脫離現實的不良傾向；再後來，更歸類為資產階級文學流派，於是，「公安」三袁也受了牽連，不再被重視。這一切，茅盾當然都很清楚，何況，李贄、袁宏道等原本就是「前後七子」的反對派，反對那種復古擬古的倒退主張。因此，茅盾在1957年那種氣候中不可能肯定這股思想解放和文學自覺的潮流。但他也不敢明確否定他們，像對待魏晉六朝那樣，扣個「形式主義」的帽子了事，所以只好回避，乾脆不提。

可以說，李贄是魏晉以後敢於公開挑戰孔孟權威，大膽批判專制主義和宗法倫理的第一人。在堅決反對禮教教義的同時，他明確地肯定人的個性和人的自然欲望，人的個性自由和人格平等。他提出，「人但率性而為」，「堯舜與途人一，聖人與凡人一」。這種驚世駭俗的思想言論，具有近代民主自由、個性解放的性質。由此，他在文學上提出了「童心說」，認為「天下之至文未有不出於童心者」，「童心者，絕假純真最初一念之本心也。」他珍視個人的真情實感，否定束縛人心的經典教條，把「六經」、「語」、「孟」所傳播的儒家經典知識稱為「聞見道理」，痛斥其虛偽，說如果為這些從外部灌輸而來的成見所蔽，就會失去童心，「則所言者皆聞見道理之言，非童心自出之言，言雖工，與我何與，豈非人假人，言假言，而事假事、文假文？」他堅決反對那種「文必秦漢，詩必盛唐」的復古主義傾向，與「前後七子」站在對立的地位。

李贄的這些思想觀點，在士大夫中間引起了震動，產生了巨大影響。人們「翕然爭拜門庭」，「大江南北以及燕薊人士無不傾動」。在文學方面，他的影響更是明顯而且深遠。當時一些有改革創新傾向的主要作家，大都與他有交往並深受他的影響，如徐渭、公安三袁（袁宗道、袁宏道、袁中道），以及湯顯祖、馮夢龍等。這些人在詩、散文、戲曲、小說等方面的理論主張和創作實踐，形成了一場文學革新運動——思想解放、個性解放、文學解放的運動。他們都同李贄一樣，特別強調「情」，發自內心的真情、摯情；同時他們又都十分重視創新，反對復古、擬古，強調文學應該隨時代而變化。徐渭的詩文與他的書畫一樣，那樣淋漓盡致，姿肆奇崛，正反映出這位叛逆的才士的內心世界和性格特徵。公安派主張「獨抒性靈，不拘格套」，說「古人之詩本乎情」，是「從自己胸臆中流出」的。他們的詩和散

文正體現了這種自由獨創精神。湯顯祖的「主情」、「尚奇」，在他的《牡丹亭》裡得到了充分體現，既非擬古，也說不上「忠實反映現實」，而是真正的感情昇華、藝術創造。至於馮夢龍那些以市井小民的悲歡離合為題材的小說，同樣屬於這一運動，這一潮流。小說不同於詩和散文，以寫人敘事為主，但中心依然是「情」，以抒情、傳情為目的，所以王國維把人物、情節與結構、語言等同歸於形式。馮夢龍就是通過那些人物故事，「借男女之真情，發名教之偽藥」，和李贄、三袁、湯顯祖等一樣。。──這一切，這種重個性，重自我、重感情、重自由創造的傾向和人道主義精神，不是和西方的浪漫主義運動很有些相似嗎？而這一切，又正是五四新文學的基本特徵。

所以，周作人在談到新文學的源流時，說「上有六朝，下有明朝」，把魏晉六朝與晚明的思想和文學稱為「未成正宗的新思想、新文章」，是「五四新文學的先輩」。所謂「新思想」，在魏晉，就是那種「非湯武而薄周孔」、「越名教而任自然」的思想解放潮流所帶來的人的發現、人的覺醒──珍視個體生命價值和個體精神自由的個性解放思潮。在明朝，就是李贄、三袁為代表的那種直接向孔孟權威挑戰，尖銳批判儒家經典的離經叛道的異端思想。所謂「新文章」，在六朝，就是阮籍、嵇康那種「師心」、「使氣」而又「清俊通脫」的詩文；在明朝，就是李贄、三袁、徐渭、湯顯祖等的那種「主情」「尚奇」的詩文戲曲小說。所以有人說六朝是中國的第一次文藝復興，晚明是第二次，五四已經是第三次了。

六朝──晚明──五四，在這一千七百年的歷史流變和文學發展中，那種使他們遙相呼應而連接起來的東西是什麼呢？就是人的解放和文學的解放，也就是對人的主體性和文學的本體性的重視。從曹丕的《典論‧論文》開始，中國文學史上的一系列鬥爭，主要就是圍繞著這兩個問題進行的：一方是不把人當作人，不把文學當做文學，而統統當做維護專制政權和宗法倫理的工具；一方則重視人的價值和人的自由，重視文學的價值和文學的藝術創造。這就是前面所說的「載道」派與「言志」派的鬥爭。──五四文學革命的勝利，當然是「新思想」、「新文章」的勝利，也就是「言志派」的勝利。

由此可見，茅盾是站在反五四文學革命的立場上，重新鼓吹「文以載道」──載馬列之道，為領袖立言。

四、也談「理想與現實」

《偶記》第五節題為「理想和現實」，從談歷史轉而正面闡述理論。這是最後一節，篇幅最長，超過了全文的三分之一，顯然是全文的重點和中心所在。前面四節全都是為這一節做準備、做鋪墊的，談西方文藝思潮是「洋為中用」，談中國古代文學史是「古為今用」，用來為論證「社會主義現實主義」無比正確、無比先進這一中心論題服務。《偶記》開始在《文藝報》上發表時有過、後來又被刪去的那個副標題——「關於社會主義現實主義及其他」，就標明了這一點。

在這一節的最後，也是全文的最後，有這樣幾句話：「至於本篇所提出的問題，主要有兩個：創作方法和世界觀的關係，現實主義與反現實主義的鬥爭。我以為去年（指1957年——引者）的一些文藝上的修正主義思想，都和這兩個問題有關。因此，本篇所論證，也始終圍繞著這兩個問題。」

這幾句話很重要，既點明了寫作目的（反修、反右），又概括了全文的論題。實際上這兩個問題也就是前面提到的，當時中蘇兩國文藝界最關注的那兩個問題，即承不承認、重不重視文學藝術的特殊性和特殊規律，承不承認、重不重視作家藝術家的主體性（主觀精神）和個性在創作中的作用。——事實上，這不僅是這次論爭的焦點和中心，也是以往多次有關論爭的焦點和中心之所在，因為這兩個問題正是文藝與政治相互衝突的關鍵。這次論爭的熱門話題是世界觀、形象思維和典型問題，比起以往那幾次論爭來，顯得更集中更明確也更深入。茅盾的這篇帶總結性的分析批判，比起三十年代上海的錢杏邨、成仿吾和四十年代的何其芳來，也顯得更系統更明確因而也更僵硬。

略去那些重複囉嗦纏夾枝蔓的文字（這種情況在茅盾的著作中極為少見），可以看得出來，這一節是分三步論證上述兩個問題的：一、從解釋「理想」和「現實」這兩個概念入手，把文學創作和文學史上的美學問題納入哲學常識的框架，把區分唯物與唯心作為大前提。二，以歷史唯物主義為標準，分析評判世界文學史上的不同文藝思潮和流派，論證現實主義的優越性和社會主義現實主義的最高地位。三，用一般理論思維規律解釋創作過程，強調世界觀在文學創作中的決定作用。這三步論證的目的和結論是，必

須學習和掌握辯證唯物主義和歷史唯物主義，也就是必須改造思想。

　　在這裡，茅盾所講的，實際上就是上世紀三十年代從蘇聯搬來的「唯物辯證法的創作方法」。這種機械論和庸俗社會學的教條公式，本來早已聲名狼藉，後來被「中國化」而進入了毛澤東的「工農兵方向」，成為文藝理論的主流和正統；經過反胡風和反右，這套教條變得愈加簡單而僵硬了。茅盾這裡所表述的，就是其發展中的完成式，從那以後到「文革」，就變得更不成話了。當年在延安，有人批評這種用馬列教條干擾創作的弊端，毛澤東在《講話》中為之辯護，說「馬克思主義只能包括而不能代替文藝創作中的現實主義」。單從這句話看，好像是在批評教條主義，強調「不能代替」；實際上正相反，他是在號召學習馬克思主義，真正強調的當然是「包括」。從那以後，一些人強調「不能代替」，一些人強調「包括」；前者大都成了唯心主義、修正主義謬論，後者當然愈來愈正確。胡風屬於前者，茅盾當然屬於後者。

　　馬克思本人好像並不贊成毛澤東的「包括」論，因為他很重視文藝的特殊性。在《〈政治經濟學批判〉導言》裡，他明確地把「藝術的掌握世界的方式」與「思維的掌握世界的方式」加以區別。顧准曾抄下這段話，並在後面加了批語：「這多少有點康得主義的味道」。事實上，在馬克思對希臘藝術的評論中，在他的《1844年經濟學－哲學手稿》裡，都有這種與《判斷力批判》相近的味道，這就是承認並重視審美意識與一般理論思維的區別，而這種區別的關鍵，就是前面一再提到的：承不承認、重不重視文學藝術的特殊功能和特殊規律，承不承認、重不重視藝術家的主觀精神和個性在創作中的作用。馬克思和康得都承認並重視這種區別和特性，毛澤東的《講話》和茅盾的《偶記》則極力抹煞這種區別和特性。

　　茅盾以「理想和現實」作為這一節的標題，而且從分析這兩個概念入手，一開始就抓住了問題的根本。然而不幸的是，正是從這裡，一開始就離開了文藝，進行起哲學常識的宣講來。「理想」和「現實」這兩個概念本來指文藝的兩大基本元素、文藝創作上的兩種主要傾向，其內容很複雜，包括人和自然、主觀和客觀、感性和理性、社會和個人，以及規範和自由、類比和創造等等。在優秀的藝術作品裡，這兩種元素是相互結合，合二而一的。這種結合當然不是按比例配製的半斤對八兩，二者之間有強弱、輕重、濃淡、顯隱之分，有的傾向於理想，有的傾向於現實，這就有了浪漫主義和現

實主義。這兩種傾向本來是由多種因素歷史地形成的，如前所述，並不像茅盾所言，僅僅是「從主觀見解出發」抑或「從生活本身出發」所致。他這是用哲學認識論的簡單公式硬套文藝思潮，是明顯的機械論。

不僅如此，為了區分這兩種傾向並為了替社會主義現實主義尋找存在的理由，他還搬出了歷史唯物主義；不過不是馬克思的歷史唯物主義，而是中蘇合製的庸俗社會學信條，其要義有二，一曰環境決定論，二曰指明方向論。馬克思的歷史唯物主義所說的社會存在決定社會意識，恩格斯所說的經濟的最後決定作用，都是體現在人身上，人的實踐活動中；不是不重視人，見物不見人，恰恰是重視人的活動及其作用。這在《1844年經濟學－哲學手稿》、《費爾巴哈論綱》和《德意志意識形態》裡都有論述，與蘇聯和中國哲學教科書中所說大不一樣。至於茅盾所說的「時勢造英雄」、「英雄造時勢」，那是國產貨，古老而又卑俗，與馬克思何干？在造反的時候大講「時勢造英雄」，待到坐穩了江山，就要為英雄領袖大唱頌歌了，從《國際歌》到《東方紅》不就是這樣唱過來的嗎？在那個時候（1957年秋天），在為個人迷信辯護並把造神運動推向高潮的情勢下，茅盾卻在講這些道理，今天看起來未免有些滑稽。

至於那個「指明方向論」，即文藝作品一定要預示社會主義的光明前景，本來就是一種「革命的宿命論」，現在它的發源地蘇聯已不復存在，那批以《母親》為代表的社會主義現實主義經典作品也已經為歷史所檢驗，就無須在這裡多說什麼了。

以上談的都是現實主義與反現實主義問題，後面談的是世界觀與創作方法的關係。「創作方法」這一概念是上世紀三十年代從蘇聯引進的，在那以前沒有見過，西方文論和中國古代文論中更是從未見過。這個概念在中國左翼文壇流行了半個世紀以後，到上世紀八十年代才有上海的徐俊西先生提出質疑，可惜未引起進一步的探討。實際上這正是那個「辯證唯物論的創作方法」的遺骸，是以哲學認識論取代審美意識的工具符號，所以曾被說成是文藝創作的「方法論」或「規律」。這一概念只同現實主義相連接，因為別的「主義」都沒有這種方法論、規律。在西方文論中，各種主義是平等的，都是兩方面的含義，即歷史的和風格類型的，沒有「方法」的含義。

茅盾在《偶記》中是這樣解釋的，他說現實主義創作方法包括兩個方面：形式方面和內容方面。形式方面指的是由長期的藝術經驗積累所形成的

藝術規律；內容方面就是認識現實的方法。他還解釋說，資產階級作家只看到形式的一面，在接受這些藝術規律的時候，會不自覺地學會了認識現實的方法，寫出現實主義的優秀作品。世界觀與創作方法的矛盾，指的就是作家的反動社會政治觀點與這種不自覺學來的認識現實的方法之間的矛盾。就這樣，把文藝創作過程歸結為認識過程，把文學創作方法混同於認識現實的方法。

就在這一節的最後，他宣稱：「我打算在結束這篇漫談以前再就作家的思想方法講幾句話。」於是，他從公式化概念化產生的原因談起，把一切都歸結到思想方法上。他提出一種他稱之為「高級的公式化概念化」進行分析，說這類作品看起來應有盡有，各方面都合乎規格，可就是不能「激動心弦」，不能使人「心靈深處受到震撼」。究其原因，他說這是讀者沒有從中看見自己和自己周圍的人們的影子，沒有在開卷時感受到有一股熟悉的氣味撲面而來，更重要的是，讀者沒有發現那種原來模糊感覺而被作家一口喝破的事理和思想。為什麼會這樣呢？他的回答是，因為「作者缺乏觀察力，不能透過現象，深入本質」，並進一步指出，這是因為「他的思維器官缺少足夠的分析、提煉這些生活現象的特殊裝置——辯證唯物主義和歷史唯物主義」。

這些說法很值得注意，從這裡不僅可以看出茅盾文學思想的本質，而且可以看到公式化概念化傾向產生和氾濫的真正原因。在這裡，茅盾準確的點出了公式化概念化作品的通病，卻找錯了病因，更下反了藥。這類作品的主要弊病確實是不能激動心弦，不能在靈魂深處引起震撼。然而有了他所說的那種「影子」和「氣味」，有了那種「事理和思想」，就能和讀者的心弦、讀者的靈魂發生感應嗎？事實並非如此，大量公式化概念化的作品大都有這種「影子」和「氣味」，有的也不乏那種令人恍然的「事理和思想」，卻並未因此而逃脫被冷落的命運。遠的不說，茅盾自己的代表作《子夜》就是最好的例證。《子夜》不但應有盡有，都合乎規格，而且內容豐富，技巧上乘，更以觀察細密，富於心理描寫見稱；至於這部小說能夠形象地回答中國社會性質論戰中所提出的問題，則更是作者和左翼批評家所特別重視的。這一切當然遠遠超過了茅盾所提出的那幾條非公式化概念化的條件，然而奇怪的是，這部小說依然不能「激動心弦」，「震撼靈魂」，甚至讓人產生難以卒讀之感。這到底是為什麼？

　　對此，蘇聯作家愛倫堡有很好的解釋，當年許多右派都很讚賞這個愛倫堡的修正主義文藝觀點。他在他那篇著名的論文《談談作家的工作》裡談到，一些蘇聯紡紗女工不喜歡描寫她們生活的當代小說，卻沉迷於托爾斯泰的的作品，並為安娜的命運而流淚。他說這是因為那些當代小說寫的是生產過程，工作過程，而不是人的內心世界，感情世界。聯繫這一事例，愛倫堡說了兩句話：「有一個領域，作家要比他的同胞和同時代人理解得更透徹，那就是人的內心世界。」「沒有熱烈的感情就沒有而且也從未有過真正的文學。」──這兩句話都非常重要，而且互相聯繫，缺一不可；說的都是心即感情，包括創作對象的和作家本人的，二者合一，心心相印，才會有理想與現實的和諧統一，才會有真正的文學作品。《子夜》的問題就在這裡，一些女青年在抱怨《子夜》讓人讀不下去的同時，卻在為深情而薄命的林黛玉流淚。這當然不是因為《紅樓夢》有更多熟人的影子和熟悉的氣味以及甚麼啟迪人的新思想觀念，而是它的人物的感情和作家的感情在讀者心靈深處產生了感應，引起了震撼。《子夜》也寫了人物的感情，還有不少為人稱道的細膩心理描寫，為什麼不能打動讀者呢？最重要也是最根本的原因，是認識與審美的不同──《子夜》不是以審美意識經由審美活動所產生的，而是經由認識過程所完成的認識結果；也就是說，是認識的對象而非審美的對象。正因為這樣，理論家可以從中分析概括出深刻的思想觀念本質意義，和為表現這些思想所使用的高超技巧；一般讀者卻不能獲得感情上的共鳴，不能獲得審美享受。

　　對照一下《偶記》裡的有關論述就會明白，茅盾的理論和他的創作是完全一致的。在他看來，文學創作過程主要就是認識現實的過程；文學創作方法主要就是認識現實的方法。說「主要」，因為還有個「形象化」。他把創作過程分三個階段或三部份，即深入生活，認識生活，反映生活。深入生活屬於態度即立場問題，在過去是不能討論的；反映生活牽涉到才華──作家的主觀、個性等問題，談這些問題有唯心主義嫌疑，所以就劃入形而上學不予討論。於是，就只剩下認識生活的問題了。在這裡，他特別提到《實踐論》和《矛盾論》，說創作同樣是「實踐─認識─再認識」，同樣是「從感性認識階段到理性認識階段」。至於文藝的特殊性，他提到了「形象思維」這一概念並代之以「藝術的概括」，說藝術的概括和邏輯的概括一樣，也能達到客觀真理，不同之處在於「作家從認識的第一階段進入第二階段時，常

常是不自覺的」。前面已經說過，他認為以往的現實主義作家就是這樣不自覺地反映客觀真實的。至於社會主義現實主義作家，因為思維器官安有辯證唯物主義和歷史唯物主義這樣的特殊裝置，所以不但自覺而且有預見。

至此，就看得更清楚了：茅盾的理論和創作都是被哲學認識論引入歧途的。他的那套現實主義理論，說穿了不過是認識論常識＋形象化，他的創作就正是這種理論的應用。所以他不知道以往那些現實主義大師何以能寫出那樣激動人心的作品，他為他們作解釋時所說的那種不自覺地進入非邏輯的理性認識的情況，實際上是根本不存在的。他也不知道自己的作品為什麼不感動人，因為他所做的是反映現實、說明問題、揭示本質和規律，一句話，促使他創作的是認識和知識，而不是感情和生命。──其實，在茅盾的創作生涯中，並不是一開始就走上了歧路，早期的《蝕》就不同於後來的《子夜》，《蝕》裡有他的感觸和感慨。「幻滅」、「動搖」、「追求」雖然都是概念，但那裡面有真感情，是曾經有過的感情經驗和情緒記憶。波特賴爾說過，「回憶是藝術的重要標準，藝術是美的記憶術，而準確的模仿破壞回憶。」從《蝕》到《子夜》，就是從感情記憶到觀察思考，也就是從感受到認識。

這就是前面提到的：藝術不同於認識。康得說的審美意識的非知識、非功利，馬克思所說的「藝術的掌握世界的方式」以及「自然的人化」、「人的物件化」等等，講的都是文藝之不同於認識的審美特性。其實，古今中外許多人都指出過這一點。在西方，義大利哲學家維柯早就說過：「哲學把心從感官那裡抽開來，而詩的功能卻把整個的心沉沒在感觀裡」。在中國，這種對審美意識的論述出現的更早，《莊子》裡就有。魯迅、聞一多、朱自清和宗白華等都談到過莊子對中國的文學和藝術的巨大影響。茅盾在《偶記》裡也提到了莊子，卻只談思想方面的積極和消極作用，根本未涉及美學方面。《莊子》裡有不少地方涉及美學問題，像《梓慶為鐻》就生動而深刻地揭示了藝術創造過程中主客觀之間的關係，那裡的「坐忘」、「心齋」，說的不就是非知識、非功利的忘我境界嗎？梓慶所追求的那種「以天合天」，不就是人與自然、我與物、情與景、理想與現實之間和諧統一的完美境界嗎？特別是那個「成見鐻」──在動手製作之前凝神關照面前的樹材時，彷彿看見了已經完成的鐻。這很自然地使人想起法國雕刻家羅丹來，羅丹說過，當他面對石料凝神運思的時候，彷彿看到他要創造的藝術形象就在石料

裡，他要做的只是用雕刀剝去多餘的石料。

這裡所說的，都是那種天人合一，物我為一、主客觀交融的審美境界。此時的藝術家已經把他的全部注意力集中到了藝術創造之中，那是一種全身心投入的精神活動，感情活動，生命活動；是一種實踐的感情態度，而不是冷靜的理性認識。這是一種充滿愛與憎、歡樂與痛苦的感情，所以常常稱之為激情（passion），又稱「受難」。這種感情態度當然包含有理性認識，但已經超越了理性認識，不復是理性認識而又高於理性認識。通觀茅盾的理論和創作，好像在寫了《蝕》以後，他就再也沒有進入過這種境界

五、並非題外的話

《夜讀偶記》在《文藝報》上連載的時候，我就大致的讀了，心裡當然不服氣，而且感到奇怪：茅盾怎麼會寫出這樣的文章，像他自己所說的，是「炒現飯」、「掉書袋」，而且囉嗦、重複，令人難以卒讀。在當時那種絕對一邊倒、牆倒眾人推的情況下，受批判者是不能開口的。二十年以後，在教學過程中又碰到這些問題，我想提出自己的不同看法。文章還沒有寫，就招來了議論：竟然要批評茅公，也太狂妄了！

其實，不服氣和有看法的人很多，礙於茅盾的聲望，只在私下裡議論而已。連一向欽佩尊重茅盾的姚雪垠都說，茅公是不得已而為之的，所以才寫得那樣糟糕。秦兆陽在給我的信裡說，他幾次讀《偶記》都沒有讀完，讀不下去。他還要我注意兩點：一是對照一下初發表時的文字與後來收入集子裡的文字有何不同，原因何在；二是聯繫茅盾的創作實際，看問題究竟在哪裡。

現在可以看清楚了，以茅盾的博學多識而又富有創作經驗，何以會寫出這樣的文章，發表這樣一些違背常識的看法？原因很簡單，是政治需要。前面提到，《偶記》開始發表時有一個副標題：「關於社會主義現實主義及其他」，後來刪去了，而且如秦兆陽所說，文字也有許多刪改。為什麼？原因也很簡單：政治需要──中蘇關係惡化，所謂的「兩結合」將取代「社會主義現實主義」，所以盡可能少用這個概念；文中提到蘇聯及其文學成就的文字，也盡可能刪去了。

還有一個事實，也是茅盾忘記或回避了的，應該在這裡點明：他所不屑一顧並嚴加批判的那個資產階級的「陳舊公式」、「美麗的屍衣」，正是他

自己早年十分欣賞並多次介紹的，查查當年的《小說月報》和《新青年》等
舊期刊就明白了。為什麼會有這樣的變化？當然不是學術上的原因，還是政
治需要。因為要批判資產階級，他才不顧常識地亂點鴛鴦譜，把古典主義與
浪漫主義扯在一起，使之同歸「理想派」也就是唯心主義陣營；因為要站穩
無產階級立場，歌頌社會主義和蘇聯老大哥，就全力為那個虛假的「現實
主義與反現實主義」公式辯護。一旦政治形勢有了變化，中蘇交惡，又急急
忙忙刪除不合時宜的文字 。如此「聽話」「緊跟」，不知是出於自願還是
無奈。

　　不能不佩服魯迅先生的卓見：文藝與政治的確時時在衝突之中，在政治
強勢的巨大壓力下，文藝將不成其為文藝，作家將不成其為作家，而大師，
也會變得只有尷尬和無奈，除非他不開口、不動筆。

1987年7月草於武漢東湖

2002年春節改定於深圳蛇口

悲劇是怎樣造成的？
──關於電影《傷逝》的對話

甲：看了《傷逝》嗎？是不是很抒情，很美？

乙：美倒是美，不過我不大明白，這個愛情悲劇到底是怎樣造成的？兩個人到底怪誰？小說也好，電影也好，我一直不明白，它們到底要說明什麼問題？

甲：那你就先說說你的「到底」──不管別人是怎麼說的，你自己到底有些什麼感覺、感想？

乙：我感到涓生和子君都值得同情，值得讚美；也都有毛病，讓人感到遺憾。好像他們反封建反得不夠堅決，不夠徹底。子君為什麼要回家？涓生為什麼要回頭，去找那些遺老遺少，向他們求告、投降？有人說《傷逝》是批判「個性解放，戀愛自由」的資產階級思想的，涓生就是上了這種思想的當，才演出了一場愛情悲劇；這，我看不出來，覺得不大對。

甲：好啊，「到底」出來了，這不就是你剛才提的那幾個問題嗎？──說到底，強大的封建勢力、頑固的封建意識，是這個愛情悲劇的根源所在，也是這部作品的矛頭所向。

乙：能這麼說嗎？不行，評論文章多數不是這麼說的。我這是感覺，沒有根據。

甲：重要的正是這種來自作品的真實感受。根據在作品的活的形象之中，而不在外部的抽象理論。大概你已經感覺到了：子君和涓生的感情裂痕產生得很早，是一步步走向悲劇結局的。

小說裡寫得很清楚：子君的愛情之火，是在涓生的吸引啟發下逐漸燃燒起來的。同居以後，子君像品嘗純酒一樣，一再沉醉地回憶、咀嚼涓生向她求愛時的情景，而涓生卻感到淺薄、可笑甚至可鄙，這不能不說是最初出現的他們對待彼此間的愛情的不同態度。接著，涓生就發現了他們之間的「真的隔膜」，於是，不但不喜歡子君給狗取的名字，連

她的「逐漸活潑起來」，也不大高興了。就在這個時候，他向子君談到了「愛情必須時時更新」──很清楚，這表明涓生已經開始對眼前的愛情感到了不滿足。

乙：哦，是的，他們感情上的裂痕早就有了，還在失業之前。可這又怪誰呢？

甲：先不忙追究責任，再往下看事實：涓生失業了，這個打擊加深了他們之間感情上的裂痕。記得吧？這個時候，涓生心情煩躁地不滿意眼前的環境，抱怨子君變「怯弱」了，而同時，腦子裡卻出現了「安寧的生活的影像──會館裡的破屋的寂靜」。這種下意識地對婚前生活的眷念，不正透露了他對婚後生活的不滿嗎？後來，他在圖書館裡想像求生之路而眼前出現各種幻象時，子君都不在近旁；可見，他並不是真的想「攜手同行」，而是想甩掉她，「奮身孤往」。特別是，當他在絕望中忽然看到《自由之友》發表了自己的文章，覺得有了「生氣」，「生活的路還很多」的同時，卻想道：「但是，現在這樣還是不行。」──什麼不行？和子君在一起不行！有了錢，也不能和她共同生活下去。──你看，悲劇的伏線牽得多遠，多深，不僅僅是因為涓生失業，沒有錢……

乙：這樣看來，那就應該怪涓生，是他把子君引出來的，後來又甩了她……

甲：也不能全怪涓生，說他對子君是「始亂之，終棄之」，那就太淺也太陳舊了。我們先來看看，子君的思想性格的發展：一開始，她很單純、幼稚，也「還未脫盡舊思想的束縛」。在涓生的啟發下，她喊出了「我是我自己的，誰也沒有干涉我的權利！」衝出了家庭。以後呢？滿足於「寧靜而幸福」的小家庭生活，「胖了，臉色也紅活了」。可是她沒有想到，這寧靜之中，包含了不寧，幸福之中隱藏著不幸。涓生很快就厭倦和不滿了。這使她的臉上也出現了「不快活的顏色」。在這種情況下，儘管她「日夜操心」，「傾注著全力」從事家務勞動，也無法彌合他們精神上已經產生的裂痕。

乙：還是嘛，責任主要在涓生身上。

甲：不，我們還是先看子君，她也有責任。她學習娜拉，衝出了封建家庭，到了小家庭裡，她卻變成了覺醒前的娜拉，也就是說，並沒有改變依附於人的地位──「在家從父」，是奴隸，「出嫁從夫」，依靠涓生養著。雖然不可能和涓生一起共挑家庭經濟的重擔，至少在精神上應該平等。可是她自卑自餒，從不把自己承擔的家務勞動當回事兒，而當涓生

不公平地怪怨、苛求、嫌棄她時，她也從不申辯，只是自怨自艾地「淒然」、「猶疑」、「恐怖」，以至可憐地露出「孩子一般的眼色」。這一切都表明，她在精神上還不能自立自主，還沒有獨立的人格。所以最後的轉回封建家庭，是她的性格發展的必然。

　　從子君的「胖了起來，臉色也紅活了」，我聯想到了祥林嫂，她不是臉上也「白胖了」，有了笑影嗎？從婆婆手裡轉到了魯四嬸手下，奴隸地位並沒有改變，不過是從「欲做奴隸而不得」到「暫時做穩了奴隸」，但她滿足了，子君不是與她有相似之處嗎？可見，子君追求「個性解放」而沒有真正解放，她渴望「戀愛自由」也沒有真正自由。可見，陷子君於不幸的，既有客觀上的封建勢力，更有主觀上的封建意識，她還沒有醫好「男尊女卑」、「三從四德」這些精神枷鎖給她造成的精神創傷。

乙：有道理。可涓生為什麼不幫助她呢？

甲：涓生當然應該幫助她，讓她徹底掙脫封建意識的束縛。可涓生自己又怎樣呢？不要被他那些大話空想蒙住，實際上他並不比子君高明多少。第一，他頭腦裡的「新思潮」也很有限，集中到一點上，不過是反對包辦婚姻，主張戀愛自由。自由了以後怎麼辦？怎樣頂著壓力「攜手同行」呢？他也不知道。第二，他讓子君學娜拉，爭取自由、獨立，而他自己不過像個海爾茂──娜拉那個有夫權思想的丈夫。

　　仔細讀讀原文，就會發現，涓生確實有夫權思想：「我的工作」神聖不可侵犯，她的「功業」一文不值；」我」可以越來越煩躁，她卻應該像「先前那麼幽靜，善於體貼」；自己「現在忍受生活壓迫的苦惱，大半倒是為她」，而她卻只是捶著自己衣角的累贅。從這裡，作者毫不留情地如實描繪了涓生的軟弱、自私和虛偽：他曾經三次「突然想到她的死，然而立刻自責，懺悔了」──你看，連他自己都不願、不敢正視這種內心隱秘！而在這中間，他還自欺欺人地異想過子君的「覺悟」，「毅然」出走，由此想到「我便輕如浮雲」，生活的「新生面便要到來了」──請注意，在聽到子君的死訊以前，他所探求的「新的生路」，也包括向故舊求告，向封建勢力乞降。

乙：所以嘛，說到底，責任在涓生身上。

甲：涓生當然有缺點，有責任，但「底」不在他身上──說到底，陷他於不

義的，同樣既有客觀上的封建勢力，又有主觀上的封建意識，也就是說，他同樣「還沒有脫盡舊思想的束縛」，個性並沒有解放。魯迅不是說了嗎？他寫小說是出於啟蒙主義的動機；啟蒙就是啟迪愚蒙。在這一點上，涓生、子君和阿Ｑ、祥林嫂有相通之處，都是因為受封建主義毒害而陷於愚蒙的。當然他們已經開始覺醒，但也只是開始，並沒有擺脫精神上的「未成年狀態」（康得）。所以魯迅對他們也都是「哀其不幸，怒其不爭」，因為他們都是「病態社會的不幸的人們」。──在這個半封建半殖民地的病態社會裡，面對強大而頑固的封建僵屍，卻忙於批判資產階級的民主主義革命思想，提前進行社會主義教育，只怕魯迅不會那麼冒進，也不會那麼「左」吧？

乙：不少文章是那樣說的，還引了魯迅自己的話，說是批了易蔔生和他的娜拉──

甲：哈哈，那可是個誤會，魯迅批的是胡適的「易蔔生主義」，不是易蔔生本人。至於「娜拉走後怎樣」，多年來人們只引用「不是墮落，就是回來那幾句話，很不全面。其實，這篇文章裡至少還有兩點值得注意：第一，魯迅在說娜拉走後「或者」只有兩條路的同時，還談到另外兩種情況，一是《海上婦人》裡的哀黎淡，丈夫給了她自由，「她就不走了」，「娜拉倘也能得到這樣的自由，或者也便可以安住」；二是「自己情願闖出去做犧牲，那就是另一回事」，因為「世上也盡有樂於犧牲，樂於受苦的人物」。第二，這篇文章的總的精神是激勵人們正視現實，為根本改變中國這個「太難改變」的社會，而進行「深沉的韌的戰鬥」；而這，決不僅僅是個經濟權的問題。如果只抓住一點並用以證明《傷逝》的主題是批判資產階級思想，是揭露「個性解放，戀愛自由」沒有觸及經濟基礎和社會制度，那就未免離題遠了點。

乙：這我明白，不能生硬地用「經濟基礎」去解釋一切。那麼，你又怎麼解釋他們兩人很早就產生的感情裂痕呢？到底是為什麼？

甲：小說裡寫了，剛才也說了，因為他們的「新思想」並不多。有籠統的「個性解放」「戀愛自由」的要求，而對民主革命的思想知道的並不多，更缺乏為此而鬥爭的堅強意志。彼此間在這方面缺乏精神上相通的東西，在精神上不能「相濡以沫」。空虛、軟弱、矛盾、猶豫以至互相抱怨，終至分手。總之一句話：沒有豐富的精神生活，沒有共同的理想

追求和志趣愛好，就談不上真正的愛情。——說到這裡，聽我給你念一段話：

「光是歡樂，還不足以構成愛情的全部需要；然而，除了歡樂……他能和她談些什麼？她的身上還剩下什麼東西，是他猜不透的呢？ 愛情需要合理的內容，就像熊熊烈火需要油來維持一樣……。」

問題就在這裡，因為缺乏合理的內容，精神方面的內容，所以釀成了悲劇；就是有「經濟基礎」，有錢也不行。

乙：這段話說得好，可以用來開導那些只有物質欲求而缺乏精神

原文缺——編者

創作，最根本的是什麼？
——重提「何其芳現象」致羅飛

羅飛兄：

大作拜讀，「消磁」的提法妙極了，不僅可以恰切地解釋「何其芳現象」，而且有助於解答那個多年來人們不斷重複的老問題——幾十年來中國為什麼沒有偉大的作品產生？當代文學為什麼不如五四以後的現代文學？現代文學史只有三十年，卻出現了那麼多大師和傑作，而後來的幾十年就無法與之相比了，這是為什麼？從這裡，通過對「消磁」現象的探討，可以確認文藝的特殊本質和特殊規律，破除那套幾十年來誤盡蒼生的教條理論，讓無數文學愛好者離開那條非藝術的「認識生活－反映生活」的歧路，以免他們再去消耗精力，浪費青春。果能如此，則「消磁」一說的提出，就真的是功德無量了。

這裡涉及到兩個方面：一是如何從理論上解釋東平所說的作家的頭腦猶如磁石這一比喻，進而揭示你所說的「消磁」現象的實質。二是正視「何其芳現象」的普遍性，進而考察其產生的歷史和原因。

現在就從第二個方面說起。我認為「何其芳現象」是一種很普遍的現象，在中國現當代文學史上，這種「思想進步——創作退步」的例子相當多，一般所說的，當代文學不如現代文學，就與此緊密相關。上世紀八十年代形成的那個作家排行榜：「魯郭茅、巴老曹、丁（玲）二蕭（蕭軍、蕭紅）」，除已經過世的魯迅和蕭紅之外，其他人身上都有這種「何其芳現象」。另外如冰心、卞之琳、馮至以及「九葉」、「七月」的詩人們，也全都如此。

何其芳之成為這種普遍現象的典型，是因為這種理論戕害創作的狀況，在他身上表現得特別突出、鮮明——和別人不同，他是自覺地用那種僵硬的批判武器取代了先前的那支抒情妙筆。然而，後來他又為此而感到遺憾、難過。何其芳的確才華橫溢，有藝術鑒賞力，但他那兩篇在現實主義問題上批判胡風的大文章，嚴格說來都是不及格的。寫於1946年的《關於現實主義》

一文，連基本概念都沒有弄清楚，在邏輯上也有些纏夾不清。六年後寫的
《現實主義的路，還是反現實主義的路》，有了明顯的進步，邏輯上嚴密一
些，可以自圓其說了，可惜其說依然是以政治取代藝術的教條。在批判胡風
之前，他並沒有理論研究方面的準備，是奉命上陣，在趾高氣揚的戰鬥架式
底下並無多少真貨色。所幸的是，那以後他就轉到了研究單位文學研究所，
讀書做學問，與一批真學者在一起，思想有了變化，這才有了學者、理論家
的何其芳。

　　你讀過他的《文學藝術的春天》，當會發現他思想上的矛盾和變化，
我認為那本書是他的最重要的論著。他不收反胡風和反右時期的文章，除
少數幾篇舉旗頌聖之作以外，基本上都是反「左」的。《論阿Q》和《論紅
樓夢》是兩篇好文章，他對阿Q典型性的看法還有可商量之處，而那篇暢論
《紅樓》的大文章確實寫的不錯。另外，關於新詩問題、文學史的寫法問
題，以及對托爾斯泰的看法和態度等等，都有點反潮流──反左的意向。在
那種愈來愈向左的大氣候中，這是很不容易的。更值得注意的是，他與那些
左左們的分歧，主要集中在兩個根本性的大問題上，他所批評的，主要就是
機械唯物論和庸俗階級論。初讀這些文章的時候，我就驚異地發現，他好像
已經站到了當年他批判的對象一邊──我一下子就聯想到了當年他對胡風的
批判。還有，不知你注意到沒有，他和李希凡的那些糾纏，就有些像當年他
和胡風的論爭──李希凡之對何其芳，有點像當年何其芳之對胡風，只是態
度和語氣不同罷了，不知道何其芳自己意識到這一點沒有。

　　你讀《文學藝術的春天》那篇特長序文時，大概也注意到了下面這段
話：「……由於工作的需要，我沒能夠去從事創作，卻寫了這樣一些雖然每
次都是努力去完成任務，而結果還是不能令人滿意的文章。我的理論基礎仍
然很差，而形象的感覺卻衰退了。」──這幾句話裡包含有很多內容，他已
經意識到了自己身上有後人所說的這種「現象」存在，他為自己的「形象的
感覺衰退了」而深感遺憾、難過。他說的「形象的感覺衰退了」不就是你提
出的「消磁」現象嗎？他意識到了卻沒有找到其根源和克服的途徑。以他早
年那種藝術上的敏感和後來在理論學養上的提高，他本可以在這方面深入反
思，有大的突破的，卻不幸早早離去，真是個悲劇，實在可惜。

　　我所說的可惜，指兩個方面：一是他的早逝；二是他的反思、醒悟不
徹底，依然停留在機械論教條之中。他只想到了「形象」，沒有想到「感

情」；只注意「物」，卻忽略了「心」。這是流行了幾十年的那種文藝理論的要害——把外部生活「形象化」的真實生動，當作文藝的主要特徵，而忽略了感情這一更重要的本質特徵。托爾斯泰在《藝術論》裡回答「什麼是藝術」這一問題時明確指出：感情，傳達、交流感情是一切藝術的本質特徵。魯迅也有「創作總根於愛」之說。可見，最根本的是人，作家，他的主觀條件，他的感情，他的心。——這不就是東平和你所說的那種「磁石」、「磁性」嗎？其實，這也就是人們常說的「創作的奧秘」問題。一般人把它看得很神祕，教條主義者不承認有這種磁性並誣之為唯心主義。實際上這也就是文藝的特殊性和特殊規律問題。——我和王元化先生談到你的「消磁」說，他同意我們的看法並提醒我，說造成消磁現象的不止是四十年代的「源泉論」，還有更早引進的「拉普」的那一套。我說我知道，還告訴他，我認為「拉普」的教條與普列漢諾夫有關，普氏批評托爾斯泰時所強調的藝術也傳達思想，以及在藝術中尋找「社會等價物」的看法，都是後來中蘇文藝教條的理論根據。正是這種流行了半個多世紀的理論教條，使得許多優秀的或有希望的作家消了「磁」，出現了普遍的「何其芳現象」，造成了中國當代文學水準的普遍下降。解釋「消磁」現象，就必須揭開那套「文藝理論」的祕密。

其實，也說不上是什麼祕密，就是幾十年前早就說過的那種庸俗機械論，具體說來，就是用簡單的哲學認識論常識解釋藝術創造，而不知道更不承認有不同於一般認識論的審美意識。他們牢牢把握住「文藝是客觀社會生活的反映」這條原則，確認要反映客觀就必須先進行觀察、分析、研究即認識；而認識，就必然是從感性到理性，最後才能創作——形象化。這就是流行了幾十年的那個具有「消磁」作用的教條公式：深入生活－認識生活－反映生活，也就是「感性－理性－感性（形象化）」。按照這種理論，創作過程就是收集材料、組織材料並使之形象化的過程。材料來自客觀生活，是唯物的；作家所依據、所表現的思想感情都是階級的、大眾的，沒有個人的，因而是正確的、進步的。但是，這樣的作品都只能成為公式化概念化的贗品或次品，因為它們沒有上面提到的作家個人的感受和愛。

這可以從茅盾身上得到印證。茅盾身上的「何其芳現象」比何其芳更突出，因為名氣大，威望高，以往對他的那些不恰當的讚譽已經成了常識性的偏見，掩蓋了他創作上的失敗和理論上的謬誤，我說的是《子夜》的概念化

和《夜讀偶記》的標準教條化。這裡我只談他的「創作論」，從這裡可以看出「消磁」現象產生的理論根源。茅盾在談創作問題時，著重談了公式化概念化傾向產生的原因和克服的途徑，他說得簡單明瞭：產生這一切的原因就在於認識，在於「思想方法」。他以一種他稱之為「高級公式化概念化」的作品為例，說其中人物、情節、語言、結構乃至場景、心理描寫等等應有盡有，都合乎規格，可就是不能激動人心，不能在人的靈魂深處產生震撼，這樣的作品不能算好作品。為什麼會這樣呢？他的回答是：因為「作者缺乏觀察力，不能透過現象看本質」，並進一步指出，這是因為「他的思維器官缺少足夠的分析、提煉這些生活現象的特殊裝置——辯證唯物主義和歷史唯物主義」。他還說，文藝創作同樣是「實踐——認識——再認識」，「從感性認識階段到理性認識階段」，不同的是不能脫離形象。他也談到了「形象思維，不過接著就換成了「藝術概括」。他提到的概念化作品的症狀是準確的，卻找錯了病因，更開錯了藥方。他的看法和何其芳一樣，都把創作過程看成是一種圖解思想觀念的形象化過程。

奇怪的是，茅盾竟然不知道他的《子夜》正是標準的「高級公式化概念化」作品，不但應有盡有，合乎規格，而且內容豐富，技巧上乘，可就是讀起來很吃力，不感動人，甚至難於卒讀。——我在教現代文學的那些年裡，常有學生向我談到這一點。我的看法是：《子夜》之所以不吸引人，甚至讓人讀不下去，主要是因為它的客觀、冷靜。作者是反映現實，說明問題、揭示本質和規律，而不是在傾訴自己的感情，表露自己的愛憎。換句話說，促使他創作的是理性認識和見聞知識，而不是內在的感情和精神要求；是在用藝術形式去完成社會科學的任務，像早年有日本人想用小說形式介紹《資本論》，茅盾是用《子夜》回答「中國社會性質論戰」中提出的問題。所以，這本書也許會有助於「反帝反封建」革命性質的宣傳，卻不能算真正成功的文學作品。

這涉及到文學藝術的審美特性問題。我在向學生作解釋的時候，介紹了愛倫堡的看法。愛倫堡在《談談作家的工作》一文裡，談到當年蘇聯女工不愛讀反映她們生活的當代小說，卻沉浸在托爾斯泰的作品裡，為安娜的命運而傷心落淚。他說，這是因為當代小說寫的是外部事件，工作過程，而不是人的內心世界，感情世界。接著，又說了兩句話，一句是：「有一個領域，作家要比他的同胞和同時代人理解得更透徹，那就是人的內心世界。」另一

句是：「沒有熱烈的感情就沒有而且也從未有過真正的文學」。──這兩句
話是緊密相關的，作家必須有熱烈的愛憎，並使之流貫於他筆下的人物的心
裡；作家的感情和人物的感情在讀者心裡產生了感應，引起了震撼，這才會
有真正的文學，真正成功的作品。《子夜》的問題就在這裡：客觀、冷靜地
觀察、分析、描寫（形象化），卻沒有心與心之間的感應和溝通。

不過，茅盾並不是一開始就這樣客觀、冷靜，他的成名作《蝕》就遠比
《子夜》有文學性。寫於1928年的《從牯嶺到東京》一文，對這個三部曲的
內容和寫作情況有詳細的說明。寫《蝕》的時候，正值革命失敗，被迫流
亡，不僅失掉了組織關係，也沒有了思想上的指導，正彷徨於從幻滅到追求
的精神困境中。正是這種沒有依傍也沒有束縛的完全個人的思想情緒，使得
這部作品具有真實感情，能夠吸引人。這使我想起了波特賴爾的話：「藝術
永遠是通過每個人的感情、熱情和夢想而得到表現的美。」──不是一般的
感情，而是個人、作為生命個體和精神個體的具體人的感情，才是藝術的審
美特性和藝術的生命之所在。《蝕》的文學性即由此而來。《子夜》就不同
了，那是茅盾成為「左聯」的領導人之後的精心構建。政治上有了歸屬，思
想上有了方向，創作上接受了蘇聯傳來的號稱最新也最正確的文藝理論；一
切都清楚明白，有目的、有計劃、有步驟地寫出自己認識清楚了的思想觀
念，所以才那麼合乎規格，既符合文學作品的外部規格，也符合意識形態的
標準，就是沒有了個人意識，個人感情；沒有了瀰漫在《蝕》裡面的那種迷
惘和悲觀，也就失去了讀者對書中人物命運的關心和同情。用文藝形式去圖
解社會科學觀念，結果是既缺乏科學說服力，又缺乏藝術感染力，如波特賴
爾所說，「功能的混淆，使任何一種功能都不能很好地實現。」──以上種
種，關鍵在認識與審美的混淆、錯位。

你提到了「形象思維」，近年來我一直認為這個概念不準確，因為藝術
創造是一種審美活動，一不是思維，不是認識；二主要不是靠形象，而是
靠感情。你一定還記得馬克思《政治經濟學批判導言》裡的那段話，其中
提到「藝術的掌握世界的方式」。對此，文藝界議論了許多年，還比不上
顧准那三百字的筆記。顧准抓住了一個重要關節，即馬克思明確指出：只
有在思維即「思辨地、理論地活動著」的時候，實在主體仍保持它的獨立
性。那就是說，其他三種「掌握世界的方式」都突破、超越了主客二分，實
在主體失去了它的獨立性；因此不能把這段話理解為非實踐的唯物主義，去

簡單地劃分唯物、唯心。正是在這裡，他聯想到了康德，說這段話有點康德主義的味道。——這不是很清楚嗎？「藝術的掌握世界的方式」，就是不同於哲學認識方法、思想方法的審美意識，審美活動。正如維柯所說：「哲學把心從感官那裡抽開來，而詩的功能卻把整個的心沉沒在感官裡。」當人們把「心」與「腦」對舉的時候，心所代表的主要是「情」、是「愛」，而不是「形」，也不是「理」。這就涉及到審美活動的本質特徵問題了。多年來一直把「形象」、「形象化」當作文藝的主要特徵，實際上「情」比「形」更重要。對此，胡風和阿壟都多次談到。你一定記得阿壟所舉的那兩個例證：陳子昂的《登幽州台歌》四句：「前不見古人，後不見來者，念天地之悠悠，獨愴然而涕下。」這裡有什麼鮮明的形象？反之，馬致遠的《天淨沙》，有枯藤、老樹、昏鴉、小橋、流水、人家、古道、西風、瘦馬、夕陽，如果沒有後面的「斷腸人在天涯」一句情語，前面十種形象毫無詩意。可見，關鍵在情，前一首並無鮮明的形象卻是好詩，後一首如無情語則不成其為詩。

說到這裡，我覺得問題已經比較清楚了，何其芳和茅盾創作上的退步，主要是受了機械唯物論的影響，用認識論解釋文藝創作過程，以理性活動取代感性活動，以致所寫的作品缺乏感染力。東平用磁石比喻作家的頭腦，你用消磁解釋「何其芳現象」產生的原因，都是非常恰切的。這裡的磁性是什麼？就是托爾斯泰和愛倫堡所說的感情、熱情，魯迅所說的愛。磁性是遵照宇宙磁場方向旋轉的，人為地逆向操作才能消磁。那種機械唯物主義教條迫使作家放棄「藝術的掌握世界的方式」，去進行分析、研究、認識的「思辨理論活動」，這不同樣是「逆向操作」嗎

至於說到生活的重要性，卻要看怎麼說了。如同食物、營養之對於人的健康和生命是不可或缺的一樣，文學藝術當然不能離開人的生活。但是，不進入人的消化系統的食物，如同不生產的資本一樣，是沒有意義的。別林斯基曾以母親孕育胎兒來比喻藝術家的創作過程，胎兒身上的一切全都是從母親那裡延伸出來的。外部的營養全都經過母親的咀嚼、消化、吸收，成為母親自己的肌體的一部份，然後才能輸送給胎兒。——沒有母親的愛，沒有飽含著母愛的生命創造活動，再有營養的食品、藥物也毫無意義。同理，客觀社會生活不經過作家內心感情的孕育和創造，怎麼能被「反映」出來而且成為真正的文藝作品呢？

　　可見，對於文藝創作這種特殊的精神創造來說，「最根本的」並不是生活，那種到處都有、人人都有的各種各樣的生活，而是如東平所說，是作家的主觀條件，他的大腦的磁性，那種主觀精神、人格力量、感情態度。

　　你提到何滿子的看法，說「何其芳現象」所反映的思想進步與藝術退步的茅盾是虛假的，是個假二律背反。他說的完全正確，以上所說，正可為他的這一判斷作證。信奉了僵硬的教條公式，造成了創作上的退步，這怎麼能說成是思想進步呢？事實上，思想上的機械唯物論和庸俗階級論與藝術上的公式化概念化，二者完全一致，相輔相成，都是在倒退。

　　所以，應該勸告那些正在寫作和想要走這條路的年輕人，拋棄文學史和教科書上的那些害人的機械論教條，多聽取像上面提到的那些真正的作家的勸告，從他們成功的作品中吸取經驗。

　　拉雜寫來，未知當否，太長了，就此打住。順問

　　近祺！

姜弘

二〇〇七年十一月二十六日於武昌東湖

從幾位女作家的創作經驗說起

──再談「創作源泉」問題致羅飛

我知道，你是擔心以往的舊教條繼續影響今天的年輕人，讓他們在文學上也誤入歧途，浪費青春，所以要破除那個常識性的謬誤──「生活是創作的唯一源泉」。

人們往往不假思索地相信常識，而常識卻並不都是真理。事實上，不少常識是過了時的謬誤或偏見，「太陽從東方升起」就是最明顯的例證。正如人們不知道或忘記了自身所處的地球在轉動並誤以為太陽會走一樣，他們不懂或不承認作家在創作中的主體地位和主導作用，誤以為作品所呈現出來的一切，就是客觀社會生活在作家大腦皮層上的直接映象的文字記錄，因而否認作家的主觀精神意志人格等等也是創作的要素、創作的源泉。按照這一看法，從生活原料到藝術作品，整個創作過程是絕對「客觀」、徹底「唯物」，因而與唯心主義劃清了界限。但是，這樣創作出來的作品，也必然與真正的藝術劃清了界限。因為其中沒有作家的感情的流淌和心靈的跳動，沒有他的主觀感情意志的滲透，那「形象」和「生活氣息」都是製造出來的，沒有生命。

這種只知道「客觀」「唯物」的文藝創作源泉論，之所以能夠流毒全國，誤盡蒼生，是因為它打著馬克思主義的旗號嚇唬人。我向你介紹顧准的那則筆記，就因為顧准從馬克思那裡找到了超越主客觀對立的理論根據，解釋得很精確。這問題看似抽象、玄虛，實際上不難理解，馬克思就曾以極平常的實例解釋這個問題。在這裡，我也先談實例，從幾位女作家的創作經驗說起，談談文藝創作中的主客觀關係。

黃宗英你認識吧？我不認識，聽徐遲談過她的一些情況，說這位黃家小妹是個天生的藝術家，無論演戲還是寫作，都是全身心地投入；在生活中也同樣率真多情，而且常常把戲劇、夢境和現實人生不加區分。她寫過一篇《我的創作經歷》，觸及到了我們今天談的這個問題，其結尾部份是這樣說的：

別相信我的創作經驗，我自己從來不照著自己的創作經驗進行創作。我每每寫好一篇萬把字的報告文學，竟彷彿一生的勁兒都使盡了；彷彿從此再也寫不出一個字了。直待過一陣，才迷迷登登又拿起筆來；又彷彿第一次寫作。至於得獎，我就更不能讓自己記著，記住這碼子事，創作生命就枯萎了。

小時候，我曾住在海濱，退潮的時候，我就和小夥伴們，嘻笑著往深海的跳水台跑去，玩個不亦樂乎。忽然發現漲潮了，趕忙往回游，水可深啦！老也游不到淺灘地帶。好容易看到海水已齊大人的腰了，我站了起來，不料，還是沒了頂。我只覺得被一隻大手一抓，再一推，又撲騰一陣，才真的靠了岸。如今，我寫作時，常常想起這情景。我覺得，我的文章，都是因為好奇和機遇，去了「深水區」，而後，好一陣撲騰，游回岸邊，透了一口大氣——交卷。

——說得真好，短短四百字，生動地勾出了她從事文學創作的動機和創作過程中的心理狀態。不是出於外在需求——為政治或為市場服務，而是出於內在心理或習性的驅使，她才拿起了筆。小孩子游泳，是習性、興趣之所好所樂；藝術創造中也確實有這種因素。讀黃宗英的報告文學作品，那裡面沒有多少「奇」的東西，多是不平和不幸。所以，我覺得她說的「好奇」並不準確，真正促使她寫作的，主要應該是「同情心」而非「好奇心」。——同情也罷，好奇也罷，都是心，心理因素，主觀性，我要強調的就是這種主觀性，主觀因素。

讓我抄一段別林斯基的話來說明問題，別林斯基在談到《死魂靈》的成功在於它的「主觀性」時，這樣解釋說：

我們所理解的主觀性，不是由於有局限性和片面性而對所寫對象的客觀現實性進行歪曲的那種主觀性，而是一種深刻的滲透一切的人道的主觀性。這種主觀性顯示出藝術家是一個具有熱烈心腸的、具有同情心和精神性格的特殊性的人，——它不允許藝術家以冷漠無情的態度去對待他所描寫的外在世界，逼使他把外在世界現象引導到他自己的活的心靈裡走一過，從而把這活的心靈灌注到那些現象裡去。

　　聯繫黃宗英的的創作經驗，她之所以那樣「好奇」，勇於到「深水區」裡去「撲騰」並且感到「不亦樂乎」，就因為她是這種具有特殊的精神性格的人。她的創作成就，主要源于這種富有人道精神和熱烈心腸的主觀性，主觀精神。至於說，她是不是像別林斯基所說，把外在生活現象引導到自己的心靈中去，又把自己活的心靈灌注到外在生活現象中去，她沒有說。在這裡，我可以說說另外兩位女作家的經驗。

　　一個是沈虹光，湖北地區的女作家，上世紀八十年代初，以短篇小說《「美人兒」》而引人注目，成為新時期文壇上的新星。這篇小說寫一個就要退休的老演員，在獲得又失去最後一次扮演重要角色的機會時的矛盾心理和複雜感情。小說採用展示生活橫斷面的寫法，把人物的命運與現實處境相互映襯，使得人物和環境都豐富多彩，真實感人。這篇小說不是那種用故事說明主題式的作品，人物說不上誰是正面誰是反面的，也說不上是歌頌還是暴露；不同讀者會有不同感受，產生不同的推論。曾卓就說，他讀了有一種惆悵感。我讚賞這篇作品，尤其讚賞作者的創作經驗——「體驗派」戲劇表演理論中的創造角色的方法。

　　沈虹光是這樣說的，她借鑒了斯坦尼體系中創造角色的理論，進行藝術構思和人物塑造。小說的主人公夏蓮並不是她本人，但她有過相似的生活經歷，更有過類似的情緒記憶和感情經驗。在創作過程中，她設身處地，仔細揣摹，把自己內心深處曾經有過的感情和情緒重新喚起，賦於人物，讓它在自己心裡活起來。像在舞臺上用自己的形體動作和聲音創造角色一樣，在紙上用語言文字把心裡活起來的人物和周圍的一切顯現出來。這不就是別林斯基所說的「外在世界現象」與「活的心靈」相互交融的過程嗎？——這讓我想起了京劇名家蓋叫天，這位「活武松」在教他的學生演《武松殺嫂》時，問學生「你用什麼殺？」學生舉起手裡的刀，回答說「用刀。」蓋搖搖頭，糾正說：「不對，要用心！」——真正的藝術都是用心創造的，藝術家用他們的真心、真感情和他們的對象擁抱、搏鬥，才會孕育出有生命的真的藝術。——在以往的傳說裡，詩人藝術家往往被形容為如醉如癡，如夢魘如瘋癲，那是他們在「體驗」，在「進入角色」。

　　這裡有一個關鍵問題需要澄清，那就是對「體驗生活」的實質及其目的和作用的認識。你大概還記得，2002年在上海召開的胡風百年誕辰學術討論會上，我們談論過這個問題。當時是在談對《講話》的看法，認為那裡面共

有三大理論支柱：工具論（文藝必須為政治服務）、皮毛論（知識份子必須改造）、源泉論（客觀生活是創作的唯一源泉）。前面兩論已經被鄧小平、胡喬木否定，「不再提」了，只有這個「源泉論」，依然被信奉，繼續影響著人們。當時有人認為「藝術源於生活」這句話既是常識，也是顛撲不破的真理，而藝術實踐也已證明，「體驗生活」確實是有效和必要的。當時我表示了異議，卻沒有往下深談。這裡有兩個要點，應該加以區別和說明：一是「藝術源於生活」與「客觀生活是創作的唯一源泉」，這兩句話是不相同的，後一句話所強調的「客觀」和「唯一」至關重要，不可忽視；二是沈虹光所借鑒的斯坦尼體系中的「體驗」，與《講話》裡所提到的「體驗」一詞的涵義大不相同，需細加分辨。不注意這兩點，就真的會失之毫釐，謬以千里；半個多世紀中國文藝和思想文化上的許多糊塗賬，大都與此有關。

先說第一點，一個源泉還是兩個或多個源泉，藝術家的主觀精神是不是源泉？這實際上就是我們上次所談的「磁性」問題——東平對高爾基的看法當然是正確的：高爾基的成功，既與他當過碼頭工人（生活經歷）有關，更與他那有「磁性」的頭腦——有人道精神和熱烈的心腸，關愛苦難中的人們（主觀性）有關。那些批判東平的人，所依據的就是「源泉論」強調的「客觀」和「唯一」，認定文藝創作只有一個源泉，只能是「客觀社會生活」而不能有作家的「主觀精神」，否則就會「跌入唯心主義的泥潭」。

說來可憐，這也是個常識問題，「唯物」與「唯心」本來只用於哲學根本問題、世界本源問題的探討，不能到處胡亂套用，任什麼都要區分「唯物」還是「唯心」，否則就會鬧笑話；恩格斯在《費爾巴哈與德國古典哲學的終結》裡，早就告誡過了。可歎的是，在我們這裡，笑話不但成了常規，還成了權威。不知你還記不記得，1944年在重慶，周恩來身邊的「才子集團」諸人，曾經嘲諷延安整風中出現的這種「唯物主義」，陳家康稱之為「唯「唯物的思想」論」，胡風則稱這一命名為「天才」；為此，他們都受到了嚴厲的批評，包括周恩來。後來的種種，胡風派的遭到清算，文藝上教條主義理論的暢行無阻，公式化概念化傾向的氾濫成災，乃至「文革」災難的釀成，都與此有關。——細想起來，陳家康那個命名恰切極了，你想，「唯物的思想」不也是一種思想嗎？「唯」這種思想的理論、主義，不同樣是「唯思想」——唯心主義嗎？所不同的是，這種思想、這種主義事事時時處處「唯物」，在任何時空條件下都只承認物質的決定作用，也就是只要生

存繁殖，不承認任何精神需求和精神價值。──這太可怕了，准此以行，世界上還有人嗎？實際上，這是一種比任何唯心主義都更可怕的唯心主義、唯意志論。在文藝上，胡風強調「主觀精神」「戰鬥意志」「人格力量」，就是為了反對這種沒有頭腦的源泉論、創作論。幾十年來，人們並沒有讀懂胡風的理論，只知跟著胡亂批判。對照上面所引的別林斯基的那段話，稍微想一想，就會恍然大悟：藝術本是人的精神創造活動，怎麼能離開人的精神呢？怎麼會只有客觀社會生活這一個源泉呢？

現在再來談第二點：兩種不同的「體驗」。沈虹光所借鑒的斯坦尼「體驗派」的「體驗」，與「源泉論」所提到的「體驗」，其涵義和目的都是大不相同的。在「源泉論」裡，「體驗」一詞夾在「觀察」與「研究、分析」之間，屬於創作過程之前的認識階段，所以只是對外界事物的「反映」而非「反應」，是對對象的瞭解、熟悉、摹擬、仿效，而沒有自我的主觀性、創造性。特別是，和「工具論」、「皮毛論」相一致、相配合，「體驗生活」的主要任務和功能，在於改造思想──洗腦，用工農兵的思想感情換掉知識份子的思想感情，怎麼能承認和重視小資產階級知識份子作家的主觀性、主觀精神呢？把作家和他的頭腦說成是「加工廠」，就證明這種理論所說的「體驗」，不過是獲取寫作材料的方法和過程，不但不能高揚自己的主觀精神，反而必須抑制、克服自我意識和情感，像加工廠一樣，按要求獲取材料，加工製作。──大量沒有作家本人的主觀精神和意志人格的公式化概念化藝術贗品，就是這樣製造出來的。可見，「體驗」一詞，在這裡已經失去了它的本意，沒有了體驗者的主觀性。

與這種具有特定政治含義的「體驗」論不同，上面提到的沈虹光的經驗，她所借鑒的斯坦尼體系中所說的「體驗」，其涵義和我們漢語中的同一詞語的本義是一致的。這個詞本是「親身體驗」的略寫，「體」指自身，也就是親身體驗、自己驗證的意思。漢語裡同類的詞，還有體會、體味、體念、體察、體恤等等。其中的「體」都指自身、自我；與之相連的會、味、念、恤等等，都是主體對客觀外界對象的反應、感受。這既是從自我出發的，其中當然有主觀成份。在上面所引的別林斯基的那段話後面，接著還有這樣幾句，進一步強調主觀性的重要：

　　如果一件藝術作品只是為描寫生活而描寫生活，沒有任何植根於佔優

勢的時代精神的強烈的主觀動機，如果它不是痛苦的哀號或高度熱情的頌贊，如果它不是問題或問題的答案，它對於我們時代就是死的。

沒有這樣的主觀動機，「體驗生活」不過是製造贋品的手段而已。——下面，我就介紹另一位女作家的創作經驗，看看她是以怎樣強烈的主觀性去「體驗生活」並寫出引起爭議的作品的。——我說的是吳萍，上世紀八十年代初出現於河南鄭州的一位老演員——新作家。說起來你也許知道，她的丈夫是左翼老作家，曾任延安「文抗」的秘書長、中南和武漢作協主席的于黑丁。吳萍出身貧苦，當過演員，性情溫和而政治上幼稚。多年的運動沒有教會她順應形勢，卻使她增強了是非觀念和悲憫情懷。在「反右」的時候，她同情右派；從「反右傾」到「文革」，她始終和被打倒的丈夫站在一起。後來處境改變了，她卻心繫底層，關切那些在生存線上掙扎的婦女。和黃宗英一樣，是長期身處文藝界所受文學薰陶和現實生活中的感受，使她轉向了文學創作，用筆傾訴她的生活感受，為那些弱者、不幸者吶喊請命。為了深入瞭解她們的內心世界，她和那些女工、小販一起乘坐運煤、運豬的火車，和她們一起睡在小客店裡大通鋪上。她就是這樣，由自己的悲憫情懷所推動，去體驗生活，進行創作的。這種「體驗」當然與「改造思想」毫不相干」，因為她不是要改變自己，而是希望她所寫的那些人物改變——既改變自己的現實處境，更改變自己的精神狀態。

她那篇引起爭議的小說《霧夜》，寫一對因愛成仇的青年男女的重逢和懺悔——結婚前夕，女的移情別戀，男的憤而持刀劃破女的面容後投案自首，被判刑入獄。女的毀容後被遺棄而失業還鄉。五年後，在懺悔中尋找、等待對方的兩個人，在一個霧夜裡重逢了。小說寫的就是他們重逢的這一刻。全文只三千多字，兩個人物，一個場景，像獨幕劇，也像抒情散文，讀了真切感人，耐人尋味。大概正因為這樣，作品一出現就引起了注意，也引起了爭議：這兩個人物是正面的還是反面的？作者是歌頌還是暴露？有人說這是在「揭露陰暗面」，「傾向性有問題」。但最後還是肯定了，被《小說選刊》選載，還收入了《1983年短篇小說集》。——吳萍在寫這篇小說之前，和我談過她的構思過程，和沈虹光一樣，她也運用了演劇生涯中創造角色的經驗。

你大概已經明白，我的意思是在說「情」——強調感情在藝術創造和藝

術欣賞中的重要作用。上面談到的三位女作家的創作經驗，全都圍繞著一個
「情」字：促使她們拿起筆來寫作的、她們筆下所表達的、讀者從她們的作
品裡所獲得的，也主要都是情，發自內心的真情。她們談到創作經驗，談的
是她們自己與他人之間的感情上的感應與交流。這裡面當然也有是非愛憎，
而且主要就是要表達這種是非愛憎；不過不是認識判斷，而是一種態度，感
情態度。其中一個非常關鍵的問題，就是「從自我出發」。──正是在這
裡，她們走近了通往藝術殿堂最高處的道路，在那裡遇見了真正的藝術大師
托爾斯泰。

　　我說的是那本被冷落、被埋沒的小冊子《藝術論》，不知你讀過沒有。
我是在從事文學工作近三十年的「文革」後期，才知道托爾斯泰還寫過這樣
一本書，而且是他晚年用了十五年的時間一再修訂過的。這是他一生藝術創
作的經驗總結，當然十分精闢、十分珍貴。不過，因為它不符合馬列主義，
在蘇聯和中國一直都很少人提及。當然，這本書裡也確實有些觀點令人難以
接受，比如對宗教、對現代藝術的那些看法。但它的主要內容，特別是對於
文學藝術的本質特徵的闡釋，卻是非常準確、精闢的。下面就是那段著名的
關於藝術的定義：

> 在自己的心裡喚起曾經體驗過的感情，並且在喚起這種感情之後，用
> 動作、線條、色彩、聲音，以及語言所表現的形象來傳達這種感情，
> 使別人也能體驗到這樣的感情，──這就是藝術活動。藝術是這樣一
> 種人的活動，一個人用某種外在的標誌有意識地把他體驗過的感情傳
> 達給別人，而別人為這些感情所感染，也體驗到這些感情。

　　我覺得，這是迄今為止，我所知道的關於文學藝術的本質特徵的最恰
切的說明，這段話裡的每一層意思都值得認真思索；特別是其中的兩個關
鍵字：「感情」和「自己」。前面所介紹的黃宗英、沈虹光、吳萍的創作
經驗，與托爾斯泰的這些看法不是基本一致的嗎？特別是關於「從自我出
發」，我還想抄下他的另一段話：

> 如果我們不去研究只有在我們自身的意識中才能觀察到的內心生活活
> 動最隱密的規律，僅僅通過上述（觀察旁人）獲得的全部知識，是既

不深刻，也不準確的。誰不以自身為物件研究人，誰就永遠不會獲得
關於人的深邃的知識。

　　並不是所有的人都有自我審視能力，都有「自知之明」，特別是反觀這
種「內心生活最隱秘的規律」，而且是情感方面的。殉國忠臣裡的屈原，亡
國帝王中的李煜，敗落貴族子弟裡的曹雪芹，他們之所以不同於同類的其他
人而成為偉大的文學家，關鍵在於他們的感情，他們的這種內視力，這種對
內心感情的體驗、把握的能力。這是一種特殊稟賦，並不是人人皆有的。在
《紅樓夢》第二回裡，曹雪芹就借賈雨村之口，談到了這種稟賦，稱這種人
為「情癡情種、逸人高士」。他所列舉的，大都是文學家、藝術家；其中有
三個皇帝，南朝的陳叔寶，唐朝的李隆基，宋朝的趙佶；顯然，他是把他們
當作詩人、音樂家和書畫家看待的。所謂「情癡情種、逸人高士」，無非是
情感豐富，自由散淡，特立獨行，而其核心，則在一個「情」字上。——他
不知道，在西方，莎士比亞也有過類似的說法，在《仲夏夜之夢》裡，詩人
是和情人、瘋子相提並論的，也是著眼於「情」。

　　前面介紹的三位女作家的事例，就與此相通，在此可歸結為三點：第
一，女性本來就富於感情，她們三人的性格和教養更增強了這一優勢。第
二，她們都受過戲劇表演的專業訓練，增強了那種對自己內心世界進行觀察
體驗的能力。第三，同樣重要的是她們的文化素養，一種不是勉力所致，而
是自然薰陶而來的文化底蘊。黃宗英出身於文藝世家，不必說了；吳萍性格
嫻靜而好學，和左翼老作家共同生活三十多年，那薰陶影響的作用，也不
必多說。沈虹光的情況有和高爾基相似之處：家境清貧卻特別好學，幼年時
有幸在大學教授家裡借書讀，並受到啟發和薰染——不過，那是上世紀初的
老教授家，今昔無法相比。高爾基借書於貴族之家，真正的文學、文化，必
然有貴族氣質。物質上可以有暴發戶，精神上則不可能有「暴發」現象。所
以，沒有積累、薰陶，是不可能成為真正的作家的。可見，「客觀生活」不
但不是「唯一源泉」，而且不是主要的源泉。

　　說到這裡，突然記起了魯迅的話來：「創作總根於愛！」——是的，屈
原對於楚國朝廷，對於美人香草的深深的愛；李煜對於小周后，對於「四十
年來家國，三千里地山河」的那種沉痛的愛；曹雪芹對大觀園裡的女孩子，
以及通過她們所表現出來的那種對於人，人的生命、資質、尊嚴和自由等等

的愛慕和珍惜，才是真正的創作源泉。黃宗英、吳萍和沈虹光也一樣，她們心裡那種如別林斯基所說的「人道精神」，「熱烈心腸和同情心」，不也是「愛」嗎？應該老老實實地把我們年輕時就已經知道的這些常識，原原本本地告訴現在的年輕人，免得他們再去信那些妄言歪理，浪費青春。

拉雜談來，未知當否。關於「形象思維」及「掌握世界的方式」，比較抽象也比較複雜，容下次再談。

二〇〇八年歲末於深圳

關於藝術創作的奧秘
──再談「形象思維」致羅飛

　　「形象思維」一詞的提出，由此引發的幾次討論，實際上全都來自一個重要的理論問題，即文藝創作究竟有沒有特殊性、特殊規律？可以說，上世紀三十年代以來的幾次大的文藝論爭，全都與這個問題有關。──你給我出這樣一道大而難的考題，使得我非常惶恐，不知從何說起，所以才拖延至今。

　　當我提筆答這份考卷的時候，立即想到了胡風，想到了他的「文學無門」論──1937年，胡風寫過一篇《略論文學無門》，說的是文學創作並沒有什麼可以祕密傳授的秘訣或捷徑，重要的是人生態度和藝術追求的一致。──四十多年後，他歷盡磨難重返文壇，在總結自己的文藝批評經驗的時候，又談到這個問題，說和他結交的「七月派」的詩人們之所以創作上有成就，和他一樣屢受挫折而依然執著于文藝創造並繼續取得成就，並不是他有什麼「秘訣」傳授給了他們，而是他們之間有共同的人生態度和藝術追求，「志趣相投」而走到了一起。──中外歷史上的學術文化方面的「流派」，大都是這種性質，與那種建立在共同的物質利益和個人恩怨基礎之上的「桃園結義」、「梁山聚義」毫不相干。

　　這裡，胡風所說的「無門」，沒有「訣竅」，指的是「幫忙」、「幫閒」的經驗門道，而主張堅守以魯迅為代表的「啟蒙」、「為人生」的文學道路。為此，他在1935年引進了「形象的思索」一語，1941年改為「藝術的思維」並從比較恰當的角度進行解釋，可惜後來的討論中無人提及，更無人企及。「形象思維」之成為熱門話題，是1950年代中期和1980年代初期的事；有關兩次討論，都與當時的歷史背景和意識形態變化有關。討論都沒有取得多大成果，因為所取的角度和路徑不對，所以非但未能揭示文藝創作的奧秘，反而漸行漸遠，糾纏於哲學認識論並滑向了科學心理學（「思維科學」）。

　　第一次討論這個問題，是在1956－57年間，是當時在全國開展的關於現

實主義問題討論中的幾個論爭焦點之一。當年的「鳴放」運動和文藝界的那場討論，是一次五四精神的迴光返照，一場夭折了的思想解放運動；而這一切，全都與蘇聯有關。當時的中國文藝界亦步亦趨地學蘇聯，步步緊跟。從1953年史達林之死到1956年蘇共二十大召開，在政局發生變化的同時，蘇聯知識界文藝界也進入了「解凍時期」──這是借愛倫堡的小說《解凍》的題目命名的思想解放運動。1954年召開的全蘇第二次作家代表大會，成了大辯論的場所。史達林主持制定的意識形態及其對文學藝術的種種束縛，成為質疑辯論的中心。這些發言和論著大都被譯介過來了，在中國文藝界、知識界引起了極大興趣和強列反響。到了1956年那個「多事之秋」，是蘇共二十大、中共八大，以及由此而來的關於知識份子問題及「雙百方針」的提出，促成了那場不足一年的思想解放運動。

「形象思維」這一概念的再次提出並引起廣泛注意，就是在這個時候。提出這一概念的尼古拉耶娃的《論文學藝術的特徵》一文，是1954年末譯介過來的，到1956年才引起普遍注意，這也與她的長篇小說《收穫》的成就有關。當時中蘇文藝界先後爆發的論爭，都是由於對文藝現狀的不滿而引發的，這種不滿又源於僵硬的意識形態及其文藝政策對創作實踐的束縛和戕害。兩國的文學家藝術家不約而同地對史達林主持制定的蘇聯作家協會章程中的「社會主義現實主義定義」提出質疑，這種質疑又集中在兩個問題上：一是怎樣看待（承不承認）文學藝術的特殊性和創作中的特殊規律？二是怎樣看待（尊不尊重）作家藝術家本人（的精神氣質個性情感）在創作中的作用。當時，質疑原定義的人重視和強調文藝的特殊性和創作中的特殊規律，重視作家藝術家本人的主體作用。那些堅持並保衛史達林老定義的人則相反，堅持意識形態的共性包括並決定文學藝術的特性，用階級性、黨性排斥並代替作家藝術家的個性。──這不就是「文藝與政治的岐途」嗎？尼古拉耶娃從別林斯基那裡找來「形象思維」這個概念來強調文學藝術的特性，就帶有「離經叛道」的意味。她的中國同行們接過這個生疏而又模糊的概念，同樣是為了彰顯文藝的特殊性以掙脫教條的束縛。

我當時在《長江文藝》負責評論欄，組織發表了多篇論爭文章，也重視形象思維問題，卻終於沒有寫文章。因為在這個問題上，我對論爭雙方的觀點都持懷疑態度。當時論爭雙方的主要分歧與一條經典語錄有關，即「馬克思主義只能包括而不能代替文藝創作中的現實主義」。否定形象思維的人強

調「包括」，肯定形象思維的人強調「不能代替」。前者認為「不能代替」的就是「形象化」，說這就是文藝的特殊性。後者則相反，認為「不能代替」的是「形象思維」而不是「形象化」，「形象化」是造成公式化概念化的主要原因。可見，分歧就在「形象化」與「形象思維」的區別，以及何者才是真正的文藝特質和特殊規律。

不能不承認，否定論者的看法是難以駁倒的，因為他們有經典著作為依據。有關經典裡說得很明白：文藝是生活的反映，作家必須深入生活，認識生活；認識生活又必然是從感性認識到理性認識，「觀察、體驗、研究、分析……然後才能進入創作過程」。由此可知，把「形象化」當成文藝創作的特徵和規律的看法正是從這裡來的，後來就有了那些流行的「三段式」或「三結合」的創作經驗公式：「感性─理性─感性」，「形象─概念─形象」，以及「領導出思想，群眾出生活，作家出技巧」等。因為通俗易懂，簡單易行，上世紀中後期發表和出版而如今早已被人忘記的那些作品，大都是這樣製作出來的。那次討論剛進入高潮，就被「整風」「反右」打斷了，「形象思維」這一概念的確切涵義並未弄清楚。

第二次關於形象思維的討論發生在1980年前後。1977年末，《人民日報》發表了毛澤東1965年寫給陳毅的一封談詩的信，信裡肯定了「寫詩要用形象思維」。於是，二十年無人敢提的「形象思維」一詞，突然間熱了起來，各地報刊紛紛發表文章，幾乎人人都成了肯定形象思維的。我發現，毛的說法似是而非，那些「緊跟」的文章大都了無新意，甚至以訛傳訛。毛信裡提到形象思維的兩點看法，一是說「寫詩要用形象思維，不能如散文那樣直說，所以比、興兩法是不能不用的」；二是說「宋人多數不懂詩是要用形象思維的，一反唐人規律」云云。他把形象思維當成了寫詩獨有的表現手法，而不是文學藝術所共同具有的規律，概念的內涵和外延全都不準確。用這樣一個被誤解的概念去評判宋詩和唐詩的優劣，顯然是不妥的，而這一看法竟然得到不少人的認可和吹捧，實在是可悲又可憐。不過，那場討論並沒有局限於此，更多的人是沿著另外兩個方向進行探討的：一是延續上次討論中的主要分歧，在認識論的框架內議論形象思維與邏輯思維的關係；二是因錢學森的緊跟，把問題從文學藝術領域拉出去，甚至跳出人文社會科學領域，扯到自然科學方面去了，這裡就不去說它了。總之，這次討論也沒有多大進展。

　　不過，兩次討論中都有人走到了認識論的邊緣，再跨進一步，就能觸及到藝術創造的奧秘。第一次討論中的主要論題並不是「形象思維」這個概念，而是現實主義問題。當時影響最大，今天看來也依然有價值的文章有：秦兆陽的《現實主義——廣闊的道路》、陳湧的《關於文學藝術特徵的幾個問題》、錢谷融的《論「文學是人學」》，以及王淑明的《論人情》、巴人的《論人情與人性》等等。顯然，從這些題目就可以看出，真正有藝術創作和藝術鑒賞經驗的人，他們所關注的是文藝創作與人、人性、人情、人道主義的關係，這才是文藝創作的核心問題。遺憾的是，突然而來的「反右」把這些人擋在了進一步探索藝術創作奧秘的大門之外，他們那些有價值的看法也都成了「右派胡說」、「修正主義謬論」（茅盾語），而且都成了「繼承胡風衣缽」的「胡風黑貨」。

　　第二次討論中也有值得注意的，那就是兩位老人即朱光潛和胡風的態度和看法。1980年，朱光潛發表長篇論文，中外古今，廣徵博引，論證形象思維（應該是「藝術想像的規律」）確實存在。但是，這位大師級的哲學家、美學家也沒有具體論及哲學認識論與藝術創造之間的關係，更沒有具體分析創作過程。但是，朱光潛這篇文章裡有兩段引文，非常重要，意味深長。一段是馬克思在《資本論》裡談論勞動的文字，裡面提到「最庸劣的建築師也比最靈巧的蜜蜂高明」的比喻是許多人都知道的。這裡引用的文字比較長，主要精神與《費爾巴哈論綱》相通，說的是作為感性活動的人與作為感性活動對象的自然之間的關係，特別是這中間的人的主觀因素的作用。顯然，這是為了區別於那種直觀的、消極被動的唯物主義認識論。文章末尾處引用了歌德的幾句話，不長，全錄於此：

> 「人是一個整體，一個多方面的內在聯繫著的能力的統一體。藝術作品必須向人這個整體說話，必須適應人的這種豐富的統一整體，這種單一的雜多。」（《收藏家及其夥伴》）

　　讀著這段文字，我立即想到了「文如其人」、「風格即人」，想到了「通感」。從音樂裡聽出「明亮」「陰暗」，在畫布上看到「節奏」「韻律」，於筆墨中體認出「胸懷」、「性格」、「人品」，這不是「從感性認識到理性認識」的簡單公式所能解釋的。讀者，觀眾和聽眾欣賞時如此，作

家藝術家創作時更是如此。這裡所說的「整體的人」當然是有血有肉的生命個體、精神個體,他們的種種能力不但通向思想,同時也通向感情。藝術作品所說的「話」,主要是通過感情這一途徑而形成和傳遞的。朱光潛在文章末尾引述歌德的這幾句話,的確大有深意;對照前面的標題,我覺得他的話還沒有說完。

更加耐人尋味的是,朱光潛這篇文章的標題竟然和三十年前胡風擬定的題目非常相似:

朱:《形象思維:從認識角度和實踐角度來看》

胡:《論形象的思維──作為實踐、作為認識的創作過程》

當年分屬不同陣營的兩位文藝理論家從不同的來處走到一起了。1948年在香港打響的那場思想文化上的「農村包圍城市」前哨戰中,他們同時受到嚴厲批判,所戴的帽子都是「資產階級唯心主義」。如今他們都大膽肯定形象思維又謹守認識論底線,大概是為了與「資產階級唯心主義」劃清界限。──1982年8月,我和胡風談及此事,向他介紹了朱光潛文章的基本觀點,他表示認同。他說「形象思維是關係到文藝的特殊本質和規律的重要問題,深入討論這個問題,有助於從根本上扭轉創作上的公式化概念化和理論批評中的教條主義傾向」;並重申「現實主義是唯物主義認識論在文學創作中的特殊方式」的看法。我當即提出質疑:這是不是有以哲學代替藝術的嫌疑?胡風回答:特殊方式,就表明並不相同,不是代替。他沒有能說服我,我覺得他和朱光潛一樣,未能跨過「認識論」的鐵欄柵,並沒有解決「包括」與「不能代替」的矛盾。這可能是「心有餘悸」,唯恐再被人指為「資產階級唯心主義」。這樣的「餘悸」不也是一種「精神奴役的創傷」嗎?實在是可悲。

當時我只是懷疑,一是懷疑「形象思維」這個概念的準確性,二是懷疑哲學認識論與藝術創作規律有那樣直接、緊密的關係,但又說不出道理,提不出論據。當時的客觀形勢和自己的教學任務都不允許我作進一步的研究,就只好把它擱置一旁。──不想這一擱就是二十年。2002年,新出版的《顧准筆記》裡的有關文字深深觸動了我,我又想起了這個問題。讀著這則關於《政治經濟學批判導言》的幾百字筆記,我好像遇到了電光石火,眼前一亮,一下子記起了許多埋藏在記憶深處的知識碎片,它們相互連接印證,使我有了豁然貫通之感。

先來看顧准的筆記，他摘引了馬克思如下一段原文：

> 整體，當它在頭腦中作為被思維的整體而出現時，是思維著的頭腦的
> 產物，這個頭腦用它所專有的方式掌握世界，而這種方式是不同於對
> 世界的藝術的、宗教的、實踐——精神的掌握的。實在主體，仍然是
> 在頭腦之外保持著它的獨立性；只要這個頭腦還僅僅是思辨地、理論
> 的活動著。

下面是顧准的四點看法：

> 甲、這裡說，在「思辨地、理論地活動著」的範圍內，實在主體仍保
> 　　持它的獨立性；
> 乙、「思辨地、理論地活動」，可以與「實踐——精神的掌握世界」
> 　　不相干，僅在此限度內，實在主體保持它的獨立性；
> 丙、所以，不能把這一段話，理解為非實踐論的唯物主義。
> 丁、思辨地掌握世界和藝術的、宗教的、實踐—精神的掌握世界不
> 　　同，這多少有點康得主義的味道。參考馬克思論希臘藝術。

　　從這裡，至少可以悟出三點：一是人與外界自然的關係，人對於世界的
活動，並非只是認識、反映，而是至少有四種方式。二是馬克思自己確認，
他所使用的經濟學哲學思維方式與藝術的掌握世界的方式不同，也就是說，
馬克思主義哲學認識論並不包括藝術創作規律。三、哲學思維的對象是外在
於人腦並仍然保有其獨立性的客觀世界，文藝創作所面對的則是不具有獨立
性的感性活動對象；前者是主客觀二分式的，後者是主客觀結合、互滲的，
亦即「天人合一」的。——於是，我更加確信上面提到的那兩個懷疑，即
「形象思維」這一概念確實不準確，不能說明文藝創作的特殊規律；同樣，
「認識生活」、「反映生活」也不是文學藝術的根本目的和主要功能。
　　先說「形象思維」這個概念。上次信裡提到，並非所有藝術都有形象，
如抒情詩、哲理詩，其實更明顯的是音樂，音樂是直接訴諸聽覺的感情表
達，既沒有視覺形象，也沒有語義內涵。可見，形象並非所有藝術全都具有
的。至於「思維」，也不是所有藝術都有或都沒有的。因為「思維」專指抽

象思維即邏輯思維，也就是理性認識，那種「思辨地、理論地活動」，顯然是不適於音樂、多數造型藝術和詩歌的。但正如你所說，小說、戲劇就離不開這種理性思維即邏輯思維。可見，形象、思維，都不是藝術創作所必有或必無的，這就造成了概念的既不周延又不準確。

所以，我認為「形象思維」是一個被誤譯又以訛傳訛的糊塗概念。據有關資料，最早提出類似說法的是俄國批評家別林斯基，他的原話被漢譯為「藝術是寓於形象的思維」。後來輾轉相傳，簡化為「形象的思索」、「形象的思考」、「形象的思維」，最後定為「形象思維」。我不懂俄文，僅從以上中文的變化看，這幾個「思」後面的變化，特別是最後變成「思維」，就不再是一般的「思」，而是嚴格意義上的「思辨」即理性、抽象、邏輯之思了。我不知道，別林斯基那個「思維」的俄文究竟是那一個「思」。更重要的是那個被省略掉的「寓於」，也就是「居住在」、「進入了」的意思。「寓於形象之思」，不就是「想像嗎」？想像者，「想中之象」、「象中運思」也。西方普遍通用的「藝術想像」就是指此而言，別林斯基不過換了個說法而已。法捷耶夫在講「唯物辯證法的創作方法」時借用別林斯基的話，高爾基在談「社會主義現實主義」時提到這個概念，與這種教條公式扯在一起，焉有不加以曲解的道理？

不知你是否還記得，1986年劉再復提出文學的「主體性」問題，談到創作中的「二律背反」現象，即「作家愈是有才能，對他的人物就愈無能為力；作家愈是蹩腳，就愈能控制他的人物。」當時姚雪垠與他論戰，說這是缺乏常識的唯心主義胡說。我告訴他，此說並非劉再復杜撰，是從別林斯基那裡來的。姚雪垠說別林斯基也可能是唯心主義的。——這倒被他說中了：別林斯基確實深受黑格爾的影響，不過馬克思可是讚賞黑格爾的「發展了能動的方面」的。可見，問題不是劉再復和別林斯基「唯心」與否，而是我們這裡的絕對「唯物」、「客觀」堵死了通往藝術創作奧秘的道路。我認為，這裡說的「二律背反」、就是別林斯基所說的藝術家在創作中的自由與不自由，主動與被動和所謂「依存性」問題，而這正是藝術創作規律的特殊性之所在。

別林斯基在《論俄國中篇小說與果戈里君的中篇小說》一文裡，具體談到了創作過程，這一過程中藝術家與他的對象之間的關係問題。所謂「自主」、「自由」、「依存」等等，指的都是作為創作活動主體的藝術家與創

作對象（題材、人物）之間的關係的變化。以往的討論一直在主客二分式認識論框架中糾纏，爭的都是認識主體一方的思維方式問題，根本不知道有這個「寓於」，或知道了也並未重視。然而，這個「寓於」卻關係重大，所謂「二律背反」以及「自由」、「自主」、「依存性」等等，均由此而來。有了這個「寓於」，就改變了藝術家與他的對象之間那種認識主體與認識對象的關係——藝術家「寓於」即「寄居」—「進入」了他的創作對象之中。這不就是上面提到的「想中之象」、「象中運思」嗎？別林斯基在談到藝術家「既是創作的奴隸，同時又是它的主人」這種「寓於」中的特殊情況時以夢為喻，說「關於這一點，最好用夢來解釋。夢是一種自由但同時又依存於我們的東西。憂鬱的人做可怕的、怪誕的夢，遲鈍的人在夢裡也在睡眠和吃東西；演員聽見鼓掌，軍人看見打仗，法院錄事見人行賄，等等。」——做夢的人當然是夢的主人，但既然已經「寓於」夢中，一切所見所聞，所思所感均不由自主，統統「依存」於夢境了。顯然，這裡的問題不在於夢中之思的性質和方式，是感性還是理性，是形象還是邏輯，問題的關鍵在於主客體之間的關係；此時的「我」，已經「自失於對象之中」（叔本華）。有這種「自失」，才會有真正的藝術創造。魯迅所譯廚川白村的《苦悶的象徵》裡也有「白日夢」之說。

這樣的「自失」，在藝術創作中並不稀奇，在中國更是連小學生都知道的常識。「推敲」一詞就源於詩人賈島和韓愈因「自失」於詩的境界而結交的故事，這樣的記載在詩話、畫論和筆記小說裡很多，人們目之為「入迷」或「癡」「醉」「瘋」。從陸機、劉勰到王國維，都談過這個問題，說明中國人並沒有把主客觀的二分對立看得那麼絕對。最近的例證是巴金和魯迅，他們筆下的人物都有不受他們控制的：《秋》裡的淑貞就沒有按照巴金原來的設想活到十五歲出嫁，而是早早投井自殺了。魯迅也沒有想到，他的阿Q會那麼快走向了「大團圓」。這種「自失」——作家進入特定情境和人物不受作者控制的例證在外國也很多，巴爾札克、福樓拜、愛倫堡都說過，作品中的人物就是他自己。說得最明白的是陀思妥耶夫斯基：「我同我的想像，同我親手塑造的人物共同生活著。他們好像是我的親人，是實際活著的人；我熱愛他們，與他們同歡樂，共悲愁，有時甚至為我的心地單純的主人公灑下最真誠的眼淚。」（《被侮辱與被損害的》）

可見，藝術家在創作中的這種「自失於對象」的現象，是藝術創作這種

特殊精神活動的常態，所以稱之為「特殊規律」，又因為特殊而成為「奧秘」。問題是，這種狀態是怎樣來的，誰是創作的主宰？對此，別林斯基通過對夢的解釋作了回答：什麼樣的人就會有什麼樣的夢，人的稟性氣質和經歷命運以及個性教養，共同鑄就了他的主觀精神和人格，這就是夢的內容和形式的區別的由來。他說到果戈里的成功，把主要原因歸於果戈里具有一種重要而可貴的「深刻到滲透一切的人道的主觀性，這種主觀性顯示出藝術家是一個具有熱烈心腸、同情心和精神性格的特殊性的人。」

這就又要說到胡風了，前面說過，胡風是最早在中國宣導形象思維的，事實上，他的一生，他的全部文學活動，全都是在探索和堅持藝術的特殊本質和特殊規律。他在1940年開始談論「藝術的思維」的時候，就注意到創作過程中主客觀之間的關係，所取的角度和路徑比較恰當。後來他的理論批評和其中常用的特殊詞語，也大都與此有關，如「主觀精神」、「受難（passion）」、擁抱、搏鬥等等，說的就是創作主體和創作過程。「主觀精神」或「主觀戰鬥精神」，相當於前面提到的別林斯基所說的「主觀性」，指作家的精神境界，胸襟抱負，人生態度。這是藝術創作的動力，沒有燃燒的主觀精神，就不會有創作衝動、創作激情。胡風強調「主觀精神」「人格力量」「戰鬥要求」等等，並在這些詞後面使用「擁抱」、「突入」、「搏鬥」、「相生相剋」等詞語，而不用「觀察」「認識」「研究」「分析」──前者是感情的、藝術的，主客觀交融的：後者是理智的、認識的，主客觀分離的。至於「受難（passion）」，這應該是胡風文藝思想的中心詞語，也是我們現在正在談論的，曾被誤稱為「形象思維」的藝術創作特殊規律的關鍵。此語出自我一開始就提到的《略論文學無門》一文，其中有這樣一段話：「一邊是生活「經驗」，一邊是作品，這中間恰恰抽掉了「經驗」生活的作者本人在生活和藝術中間受難（passion）的精神！」──這段話極其重要，可以說，這正是藝術創作的奧秘之所在。創作，創作過程就是受難，而且是一種特殊的受難passion，激情、熱愛、歡樂、痛苦、基督受難──為愛而獻身而犧牲，這不就是「人生態度和藝術追求的一致」嗎？當年李廣田先生寫給文學青年的《文藝書簡》一書，一開頭就談到這個問題，並借孟子的話作解釋：「天下有溺者，猶己溺之；天下有饑者，猶己饑之。」「天下之民有匹夫匹婦不被其澤者，猶己推之而納諸溝中。」──這不就是人性，人道主義和無緣無故的愛嗎？所以魯迅說「創作總根於愛」。文學藝術創作

的特殊規律或奧秘，就在這裡。

　　探索藝術創作規律的胡風，清理世界歷史發展線索的顧准，都曾「熱「過一陣子，那是作為冤案傳奇人物而被拉入文化產業的；作為批評家和學者，有關理論的「學案」卻少有人問津。這是學術界的悲哀，文化界的恥辱。馬克思可沒有把文學和學術當做「產業」，胡風顧准都與「文化產業」無關。王元化說過，顧准是人文社會科學研究所無法繞過的人物；那麼，胡風就是中國現代文學史、思想史和文藝理論研究所無法繞過的人物，歷史不會忘記他們。

　　扯遠了，就此打住。奉上這份勉為其難又遲交的答卷，請審閱，謬誤之處請嚴加批駁。

2012年3月於深圳南山

載《粵海風》2012年第3期

說長道短話中篇

　　這幾年中篇小說突然崛起，一鳴驚人；其數量之多，成就之大，是前所未有的。對此，人們都看到了，也充分肯定了。可是，原因呢？難道真的是「突然」、「偶然」出現的嗎？

　　有人說，中篇小說之所以這樣受重視、受歡迎，是因為它們的思想內容深刻，表現形式新穎。這也是事實，然而又「深」在哪裡呢？

　　我不知道「中篇小說」有沒有確切的定義和具體的規格，只能從所看到的作品出發，談談自己的印象。

　　我覺得這幾年出現的中篇小說和以往的中篇小說好像很有些不同，既不同於以往那種堪稱「中篇」的中國古代小說，也不同於本來就叫「中篇」的外國小說。今天的這些中篇有一個突出的特點，那就是所反映的生活的時間跨度特別大，往往超過長篇。可以並列世界第一的長篇巨著《紅樓夢》和《戰爭與和平》，其中所寫的生活事件都在十年之內。而我們的這些中篇，卻一寫就是十幾二十年，甚至三五十年。比如《人到中年》是十八年，《犯人李銅鐘的故事》是十九年，《張鐵匠的羅曼史》是二十二年，《如意》和《牡丹》就更長了。就是那些描寫當前現實生活的中篇，如《禍起蕭牆》、《赤橙黃綠青藍紫》、《高山下的花環》等，儘管具體情節的時間跨度不大，而在那些人物身上，他們的不同性格的形成、種種感情的波濤、相互關係的來龍去脈，矛盾衝突的前因後果，這一切，在小說的字裡行間，在讀者的眼中心頭，都延伸得很遠很遠。

　　然而，這些作品又都不是編年史，也大都沒有首尾一貫的完整故事，因為那樣寫就勢必成為壓縮了的長篇、長篇梗概，有了故事丟了人物。於是，時間跨度大而又篇幅不長，這一矛盾就造成了這些中篇的另一特點：結構上的靈活多變。——真的像別林斯基說的那樣：在這裡，生活、歷史，「像反映在磨光的有棱角的水晶中」，轉換、跳躍、顛倒、重疊、放大、縮小，從不同距離和不同角度，展現在讀者的眼前。閱讀這樣的作品，是一種感受、

體驗、思索——再創造的過程。讀的時候，你會激動、驚愕、感悟、振奮；從而回味、想像，同別人交流，互相補充、爭辯；所得到的不是形式上首尾一貫的完整故事，而是如同置身其中的立體的生活實感。正是這種使人如同身臨其境的整體性的藝術境界，能夠滿足人們再創造的審美需要，說明人們更好地認識生活並提高欣賞水準。

另外，還有一個特點：作品中這些從漫長的的歷史過程中截取下來的不同畫面、鏡頭、插曲，像是通過了同一個棱鏡，是在一個統一的觀點之下再現、再創造出來的。當然不像冷冰冰的水晶，不是抽象的理論觀點，而是作家的眼光——帶著體溫，充滿激情的眼光裡射出來的清澈而熾熱的光芒。作家的這種眼光，像火束，像鐳射，切斷了歷史的岩層，剖開了生活之樹，讓我們清楚地看到了它們的斷層面、橫剖面。

像《人到中年》，並沒有從頭到尾地寫陸文婷的全部經歷，而是從中選取了部份情節與細節，並嚴格地按照一個統一的觀點把它們構成一個有機的整體——在生與死的關頭，以病床上奄奄一息的陸文婷為焦點，從不同角度對比著展現了這個普通知識份子十八年的生活，她的愛情與事業，歡樂和痛苦，她的性格、精神、情操、品德。——在《張鐵匠的羅曼史》裡，則是以主人公的愛與恨為主線，用一個觀點、一種感情，把他們的悲歡離合編織得像轆轤似的，一段一段地迴旋往復，讀來為之迴腸盪氣，落淚歎息。——《天雲山傳奇》不也是這樣嗎？宋薇的回憶，周瑜貞的介紹，馮晴嵐的書信，從這一切當中，都可以覺察到一種明確的統一的觀點——那種穿透歷史、照徹現實而飽含是非愛憎的目光。儘管這些作品的具體著眼點不同，生與死、愛與恨、是與非等等，這一切都可以歸結為一個總的觀點、總的傾向——對人物命運的深切的同情，深深的愛，對歷史和社會的清醒的認識，充分的信賴。

由此可見，結構上的靈活多變絕不僅僅是個形式技巧問題。像一切手段形式都離不開其目的和內容一樣，文學藝術的流派、風格和技巧，也離不開所由產生的客觀生活內容和社會歷史條件。這幾年中篇小說的某些結構特點，跳躍、顛倒也好，倒敘、插述也好，輻射形、扇面式、轆轤體也好，都是客觀生活內容與作家寫作目的辯證統一的交互作用所決定的。

這中間，最重要的當然是人物，人物的性格，人物的命運。為什麼要寫五十年代初期的天雲山、六十年代初期的河南山村？為什麼要扯到六十多年

前的武漢和北京？為了寫人物，寫他們的性格和命運。這樣，我們就清楚地看到了：有那樣的歷史條件和社會環境，那樣的人與人之間的關係，才有了羅群和馮晴嵐、李銅鐘和朱老慶、魏紫和姚黃、金紋綺和石義海，以及吳遙、楊文秀、李印光、帥談等等。峻峭的天雲山、荒涼的河南山村、熱鬧的武漢戲園子和神祕的北京貝勒府，這都不是花花綠綠的佈景，而是體現了一定社會關係的客觀環境，是含有不同水份和養料的土壤，人物、人物性格，就是從這裡生成的。不同人物和他們的環境交互作用，不斷發展變化，這一切，就構成了一個個有著內在必然聯繫的運動著的生活整體，變成了既有廣闊社會歷史背景又有高度集中的情節的人生悲喜劇。──這不就是典型環境中的典型人物」嗎？是的，正確對待人物與人物、人物與環境的關係，再現了典型環境中的典型人物，才能創造出這樣一些使人如同身臨其境的活生生的藝術境界。

由此可見，「再現典型環境中的典型人物」，也不僅僅是寫作方法、藝術技巧問題。具體的藝術形象同樣是許多規定的綜合，是多樣性的統一，這些「規定」和「多樣性」當然不是作家所能任意為之的。因為現實的人的本質是一切社會關係的總和，而社會關係正是歷史地、發展著的。歷史、社會、人，本來就是這樣的，所以恩格斯用了「再現」這個詞。沒有那種穿透歷史、照徹現實的眼光，靠荎才小慧一味在形式上炫奇鬥巧，怎麼能創造出真正的藝術呢？

這就很清楚了：這些中篇的內容時間跨度大也好，結構靈活多變也好，都與我們的社會歷史的特點有關。試想，幾十年來我們走過的是一條多麼曲折的道路。從今天的歷史高度回顧過去，從中共「七大」到「八大」的巍峨峰巒彷彿近在咫尺，這以後卻出現了十年內亂這樣一道噩夢般的歷史大峽谷。在本來就是螺旋形的歷史發展道路上，當我們從馬鞍形的峽谷底部向新時期的歷史高峰攀登的時候，更加感到列寧所說的那種「彷彿是向舊東西的回復」──向前奮進的努力又是恢復傳統的鬥爭，事實本來就是如此。人，人的性格與命運，和作為「人學」的文學，怎能不受這一切的影響？

可見，中篇的崛起並不是突然的、偶然的，是客觀社會生活決定的，是新文學的現實主義傳統的恢復發展。它們的「深」和「新」，也應從這裡得到解釋。

魯迅先生早就告訴我們：好作品，它們的長處，就說明著「應該怎樣

寫」；反之，不好的作品，它們的短處，就說明著「不應該那麼寫」。中篇小說評獎剛剛揭曉，我們應該認真地研究這些好作品，大家都來說長道短，以從中取長補短，使我們的中篇創作更加繁榮。

1983年4月14日於漢口花橋

（載《湖北日報》1983・4・16第4版）

且說「常有理」

　　一個人活在世上，從生到死而不犯一點錯誤，這種「完人」只怕是古今少有的。「覺今是而昨非」，恐怕也是我們每個人都有過的經驗。不過也不盡然，有一種人就很特別，在他們說來，今「是」昨也「是」，無往而不「是」，即使到不得已非認錯不可的時候，他也仍然有理。本來你是批評他的，可是，憑他那三寸不爛之舌團團一轉，你卻從原告變成了被告，結果還是你沒理。

　　趙樹理同志在《三里灣》中為這種人畫了一張素描像，並名之曰「常有理」。「常有理」能說會道，慣會歪纏，死不認錯，永遠把自己說得通體透亮。

　　「常有理」如果只是一個普通的人，那倒也沒有甚麼。不幸的是，我們生活中有著大大小小各式各樣的「常有理」。普通的「常有理」，不過使人感到難纏而敬而遠之，如果是一個「欲遠不能」的「常有理」，那就糟了。我說的是，佔據一定的領導崗位而又有實權的「常有理」，在工作上，生活上，你不能不和他打交道，也不可能沒有矛盾，既然他「常有理」，那你就當然「常沒理」。

　　譬如，過去你按他的指示工作，一旦發現是作錯了，要改變過去的作法，那他就要來批評你。如果你聰明一點，老老實實跟著他「變」，也許沒有甚麼。你要是不知趣，偏要翻老賬，「常有理」就會說：「同志，事物是發展的，要學會辯證地看問題，要根據時間地點、條件，歷史地、從發展上看問題。過去錯了嗎？也許，可能，很難說，這，這問題很複雜。你這樣片面、偏激是不行的」……於是，你又成了「片面」「偏激」；而他，又是最正確的了。譬如，前一個時期，「百花齊放，百家爭鳴」的方針使文學藝術界開始有了一點活躍，就有人感到很不順眼，很不習慣，大呼要「把緊關口」「壓住陣腳」，作出一副威風凜凜的「太守」狀，你要是想自由地「放」「鳴」，當然就是「不安份守己」了。曾幾何時，陳其通等受了批

評，中央號召繼續反對教條主義，進一步貫徹百花齊放，百家爭鳴的方針，於是，「常有理」瞠目不知所措了。不過，也不要緊，一夜之間，他們突然又變成了反教條主義的急先鋒了，而且，比誰都更激進。如果你不緊挨「著他的屁股團團轉」，稍微慢了一點，就又成了批判對象。和這種人在一起，使你總覺得後面有個專門「鳴鞭」的人跟著你，不管你往那邊走，屁股上總免不了挨鞭子。

這種「常有理」之所以能永遠立於「不敗之地」，依我猜測，恐怕是真有一些特殊本領：第一，精通「辯證法」；第二，善於「糾偏」，而且以「糾偏」為唯一職責。有這樣一些特殊的本領，而又佔據一定的領導崗位，那麼，他就時時刻刻「糾」別人的「偏」。他親自布置的工作，會事後又來糾正別人。如果有一個不大合他的意的政策下來，他就會站在一邊不冷不熱地喊兩句「幹啊」，等待新「偏」出來，他再來「糾」。所以，他總不犯錯誤，即使到了不得已的時侯，也仍然會說一句「那是難免的，可以理解的。」

這種「常有理」是惹不起的，惹了他，你總是錯。所以，可以把「惹不起」這個綽號也給他們。

這種人口裡念念有詞的那套「辯證法」詞令，已經比原來的辯證法大大提高了，變成了服從他們的「道具」了。因此，那「辯證」只怕已成了「詭辯」，雖然只是一字之差，真可謂「失之毫釐，謬以千里」矣！而且，好像和另一種哲學……「於我有利，有效的就是真理」……有點相像了。

為甚麼「常有理」？就因為他們貌似明白，實則「糊塗塗」。上級一個政策下來了，他們本不大明白，對實際生活更不明白，只是閉著眼睛「貫」呀，「貫」呀，貫到「透底」。一旦新精神來了，始則愕然不知所措，繼之又變成了新精神的化身。由此看來，「常有理」「惹不起」「糊塗塗」，原是「三位一體」的──既然糊塗塗，又要時時保持尊嚴，就不得不強詞奪理，於是就成了「常有理」。「強詞奪理」加地位、權力，就成了「惹不起」。別人越惹不起，他自己越覺得有「理」，就越變得「糊塗塗」。

又是「常有理」，又是「惹不起」，又是「糊塗塗」，名目繁多，其實則一。如果這種人要填表，不知是否可以這樣填：綽號──「常有理」，別號──「惹不起」，原名──「糊塗塗」，職務──「糾偏專家」，特長──精通「辯證法」，善於「鳴鞭」。

　　其實，大家早已明白，「常有理」「惹不起」的原名──實質，就是「糊塗塗」，只是不明言罷了。現在，解決人民內部矛盾、「百花齊放，百家爭鳴」這陣春風，已經使有些「常有理」開始清醒了，開始感到自己也有沒理的時候了。不過，要真想從「糊塗塗」變的明白清楚，首先就要收起那種嚇人的「惹不起」面孔，學習別人有理的地方，彌補自己無理的地方。把「常有理」變為「真有理」。孔老夫子早就說過：「知之為知之，不知為不知，是知也。」如果能按照這句話去做，那會變「糊塗塗」式的「常有理」為清楚明白的「真有理」了。

載《長江文藝》1957年第6期）

青春是美麗的

——讀近期《芳草》上反映青年生活的小說

「青春是美麗的」——這是巴金說的，說的是二十年代的青年，他們那有著民主主義和人道主義精神，和著眼淚，在黑暗中拚命掙紮著、反抗著、覺醒著的青春。

「年輕人，讓你的青春更美麗吧」——這是魏巍說的，說的是五十年代的青年，他們那充滿愛國主義和國際主義精神，帶有理想光輝和英雄色彩的壯麗的的青春。

那麼，當代青年呢？他們的青春也是美麗的嗎？

讀著近半年的《芳草》，不由得想到了這個問題，因為《芳草》一向注意反映青年生活，培養青年作者。單從小說來看，上半年共發表四十多篇創作，其中半數是寫青年的，作者也大都是年輕人。那麼，這些小說是怎樣描寫這一代的青春的？寫得怎樣呢——我想就此談談我的看法。

一

在生活裡，我有不少年輕朋友；在《芳草》上，我也認識了一些年輕朋友。說是朋友，因為他們既不像廟裡的菩薩，也不像櫥窗裡的模特兒；這是一些有血有肉、有情感、有性格，有優點也有缺點的真實的普通人；我熟悉他們，瞭解他們，當然也喜歡他們。

孫大勁（《孫大聖新傳》，李翔凌，第六期）就是這樣的年輕人。他用他那有點油滑的調侃口吻，津津有味地向你介紹自己的經歷：這是個普通的混凝土建築工，因為他還能安心工作，不嫌棄這個苦、髒、累的「倒楣」工種，加上他為人強悍，講義氣，能降服那些哥兒們，所以領導上就利用他「以斜治邪」，讓他當了隊長。後來，領導發現，他不大聽話，就又想讓他下臺。小說寫的就是孫大勁的這段經歷。去年發表的《孫大聖自傳》是寫他怎樣被重視，怎樣當上隊長的。現在，《新傳》接著往下寫：當了隊長以後

的孫大勳一心「要爭氣,要把澆築隊帶好,把生產搞上去」,而領導則一心要把他整下臺。就在這雙方「鬥法」的過程中。孫大勳的性格進一步發展了,內心世界更豐富了。最後你會發現,在這個「草莽英雄」似的彪悍人物胸腔裡,跳動著的是一顆善良美好的心;在他那玩世不恭的神情背後,實際上卻是一種嚴肅誠摯的人生態度。

當然,他也有許多明顯的缺點,比如,不重視思想政治工作,只是憑力氣,講義氣,好像「政治」少,「江湖義氣」多,是個落後分子。事實上,問題並不是這麼簡單。至少,他不像那位何副局長,把黨的事業當成自己升官攬權的工具和階梯而不管工人的死活;也不像馬大拐,只顧自己的哥兒們的利益而不考慮生產任務,也不顧哥兒們以外的其他人。在對待愛情、對待女性的態度上,雖顯得粗魯、笨拙,卻沒有越軌的地方。事實上,這個人不自私,不狹隘,能關心國家建設,熱愛勞動,而且老實、善良,有正義感,有犧牲精神。可惜,這一切都被他那不大文明、帶有「江湖義氣」的外表掩蓋了。

「江湖義氣」在部份當代青年中是一種常見病。這種古老的、帶宗法色彩的道德觀念怎麼會存在於今天的青年中呢?顯然,這是十年動亂在部份青年身上造成的「返祖」現象。對此,小說寫得真實、準確、發人深省。小私有者的「江湖義氣」當然是一種落後意識,是不正常的政治思想灌輸和不正常的人際關係所造成的。因此,必須用正確的思想教育和健全的民主生活來糾正這種帶有封建色彩的人與人之間的關係,把他們引導到正確軌道上來。小說寫了這種正確的引導──在慶祝生產大見成效的酒宴上,吳、牛二顧問乘機引導,建議孫大勳抓政治思想工作。於是,他認識到了「精神支柱」、「政治營養」的重要,從而「感到自己肩上的擔子又加重了千斤」。從這裡,年輕人可以照照鏡子,教育青年人的也可以得到啟發。

二

一個像孫大勳那樣健壯的小夥子站在我們面前,也是那麼粗魯、邋遢、懶散。可是一轉眼,在「潔白的雲」似的女醫生面前,他手足無措了,語無倫次了,顯得麼拘謹、笨拙。鏡頭又一轉,通紅的煉焦爐口,他鎮定自若地指揮大家搶修;忽然,他迎著熊熊烈焰衝入爐門,在火光照耀下,那麼英勇

豪邁。這是煉焦工人、青年突擊隊長吳若江（《白衣使者和「哥兒們」》，克歧，第六期）。這個煉焦工人中的「頭面人物」，大概也像孫大勳一樣，不是因為善解人意，能說會道，而是因為正直、倔強，有力氣、講義氣，才出頭露面的。小說情節簡單，卻讓你看到了人物的不同側面，既看到了他的長處，也看到了他的不足。於是，像對前面那個澆築隊長一樣，你也會喜歡這個青年突擊隊長的。

我發現，這兩篇小說有一個共同的特點，寫人物的長處，字裡行間流露作者的讚美、喜悅，寫到他們的缺點，似乎並沒有斥責、憎惡。這種感情態度對嗎？我認為對。魯迅寫阿Q、閏土、涓生、子君等，「哀其不幸，怒其不爭」，那「哀」和「怒」都「總根於愛」；你什麼時候在這些人物身上感到過魯迅的憎恨？所以，面對受了十年浩劫不同程度傷害的這一代青年，對於他們的缺點，出於愛而「怒其不爭」，從而批評教育之，他們怎麼會不理解、不接受呢？除非是像何勁那樣，騙他們，整他們，或者一味地厭惡、鄙棄、否定而沒有誠摯和愛。——在這一點上，兩篇小說都寫得很真實：孫大勳為什麼不聽何勁的而聽那兩個顧問的？吳若江為什麼不聽別人的而聽葉曉玲的？因為後者態度誠摯，胸中有愛。我說的是廣義的愛——同志之間、朋友之間、上下級之間，一句話，人與人之間的相互瞭解、同情、信任、關懷、愛護，等等。至於吳若江和葉曉玲的愛情，那是後來逐漸產生、發展的。

說到這裡，我想到了一段語錄，因為曾對我有過啟發，在我的教學工作中起過作用，所以一直記得：「很多人對於官兵關係、軍民關係弄不好，以為是方法不對，我總告訴他們是根本態度（或根本宗旨）問題，這態度就是尊重士兵和尊重人民。」——上面說的不就是這個道理嗎？引而申之，在文學創作上，也必須有一個正確的根本態度或根本宗旨，否則，一味追求方法技巧，能寫出好東西來嗎？正因為這兩位青年作者重視內容，熱愛生活並忠於生活，熱愛他們的人物並尊重人物，才寫出了這一代的「這一個」，雖然還不那麼深刻、豐滿。

魯迅說的「創作總根於愛」，雪峰說的「現實主義與其說是創作方法，不如說創作精神，即鬥爭的、為改造社會而奮鬥的的態度」，不就是這種根本態度嗎？

三

這一代的「這一個」當然不止一個、一種，《我和我的朋友》（劉曉紅，第一期）、《阿朋》（董宏猷，第五期）就為另外幾種類型的青年畫了像。

這兩篇小說主要寫了四個人物：楊科、阿鵬、他們的朋友——那兩個「我」。他們年齡相仿，經歷相同。兩個「我」處境較好，都有了安定的工作，已經和正在建立小家庭。他們是那種不幸中有幸，稍覺滿足而比較平穩也比較平庸的「現實主義者」。楊科比較不幸，過去被踐踏，至今還受到不公正的待遇，所以他牢騷滿腹，憤世嫉俗，有悲觀主義情緒。阿鵬最小，隻身一人，是個有理想有激情的「浪漫主義者」。兩個「我」都同情、欽佩、愛護他們的朋友，儘管阿鵬有點「傻」，楊科又太「灰」。

阿鵬的「傻」容易被人理解和原諒，因為那是一種幼稚的熱情，不可怕。楊科的「灰」很容易被人厭棄，因為他態度冷峻，帶有不信任的憤激情緒，執拗得令人擔心。——實際上，他們都是同一種政治立場和人生態度的不同表現形式。他們都不能忘懷過去，也沒有逃避現實。很清楚，他們擁護三中全會精神，贊成撥亂反正，他們都痛恨「四人幫」和「血統論」，憎惡官僚主義和不正之風。

讀著這兩篇小說，激起了我的回憶，眼前出現了許多熟悉的面孔，好像楊科和阿鵬就是我過去的學生。是啊，青年人不都是從這條坎坷的路上走過來的嗎？而今天，他們正在治療傷痕，洗滌污垢，恢復人的價值和人的尊嚴，為「四化」貢獻青春。

《我和我的朋友》的調子是低沉了些，關鍵在「我」這個人物。他可以同情楊科的處境，而對於那種偏激的虛無主義情緒，卻也應該有批評。愛，可以體現為同情、諒解，更應該表現為積極的批評、幫助。「我」的思想境界不夠高，止於同情，諒解，這就減弱了作品鼓舞人的積極力量。

《阿鵬》裡的「我」就不同，思想境界雖不高，卻有點調皮，他那樣似無意又似有意地一再「戳螞蟥屁股」，既有助於阿朋的形象，深化了主題，又使作品顯得幽默。不過有的地方過了一點，好像演員離開了角色向觀眾擠眼睛，哭笑，卻不那麼真實可信。其實，諷刺幽默不一定就油滑，魯迅、契

可夫、果戈里都是榜樣。

四

我喜歡周孜仁的《春風暖融融》（第三期），因為它誠摯、真實、深沉，因而也美。

小說從那古老的、沒有愛情的「相親」開始，寫了「我」和女方的幾次接觸。「我」發現，她竟是自己先前的愛人的朋友，他們從摯友變成了敵人；後來，很可能就是她殺死了自己的愛人，而自己又殺傷了她……。這是找到了仇敵？還是找到了愛人？這一切很可以寫一個曲折驚險的「恩仇記」。但是，作者沒有獵奇弄巧，而是嚴格地把人物放到特定的歷史環境中，尊重他們，再現他們，反映出了這種敵和友、恨與愛互相轉化的必然生活邏輯。於是，這種複雜的關係，偶然的離合，就都顯得真實、自然而且感人了。這中間，作者用簡潔的筆墨，重疊交錯，把十幾年的社會生活、人們的精神狀態的變化，巧妙地勾在一起；其中有溫暖的春天，有酷熱的盛夏，也有寒冷的冬夜，當然還有暖融融的又一個春天。正是在這明暗寒暖轉換中，人們在暴露自己，也在瞭解別人，而一旦兩顆心的跳動頻率一致了，也可能產生愛情。「我」和梁麗娜就是這樣相愛的。

這篇小說並不是僅僅寫了愛情，它的內容要豐富得多，有對人性喪失的痛惜和憤慨，有對人性複歸的渴望與追求，有對「四人幫」的控訴，更有對記憶裡心中的陽光的追懷。也正因為心中有那種美好的記憶，才更感到春天的值得珍惜，也才有那樣的胸懷——「就獻身精神和創造熱情而言，我們並不比任何偉大人物遜色。現在，我們不還在自己的咖啡館和街道作坊裡創造和追求嗎？」……梁麗娜說得多好啊！從這裡，我們摸到了他們那頻率一致的跳動的心。——為什麼要按所有制、工種等等給人劃分等級呢？這些在服務行業、街道作坊從事平凡勞動的青年，他們的青春不同樣是美麗的嗎？他們的愛情不是同樣令人讚美的嗎？

在戀愛婚姻問題上，他們沒有屈服於那種原始的「相親」，沒有按質論價地出賣自己。同時，他們又表面上暫時屈從了，為的是讓老人安心，這是一種令人感動的誠摯的欺騙。我不知道，老年人是不是都明白：年輕人要走自己的路，正像我們當年一樣；那種古老的，以男耕女織、傳種接代為基本

內容的兩性關係，畢竟太落後了。在這方面，年輕人也要「現代化」──越來越重精神的相通，感情的一致，心靈的契合。這篇小說所寫的，正是這種真正的愛情，雖然還顯粗了一點。

梁麗娜已經是標兵，她的那個「我」正在搞技術革新。吳若江成了新長征突擊手吧？孫大勳應該和他一樣，何勁也可能不做絆腳石。楊科的朋友正為高考忙碌，阿彭的朋友一定把做結婚家具的勁頭用在生產上了。阿鵬應該更成熟了，楊科的情緒也許好了一些……。總之，黨的六中全會精神會把他們統統帶入登泰山的行列中來的。──這就是我從《芳草》中看到的我們的青年的群像。

當然，如作品中所寫的，他們都有這樣那樣的缺點乃至錯誤，當然應該批評、教育、引導，我們應該滿懷激情地向他們呼喚：年輕人，讓你們的青春更美麗吧！

這些小說寫的就是這種有優點也有缺點的普通人；正因為這樣，我才相信他們的典型意義，並通過他們看這一代青年。典型不等於平均數字，但也不等於絕無僅有的英雄和壞蛋。英雄和普通人，偉大和平凡，本來是統一的、互相轉化的。從普通人身上發現美，從平凡中抽出不平凡的東西使之成為完全的真實，這是現實主義的崇高使命。

要完成這崇高的使命，就必須有對待生活、對待人的嚴肅、誠摯的態度，也就是魯迅說的，「真誠地、深入地、大膽地看取人生並且寫出他們的血和肉來」。

生活是第一義的，這是常識。要把這個「一」變為「二」──藝術，就離不開作家的這種態度。真誠、深入、大膽，這幾個詞普通而又普通，做起來卻很不簡單。這就是從生活到藝術、從作家到作品的那個「到」，沒有它，就沒有藝術。

我覺得，上面提到的那些小說就是在向這方面努力，《芳草》也在向這方面引導。──不知道這些看法對不對。

一九八一年八月三十一日於漢口花橋寓所

語文津梁
——葉聖陶《語文教學二十韻》解說

　　葉聖陶先生一生從事語文教學和文學創作，經驗豐富，造詣極深。一九六二年曾有《語文教學二十韻》之作，昭示後輩，用意甚深。今日重讀，仍感親切，特錄出，並試加疏解。

原詩

教亦多術矣，運用在乎人。
孰善孰寡效，貴能驗諸身。
為教縱詳密，亦僅一隅陳，
貴能令三反，觸處自引申。
陶不求甚解，疏狂不可循，
甚解豈難致？潛心會本文。
作者思有路，遵路識斯真；
作者胸有境，入境始與親。
一字未宜忽，語語悟其神，
惟文通彼此，譬如梁與津。
學子由是進，智瞻德日新，
文理亦曉暢，習焉術漸純。
操觚令抒發，二事有可云，
多方善誘導，厥績將無倫。
一使需之切，能文意乃伸，
況複生今世，交流特紛紜。
一使示其業，為文非苦辛，
立誠最可貴，推敲寧厭頻？
常談貢同輩，見淺意殷勤。
前途願共勉，服務為新民。

試解：

教亦多術矣，運用在乎人。

孰善孰寡效，貴能驗諸身。

開首四句，指出語文教學方法甚多，有無效果，效果如何，須從自己的實踐中體味辨別。

中國古代沒有專門的語文學科，語言文字的訓練一向從屬於經史之學。本世紀初開始設「國文」課，在教材教法諸方面，古今中外兼收並蓄，創造和積累了寶貴的經驗。可惜後來這一切都成了資產階級小資產階級的東西，統統被否定了。

儘管如此，半個多世紀以來的語文教學中仍不乏有用的經驗，古人遺著中也有不少散金碎玉。問題在於，接受前人的經驗，必須經過自己實踐的檢驗，吸取那些用得著的東西，拒絕那些用不著的東西」。因此，語文教師在接受前人的教學經驗時，不但要在自己的教學實踐中「考證」、檢驗，而且自己要有讀寫實踐，從中嘗得甘苦，懂得規律。不然，輕者只能隔靴搔癢，甚者就會傳播八股，貽害無窮。

葉老此處所說的「貴能驗諸身」，不僅是指教別人的方法，而且包括教者自己的讀寫實踐。多年以來，不少教師孜孜以求的是教別人的方法，卻不注意提高自己的讀寫能力，總結自己的讀寫經驗。一些「教學參考書」、「輔導材料」也是只注意「教」，而不注意教者的「學」，這樣因襲下來的教法，當然「寡效」。

為教縱詳密，亦僅一隅陳，

貴能令三反，觸處自引申。

縱，縱然，即使。隅，角，邊。一隅，指四隅之一，引申為片面、褊狹之意，如「一隅之見」。三反，舉一反三。觸處，觸發之處。

由此開始，說明講讀教學的原則和經驗。這四句強調啟發性，指出教師講解範文宜詳略適當。過於詳盡，徒勞無益。知識是無窮無盡的，即使講深講透，也只能是一隅之談。學生的學習是循序漸進的，傾盆大雨，可能造成消化不良。分析課文，重在閱讀能力的培養；過於全面細緻，就會形成包辦

代替。

　　在教學過程中，教與學是一對矛盾，教者當然應該發揮主導作用，但是，從學習過程來說，學生的由不知道知，由知之較少到知之較多，是一個矛盾發展轉化的過程。在這個過程中，學生是主體，是促使矛盾轉化的內因。所以，必須充分調動學生的學習積極性，使他們自覺地學習。能觸發、會引申，做到了舉一反三，學生自然會產生興趣，提高學習積極性。

　　陶不求甚解，疏狂不可循，
　　甚解豈難致？潛心會本文。

　　陶，陶淵明。疏狂，指學習態度不專、不踏實。致，達到。會，體會、領會。

　　四句講讀書，陶淵明「好讀書不求甚解」這種方法和態度不應該遵循。教者不能過分講求詳密，也不能脫離課文空疏地發揮引申，而應該引導學生主動地、深入細緻地鑽研課文，使之有所領悟，真正讀懂。真正讀懂課文並不太難，要領在專心致志地閱讀，領會課文本身的涵義。

　　要學生領會課文，教者必須自己有所領會。備課的基本要求和主要方法，在熟悉課文，領會課文，使全篇貫通，了然於心。這樣，上課時才能根據學生領悟程度，做到詳略得當，進退自如。反之，課文不熟，教案寫得再詳盡、工整，板書設計得再巧妙、有計劃，也不能給學生多大幫助。

　　「會本文」，就是要領會文章本身的涵義。教字詞，講背景，說方法等等，都是為了使學生更好地讀懂範文，而不能反過來，把範文當作寫作方法的例證。有人在講課文時大講其「方法」，好像文章好壞全在方法。有的教師在講範文時還大講其「對比法」、「反襯法」，結果，正如魯迅先生所說，「原作的誠實之處，往往化為笑談，佈局行文，也都硬拖到八股的作法上」。文章所反映的生活內容沒有了，作者的思想感情沒有了，還有什麼範文？要提倡老老實實讀書——「潛心會本文」。

　　作者思有路，遵路識斯真；
　　作者胸有境，入境始與親。

承上，具體講讀書方法：文章皆有思路，引導學生遵循作者的思路去領會文義，才能正確理解其思想內容。同時，作者寫文章，都有一定的感情和藉以抒發感情的人、物、事、理，二者交融，就是境界；引導學生進入作者所創造的境界，有所見，有所感，才能消除隔膜，真正體會作者的思想感情。講課文，特別是文學作品，不引導學生去體會、感受，而只從字面上解釋，匆忙地、架空地分析其思想、觀點、精神、意義等等，都只能是隔靴搔癢，無補於事。

文章都有一定的思路。邏輯推理也好，記敘描寫中時間、空間的推移轉換也好，都有起訖、轉折、迂回、照應等等。這是客觀事物存在形式和運動規律的反映，是合乎規律的發展過程的反映。稱之為「路」，就是說，這一切都像貫通的道路，流動的活水，而不是像七巧板那樣的任意拼湊。講結構而不理清思路，分段落而不注意思維邏輯，把剪裁佈局等只看作是形式、技巧問題，而不注意學生認識能力和思維能力的提高，就容易把結構層次變成八股。

注意「路」、「境」，通過讀書提高學生的思維能力和認識能力，才能使他們從活文章中吸取活的經驗，真正提高讀寫能力。

　　一字未宜忽，語語悟其神，
　　惟文通彼此，譬如梁與津。

梁、津，猶津梁，橋樑。

小結上文，指出：只有這樣推敲，句句領悟，通過字句搭起的橋樑，使讀者與作者的思想感情息息相通，才算真正理解了、讀懂了文章。葉老這裡所用「津梁」的比喻，和劉勰的說法很相似。劉勰說：「夫綴文者情動而辭發，觀文者披文以入情；沿波討源，雖幽必顯。」文辭，就是字、詞、句，語文教師當然要重視字、詞、句，但不能止於字、詞、句，也不能像上面說的，由字、詞而方法、技巧，離開了文章的具體內容。文辭是工具，是手段，是「波」而不是「源」。溯源必須沿波，沿波是為了溯源；源是什麼？文章的生活內容，作者的思想感情。

葉老這裡講的是讀書方法，要求一字一句不放過。「悟其神」很重要，是說不僅字面上瞭解，而且要深刻地領悟其精神，體會其神韻。好文章大都

「明白如話」，而且有其風格特點——「風格即人」，「文如其人」。說話時有神態、語氣，不同的人又有不同的風格特點。讀好文章，就要能體會到它的語氣、神態、風格特點等。不光現代文學作品有這些好的，古文也一樣有，也要細細體味。朱熹說過：「大抵觀書先須熟讀，使其言皆若出於吾之口；繼以精思，使其意皆若出於吾之心，然後可以有得爾。」這話很有道理。語文課單考老師講解，認字、釋詞、分段、抄段落大意，編中心思想，這一切應有盡有，而且都嚴密周詳，就是沒有引導學生很好讀書。其結果，學生就會依然文、我隔膜，彼此不通，所得也就很有限。所以，語文課的一個基本要求，就是要讀書；略讀、精讀、默讀、朗讀。特別是朗讀、吟誦，要大大提倡。

> 學子由是進，智贍德日新，
> 文理亦曉暢，習焉術漸純。

四句承上啟下。意謂學生通過這樣的學習，就能夠增長知識，提高思想，逐步通曉讀書作文的道理；久而久之，就能熟練地掌握閱讀和寫作的必要技能。

「文理曉暢」，這裡是就作文而言。葉老在講了讀書之後，立即說「文理曉暢」「術漸純」，是非常有道理的。俗話說，十聾九啞；不會聽，焉能說？同樣的道理，不會讀書，讀書不多，怎麼能學好作文呢？「讀書破萬卷，下筆如有神」，是古人的經驗之談；否則，縱然作文課上得花樣翻新，作文本批改得精而又精，細而又細，捨本逐末，也必然事倍功半。

> 操觚令抒發，二事有可云，
> 多方善誘導，厥績將無倫。

觚，簡策；操觚，執筆作文。厥，其。倫，類；無倫，無與倫比。
以下講寫作訓練。四句總提，指出讓學生寫文章，有兩件事或兩個問題要注意，如果在這兩個問題上引導教育得好，就會取得很大成效。

> 一使需之切，能文意乃伸，

　　況複生今世，交流特紛紜。

　　其一，是應該使學生明白，寫文章是客觀需要，會寫文章才能正確表達自己的思想感情；何況，又是生活在今天這樣偉大時代，各方面的交往更多、更複雜，必須學好作文。由此，破除學生對作文抱有的偏見、誤解，使他們真正認識到，寫文章既很必要，又很平常。

　　學生中對作文確有不少偏見和誤解。偏見之一，是把作文看得很神祕，以為得了什麼真傳秘訣，才能寫好作文。誤解之一，是把作文看成詞彙加技巧，只有記住一大批漂亮詞彙，學會幾套方法技巧，才能寫好文章。這種種看法大大影響了學生的學習積極性：少數人熱衷於玩弄文字技巧，多數人自愧不如而喪失信心。

　　近年來的作文教學，「方法」越來越多，文體越分越細。寫文章好像是「方法先行」，「按譜填詞」。過多地講方法、技巧，已如前述。在文體方面，論文中又增加了「大批判」「小評論」，記敘文中又分出了「家史」、「村史」、「個人成長史」等等，而且都有一定模式。「樣板」層出不窮，好像作文就是依樣複製。學生的一些偏見和誤解與這些大有關係。

　　明確目的，提高認識，是搞好作文教學的第一要著。

　　一使樂其業，為文非苦辛，
　　立誠最可貴，推敲寧厭頻？

　　其二，排除學生厭惡、懼怕作文的心理，引導他們樂於執筆，提高學習積極性。同時也要使學生養成良好的習慣，端正寫作態度，認識到寫文章既是很必要的事，也是很嚴肅的事，應該認真對待，仔細推敲，反覆修改。

　　學生為什麼厭惡、懼怕作文？與上述偏見和誤解有關。「文章是客觀事物的反映」，「語言是思想的直接現實」。寫文章第一重要的當然是內容，要「有感而發，有為而作」，「言之有物」。但是，長時期以來，作文教學中過多地注意了「怎樣寫」，而忽略了「為什麼寫」和「寫什麼」。實際上，「怎樣寫」是從「為什麼寫」和「寫什麼」而來的。目的不明，內容未定，怎麼能考慮方法？所以葉老在談了目的問題之後接著談態度，而且提出了「立誠」的重要。立誠，就是要說老實話，既是態度問題，也是內容

問題。裝腔作勢，故弄玄虛，說大話、說空話、說假話，是永遠寫不好文章的。

指導作文，一般都注意了讓學生有話可說，這是對的。但「話」從哪裡來？學生正在長知識階段，教師不僅要讓學生能說自己心裡的話，而且要注意引導他們吸收，除了吸收書本知識之外，還要引導他們關心生活，熱愛生活，學習觀察生活，認識生活。這樣，作文就成了「有源之水」，「有本之木」，就能生動活潑，豐富多彩；學生才會由對生活充滿激情而對作文充滿興趣。至於具體教法，其術甚多，運用在人。

> 常談貢同輩，見淺意殷勤。
> 前途願共勉，服務為新民。

最後四句為結束語。葉老自謙，稱為「常談」，實際上這恰恰是當前語文教學的對症良藥。

這是去年（1972）在翻檢舊書時順手抄下，試加疏解。忽憶及一則老笑話：一個人賣臭蟲藥，價特賤，每包一文；但要到家後方可打開，否則無效。買者帶回家後一層層打開紙包，原來是一張小紙片，上書「勤捉」二字。昔日科學不發達，滅臭蟲除勤捉外別無妙法，而作文亦與此略同。所以魯迅先生說，作文除「多讀和練習」外，「別無心得或方法」。

不過，讀寫亦需指路，葉老所談，可謂「語文津梁」。循此以進，確實可以「厥續無倫」。葉老自謙，稱為「老生常談」，而常談卻往往是真理。真理是樸素的，我們卻往往有眼不識泰山，總想另尋捷徑，結果常常走上岔路，付出一些無效勞動，也耽誤了學生的青春。

葉老這首詩，可謂言簡意賅，切合實際。至於我的解釋，當有不少誤解和曲解，只能作為參考。

1973年暑假於漢口花橋

再論「文學無門」

　　文學創作究竟有沒有什麼奧秘？如果有，那又是指什麼而言？我寫過一篇文章，題目就是《關於藝術創作的奧秘》，這裡旳「奧秘」是指藝術的特殊性和創作的特殊規律；因為涉及哲學，比較難懂，故稱「奧秘」。我在文章裡引用了胡風的《略論文學無門》一文的論點，他說的「無門」，指的是「竅門」、「捷徑」。他在否定「名利之門」、「技巧之門」的同時、談到了文學的特殊性和特殊規律。

　　《略論文學無門》發表於1937年，在那以後的十年間，胡風在多篇文章裡從不同角度闡發他的這一理論。一些熱愛文學的年輕人認同他的這一理論並在創作上取得了成就，這就是中國現代文學史上的「七月派」。對此，胡風1983年在總結自己一生的文學活動時，曾這樣回憶：

> 後來出現了一個「七月派」，招來的誤會之一是：為什麼和我接近的青年中出現了一些作者？為什麼這些作者受到苛刻的批判以至打擊也大都不肯倒下，這一定是我掌握了什麼創作秘訣，教給了他們。而我不肯把「秘訣」公佈出來

　　說「誤會」，是指把七月派的形成和他們在文學上的成就，全都歸功於胡風一人，說成是他所掌握的「創作秘訣」造成的。——事實上，七月派並不是胡風有意為之的，是當時苦難中的社會現實和新文學的戰鬥傳統，促使這些熱愛文學的年輕人走到了一起，他們從不同的起點出發，經由不同的途徑走到了同一條道路上來，這就是胡風所說的「現實主義的路」。他們在這條路上探索、實踐，不同程度地領悟，掌握了藝術創作的規律，取得了引人注目的創作成就，因為多數人與胡風和他主編的《七月》雜誌接近，所以被稱為「七月派」。七月派諸人所共同具有的那種藝術上的才情和做人上的骨氣，當然不是胡風傳授了什麼「創作秘訣」的結果。正如馬克思所說，「真

理是普遍的，它不屬於我一個人，而為大家所有。真理佔有我，而不是我佔有真理。」胡風和七月派諸人一同走在探索真理的道路上，這真理——藝術創作的特殊規律，也就是我所說的藝術創作的奧秘。真理是普遍的也是具體的，不同領域裡的真理各有其特殊性。作為語言藝術的文學創作，不同於一般的語言文字寫作，就如同一般算術和珠算，可以適應日常生活需求，科學研究則需要特殊的高等數學。七月派的創作成就，胡風在理論上的貢獻，都在於超越了一般常識，進入了探索和掌握特殊規律的藝術創造境界。

《略論文學無門》一文，就是專為揭示這一奧秘而作，其中有一段話，涉及文學創作的特殊規律，用了一些不同於一般常識的詞語，於是就被指為生僻、艱澀、怪異甚至不通，其實這正是奧秘的關鍵所在，生疏而已，並不太複雜。且看原文：

> 如果一個作家忠實於藝術，嘔心鏤骨地努力尋求最無偽的、最有生命的、最能夠說出他所要把捉的生活內容的表現形式，那麼，即使他沒有經過大的生活波濤，他的作品也能達到高度的藝術真實。因為，作者苦心孤詣地追求著和自己地身心地感應融然無間的表現的時候，同時也就是追求人生。這追求的結果是作者和人生的擁合，同時也就是人生和藝術的擁合了。

不說「最真實的」，而說「最無偽的」，不說「最生動的」，而說「最有生命的」；提到生活，不說「認識」、「反映」，而說「把捉」、「表現」，這確實生僻、彆扭。而且開頭就說「忠於藝術」，後面又說「即使沒有經過大的生活波濤也能達到高度的藝術真實」，這不是忽視生活，而只追求藝術麼？然而這是誤解，這是用一般常識和習慣、看法解讀這一特殊理論的。

顯然，這裡說的就是作家怎樣進行創作的問題。按照一般常識和通行說法，應該是作家深入生活、認識生活、反映生活，以生活的本來面目（形式），真實地反映生活。這樣說，清楚明白，很好懂，為什麼要用那樣的語言說得那樣難懂呢？其實，這不是語言文字問題，是因為那種簡單明瞭的「反映生活」論已經深入人心，人們習非成是，不再接受不同的觀點。殊不知，這正是揭示藝術創作的奧秘的關鍵所在。這裡涉及到兩個重要問題：一

是作家與生活的關係，二是作家在創作中的地位和作用。

在一般的文藝理論中，作家與生活之間的關係似乎不成其為問題。因為既然文藝是生活的反映，那麼，創作活動就必然是對生活的認識和反映，是認識者與認識對象之間的關係。這是一種哲學認識論即反映論的常識性的看法。在以往的文藝理論著作中，「認識」、「反映」二詞，是使用率很高的關鍵字。──然而，在上面介紹的胡風的那些文字裡，竟然完全沒有使用這兩個詞。在看似應該使用「認識」、「反映」的地方，他卻代之以「把捉」、「表現」。顯然，這兩對詞語分別代表了不同的理論觀點，前者屬於哲學認識論，後者屬於藝術創作論。這兩種理論的說法大不相同，不同之處主要就在「分」、「合」二字上。「認識」和「反映」代表哲學認識論，認為作家與生活之間是一種主客觀二分的關係，客觀生活獨立存在於作家的頭腦之外，是創作的原材料，是「唯一的源泉」。至於作家，則是處理製作這些材料的技師或加工廠。作家本人的思想感情是不可以滲入其中的。按照這種理論，文藝創作只能「反映生活」，決不能「表現自我」。所謂「概括、集中、誇張」等等，也都是外部加工手法，是按照指導思想對客觀生活素材的處理。這樣寫出來的作品，必然是客觀理性，符合普遍的生活現象，「有生活氣息」，卻不能打動人的心弦。

與此剛好相反，胡風使用「把捉」、「表現」二語，所確認的作家與生活之間的關係則是主客觀合一、物我一體，也就是「天人合一」的。「把捉」即掌握，這不就是馬克思所說的「藝術的掌握世界的方式」嗎？胡風還用「擁抱」「擁合」等詞語表述這種主客觀合一的觀點。事實上，人與外部世界的關係，人對外部世界的態度，並不是只有認識這一種，馬克思說有四種「掌握世界的方式」。歌德說：「人是一個整體，一個多方面的內在聯繫者的能力的統一體。藝術作品必須向人這個整體說話，必須適應這種豐富的統一整體，這種單一的雜多。」（《收藏家及其夥伴》）──作家緊緊地把捉他所要把捉的生活，真誠地沉浸在其中，並把他的全身心的感應充分表現出來。這樣的作品才能同活的現實生活一樣，帶著作家的脈搏和體溫，從感情上打動讀者。

這實際上已經說到了第二個問題，即作家在創作中的地位和作用問題。從以上的分析可以看出，在主客二分式的認識、反映活動中，作家是沒有主體地位也不自由的。他既要忠實於客觀生活，又要聽命於目的、任務的要

求，不能有自己的主觀意願和感情等等。像鏡子、攝像機之類被使用的工具機器。與之相反，在主客觀合一式的藝術創作活動中，作家始終居於主體地位，自由地進行精神的創造。在這裡，他是主宰，是造化，創造著藝術世界——第二自然。

這兩種理論和寫作方式及其實踐結果，都是很不相同的。認識論常識比較簡單，也容易懂，反映生活的作品也比較容易寫。以往那些被稱為「公式化概念化」、「灰色平庸」的作品，大都是這種理論指導下的產物。如今、它們早已被人們忘記，堆放在圖書館裡，或已被送進了廢品店、或造紙廠。——與之相反，藝術創作論比較複雜（特殊），也比較難懂，創作道路當然也更加艱難且有風險——可能受冷遇，遭誤解而因之受難。七月派中的許多人，就是這樣。馬克思把科學的入口處稱為「地獄之門」，這一稱謂又何嘗不可以寫在藝術的入口處！」

說到這裡，再回頭重讀上面所引胡風的那段文字，就會發現他說的正是這兩個問題。這兩個問題，也可以說是一個問題，即主觀問題。作家的主觀精神在創作中的作用問題。他告訴喜愛文學的青年，文學創作是一種艱辛的精神勞動，需要有全身心投入的獻身精神。「嘔心鏤骨」、「苦心孤詣」即指此而言。至於說方法，就是以這種態度對待生活和創作。不是輕易地追隨生活、抄錄生活，而是艱苦地把捉生活、表現生活。以往那種「深入生活」、即使深入到「三同」（同吃、同住、同勞動），也依然是主客觀二分式的局外人的觀察、認識和反映。這裡說的「把捉」和「表現」，則是作家擁抱生活，把所要把捉的生活吸納到自己的腦海和心田裡，使之成為自己的生活，自己的人生經歷的一部份，作家擁入這種生活，成為這種生活的在場者、當事人、主人公。胡風所說的創作過程，就是作家本人生活在他所寫的生活中的過程，是他的人生經歷的一部分。其間的雨雪風霜、悲歡離合、苦辣酸甜，都是作家本人設身處地，感同身受的感應。

胡風所說的是作者自己底身心底感應，兩個「底」字，是強調所屬——屬於作家自己而非他人，如「人民的」、「大眾的」等。「身心底」指全身心，就是上面歌德說的人的感性存在特徵。這裡的「感應」一詞非常重要。就是「感受」和「反應」，來自外部《客觀》的感受和發自內心的《主觀》的反映，這不就是主客觀合一、擁合嗎？這種「合」，可不是那種單向的反映、摹寫、記錄。如果說，反映是單向的、受動的，「反應」則是逆

向的、主動的。發生在作家頭腦的感應過程，是充滿矛盾的，作家洞見生活的底蘊，生活糾正作家的偏見。胡風把這叫做主客觀之間的「矛盾」、「搏鬥」、「相生相克」、「主觀精神與客觀真理相結合」。這是一種精神創造活動，創造者作家的自我鬥爭過程，其間的是非愛憎，歡樂與痛苦，是構成藝術真實和作品的生命的基本要素。

致辛子陵先生信

辛子陵先生：

　　發來的資料均已收到，遲遲沒有回覆，是因為我一直處於矛盾憂慮之中，不知從何說起。先是為您的處境擔憂，您的處境如何，與大局有關，是關係到中國未來走向的大問題。接著是烏有之鄉發難急驟向左轉，一場涉及歷史和現實的大論戰大混戰，似乎就要展開，在辛亥百年前夕，中國很可能再一次走錯路，回到遊民造反的老路。

　　辛亥以前，中國農民大都不識字，愚昧落後又善良安分，尊重讀書人。當時的工人很少卻真的比較先進──保有農民的淳樸本色，又接受了一些新的歐風美雨的影響，與知識份子的關係也比較好，這是辛亥革命能夠成功的重要原因。辛亥革命是中國歷史上第一次由知識份子領導的革命，革掉了延續兩千多年的帝制，打破了閉關鎖國天朝封閉格局，那是第一次「改革開放」，真正的「史無前例」。以往的改朝換代都是梟雄鼓動操縱的非理性騷亂，勝王敗寇，治亂相循，二十四史所載相砍史，都是這種以基本生存需求和叢林法則為動力的「群眾運動」──遊民騷亂。辛亥革命的指導思想再粗陋，總是新的理性的改革，而且開始與世界接軌。可以說，那是近現代中國的「改革開放」的開始。

　　毛澤東的《中國社會各階級分析》、《湖南農民運動考察報告》、《新民主主義論》，直到文革初期的「五七指示」，代表的是另一種傳統，另一條路，源遠流長的從陳勝吳廣、劉邦朱元璋直至太平軍、義和拳再到無產階級文化大革命的遊民造反傳統道路。「毛澤東思想」就是馬列包裝的遊民意識大雜燴。文化大革命就是億萬阿Q奉旨革知識份子的命，完成毛澤東在井岡山和延安未完成的夙願。

　　如今，中國的主要社會思潮依然是三分格局：新老左派以遊民意識為內容的馬列毛牌號的民粹主義；掛著孔孟招牌的尊孔復古主義；堅持辛亥五四以來民主科學傳統的自由主義。左派勢力強盛，具有優勢；復古派不過是做

戲頌聖，意圖分得殘羹剩飯；本來居於中間地位而偏左的自由主義，1957年被毛澤東顛倒黑白定為「右派」且被批倒批臭，如今處境最難。──難就難在，六十年的滄海桑田，阿Q們已今非昔比，毛毒狼奶使得大批人認賊作父又以怨報德──害他們一直窮苦的是毛及其傳人，為他們說話又為他們受難的是有良知的知識份子，他們卻崇拜毛而仇視知識份子，今日的「公訴團」就是明證。在這種情況下進行論爭，很可能又要陷入「秀才遇見兵」的困境──不是「可能」而是「已經」：打壓劉曉波、艾未未和您，卻放縱阿Q們鬧事，就是明顯的證明。三分格局，兩條道路：是上承辛亥和上世紀八十年代開始的改革開放的康莊大道，還是回歸毛澤東從秦始皇和李闖王、洪天王那裡繼承來的腥風血雨之路。讓阿Q們明白這些，必須耐心地讓他們看清毛澤東的真面目。

毛澤東及其追隨者的一大罪行，就是摧毀中國社會的中間緩衝地帶──代表理性良知的知識份子階層。前三十年，毛從政治上把他們批倒批臭了；近二十年，毛的繼承人把大量知識份子收買腐蝕了。如今，本來應該引導社會前進的知識份子階層消失了，至少是不起作用了；起作用的是出賣知識技能以謀生的知識販子、依附權貴助紂為虐的知識騙子。此時此地，此情此境，還能說些什麼呢？

關於中共與毛澤東切割的問題也很難辦。首先是毛的功過問題：所謂「建國有功」之說就大可商量。從「清廷」到「民國」，百年前就建立了現代民族國家的中國，1949年的改號易幟，重組政府，只能說是改制、建政，流行已久的「建國」之說是荒謬的。毛在位的二十七年，相當於希特勒的「第三帝國」，史達林的「蘇維埃聯邦」，今日德俄兩國可承認希特勒、史達林「建國有功」？只有承認胡、趙的十年新政，並以之與陳獨秀、張聞天相呼應、連接，才能維護中共的正統地位。

而且，所謂「建國有功」之功，事實上是一場反辛亥革命之道而行的遊民造反奪權之功。毛自承是陳勝吳廣李自成洪秀全的繼承者，他賴以成功的傳統經驗，也正是古代遊民流寇的一套。什麼「槍桿子裡面出政權」，「建立革命根據地」，「農村包圍城市」等等，不就是揭竿而起，嘯聚山林，攻陷州府，直搗京師，奪了鳥位那一套嗎？井岡山上的「紅旗」，不就是梁山泊的「杏黃旗」嗎？「為人民服務」與「替天行道」一樣，都不過是梟雄們冒充「公意」的招牌而已。所謂「三大法寶」──武裝鬥爭、黨的建設、統

一戰線，不就是暴力、幫派、權謀嗎？把申韓之術到《三國》《水滸》的一套，換成現代白話新詞語，再加一些俄式新概念，就是「毛澤東思想」。——靠這些古而又土的寶貝所建之國，就只能是禍——禍國殃民！後二十七年之惡果來自前二十二年之病因，「功」亦在茲，過亦在茲。切斷歷史論功過，難以服人。

說到「新民主主義」，至少有三點是站不住腳的：第一，毛說的很清楚：中國的新民主主義革命是以十月革命為開端的無產階級世界革命的一部份。如今，這場號稱改變了人類歷史發展方向的世界革命，已經因俄國人還原1917年「十月政變」的真相，蘇東波的解體而不復存在，中國的這「一部份」也就無從說起了。第二，新民主主義之「新」，就在於無產階級的領導。請看事實，當時的根據地都在農村，哪裡來的現代產業工人？其實，毛澤東在《新民主主義論》和致周揚的信裡都有說明，不過做了瞞天過海的掉包——在「無產階級」、「大眾」、「農民」（實為遊民）之間打馬虎眼。可見，新民主主義革命就是湖南痞子運動的繼續，什麼階級領導云云，一句說辭而已。這一點，倒是史達林把它說穿了：「中國革命就是農民革命、農民戰爭」。其實，毛最後總結自己一生事業的第一件就是「把蔣介石趕到一個小島上了」——他心中哪裡真有國家民族人類命運！有的只是個人權勢，劉項爭霸，誰得天下的問題，這句臨終前的實話，是他的梟雄心理的寫照。第三，還有文化方面不能忽略。毛澤東十分憎惡新文化運動，他在《新民主主義論》裡做了一個重要的切割手術：把陳獨秀、蔡元培、胡適等為代表的現代新文化判為資產階級性質的而統統切除了。同時，搶過魯迅這把刀子加以扭曲，制定以粗陋簡單而飽含感恩復仇遊民意識為價值取向的「工農兵方向」，打著「五四」「魯迅」的旗號反對五四和魯迅。所謂「民族的、科學的、大眾的新民主主義文化」，不過是貼有馬列洋標籤的通俗遊民文化。以《東方紅》《白毛女》為代表的一大批紅色經典，其中哪有一點現代民主主義的氣息，都是新文化運動所要掃蕩的陳腐勞什子——感激救星，崇拜英雄，仇恨敵人；至於人民群眾自己，聽話效忠，拼死殺敵而已，毫不利己，完全無私，餓死事小，不忠事大。——後來的「無產階級文化」就是從「新民主主義文化」那裡來的。作為《新民主主義論》的姊妹篇的《在延安文藝座談會上的講話》在「文革」中的圭臬地位，就是充分的證明。

所以，談到新民主主義，不能回避毛的這本一直被視為經典的小冊子。

劉少奇的新民主主義只談經濟，連政治都未涉及，很難以之與毛作比較。倒是張聞天1940年那個報告，遠比毛的小冊子正確豐富，不知為何被遺忘了。還有，新民主主義與舊民主主義的關係問題是不能回避的。過去有個「聯俄聯共三大政策」與三民主義扯上關係，如今有關檔案已經揭秘，蔣介石日記更不可忽視，孫中山的舊民主主義即三民主義還在，在臺灣。如此等等，這筆賬該怎麼算？

總之，歷史已經大體明白，陳獨秀以後的中共，實際上是由史達林第三國際掌控的在中國的「第五縱隊」。至於毛澤東與史達林之間的關係的好壞，是梟雄之間的利益衝突，國家民族因之受害。可憐的是，大批愛國的知識份子和青年學生並不知道這一切，充當了工具和犧牲。一個極為重要的關鍵問題，是那個最終目標蒙住了人們的眼睛，為了實現共產主義而不惜一切，包括不擇手段。今日看來，洛川會議精神是賣國無疑，而在當時，那是以退為進的革命戰略，目的在解放全中國、解放全人類。也可以說是另一種「曲線救國」。陷入這一迷魂陣中的中共各級幹部和普通黨員是無辜的，為此而有所犧牲甚至付出生命的，應該被理解並受到尊敬。就是一些高層人士，面對毛澤東的流氓行徑，也往往因「顧大局」而忍讓。當年我們也都是因為相信這一終極目的「大局」而投入這場革命的。

今日與毛切割，就要清算毛澤東篡黨奪權、腐蝕全黨、改變黨的性質的罪行。當然，毛的倒行逆施之所以暢行無阻節節勝利，是藉助於遊民文化的深厚基礎，也就是劉賓雁說的，「多數中國人心裡都有一個小毛澤東」；而聞一多更早說過，「多數中國人心裡都有一個儒家，一個道家，一個土匪」，毛澤東不也是土匪嗎？所以，切割毛澤東必須同時進行全民的啟蒙自省，直接上承五四，不過不是「打到孔家店」，而是「拆掉毛家店」！像當年魯迅之對阿Q那樣，對今日的阿Q們也要「哀其不幸，怒其不爭」，而不能簡單的責備批判。

不過，我又有些懷疑，毛左們義憤填膺地為弱勢民眾說話，卻把近年來中國社會不公及腐敗動盪等問題歸罪於兩個無權無勢身居邊緣敢於說話的老人，而且扯到美帝國主義特別是他們的情報部門那裡。上年紀的人都熟悉，這正是毛澤東整人的慣用手法。當年的胡風、彭德懷、劉少奇不都有「裡通外國」的罪名嗎？也許，有人會說，那是過去的事。不對，劉曉波、艾未未的問題讓你討論了嗎？現在看來，澄清歷史真相、清除毛毒，絕不僅僅是歷

史研究、學術討論，因為很可能再度出現「反右」「文革」的老套路。有人臉不紅心不跳地扮演義和團紅衛兵的角色，高唱那種造反高調而不以為恥，還有什麼事不敢做的？所以，要警惕，要有所準備。

以八十歲之身歷經三個「朝代」——民國、日偽和最後這地覆天翻的六十年。從物質上說，當然是這三十年發展最快，我個人的生活也最舒適。但在精神上，近二十年卻是最憂慮最痛苦的。看著中國人素質的迅速下降，一日日在向動物回歸，物質貴族而精神痞子的衣冠禽獸在增多且佔據要津，飲食男女和叢林法則似乎已成為今日中國的基本價值尺度。這使我想起一百年前陳獨秀和魯迅的話來：談到中國人的人性缺失，陳獨秀認為最主要的是「不誠實」；魯迅則認為是缺乏「誠和愛」。——整整一百年過去了，中國人更不誠實又更冷漠了。回顧這一百年的歷史，還有什麼比一國之民的國民素質急驟下降更可恥更可怕的？終日耳聞目睹種種不文明非人所行的怪現狀，痛惡憂慮而又無可奈何。如果，我在二十五年前死去，在滿懷希望中死去，那該多幸福！近二十多年的失望憂慮的煎熬，使我越來越理解九十年前魯迅先生的心境：

　　　絕望之為虛妄，正與希望相同。

　　讀了您和朋友們發來的許多材料，心緒如麻，不知從何說起。坐下來由著思緒順手敲來，只當是當面求教，傾吐胸中積鬱。不當之處，請坦率指出。

　　專此　即頌

　　近安

姜弘
六月二十一日

致鐵流先生信

鐵流先生：

早就想給您寫信，估計到您一定很忙，不願無端打擾，給您增添麻煩。

近來我愈來愈感到憂慮，因為黨國正在急驟流氓化並使之合法化。今日胡錦濤的「依法治國」就是把毛澤東的「運動」合法化，立法權和司法程序全在他手裡，這比毛時代更加專制無恥。思想自由、言論自由、寫作自由全都落在了派出所和便衣特務手中。這真是亙古未有之黑暗下流。希特勒、史達林、蔣介石都沒有、就是毛澤東也不致如此恬不知恥——無恥，乃當今中國最大特色！阿Q統治阿Q，驅趕著十幾億阿Q摸著石頭過河，能走到哪裡去？又到了希望與絕望同為虛妄的困境，只好繼續做知其不可而為之的抗爭。更苦的是，連這樣的抗爭都無從著手，比之魯迅所處的時代，更加窒息、骯髒。

這就是我寫那幾句話時的心境。我一直在讀《往事微痕》，也從周沙白兄處知道一些相關情況，對您的精神和勞績深感欽佩。望多多保重，注意健康，力爭多活幾年，能看到這個社會的微茫希望之光。專此即頌

秋祺！

姜弘

真相‧細節‧菩提心
——李文熹《拈花一笑野茫茫》序

　　文熹老弟的散文隨筆將要結集出版，向我索序，我雖視力不佳，但我們的交往，於情於理是不能推辭的，就在這裡寫下我讀這些文章時的一些看法和想法。

　　書名《拈花一笑野茫茫》，這「拈花一笑」出自禪宗典故，說的是佛祖拈花，迦葉一笑，由會心而衣鉢相傳的故事。後面的「野茫茫」三字，我卻不知道出處和所指。問文熹，他笑而不答，好像是在考我，看我能否悟出這三個字的深意。翻看目錄，發現那篇談聶紺弩的文章題為「悲涼之霧，遍披華林」，這不是魯迅評《紅樓夢》的話嗎？於是，我立刻想到了《紅樓夢》結尾的最後一句話：「只見白茫茫一片曠野，並無一人」，對照開頭的那四句詩：「滿紙荒唐言，一把辛酸淚；都云作者癡，誰解其中味」，於是，我明白了，文熹的這個書名，該不是隱含著「悲憫」二字吧？是與不是無需追問，這是我讀他這些文章所獲得的總的印象。

　　這些文章在今天都叫「隨筆」，寫的都是自己的見聞感受，也有讀書筆記。這類文字在古代屬於「稗官野史」，後又稱「筆記小說」。既「稗」且「野」，當然是非正統非主流的，與《資治通鑒》、二十四史之類有助於專制統治的官書正史不同甚至相反，所以在專制時代是被輕視甚至遭禁絕的。然而唯其如此，其中保留了更多歷史真相，可信度遠超過那些以「瞞」和「騙」為職責的官書正史，所以受到有新思想的改革者的重視。魯迅就特別重視這種野史，他對中國歷史的深刻認識就與此相關。

　　在文體風格方面，也因其「稗」和「野」，非正統非主流，自然也就不受拘束，不端架子，隨意漫談，信筆所之，因而也稱「隨筆」。這類文章有兩大顯著特點：篇幅短小；文字精粹。《世說新語》可說是最早的這類文章的典範，體現了魏晉文風的顯著特點：「清峻通脫」——清峻，簡潔有力；通脫，瀟灑自由。前者主要指對所寫事物的觀察描寫的真切生動，後者是說作者的感情態度。這也就是說，既要寫真實，又要出於誠心，要在不欺

瞞、不虛飾，就見聞所及寫下自己的真實觀感。篇幅短小，文字精粹，均由此而來。說不上什麼典型人物典型環境，有的只是片斷、細節，卻讓人從斷片、局部、一鱗半爪中窺見到社會歷史的真相。──從《世說》裡我們看到了魏晉之際的世態人情，戰亂使得王綱解紐，文化多元，才能那樣自由，那樣珍視人──人的價值、人的才智、人的風采；難怪魯迅說那是個「為藝術而藝術」的時代。那以後一千多年間，筆記小說代有佳作，《聊齋》是離我們最近的朝代最膾炙人口的文學珍寶，那些鬼狐的善良美麗，以及他們讓人憐憫的命運，折射出那個大一統專制王朝的黑暗，也讓我們品味出蒲松齡這個窮書生的品格襟懷。

　　文熹的這些文章，涉及到百年中國的三次歷史大變動，即1911年的革命、1949年的解放、1966年的造反。這三次大變動也都通稱「革命」，而實際上卻大不相同。不僅目的、性質不同，進行的方式和造成的後果更有天壤之別。有關正史和野史──口述歷史和各種回憶錄，對此有著很不相同的記述和評價。或歌頌、或暴露，有的寫上層人物運籌帷幄、決勝千里的功勳；有的寫普通民眾屍橫遍野、血流成河的慘狀。對同一歷史事件，見聞褒貶大相徑庭，這就是所謂的「立場」決定的。這也難怪，如佛洛依德所說，「人不會觀察他不想觀察的東西」。愛倫堡在他的長篇回憶錄《人‧歲月‧生活》的開頭，以汽車前燈為喻，說他之所憶所記，只是人生長途行進中眼前閃過的瞬間片斷，遠不是歷史現實的全貌。由此可見，從不同人寫出的不同歷史及其評價中，又可以反觀不同人的眼界、目光和襟懷的不同。──文熹的這些文章當然都是有感而發，有為而作，卻說不上是「歌頌」還是「暴露」，所寫的是「正面人物」還是「反面人物」。他只是以平常人的平常心，在追憶、重溫、思索那些難以忘懷的人和事。

　　魯迅早說過，「由歷史所指示，凡有改革，最初，總是覺悟的知識者的任務。」事實的確如此。辛亥先驅者，國共兩黨的締造者，都是最先覺悟的知識份子。同理，歷史也已經昭示，凡改革受挫或走上邪路的時候，也必定是知識份子受壓抑和摧殘的時候。這本書裡寫的也多半是這種知識份子，既有辛亥時期的先驅者，更有後來歷史大轉折中的受難者。這中間，王元化的情況比較特殊，他雖然是個受難的知識份子，但後來卻又當過中共上海市委宣傳部長，是個不小的官員。然而也正是在他身上，可以看到一種重要的社會現象：從清末到民國時期，中國社會的人才流動管道是暢通的，有才能的

人不難脫穎而出——王元化的祖父母雖然是貧窮的殘障人，但王元化的父親在基督教聖公會的資助下，苦讀成才，留學美國，回國後被清華大學聘為教授。王元化成長於清華園並成為兼通中西文化的大師級人物，究其原因，不能不承認當時的社會制度和社會風氣的優良一面——尊重知識，重視文化，愛護人才，有道是「朝為田舍郎，暮登天子堂」，雖有上下尊卑之別，卻沒有後來的階級成份、出身血統的鐵柵欄。上世紀前半期有那麼多大師級人物，後來卻出現了「人才斷層」，就與此緊密相關。

　　從王元化的家世不僅可以看到那個時代對文化和人才的重視，而且可以看出當時的多元文化格局，即中西古今各種文化同時並存的局面。同樣，李文熹自己家和他們的四代世交殷海光家也是如此。毫不奇怪，那是個新舊交替的時代，東西文化既衝突又融合的時代。我們這些八九十歲的在「舊社會」受過中等教育的人都可以證明，傳統文化的基本知識和基本訓練是在中學階段完成的，進入大學還有「大一國文」，進一步拓寬、深化傳統學養。舊大學的理工科學生也能熟練地用文言寫作，會吟詩填詞，因為他們接受的是通才教育，而不是工匠訓練。可見，說五四新文化運動「全盤反傳統」，造成了以後的「文化斷裂」，完全是不顧事實的妄說。當然，「斷裂」確實存在而且還在加深加寬，不過這是後來的事，不能歸咎於新文化運動。

　　說到文化、新文化，就不應該忽略宗教問題，因為新文化就是從這裡來的：沒有西方宗教的傳入，就沒有什麼「西學東漸」，也不會有「文化衝突」，那以後的維新、革命、新文化運動等等也都無從發生，有的只能依然是「揭竿而起」引起的連年戰亂和改朝換代。所以，回顧百年歷史不能忘記「文化衝突」這個開端，談文化衝突又不能忽略宗教的作用。這本書裡有幾篇文章觸及宗教問題，如基督教聖公會在辛亥革命中的作用，宗教在「文革」中受到的摧殘。這裡只說前者——文熹在文章裡具體談到武昌首義之源泉、反清革命團體武昌日知會與基督教聖公會的關係，就是說，日知會中的大多數都是基督徒，許多教友是投筆從戎的革命志士，有的還是國外歸來的留學生，也就是魯迅所說的「覺悟的知識者」。這裡提供的歷史細節告訴我們，辛亥先驅者的「覺悟」，絕不是為了「翻身」「坐天下」，而是在民族民主革命要求中包含帶有西方人文主義普世價值的宗教精神，犧牲精神。孫中山1912年元月1日正式公佈的《中華民國國歌》的首兩句：「東亞開化中華早，揖美追歐，舊邦新造」，就充分說明那場革命的性質和精神資源的由

來。孫中山本人就是基督徒，武昌首義之前的許多反清革命活動也與教會有關，特別是武昌首義革命黨人與清軍的激戰中，以聖公會為主的基督教在武漢的部份教會都給予了全力協助與支持。

我原來沒有注意過宗教問題，因為不信也不懂；「子不語」和「無神論」影響了我的大半生。是文熹的言談和文章，在一定程度上改變了我的看法和態度。他不是教徒，也未必精通哪一教的教義，但他能以同情和理解的態度對待不同教派，饒有興味地參與他們的活動並給與幫助。在聽他向我講述這一切的過程中，我逐漸明白：他是把這當做一種文化而融融其間的。確實，宗教問題可以說也就是文化問題，問題的核心都是「人」——仁愛、慈悲、博愛，以及逍遙、兼愛等等，無不是對人的關愛。孟子所說的「四端」之首就是「仁」，即「人皆有之」的「憐憫之心」。——面對只剩下「飲食男女」而文化宗教皆成為其工具和奴僕的花花世界，心懷悲憫、勾畫出不同的世態人情，不也是如魯迅所說，是為了「揭出病苦」，以「引起療救的注意」嗎？

2012年夏曆重陽節於武昌東湖

從一個人看一個時代
——葉航先生《蘇邺圃傳略》讀後

　　從一粒沙子可以看到整個世界，從一個人的一生可以看到一個時代。沙子再小，也有無數的層面；人的一生再短促，也有喜怒哀樂，是非功過。歷史是無數人的意願和行動，當然更為曲折複雜，後一段連著前一段，這一面通向那一面，不能切斷也無法掩蓋。一個人的一生可以折射出一個時代，所謂的「典型環境中的典型人物」，即由此而來。

　　這裡的蘇芬，既蘇邺圃、慈引居士，就是這樣一個典型人物，從他身上，可以看到二十世紀前半期的歷史風雲——從五四運動到八年抗戰，以及1949年的歷史變遷和那以後的海峽兩岸。這半個世紀的歷史距離鴉片戰爭已近百年，卻依然處於李鴻章所說的那個「三千年未有之大變局」之中，也就是從傳統中國向現代中國轉型的時代。在這整個時期，怎樣「變」？「轉」向何方？一直是論辯、爭鬥的關鍵所在。中西文化論戰、科玄論戰、中國社會性質論爭以及文壇上的一些紛爭，幾乎全都與此緊密相關。與此同時，不同的社會實踐也在進行：激進的武裝鬥爭和土地革命，漸進的社會改造和農村建設，分別在不同的政治勢力控制的地區開展著。這一切，報刊上的「批判的武器」的交鋒，戰場上「武器的批判」的進行，都與五四有關，反映了都是來自五四的兩種不同的社會思潮，兩條不同的改造中國的道路。——在這近半個世紀的風雲變幻中，蘇邺圃一直處於時代的前沿，是這場大戲裡的重要角色之一。

　　他是1919年五月四日以前進入北京大學的，親身參加了那場遊行示威和火燒趙家樓的過激行動。他既是胡適喜愛的學生，又是李大釗主持的「馬克思主義研究會」的成員。當時他在報刊上發表的文章裡，也有頗為激進的觀點和言辭。可是，當他步入社會以後，所奉行的卻是「少談些主義，多研究問題」的漸進主義。他認為當時的中國既不可能實行無政府主義，也不能如陳獨秀所說，先發展資本主義，然後再進行無產階級革命，他主張進行全面深入細緻的調查，然後進行適合中國實際的改革。這種溫和的漸進主義，

使他成為一個穩健的改革家，從1931年到1949年，他在兩個方面實踐他在北大、在五四運動中立下的志願：一是從事農村的社會改造的實驗，二是參與制定憲法和推行憲政的活動。這不就是五四運動所宣導的「科學與民主」的具體實踐嗎？以科學精神和科學態度，推動落後的農村走上向現代轉型之路；堅持三民主義中的民權原則，變國民黨一黨專政為憲政民主，確實是符合五四精神，是在五四所指引的道路上前行的。

許多年來，一說到五四運動，就想到學生上街示威火燒趙家樓的過激行動；一說到五四精神、五四傳統，就說是愛國主義、反帝反封建。這是不準確也不符合事實的。事實是，真正的五四精神、五四傳統，產生於那場火爆的街頭抗議活動以前，《新青年》雜誌所代表的啟蒙主義新文化運動，才是五四的源頭和正身。正是《新青年》所推動的新文化運動，使年輕人得以啟蒙，成為有公民意識的新青年。覺醒了的新青年在以後的歲月裡卻走上了不同的道路。主要是兩條路，一條是激進的革命之路，一條是漸進的改革之路。前一條路經過「一二九」到延安的「抗大」、「魯藝」和後來的一些「革大」、「軍大」（革命大學、軍政大學），後來直到「文革」；後一條路則是從北京大學到西南聯大，從《新青年》到《觀察》，後來幾經迂迴反覆到今天。可以說，這是兩個五四，前者是政治的五四，後者是文化的五四。關於前者的言說以毛澤東為權威，關於後者的言說以胡適為代表。上世紀後半期的教材和論著，只說到前一個五四，提到後者也只是作為陪襯和反面教材。進入改革開放時期以後，當年走在後一條路上的人們及其成就和貢獻才逐漸為人所知。事實是清楚的，二十世紀中國的大師級人物、主要的學部委員及獲得諾貝爾獎的中國人，大都是從這後一條路上走過來的。檢點一下二十世紀中國的思想文化成果，也大都與這條文化的五四之路有關。事實上，這條路也就是「改革開放」之路──革除本國之積弊，吸取別國之優長，歷史上早就有了這條路，早就有人走在這條路上並做出過成績，積累了經驗，這裡說的蘇邨圃，就是這樣的人。

蘇邨圃的一生可分為三個時期，有如一波三折：求學時期激進，從政時期穩健，皈依佛門後超然而不消極，依然熱心教育事業，可謂變而未離其宗──五四啟蒙精神。這一切當中，我覺得最重要的也最值得注意的，是他的農村改造實驗，因為七十多年前他所從事的那些工作，正是我們所面對的難題──「三農」問題。

　　這要先從那個時代說起。上世紀三十年代——特別是從北伐到抗戰（1927—1937）之間的十年，是中國現代史上的重要轉折時期。在以往的歷史敘述中，對於這十年有不同的說法：1949年以前曾稱之為「黃金十年」或「十年小康」；1949年以後的史書則稱之為「十年內戰」或「土地革命時期」。應該說，這些說法都言之有據，名副其實，其實就是歷史發展的不同層面：一面是激進的革命，另一面是漸進的改革。正是這兩個層面的分離和衝撞，才有了後來的「天翻地覆慨而慷」。今天回頭看，在七十多年前確實有過兩種不同的農民運動：暴烈的湖南農民運動和同樣暴烈的蘇區土地革命，溫和的江西（還有河北、山東）的農村社會改造、新農村建設。多年來，「湖南農民運動」和「蘇區土地革命」都是歷史書上的重要關目，小學生都知道。可是，當時曾受到國內外輿論關注的中國農村建設的理論和實踐，卻一直被湮沒無聞。當年以「平民教育」、「鄉村建設」聞名於世的晏陽初、梁漱溟，後來也都因為他們的這些思想理論而受到批判整肅。蘇邨圃如果仍在江西，肯定會受到更嚴厲的整肅，因為他是直接受命於政府而進行農村建設實驗的，是直接與上述暴烈的農民運動分庭抗禮的。

　　七十多年後，在大力解決「三農」問題的今天，應該想到這些先行者，從他們那裡吸取經驗教訓。這裡只說蘇邨圃，只說以蘇邨圃為總幹事的江西省湖口縣走馬鄉實驗區，而且只說以下三點：一、他們的工作內容即幹了些什麼，二、工作方式即怎麼幹的，三、目的是什麼即近期目標。——先說第一點，據有關記載，他們的實驗包括農業耕作技術，普及教育，醫療衛生，社會文化，金融信貸，郵政交通等等，還有從傳統轉化來的調解鄉民糾紛的「息訟會」、「息爭會」——為此，實驗區三年沒有訴訟案。從這一切可以看出，他們是以文化為中心，進行農村社會的全面改造，促使全體鄉民的共同進步，一起走向現代化。顯然，這裡沒有階級鬥爭，當然也不會有那種把人「打翻在地再踏上一隻腳」式的「翻身」——「打天下，坐天下」。

　　第二點，他們的工作方式或工作原則。蘇邨圃在有關文件中指出：「我們要使政治有服務的精神，同時要使服務有政治的力量，政治和服務一致步調，相輔進行。」——這裡的「政治」一詞與我們通常所理解的大不相同。這裡是按孫中山的解釋使用這一概念的，孫中山說：「政是眾人之事，治就是管理；所以，政治就是管理眾人之事。」——這裡沒有階級與階級的鬥爭，沒有統治與被統治的關係，也沒有領導與被領導的關係。因為一領導就

成了上下級，就有可能實際上是統治與被統治的主奴關係。蘇邨圃所說的是服務式的管理，要求工作者具有熱情而又謙恭的精神和態度，特提出，「在工作中要堅持「溫良恭儉讓」五字方針。所謂溫，即和厚可愛，慈祥可親；所謂良，即平易近人，入鄉隨俗；所謂恭，即對人對事，處處敬謹；所謂儉，即奉公守法，廉潔自律；所謂讓，即功則歸人，過則歸己。」──孫中山的政治理念與孔子問政的精神與方式相結合而被活學活用，這種理念和精神早已無影無蹤，今天應該把它們找回來；不僅是「三農」，一切工作都應該有這種理念和精神。

第三，說到農村社會改造的目的意義，可以有許多偉大高遠的說辭，而真正有實際意義的，是近期具體目標。在蘇邨圃那裡，只是簡單的一句話：把上述種種理念「通過努力，使之變成農民的自覺行動。」──這可是根本所在，「三千年未有之大變局」的根本，就在於人的變化。農民接受了現代生活方式和思維方式及相關價值，變成了具有公民意識和公民身份的獨立自由的個人，變局才算基本結束而真正實現了現代化。這正是今天我們正在走正在做的。

由此可知，我們今天所想所做的，前人早已在想在做了。是種種偶然和必然的原因打斷了這條路。站在今天的歷史高度回頭看，這不都是「以人為本」，構建「和諧社會」嗎？構建和諧社會也是為了人。人，當然不是抽象的存在，不是複合詞、平均數，而是如馬克思所說「具體的現實的個人」。幾十年的彎路，無數的災難，都是「目中無人」造成的──曾有過「以階級鬥爭為綱」、「以糧為綱」、「以鋼為綱」等等，卻獨獨忘了「人」這個根本。提出了「以人為本」，「構建和諧社會」，這是回歸了正道。一百五十年來，我們一直在兩條道路上迂迴進退，一條是從戊戌維新到五四啟蒙的漸進改革之路，另一條是從太平軍到義和拳再到文化大革命的造反之路。這兩條路的根本區別，就在於對待人的不同看法和態度。蘇邨圃就是從五四出發走在漸進的改革之路上的知識份子，這樣的人很多，相當一部份已經被歷史掩埋了。

說到這裡，需要做一點補充，提一下蘇邨圃一生中並非不重要的另一種經歷，那就是他在從政後不久在家鄉創辦扶風中學，到生命的最後階段在臺灣主持慈航中學。這絕非偶然，一百多年來，許多啟蒙先驅者都非常重視教育並直接執教於各級學校。在談及中國的現狀和未來時，他們也往往把教育

擺在第一位，王照、嚴複、梁啟超、王國維，以及陳獨秀、胡適、魯迅等等莫不如此。梁啟超有言：「變法之本，在育人才，人才之興，在開學校」。可見，「三千年未有之大變局」，關鍵在人，人的變化──人的現代化。

　　讀葉航先生《蘇邨圃傳略》書稿，想到以上種種，是為序。

2009年12月7日於武漢東湖

我也有過這樣的青春

──《仰天長嘯：一個被單監十年的紅衛兵獄中
籲天錄》序

　　文化大革命已經過去了近三十年，我才讀到第一本完整的個人回憶錄，
而且這樣真實生動，把人帶到了在今天看來簡直不可思議的那個瘋狂的年
代。我原來曾想，文化大革命是無法如實描述的，因為那一切太離譜、太不
正常了，真實的不正常有可能成為漫畫，使人感到荒誕。然而，讀了魯禮安
的這本書，我改變了看法。也許因為我是過來人，而且曾參與過有關活動，
所以讀時如同回到了當年，一切都重現眼前，感到真實而親切。這種真實感
來自作者的真誠，他不加矯飾地把當年那種無限崇拜、無限忠誠照原樣再現
出來了。說幼稚也好，說愚昧也好，或者乾脆說奴性也好，當年確實就是那
樣──魯禮安給了我們一塊「文革」的活化石。

　　「十年文革」並不是一段統一完整的歷史，其間有許多矛盾和反覆。總
的說來，那是一場奪權鬥爭，但上層與下層並不一致：上層是爭奪領導權，
即特權；下層則是爭取生存權，即人權。一開始的近半年時間裡，是「橫掃
一切牛鬼蛇神」，是有特權的「紅五類」製造「紅色恐怖」的時期。中間不
到兩年時間，是多年來受壓的廣大弱勢群體為保護自己不受迫害，並進而起
來爭取生存權的時期，也就是造反派起來造反的時期。這中間，毛澤東鼓動
人們造反的目的與人們自身的訴求並不一致。1969年以後，所謂的「清理階
級隊伍」、「一打三反」、「清查五一六」等等，是上層繼續進行權力鬥爭
並聯手鎮壓造反派的時期。

　　說來可憐，造反派活動的時間不過兩年，而他們的頭頭和主要骨幹都受
到了嚴厲懲處，且被後人說成是「文革」中所有暴行的製造者。這實在是冤
枉，因為那些暴行和血案，主要發生在前後兩個階段，即一開始的「紅色恐
怖」中和後來的「清隊」等有組織、有領導的鎮壓行動中。造反派當然也有
暴行，但他們遠沒有保守派那樣有恃無恐，在軍隊和各級政權的支持下大膽
地「採取革命行動」。魯禮安的獨特之處，在於他自始至終是「君子動口不

動手」的，號稱「敢死隊」，實際上他一直沉浸在邏輯和激情之中，所進行的是思想理論上的戰鬥。他那種理想主義傾向，他的辯才和勇氣，吸引了許多右派。我和我的右派朋友常在私下裡議論他，稱讚他，因為我們從他身上彷彿看到了自己當年的影子。

在「文革」中，1957年的右派同情並支持造反派，這是普遍現象。我和我周圍的幾乎所有右派，全都站在造反派一邊，其中知名人物有老作家姚雪垠、李蕤，詩人白樺、王采、秦敢，翻譯家章其，著名法學家韓德培，還有此間的著名記者趙鎔、劉若等等。這些人大都在運動一開始就受到了猛烈衝擊，是造反派起來批判資產階級反動路線，我們才得以解脫，成為遊離於鬥爭漩渦邊緣的「死老虎」。造反派對待我們這些人的態度也遠比保守派溫和。當時支持造反派的「中央文革」成員的有些講話，如批判血統論，說十七年也有資產階級反動路線，說右派摘掉帽子也是群眾等等，這些說法都在我們心裡引起了一絲希望，以為中央可能會重新審視以往的運動。當然很快就發現，這是錯覺，是一廂情願。

事實上，當時我們都已成為俎上之肉，隨時隨地任人侮辱摧殘，是爭取生存權和對民主的渴望，使得一些右派介入了造反派的活動。最突出的是公開站出來造反的詩人白樺，因為他是現役軍人，保守派奈何他不得。1967年夏天，白樺常常出現在大字報欄前和一些群眾活動場所。在「百萬雄師」圍攻造反派的武鬥現場，他一個人面對大批暴徒，與之辯論，營救被圍困的造反派學生。他的組詩《迎著鐵矛散發的傳單》，充分反映了造反派群眾那種追求民主、反抗暴政的的意願和激情。這些詩被抄成大字報貼遍武漢三鎮，傳頌一時，膾炙人口。這些詩印成小冊子以後，他親自在街上散發。一次我遇見他，向他索取，他答應過幾天給我。幾天以後，他到文聯大院來，把詩集送給我和徐遲、姚雪垠。徐遲對這些詩評價很高，他伸出拇指說：「全國文藝界頭一份！」

連老作家姚雪垠也並未完全置身事外，而是以曲折隱蔽的方式表示對造反派的支持。1967年春天，造反派被鎮壓，軍區發佈《三·二一通告》，取締工人造反組織，把學生從《長江日報》的紅旗大樓趕走。一時間，武漢三鎮一片沉寂。對此，姚雪垠懷著悲憤的心情，一連寫下了二三十首七言律詩，並加了一個小序，油印成小冊子，偷偷散發出去。小序稱：「三·二一」以後，紅旗大樓前人跡寥寥，大字報全被撕毀，紙屑飛揚，一片淒涼。

他於無意間發現海關大樓旁有一組小字報，直行書寫，雖已殘破，尚可辨認，竟是一組七言律詩，而且格律謹嚴，對仗工穩，因而不忍任其湮沒，擇可識者抄下云云。記得第一首裡有一聯是「武漢關前月色冷，鐘聲寂奏東方紅」。中間有一首把這一年三月二十一日稱為「新馬日」，就是把軍區鎮壓造反派比做1927年湖南長沙的「馬日事變」——軍閥何健鎮壓革命的工農群眾。於此可以看出我們這些人當時的思想感情傾向。

像這樣暗地裡支持和幫助造反派的人很多，魯禮安提到的造反派小報《五千里狂瀾》，他稱讚的報頭五個氣勢磅礴的大字，也是右派寫的，此人就是武漢歌舞劇院的音樂家王同善。我自己也參加過一些活動，幫助他們辦過小報，還參加過「鋼工總文藝分團」的活動，這個組織的頭頭王振武和魯禮安有交往，思想觀點接近「北斗星學會」和「決派」。

當年有一種說法，說右派「人還在，心不死」，時刻夢想資本主義復辟。不知道這話是毛澤東還是康生說的，反正一樣，他們二人至死都是一致的。這話並沒有錯，他們所說的「資本主義復辟」無非是講民主、自由、人權，而這正是五七年的右派和「文革」中的造反派所追求所夢想的。我和我的朋友們注意並讚賞魯禮安和他的《揚子江評論》、《北斗星學會宣言》等，是發現他們抓住了當代中國的兩個最重要也最敏感的問題，而這兩個問題正是1957年「鳴放」中的關鍵問題，這就是實行民主和解放農民。當年在武漢大學的大字報欄上就有這樣的醒目大標題：「爭民主，爭人權！」、「長太息以掩涕兮，哀民生之多艱！」——魯禮安他們呼喚巴黎公社原則，關心農民的現實處境，把這兩個問題聯繫起來了。巴黎公社原則就是徹底改變政權性質，實行直接民主；在中國，最需要這種變革的，就是壓在最底層的最廣大的弱勢群體農民。當時對於他們的這些思想和主張，我和我的朋友們是讚賞和佩服的。但同時又為他們擔心，感到他們已闖入了禁區。他們不知道，我們當年就是在這些問題上犯禁而罹難的。因為這個問題是毛澤東所最忌諱的，作為幾億農民的皇帝，他不允許任何人代表農民說話，更不允許給農民以自由。就像馬克思所說，他要保持農民那種「一袋馬鈴薯」式的生存狀態；合作化也好，公社化也好，不過是把麻袋變大些罷了。他不許「走資派」在農村搞「三自一包」，是擔心農民衝破麻袋在地上生根發展，變成社會公民，危及他的皇權。魯禮安不知道，巴黎公社式的民主，是只可以說說而不可以去做的，他的主張不但觸犯了皇帝，也為各級官員所不容。當

時，姚雪垠就看出了這一點，說他的思想很危險，會吃大虧的，要我千萬不要介入他們的活動。當時，我們這些人既同情、讚賞魯禮安，又為他的命運擔心，如前所述，因為我們從他身上看到了我們當年的影子。

白樺的那本《迎著鐵矛散發的傳單》裡有一首詩，就是表現這種心情的，裡面有這樣的詩句：

我也有過這樣的青春
那時的戰友
就像今天的你們

下面他描繪了在戰場上與國民黨軍隊拼殺的場景，但在我心裡、在我眼前，出現的卻是1957年「大鳴大放」中的情景。和別的右派說到這一點，都有同感。我沒有問過白樺，但確信他也會同我一樣，心裡想到的是1957年為民主而進行的鬥爭，筆下卻只能這樣寫。1957年的我們和1967年的魯禮安們，不是都像毛澤東所描繪的那樣，「書生意氣，揮斥方遒，指點江山，激揚文字，糞土當年萬戶侯」，誰又曾料到後來的「風雲突變」呢？1971年林彪事件以前，我對毛澤東有懷疑、有不滿，但還沒有看清楚，是《571工程紀要》起到了啟蒙作用，好像對我猛擊一掌，使我突然清醒過來，開始認識毛澤東的真面目。

十幾年以後，當我再見到魯禮安的時候，我已年過半百，他的青春也已逝去，成了中年人。那是在一次美學講座課的中途休息時間，他來聽課，並向我提出聖經與文學的關係問題。回來後，我向朋友們談到他的情況，都不勝感慨也非常同情。──可誰又想得到，歷史好像在兜圈子，幾年以後，我們和他們，魯禮安們，又同時在心裡產生了「我們也有過這樣的青春」的感喟！

那是1989年5月，在武漢召開全國首屆胡風思想學術討論會，會議將要結束的時候，傳來了北京學生在天安門前絕食的消息。於是大家的注意力全都轉向了北京，聽廣播、看電視，密切關注事態的發展。大家興奮激動，議論紛紛，有人擔心，有人懷疑，絕大多數人是歡欣鼓舞的，因為這是專制制度之下不可能發生而民主社會裡常見的正常社會現象──也許，中國社會從此將走上健康的民主發展的大道。正是出於這樣的心願，我和許多人都在文

化界支持北京學生的聲明上簽了字。其中有參加過「一・二九」運動的胡風分子，有像我這樣參加過四十年代末的學生運動的右派，也有「文革」中造過反的的中年人。面對電視畫面上那滾滾的民主浪潮，燃燒的青春火焰，那熱情激蕩而又秩序井然的動人景象，自然都會在內心裡產生感應，聯想起過往的歲月──「我也有過這樣的青春」……

我不知道當時魯禮安在哪裡，處境如何，但我相信他也會有同感。因為發生在上世紀下半期的這三次重大歷史事件──1957年的「鳴放」、1967年的「造反」、1989年的「風波」，其間儘管有許多不同，但在反專制、反特權、爭民主、爭人權這一根本問題上是一致的，是前後呼應的，或者說，這是三次被切斷了的民主運動。

1957年的「鳴放」，是一次夭折了的思想解放運動，是五四精神的一次迴光返照。當時提出的問題既深且廣，遠超過以後的兩次。特別是儲安平的「黨天下」，真是一針見血，一語道破了中國現實的本質，揭示出中國社會各種痼疾的真正癥結所在。三十年後的89民運，所提出的基本訴求雖然並未超過當年的「鳴放」，但目標明確集中，都是有可操作性的現實問題，更富有實踐意義，而且聲勢浩大，影響深遠。時至今日，這兩次民主運動的性質和意義已經為歷史所肯定，稍有良知的人也都明白了事實真相，「擴大化」、「動亂」之說也早已無人理會了。

現在的問題是，對於夾在這中間的「文革」中的造反運動，對於參加那場運動的魯禮安們，今天究竟應該怎麼看？我認為，「文革」中那場造反運動與前後兩次民主運動的不同是很明顯的，一是性質不同，二是思想資源不同。表面看來，「鳴放」與「造反」都是「響應號召」，都是中了毛澤東的「陽謀」。但二者有重要區別：右派是有自己的獨立見解和主張而為毛所不容，才「因勢利導，聚而殲之」的。造反派則不同，他們對毛無限崇拜、無限忠誠，是被愚弄、利用之後又被拋棄的犧牲品。1957年的那場鬥爭確實是兩個階級兩條路線的鬥爭──在野的知識階級與掌了權的阿Q之間、五四新文化傳統與遊民造反傳統之間的鬥爭。1967—1968年的造反運動則比較複雜，即是那次內訌中的一次反覆，又是受壓群眾的一次自發抗爭。

說到思想資源的不同，主要是歷史環境的不同造成的。右派的思想裡不僅有社會民主主義，而且有西方的民主、自由、人權、法治觀念，這與他們早年所受的教育、所受五四精神的薰陶有關。造反派就沒有這種精神資源，

他們生長在嚴格封閉的單一思想文化環境中，所能接受的只有一種意識形態，就是「毛主席的教導」。不應該忘記那場轟轟烈烈的「學雷鋒運動」，那是一場造神運動，愚民運動。雷鋒精神的核心是什麼？就是林彪為《毛主席語錄》題詞時所書寫的那幾句雷鋒日記：「讀毛主席的書，聽毛主席的話，照毛主席的指示辦事」——就是聽話，效忠！而那本由空洞的豪言壯語拼湊而成的《雷鋒日記》，則是由中國作家協會書記郭小川精心修改加工出來的宣傳品。就這樣，一本語錄，一本日記，如同兩個輪子，人們就是踏著它們滑進那個瘋狂年代的。

魯禮安們的不幸和難能可貴之處，就在於他們因受壓而反抗，而獨立思考，從而衝破思想禁錮，從毛澤東走向馬克思，反過來質疑現存制度，而且不顧偉大領袖的戰略部署，自己組織起來去探索新的革命之路——走向民主之路。他們當然沒有想到，這就是「打著紅旗反紅旗」，就是反對偉大領袖毛主席，就是反革命。然而，正是在這裡，他們遇上了1957年的右派，他們之間的思想觀點相近，精神上相通，而且這種相近、相通的東西一直延續到1989年。上面談到的右派對這兩次歷史事件的態度，就說明了這一點。可惜的是，這種相近、相通之處未能相互傳承，積累發展，並上溯到五四源頭，進行認真的研究總結。

如今，這一切都過去了，成為歷史了，但是有關造反派的真假是非問題並未弄清楚，人們還沒有把「文革」中的施暴者與受害者（犧牲）區分開來，魯禮安的這本書有助於解決這一歷史公案。書裡有一個附錄，注明了有關人物的基本情況，那些曾經為武漢人所熟悉所關注的活躍人物，那些造反派頭頭，不是悲慘的死去，就是淪落到了底層。——前兩年我曾在街頭遇見當年和我一起辦報的那個「中學紅聯」的小劉，那個精明活潑的中學生，如今已是個形容憔悴的中年人，正在為下崗後的生活而奔忙。是他認出了我，我卻認不出他了。當時，我不由得聯想到魯迅筆下的閏土，心裡戚戚然無言以對……

這樣的人很多很多——「八九點鐘的太陽」，火樣的青春，被愚弄、被利用、被毀滅了，反轉來又要承擔沉重的歷史罪責，這也未免太不公平了。當然，問題不僅僅在於此，歷史的發展總是要有人付出代價，作出犧牲的；問題在於，是用這沉重的代價掩蓋歷史真相，還是用以換取真正的歷史教訓？魯禮安的這本書既是不平之鳴，更是揭示歷史真相，提供第一手可靠資

料。至於反思、懺悔、評判，那是以後的事。

　　以上是我讀這本書時的一些想法。我已經年過古稀，魯禮安也已經年近花甲，我們都老了。人老了，去日無多而往昔的記憶甚多，回憶是老年人的特長和專利，所以常常向後看。由此，我又想到了那個養老經，即「一個中心，兩個基本點：以健康為中心，瀟灑一點，糊塗一點」以及「老有所養，老有所樂」等等。對此，我不敢非議，只想修改一下，是為：瀟灑一點，清醒一點，老有所思，老有所為」——獨立自主，無所顧忌，回憶我們曾經有過的青春，像魯禮安這樣，如實地記錄下來，留給後人。

2004年中秋之夜於武昌東湖

（此書已由香港中文大學出版社出版發行）

中國有，外國也有

──看話劇《公正輿論》有感

　　武漢話劇院演出的羅馬尼亞話劇《公正輿論》，看了的人議論紛紛：有的說不好，看不懂；有的說很好，既新鮮又深刻。我說，從形式上看，我們從來沒有演出過這樣的話劇，觀眾當然會感到生疏；但從內容來看，我們中國人很熟悉這種生活，會感到親切，感到痛快的。

　　所以，我很喜歡這個戲，因為它好像在說我們，演我們聽說過、見到過、經歷過的事情。

新奇的形式

　　鈴聲響了，幕拉開了，而舞臺工作人員還在搬導具、試燈光，導演也在喊叫──好像正在排練，並非正式演出。可是報幕員上來了，對劇本和演出作了批評性的解釋。這是怎麼回事？這些和戲的內容有什麼關係？

　　看完了整個戲，我明白了，這種突破常規的奇特的開頭，報幕員對文藝界的條條框框和各種不正之風的批評是和劇本的內容緊密相關，完全一致的。從這裡，反映出劇作家所肯定、所追求的，正是那種勇於改革、敢於突破舊框框，在阻力面前不沉默、不退縮的革命精神和堅強性格。而這，也正是這個戲的主人公──青年編輯吉特拉魯的性格特徵。

　　劇情的開始，是社長出場以後。這位不懂業務、沒有工作熱情而又抓住權力不放的「首長」，一心要把吉特拉魯趕出報社，因為吉特拉魯懂業務、要改革、不安份、好提意見。於是，「首長」和他手下的積極分子──拍馬的、打小報告的、靠出身苦吃飯的等等，進行了一系列精彩表演：開始，要精簡吉特拉魯，因為他竟敢批評領導；一會兒，又吹捧、討好他，因為發現他認識部長，有後臺；一會兒又對他揭發、批判，因為部長被撤職了，他沒有了後臺；忽然間，正在開的批判會又變成了安慰表揚他的會，因為新任部長也認識他……

結局呢？妙就妙在，這個戲有三個結尾，三種結局。吉特拉魯一會兒身價百倍，一會兒又一落千丈；長官和他的僚屬們一會兒橫眉怒目，一會兒笑臉相迎；那些發言稿的正面是批判，反面是表揚，真是翻手為雲，覆手為雨；而關鍵就在「上邊」有沒有人、關係、後臺……。這一切顯得多麼可笑、多麼荒誕，又多麼真實啊！──對這一切，我們不是都很熟悉嗎？

深刻的寓意

這一切，說明什麼問題，有什麼意義呢？

對文藝作品，不可能用一句話、一個觀點、一個問題去概括它的全部內容；真正的好作品，內容總是豐富的、複雜的，一句話說不清楚的。《公眾輿論》就是這樣的好作品。

這個戲，可以說是反對因循守舊的、揭露官僚主義和不正之風的、批判長官意志的、諷刺逢迎拍馬的，又好像寫了冤假錯案；反之也可以說是歌頌黨的、提倡革新精神並鼓勵人向壞現象進行鬥爭的，好像也寫了友誼、愛情……

但是，又似乎都不大像：黨的領導是一個虛擬的象徵性人物，吉特拉魯有嚴重缺點──他預設了他和部長的關係，有「騙子」的嫌疑。這就是戲裡所諷刺的「沒有足夠的正面人物」，不像歌頌的。是暴露批判的嗎？社長雖然可惡，卻又情有可原：如果上級都像列寧那樣樸素平易而又痛惡阿諛逢迎，他會、他敢那樣對待上級和下級嗎？同樣，那些馬屁精雖然可鄙，如果社長很正派，他們會那樣卑躬屈膝，那樣為虎作倀嗎？反過來，有坐轎子的，就必然有抬轎子的，不然轎子就坐不成，也威風不起來。可見，單是揭露、批判這群可鄙又可憐的丑角，並不能觸及社會生活的本質，也不是劇作者的根本目的。

那麼，真正的寓意在哪裡呢？對這一切，吉特拉魯的好朋友巴斯卡里德說得非常好：

> 我有什麼想法：在從資本主義向共產主義過渡的時期中，一切最美好的事物都在成長著，但是，人們身上的最卑劣、最頹廢的東西也在暴露著。因此，我的思想司令部在這個時期給我的指令有三條：不要大

驚小怪，不要牢騷滿腹，不要恐懼害怕。

　　這就是時代、生活、生活著的人，他們身上「成長著」和「暴露著」的東西之間的鬥爭，以及作者對它們的看法和態度。

　　看來，劇作家是相信這個命題的：「凡是現實的都是合理的，凡是合理的都是現實的。」合理的「成長著」，不合理的「暴露著」；經過鬥爭，暴露著的一定消亡，成長著的終將勝利。那麼最合理最美好的是什麼呢？作者借吉特拉魯之口說了：「劇作者堅持讓公眾和部長有同一個面貌……，他暗示一個原則：人類最珍貴最崇高的願望應該同我們的領導者的決定和諧地、辯證地、典範性地融為一體。」而領導者，如列寧所說，不過是「一個暫時被召到崗位上的武裝工人」。——這不就是巴黎公社原則嗎？

　　這個戲，讓我們看到了生活中「成長著」和「暴露著」的東西，並說明我們認識它們。

中國有，外國也有

　　簡直不像是中國人在演外國戲，倒像是外國人在演中國戲；看著那麼真實，那麼熟悉。——原來，中國有，外國也有！

　　吉特拉魯說的非常對：所有制變了，「但欲望、野心和對權力的貪求卻依然留在人們的頭腦中」，偽善者、叛徒、猶大和惡棍還會有，還在「暴露著」。——外國有，中國也有！

　　這個戲是1967年寫的，十三年前人家就提出問題，進行抨擊、進行改革了。早在二十幾年前，我們開過「八大」，提出過問題並準備解決，可悲的是，由於眾所周知的原因，問題不但沒解決，反而更嚴重了；經過十年浩劫，到今天，這種改革就更難了。

　　然而，「凡是現實的都是合理的」，我們的封建專制歷史更悠久、遺產更豐厚，多一些反覆，多受點磨難，並不奇怪。「凡是合理的都是現實的」，磨難多、教訓大，因而更清醒、更堅決，改革一定會勝利。大轉折中有更多的沉渣泛起，暴露著，造成阻力和困難，也並不可怕。中國也好，外國也好，歷史總是向前發展的，人類總是向著光明的。所以——

不要大驚小怪，不要牢騷滿腹，不要恐懼害怕！

不是題外話

一開演，解說員就用諷刺性的反語對劇本進行了「批評」，後來他又談到「正面人物」問題。由此，我想到了果戈里的一段話：

難道所有這一切違法亂紀、醜行穢跡不能告訴我們法律、職責和正義該是何物？難道正面的和反面的不能為同一目標服務？難道喜劇和悲劇不能表達同樣的崇高思想？難道剖析無恥之徒的心靈不有助於勾畫仁人志士的形象？

這段話完全可以回答那些按條條框框對文藝作品發出的責難，這種責難也是中國有，外國也有。

我是從《假如我是真的》這個劇本的前面找到果戈里這段話的，同時重讀了劇本。我發現，兩個劇本頗有相似或相通之處。《假如我是真的》主角李小璋是個「騙子」，冒充高幹子弟；《公眾輿論》的主角吉特拉魯默認自己是部長的朋友，也有「騙子」的嫌疑。至少在這一點上，又是中外一致。

這兩個戲當然不完全一樣，對它們當然可以有不同評價，不同態度。但是，看看上面果戈里那段話，特別看看生活實際，認真比較一下兩個劇本，再回過頭來研究一下我們的文藝批評，該不會是毫無意義的罷？因為我想到：如果《公眾輿論》是我們中國的劇本，它會受到什麼樣的待遇呢？

1980年11月於漢口花橋寓所

從「魯迅大撤退」說起

聽說教育界又在清退魯迅——從中學課本裡撤出他的作品，有人稱之為「魯迅大撤退」。我聽了立即想起了我非常熟悉的兩段話，都是有關魯迅的：

> 沒有偉大的人物出現的民族，是世界上最可憐的生物之群；有了偉大的人物，而不知擁護、愛戴、崇仰的國家，是沒有希望的奴隸之邦。
>
> 如問中國自有新文學運動以來，誰最偉大？誰最能代表這個時代？我將毫不躊躇地回答：是魯迅。魯迅的小說比之中國幾千年來所有這方面的傑作，更高一籌。至於他的隨筆雜感，更提供了前不見古人，而後人又決不能追隨的風格。首先其特色為觀察之深刻，談鋒之犀利，文筆之簡潔，比喻之巧妙，又因其飄逸幾分幽默的氣氛……當我們見到局部時，他見到的卻是全面。當我們熱衷去掌握現實時，他已經把握了古今與未來。要全面瞭解中國民族精神，除了讀《魯迅全集》以外，別無捷徑。

看了這兩段話，一定會以為我是個鐵杆挺魯派，堅決反對從課文中撤出魯迅作品的。其實不然！我早就認為，魯迅的某些文章不宜作為教材，應該抽下來。這裡有兩個問題：一是該不該選魯迅的作品做教材；二是該選哪些作品。對於這兩個問題的回答，都要說出理由。上面所引的兩段話，就是對這兩個問題的回答，或回答的依據。這些話都是郁達夫說的，時間分別是1936年10月24日，也就是魯迅逝世後第五天；1937年3月1日，四個多月後。這個時候，全中國還沒有一個有權勢的人肯定過魯迅，蔣介石不喜歡他是毫無疑問的，毛澤東還沒有公開說什麼，多數國人也還沒有聽說過毛澤東這個名字。可是，魯迅早已名揚國內外，是公認的偉人。他的葬儀那樣隆重，萬人空巷，挽幛如雲。送挽幛的不僅有左翼人士，也有上海的工商界士

紳以及國民黨和其他政界要人，如蔡元培、孔祥熙、馮玉祥、沈鈞儒、章乃器、王造時等。這說明，魯迅生前已經是一個偉大人物，既不是毛澤東捧起來的，更與「文革」無關。

但是，這並不是他的作品可以進入教材的充足理由。人物偉大與他的文采如何沒有必然關係，更與可不可以進入教材無關。在我的記憶中，從孫中山、蔣介石到汪精衛，都未能進入當時的教材。汪精衛的「雙照樓詩」可是大大有名，真的是冠絕一時。然而，當時的知識界教育界沒有巴結他們，沒有讓他們的文字進入教材。——權勢地位與道德文章畢竟是兩回事，中外皆然。二十世紀前期的教育界知識界沒有在這方面留下笑柄，卻能夠擁護、愛戴、崇仰魯迅這樣一個普通公民，一個普通教師，而且是一個專愛暴露黑暗的作家，這種境界值得懷念。沒有這樣的環境境界，是不會有魯迅的，典型環境中的典型人物嘛。

郁達夫說的很清楚，魯迅的偉大是因為他的文學成就，而他的文學成就又正是他的思想人格的反映。在郁達夫心目中，魯迅就是一個文學家，偉大的文學家。我少年時代接觸的就是這個有些怪癖卻非常可愛的文學家。小學六年級就讀他的《秋夜》，進入中學後，課內外都有魯迅的作品。那時的教學很自由，不但學校可以選用不同的教材，教師也可以自選教材印成講義發給學生。和市場經濟一個道理，競爭導致高品質，淘汰扯濫汙，所以魯迅作品得以保留和增多。教我們國文的先生給我們講的是魯迅的文學作品，而文學是感情交流，心的撞擊，靈魂溝通。至於語言文字篇章結構，就在誦讀、默讀、欣賞、領悟和寫作練習中自然解決了。初中可以文通字順，高中練習不同文體風格和文言文。國文不苦，樂在其中；魯迅（作品）不難，心心相通。

上世紀六十年代初，我在中學代課教語文，幸遇一位開明而又有擔待的領導，要我這個摘帽右派大膽授課，打破常規，重在效果。我就把當年國文先生教我的方法與我做文學編輯的經驗結合起來，用於語文教學。當時說「語文是工具課」，字詞句篇，拆散嚼碎，弄得枯燥無味，加上突出政治，亂選教材，學生當然厭讀。而我的課能吸引學生，讓學生愛這門課，而且於不知不覺中提高寫作興趣和作文水準。——這似乎在自賣自誇。不是，我是在說出一個事實：五四以來的教育觀念和文學思想遠勝過後來的極左謬說，禍根就在「為政治服務」，也就是「以階級鬥爭為綱」上。

　　魯迅作品是絕好的語文教材，為什麼有學生不喜歡？更有人把魯迅及其作品與「文革」扯在一起而產生反感？魯迅的作品並不是字字珠璣，句句是真理，確有不宜做教材的，也確有本身就不好的。如後期一些論戰文字，涉及政治鬥爭和人事糾紛，是非難辨，文字也失去了幽默蘊藉，無味而又難解。這些文章在上世紀前期是不會入選的，魯迅雜文後期不如前期，這是人們的共識也是常識，因為符合事實。後來專門選這些文章，顯然又是「突出政治」害人。還有，一些本不是魯迅本人的作品或別人代筆的文章，也當作魯迅作品收入課本，實在是荒唐。正是這些不能代表魯迅人格精神和文學成就的「鬥爭文章」，既難為了教師又苦了學生，也貶損了魯迅。

　　為今之計，首先應恢復魯迅的本來面目，還他偉大文學家、思想家的恰切稱號，為他摘掉「革命家」「主將」等他本人決不願戴的嚇人高帽子。一些走出了「文革」時代卻還看重這些高帽子的人，為此而誤解魯迅，不喜歡魯迅作品；一些至今還在「文革」迷夢中未醒的人，卻因這些高帽子的破損和那些文章的消失而憤怒而鬥爭。可見，需要再次普及魯迅，讓人們認識真正的魯迅。

　　不是「魯迅大撤退」，而應該是魯迅大普及！——若問方法和途徑，如郁達夫所說：讀《魯迅全集》。若需要參考書，請讀上世紀二三十年代的，最可靠；或者八十年代以後的，那是清醒以後的。中間的，到姚文元為止的魯迅論，全都不可信；對照《全集》本文，真假立辨。

2010年9月11日於武昌東湖

後記　痛悼姜弘先生

曉風

今年6月的一天，傳來了姜弘先生逝世的噩耗，當時，我簡直不敢相信這會是真事！就在之前不久，他還曾給我來過電話，向我求證一件當年的舊事。我對他說，天熱，要多保重。他一邊答應著一邊對我說，他的身體很好，除了老毛病青光眼之外，其他方面都挺好的。的確，我也一直覺得是這樣的：他身體很好，正在醞釀著寫新的文章……但當我撥通了李文熹的電話，瞭解情況後，不得不接受了這一事實：不管我們是多麼地痛惜，姜弘確實已離開了人世。近日，我再一次翻閱他的那本《回歸五四——苦難的歷程》，其中有不少篇幅使我回憶起了他和我父親，和我，和我們全家近四十年的交往，更是感慨萬分！

姜弘與我父親應屬於「忘年交」了，但在1979年以前，父親並不知道他。1979年1月父親恢復自由後，老友吳奚如在與他通信時特地向父親介紹了姜弘。在父親的日記中就記有一筆「1979.9.20——得吳奚如信，附來《長江文藝》上姜弘的《現實主義還是教條主義》」。吳奚如的這封信我沒有見到，不知他是如何介紹姜弘的，倒是，父親後來在給友人耿庸、何滿子以及研究者王福湘等人的信中，都向他們介紹了姜弘的這篇文章，並提到「奚如說也是被打成了右派的」。同時，他認為姜弘此文還有可商榷之處，並曾在1979年11月14日給王福湘的信中建議：「你不妨寫信和他聯繫一下，如彼此適合，做個通信朋友，如何？」可見他對姜弘的重視。

在姜弘的文章《五訪胡風》中提到，自「1982年8月16日到1983年1月12日」間的半年間，他曾五次訪問我父親，就胡風文藝理論中的各方面向他提出問題。父親有問必答，並與他一起討論相關問題。當時，父親剛剛擺脫困擾著他的精神疾病，身心恢復正常，能與姜弘長談多達五次，實屬難得。自他平反後，從未與他人有過這樣深的交談。無論是與闊別二十多年的老

友，還是面對採訪者，都不是深入談話的好時機，只有這五次，面對這位懂得他理解他的中年學者姜弘，卻毫無顧慮，坦誠交談，這在他晚年是絕無僅有的了！不僅如此，他還將自己在大病前奮力寫成的十七萬字關於「兩個口號」問題的長文《歷史是最好的見證人》拿出給姜弘帶回去看，這就不光是重視而是信任了。遺憾的是，當時我剛到父親身邊工作不久，又從未接觸過他的著作和理論，對他們的談話根本摸不著頭腦，也不感興趣，以致在我腦海裡並沒有留下什麼印象。好在姜弘是有備而來，他也能聽懂父親的家鄉口音，把談話的要點都記了下來，後來寫進了《五訪胡風》中，從而留下了寶貴的第一手資料。

　　說起來，他和胡風的結緣由來已久，並不是自1979年才開始的。早在上世紀五十年代，姜弘是一名年輕的優秀的文學編輯。1955年反胡風運動開始，武漢成了這場運動的「重災區」之一。兩年前，他曾與他的頂頭上司、當時的市委宣傳部長有過一場關於文藝創作的爭論；「胡風案」一起，直接領導並支持他的詩人曾卓被打成了「胡風反革命骨幹份子」，於是，他和那位部長的那場爭論就被冠以「胡風反革命份子操縱的反黨反革命活動」的罪名。因此，被關押，被批鬥，最後列入「受胡風思想影響的份子」的名單。其實，到那時為止，他還沒怎麼接觸過胡風的作品呢，只是在文藝思想上有著本能的相通而已。過了一年多，外面的大氣候變了，出現了短暫的「知識份子的早春天氣」，在當時較為自由的氛圍下，他回顧以往，反而迫切地想知道胡風這個人和胡風文藝思想究竟是怎麼一回事。在認真研讀了胡風的八本論文集後，推翻了那「一律」的「輿論」，確信真理在胡風一邊，從此接受了胡風的文藝思想。這位溫文儒雅的書生，對真理有著不尋常的執著，他不但不接受「教訓」，反而在「鳴放」高潮中毫無顧忌地提出了胡風問題，認為「判胡風為反革命，證據不足；說胡風反馬克思主義，論據不足」，甚至還認為張中曉的看法有道理，毛澤東的《講話》確有可議之處，有些提法就是違背了藝術規律，等等。同時，還對文藝界領導和他們奉行的那套教條主義，也提出了尖銳的批評。就這樣，他自投羅網，正好中了「陽謀」。這一來，老賬新賬一起算，最後是，被劃為極右分子，開除公職，勞動教養。

　　經過了「反胡風」、「反右」、「文革」二十多年的冶煉，他對當年那段公案有了切膚的認識。到了1978年下半年，改革開放的大潮開始湧起，人

們的思想也在逐漸擺脫過去的束縛。已在大學教中國現代文學的姜弘，深感
「正本清源」「思想解放」的時候到了，應該進一步重新認識胡風文藝思
想。在曾卓和吳奚如老人的鼓勵與幫助下，他費力地重新搜集到了胡風的那
八本論文集，再次認真研讀，寫下了六萬多字的筆記和一百多張卡片，最後
寫出了那篇《現實主義還是教條主義》，發表在《長江文藝》上，開啟了新
時期研究胡風的先河。與他同時的還有安徽大學的徐文玉、湖南衡陽師專的
王福湘等人。從那以來，過去從未有過、想都不敢想的對胡風其人其事其文
藝理論的研究竟成了不少大學中文系師生的主要課題。雖然之後又經歷了不
少艱難曲折，但通過自他們發端的幾代人的努力，到今天，胡風研究已取得
了驕人的成果！我就不在這裡多說了。

　　1988年6月，中共中央發佈「中辦發1988 6號檔」，對胡風問題做了第
三次平反，也就是徹底平反。乘此東風，次年5月，在各方面的努力下，就
在武漢這個當年的「重災區」，召開了首屆胡風文藝思想研討會，這是一次
劃時代的會議。一百多位學者和研究人員（難得地還來了兩位日本學者），
一面關心著會場外面如火如荼的學生運動，一面熱烈地討論著胡風文藝理論
的前世今生。我和弟弟曉山代表家屬參加了大會，當年榜上有名的「胡風份
子」能來的都來了，他們是賈植芳、謝韜、何滿子、耿庸、冀汸、牛漢、曾
卓、胡天風、朱健、徐放、魯煤、王戎……。三十多年前的青年才俊，現在
已步入老年。他們歷經苦難，但對文學的拳拳之心，對真理的追求腳步並未
停歇！姜弘作為當年最年輕的「胡風份子」，站在他們後面一起合影。在這
次大會上，他提交了論文《從「魯迅主義」到「胡風思想」》，並作了大會
發言。他在文中論證了「『胡風思想』正是五四新文學傳統、魯迅現實主義
傳統的繼承和發展」。會議開得相當成功。這次會議的論文集後來雖然出版
了，但在當時的政治氛圍下，竟未能收入他的這篇論文。

　　這之後，雖然對胡風文藝思想的研究一直在前進著，也出版了十卷本的
《胡風全集》，但總存在著或明或暗的溝溝坎坎。所以，在第一次研討會之
後，一直過了十年，才於2002年十月在上海和蘇州召開了第二次研討會，即
胡風誕辰一百週年的紀念研討會。這次開會有了新的困難，就是會議的經費
問題。最後，還是一位崇拜胡風的企業家兼學者出資贊助，才得以召開。這
是碩果僅存的「胡風份子」們的最後一次聚會，母親也由我們兄妹陪同前來
參加。姜弘特地從武漢趕了來，他的論文題為《文藝與政治的歧途──關於

胡風、周揚和左翼文藝運動》。由於種種原因，收入他的這篇文章的會議論文集《思想的尊嚴》卻直到六年之後，才得以出版。

這次會議的兩年以後，我母親去世了。姜弘深感悲痛，很快就寫出了《梅志，一個傑出的中國女性》，深情地謳歌她的一生，以「十二月黨人的妻子們」譽之，是「為真理和愛情而堅毅勇敢地自覺承受苦難的偉大女性」，在苦難和犧牲中保持著獨立的人格和風範。我們看了都很感動。其實，姜弘的夫人張焱女士也是這樣的一位傑出的女性。無論是逆境或是順境，她都默默地陪在丈夫身邊，無怨無悔，風雨同舟、休戚與共六十餘年，晚年更成了丈夫的眼睛和秘書，為姜弘在學術上取得的成就竭盡了全力！

再後來，由於北京魯迅博物館的大力支持，2009年12月在北京召開了「魯迅與胡風的精神傳統」學術研討會，2012年11月又在北京召開了紀念胡風誕辰110週年學術研討會。這兩次大會，我們都企盼著姜弘能夠前來參加，他也很想來，但最後都因為眼疾，未能前來。在這期間，他雖不能與會，但從未停止過思考這方面的問題，也為會議提交了論文。但是，這兩次會議的論文集雖早已編好，卻幾年過去了，至今未能出版。

2008年，姜弘在《書屋》上發表了《三十年回首話胡風——兼論百年啟蒙的悲劇根源》，影響很大，並獲得當年《書屋》上最受讀者歡迎文章這一獎項（具體名稱我不記得了）。2012年所寫《從〈講話〉到「文革」——重讀〈在延安文藝座談會上的講話〉》，高屋建瓴，將他的思考提到了新的高度。而為胡風誕辰110週年研討會所寫的《胡風究竟因何獲罪？》，更是幾十年後的進一步探討。我一次次讀著他發過來的文章，雖然我才疏學淺，對理論問題不甚瞭解，但還是能感覺到他越寫越好，越來越深刻了。

算起來，我與他的交往也有三十多個年頭了。每次有機會到武漢，總要去看望他。而每次與他的相見談話，我都感到很親切，受益匪淺。現在一想到，再去武漢時卻再也見不到他了，心裡不禁一陣絞痛。

他的一生雖然勤於思考筆耕不輟，但由於他治學嚴謹，落筆慎重，文字不成熟時從不肯輕易拿出來，所以在生前只結集出了一本《回歸五四——苦難的歷程》。現在，由其摯友李文熹先生將其餘未及收入集中的文章新編成集，得以在臺灣秀威資訊出版，足慰先生於地下，也使我輩感到極大的寬慰，雖然許多文章的語境有其局限性。可是，還有多少正在思考尚未形成文字的睿智妙思都隨著他的離去而消失了，這正是我們永遠無法彌補的

遺憾！

2018年9月於京郊

＊《後記》筆者曉風女士為胡風先生女公子。

史地傳記類　PC0793　讀歷史87

回憶與思索
——姜弘文存拾遺

作　　者／姜　弘
特約編輯／李文熹
責任編輯／劉亦宸
圖文排版／楊家齊
封面設計／楊廣榕

發 行 人／宋政坤
法律顧問／毛國樑　律師
出版發行／秀威資訊科技股份有限公司
　　　　　114台北市內湖區瑞光路76巷65號1樓
　　　　　電話：+886-2-2796-3638　傳真：+886-2-2796-1377
　　　　　http://www.showwe.com.tw
劃撥帳號／19563868　戶名：秀威資訊科技股份有限公司
　　　　　讀者服務信箱：service@showwe.com.tw
展售門市／國家書店（松江門市）
　　　　　104台北市中山區松江路209號1樓
　　　　　電話：+886-2-2518-0207　傳真：+886-2-2518-0778
網路訂購／秀威網路書店：https://store.showwe.tw
　　　　　國家網路書店：https://www.govbooks.com.tw

2019年2月　BOD一版
定價：580元
版權所有　翻印必究
本書如有缺頁、破損或裝訂錯誤，請寄回更換

Copyright©2019 by Showwe Information Co., Ltd.
Printed in Taiwan
All Rights Reserved

國家圖書館出版品預行編目

回憶與思索：姜弘文存拾遺 / 姜弘著. -- 一
版. -- 臺北市：秀威資訊科技, 2019.2
　　　面；　　公分. -- (史地傳記類；PC0793)
(讀歷史 ; 87)
　　BOD版
　　ISBN 978-986-326-643-3(平裝)

　　1. 中國當代文學　2. 文學評論　3. 文集

820.908　　　　　　　　　　107020686

讀 者 回 函 卡

感謝您購買本書，為提升服務品質，請填妥以下資料，將讀者回函卡直接寄回或傳真本公司，收到您的寶貴意見後，我們會收藏記錄及檢討，謝謝！如您需要了解本公司最新出版書目、購書優惠或企劃活動，歡迎您上網查詢或下載相關資料：http:// www.showwe.com.tw

您購買的書名：＿＿＿＿＿＿＿＿＿＿＿＿＿＿＿＿＿＿＿＿＿＿＿＿＿

出生日期：＿＿＿＿＿＿年＿＿＿＿＿月＿＿＿＿＿日

學歷：□高中 (含) 以下　　□大專　　□研究所 (含) 以上

職業：□製造業　□金融業　□資訊業　□軍警　□傳播業　□自由業

　　　□服務業　□公務員　□教職　　□學生　□家管　□其它＿＿＿＿

購書地點：□網路書店　□實體書店　□書展　□郵購　□贈閱　□其他

您從何得知本書的消息？

　　□網路書店　□實體書店　□網路搜尋　□電子報　□書訊　□雜誌

　　□傳播媒體　□親友推薦　□網站推薦　□部落格　□其他＿＿＿＿＿＿

您對本書的評價：（請填代號　1.非常滿意　2.滿意　3.尚可　4.再改進）

　　封面設計＿＿＿　版面編排＿＿＿　內容＿＿＿　文／譯筆＿＿＿　價格＿＿＿

讀完書後您覺得：

　　□很有收穫　□有收穫　□收穫不多　□沒收穫

對我們的建議：＿＿＿＿＿＿＿＿＿＿＿＿＿＿＿＿＿＿＿＿＿＿＿＿

＿＿＿＿＿＿＿＿＿＿＿＿＿＿＿＿＿＿＿＿＿＿＿＿＿＿＿＿＿＿＿＿

＿＿＿＿＿＿＿＿＿＿＿＿＿＿＿＿＿＿＿＿＿＿＿＿＿＿＿＿＿＿＿＿

＿＿＿＿＿＿＿＿＿＿＿＿＿＿＿＿＿＿＿＿＿＿＿＿＿＿＿＿＿＿＿＿

請貼
郵票

11466
台北市內湖區瑞光路 76 巷 65 號 1 樓

秀威資訊科技股份有限公司　　　收

BOD 數位出版事業部

....

（請沿線對折寄回，謝謝！）

姓　　名：＿＿＿＿＿＿＿＿＿　年齡：＿＿＿＿　性別：□女　□男

郵遞區號：□□□□□

地　　址：＿＿＿＿＿＿＿＿＿＿＿＿＿＿＿＿＿＿＿＿＿

聯絡電話：(日)＿＿＿＿＿＿＿＿＿　(夜)＿＿＿＿＿＿＿＿＿

E-mail：＿＿＿＿＿＿＿＿＿＿＿＿＿＿＿＿＿＿＿＿＿